O Conde de Monte Cristo

Alexandre Dumas

TEXTO INTEGRAL

Volume II

Tradução em domínio público,
conforme edição da Lello & Irmãos
Editores, Porto, Portugal, s/d.,
revista por Kleber Kohn

2ª Edição

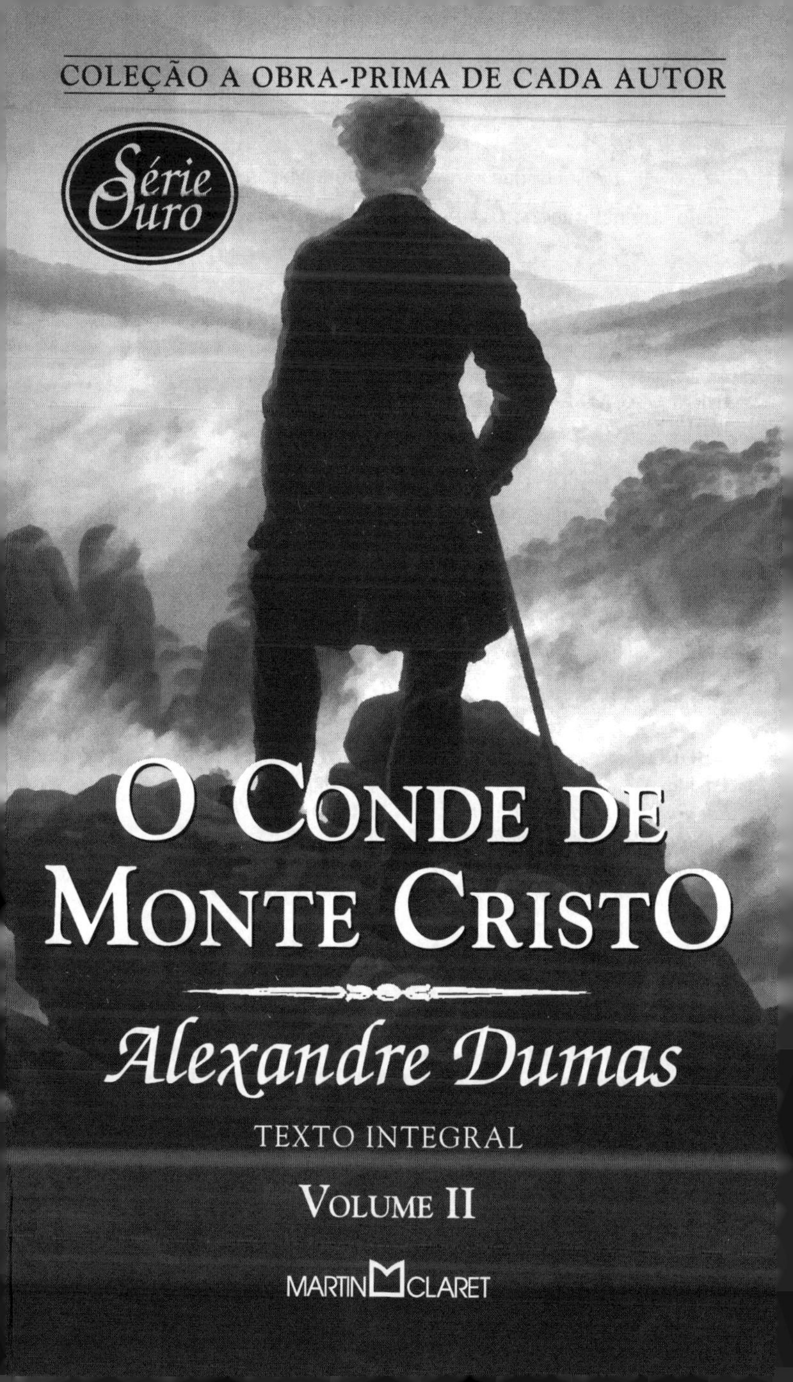

COLEÇÃO A OBRA-PRIMA DE CADA AUTOR

Série Ouro

O Conde de Monte Cristo

Alexandre Dumas

TEXTO INTEGRAL

Volume II

MARTIN CLARET

CRÉDITOS

Título original francês: *Le Comte de Monte-Cristo* (1844-1846).

IDEALIZAÇÃO E COORDENAÇÃO
Martin Claret

ASSISTENTE EDITORIAL
Rosana Gilioli Citino

CAPA
Ilustração
View of the Brest of Harbour *(detalhe), Jean-François Hue e* Viajante junto ao Mar de Névoa, *Caspar David Friedrich*

MIOLO
Tradução
Em domínio público, conforme a edição de Lello & Irmãos Editores, Porto, Portugal, s/d., revista por Kleber Kohn

Revisão
Silvia Souza

Projeto Gráfico
José Duarte T. de Castro

Direção de Arte
José Duarte T. de Castro

Editoração Eletrônica
Editora Martin Claret

Papel
Off-Set, 70g/m²

Impressão e Acabamento
Paulus Gráfica

Editora Martin Claret Ltda. – Rua Alegrete, 62 – Bairro Sumaré
CEP: 01254-010 – São Paulo – SP
Tel.: (11) 3672-8144 – Fax: (11) 3673-7146

www.martinclaret.com.br / editorial@martinclaret.com

Agradecemos a todos os nossos amigos e colaboradores — pessoas físicas e jurídicas — que deram as condições para que fosse possível a publicação deste livro.

Impresso em 2010.

A história do livro e a coleção "A Obra-Prima de Cada Autor"

MARTIN CLARET

Que é o livro? Para fins estatísticos, na década de 1960, a UNESCO considerou o livro "uma publicação impressa, não periódica, que consta de no mínimo 56 páginas, sem contar as capas".

O livro é um produto industrial.

Mas também é mais do que um simples produto. O primeiro conceito que deveríamos reter é o de que o livro como objeto é o veículo, o suporte de uma informação. O livro é uma das mais revolucionárias invenções do homem.

A *Enciclopédia Abril* (1972), publicada pelo editor e empresário Victor Civita, no verbete "livro" traz concisas e importantes informações sobre a história do livro. A seguir, transcrevemos alguns tópicos desse estudo didático sobre o livro.

O livro na Antiguidade

Antes mesmo que o homem pensasse em utilizar determinados materiais para escrever (como, por exemplo, fibras vegetais e tecidos), as bibliotecas da Antiguidade estavam repletas de textos gravados em tabuinhas de barro cozido. Eram os primeiros "livros", depois progressivamente modificados até chegarem a ser feitos — em grandes tiragens — em papel impresso mecanicamente, proporcionando facilidade de leitura e transporte. Com eles, tornou-se possível, em todas as épocas, transmitir fatos, acontecimentos históricos, descobertas, tratados, códigos ou apenas entretenimento.

Como sua fabricação, a função do livro sofreu enormes modificações dentro das mais diversas sociedades, a ponto de constituir uma mercadoria especial, com técnica, intenção e utilização determinadas. No moderno movimento editorial das chamadas sociedades de consumo, o livro pode ser considerado uma mercadoria cultural, com maior ou menor significado no contexto socioeconômico em que é publicado. Enquanto mercadoria, pode ser comprado, vendido ou trocado. Isso não ocorre, porém, com sua função intrínseca, insubstituível: pode-se dizer que o livro é essencialmente um instrumento cultural de difusão de idéias, transmissão de conceitos, documentação (inclusive fotográfica e iconográfica), entretenimento ou ainda de condensação e acumulação do conhecimento. A palavra escrita venceu o tempo, e o livro conquistou o espaço. Teoricamente, toda a humanidade pode ser atingida por textos que difundem idéias que vão de Sócrates e Horácio a Sartre e McLuhan, de Adolf Hitler a Karl Marx.

Espelho da sociedade

A história do livro confunde-se, em muitos aspectos, com a história da humanidade. Sempre que escolhem frases e temas, e transmitem idéias e conceitos, os escritores estão elegendo o que consideram significativo no momento histórico e cultural que vivem. E, assim, fornecem dados para a análise de sua sociedade. O conteúdo de um livro — aceito, discutido ou refutado socialmente — integra a estrutura intelectual dos grupos sociais.

Nos primeiros tempos, o escritor geralmente vivia em contato direto com seu público, que era formado por uns poucos letrados, já cientes das opiniões, idéias, imaginação e teses do autor, pela própria convivência que tinham com ele. Muitas vezes, mesmo antes de ser redigido o texto, as idéias nele contidas já haviam sido intensamente discutidas pelo escritor e parte de seus leitores. Nessa época, como em várias outras, não se pensava na enorme porcentagem de analfabetos. Até o século XV, o livro servia exclusivamente a uma pequena minoria de sábios e estudiosos que constituíam os círculos intelectuais (confinados aos mosteiros durante o começo da Idade Média) e que tinham acesso às bibliotecas, cheias de manuscritos ricamente ilustrados.

Com o reflorescimento comercial europeu, nos fins do século XIV, burgueses e comerciantes passaram a integrar o mercado livreiro da época. A erudição laicizou-se e o número de escritores aumentou, surgindo também as primeiras obras escritas em línguas que não o latim e o grego (reservadas aos textos clássicos e aos assuntos considerados dignos de atenção). Nos séculos XVI e XVII, surgiram diversas literaturas nacionais, demonstrando, além do florescimento intelectual da época, que a população letrada dos países europeus estava mais capacitada a adquirir obras escritas.

Cultura e comércio

Com o desenvolvimento do sistema de impressão de Gutenberg, a Europa conseguiu dinamizar a fabricação de livros, imprimindo, em cinqüenta anos, cerca de 20 milhões de exemplares para uma população de quase 10 milhões de habitantes, cuja maioria era analfabeta. Para a época, isso significou enorme revolução, demonstrando que a imprensa só se tornou uma realidade diante da necessidade social de ler mais.

Impressos em papel, feitos em cadernos costurados e posteriormente encapados, os livros tornaram-se empreendimento cultural e comercial: os editores passaram logo a se preocupar com melhor apresentação e redução de preços. Tudo isso levou à comercialização do livro. E os livreiros baseavam-se no gosto do público para imprimir, principalmente obras religiosas, novelas, coleções de anedotas, manuais técnicos e receitas.

Mas a porcentagem de leitores não cresceu na mesma proporção que a expansão demográfica mundial. Somente com as modificações socioculturais e econômicas do século XIX — quando o livro começou a ser utilizado também como meio de divulgação dessas modificações e o conhecimento passou a significar uma conquista para o homem, que, segundo se acreditava, poderia ascender socialmente se lesse — houve um relativo aumento no número de leitores, sobretudo na França e na Inglaterra, onde alguns editores passaram a produzir obras completas de autores famosos, a preços baixos. O livro era então interpretado como símbolo de liberdade, conseguida por conquistas culturais. Entretanto, na maioria dos países, não houve nenhuma grande modificação nos índices porcentuais até o fim da Primeira Guerra Mundial (1914/18), quando surgiram as primeiras grandes tiragens de um só livro, principalmente romances, novelas e textos didáticos. O número elevado de cópias, além de baratear o preço da unidade, difundiu ainda mais a literatura. Mesmo assim, a maior parte da população de muitos países continuou distanciada, em parte porque o livro, em si, tinha sido durante muitos séculos considerado objeto raro, atingível somente por um pequeno número de eruditos. A grande massa da população mostrou maior receptividade aos jornais, periódicos e folhetins, mais dinâmicos e atualizados, e acessíveis ao poder aquisitivo da grande maioria. Mas isso não chegou a ameaçar o livro como símbolo cultural de difusão de idéias, como fariam, mais tarde, o rádio, o cinema e a televisão.

O advento das técnicas eletrônicas, o aperfeiçoamento dos métodos fotográficos e a pesquisa de materiais praticamente imperecíveis fazem alguns teóricos da comunicação de massa pensarem em um futuro sem os livros tradicionais (com seu formato quadrado ou retangular, composto de folhas de papel, unidas umas às outras por um dos lados). Seu conteúdo e suas mensagens (racionais ou emocionais) seriam transmitidos por outros meios, como por exemplo microfilmes e fitas gravadas.

A televisão transformaria o mundo todo em uma grande "aldeia" (como afirmou Marshall McLuhan), no momento em que todas as sociedades decretassem sua prioridade em relação aos textos escritos. Mas a palavra escrita dificilmente deixaria de ser considerada uma das mais importantes heranças culturais, entre todos os povos.

Através de toda a sua evolução, o livro sempre pôde ser visto como objeto cultural (manuseável, com forma entendida e interpretada em função de valores plásticos) e símbolo cultural (dotado de conteúdo, entendido e interpretado em função de valores semânticos). As duas maneiras podem fundir-se no pensamento coletivo, como um conjunto orgânico (onde texto e arte se completam, como, por exemplo, em um livro de arte) ou apenas como um conjunto textual (onde a mensagem escrita vem em primeiro lugar — em um livro de matemática, por exemplo).

A mensagem (racional, prática ou emocional) de um livro é sempre intelectual e pode ser revivida a cada momento. O conteúdo, estático em si, dinamiza-se em função da assimilação das palavras pelo leitor, que pode discuti-las, reafirmá-las, negá-las ou transformá-las. Por isso, o livro pode ser considerado instrumento cultural capaz de libertar informação, sons, imagens, sentimentos e idéias através do tempo e do espaço. A quantidade e a qualidade de idéias colocadas em um texto podem ser aceitas por uma sociedade, ou por ela negadas, quando entram em choque com conceitos ou normas culturalmente admitidos.

Nas sociedades modernas, em que a classe média tende a considerar o livro como sinal de *status* e cultura (erudição), os compradores utilizam-no como símbolo mesmo, desvirtuando suas funções ao transformá-lo em livro-objeto. Mas o livro é, antes de tudo, funcional — seu conteúdo é que lhe dá valor (como os livros de ciências, filosofia, religião, artes, história e geografia, que representam cerca de 75% dos títulos publicados anualmente em todo o mundo).

O mundo lê mais

No século XX, o consumo e a produção de livros aumentaram progressivamente. Lançado logo após a Segunda Guerra Mundial (1939/45), quando uma das características principais da edição de um livro eram as capas entreteladas ou cartonadas, o livro de bolso constituiu um grande êxito comercial. As obras — sobretudo *best sellers* publicados algum tempo antes em edições de luxo — passaram a ser impressas em rotativas, como as revistas, e distribuídas nas bancas de jornal. Como as tiragens elevadas permitiam preços muito baixos, essas edições de bolso popularizaram-se e ganharam importância em todo o mundo.

Até 1950, existiam somente livros de bolso destinados a pessoas de baixo poder aquisitivo; a partir de 1955, desenvolveu-se a categoria do livro de bolso "de luxo". As características principais destes últimos eram a abundância de coleções — em 1964 havia mais de duzentas, nos Estados Unidos — e a variedade de títulos, endereçados a um público intelectualmente mais refinado. A essa diversificação das categorias adiciona-se a dos pontos-de-venda, que passaram a abranger, além das bancas de jornal, farmácias, lojas, livrarias, etc. Assim, nos Estados Unidos, o número de títulos publicados em edições de bolso chegou a 35 mil em 1969, representando quase 35% do total dos títulos editados.

Proposta da coleção
"A Obra-Prima de Cada Autor"

"Coleção" é uma palavra há muito tempo dicionarizada e define o conjunto ou reunião de objetos da mesma natureza ou que têm alguma relação entre si. Em um sentido editorial, significa o conjunto não-limitado de obras de autores diversos, publicado por uma mesma editora, sob um título geral indicativo de assunto ou área, para atendimento de segmentos definidos do mercado.

A coleção "A Obra-Prima de Cada Autor" corresponde plenamente à definição acima mencionada. Nosso principal objetivo é oferecer, em formato de bolso, a obra mais importante de cada autor, satisfazendo o leitor que procura qualidade.*

Desde os tempos mais remotos existiram coleções de livros. Em Nínive, em Pérgamo e na Anatólia existiam coleções de obras literárias de grande importância cultural. Mas nenhuma delas superou a célebre biblioteca de Alexandria, incendiada em 48 a.C. pelas legiões de Júlio César, quando estas arrasaram a cidade.

A coleção "A Obra-Prima de Cada Autor" é uma série de livros a ser composta por mais de 400 volumes, em formato de bolso, com preço altamente competitivo, e pode ser encontrada em centenas de pontos-de-venda. O critério de seleção dos títulos foi o já estabelecido pela tradição e pela crítica especializada. Em sua maioria, são obras de ficção e filosofia, embora possa haver textos sobre religião, poesia, política, psicologia e obras de auto-ajuda. Inauguram a coleção quatro textos clássicos: *Dom Casmurro*, de Machado de Assis; *O Príncipe*, de Maquiavel; *Mensagem*, de Fernando Pessoa e *O lobo do mar*, de Jack London.

Nossa proposta é fazer uma coleção quantitativamente aberta. A periodicidade é mensal. Editorialmente, sentimo-nos orgulhosos de poder oferecer a coleção "A Obra-Prima de Cada Autor" aos leitores brasileiros. Nós acreditamos na função do livro.

---

* Atendendo a sugestões de leitores, livreiros e professores, a partir de certo número da coleção, começamos a publicar, de alguns autores, outras obras além da sua obra-prima.

O Conde de Monte Cristo

Volume II

LIX. Um testamento

No momento em que Barrois saiu, Noirtier olhou para Valentine com um interesse malicioso, que anunciava muitas coisas.

A neta compreendeu aquele olhar, e Villefort também, porque se lhe anuviou a fronte e se lhe carregou o sobrolho.

Puxou uma cadeira, sentou-se no quarto do paralítico, e esperou.

Noirtier olhava para ele com perfeita indiferença, mas, de soslaio, ordenara a Valentine que não se inquietasse e que se deixasse ficar.

Três quartos de hora depois, tornou a entrar o criado com o tabelião.

— Senhor — disse Villefort, depois dos primeiros cumprimentos —, foi mandado chamar pelo Sr. de Noirtier de Villefort que ali está; uma paralisia geral tirou-lhe o uso dos membros e da fala, e só nós, a muito custo, conseguimos apanhar-lhe alguns fragmentos do seu pensamento.

Noirtier invocou com os olhos Valentine, e tão séria e imperiosamente que ela respondeu no mesmo instante.

— Eu, senhor, compreendo tudo quanto meu avô quer dizer.

— É verdade — acrescentou Barrois —; tudo, absolutamente tudo, como eu disse ao senhor pelo caminho.

— Hão de desculpar, o senhor e a menina — disse o tabelião, dirigindo-se a Villefort e a Valentine —, mas é este um dos casos em que não pode o oficial público proceder inconsideradamente sem assumir uma responsabilidade perigosa. A primeira necessidade, para que um ato seja válido, é que o tabelião esteja convencido de que interpretou fielmente a vontade de quem o dita. Ora, eu não posso ter certeza da aprovação ou da reprovação de um cliente que não fala; e, como o objeto dos seus desejos ou das suas repugnâncias, em vista do seu mutismo, não pode ser-me provado claramente, o meu mister é mais que inútil, e seria ilegalmente exercido.

O tabelião deu um passo para se retirar. Nos lábios do procurador régio desenhou-se imperceptível sorriso de triunfo.

Pela sua parte, Noirtier olhou para Valentine com tal expressão de dor, que ela se postou no caminho do tabelião.

— Senhor — disse-lhe —, a língua que eu falo com o meu avô é língua que pode aprender-se facilmente, e, assim, como eu a compreendo, posso em alguns minutos fazer com que o senhor a compreenda. Do que precisa para chegar à completa satisfação da sua consciência?

— O que é necessário para que os nossos atos sejam válidos, menina — respondeu o tabelião —, é a certeza da aprovação ou da reprovação. Pode-se testar enfermo do corpo, mas deve-se testar são de espírito.

— Pois, senhor, com dois sinais alcançará a certeza de que o meu avô nunca esteve tanto no uso pleno da sua inteligência. O Sr. de Noirtier, privado da voz, privado do movimento, fecha os olhos quando quer dizer sim, e pisca-os repetidas vezes quando quer dizer não. Sabe agora o suficiente para conversar com o Sr. de Noirtier: ensaie.

Tão úmido de reconhecimento e de ternura foi o olhar que o pobre velho deitou para Valentine, que o próprio notário o compreendeu.

— Entendeu e compreendeu o que acaba de dizer sua neta, senhor? — perguntou o tabelião.

Noirtier fechou meigamente os olhos e tornou a abri-los pouco depois.

— E aprova o que ela disse? isto é, que os sinais indicados por ela são aqueles com cujo auxílio o senhor faz entender o seu pensamento?

— Sim — disse o velho.

— Foi o senhor quem me mandou chamar?

— Sim.

— E o senhor não quer que me retire sem ter feito o seu testamento?

O paralítico piscou os olhos com vivacidade e repetidas vezes.

— Compreende agora, senhor — perguntou Valentine —, e a sua consciência ficará descansada?

Mas, antes que o tabelião pudesse responder, Villefort chamou-o de parte.

— Senhor — disse-lhe —, acredita que um homem possa suportar impunemente um choque físico tão terrível como o que experimentou o Sr. Noirtier de Villefort sem que o moral haja recebido também grave dano?

— Não é isso verdadeiramente o que me inquieta — respondeu

o notário —; mas eu pergunto a mim mesmo como havemos de chegar a adivinhar os pensamentos antes de provocar as respostas.

— Vê então que é impossível — disse Villefort.

Valentine e o velho ouviram a conversação.

Noirtier estacou o seu olhar em Valentine com tanta fixidez e tanta firmeza, que esse olhar pedia evidentemente uma resposta.

— Senhor — disse ela —, não lhe dê cuidado: por mais difícil que seja, ou lhe pareça que seja, descobrir o pensamento de meu avô, revelar-lho-ei eu de modo que lhe tire todas as dúvidas a esse respeito. Há seis anos que lido com o Sr. de Noirtier, e ele que diga se nesses seis anos, ficou sepultado no seu coração um único dos seus desejos por deixar de ser por mim percebido.

— Não — disse o velho.

— Experimentemos — disse o tabelião. — O senhor aceita esta menina para intérprete?

O paralítico fez sinal que sim.

— Bem. Vejamos, senhor, o que pretende de mim e que deseja fazer?

Valentine enumerou todas as letras do alfabeto até a letra T.

O eloqüente olhar de Noirtier fê-la parar nessa letra.

— É a letra T que pede — disse o notário —, é claro.

— Espere — disse Valentine.

Depois, voltando-se para seu avô:

— Ta... te...

O velho fê-la parar na segunda sílaba.

Então Valentine pegou no dicionário, e, aos olhos do tabelião atento, folheou as páginas.

— Testamento — indicou o seu dedo demorado pelo olhar do velho Noirtier.

— Sim — disse Noirtier repetidas vezes.

— É maravilhoso, senhor, há de concordar — disse o tabelião para Villefort.

— Com efeito — murmurou este —, e mais maravilhoso seria ainda o testamento, porque, enfim, não penso que as disposições venham colocar-se no papel, palavra por palavra, sem a inteligente intervenção de minha filha. Ora, Valentine é decerto muito interessada nesse testamento para que seja conveniente intérprete das obscuras vontades do Sr. Noirtier de Villefort.

— Não, não, não! — disse o paralítico.

— Pois quê?! — disse o Sr. de Villefort — Valentine não é interessada no seu testamento?

— Não — disse Noirtier.

— Senhor — disse o tabelião, que, encantado com esta prova, prometia tornar públicos os pormenores deste episódio pitoresco —; Senhor, nada me parece mais fácil, agora, do que o que ainda agora considerava como impossível; este testamento será simplesmente um testamento místico, quer dizer, previsto e autorizado pela lei, contanto que seja lido diante de sete testemunhas e aprovado pelo testador diante delas. No que respeita ao tempo, durará mais do que um testamento ordinário; há primeiro as fórmulas consagradas e que são sempre as mesmas; e, no que toca aos pormenores, a maior parte serão fornecidos pelo próprio estado dos negócios do testador e pelo senhor, que, havendo-os gerido, os conhece. Mas, para que este ato não ofereça dúvidas, vamos dar-lhe a mais completa autenticidade; ajudar-me-á um dos meus colegas e, contra o costume, assistirá a ele.

Está satisfeito, senhor? — continuou o tabelião, dirigindo-se ao velho.

— Sim — respondeu Noirtier, radiante por ser entendido.

— O que vai ele fazer? — perguntou de si para si Villefort, a quem a alta posição ordenava muita reserva, e que, aliás, não podia adivinhar qual o propósito de seu pai.

Voltou-se, pois, para mandar chamar outro tabelião designado pelo primeiro; mas Barrois, que tinha ouvido tudo e adivinhado o desejo de seu amo, havia partido já.

Então o procurador régio mandou dizer a sua mulher que subisse. Ao cabo de um quarto de hora, estavam todos reunidos no quarto do paralítico, e tinha chegado o segundo tabelião.

Em duas palavras os dois oficiais públicos chegaram a acordo.

Leu-se a Noirtier uma fórmula de testamento, vaga, banal; depois, para começar, por assim dizer, a investigação da sua inteligência, o primeiro tabelião, voltando-se para ele, disse-lhe:

— Quando se faz testamento, senhor, é em favor ou em prejuízo de alguém.

— Sim — disse Noirtier.

— O senhor tem alguma idéia da soma por que anda a sua fortuna?

— Sim.

— Vou citar-lhe muitas somas, aumentando sempre; far-me-á parar quando eu houver chegado à que julga que seja sua.

— Sim.

Havia neste interrogatório uma espécie de solenidade. Demais, nunca talvez houvesse sido tão visível a luta da inteligência com a matéria, e, se não era um espetáculo sublime, como íamos dizendo, era pelo menos um espetáculo curioso.

Faziam roda a Noirtier.

O segundo tabelião estava sentado a uma mesa, pronto para escrever, o primeiro estava em pé, diante, e interrogava-o.

— A sua fortuna é de mais de trezentos mil francos? — perguntou.

Noirtier fez um sinal afirmativo.

— Possui quatrocentos mil francos? — perguntou o tabelião.

Noirtier conservou-se imóvel.

— Quinhentos mil?

A mesma imobilidade.

— Seiscentos mil? setecentos mil? oitocentos mil? novecentos mil?

— Noirtier fez sinal que sim.

— Possui novecentos mil francos?

— Sim.

— Em propriedades? — perguntou o tabelião.

Noirtier fez sinal negativo.

— Em inscrições de rendas?

Noirtier fez sinal que sim.

— Essas inscrições estão em seu poder?

Um olhar dirigido a Barrois fez sair o velho criado, que voltou um instante depois com uma caixinha.

— Permite que esta caixa seja aberta? — perguntou o tabelião.

Noirtier fez sinal que sim.

Abriu-se a caixa e acharam-se novecentos mil francos em inscrições de assentamento.

O primeiro tabelião passou uma por uma as inscrições a seu colega; era a conta indicada por Noirtier.

— É isso — disse ele —; é evidente que a inteligência está em toda a plenitude.

Depois, voltando-se para o paralítico, disse-lhe:

— Então possui novecentos mil francos de capital, que, assim colocados, devem produzir cerca de quarenta mil libras de renda?

— Sim — disse Noirtier.

— A quem deseja deixar essa fortuna?

— Oh — disse a Sr.ª de Villefort — isso não admite dúvida; o Sr. Noirtier ama unicamente sua neta Valentine de Villefort; é ela quem o trata há seis anos; soube captar com os seus assíduos cuidados a afeição de seu avô, e direi quase o seu reconhecimento: é portanto justo que colha o fruto da sua dedicação.

Os olhos de Noirtier lançaram um lampejo, como se ele não se deixasse lograr por este assentimento dado pela Sr.ª de Villefort às intenções que ela lhe atribuía.

— Então é à menina Valentine de Villefort que deixa esses novecentos mil francos? — perguntou o tabelião, que julgava que não tinha senão que registrar esta cláusula, mas queria certificar-se do assentimento de Noirtier, e queria que todas as testemunhas desta cláusula notassem esse assentimento.

Valentine dera um passo para trás e chorava de olhos baixos.

O velho olhou para ela um instante com expressão de profunda ternura; e depois, voltando-se para o notário, piscou os olhos do modo mais significativo.

— Não? — disse o notário —; pois quê?! não é à menina Valentine de Villefort que institui por sua universal herdeira?

Noirtier fez um sinal negativo.

— Não se engana? — exclamou o notário espantado —; diz que não?

— Não! — repetiu Noirtier — não!

Valentine ergueu a cabeça; estava estupefata, não por ser deserdada, mas por haver provocado o sentimento que ordinariamente dita atos como esse.

Mas Noirtier olhou para ela com tão profunda expressão de ternura que ela exclamou:

— Oh! meu avozinho! bem vejo: não é senão a sua fortuna que me tira, pois conserva-me o seu coração!

— Oh! sim, certamente — disseram os olhos do paralítico fechando-se com uma significativa expressão com que Valentine não podia enganar-se.

— Obrigada! Obrigada! — murmurou a menina.

Mas esta recusa fizera nascer no coração da Sr.ª de Villefort uma esperança inesperada.

Ela aproximou-se do velho.

— Então é a seu neto Édouard de Villefort que deixa a sua fortuna, meu querido Sr. Noirtier? — perguntou a mãe.

Noirtier piscou os olhos de um modo terrível, que quase exprimia ódio.

— Não — disse o tabelião —; então é certamente ao seu filho aqui presente.

— Não! — replicou o velho.

Os dois tabeliães olharam um para o outro, estupefatos.

Villefort e sua mulher coraram, um de vergonha, o outro de cólera.

— Mas o que foi que nós lhe fizemos, meu avozinho? — disse Valentine —; já não nos estima?

O olhar do velho passou rapidamente por seu filho e sua nora, e parou em Valentine com expressão de profunda ternura.

— Pois — disse ela — se me estima, meu avozinho, trate de harmonizar essa estima com o que faz neste momento. Conhece-me, sabe que nunca pensei na sua fortuna; ademais, diz-se que sou rica por parte de minha mãe, e até muito rica; explique-se então.

Noirtier fixou o seu olhar ardente na mão de Valentine.

— A minha mão? — disse ela.

— Sim — disse Noirtier.

— A sua mão! — repetiram todos os presentes.

— Ah! senhores, bem vêem que é tudo inútil, e que meu pobre pai está louco — disse Villefort..

— Oh! — exclamou subitamente Valentine — percebo. O meu casamento, não é, meu avozinho?

— Sim, sim, sim! — disse três vezes o paralítico deitando um lampejo de cada vez que as pálpebras se lhe levantavam.

— Está de mal conosco por causa do meu casamento, não?

— Sim.

— Mas... é absurdo! — disse Villefort.

— Há de perdoar, senhor — disse o tabelião — tudo isto é até muito lógico e parece-me que se encadeia muito bem.

— Não quer que eu case com o Sr. Franz d'Épinay?

— Não, não quero — exprimiram os olhos do velho.

— E deserda a sua neta — exclamou o tabelião — porque vai, casar contra sua vontade?

— Sim — respondeu Noirtier.

— De sorte que, se não fosse esse casamento, seria ela a sua herdeira?

— Sim.

Estabeleceu-se então profundo silêncio em redor do velho.

Os dois tabeliães consultavam-se um ao outro.

Valentine, de mãos postas, olhava para seu avô com um sorriso de reconhecimento.

Villefort mordia os lábios delgados.

A Sr.ª de Villefort não podia reprimir um sentimento de alegria, que, mau grado seu, lhe desabrochava no rosto.

— Mas — disse por fim Villefort, quebrando o silêncio — parece-me que sou eu o único juiz das conveniências que aconselham esse casamento. Senhor único da mão de minha filha, quero que ela case com o Sr. Franz d'Épinay, e há de casar com ele. Valentine caiu chorando numa poltrona.

— Senhor — disse o tabelião, dirigindo-se ao velho —, o que quer então fazer da sua fortuna no caso de a menina Valentine casar com o Sr. Franz?

— O velho ficou imóvel.

— Mas quer dispor dela?

— Sim — disse Noirtier.

— Em favor de alguma pessoa de família?

— Não.

Em favor dos pobres?

— Sim.

— Mas — disse o tabelião —, o senhor sabe que a lei se opõe a que deserde completamente o seu filho?

— Sim.

— Não disporá por isso senão da parte de que a lei autoriza a dispor.

Noirtier ficou imóvel.

— Continua a querer dispor de tudo?

— Sim.

— Mas depois da sua morte anular-se-á o testamento...

— Não.

— Meu pai conhece-me, senhor — disse o Sr. de Villefort —, e sabe que a sua vontade será para mim sagrada; e ademais, compreende que, na minha posição, não posso pleitear contra os pobres.

Os olhos de Noirtier exprimiram triunfo.

— O que decide, senhor? — perguntou o tabelião a Villefort.

— Nada, senhor, é resolução tomada por meu pai, e eu sei que meu pai não muda de resolução. Resigno-me, pois. Esses novecentos mil francos sairão da família para irem enriquecer os hospitais; mas eu não hei de ceder a um capricho de velho, e hei de proceder conforme a minha consciência.

E Villefort retirou-se com sua mulher, deixando seu pai livre para testar como quisesse.

Fez-se o testamento nesse mesmo dia. Foram-se buscar testemunhas, foi aprovado pelo velho, encerrado na sua presença, e depositado em casa do Sr. Deschamps, tabelião da família.

LX. O telégrafo

O Sr. e a Sr.ª de Villefort souberam, quando desceram, que o Sr. Conde de Monte Cristo, que fora visitá-los, tinha sido introduzido na sala, onde os esperava: a Sr.ª de Villefort, muito agitada para entrar assim de repente, dirigiu-se para o seu quarto, e o procurador régio, mais seguro de si, avançou diretamente para a sala.

Mas, por mais senhor que fosse das suas sensações, por melhor que soubesse compor o rosto, o Sr. de Villefort não pôde desviar tanto a nuvem da fronte, que o conde, em quem brilhava um sorriso radiante, lhe não fosse notando os modos sombrios e meditabundos.

— Oh, meu Deus! — disse Monte Cristo, depois dos primeiros cumprimentos — o que tem, Sr. de Villefort? cheguei no momento de estar arquitetando alguma acusação importante?

Villefort diligenciou sorrir.

— Não, Sr. Conde — disse —, aqui a vítima sou eu. Sou eu que perco o meu processo, e é o acaso, a teimosia, a loucura, que mo fazem perder.

— O que quer dizer? — perguntou Monte Cristo com um interesse muito bem fingido. — Sucedeu-lhe, na realidade, alguma grande contrariedade?

— Oh! Sr. Conde — disse Villefort com uma serenidade cheia de amargura —, não vale a pena falar nisso: é quase nada, uma simples perda de dinheiro.

— O fato é — respondeu Monte Cristo — que uma perda de dinheiro é pouca coisa, para quem tem uma fortuna como a que o senhor possui, e um espírito filosófico e elevado como o seu.

— Por isso — respondeu Villefort — não é a questão de dinheiro que me preocupa, embora, afinal de contas, novecentos mil francos valham bem um pesar, ou, quando menos, um bocado de mau humor. Mas o que me custa nesta disposição da sorte, do acaso, da fatalidade, não sei como denominar o poder que dirige o tiro que me fere e derruba as minhas esperanças de fortuna e talvez destrua o futuro de minha filha, é ser o resultado do capricho de um velho que está na segunda meninice.

— Oh! meu Deus! então o que foi? — exclamou o conde. — Perde novecentos mil francos! Mas, na verdade, como disse, a soma já é para causar pena, mesmo a um filósofo. E quem é que lhe dá esse desgosto?

— Meu pai, de quem já lhe falei.

— O Sr. de Noirtier?! Mas parece-me que me tinha dito que estava completamente paralítico, e privado de todas as faculdades...

— Sim, das suas faculdades físicas, porque não pode se mover, não pode falar, e contudo, pensa, quer, faz o que vê. Deixei-o há cinco minutos, e neste momento emprega-se em ditar um testamento a dois tabeliães.

—- Mas então falou...

— Fez mais, fez-se compreender.

— Como?

— Com o auxílio do olhar; os olhos continuam a viver, e como vê, matam.

— Meu amigo — disse a Sr.ª de Villefort, que acabava de entrar também —, talvez esteja exagerando a situação.

— Minha senhora... — disse o conde, curvando-se.

A Sr.ª de Villefort cumprimentou com o mais gracioso sorriso.

— Mas o que me diz o Sr. de Villefort? — perguntou Monte Cristo — que coisa tão incompreensível!...

— Incompreensível, é verdade! — replicou o procurador régio, encolhendo os ombros — é o capricho de um velho!

— E não há meio de fazê-lo mudar de resolução?

— Há — disse a Sr.ª de Villefort —, e até depende de meu marido que esse testamento, em vez de ser feito em prejuízo de Valentine, seja feito em favor dela.

O conde, vendo que os dois esposos começavam a falar por parábolas, tomou uns modos distraídos e começou a olhar com a mais profunda atenção e a mais decidida aprovação para Édouard, que estava deitando tinta no bebedouro dos pássaros.

— Minha querida — disse Villefort, respondendo a sua mulher —, sabe que eu gosto pouco de fazer de patriarca em minha casa, e que nunca julguei que a sorte do universo dependesse de um aceno da minha cabeça. Entretanto, importa que as minhas decisões sejam respeitadas na minha família, e que a loucura de um velho e o capricho de uma criança não destruam um projeto resolvido no meu espírito há muitos anos. O barão d'Epinay era meu amigo, como sabe, e uma ligação com o filho dele é acertadíssima.

— Julga — disse a Sr.ª de Villefort — que Valentine esteja de acordo com ele?... O fato é que ela sempre se opôs a esse casamento, e não me admira que tudo quanto acabamos de ver e de ouvir fosse a execução de um plano combinado entre os dois.

— Ora! — disse Villefort — não se renuncia assim, pode crê-lo, a uma fortuna de novecentos mil francos.

— Ela renunciava ao mundo, senhor, porque há um ano queria entrar para um convento.

— Não importa — replicou Villefort —, o casamento há de se realizar.

— Contra a vontade de seu pai? — disse a Sr.ª de Villefort, tocando noutra corda —; é negócio grave!

Monte Cristo fingia que não ouvia e não perdia uma palavra do que diziam.

— Eu — tornou Villefort — posso dizer que respeitei sempre meu pai, porque ao sentimento natural da descendência se aliava em mim a consciência da sua superioridade moral, porque, enfim, um pai é sagrado por dois títulos: sagrado como nosso criador, sagrado como nosso mestre; mas hoje devo renunciar a reconhecer uma inteligência no ancião que, por uma simples recordação de ódio para com o pai, persegue assim o filho; seria ridículo que regulasse o meu procedimento pelos seus caprichos. Continuarei a ter o maior respeito para com o Sr. Noirtier. Sofrerei, sem me queixar, o castigo pecuniário que me inflige; mas hei de conservar imutável a minha vontade, e o mundo virá a saber de que lado estava a razão. Portanto, casarei a minha filha com o barão Franz d'Epinay, porque este casamento é quanto a mim honroso, e quero casar minha filha com quem me apraz.

— Pois quê?! — disse o conde, de quem o procurador régio solicitava constantemente a aprovação do olhar — pois quê?! O senhor diz que o Sr. Noirtier deserda a menina Valentine por ela ir casar com o Sr. Barão Franz d'Epinay?

— O motivo é esse — disse Villefort, encolhendo os ombros.

— O motivo visível, pelo menos — acrescentou a Sr.ª de Villefort.

— O motivo real. Acredite que conheço meu pai.

— E há quem perceba isto? — respondeu a Sr.ª de Villefort: — sempre desejava saber em que é que o Sr. D'Epinay desagrada mais do que outro qualquer ao Sr. Noirtier.

— Com efeito — disse o conde —, conheço o Sr. Franz d'Epinay. É filho do general Quesnel, não? que foi feito barão d'Epinay pelo rei Carlos X?

— Exatamente! — respondeu Villefort.

— Pois parece-me um moço encantador!

— Portanto, a coisa não passa de um pretexto, tenho certeza — disse a Sr.ª de Villefort —; os velhos são tiranos nas suas afeições; o Sr. Nortier não quer que a neta case.

— Mas — disse o conde — não sabem o motivo desse ódio?

— Ora! Quem poderá sabê-lo?...

— Talvez alguma antipatia política?

— Efetivamente, meu pai e o pai do Sr. D'Epinay viveram em tempos tempestuosos, de que eu só vi os últimos dias — disse Villefort.

— Seu pai não era bonapartista? — perguntou Monte Cristo. — Parece-me que me recordo de ter-me dito o quer que fosse parecido com isto.

— Meu pai foi jacobino, antes de mais nada — replicou Villefort, levado pela comoção para fora dos limites da prudência —, e a opa de senador que Napoleão lhe lançou nos ombros não fez mais que disfarçar o antigo homem, sem o mudar. Quando meu pai conspirava, não era a favor do imperador, era contra os Bourbons, porque meu pai nunca combateu pelas utopias irrealizáveis, mas pelas coisas possíveis as terríveis teorias da Montanha, que não recuava diante de nenhum meio.

— Então — disse Monte Cristo — há de ser isso. O Sr. Noirtier e o Sr. D'Épinay encontraram-se provavelmente no campo político; o Sr. General d'Epinay, embora houvesse servido no tempo de Napoleão, não teria no fundo do coração sentimentos realistas, e não foi ele assassinado uma noite à saída do clube republicano, para onde o haviam convidado na esperança de encontrarem nele um irmão?...

Villefort olhou para o conde quase com terror.

— Estarei enganado? — disse Monte Cristo.

— Não, senhor — disse a Sr.ª de Villefort —, é isso mesmo; era exatamente pelo que acaba de dizer que, para ver se terminavam ódios velhos, o Sr. de Villefort tinha tido a idéia de fazer casar dois filhos cujos pais se haviam odiado.

— Idéia sublime! — disse Monte Cristo — idéia cheia de caridade e que todos deviam aplaudir. Com efeito, era bonito ver a menina de Villefort chamar-se Sr.ª de Franz d'Epinay!

Villefort estremeceu e olhou para Monte Cristo como se quisesse ler-lhe no fundo do coração a intenção que ditara as palavras que ele acabava de pronunciar.

Mas o conde conservou o benévolo sorriso estereotipado nos lábios, e, desta vez ainda, apesar da profundeza do seu olhar, o procurador régio nada viu para além da epiderme.

— Por isso — tornou Villefort —, embora seja uma grande desgraça para Valentine perder a fortuna do avô, não creio todavia que o Sr. D'Epinay recue diante desse contratempo pecuniário; há de ver que valho talvez mais do que a soma que sacrifício ao desejo de cumprir a minha palavra; há de calcular, ademais, que Valentine é rica dos bens de sua mãe, administrados pelo Sr. e pela Sr.ª de Saint-Méran, seus avós maternos, que ambos a estimam muito.

— E que bem merecem o ser amados e tratados como Valentine tem feito ao Sr. Noirtier — disse a Sr.ª de Villefort —; vêm a Paris daqui a um mês, o mais tardar, e Valentine, depois de tamanha afronta, ficará dispensada de se enterrar, como o tem feito até aqui, ao pé do Sr. Noirtier.

O conde ouviu com complacência a voz desafinada daqueles amores-próprios ofendidos e daqueles interesses chocados.

— Mas parece-me — disse Monte Cristo, depois de um momento de silêncio —, e peço-lhe antecipadamente perdão para o que vou dizer, parece-me que se o Sr. Noirtier deserda a menina de Villefort, por querer casar com um moço de quem ele detestou o pai, não tem a mesma culpa que incriminar a Édouard.

— Pois não é verdade, Sr. Conde?... — exclamou a Sr.ª de Villefort, com uma inflexão impossível de descrever — não é verdade que é uma injustiça, uma injustiça odiosa? O pobre Édouard é tão neto do Sr. de Noirtier como Valentine; e todavia, se Valentine não fosse casar com o Sr. Franz, o Sr. Noirtier deixava-lhe quanto possui; e, ademais, o Édouard tem o nome da família, o que não obsta a que, mesmo supondo que Valentine seja efetivamente deserdada pelo avô, ela venha a ser três vezes mais rica do que ele.

O conde ouviu e ficou calado.

— Ora — replicou Villefort —, ora, Sr. Conde, peço-lhe que deixemos de falar nestas misérias de família; sim, é verdade, a minha fortuna vai aumentar o rendimento dos pobres, que são hoje os verdadeiros ricos. Sim, meu pai ilude-me com uma esperança legítima, e isto sem razão; mas eu procedo como homem de bom senso, como homem de coração. O Sr. D'Épinay, a quem eu prometera o rendimento dessa soma, há de recebê-lo, ainda que eu tenha de passar pelas mais negras privações.

— Mas — replicou a Sr.ª de Villefort, voltando à única idéia que lhe murmurava incessantemente no fundo do coração — talvez fosse melhor contar o caso ao Sr. D'Épinay, e desistir ele do casamento.

— Oh! isso seria uma grande desgraça! — exclamou Villefort.

— Uma grande desgraça? — repetiu Monte Cristo.

— Decerto — tornou Villefort, dulcificando a voz —; um casamento que se desmancha, mesmo por motivos de dinheiro, lança certo desfavor numa menina; e, ademais, ganhariam vulto certos rumores, que eu queria dissipados. Mas não, não há de ser assim. O Sr. D'Épinay, se é homem de bem, há de considerar-se mais comprometido ainda depois de Valentine ser deserdada que antes; de outro modo, procederia num simples propósito de avareza; não, é impossível.

— Penso como o Sr. de Villefort — disse Monte Cristo, fitando o olhar na Sr.ª de Villefort —; e se eu tivesse relações mais íntimas com ele para me atrever a dar-lhe um conselho, convidá-lo-ia, por isso que o Sr. D'Épinay está a chegar, a que atasse este negócio com tanta força que ele não pudesse desatar-se; meter-me-ia, enfim, numa empresa que terá um resultado tão honroso para o Sr. de Villefort.

Este levantou-se, transportado de visível alegria, ao passo que a mulher empalidecia levemente.

— Bem! — disse ele — era o que eu desejava; hei de valer-me da opinião de um conselheiro como o Sr. Conde — disse, estendendo a mão para Monte Cristo. — Portanto, que todos considerem como não acontecido o que se deu hoje; não há mudança nos meus projetos.

— Sr. de Villefort — disse o conde —, o mundo, conquanto seja de sua natureza injusto, há de apreciar devidamente a sua resolução, posso assegurar-lho; os seus amigos hão de aplaudi-la, e o Sr. d'Épinay, ainda que tivesse de casar com a menina de Villefort sem dote, o que não sucede, havia de estimar muito ligar-se com uma família que sabe elevar-se à altura de tais sacrifícios, para não faltar à sua palavra e cumprir um dever.

Dizendo isto, o conde levantou-se, preparando-se para sair.

— Então deixa-nos, Sr. Conde? — disse a Sr.ª de Villefort.

— Sou obrigado a isso, minha senhora; eu tinha vindo só lembrar-lhe a sua promessa para sábado.

— Receava que a esquecêssemos?

— Sei quanto é amável, mas o Sr. de Villefort tem ocupações tão sérias, e às vezes tão urgentes...

— Meu marido deu a sua palavra, Sr. Conde — disse a Sr.ª de Villefort —; e acaba de ver que se a cumpre quando há tudo a perder, com tanto mais razão o fará quando tem tudo a ganhar.

— E — perguntou Villefort — é na casa dos Champs-Élysées que a reunião se verificará?

— Não — disse Monte Cristo —, e é o que torna a sua dedicação mais meritória ainda: é no campo.

— No campo?

— Sim.

— E onde? Ao pé de Paris, não?

— Nos arredores, a meia légua da barreira, em Auteuil.

— Em Auteuil?! — exclamou Villefort. — Ah! é verdade, minha mulher disse-me que o Sr. Conde tinha casa em Auteuil, porque foi para sua casa que a transportaram. E em que lugar de Auteuil?

— Rua de La Fontaine.

— Rua de La Fontaine?! — tornou Villefort, com voz sufocada — e em que número?

— Número 28.

— Então — exclamou Villefort — foi ao senhor que venderam a casa do Sr. de Saint-Méran?

— Do Sr. de Saint-Méran? — perguntou Monte Cristo. — A casa pertencia ao Sr. de Saint-Méran?

— Pertencia — respondeu a Sr.ª de Villefort —; e quer crer uma coisa?...

— O que é?

— Acha aquela casa bonita, não?

— Encantadora.

— Pois meu marido nunca quis habitá-la.

— Oh! — replicou Monte Cristo — na verdade não posso imaginar que motivos tivesse para isso.

— Não gosto de Auteuil — respondeu o procurador régio, fazendo um esforço sobre si.

— Mas espero — disse Monte Cristo, inquieto — que essa antipatia não me prive da ventura de o receber ali...

— Não, Sr. Conde... tenciono... hei de fazer todo o possível — balbuciou Villefort.

— Oh! — respondeu Monte Cristo — não admito desculpas. Espero-o no sábado às seis horas, e se não fosse, acreditaria... eu sei lá o quê!... que há a respeito dessa casa, desabitada há vinte anos, alguma lúgubre tradição, alguma lenda sanguinolenta...

— Irei, Sr. Conde, irei — disse Villefort, açodadamente.

— Obrigado — disse Monte Cristo. — Agora hão de permitir que me retire.

— Efetivamente, disse que se via obrigado a deixar-nos, Sr. Conde — disse a Sr.ª de Villefort —, e creio que ia até dizer-nos o motivo, quando se interrompeu para passar a outra idéia.

— Realmente, minha senhora — disse Monte Cristo —, não sei se me atreva a dizer aonde vou.

— Diga.

— Vou, como verdadeiro papalvo, visitar uma coisa que muitas vezes me tem feito cismar horas inteiras.

— O que é?

— Um telégrafo. Sempre disse.

— Um telégrafo?! — repetiu a Sr.ª de Villefort.

— Justamente, um telégrafo. Vi muitas vezes, no extremo de um caminho, num outeiro, com um sol lindo, levantarem-se aqueles braços negros e movediços, semelhantes às patas de um coleóptero imenso, e juro-lhe que nunca foi sem comoção, porque pensei sempre que esses sinais singulares, que fendem o ar com exatidão, e levam a trezentas léguas a vontade desconhecida de um homem sentado a uma mesa, a outro homem sentado no extremo da linha a outra mesa, se desenhavam no pardo das nuvens ou no azul do céu pela única força da vontade de um chefe onipotente: acreditava então em gênios, silfos, gnomos, nos poderes ocultos, enfim; e ria. Ora, nunca tinha tido vontade de ver de perto esses enormes insetos de ventre branco, patas negras e magras, porque receava achar debaixo das suas asas de pedra o geniozinho humano, muito circunspecto, muito pedante, muito atafulhado de ciência, de cabala ou de feitiçaria. Mas, uma bela manhã, soube que o motor de cada telégrafo era o pobre diabo de um empregado com mil francos por ano, ocupado todo o dia a olhar, não para o céu como o astrônomo, não para a água como o pescador, não para a paisagem como um palerma, porém para o inseto de ventre branco e patas negras seu correspondente, colocado a quatro ou cinco léguas de distância. Então senti o desejo de ver de perto aquela crisálida viva e de assistir à comédia que do fundo da sua casa dá à sua outra crisálida, puxando uma após outras algumas pontas de cordel.

— E vai lá?...

— Vou.

— A que telégrafo? Ao do Ministério do Interior ou do Observatório?

— Oh! não, encontraria lá pessoas que haviam de querer obrigar-me a compreender coisas que eu quero ignorar, e que me explicariam, mau grado meu, um mistério que elas não conhecem.

Nada! quero conservar ainda as ilusões que tenho acerca dos insetos; bem basta o ter perdido já as que tinha acerca dos homens. Não irei, pois, nem ao telégrafo do Ministério do Interior nem ao telégrafo do Observatório. Do que eu preciso é de um telégrafo no campo, para encontrar o homem petrificado na sua torre.

— O senhor é um homem singular — disse Villefort.

— Que linha me aconselha que estude?

— A que mais tiver que fazer agora.

— Bom! então a da Espanha?

— Exatamente. Quer uma carta do ministro para que lhe expliquem...

— Nada! — disse Monte Cristo — se eu lhe digo que não quero entender nada disso... Logo que eu percebesse alguma coisa, deixaria de haver para mim telégrafo, não haveria senão um sinal do Sr. Duchâtel ou do Sr. de Montalivet transmitido ao prefeito de Bayonne e mascarado com duas palavras gregas: — Τῆλε, γράφετω —; É o animal de patas negras e a palavra assustadora que quero conservar em toda a sua pureza e em toda a minha veneração.

— Então não se demore, porque daqui a duas horas é noite e nada poderá ver.

— Estão a assustar-me! Qual é o que fica mais perto?

— Na estrada de Bayonne?

— Pois seja na estrada de Bayonne.

— É o de Châtillon.

— E depois desse?

— Creio que é o da Torre de Montlhéry.

— Obrigado, até a vista! No sábado contar-lhes-ei as minhas impressões.

À porta, o conde de Monte Cristo encontrou os dois tabeliães, que acabavam de deserdar Valentine, e que se retiravam encantados de haverem feito um testamento que não podia deixar de lhes dar muita honra.

LXI. Modo de livrar um hortelão dos arganazes que lhe comem os pêssegos

Não nessa mesma tarde, como dissera, mas na manhã seguinte, o conde de Monte Cristo saiu pela Barreira do Enfer, tomou a estrada de Orléans, passou à aldeia de Linas sem se demorar no telégrafo, que exatamente no momento em que o conde passava, fazia mover os seus longos braços descamados, e foi à Torre de Montlhéry, situada, como todos sabem, no ponto mais elevado da planície deste nome.

No sopé da colina, o conde apeou-se, e por um carreirinho circular de dezoito polegadas de largura, começou a fazer a ascensão.

Quando chegou ao cume, foi-lhe cortada a passagem por uma sebe, na qual os frutos verdes haviam sucedido às flores rosadas e brancas.

Monte Cristo procurou a porta, e não levou muito tempo que a não encontrasse. Era uma pequena cancela de madeira, que rodava em gonzos de vime e fechava com um prego e um cordel.

O conde, que num instante percebeu o mecanismo, abriu-a, e achou-se então num quintalito de vinte pés de comprimento por doze de largura, limitado por um lado pela parte da sebe em que estava metida a engenhosa máquina que descrevemos com o nome de porta, e do outro lado, pela velha torre coberta de hera e semeada de cravos.

Ao vê-la assim enrugada e florida como uma avó a que os netos vão dar as boas-festas, ninguém havia de dizer que poderia contar muitos dramas terríveis, se juntasse uma voz aos ouvidos ameaçadores que um antigo provérbio dá às paredes.

Percorria-se o quintalinho seguindo uma rua ensaibrada de encarnado, em que havia, com cores que alegrariam os olhos a Delacroix, o nosso Rubens moderno, uma orla de buxo muito velho.

Esta rua tinha a forma de um oito, e serpeava de modo que, num jardim de vinte pés, se podia dar um passeio de sessenta.

Nunca a Flora, a risonha e fresca deusa dos bons jardineiros latinos, fora honrada com um culto tão minucioso e tão puro como era o que se lhe rendia naquele pequeno recinto.

O fato é que, em vinte roseiras que ali se viam, nem uma folha tinha vestígios de moscas, nem um filete as pulgas verdes, que desolam e roem as plantas que crescem em terreno úmido.

Pois não era a umidade o que faltava ao jardim: atestavam-no a terra preta como ferrugem, e a folhagem opaca das árvores; ademais, a umidade artificial supria prontamente a umidade natural, graças a um tonel cheio de água estagnada que havia a um dos cantos do jardim, e no qual estacionavam, numa camada verde, uma rã e um sapo, que, por incompatibilidade de índole, decerto, estavam sempre de costas voltadas, nos dois pontos opostos do círculo aquático.

Nem uma erva nas ruas, nem uma pequena vergôntea parasita nos alegretes.

Uma dona de casa alinda e desbasta com menos cuidado os gerânios, os cactos e os rododendros da sua jardineira de porcelana, do que o fazia o dono até então invisível do pequeno recinto.

Monte Cristo parou, depois de ter fechado a porta enleando o cordel no prego, e abrangeu com um relancear de olhos a propriedade toda.

— Parece — disse ele — que o homem do telégrafo tem jardineiros efetivos, ou que se dedica apaixonadamente à agricultura.

Senão quando, esbarrou com o que quer que fosse, agachado por trás de um carro de mão carregado de folhas.

Esse o que quer que fosse ergueu-se, soltando uma exclamação que manifestava espanto, e Monte Cristo achou-se cara a cara com um homenzinho de cinqüenta anos, que apanhava morangos e os punha sobre folhas de parra.

Eram doze parras e outros tantos morangos.

O homem, quando se ergueu, ia deixando cair morangos, parras e prato.

— Está fazendo a sua colheita? — disse o conde, sorrindo.

— O senhor há de perdoar — respondeu o homenzinho, levando a mão ao barrete —, não estou lá em cima, é verdade, mas vim de lá neste mesmo instante.

— Eu não quero incomodá-lo em nada, meu caro amigo —

disse o conde de Monte Cristo —; apanhe os seus morangos, se é que ainda lhe restam alguns.

— Tenho ainda dez — disse o homem —, porque estão aqui onze, e eu tinha vinte e um: mais cinco do que o ano passado. Mas não é para admirar, a primavera foi quente este ano, e os morangos o que precisam é de calor. Aqui está por que em vez de dezesseis que tive o ano passado, tenho este ano, vê? onze já apanhados, doze, treze, catorze, quinze, dezesseis, dezessete, dezoito... Oh! meu Deus! faltam-me três! ainda... aqui estavam ontem, senhor, estavam aqui, tenho toda certeza: contei-os. Só se foi o filho da Tia Simão que mos papou; vi-o andar por aqui esta manhã. Ah! patife, roubar num recinto fechado... ele não sabe aonde isso o pode levar?

— Com efeito — disse Monte Cristo —, é grave; mas deve pensar na idade do delinqüente, para lhe perdoar a gulodice.

— Decerto penso — disse o jardineiro —, mas nem por isso é menos desagradável. Mas, peço outra vez desculpa, meu senhor: é talvez um chefe que estou fazendo esperar?

E disfarçadamente interrogou com um olhar tímido o conde e a sua casaca azul.

— Sossegue, meu amigo — disse o conde, com o sorriso que ele tornava à vontade tão terrível e tão benévolo, e que desta vez só exprimia benevolência —, não sou nenhum chefe que venha à inspeção, sou um simples forasteiro movido pela curiosidade, e que começa a exprobrar-se a visita ao ver que lhe faz perder o seu tempo.

— Oh! o meu tempo não é caro — replicou o homem, com um sorriso melancólico. — É o tempo do governo, e eu não devia perdê-lo; mas recebi sinal que me anunciava que podia descansar uma hora (lançou os olhos para um relógio de sol, porque havia de tudo no recinto da Torre de Montlhéry, até um relógio de sol), e, como vê, ainda tenho dez minutos de meu; os meus morangos estavam maduros, e mais um dia... e, pode crer, senhor? os arganazes comemos.

— Deveras? quem havia de supor! — respondeu Monte Cristo, com gravidade —; má vizinhança, meu amigo, é essa dos arganazes, para nós, que não os comemos de infusão em mel como faziam os romanos.

— Ah! os romanos comiam-nos? — disse o jardineiro — comiam os arganazes?

— Li-o em Petrônio — disse o conde.

— Sim? Pois devem ser bons, conquanto digam: gordo como um arganaz. E não é para admirar, senhor, que os arganazes sejam gordos, porque dormem todo santo dia, e não despertam senão para roerem toda a noite. Olhe, o ano passado, eu tinha quatro damascos: comeram-me um. Tinha um pêssego vermelho, um só, é verdade que é uma fruta rara; pois, senhor, devoraram-me metade, do lado da parede; um pêssego magnífico e saborosíssimo. Eu cá nunca os comi melhores.

— Comeu-o? — perguntou Monte Cristo.

— Quer dizer, comi a metade que restava. Era delicioso. Não, que aqueles senhores não escolhem os piores bocados. São como o filho da Tia Simão, que não escolheu os piores morangos! Mas este ano — continuou o horticultor — deixe estar que não há de suceder o mesmo, ainda que eu, quando os frutos estiverem quase maduros, tenha de perder as noites para guardá-los.

Monte Cristo tinha visto o suficiente.

Cada homem tem a sua paixão, que lhe rói no fundo do coração, como cada fruto tem o seu bicho; a do homem do telégrafo era a horticultura.

Entrou a arrancar as parras que escondiam do solos cachos, e conquistou assim o coração do jardineiro.

— O senhor veio para ver o telégrafo? — perguntou ele.

— Vim, vim, senhor, se não é proibido pelos regulamentos.

— Oh! não é proibido — disse o jardineiro —, porque nenhum perigo há nisso, visto que ninguém sabe nem pode saber o que nós dizemos.

— Efetivamente, disseram-me — tornou o conde — que os senhores repetiam sinais que nem sequer compreendiam.

— Decerto, senhor; e eu antes quero isso — disse a rir o homem do telégrafo.

— Por que é que antes quer isso?

— Porque deste modo não tenho responsabilidade. Sou uma máquina, nada mais, e, contanto que funcione, não me pedem outra coisa.

"Diabo! disse Monte Cristo consigo mesmo, viria eu ter porventura com um homem isento de ambição? Seria uma desgraça!"

— Senhor — disse o jardineiro, voltando um olhar para o relógio de sol —, vão expirar os dez minutos, volto para o meu posto. Quer vir?

— Eu vou.

Monte Cristo entrou, com efeito, na torre, dividida em três andares; o de baixo continha alguns instrumentos de lavoura, tais como sachos, ancinhos e regadores, encostados à parede; era a mobília.

O segundo era a habitação ordinária, ou melhor, a morada noturna do empregado.

Continha alguns pobres utensílios de casa, um leito, uma mesa, duas cadeiras, uma talha de grés, algumas ervas secas penduradas no teto, e que o conde conheceu serem ervilhas de cheiro e feijões da Espanha, de que o homenzinho conservava a semente na vagem. Em tudo tinha posto letreiros como um botânico do Jardim das Plantas.

— É preciso muito tempo para estudar telegrafia, senhor? — perguntou Monte Cristo.

— O estudo não leva muito; mas está-se muito tempo supranumerário.

— E quanto é que se ganha?

— Mil francos.

— Não é muito.

— Não, mas tem-se moradia, como vê.

Monte Cristo olhou para o quarto.

"O diabo é ele ter apego à tal moradia!", murmurou.

Passaram ao terceiro andar.

Era a casa do telégrafo.

Monte Cristo olhou ora para um ora para o outro dos dois cabos de ferro com que o empregado fazia mover a máquina.

— É muito interessante — disse —, mas esta vida pelo tempo adiante há de parecer-lhe insípida.

— Sim; ao princípio o pescoço entorta-se à força de tanto mirar, mas no fim de um ou dois anos a gente habitua-se; e temos horas de recreio e dias de descanso.

— Dias de descanso?

— Sim.

— Quais são?

— Aqueles em que há nevoeiro.

— Ah, tem razão!

— São os meus dias de festa; nesses dias desço ao jardim e planto, corto, aparo, cato a lagarta... enfim, passa-se o tempo.

— Há quanto tempo está aqui?

— Há dez anos, com cinco de supranumerário, faz quinze.

— Tem?..

— Cinqüenta anos.

— Quanto tempo de serviço precisa para ter a pensão?

— Ora, senhor! vinte e cinco anos.

— E de quanto é a pensão?

— De cem escudos.

— Pobre humanidade! — murmurou Monte Cristo.

— O que diz, senhor?... — perguntou o empregado.

— Digo que é muito interessante.

— O quê?

— Tudo quanto me tem mostrado... E o senhor não compreende absolutamente nada dos seus sinais?

— Absolutamente nada.

— Nunca fez diligência por compreendê-los?

— Nunca; para quê?...

— Mas há sinais que são só para o senhor.

— Há.

— E compreende esses?

— São sempre os mesmos.

— E dizem?...

— *Não há novidade... tem uma hora... ou até amanhã.*

— Isso é inocentíssimo — disse o conde. — Mas olhe, lá está o seu correspondente em movimento.

— Ah, é verdade! Obrigado, senhor.

— E o que é que ele lhe diz? é coisa que o senhor compreenda?

— É; pergunta-me se estou pronto.

— E o senhor responde-lhe?

— Com um sinal que ao mesmo tempo diz ao meu correspondente da direita que estou pronto e convida o meu correspondente esquerdo a aprontar-se também.

— É muito engenhoso — disse o conde.

— Vai ver — tornou com orgulho o homenzinho —; em cinco minutos ele vai falar.

"Tenho então cinco minutos, disse consigo Monte Cristo, é mais do que preciso." Meu caro senhor, permita-me que lhe faça uma pergunta?

— Às suas ordens.

— Gosta de jardinagem?

— Com paixão.

— E seria feliz se em vez de ter um terraço de vinte pés tivesse uma quinta com duas jeiras?

— Faria dela um paraíso terrestre.

— Com os seus mil francos vive mal?

— Não muito bem, mas vivo.

— Sim, mas tem um jardim miserável.

— Ah, é verdade! o jardim não é grande.

— E ainda assim, tal qual é, está povoado de arganazes que devoram tudo.

— Isso é o meu flagelo.

— Diga-me: se voltasse a cabeça quando o correspondente da direita está em movimento?...

— Não o via.
— E o que acontecia?
— Não podia repetir os sinais.
— E daí?
— O que acontecia era que, não os repetindo por negligência, tinha de pagar uma multa.
— De quanto?
— De cem francos.
— A décima parte do seu vencimento: é bonito!
— Ah! — disse o empregado.
— Já lhe aconteceu? — perguntou Monte Cristo.
— Uma vez, senhor, uma vez que estava a enxertar uma roseira.
— Bom. E se se lembrasse de mudar alguma coisa ao sinal ou de transmitir outro?
— Isso já muda de figura: seria despedido e perderia a pensão.
— Trezentos francos?
— Cem escudos, sim, senhor; por isso, bem pode entender que nunca o farei.
— Nem por quinze anos do seu vencimento?... Vamos, isto merece reflexão, hem?
— Por quinze mil francos?
— Sim.
— O senhor está me assustando.
— Ora essa!...
— O senhor quer tentar-me?
— Exatamente! Quinze mil francos, que lhe parece?
— Senhor, deixe-me olhar para o meu correspondente da direita!
— Nada! não olhe para ele, mas olhe para isto.
— O que é isso?
— Pois quê? não conhece estes papelinhos?
— Notas de banco!
— Nem mais nem menos; são quinze.
— E a quem pertencem?
— São suas, se as quiser.
— Minhas?! — exclamou o empregado, sufocado.
— Oh! meu Deus, sim! suas, completamente suas.
— Senhor, o meu correspondente da direita está fazendo sinais...
— Deixe-o lá.
— O senhor faz-me distrair, e tenho de pagar uma multa.
— Isso lhe custa cem francos; bem vê que tem todo o interesse em receber as minhas quinze notas de banco.

— Senhor, o correspondente da direita impacienta-se e está repetindo os sinais!...

— Deixe-o lá, e tome.

O conde meteu o maço das notas na mão do empregado.

— Não é tudo ainda, disse: com os seus quinze mil francos o senhor não viverá em paz.

— Continuo no meu lugar.

— Não, perdê-lo-á, porque vai fazer outro sinal diferente do seu colega.

— Oh! Senhor, o que é que me propõe?

— Uma criancice.

— Só se for forçado a isso...

— Espero forçá-lo a isso, efetivamente.

E Monte Cristo tirou da algibeira outro maço.

— Aqui estão mais dez mil francos — disse —; com os quinze que já tem na algibeira, são vinte e cinco mil. Com cinco mil francos compra uma linda casinha e duas jeiras de terra; e com os outros vinte mil arranja mil francos de renda.

— Um jardim de duas jeiras?

— E mil francos de renda.

— Meu Deus! meu Deus!...

— Mas tome!

E Monte Cristo meteu à força os dez mil francos na mão do empregado.

— O que hei de fazer?

— Nada que lhe custe.

— Mas o que vem a ser?

— Repetir estes sinais.

Monte Cristo tirou da algibeira um papel, em que estavam traçados três sinais, e números indicando a ordem em que deviam ser feitos.

— Não leva muito tempo, como vê.

— Sim, mas...

— Assim poderá ter pêssegos vermelhos.

Estas palavras produziram o seu efeito.

Corado pela febre e suando a bom suar, o homenzinho executou uns após outros os três sinais dados pelo conde, apesar das assustadoras deslocações do correspondente da direita, que, não compreendendo a mudança, começou a crer que o homem dos pêssegos vermelhos enlouquecera.

O correspondente da esquerda repetiu conscienciosamente os mesmos sinais, que foram recolhidos definitivamente no Ministério do Interior.

— Está agora rico — disse Monte Cristo.

— Sim — respondeu o empregado —, mas por que preço!...

— Ouça, meu amigo — disse Monte Cristo —, não quero que tenha remorsos, pode crer, porque lhe juro que não fez mal a ninguém e serviu aos projetos de Deus.

O empregado olhava para as notas de banco, palpava-as, contava-as.

Estava pálido, estava vermelho.

Por fim correu ao quarto para beber um copo de água.

Mas não teve tempo para chegar à talha, e perdeu os sentidos no meio dos seus feijões secos.

Cinco minutos depois de ter chegado ao Ministério a notícia telegráfica, Debray mandou atrelar os cavalos ao cupê e correu à casa de Danglars.

— Seu marido tem cupões de empréstimo espanhol? — perguntou à baronesa.

— Tem seis milhões.

— Pois que os venda por todo o preço.

— Por quê?

— Porque D. Carlos fugiu de Burges e entrou na Espanha.

— Como sabe isso?

— Ora essa! — disse Debray, encolhendo os ombros — como sei as notícias.

A baronesa não esperou que lho repetissem novamente.

Foi ter imediatamente com o marido, que correu à casa do seu corretor e lhe ordenou que vendesse por todo o preço.

Tão depressa viram que o Sr. Danglars vendia, os fundos espanhóis baixaram.

Danglars perdeu com isso quinhentos mil francos, mas viu-se livre de todos os cupões.

À noite, leu-se no *Mensageiro*:

"Despacho Telegráfico

O rei D. Carlos pôde iludir a vigilância que sobre ele se exercia em Burges, e tornou a entrar na Espanha pela fronteira da Catalunha.

Barcelona revoltou-se em favor dele."

Durante toda a noite não se falou noutra coisa senão na previdência de Danglars, que vendera os seus cupões, e da felicidade do jogador, que perdia nesse lance só quinhentos mil francos.

Os que haviam conservado os seus cupões ou comprado os de Danglars julgaram-se arruinados e passaram uma péssima noite:

No dia seguinte lia-se no *Monitor*:

"Foi sem fundamento algum que o Mensageiro *anunciou ontem a fuga de D. Carlos e a revolta de Barcelona.*

O rei D. Carlos não saiu de Burges, e a Península goza da mais completa tranqüilidade.

Um sinal telegráfico mal interpretado por causa do nevoeiro foi o que deu lugar a esse engano."

Os fundos subiram o dobro do que haviam descido.

Isto fez, em prejuízo e no que deixava de ganhar, diferença de um milhão para Danglars.

— Bom! — disse Monte Cristo a Morrel, que estava na casa dele no momento em que se anunciava a singular mudança da Bolsa de que Danglars tinha sido vitima — acabo de fazer por vinte e cinco mil francos uma descoberta que não me importaria de pagar por cem mil.

— Então o que acaba de descobrir? — perguntou Maximiliano a Monte Cristo.

— Acabo de descobrir o meio de livrar um jardineiro dos arganazes que lhe roem os pêssegos.

LXII. Os fantasmas

À primeira vista, e examinada por fora, a casa de Auteuil nada tinha de esplêndida, nada do que se podia esperar de uma habitação destinada para o magnífico conde de Monte Cristo: mas esta simplicidade era da vontade do dono, que ordenara positivamente que nada fosse mudado no exterior; e para a gente se convencer disso, bastava considerar o interior.

Com efeito, mal se abria a porta, o espetáculo mudava.

O Sr. Bertuccio excedera-se no gosto da mobília e na rapidez da execução.

Como outrora o duque de Antin mandara arrasar uma alameda que tirava a vista a Luís XIV, assim em três dias o Sr. Bertuccio mandara fazer plantações num pátio completamente nu, e belos álamos e sicômoros, vindos com enormes raízes, faziam sombra à fachada principal da casa, diante da qual, em vez da calçada meio escondida pela erva, se estendia um vasto tapete de relva que havia sido disposto nessa manhã, e que ainda estava orvalhado pela água com que o tinham regado.

Quem tinha dado ordem para isso fora o conde. Fora ele quem entregara a Bertuccio o plano em que estavam indicados o número e o lugar das árvores que deviam ser dispostas, a forma e o espaço da relva que devia suceder à calçada.

Vista desta forma, não se conhecia a casa, e o próprio Bertuccio protestava que não a conhecia, metida como estava numa moldura de verdura.

O mordomo não desgostaria de fazer algumas transformações no jardim, mas o conde proibira positivamente que aí se mexesse em alguma coisa.

Bertuccio tirou a desforra enchendo de flores a antecâmara, as escadas e os fogões.

O que anunciava a extrema habilidade do mordomo e a profunda ciência do amo, um para servir e o outro para se fazer servir, era que esta casa, deserta havia vinte anos, tão sombria e tão triste ainda na véspera, toda impregnada como estava do cheiro a que se pode chamar o cheiro do tempo, tomava num dia, com o aspecto da vida, os perfumes que o dono preferia; era que o conde, quando chegara, encontrara à mão os seus livros e as suas armas; à vista, os quadros que mais estimava; nas antecâmaras, os cães de cujas festas gostava, os pássaros cujo canto apreciava; era que toda a casa, despertada do seu longo sono como o palácio da Bela Adormecida vivia, cantava, abria-se semelhante às casas de que de longa data gostamos, e nas quais, quando por desgraça as largamos, deixamos involuntariamente uma parte da nossa alma.

Pelo pátio giravam criados alegres.

Uns, possuidores das cozinhas, subiam e desciam, como se houvessem habitado sempre aquela casa, pelas escadas restauradas na véspera; os outros povoavam as cocheiras, onde as equipagens, numeradas e estabelecidas, pareciam instaladas havia cinqüenta anos, e as estrebarias, onde os cavalos, à manjedoura. respondiam rinchando aos palafreneiros, que lhes falavam com muito mais respeito do que muitos criados falam aos amos.

A biblioteca, disposta em dois corpos, nos dois lados da parede, continha cerca de dois mil volumes.

Um compartimento era destinado aos romances modernos, e o que saíra à luz na véspera estava já no seu lugar, ostentando-se na encadernação encarnada e ouro.

Do outro lado da casa, coincidindo com a biblioteca, havia uma estufa com plantas raras em vasos japoneses, e no meio da estufa, maravilha dos olhos e do olfato, um bilhar, que se diria ter sido ali deixado pelos jogadores.

Um só quarto fora respeitado pelo magnífico Bertuccio. Diante desse quarto situado no ângulo esquerdo do primeiro andar, para o qual se podia subir pela escada geral e de onde se podia sair pela escada oculta, os criados passavam com curiosidade e Bertuccio com terror.

Às cinco horas em ponto, chegou o conde, acompanhado por Ali, à casa de Auteuil.

Bertuccio aguardava esta chegada com impaciência misturada de inquietação; esperava alguns elogios, temendo sempre algum franzir de sobrolho.

Monte Cristo apeou-se no pátio, e percorreu, silencioso, a casa toda e o jardim, sem dar o menor sinal de aprovação ou de descontentamento.

A única coisa que fez, quando entrou no seu quarto de cama, situado no lado oposto ao quarto fechado, foi estender a mão para a gaveta de um pequeno móvel de pau-rosa, que distinguira na sua primeira visita.

— Isto só pode servir para ter luvas — disse.

— Com efeito — disse Bertuccio, encantado —, queira o Sr. Conde abrir, que achará luvas.

Nos outros móveis o conde de Monte Cristo achou o que esperava: frascos, charutos e jóias.

— Bem! — disse.

E o Sr. Bertuccio retirou-se bastante satisfeito, tanto era grande, poderosa e real a influência daquele homem sobre quanto o rodeava.

Às seis horas em ponto ouviu-se um cavalo bater com as patas diante da porta da entrada.

Era o nosso capitão de sipais que chegava montado no magnífico *Medeia*.

Monte Cristo esperava-o no patim todo sorridente.

— Eu sou o primeiro, tenho certeza — gritou-lhe Morrel —; fi-lo de propósito para estar só com o Sr. Conde antes de virem os demais. Ah, mas que magnífico que isto é! Diga-me, conde, os seus criados tratar-me-ão bem o cavalo?

— Sossegue, não tenha receio, meu querido Maximiliano, que eles sabem disso.

— É que precisa ser bem esfregado com palha. Se soubesse como ele corre! É uma verdadeira tromba.

— Ora, acredito, um cavalo de cinco mil francos!... — disse o conde, com a inflexão com que um pai falaria ao filho.

— Acha-os mal empregados, conde? — disse Morrel, com o seu sorriso aberto.

— Eu?! Deus me livre! — respondeu o conde. — Não. O que sentiria era que o cavalo não fosse bom.

— É tão bom, meu querido conde, que o Sr. de Château-Renaud, o homem mais entendido da França, e o Sr. Debray, que monta os árabes do ministério, vêm atrás de mim neste momento, e, como vê, um pouco distanciados; e no encalço deles vêm os cavalos da baronesa Danglars, num trote de seis léguas por hora.

— Então o seguem? — perguntou Monte Cristo.

— Olhe, aí chegam.

E no mesmo instante, chegavam à grade da casa, que se abriu diante deles, um cupê com uma parelha fumegante e dois cavalos de sela esbaforidos.

O cupê descreveu imediatamente o seu círculo e veio parar no patim, seguido dos dois cavaleiros.

Num momento Debray apeou-se e achou-se à portinhola. Ofereceu a mão à baronesa, que ao descer do trem lhe fez um gesto imperceptível para quem não fosse Monte Cristo.

Mas o conde nada perdia, e nesse gesto viu brilhar um bilhetinho branco tão imperceptível como o gesto, e que passou com uma facilidade que indicava o hábito dessa manobra, da mão da Sr.ª Danglars para a do secretário do ministério.

Atrás de sua mulher apeou-se o banqueiro, pálido como se tivesse saído do sepulcro em vez de sair do seu cupê.

A Sr.ª Danglars circunvagou um olhar rápido e investigador, que só Monte Cristo pôde compreender, e com o qual abrangeu o pátio, o peristilo e a fachada da casa; e depois, reprimindo uma leve comoção, que se lhe traduziria decerto no rosto se a esse rosto fosse permitido empalidecer, subiu o patim dizendo a Morrel:

— Se o senhor fosse dos meus íntimos, perguntar-lhe-ia se queria vender o seu cavalo.

Morrel sorriu de modo que mais parecia fazer uma careta, e voltou-se para Monte Cristo, como para lhe pedir que o livrasse do embaraço em que se encontrava.

O conde compreendeu-o.

— Ai, minha senhora — disse o conde —, por que não me dirige a mim essa pergunta?

— Com o senhor — disse a baronesa — não há o direito de desejar coisa nenhuma, porque se tem a certeza de alcançá-la. Por isso me dirigi ao Sr. Morrel.

— Infelizmente — tornou o conde —, eu afianço que o Sr.

Morrel não pode ceder o seu cavalo, pois tem comprometida a sua honra em conservá-lo.

— Como assim?

— Apostou amansar o *Medeia* no espaço de seis meses. A Sr.ª Baronesa já fica sabendo que, se se desfizesse dele antes do prazo da aposta, não só a perderia, mas também se diria que tem medo; e um capitão de sipais, nem para satisfazer o capricho de uma senhora tão formosa, o que é, na minha opinião, das coisas mais sagradas deste mundo, pode deixar correr semelhante boato.

— Bem vê, minha senhora... — disse Morrel, dirigindo a Monte Cristo um sorriso de reconhecimento.

— Mas parece-me — disse Danglars, com os modos rabugentos que o seu sorriso amarelo mal disfarçava — que a senhora tem cavalos suficientes.

Não estava nos hábitos da Sr.ª Danglars deixar passar semelhantes ataques sem resposta, e todavia, com grande espanto dos presentes, fingiu que não tinha ouvido e não respondeu.

Monte Cristo sorriu a esse silêncio, que denunciava uma humildade desacostumada, mostrando à baronesa duas enormes talhas de porcelana da China, em que serpenteavam vegetações marinhas de um tamanho e de um trabalho tais, que só a Natureza pode ter essa riqueza, essa seiva e essa animação.

A baronesa estava maravilhada.

— Oh, mas plantar-se-ia ali dentro um castanheiro das Tuileries! — disse ela —; como foi que se puderam cozer semelhantes enormidades?

— Ai, minha senhora — disse Monte Cristo —, isso não se nos deve perguntar a nós, fabricantes de estatuetas e de vidro fosco; é um trabalho de outras eras, uma obra dos gênios da terra e do mar.

— Como assim? e de que época pode isto ser?

— Não sei; mas ouvi dizer que um imperador da China mandara construir um forno expressamente; que no forno tinha mandado cozer umas após outras doze talhas iguais a esta. Duas quebraram-se com o ardor do fogo; as outras foram metidas a trezentas braças no fundo do mar. O mar, que sabia o que queriam dele, atirou-lhe para cima as suas algas, os seus corais e as suas conchas; foi tudo cimentado por duzentos anos em profundezas inauditas, porque uma revolução levou o imperador que quisera fazer essa experiência, e não deixou senão o auto, que certificava que as talhas tinham sido cozidas e metidas no fundo do mar. Ao cabo de duzentos anos achou-se o auto e tratou-se de ir buscar as talhas. Em máquinas feitas expressamente, foram mergulhadores à descoberta na baía onde as haviam deitado; mas das dez só foram achadas três, as outras tinham sido dispersas e quebradas pelas ondas. Estimo estas talhas, em cujo fundo se me afigura às vezes que monstros informes, aterradores, misteriosos e semelhantes aos que só os mergulhadores vêem, fitaram com espanto o seu olhar embaçado e frio, e nas quais dormiram miríades de peixes, que nelas se refugiavam para fugirem à perseguição dos seus inimigos.

Durante este tempo, Danglars, pouco amador de curiosidades, arrancou maquinalmente, e uma após outra, as flores de uma magnífica laranjeira; quando acabou com a laranjeira, dirigiu-se a um cacto, mas o cacto, de um caráter menos dócil que a laranjeira, picou-o.

Então estremeceu e esfregou os olhos, como se tivesse acabado de ter um sonho.

— Ao senhor — disse Monte Cristo —, que é amador de quadros, e que os têm magníficos, não lhe recomendo os meus. Mas aqui tem dois Hobbema, um Paulo Potter, um Mieris, dois Gérard Dov, um Rafael, um Van Dyck, um Zurbaran, dois ou três Murillo, que são dignos de lhe serem apresentados.

— Olhe! — disse Debray — aqui está um Hobbema que eu conheço.

— Sim?!

— Sim, foram oferecê-lo ao Museu.

— Que não tem nenhum, creio eu — arriscou Monte Cristo.

— Não, e todavia recusou comprá-lo.

— Por quê? — perguntou Château-Renaud.

— O senhor tem graça! porque o Governo não é rico.

— Ah, desculpe! — disse Château-Renaud. — Há oito anos que ouço dizer essas coisas todos os dias, mas não pude habituar-me ainda a elas.

— Pois há de habituar-se — disse Debray.

— Não creio — disse Château-Renaud.

— O Sr. Major Bartolomeo Cavalcanti e o Sr. Visconde Andreia Cavalcanti — anunciou Baptistin. Com uma gravata de cetim preto, acabada de sair das mãos do fabricante, uma barba acabada de fazer, um bigode grisalho, um olhar firme, uma farda de major adornada com três comendas e cinco cruzes, em suma, um traje irrepreensível de antigo militar, assim apareceu o major Bartolomeo Cavalcanti, o terno pai com quem nós já travamos conhecimento.

Ao pé dele, vestido de novo, ostenta-se, de sorriso nos lábios, o visconde Andreia Cavalcanti, o respeitoso filho que também conhecemos.

Os três rapazes conversavam juntos: os olhares dirigiram-se-lhes do pai ao filho, e pararam muito naturalmente no último, que esmiuçaram.

— Cavalcanti? — disse Debray.

— Que bonito nome! — disse Morrel.

— Sim — disse Château-Renaud —, é verdade, estes italianos denominam-se bem, mas vestem mal.

— É exigente, Château-Renaud — redargüiu Debray —; aqueles trajes são de excelente alfaiate e novos em folha.

— É isso exatamente o que eu acho de mau neles. Este senhor parece que se veste hoje pela primeira vez.

— Quem vêm a ser estes senhores? — perguntou Danglars ao conde de Monte Cristo.

— Bem ouviu, são os Cavalcanti.

— Isso me diz o nome deles, e mais nada.

— Ah! é verdade, o senhor não é versado nas nobrezas da Itália: quem diz Cavalcanti, diz raça de príncipes.

— Boa fortuna? — perguntou o banqueiro.

— Fabulosa.

— E o que fazem?

— Tratam de devorá-la, sem poderem consegui-lo. Eles trazem créditos sobre o senhor, segundo me disseram quando anteontem me visitaram. Convidei-os por sua causa. Já lhos apresento.

— Mas parece-me que falam muito bem francês — disse Danglars.

— O filho foi educado num colégio de Marselha, ou nos arredores, creio eu. Há de ver o entusiasmo dele.

— Por quê? — perguntou a baronesa.

— Pelas francesas, minha senhora. Quer por força casar em Paris.

— Que idéia! — disse Danglars, encolhendo os ombros.

A Sr.ª Danglars olhou para o marido com expressão que, noutra ocasião, pressagiaria uma trovoada; mas calou-se pela segunda vez.

— O barão parece hoje muito sombrio — disse Monte Cristo à Sr.ª Danglars —; querem porventura fazê-lo ministro?

— Ainda não, que eu saiba. O que eu creio é que jogou na Bolsa, perdeu, e não sabe a quem deite as culpas.

— O Sr. e a Sr.ª de Villefort! — gritou Baptistin. Entraram as duas pessoas anunciadas.

O Sr. de Villefort, apesar do império que tinha sobre si, estava visivelmente comovido. Ao apertar-lhe a mão, Monte Cristo sentiu-lha tremer.

"Decididamente, não há como as mulheres para saberem dissimular", disse Monte Cristo de si para si e olhando para a Sr.ª Danglars, que sorria para o procurador régio e beijava a mulher dele.

Depois dos primeiros cumprimentos, o conde viu Bertuccio, que, tendo tido o que fazer até então para os lados da copa, se dirigia para uma salinha contígua àquela em que ele estava. Foi até ele.

— O que quer, Sr. Bertuccio? — perguntou-lhe.

— Sua Excelência não me disse o número de convidados.

— Ah, é verdade!

— Quantos talheres?

— Conte.

— Já vieram todos?

— Já.

Bertuccio olhou pela greta da porta.

Monte Cristo não desviava dele os olhos.

— Oh, meu Deus! — exclamou o mordomo.

— O que é? — perguntou o conde.

— Aquela mulher!... Aquela mulher!...

— Qual?

— A que está vestida de branco e carregada de diamantes!... a loira!

— A Sr.ª Danglars?

— Não lhe sei o nome. Mas é ela, Sr. Conde, tenho certeza que é ela!

— Ela quem?

— A mulher do jardim! a que estava grávida! a que passeava esperando! Esperando!...

Bertuccio ficou de boca aberta, pálido e de cabelos levantados.

— Esperando quem?

Bertuccio, sem responder, indigitou Villefort, mais ou menos com o gesto com que Macbeth indigitou Banco.

— Oh! Oh!... — murmurou por fim — vê?

— O quê? quem?

— Ele!

— Ele?... O Sr. Procurador Régio de Villefort? Decerto que vejo.

— Mas então eu não o matei?

— Ora essa! Estou temendo que enlouqueça, Sr. Bertuccio — disse o conde.

— Mas então ele não morreu?

— Não morreu, não, bem vê; em vez de feri-lo entre a sexta e a sétima costela do lado esquerdo, como o costume dos seus compatriotas, o senhor feri-lo-ia mais acima ou mais abaixo; e ou esta gente da justiça tem a alma cavilhada no corpo, ou nada do que o senhor me contou é verdade; será um sonho de sua imaginação, uma alucinação do seu espírito; o senhor adormeceu talvez tendo digerido mal a sua vingança; ela pesar-lhe-ia no estômago, e o senhor teve um pesadelo. Vamos, recupere a serenidade, e conte: o Sr. e a Sr.ª de Villefort, dois; o Sr. e a Sr.ª Danglars, quatro; os Srs. Château-Renaud, Debray, e Morrel, sete; e o major Sr. Cavalcanti, oito.

— Oito. — repetiu Bertuccio.

— Espere! Espere! Está com tanta pressa, que diabo! Esqueceu-se de um dos meus convidados. Ali, um pouco para a esquerda... olhe... o Sr. Andreia Cavalcanti, aquele rapaz de casaca preta, que está olhando para a Virgem de Murillo. Lá se voltou ele.

Desta vez Bertuccio começou um grito, que o olhar de Monte Cristo lhe extinguiu nos lábios.

— *Benedetto!* — murmurou ele em voz baixa — fatalidade!

— Estão dando seis horas e meia, Sr. Bertuccio — disse o conde com serenidade —; é a hora a que eu dei ordem para que se pusesse o jantar na mesa; e sabe que não gosto de esperar.

E Monte Cristo tornou a entrar na sala, onde o esperavam os convidados, e Bertuccio na sala de jantar, agarrando-se às paredes.

Cinco minutos depois abriram-se as duas portas da sala.

Apareceu Bertuccio, e fazendo, como Vatel em Chantilly, um derradeiro e heróico esforço, disse:

— Está o jantar na mesa, Sr. Conde.

Monte Cristo ofereceu o braço à Sr.ª de Villefort.

— Sr. de Villefort — disse ele —, peço-lhe que conduza a Sr.ª Baronesa Danglars.

Villefort obedeceu, e passaram à sala de jantar.

LXIII. O jantar

Era evidente que, passando à sala de jantar, animava todos os convivas o mesmo pensamento.

Perguntavam a si mesmos que estrambótica influência os conduzira todos àquela casa, e todavia, embora espantados e inquietos como alguns se achavam por ali se verem, não queriam deixar de estar ali.

As relações de data recente, a posição excêntrica e isolada, a fortuna desconhecida e quase fabulosa do conde, impunham aos homens o dever de serem circunspectos, e às mulheres a lei de não irem a uma casa onde não havia mulheres que as recebessem; e contudo, homens e mulheres tinham posto de parte uns a circunspecção e os outros as conveniências, e, espicaçando-os a curiosidade com o seu irresistível aguilhão, tinham passado por cima de tudo.

Todos os convivas, sem excetuar Cavalcanti pai e Cavalcanti filho, um a despeito de sua tesura, e outro a despeito de sua desenvoltura, estavam preocupados por se verem reunidos na casa daquele homem, cujo intuito não podiam compreender, com outros homens, que viam pela primeira vez.

A Sr.ª Danglars sobressaltou-se quando viu, a convite de Monte Cristo, chegar-se a ela o Sr. de Villefort, que sentiu perturbar-se-lhe o olhar debaixo de seus óculos de ouro, apenas o braço da baronesa se encostou ao dele.

Nada disso escapara ao conde, e podemos asseverar que já nesse contato dos indivíduos havia para o observador desta cena um grandíssimo interesse.

O Sr. de Villefort tinha, à direita, a Sr.ª Danglars e, à esquerda, Morrel.

O conde de Monte Cristo estava sentado entre a Sr.ª de Villefort e Danglars.

Os outros intervalos eram preenchidos por Debray, sentado entre Cavalcanti pai e Cavalcanti filho, e por Château-Renaud, sentado entre a Sr.ª de Villefort e Morrel.

O jantar foi magnífico.

Monte Cristo tinha-se encarregado de transtornar completamente a simetria parisiense e de dar mais à curiosidade do que ao apetite dos seus convivas o alimento que ela desejava.

Foi um festim oriental que lhes foi oferecido, mas oriental ao modo por que o deviam ser os festins das fadas árabes.

Todas as frutas que as quatro partes do Mundo podem derramar intactas e saborosas na cornucópia da Europa se amontoavam em pirâmides, em vasos da China e taças do Japão.

Aves raras com a parte brilhante das suas penas, peixes monstruosos estendidos em lâminas de prata, todos os vinhos do Arquipélago, da Ásia Menor e do Cabo, contidos em garrafas de formas desusadas e de que parecia que a vista lhes aumentava o sabor, desfilaram, como uma dessas revistas que Apicius passava com os seus convivas, diante daqueles parisienses, que compreendiam que se pudessem gastar mil luíses num jantar de dez pessoas, mas com a condição de que, como Cleópatra, se comessem pérolas, ou que, como Lourenço de Médicis, se bebesse ouro derretido.

Monte Cristo viu o espanto geral e começou a rir e motejar em voz alta.

— Os senhores — disse — admitem que, quando se chega a certo grau de fortuna, haja mais coisas necessárias do que supérfluas, como estas senhoras hão de admitir que quando se chega a certo grau de exaltação, nada haja de mais positivo que o ideal? Ora, desenvolvido o raciocínio, o que é o maravilhoso? O que nós não compreendemos. O que é um bem na verdade para desejar? Um bem que nós não podemos ter. Ora, ver coisas que não posso compreender, alcançar coisas impossíveis de obter, é o estudo de toda a minha vida. Consigo-o por dois meios: dinheiro e vontade. Emprego na satisfação de uma fantasia, por exemplo, a mesma perseverança que o Sr. Danglars emprega em criar uma linha de caminhos-de-ferro, que o Sr. de Villefort põe em fazer conduzir à morte um homem, o Sr. Debray em pacificar um reino, o Sr. de Château-Renaud em agradar a uma mulher, e o Sr. Morrel em amansar um cavalo que ninguém pode montar. Assim, por exemplo, aí têm dois peixes, nascidos, um a cinqüenta léguas de São Petersburgo, e outro a cinco léguas de Nápoles. Não é divertido reuni-los na mesma mesa?

— Que peixes são esses? — perguntou Danglars.

— O Sr. de Château-Renaud, que já esteve na Rússia, dir-lhe-á o nome de um — respondeu Monte Cristo —, e o Senhor Major Cavalcanti, que é italiano, o nome do outro.

— Este — disse Château-Renaud —, creio que é um esterlete.

— Muito bem!

— E este — disse Cavalcanti — é, se não me engano, uma lampreia.

— Isso mesmo. Agora, o Sr. Danglars pergunte a esses dois senhores onde se pescam estes dois peixes.

— Os esterletes — disse Château-Renaud — só se pescam no Volga.

— Só o lago de Fusaro — disse Cavalcanti — produz lampreias deste tamanho.

— Pois, exatamente, um vem do Volga, e o outro do lago de Fusaro.

— É impossível! — exclamaram em seguida todos os convivas.

— É exatamente o que me diverte — disse Monte Cristo. — Eu sou como Nero: *cupitor impossibilium*, o que também os está divertindo aos senhores neste momento; e o que faz que esta carne, que talvez não seja tão boa como a do peixe pérsico ou a do salmão, vá parecer-lhes saborosíssima, é que, no vosso espírito, impossível alcançá-la, e todavia aqui está.

— Mas, diga-me, como foi que foram transportados esses peixes para Paris?

— Ora, nada mais simples! estes dois peixes foram metidos em duas dornas forradas, uma de caniços e ervas do rio, e a outra de juncos e plantas do lago; vieram num furgão feito expressamente; viveram assim o esterlete doze dias, e a lampreia oito, e viviam ambos perfeitamente quando o meu cozinheiro os apanhou para fazê-los morrer, um em leite e o outro em vinho. Não acredita, Sr. Danglars?

— Duvido — respondeu Danglars, sorrindo.

— Baptistin — disse Monte Cristo —, traga até aqui o outro esterlete e a outra lampreia: os que vieram nas outras duas dornas e que ainda vivem.

Danglars abriu os olhos espantado; e a assembléia deu calorosas palmas.

Quatro criados trouxeram duas dornas forradas de plantas marinhas, e em cada uma das quais palpitava um peixe igual aos que estavam na mesa.

— Mas por que mandou vir dois de cada espécie? — perguntou Danglars.

— Porque um podia morrer — respondeu o conde.

— O senhor é na verdade um homem prodigioso — disse Danglars —, e, digam o que disserem os filósofos, é soberbo ser rico.

— E principalmente ter idéias — disse a Sr.ª Danglars.

— Oh, não me dê as honras desta! esteve muito em voga entre os romanos; e Plínio conta que se mandavam de Óstia a Roma, com mudas de escravos que os levavam à cabeça, peixes da espécie do que ele chama o *mulus*, e que, segundo a descrição que dele faz, é provavelmente a dourada. Era também um luxo tê-lo vivo e um espetáculo muito divertido vê-lo morrer, porque, ao morrer, mudava três ou quatro vezes de cor, e, como um arco-íris que se desfaz, passava por todos os cambiantes do prisma, após o que era mandado para as cozinhas. A sua agonia fazia parte de seu merecimento. Se não o viam vivo, desprezavam-no morto.

— Sim — disse Debray —; mas de Óstia a Roma são só sete ou oito léguas.

— É verdade! — disse Monte Cristo —; mas em que estaria o mérito de vir ao mundo mil e oitocentos anos depois de Lucullus, se não se fizesse mais do que ele fez?

Os dois Cavalcanti abriram olhos enormes, mas, como não percebiam nada do assunto, tinham o bom senso de não dizer uma palavra.

— Tudo isso é muito bom — disse Château-Renaud —, mas o que eu mais admiro, confesso, é a admirável rapidez com que o conde é servido. Não é verdade que só há cinco ou seis dias que comprou esta casa?

— Quando muito — disse Monte Cristo. — Pois estou certo de que em tão pouco tempo passou por uma transformação completa. Se não me engano, tinha outra entrada; o pátio era calçado e sem plantas, e hoje o pátio tem um magnífico tapete de relva e árvores que parece ter cem anos.

— Que quer? Gosto de verdura e de sombra — disse o conde.

— O fato é — disse a Sr.ª de Villefort — que antigamente se entrava por uma porta que dava para a estrada, e no dia em que o Sr. Conde me acudiu, lembro-me que foi pela estrada que me fez entrar em casa.

— Sim, minha senhora — disse Monte Cristo —, mas depois preferi uma entrada que me permitisse ver o bosque de Bolonha pela minha grade.

— Em quatro dias — disse Morrel —, é um milagre!

— Efetivamente — disse Château-Renaud —, fazer de uma casa velha uma casa nova, é coisa miraculosa. Esta casa era muito velha e até muito triste. Recordo-me que minha mãe me encarregou de vir vê-la quando o Sr. de Saint-Méran anunciou a venda dela, há dois ou três anos.

— O Sr. de Saint-Méran?! — disse a Sr.ª de Villefort —; então esta casa pertencia ao Sr. de Saint-Méran antes de o Sr. Conde comprá-la?

— Parece que sim — respondeu Monte Cristo.

— Parece? Não sabe de quem a comprou?

— Não sei — disse o conde de Monte Cristo —, o meu mordomo é que trata dessas coisas.

— Verdade seja que havia pelo menos dez anos que não era habitada — disse Château-Renaud —, e causava tristeza vê-la com as persianas corridas, as portas fechadas e o pátio cheio de erva. Se não pertencesse ao sogro de um procurador régio, podia certamente ser tida como uma dessas casas malditas, onde em tempo se cometeu um grande crime.

Villefort, que até então não tocara nos três ou quatro copos de vinho postos diante de si, pegou um ao acaso e despejou-o de um trago.

Monte Cristo deixou passar um instante, e depois, no meio do silêncio que se seguiu às palavras de Château-Renaud, disse:

— É singular, Sr. Barão, tive o mesmo pensamento a primeira vez que entrei aqui, e tão lúgubre me pareceu a casa, que não a compraria se o meu mordomo a não tivesse já comprado. Provavelmente o tabelião untou-lhe as mãos.

— É provável — balbuciou Villefort, diligenciando sorrir —; mas creia que eu não fui ouvido nem achado nesse negócio. O Sr. de Saint-Méran quis que esta casa, que fazia parte do dote de sua neta, fosse vendida, porque, se ficasse abandonada mais três ou quatro anos, arruinava-se de todo.

Tocou a Morrel a vez de empalidecer.

— Havia principalmente um quarto — continuou Monte Cristo —, oh! meu Deus! muito simples na aparência, um quarto como todos os quartos, forrado de damasco encarnado, que me pareceu, não sei por que, dramático o mais possível.

— E por que lhe pareceu dramático? — perguntou Debray.

— Explicam-se porventura as coisas instintivas? — disse Monte Cristo —; não há lugares onde parece que se respira naturalmente a tristeza? Por quê? não se sabe; por uma cadeia de recordações, por um capricho do pensamento, que nos leva a outros tempos, a outros lugares, que não têm talvez relação com os tempos e os lugares em que nos achamos: o caso é que esse quarto me fazia lembrar admiravelmente o quarto da marquesa de Ganges ou o de Desdêmona. Como acabamos de jantar, vou mostrar-lho, se quiserem. Em seguida iremos tomar o café para o jardim; depois do jantar, o espetáculo.

O conde de Monte Cristo fez um sinal para interrogar os seus convivas.

A Sr.ª de Villefort levantou-se, o conde fez o mesmo, e imitaram todos o seu exemplo.

Villefort e a Sr.ª Danglars deixaram-se ficar como que pregados nos seus lugares.

Interrogavam-se um ao outro com os olhos, totalmente frios, mudos e gelados.

— Ouviu? — perguntou a Sr.ª Danglars.

— É necessário que vamos lá — respondeu Villefort, levantando-se e oferecendo-lhe o braço.

Haviam-se espalhado já todos pela casa, movidos pela curiosidade, porque pensavam que a visita não se limitaria a esse quarto, e que ao mesmo tempo percorreriam o resto daquele casebre, de que Monte Cristo fizera um palácio.

Saíram todos pelas portas abertas de par em par.

Monte Cristo esperou pelos dois retardados e, logo que eles saíram também, fechou a marcha, com um sorriso que, se tivessem podido compreendê-lo, espantaria os convivas de um modo diferente por que o havia de fazer o quarto em que iam entrar.

Começaram por percorrer os aposentos, os quartos mobiliados à oriental, com divãs e coxins em cada leito, cachimbos e armas em todos os móveis; as salas vindo abaixo com magníficos quadros de autores antigos, e os gabinetes com estofos da China de cores caprichosas e tecidos maravilhosos.

Até que chegaram ao célebre quarto.

Nada havia nele de singular, a não ser que, embora estivesse anoitecendo, não tinha luz, e se apresentava como velho, ao passo que todos os outros quartos estavam arranjados de novo.

Bastavam estas duas causas para lhe darem um aspecto de todo o ponto lúgubre.

— Oh! — exclamou a Sr.ª de Villefort — é medonho.

A Sr.ª Danglars balbuciou algumas palavras ininteligíveis, que não se ouviram.

Fizeram-se ainda outras observações, das quais resultou concordarem todos em que efetivamente o quarto de damasco encarnado tinha um aspecto sinistro.

— Não é verdade? — perguntou Monte Cristo. — Mas vejam o modo singular por que este leito está colocado! que sombrias e sanguinolentas paredes! e estes dois retratos a pastel, que a umidade fez desmerecer, não parece estar dizendo com os lábios desbotados e os olhos espantados: eu vi!?...

Villefort tornou-se lívido, e a Sr.ª Danglars caiu numa *chaise-longue*, colocada junto do fogão.

— Oh! — disse a Sr.ª de Villefort, sorrindo — pois tem coragem de se sentar aí, onde talvez fosse cometido um crime? A Sr.ª Danglars levantou-se açodadamente.

— E — disse Monte Cristo — ainda não é tudo.

— Então, o que mais? — perguntou Debray, a quem não escapava a comoção da Sr.ª Danglars.

— Ah, sim, que mais?! — perguntou Danglars — porque até agora confesso que não vejo nisto grandes coisas; e o Sr. Cavalcanti?

— Ah! — disse este — nós temos em Pisa a torre de Ugolino, em Ferrara a prisão de Tasso, e em Rímini a prisão de Francesca e de Paulo.

— Sim, mas não têm esta escada — disse Monte Cristo, abrindo uma porta —; sigam-me e digam-me o que lhes parecer.

— Que sinistra escada! — disse Château-Renaud.

— O fato é — disse Debray — que não sei se o vinho de Quios produz melancolia, mas causa-me tristeza este quarto.

Morrel, desde que falara no dote de Valentine, ficara triste e não pronunciara palavra.

— Imaginem — disse Monte Cristo — um otelo ou um abade de gange qualquer descendo passo a passo, por uma noite escura e tempestuosa, esta escada com algum lúgubre fardo que tem pressa de furtar à vista dos homens, senão aos olhos de Deus!

A Sr.ª Danglars ia desmaiando nos braços de Villefort, que se viu obrigado a encostar-se à parede.

— Ah! meu Deus! — exclamou Debray — o que tem, minha senhora? como está pálida!...

— O que tem? — disse a Sr.ª de Villefort — é muito simples: o que tem é que o Sr. de Monte Cristo nos conta histórias horrendas, decerto para nos fazer morrer de medo.

— É exato — disse Villefort. — O conde está metendo medo a estas senhoras.

— O que tem? — perguntou em voz baixa Debray à baronesa Danglars.

— Nada, nada — disse esta fazendo um esforço —; tenho precisão de ar.

— Quer descer ao jardim? — perguntou Debray, oferecendo o braço à Sr.ª Danglars e avançando para a escada secreta.

— Não — disse ela —, não; quero ficar aqui.

— Na verdade, minha senhora — disse Monte Cristo —, esse terror é sério?

— Não — disse a Sr.ª Danglars —; mas o senhor tem um modo de supor as coisas que dá à ilusão o aspecto da realidade.

— Ora! — disse Monte Cristo, sorrindo — tudo isto é imaginação; e por que não se havia de figurar este quarto como um bom e decente quarto de uma mãe de família? este leito, com o seu cortinado de púrpura, como um leito visitado pela deusa Lucina, e esta escada misteriosa, como a passagem por onde, de mansinho e para não interromper o sono reparador da mulher que acaba de dar à luz um filho, passa o médico ou a ama, ou o próprio pai levando a criança que dorme?...

Desta vez a Sr.ª Danglars, em lugar de serenar com esta nova pintura, soltou um gemido e perdeu os sentidos.

— A Sr.ª Danglars está incomodada — balbuciou Villefort —; seria talvez conveniente levá-la para a sua carruagem.

— Oh! meu Deus! — disse Monte Cristo — e eu que me esqueci do meu frasco.

— Trago eu o meu — disse a Sr.ª de Villefort.

E passou a Monte Cristo um frasco cheio de um líquido rubro, semelhante àquele cuja benéfica influência o conde experimentara em Édouard.

— Ah! — disse Monte Cristo, recebendo-o das mãos da Sr.ª de Villefort.

— Sim — murmurou esta —, pelas suas indicações, fiz a experiência.

— E tirou resultado?

— Creio que sim.

Tinham transportado a Sr.ª Danglars para o quarto contíguo. Monte Cristo deixou-lhe cair nos lábios uma gota do líquido rubro, e ela tornou a si.

— Oh! — disse — que horrendo sonho!

Villefort apertou-lhe vigorosamente o pulso, para lhe fazer compreender que não tinha sonhado.

Procurou-se o Sr. Danglars, mas esse, pouco disposto às impressões poéticas, havia descido ao jardim e estava conversando com o Sr. Cavalcanti pai acerca do projeto de um caminho-de-ferro de Livourne a Florença.

Monte Cristo, que parecia desesperado, deu o braço à Sr.ª Danglars e conduziu-a ao jardim, onde encontraram o Sr. Danglars tomando café refestelado entre os Srs. Cavalcanti pai e filho.

□ Meti-lhe medo, minha senhora? — perguntou-lhe ele.

— Não, senhor; mas bem sabe que as coisas impressionam conforme a disposição de espírito em que se está.

Villefort esforçou-se por sorrir.

— E então o Sr. Conde compreende — disse ele — que basta uma suposição, uma quimera...

— Pois — disse Monte Cristo — quer queiram crer-me quer não, tenho a convicção de que nesta casa se cometeu um crime.

— Tome cuidado — disse a Sr.ª de Villefort —, nós temos aqui o procurador régio.

— Em tal contingência — respondeu Monte Cristo —, posso aproveitar a ocasião para fazer a minha declaração.

— A sua declaração? — disse Villefort.

— Sim, e diante de testemunhas.

— Tudo isso é muito interessante — disse Debray —, e se realmente há crime, vamos fazer admiravelmente a digestão.

— Há crime — disse Monte Cristo. — Venham por aqui, senhores; venha, Sr. de Villefort; para que a declaração seja válida deve ser feita às autoridades competentes.

Monte Cristo travou do braço de Villefort, e, ao mesmo tempo em que apertava no seu o da Sr. Danglars, arrastou o procurador régio até debaixo do plátano, onde a sombra era mais densa. Todos os outros curiosos os seguiram.

— Olhem — disse Monte Cristo —, aqui, neste mesmo lugar (e bateu com o pé na terra), aqui, para envidar estas árvores já velhas, eu mandei cavar e estrumar; pois os trabalhadores, quando cavaram, desenterraram um cofre, ou antes, as ferragens de um cofre, no meio das quais estava o esqueleto de uma criança recém-nascida. Parece-me que isto não é fantasmagoria.

Monte Cristo sentiu inteiriçar-se o braço da Sr.ª Danglars e estremecer o pulso de Villefort.

— Uma criança recém-nascida?... — repetiu Debray —; diabos! a coisa é séria.

— Então — disse Château-Renaud — não me enganei eu quando disse ainda agora que as casas tinham uma alma e uma cara como os homens, e traziam na fisionomia um reflexo das suas entranhas. A casa era triste porque tinha remorsos, e tinha remorsos porque escondia um crime.

— Oh! quem diz que foi um crime? — replicou Villefort, tentando um último esforço.

— Pois quê?! uma criança enterrada viva num jardim não é um crime? — exclamou Monte Cristo. — Então que nome dá a uma ação dessas, Sr. Procurador Régio?

— Mas quem diz que foi enterrada viva?

— Se estava morta, para que haviam de enterrá-la aqui? Este jardim nunca foi cemitério.

— O que é que se faz neste país aos infanticidas? — perguntou ingenuamente o major Cavalcanti.

— Que se há de fazer? corta-se-lhes o pescoço — respondeu Danglars.

— Ah! corta-se-lhes o pescoço!... — disse Cavalcanti.

— Creio que sim... Não é verdade, Sr. de Villefort? — perguntou Monte Cristo.

— É, sim, Sr. Conde — respondeu este com uma inflexão que nada tinha de humana.

Monte Cristo viu que era o mais que podiam suportar as duas pessoas para quem havia preparado esta cena; e, não querendo prolongá-la, disse:

— E o café, meus senhores, parece que o íamos esquecendo. E levou os convidados para a mesa colocada no meio da relva.

— Em verdade, Sr. Conde — disse a Sr.ª Danglars —,

envergonho-me de confessar a minha fraqueza, mas essas terríveis histórias incomodam-me muito; peço-lhe que me deixe sentar. E caiu numa cadeira.

Monte Cristo cumprimentou-a e aproximou-se da Sr.ª de Villefort.

— Creio — disse — que a Sr.ª Danglars precisa outra vez do seu frasco.

Mas antes que a Sr.ª de Villefort se chegasse para a sua amiga, o procurador régio disse ao ouvido da Sr.ª Danglars:

— Tenho que lhe falar.

— Quando?

— Amanhã.

— Onde?

— No cartório.

— Lá irei.

Neste momento aproximou-se a Sr.ª de Villefort.

— Obrigada, minha querida amiga — disse a Sr.ª Danglars, diligenciando sorrir —, não é nada, sinto-me muito melhor.

LXIV. O mendigo

Chegara a noite; a Sr.ª de Villefort manifestara o desejo de voltar para Paris, ao que a Sr.ª Danglars não se atrevera, apesar do evidente incômodo que sentia.

A pedido de sua mulher, foi o Sr. de Villefort o primeiro a dar o sinal de partida.

Ofereceu um lugar em seu landau à Sr.ª Danglars, para que pudesse ter os cuidados de sua mulher.

O Sr. Danglars, porém, entretido numa conversação industrial das mais interessantes com o Sr. Cavalcanti, não dava atenção ao que se passava.

Monte Cristo, enquanto pedia o frasco à Sr.ª de Villefort, notara que o Sr. de Villefort se aproximara da Sr.ª Danglars, e adivinhara o que lhe havia dito, embora tivesse falado em voz tão baixa que a Sr.ª Danglars mal pudera ouvi-lo.

Deixou, sem obstáculo, partir Morrel, Debray e Château-Renaud a cavalo, e entrar as duas senhoras para o landau do Sr. de Villefort, e partirem todos.

Pela sua parte, Danglars, cada vez mais encantado com Cavalcanti pai, convidou-o para o seu cupê.

Andreia Cavalcanti saltou para o seu tílburi, que o esperava diante da porta, e cujo paquete, tão diminuto que exagerava os encantos da elegância inglesa, lhe segurava, nos bicos dos pés, o enorme cavalo cinzento-escuro.

Andreia, esse falara pouco durante o jantar, porque era inteligentíssimo e naturalmente tinha tido medo de dizer alguma tolice no meio daqueles convivas ricos e poderosos, entre os quais os seus olhos talvez não vissem sem certo receio um procurador régio.

De resto, tinha sido monopolizado pelo Sr. Danglars, que, depois de um rápido olhar para o velho major de gola rija e para seu filho mais tímido ainda, combinando todos estes sintomas da hospitalidade de Monte Cristo, pensava que estava com algum nababo que fora a Paris para aperfeiçoar seu filho único nos usos da sociedade.

Tinha pois contemplado com indizível benevolência o enorme diamante que brilhava no dedo mínimo do major, porque o major, como homem prudente e experimentado, com medo de que acontecesse desastre às suas notas, convertera-as no mesmo instante num objeto de valor.

E, depois de jantar, sempre a pretexto de indústria e de viagens, dirigira ao pai e ao filho perguntas acerca do seu modo de viver, e pai e filho, prevenidos de que era na casa de Danglars que lhes devia ser aberto, a um o seu crédito de quarenta e oito mil francos por uma só vez, a outro o seu crédito anual de cinqüenta mil libras, tinham sido encantadores e afabilíssimos para com o banqueiro, a cujos criados, se não se houvessem contido, teriam apertado a mão, tanta necessidade de expansão tinha o seu reconhecimento.

Uma coisa, sobretudo, aumentou a consideração, ou melhor, a quase veneração de Danglars para com Cavalcanti.

Este, fiel ao princípio de Horácio: *nihil admirari*, contentara-se, como se viu, em ostentar ciência dizendo de que lago se tiravam as melhores lampreias. E depois comera uma parte daquela sem dizer uma única palavra.

Danglars concluíra daí que aquela espécie de suntuosidade era familiar ao ilustre descendente dos Cavalcanti, que provavelmente comia em Luca trutas que mandava ir da Suíça e lagostas que lhe mandavam da Bretanha por processos semelhantes aos de que o conde se servira para mandar buscar lampreias ao lago Fusaro e esterletes ao rio Volga.

Por isso acolhera com benevolência pronunciadíssima estas palavras de Cavalcanti:

— Amanhã terei a honra de lhe fazer uma visita para tratarmos de negócios.

— Terei muito gosto — respondeu Danglars — em recebê-lo. E

oferecera a Cavalcanti, se não o desagradava, deixar a companhia de seu filho, e levá-lo ao Hotel dos Príncipes.

Cavalcanti respondera que havia muito tempo que seu filho estava acostumado a viver vida de rapaz, que por isso tinha cavalos seus e carruagens suas, e que, não tendo vindo juntos, não via dificuldade em que se retirassem separados.

O major entrara, pois, na carruagem de Danglars, e o banqueiro sentara-se ao lado dele, cada vez mais encantado com as idéias de ordem e economia daquele homem, que, todavia, dava ao filho cinqüenta mil francos por ano, o que fazia supor-lhe uma fortuna de cinco ou seis mil libras de renda.

Andreia, para se mostrar prático nos usos da melhor sociedade, começou a ralhar com o seu paquete, porque, em vez de ir buscá-lo no patim, esperava-o na porta da rua, o que lhe fizera dar trinta passos para ir para o tílburi.

O paquete recebeu a repreensão com humildade, e para segurar o cavalo impaciente e que batia com as patas, pegou o freio com a mão esquerda, deu com a direita as rédeas a Andreia, que as pegou e pôs de leve a sua bota de polimento no estribo.

Neste momento sentiu Andreia uma mão em cima do ombro. Voltou-se, pensando que Danglars ou Monte Cristo se tivessem esquecido de lhe dizer alguma coisa, e fossem fazê-lo no momento da partida.

Mas não era nenhum dos dois; o que viu foi uma cara desconhecida, queimada pelo sol, emoldurada numa barba comprida, de olhos brilhantes como carbúnculos e um sorriso motejador desabrochando numa boca em que brilhavam, enfileirados no seu lugar e sem faltar um, trinta e dois dentes brancos, agudos e esfaimados, que se assemelhavam muito aos de um lobo ou de um cavalo.

Um lenço de quadrados encarnados tapava-lhe a cabeça com os cabelos compridos, e uma burjaca, sebenta e esfarrapada, cobria-lhe o corpanzil magro e ossudo, cujos ossos parecia que, ao andar, haviam de estalar como os de um esqueleto. E a mão, que se encostou no ombro de Andreia e que foi a primeira coisa que o rapaz viu, pareceu-lhe a este de agigantadas dimensões.

Reconheceria ele aquela cara à luz da lanterna do seu tílburi, ou ficaria tão-somente impressionado pelo horrível aspecto desse interlocutor? Não podemos dizê-lo, mas o fato é que estremeceu e recuou apressadamente.

— O que me quer? — perguntou.

— Há de desculpar — respondeu o homem, levando a mão ao lenço encarnado — se o incomodo, mas preciso falar-lhe.

— Não se pede esmola de noite — disse o paquete, fazendo um movimento para livrar seu amo daquele importuno.

— Eu não peço esmola, meu rapaz — disse o desconhecido ao criado, com um sorriso irônico, mas sorriso tão medonho que este se afastou —; desejo só dizer duas palavras ao seu patrão, que há de haver quinze dias me encarregou de uma missão.

— Vamos — disse Andreia com bastante força para que o criado não lhe percebesse a perturbação —, o que é que quer? diga depressa, meu amigo.

— Eu queria... queria... — disse em voz baixa o homem do lenço encarnado — que me fizesse o obséquio de me poupar o incômodo de voltar para Paris a pé. Estou muito cansado, e, como não jantei tão bem como você, mal posso ter-me em pé.

Andreia estremeceu com aquela estranha familiaridade.

— Mas — disse ele — enfim, o que é que quer?

— Quero que me deixe subir para o seu lindo carro e que me leve consigo.

Andreia fez-se pálido, mas não respondeu.

— Oh, meu Deus! — disse o homem do lenço encarnado, metendo as mãos nas algibeiras e olhando para o rapaz com olhos provocadores —, tive esta idéia, ouve, meu Benedettozinho?

Quando ouviu este nome, o rapaz refletiu, aproximou-se do seu paquete e disse-lhe:

— Este homem foi efetivamente encarregado por mim de uma missão, de que tem que me dar conta. Vai você a pé até a barreira, e aluga um cabriolé, para não se demorar muito. O criado retirou-se admirado.

— Ao menos me deixe chegar para a sombra — disse Andreia.

— Oh, eu mesmo vou conduzi-lo a um belo lugar! — disse o homem do lenço encarnado.

E segurou o cavalo pelo freio, e conduziu o tílburi para um lugar onde era efetivamente impossível que alguém visse a honra que Andreia lhe concedia.

— Oh! — disse-lhe ele — não é pela glória de andar num lindo carro; não é porque esteja cansado, é sobretudo para falar consigo de negócios.

— Vamos, suba — disse o rapaz.

Era pena que não fosse dia claro, porque seria um espetáculo curioso ver um maltrapilho sentado nas almofadas de seda e ouro, ao lado do jovem elegante que guiava o tílburi.

Andreia guiou o cavalo até a última casa da aldeia sem dizer uma única palavra a seu companheiro, que, pela sua parte, sorria e se conservava silencioso, como se estivesse encantado por passear num bom veículo.

Logo que saíram de Auteuil, Andreia olhou em volta de si, decerto para se certificar de que ninguém podia vê-los nem ouvi-los, e então, fazendo parar o cavalo e cruzando os braços diante do homem de lenço encarnado:

— Ora esta! — disse-lhe — por que veio perturbar-me na minha tranqüilidade?

— Mas, meu rapaz, por que é que você desconfia de mim?

— E em que é que desconfiei do senhor?

— Em quê? ainda o pergunta! Separamo-nos na ponte do Var, diz-me que vai viajar para o Piemonte e para a Toscana, e vem para Paris.

— E em que é que isso o incomoda?

— Em nada, cuido até que me convém.

— Ah! ah! — disse Andreia — quer dizer que especula comigo.

— Ora! temos palavrões!

— Tire daí o sentido, mestre Caderousse — tornou Andreia —, previno-o disso.

— Ora! não se zangue, rapaz; mas você deve saber o que é a desgraça; pois a desgraça torna a gente invejosa! Penso que anda pelo Piemonte ou pela Toscana, obrigado a ser *faccino* ou *cicerone*; lastimo-o do íntimo da alma, como lastimaria um filho. Sabe que o chamei sempre meu filho.

— E daí? e daí?

— Lá vamos, meu apressado.

— Então diga.

— E vejo-o passar pela Barreira dos Bons-Hommes com um paquete, com um tílburi com um traje novo e flamante. Que é isto? Descobriu uma mina, ou comprou um cargo de corretor de fundos?

— De modo que, como confessa, tem inveja?

— Não, estou contente, e tão contente que quis dar-lhe os meus parabéns, menino; mas como não estava vestido regularmente, tomei precauções para não o comprometer.

— Boas precauções!... — disse Andreia — apresentando-se-me diante do meu criado.

— Ora! o que quer, meu filho? apresento-me quando posso apanhá-lo. Tem um cavalo muito azougado, um tílburi levíssimo; você escorrega como uma enguia; e, se eu o não apanhasse esta noite, corria o risco de nunca mais apanhá-lo.

— Bem vê que não me escondo.

— É muito feliz, e outro tanto quisera eu dizer de mim; eu

escondo-me, e para falar a verdade tinha medo de que não me conhecesse; mas conheceu-me — acrescentou Caderousse, com o seu mau sorriso —; vamos lá, que não é má peça.

— Então — disse Andreia — o que é que quer?

— Já não trata por você o seu antigo companheiro, isso é mau, Benedetto; toma cautela, torna-se exigente.

Esta ameaça fez desaparecer a cólera do rapaz; acabava de soprar o vento do constrangimento. Meteu o cavalo a trote.

— Mau é que você, Caderousse — disse ele —, proceda assim com um antigo companheiro, como disse; você é marselhês e eu sou...

— Já sabe o que é?

— Não, mas fui educado na Córsega; você é velho e cabeçudo, eu sou moço e teimoso. Entre pessoas como nós não surte bom efeito a ameaça, e tudo se deve fazer amigavelmente. Eu terei culpa de que a sorte, que continua a ser má para você, se tornasse boa para mim?

— Então favoreceu-lhe a sorte? o *groom* não é emprestado, o tílburi não é emprestado, e o seu traje não é emprestado? Bom! melhor! — disse Caderousse, com os olhos brilhantes de cobiça.

— Oh, bem o vê e bem o sabe, visto que vem encontrar-me! — disse Andreia, animando-se cada vez mais. — Se eu tivesse um lenço como o seu na cabeça, uma burjaca sebenta no corpo, e sapatos cheios de buracos nos pés, não me conhecia.

— Bem vê que se engana, menino, e não tem razão; agora, que o encontrei, nada obsta a que eu vista de bom pano, porque lhe conheço o coração: se tiver dois trajes dar-me-á um; também eu antes lhe dava parte da minha sopa e dos meus feijões, quando você tinha fome.

— É verdade — disse Andreia.

— E que apetite que você tinha! Continua tendo bom apetite?

— Continuo — disse Andreia, rindo.

— Como jantaria bem com aquele príncipe da casa de quem vem!...

— Não é um príncipe, é simplesmente um conde.

— Um conde, e rico, hem?

— Sim, mas não se fie nisso; olha que não é sujeito com quem se brinque.

— Oh, meu Deus, sossegue! não tenho projeto acerca do seu conde; deixá-lo-ei só para você. Mas — acrescentou Caderousse, recuperando o mau sorriso que já lhe havia roçado pelos lábios — tem que dar alguma coisa para isso, compreende?

— Vamos, o que quer?

— Parece-me que com cem francos por mês...

— E daí?

— Eu podia viver.

— Com cem francos?

— Mal, compreende-se, mas com...

— Com?...

— Com cento e cinqüenta francos, seria felicíssimo.

— Aqui tem duzentos.

E meteu na mão de Caderousse dez luíses de ouro.

— Bom — disse Caderousse.

— Apresenta-se no dia um de cada mês ao meu porteiro, e receberá igual quantia.

— Quer humilhar-me?

— Como assim?

— Quer que eu tenha relações com a criadagem? Não; olha, eu não quero ter negócios senão consigo.

— Bem! então procura-me no dia um de cada mês, e enquanto eu receber a minha mesada, você receberá a sua.

— Vamos, vamos, vejo que me enganei, você é um excelente rapaz, e é bem empregada a fortuna quando vai ter com gente como você. Conte-me como foi isso.

— Que necessidade tem de sabê-lo? — perguntou enfadado Cavalcanti.

— Mostra-se ainda desconfiado?

— Não. Ora, achei meu pai!

— Um verdadeiro pai?

— Demônios! enquanto pagar...

— Crerá e honrá-lo-á; é de justiça. Ouça, como se chama seu pai?

— O major Cavalcanti.

— E está contente consigo?

— Até agora, parece que sim.

— E quem lhe descobriu esse pai?

— O conde de Monte Cristo.

— Aquele, da casa de quem saiu?

— Sim.

— Olha lá: vê se me arranja um lugar na casa dele como parente próximo, uma vez que tem escritório.

— Pois sim, hei de falar-lhe em você; mas até então o que há de você fazer?

— Eu?

— Sim, você.

— Tem muita bondade em se lembrar disso — disse sorrindo Caderousse.

— Parece-me que, uma vez que se interessa por mim — respondeu Andreia —, eu posso também informar-me.

— É justo... Vou alugar um quarto numa casa capaz, vestir um traje decente, fazer a barba todos os dias, e ler os jornais no botequim. À noite irei a algum espetáculo como chefe de claque, e parecerei um padeiro aposentado; é esse o meu sonho.

— Bem! Se quiser realizar esse projeto e ter juízo, irá tudo uma maravilha.

— Olhem o Sr. Bossuet!... E você, o que vai ser? par de França?

— Oh! oh! quem sabe?

— Talvez o Sr. Major Cavalcanti o seja... mas desgraçadamente a hereditariedade está abolida.

— Nada de política, Caderousse!... E agora, que você tem o que quer e que chegamos, trate de saltar do carro para baixo e ponha-se a andar.

— Nada, meu querido amigo.

— O quê? nada?

— Nem pensar em tal, menino. De lenço encarnado na cabeça, quase sem sapatos, sem atestados, e com dez napoleões de ouro na algibeira, além do que já lá tinha, o que perfaz duzentos francos, prendiam-me com toda certeza na barreira! Então ver-me-ia obrigado, para me justificar, a dizer que foi você quem me deu os dez napoleões; o resultado seriam informações, inquéritos; vinha a saber-se que eu tinha estado em Tulono, de onde me safara, e pregavam novamente comigo nas margens do Mediterrâneo. E lá tornava eu a ser pura e simplesmente o n.º 106, e adeus o meu sonho de padeiro aposentado! Nada, meu filho; prefiro ficar honrosamente na capital.

Andreia carregou o sobrolho; era, como ele próprio o dizia, muito má cabeça, o filho putativo do major Cavalcanti. Parou um instante, lançou um olhar rápido em volta de si, e, quando a sua vista acabava de descrever o círculo investigador, a mão desceu-lhe inocentemente à algibeira, onde começou a acariciar o fecho de uma pistola.

Mas neste mesmo tempo, Caderousse, que não perdia de vista o companheiro, passara as mãos para trás das costas, e abrira de manso uma grande navalha espanhola, que trazia consigo para o que desse e viesse.

Como se vê, os dois amigos eram dignos de se compreenderem,

e compreenderam-se: a mão de Andreia saiu inofensiva da algibeira e subiu vagarosamente até o seu bigode ruivo, que cofiou por algum tempo.

— Meu bom Caderousse — disse —, vai então ser feliz!

— Hei de fazer-lhe a diligência — respondeu o estalajadeiro da ponte do Gard, metendo a faca na manga.

— Vá lá, entremos em Paris. Mas o que há de você fazer para transpor a barreira sem levantar suspeitas? Parece-me que vestido como está mais risco corre de carruagem do que a pé.

— Espera, vai ver.

Pegou o chapéu de Andreia e o capote de cabeção que o paquete tinha deixado no seu lugar, e pôs tudo isto em cima de si; depois tomou os modos sérios de um lacaio que acompanha o seu patrão, que vai guiando.

— E eu — disse Andreia —, vou ficar de cabeça descoberta?

— Ora! — respondeu Caderousse — faz tanto vento que não é de admirar que lhe levasse o chapéu.

— Vamos, e acabemos com isto.

— Quem é que o prende? Não parece que seja eu.

— Cale-se! — disse Cavalcanti.

Atravessaram a barreira sem inconveniente.

Na primeira rua transversal, Andreia parou o cavalo e Caderousse saltou para terra.

— Então — disse Andreia —, e o capote do meu criado e o meu chapéu?

— Ora! — respondeu Caderousse — não há de querer que eu me constipe.

— E então eu?

— Você é rapaz, e eu começo a fazer-me velho. Até a vista, meu caro Benedetto.

E meteu-se pela travessa e desapareceu.

— Ah! — disse Andreia, soltando um suspiro — não se pode ser completamente feliz neste mundo I

LXV. Cena conjugal

Os três rapazes tinham-se separado na Praça de Luís XV; Morrel tomara pelos *boulevards*, Château-Renaud pela Ponte da Revolução, e Debray pelo cais.

Morrel e Château-Renaud, segundo todas as probabilidades, foram para os seus lares domésticos, como se diz ainda na tribuna da Câmara, nos discursos bem feitos, e no teatro da Rua Richelieu, nas peças bem escritas; mas não aconteceu outro tanto a Debray.

Quando chegou à porta do Louvre, deu meia volta à esquerda, atravessou o Carrousel a trote rasgado, entrou na Rua Saint-Roch, seguiu pela Rua de Michodière, e chegou à porta do Sr. Danglars no momento em que o landau do Sr. de Villefort, depois de o haver largado a ele e a sua mulher no arrabalde de Saint-Honoré, parava para deixar a baronesa em sua casa.

Debray, como familiar da casa, foi o primeiro a entrar no pátio, atirou a rédea a um criado, e voltou a receber à portinhola a Sr.ª Danglars, a quem ofereceu familiarmente o braço para conduzi-la aos seus aposentos.

Tão depressa se fechou a porta e a baronesa e Debray entraram no pátio, disse-lhe ele:

— O que tem, Hermine, e por que foi que a incomodou tanto a história, ou, melhor, a fábula que o conde contou?

— Porque eu estava muito mal disposta, meu querido — respondeu a baronesa.

— Qual história! Hermine, eu não posso acreditar nisso. A senhora ia em excelentes disposições quando chegou à casa do conde. Verdade seja que o Sr. Danglars estava um pouco rabugento, mas eu sei o caso que faz dos maus humores dele. Alguém lhe fez alguma coisa. Conte-me isso; bem sabe, Hermine, que nunca tolerei que a desfeiteiem.

— Engana-se, Lucien, asseguro-lhe que o que houve foi o que eu lhe disse, e mais o mau humor que o senhor notou, e de que não julguei que valesse a pena falar-lhe.

Era evidente que a Sr.ª Danglars estava sob a influência de uma dessas irritações nervosas que as mulheres às vezes não podem explicar a si mesmas, ou que, como Debray adivinhara, havia experimentado alguma comoção oculta, que a ninguém podia confessar.

Como homem habituado a reconhecer os flatos como um dos elementos da vida feminina, não insistiu mais, esperando o momento oportuno de uma nova interrogação ou de uma confissão da baronesa.

À porta do quarto, a baronesa encontrou Cornélie, sua criada de confiança.

— O que está fazendo a minha filha? — perguntou a Sr.ª Danglars.

— Estudou toda a noite — respondeu Cornélie —, e depois se deitou.

— Mas quer-me parecer que ouço tocar piano...

— É a Sr.ª Louise d'Armilly que está tocando.

— Bem — disse a Sr.ª Danglars —, venha despir-me.

Entraram no quarto de cama.

Debray estirou-se num grande canapé, e a Sr.ª Danglars passou para o seu toucador com Cornélie.

— Meu querido Sr. Lucien — disse a baronesa por detrás do reposteiro do gabinete —, continua a queixar-se de que Eugénie não lhe dá a honra de dirigir-lhe a palavra?

— Minha senhora — disse Lucien, brincando com o cãozinho da baronesa, que, conhecendo-lhe a qualidade de amigo da casa, tinha por costume fazer-lhe muitas festas —, não sou o único que faça essas recriminações, e já um dia destes ouvi queixar-se o Morcerf de não poder arrancar à noiva uma única palavra.

— É verdade, mas creio que há de mudar tudo uma destas manhãs, e que o senhor há de ver entrar Eugénie no seu gabinete.

— No meu gabinete?

— No do ministro, para melhor dizer.

— E para quê?

— Para lhe pedir um contrato na Ópera. Na verdade, nunca vi uma loucura assim pela música! É realmente ridícula numa pessoa de boa sociedade!

Debray sorriu.

— Pois que vá com o consentimento do barão e o seu, que se lhe arranja o contrato, e faremos a diligência para que seja à altura do seu mérito, embora sejamos muito pobres para que possamos pagar tamanho talento como o dela.

— Pode retirar-se, Cornélie — disse a Sr.ª Danglars à criada —, já não é precisa.

Cornélie desapareceu, e, daí a um instante, a Sr.ª Danglars saiu do seu gabinete num desalinho encantador, e foi sentar-se ao pé de Lucien.

Depois, pensativa, passou a brincar com um pequeno cãozinho de pêlo branco.

Lucien olhou para ela um instante em silêncio, mas, como o preocupasse aquele estado da baronesa:

— Vamos, Hermine — disse, passado um instante —, responda francamente: está zangada por alguma coisa, não?

— Eu não — respondeu a baronesa.

E, contudo, como sufocava, levantou-se, tratou de respirar, e foi ver-se a um espelho.

— Estou de meter medo esta noite — disse.

Debray levantou-se sorrindo para ir sossegar a baronesa, quando a porta se abriu subitamente.

Com a bulha da porta, a Sr.ª Danglars voltou-se, e encarou o marido com um espanto que nem sequer se deu ao incômodo de dissimular.

— Boa noite, minha senhora — disse o banqueiro —; boa noite, Sr. Debray.

A baronesa julgou decerto que esta visita inesperada significaria até certo ponto o desejo de fazer esquecer as palavras amargas que o barão tinha soltado durante o dia.

Entrincheirou-se num modo grave, e, voltando-se para Lucien sem responder ao marido, disse-lhe:

— Leia-me alguma coisa, Sr. Debray.

Debray, a quem esta visita a princípio inquietara levemente, sossegou em vista da serenidade da baronesa, e pegou um livro que tinha como sinal no meio uma faca de madrepérola incrustada de ouro.

— Há de perdoar, baronesa — disse o banqueiro —, mas vai fazer-lhe mal estar levantada até tarde; são onze horas, e o Sr. Debray mora muito longe.

Debray ficou estupefato, não porque os modos de Danglars não fossem de todo o ponto serenos e corteses, mas porque no meio dessa serenidade e dessa cortesia destacava-se uma certa veleidade de não fazer a vontade a sua mulher.

A baronesa ficou também admirada, e manifestou o seu espanto com um olhar que sem dúvida teria dado o que pensar ao marido, se o marido não tivesse os olhos fitos num jornal, em que procurava a cotação dos fundos públicos.

Resultou daí que esse olhar tão arrogante foi completamente perdido e não produziu o menor efeito.

— Sr. Lucien — disse a baronesa —, declaro-lhe que não tenho a menor vontade de dormir, que tenho mil coisas a lhe dizer ainda hoje, e que vai passar toda a noite a ouvir-me, ainda que tenha de dormir em pé.

— Às suas ordens, minha senhora — respondeu Lucien, fleumaticamente.

— Meu querido Sr. Debray — disse então o banqueiro —, peço-lhe que não se canse a ouvir esta noite as loucuras da Sr.ª Danglars, que pode ouvir amanhã; mas esta noite é minha, reservo-a para mim, e consagrá-la-ei, se mo permite, a conversar em negócios graves com minha mulher.

Desta vez o golpe era tão direto e tão a prumo que aturdiu Lucien e a baronesa.

Interrogaram-se com os olhos como para irem buscar um ao outro auxílio contra aquela agressão; mas triunfou o irresistível poder do dono da casa.

— Não se persuada de que o ponho fora de casa, meu querido Debray — continuou Danglars —, nem pense em tal: uma circunstância imprevista é que me faz desejar ter esta noite mesmo uma conversação com a baronesa. Acontece isto tão raras vezes, que não se hão de agastar comigo.

Debray pronunciou algumas palavras, cumprimentou, e saiu cambaleando com Natã na Atalia.

"É incrível! disse ele, quando a porta se fechou, como estes maridos, que nós achamos tão ridículos, nos levam vantagem com tanta facilidade."

Logo que Lucien saiu, Danglars foi sentar-se no lugar que ele ocupara no canapé, depois fechou o livro que tinha ficado aberto, e, tomando uns modos horrivelmente pretensiosos, continuou a brincar com o cão.

Mas, como o cão, que não tinha por ele a mesma simpatia que tinha por Debray, lhe quisesse morder, pegou-lhe pela pele do pescoço e atirou com ele para uma *chaise-longue* que estava no outro lado do quarto.

O animal deu um grito ao atravessar o espaço; mas, chegado a seu destino, agachou-se atrás de uma almofada, e, admirado daquele tratamento, a que não estava acostumado, deixou-se ficar mudo e sem se mexer.

— Não sabe, senhor — disse a baronesa sem pestanejar —, que está fazendo progressos? Ordinariamente não passa de grosseiro, mas esta noite é brutal.

— É que esta noite estou de mais mau humor do que ordinariamente — respondeu Danglars.

Hermine olhou para o banqueiro com supremo desdém.

Estes modos faziam, quase sempre, exasperar o orgulhoso Danglars: mas esta noite mal pareceu dar-lhes atenção.

— E que me importa a mim o seu mau humor? — respondeu a baronesa, irritada com a impassibilidade do marido —; tenho porventura alguma coisa com isso? Encerre o seu mau humor em si ou leve-o para o seu escritório, e, como tem caixeiros a quem paga, reparta-o com eles.

— Nada — respondeu Danglars —; está perdendo os seus conselhos, minha senhora, porque não os seguirei. O meu escritório é o meu pactolo, como diz, creio eu, o Sr. Demoustiers, e não quero atormentar-lhe o andamento nem perturbar-lhe a serenidade. Os meus caixeiros são homens de bem, que me ganham a minha fortuna, e a quem eu pago vencimentos muito inferiores ao que eles merecem, e estimo-os pelo que produzem; não me irritarei, pois, com eles. As pessoas com quem me irritarei são as que me comem os jantares, me estafam os cavalos e, além disso, me arruínam a caixa.

— E quem são essas pessoas que lhe arruínam a caixa? Explique-se com mais clareza, senhor, peço-lho.

— Oh, sossegue! se lhe falo por enigmas, não há de levar muito tempo a adivinhá-los. As pessoas que arruínam a minha caixa são as que tiram dela setecentos mil francos numa hora.

— Não o compreendo, senhor — disse a baronesa, procurando dissimular a um tempo a comoção da voz e a vermelhidão do rosto.

— Compreende perfeitamente, mas, se a sua má vontade continua, dir-lhe-ei que acabo de perder setecentos mil francos no empréstimo espanhol.

— Ora essa! — disse a baronesa chacoteando — e torna-me responsável por esse prejuízo

— Por que não?

— Eu tenho lá culpa de que perdesse ou de que ganhasse setecentos mil francos!...

— Em todo caso, a culpa não é minha.

— De uma vez por todas, senhor — replicou asperamente a baronesa —, tenho-lhe dito que nunca me fale na caixa; é uma linguagem que nunca aprendi, nem na casa dos meus pais nem na casa do meu primeiro marido.

— Creio — disse Danglars — que não tinham um soldo, nem um nem outro.

— Razão de mais para eu não ter aprendido com eles a gíria da Bolsa, que me apoquenta aqui os ouvidos desde a manhã até a noite. Faz-me mal aos nervos esta bulha de escudos, que são contados e tornados a contar, e não sei de coisa que me possa ser mais desagradável do que isto, a não ser o som da sua voz.

— É verdade, é singular! e eu que julgava que a senhora tomava o maior interesse nas minhas operações!...

— Eu! e quem lhe fez acreditar semelhante parvoíce?

— A senhora mesma.

— Ora essa!

— É tal qual.

— Muito desejaria que me dissesse quando foi isso — interrogou a baronesa, com espanto.

— Ora! é fácil. Foi a senhora a primeira que, no mês de fevereiro último, me falou em fundos do Haiti. Sonhara que tinha entrado no porto do Havre um navio, e que esse navio trazia a notícia de que ia efetuar-se um pagamento que se julgava adiado para as calendas gregas. Eu, que conheço a lucidez do seu sono, mandei logo comprar por terceiro todos os cupões de dívida do Haiti que aparecessem, e ganhei quatrocentos mil francos, de que lhe entreguei religiosamente cem mil. Fez deles o que quis; ganhou-os, nada tenho com isso.

Em março, tratava-se da concessão de um caminho-de-ferro. Apresentaram-se três sociedades, oferecendo iguais garantias. A senhora disse-me que o seu instinto — e, embora agora diga que é estranha às especulações, eu creio, pelo contrário, o seu instinto muito desenvolvido em certas matérias —, a senhora disse-me que o seu instinto a levava a acreditar que o privilégio seria dado à sociedade intitulada do Midi. Inscrevi-me no mesmo instante com dois terços das ações dessa sociedade. O privilégio foi-lhe efetivamente concedido: como a senhora previra, as ações triplicaram de valor, e eu meti em caixa um milhão, de que dei para os seus alfinetes duzentos e cinqüenta mil francos. Em que empregou esses duzentos e cinqüenta mil francos? não tenho nada com isso.

— Mas aonde quer chegar, senhor? — exclamou a baronesa, trêmula de despeito e de impaciência.

— Já vamos lá, minha senhora.

— Bem.

— Em abril, foi jantar um dia na casa do ministro; falou-se na Espanha, e ouviu uma conversação secreta: tratava-se da expulsão de D. Carlos; comprei fundos espanhóis. Realizou-se a expulsão, e ganhei seiscentos mil francos no dia em que Carlos V transpôs o Bidassoa. Desses seiscentos mil francos recebeu a senhora cinqüenta mil escudos; eram seus, dispôs deles à sua vontade, e não lhe peço contas; mas nem por isso deixa de ser verdade que recebeu este ano quinhentas mil libras.

— E depois, senhor?

— E depois?! é exatamente depois que o negócio se esbarronda.

— Tem uns modos de dizer as coisas... na verdade... que linguagem!...

— Exprimo a minha idéia, é quanto basta. Depois, foi há três dias, falou em política com o Sr. Debray, e julgou perceber-lhe nas palavras que D. Carlos entrara na Espanha; então começo a vender os fundos, propala-se a notícia, há pânico, já não os vendo, dou-os; no dia seguinte sabe-se que a notícia fora falsa, e por causa dessa notícia perco eu setecentos mil francos.

— E daí?

— E daí?! como lhe dou a quarta parte quando ganho, deve dar-me a quarta parte quando perco. A quarta parte de setecentos mil francos são cento e setenta e cinco mil francos.

— Mas o que me diz tem sua graça, e não sei na verdade para que há de envolver nessa história o nome do Sr. Debray.

— Porque, se a senhora porventura não tiver os cento e setenta e cinco mil francos que reclamo, pode pedi-los emprestados às pessoas de sua amizade, e o Sr. Debray pertence a esse número.

— Menos isso! — exclamou a baronesa.

— Ora, deixe-se de gestos, de gritos, de drama moderno, ou forçar-me-ia a dizer-lhe que estou vendo o Sr. Debray a chacotear junto dos quinhentos mil francos que a senhora lhe entregou este ano, e dizendo consigo mesmo que descobriu o que os mais hábeis jogadores nunca puderam descobrir, isto é, uma roleta onde se ganha sem apontar dinheiro, e onde não se perde quando se perde.

A baronesa quis saltar.

— Miserável! — disse ela — ousará dizer que não sabia o que se atreve a lançar-me hoje no rosto?

— Não lhe digo se sabia ou não sabia; o que eu lhe digo é: observe o meu comportamento há quatro anos, desde que a senhora não é minha mulher e que eu não sou seu marido, e veja se ele tem sido ou não conseqüente. Algum tempo antes do nosso rompimento, a senhora desejou estudar música com o célebre barítono que com tanto êxito estreou no Teatro Italiano; eu quis estudar dança com a dançarina que tamanha reputação adquiriu em Londres. Isso me custou, tanto pela sua parte como pela minha, cerca de cem mil francos. Não disse nada, porque deve haver harmonia entre casados. Cem mil francos para que o homem e a mulher saibam a fundo dança e música, não é caro. Senão quando, a senhora aborrece o canto, e lembra-se de estudar diplomacia com um secretário do ministro. Deixo-a estudar. Compreende: que me importa isso a mim, se a senhora paga essas lições com dinheiro da sua caixa?... Mas, hoje, vejo que a senhora saca sobre a minha, e que a sua aprendizagem pode custar-me setecentos mil francos por mês. Alto, senhora, isto não pode continuar assim. Ou o diplomata dá-lhe lições... gratuitas, e eu o tolero, ou não torna a pôr o pé nesta casa; entende agora?

— Oh, é de mais, senhor! — exclamou Hermine, sufocada — excede os limites do ignóbil!

— Mas — disse Danglars — vejo com prazer que não me quis ficar atrás, e obedeceu voluntariamente ao axioma do código: "A mulher deve acompanhar o seu marido."

— Injúrias!

— Tem razão: fixemos os fatos e raciocinemos friamente. Eu nunca me intrometi nos seus negócios senão para seu bem; faça a senhora outro tanto. Não diz que nada tem com a minha caixa? Pois faça as operações com a sua, e não encha nem vaze a minha. E quem sabe se tudo isto não será uma partida de Jarnac político; se o ministro, enfurecido por me ver na oposição, e com inveja das simpatias populares que estou adquirindo, se combinaria com o Sr. Debray para me arruinar?...

— Parece-lhe isso provável?

— Decerto; quem nunca viu... uma notícia telegráfica falsa, quer dizer o impossível ou quase; sinais completamente diferentes dados pelos dois últimos telégrafos!... Nada! isso só feito propositadamente para mim!

— Parece-me — disse a baronesa mais humildemente — que não ignora que o empregado foi expulso, que se falou até em lhe instaurar processo, que foi dada ordem de prisão, e que essa ordem teria sido executada se ele não fugisse, o que prova a loucura ou a culpabilidade dele... Foi um engano.

— Sim, que fez rir os parvos, que fez passar uma noite má ao ministro, que fez que os senhores secretários de Estado rabiscassem papel, mas que me custa a mim setecentos mil francos.

— Mas, senhor — disse Hermine, subitamente —, se o culpado de tudo isso é o Sr. Debray, porque é que, em vez de lhe dizer tudo isso a ele, vem dizer-mo a mim? por que é que acusa o homem, e se revolta contra a mulher?

— Eu conheço o Sr. Debray? — disse Danglars —; quero conhecê-lo? quero saber se dá conselhos? quero segui-los? jogo? Não, quem faz tudo isso é a senhora, não sou eu!

— Mas parece-me que, como tira daí proveito... — avançou, quase timidamente.

Danglars encolheu os ombros.

— Realmente são loucas estas mulheres que se julgam gênios porque encaminharam uma ou duas intrigas por forma que não ficaram desacreditadas em toda a Paris. Mas ainda que ocultasse os seus desregramentos a seu próprio marido, o que é o a-bê-cê da arte, porque a maior parte das vezes os maridos não vêem porque não querem ver, a senhora não seria mais do que uma cópia desmerecida do que fazem metade das suas amigas, as mulheres da sua sociedade. Mas não acontece isso comigo: eu vejo e vi sempre. Há dezesseis anos que a senhora me tem escondido sempre, talvez um pensamento, mas não um passo, uma ação, uma falta. A senhora aplaude-se da sua perícia e julga firmemente enganar-me, mas o que resulta daí? É que, graças à minha suposta ignorância, desde o Sr. de Villefort até o Sr. Debray, não tem havido um só desses seus afeiçoados que não tenha tremido diante de mim; não tem havido um só que não me tenha tratado como dono da casa, que é a minha única pretensão em relação à senhora; não tem havido um só que se tenha atrevido a dizer-lhe de mim o que eu lhe digo hoje deles. Concedo-lhe que me torne odioso, mas obstar-lhe-ei a que me torne ridículo; sobretudo proíbo-lhe positivamente, e mais que tudo, que me arruíne.

Até o momento em que o nome de Villefort foi pronunciado, a baronesa portara-se com bastante firmeza; mas quando ele foi proferido, empalideceu e, levantando-se como se fora movida por uma mola, estendeu o braço como para exorcizar uma aparição e deu três passos para o marido como para lhe arrancar o fio do segredo que ele não sabia, ou que, talvez, por algum cálculo odioso, como eram quase todos os cálculos de Danglars, não queria revelar completamente.

— O Sr. de Villefort?! o que significa isso? o que quer dizer?

— Quer dizer, minha senhora, que o Sr. de Nargonne, seu primeiro marido, que não era nem filósofo nem banqueiro, ou que era talvez uma e outra coisa, vendo que não tinha proveito a tirar de um procurador régio, morreu de desgosto e de cólera por encontrá-la grávida de seis meses depois de uma ausência de nove. Sou brutal, e não só sei que o sou, mas também me gabo disso: é um dos meios por que consigo ter bom êxito nas minhas operações comerciais. Por que foi que, em vez de matar, ele se suicidou? porque não tinha uma caixa para salvar. Mas eu devo-me à minha caixa. O Sr. Debray, meu associado, faz-me perder setecentos mil francos. Sofra ele o prejuízo correspondente, e continuaremos os nossos negócios; senão, faça-me bancarrota dos seus cento e setenta e cinco mil francos, e proceda como procedem os que estão nesse caso: desapareça! Oh, meu Deus, é um rapaz encantador, bem sei, quando as notícias são exatas! mas, quando não o são, há cinqüenta mil no mundo que valem mais do que ele.

A Sr.ª Danglars estava aterradíssima, mas fez um esforço supremo para responder a este último ataque.

Foi debalde. Caiu numa poltrona, pensando em Villefort, na cena do jantar, na série singular de desgraças que havia já alguns dias lhe caíam em casa e que transformavam em discussões escandalosas a serenidade do casal.

Danglars nem sequer olhou para ela, conquanto a baronesa fizesse todo o possível para perder os sentidos.

Puxou para si a porta do quarto sem acrescentar mais uma palavra, e entrou no seu; de maneira que a Sr.ª Danglars, quando tornou a si do seu meio desmaio, pôde supor que tinha sido pesadelo.

LXVI. Projeto de casamento

No dia que se seguiu à cena que acabamos de referir, à hora que Debray costumava escolher para, de caminho para a secretaria, ir fazer uma visitinha à Sr.ª Danglars, não apareceu no pátio o seu cupê.

A essa hora, isto é, à meia hora da tarde, a Sr.ª Danglars mandou pôr a sua carruagem e saiu.

Danglars, por detrás de uma cortina, havia espreitado essa saída, que já esperava.

Deu ordem para que o prevenissem tão depressa a senhora voltasse; mas às duas horas ela ainda não estava em casa.

Às duas horas mandou chegar também a carruagem, foi para a Câmara, e inscreveu-se para falar contra o orçamento.

Do meio-dia até as duas horas estivera no seu gabinete abrindo a sua correspondência, entristecendo cada vez mais, amontoando números sobre números, e recebendo, entre outras visitas, a do major Cavalcanti, que, sempre empertigado e sempre exato, se apresentou à hora anunciada na véspera para concluir os seus negócios com o banqueiro.

Ao sair da Câmara, Danglars, que havia dado violentos sinais de agitação durante a sessão, e que havia sido mais acerbo do que nunca contra o ministério, tornou a entrar em sua carruagem e ordenou ao cocheiro que o conduzisse rapidamente à Avenida dos Champs-Élysées, n.º 30.

Monte Cristo estava em casa, mas conferenciava com quem quer que fosse, e mandou pedir a Danglars que o esperasse por um momento na sala.

Enquanto este esperava, abriu-se a porta, e o banqueiro viu entrar um homem vestido de sacerdote, que em vez de esperar, como ele, decerto mais familiar na casa, se dirigiu para o interior da casa e desapareceu.

Um instante depois, tornou a abrir-se a porta por onde o padre havia entrado e entrou Monte Cristo.

— Há de desculpar-me — disse —, meu querido barão, mas um dos meus bons amigos, o abade Busoni, que o senhor havia de ver passar, acaba de chegar a Paris; havia muito tempo que não nos víamos, e não tive coragem de deixá-lo imediatamente. Espero que, em atenção ao motivo, me desculpará de fazê-lo esperar tanto.

— Ora essa! Eu é que vim em má ocasião, e vou retirar-me.

— Nada; sente-se. Mas, meu Deus! o que tem? Parece tão inquieto que na verdade me assusta. Um capitalista melancólico é como os cometas: pressagia sempre alguma desgraça no mundo.

— Persegue-me a má sorte há muitos dias, e não recebo notícias senão de desastres.

— Jesus! sofreu nova perda na Bolsa?...

Não, curei-me disso, ao menos por alguns dias; trata-se simplesmente de uma quebra em Trieste.

— Sim? O falido seria porventura o Jacob Manfredi?

— Justamente! Imagine, um homem que há muito tempo tinha comigo negócios na importância de oitocentos ou novecentos mil francos. E nunca um erro de contas, nunca uma espera; pagava como um príncipe... que paga. Tenho lá um milhão, e o diabo do Jacob Manfredi suspende pagamentos!

— Sim?

— É uma fatalidade inaudita. Saco sobre ele seiscentas mil libras, que não são pagas, e, além disso, sou ainda endossante de quatrocentos mil francos de letras de câmbio assinadas por ele e com vencimento no fim do corrente no seu correspondente de Paris. Estamos a trinta, mando cobrá-las; esperem por isso! o correspondente desapareceu. Com o negócio da Espanha, isto arranjou-me um lindo fim de mês.

— Mas perdeu verdadeiramente no negócio da Espanha? — perguntou o conde, com interesse.

— Nada mais nada menos do que setecentos mil francos para fora da caixa.

— Como caiu nessa o senhor, que é um lince?

— A culpa foi de minha mulher. Sonhou que D. Carlos tinha entrado na Espanha, e acredita em sonhos. É magnetismo, diz; quando sonha uma coisa, essa coisa, segundo assegura, há de suceder infalivelmente. Por essa convicção, permito-lhe que jogue; a baronesa tem a sua caixa e o seu corretor de fundos, joga e perde. É verdade que não é o meu dinheiro, mas é o dela que joga. Mas não importa, o senhor compreende que, quando da algibeira da mulher saem setecentos mil francos, o mando sempre vem a senti-lo. Pois quê! não sabia isso? Mas o caso deu muito que falar.

— Ouvi falar nisso, é verdade, mas ignorava os pormenores; e depois sou um ignorantão de todos esses negócios de Bolsa.

— Então não joga?

— Eu?! e como quer que jogue? já não me custa pouco tratar dos meus rendimentos. Ver-me-ia obrigado a tomar, além do meu mordomo, um caixeiro e um ajudante. Mas, a propósito da Espanha: parece-me que a entrada de D. Carlos não foi somente sonhada pela baronesa. Os jornais não disseram alguma coisa disso?

— O senhor acredita nos jornais?

— Eu não, mas parecia-me que o *Mensageiro* era exceção à regra, não dava senão notícias certas, notícias telegráficas.

— O que é inexplicável — tornou Danglars — é que a entrada de D. Carlos foi efetivamente dada por uma notícia telegráfica.

— De sorte que — disse Monte Cristo — perde este mês cerca de um milhão e setecentos mil francos?...

— Não há cerca, é exatamente essa quantia.

— Diabos! para uma fortuna de terceira ordem — disse Monte Cristo, compungido —, é um bote terrível.

— De terceira ordem! — disse Danglars, um tanto ferido —; o que entende por isso?

— Eu classifico as fortunas em três categorias: fortuna de primeira ordem, fortuna de segunda ordem, fortuna de terceira ordem. Chamo fortuna de primeira ordem a que se compõe de tesouros que estão debaixo de mão, terras, minas, rendas pagas por Estados como a França, a Áustria. a Inglaterra, contanto que esses tesouros, essas minas, essas rendas, formem um total de cem milhões; chamo fortuna de segunda ordem às explorações manufatureiras, às empresas por associações, às vice-realezas e aos principados que não excedem um milhão e quinhentos mil francos de rendimento, formando tudo um capital de cinqüenta milhões; e chamo fortuna de terceira ordem aos capitais que frutificam por interesses compostos, dependendo os ganhos da vontade de outrem ou das contingências do acaso, em que uma quebra faz mossa, que uma notícia telegráfica abala; as especulações eventuais, as operações submetidas às alternativas da fatalidade que se poderia chamar força menor, comparando-a com a força maior, que é a força natural, formando o todo um capital fictício ou real de uns quinze milhões. Não é esta mais ou menos a sua posição, Sr. Barão Danglars?

— É! — respondeu Danglars.

— Resulta disso que com seis fins de meses como este — continuou Monte Cristo, imperturbavelmente —, uma casa de terceira ordem estaria na agonia.

— Oh! — disse Danglars, com um sorriso amarelo — como o senhor anda depressa!

— Demos-lhe sete meses — continuou Monte Cristo com os mesmos modos. — Diga-me, pensou alguma vez que sete vezes um milhão e setecentos mil francos somam perto de doze milhões?... Não? Tem razão, porque, com reflexões semelhantes, nunca ninguém arriscaria os seus capitais, que são para o financeiro o que a pele é para o homem civilizado. Nós temos os nossos fatos mais ou menos suntuosos, é o nosso crédito; mas o homem, quando morre, não tem senão a pele; assim como, retirando-se dos negócios, o senhor não tem senão os seus bens reais, cinco ou seis milhões quando muito; porque as fortunas de terceira ordem não representam senão a terça ou a quarta parte da sua aparência, como a locomotiva de um caminho-de-ferro não é, no meio do fumo que a envolve e que a avoluma, senão uma máquina mais ou menos forte. Pois, dos cinco milhões que formam o seu ativo real, o senhor acaba de perder cerca de dois, que diminuem nessa soma a sua fortuna fictícia ou o seu crédito; quer dizer, meu querido Danglars, que a sua pele acaba de ser aberta por uma sangria que, repetida quatro vezes, lhe daria a morte. Repare nisto. Precisa de dinheiro? Quer que lho empreste?

— Que mau calculista é o senhor! — exclamou Danglars, chamando em seu auxílio toda a filosofia e toda a dissimulação da aparência; — a estas horas, tornou a entrar o dinheiro nos meus cofres por outras especulações que foram bem sucedidas. O sangue que saiu pela sangria tornou a entrar pela nutrição. Perdi uma batalha na Espanha, fui derrotado em Trieste; mas pode ser que a minha armada da Índia tenha apanhado alguns galeões, pode ser que os meus gastadores do México tenham descoberto alguma mina.

— Muito bem! Muito bem! Mas a cicatriz fica, e ao primeiro prejuízo tornará a abrir-se.

— Não, porque eu caminho por cima de certezas — prosseguiu Danglars com a eloqüência banal do charlatão, que tem por uso exaltar seu crédito —; para me derrubar era preciso que se desmoronassem três governos.

— Diabos! Já se tem visto.

— Que a terra não desse colheitas.

— Lembre-se das sete vacas gordas e das sete vacas magras, meu amigo.

— Ou que o mar se sumisse, como no tempo dos *faraós*; e ainda assim, há muitos mares, e os navios davam a vez às caravanas.

— Tanto melhor! Tanto melhor! Meu querido Sr. Danglars — disse Monte Cristo —; vejo que me enganei, e que a sua fortuna entra no número das de segunda ordem.

— Creio que posso aspirar a essa honra — disse Danglars, com um dos seus sorrisos estereotipados, que faziam em Monte Cristo o efeito de uma dessas luas sujas com que os maus pintores adornam as ruínas —; mas, como estamos falando de negócios — acrescentou, encantado por achar este motivo para mudar de conversação —, diga-me o que posso fazer em favor do Sr. Cavalcanti?

— Dar-lhe dinheiro, se tem crédito sobre o senhor e se esse crédito lhe parece bom.

— Excelente! apresentou-se-me esta manhã com uma ordem de quarenta mil francos, pagável à vista sobre o senhor, assinada Busoni, e endossada pelo senhor. Dei-lhe no mesmo instante quarenta notas de mil francos.

Monte Cristo fez com a cabeça um aceno que indicava a sua adesão.

— Mas não é ainda tudo — continuou Danglars —; abriu ao filho um crédito em minha casa.

— Se não é indiscrição, senhor, diz-me quanto é que ele dá ao rapaz?

— Cinco mil francos por mês.

— Sessenta mil francos por ano. Bem me queria parecer — disse Monte Cristo encolhendo os ombros —; são uns vilões aqueles Cavalcanti. O que quer ele que um rapaz faça com cinco mil francos por mês?

— Mas se o rapaz precisar de mais alguns mil francos...

— Não caia em lhe dar mais, que o pai não lhe paga. O senhor não conhece os milionários ultramontanos: são uns verdadeiros usurários. E por quem lhe foi aberto esse crédito?

— Pela casa Fenzi, uma das melhores de Florença.

— Não quero dizer que o senhor perca; mas restrinja-se aos limites da carta.

— Então não tem confiança nos Cavalcanti?

— Eu dar-lhe-ia dez milhões pondo ele a sua assinatura. É fortuna das de segunda ordem, de que lhe falei ainda agora, meu querido Sr. Danglars.

— E como ele é simples! Eu tomá-lo-ia por um major, e nada mais.

— E fazia-lhe favor, porque, tem razão, a cara não o ajuda. Quando o vi pela primeira vez, produziu-me o efeito de um velho tenente que criou bolor debaixo das charlateiras. Mas todos os italianos são assim; parecem-se com velhos usurários, quando não deslumbram como magos do Oriente.

— O rapaz é melhor — disse Danglars. — Sim, talvez um tanto acanhado, mas não me parece mal. Pois assustava-me.

— Por quê?

— Porque o senhor viu-o em minha casa fazer a sua apresentação na sociedade, segundo me disseram. Andou viajando com um preceptor muito severo, e nunca tinha vindo a Paris.

— Todos os italianos ilustres têm o costume de casar nas famílias uns dos outros, não é verdade? — perguntou Danglars negligentemente —; gostam de associar as suas fortunas.

— Procedem assim ordinariamente, mas Cavalcanti é um original, que não faz coisa nenhuma como os outros. Não me tiram da cabeça que aquele homem manda o filho para a França para ver se aqui arranja mulher.

— Parece-lhe isso?...

— Tenho certeza.

— E ouviu falar na fortuna dele?

— Não se fala noutra coisa; mas uns fazem-lhe milhões, outros persuadem-se de que não tem nada.

— E qual é a sua opinião?

— Não se estribe nela; é inteiramente pessoal.

— Mas enfim...

— A minha opinião é que todas estas velhas podestades, todos estes antigos *condottieri*, porque os Cavalcanti comandaram exércitos e governaram províncias, a minha opinião, digo, é que enterraram milhões em lugares que só os primogênitos conhecem e fazem conhecer aos primogênitos de geração em geração, e a prova é que são todos amarelos e secos como os florins do tempo da República, dos quais conservam um reflexo à força de olhar para eles.

— Muito bem; e é tanto mais verdade que ninguém conhece a essa gente uma polegada de terra.

— Ou pouco mais; eu por mim não conheço a Cavalcanti senão o seu palácio de Luca.

— Ah! ele tem um palácio!... Já é alguma coisa.

— Tem, mas tem-no alugado ao ministro das Finanças, e ele mora numa casita reles. Oh! já lhe disse que julgo aquele pobre homem um forreta.

— Vamos, que não lhe faz as melhores ausências.

— Ouça, eu mal o conheço; creio que o tenho visto três vezes na minha vida. O que sei é pelo abade Busoni e por ele. Falava-me esta manhã dos seus projetos acerca do filho, e deixava conhecer que, fatigado de ver dormir fundos consideráveis na Itália, que é um país morto, queria achar meio, ou na França ou na Inglaterra, de fazer frutificar os seus milhões. Mas note bem que, embora eu tenha a maior confiança no abade Busoni pessoalmente, não respondo por coisa alguma.

— Não importa, obrigado pelo cliente que me mandou; é um nome magnífico para inscrever nos meus registros, e o meu caixeiro, a quem expliquei o que eram os Cavalcanti, está orgulhoso com isso. A propósito, isto é simples pergunta de curioso: essa gente, quando casa os filhos, dá-lhes dote?

— Isso é conforme. Conheci um príncipe italiano, rico como uma mina de ouro, um dos primeiros nomes da Toscana, que, quando os filhos casavam a seu gosto, lhes dava milhões, e quando casavam contra a vontade dele, se contentava em lhes dar uma mesada de trinta escudos. Admitamos que Andreia case segundo as vistas do pai: talvez lhe dê um, dois, três milhões. Se fosse com a filha de um banqueiro, por exemplo, talvez quisesse interesses na casa do sogro do filho; e se a nora lhe desagradasse: boas-noites! o pai Cavalcanti pegava na chave da sua burra, dava-lhe duas voltas, e aí ficava Andreia obrigado a viver como um filho-família parisiense.

— Esse rapaz pode arranjar uma princesa bávara ou peruana; ele há de querer uma coroa fechada, um eldorado atravessado pelo Potosi.

— Não, todos esses figurões de além-montes casam geralmente com simples mortais; são como Júpiter, gostam de cruzar as raças. Mas é porque queira casar Andreia que o Sr. Barão me faz todas essas perguntas?...

— Não seria má especulação, e eu sou especulador.

— Não é decerto com a menina Danglars... o senhor não havia de querer que o Albert estrangulasse o Andreia...

— Albert?... — disse Danglars, encolhendo os ombros — isso sim! ele importa-se lá!

— Mas não tem o casamento tratado com sua filha?

— Quer dizer, o Sr. de Morcerf e eu temos falado às vezes nisso, mas a Sr.ª de Morcerf e Albert...

— Não me diga que não é um bom casamento!

— Ora! minha filha parece-me que não vale menos do que o Sr. de Morcerf!

— O dote de sua filha há de ser bom, não há dúvida, principalmente se o telégrafo não fizer mais loucuras.

— Não é só o dote. Mas diga-me, a propósito...

— O quê!?

— Por que não convidou Morcerf e família para o jantar?

— Convidei, mas desculpou-se com uma viagem a Diepa com sua mãe, a quem haviam aconselhado o ar do mar.

— Sim, sim — disse Danglars, rindo —, deve fazer-lhe bem.

— Por quê?

— Porque foi o ar que respirou na sua mocidade.

Monte Cristo deixou passar o epigrama sem dar mostras de reparar nele.

— Mas — disse o conde —, se o Albert não é tão rico como a

menina Danglars, o senhor não pode negar que o conde de Morcerf tem um nome excelente.

— Sim, mas eu antes quero o meu.

— Decerto; o seu nome é popular, e adornou o título com que quiseram adorná-lo; mas o senhor é um homem inteligente, e há de compreender que, segundo certos preconceitos muito enraizados para que se possam extirpar, nobreza de cinco séculos vale mais do que nobreza de vinte anos.

— E aí está por que — disse Danglars com um sorriso que pretendia tornar sardônico — eu preferiria Andreia Cavalcanti a Albert de Morcerf.

— Mas — disse Monte Cristo — suponho que os Morcerf não são inferiores aos Cavalcanti.

— Os Morcerf!... Ora, meu querido conde, o senhor é muito obsequiador, não?

— Desejo sê-lo.

— E é entendido em brasões?

— Alguma coisa.

— Pois olhe para a cor do meu: é mais sólida do que a do brasão de Morcerf.

— Por quê?

— Porque eu, se não sou barão de nascença, ao menos chamo-me Danglars.

— E daí?

— E ele não se chama Morcerf.

— Não se chama Morcerf?

— Qual história!

— Ora essa!...

— A mim alguém me fez barão, e eu sou-o; ele fez-se conde a si mesmo, e não o é.

— Isso é impossível!

— Ouça, meu querido conde, o Sr. de Morcerf é meu amigo, ou, melhor, meu conhecido há trinta anos; eu não dou importância às minhas armas, porque nunca me esqueci dos meus princípios.

— É prova de muita humildade, ou de muito orgulho!

— Quando eu era um caixeirito, era ele um simples pescador.

— E chamava-se então?...

— Fernand.

— Só?

— Fernand Mondego.

— Tem certeza disso?

— Vendeu-me muito peixe, e portanto conheço-o.

— Então por que lhe dava a sua filha?

— Porque Fernand e Danglars, ambos tirados do nada, ambos enobrecidos, ambos ricos, valem tanto um como o outro, excetuando certas coisas que se disseram dele e que nunca se disseram de mim.

— Então o que foi?

— Nada.

— Ah, compreendo! o que me diz aviva-me a memória a propósito do nome de Fernand Mondego. Ouvi pronunciar este nome na Grécia.

— A propósito do negócio de Ali-Paxá?

— Exatamente.

— Aí há mistério — tornou Danglars —, e confesso que daria muito para descobri-lo.

— Não é difícil, se tiver muitos desejos disso.

— Então como?

— Tem decerto algum correspondente na Grécia...

— Se tenho!

— Em Janina?

— Em toda parte.

— Então escreva ao seu correspondente de Janina e pergunte-lhe que papel desempenhou na catástrofe de Ali Tébelen um francês chamado Fernand.

— Tem razão! exclamou Danglars, levantando-se apressadamente — vou escrever hoje mesmo.

— Pois escreva.

— Está dito.

— E se souber alguma coisa muito escandalosa...

— Participar-lha-ei.

— Obsequeia-me.

Danglars saiu da casa do conde e deu um pulo para a carruagem.

LXVII. O gabinete do procurador régio

Deixemos o banqueiro regressar ao galope dos seus cavalos, e sigamos a Sr.ª Danglars em sua excursão matutina.

Dissemos que ao meio-dia e meia hora a Sr.ª Danglars mandara atrelar os cavalos à carruagem e saíra nela.

Dirigiu-se para as bandas do Bairro de Saint-Germain, tornou pela Rua Mazarino, e mandou parar na passagem da Ponte Nova.

Apeou-se e atravessou a passagem. Ia vestida com muita simplicidade, como convém a uma mulher elegante que sai de manhã.

Na Rua Guénégaud, meteu-se num trem de praça, designando como termo da carreira a Rua de Harlay.

Mal entrou no trem, tirou da algibeira um véu preto muito espesso, que prendeu ao chapéu de palha; tornou a pôr o chapéu na cabeça, e certificou-se com prazer, mirando-se num espelhinho de algibeira, que não poderiam ver-lhe mais que a pele branca e as pupilas cintilantes.

A sege tornou pela Ponte Nova, e entrou pela Praça Delfina no Pátio de Harlay; a Sr.ª Danglars, ao abrir a portinhola, foi pagar o cocheiro; depois, correndo para a escada, que subiu com destreza, chegou em pouco tempo à sala dos Passos Perdidos.

De manhã, há muitos negócios e muita gente azafamada no Palácio da Justiça, e gente azafamada não olha muito para as mulheres.

A Sr.ª Danglars atravessou, pois, a sala dos Passos Perdidos sem dar mais nas vistas do que umas outras dez mulheres que esperavam os seus advogados.

Estava muita gente na casa de espera do Sr. de Villefort; mas a Sr.ª Danglars nem careceu de pronunciar o seu nome; mal apareceu, levantou-se um contínuo, dirigiu-se a ela, perguntou-lhe se era a pessoa que o Sr. Procurador Régio tinha mandado chamar, e, recebendo resposta afirmativa, conduziu-a sem mais demora por um corredor reservado ao gabinete do Sr. de Villefort.

O magistrado, que escrevia sentado em sua poltrona, de costas voltadas para a porta, sentiu que a abriam, ouviu o contínuo pronunciar as palavras: "Entre, minha senhora", e tornar a fechá-la, sem fazer um único movimento; mas, tão depressa sentiu perderem-se os passos do contínuo que se afastava, voltou-se com vivacidade, foi correr os fechos, cerrou os reposteiros e examinou todos os cantos do gabinete.

Depois de ter certeza de que não podia ser visto nem ouvido, e de estar sossegado, disse:

— Obrigado, minha senhora, obrigado por sua pontualidade em satisfazer ao meu pedido.

E ofereceu-lhe uma cadeira, que a Sr.ª Danglars aceitou, porque o coração lhe batia tanto que ela se sentia quase sufocada.

— Há muito tempo — disse o procurador régio, sentando-se também e fazendo a sua poltrona descrever um semicírculo para ficar defronte da Sr.ª Danglars —, há muito tempo que não tenho a fortuna de lhe falar a sós, e, com bem pesar meu, estamos agora aqui juntos para uma conversação bastante desagradável.

— Bem vê que vim tão depressa me mandou chamar, embora

essa conversação venha certamente a ser mais desagradável para mim do que para o senhor.

Villefort sorriu amargamente.

— É então verdade — disse, respondendo mais a seu próprio pensamento do que às palavras da Sr.ª Danglars —; que todas as nossas ações deixam vestígios, uns sombrios, outros luminosos, no nosso passado! É então verdade que todos os nossos passos nesta vida se parecem com o rojar do réptil na areia e deixam um sulco! Ai! para muitos, esse sulco é o das lágrimas.

— O senhor — disse a Sr.ª Danglars — compreende a minha comoção, não? peço-lhe que me poupe. Esta casa, onde têm estado tantos culpados trêmulos e envergonhados... esta cadeira, em que estou sentada eu, envergonhada e trêmula também!... Olhe, preciso de toda a minha razão para não ver em mim uma mulher muito criminosa e no senhor um juiz ameaçador e austero.

Villefort meneou a cabeça e soltou um suspiro.

— E eu — replicou ele — digo comigo que o meu lugar não é na cadeira do juiz, mas no banco do acusado.

— O senhor? — disse a Sr.ª Danglars, admirada.

— Sim, eu.

— Creio que o seu puritanismo exagera a situação — disse a Sr.ª Danglars, em quem os lindos olhos se iluminavam com um brilho fugitivo. — Esses sulcos, de que falou há um instante, têm sido cavados por todas as mocidades ardentes. No fundo das paixões, passado o prazer, há sempre algum remorso; é por isso que o Evangelho, o recurso eterno dos desgraçados, nos deu para consolação, a nós pobres mulheres, a admirável parábola da donzela pecadora e da mulher adúltera. Por isso, confesso-lhe que, recordando-me dos delírios da minha mocidade, penso às vezes que Deus mos perdoará, porque nos meus sofrimentos, se não há a desculpa, há uma compensação; mas o que têm que temer os senhores, que toda a gente desculpa e a quem o escândalo enobrece?

A baronesa sorriu ligeiramente.

— A senhora — replicou Villefort — conhece-me; não sou hipócrita, ou pelo menos não faço hipocrisia sem razão. Se a minha fronte é severa, é porque muitas desgraças a assombraram; se o meu coração se petrificou, foi para poder suportar os choques que recebeu. Eu não era assim na minha mocidade, eu não era assim naquela noite de bodas onde estávamos todos sentados a uma mesa na Rua do Curso, em Marselha. Mas, de então para cá, tudo tem mudado em mim e em volta de mim; a minha vida tem-se gasto em tentar coisas difíceis e em esmagar nas dificuldades aqueles que, voluntária ou involuntariamente, por seu livre arbítrio ou pelo acaso, estavam no meu caminho para me suscitarem essas coisas. É raro que aquilo que se deseja ardentemente não seja ardentemente defendido por aqueles de quem se quer obter ou de quem se quer arrancar. Assim, as más ações dos homens, pela maior parte, vieram ao encontro deles disfarçadas sob a forma especiosa da necessidade; e depois da má ação, cometida num momento de exaltação, de receio e de delírio, vê-se que se podia ter passado sem praticá-la. Aos nossos olhos apresenta-se então o meio que seria bom ter empregado e que não se viu, cegos que estávamos; e perguntamos a nós mesmos: por que não fiz eu isto em vez de ter feito aquilo? As senhoras, pelo contrário, raras vezes são atormentadas pelos remorsos, porque raras vezes a decisão é delas; as suas desgraças quase que lhes são impostas, sempre as suas faltas são quase sempre o crime dos outros.

— Em todo caso, senhor, há de concordar — respondeu a Sr.ª Danglars — que se cometi uma falta, ainda que essa falta fosse pessoal, recebi ontem severo castigo.

— Pobre mulher! — disse Villefort, apertando-lhe a mão. — O castigo foi severo demais para as suas forças, porque duas vezes ia sucumbindo, e todavia...

— E todavia?

— E todavia, devo dizer-lho... reúna toda a sua coragem, minha senhora, porque não chegou ainda ao termo.

— Meu Deus! — exclamou a Sr.ª Danglars, aterrada — que há mais, senhor?

— A senhora não vê senão o passado, e decerto ele é sombrio. Pois imagine um futuro mais sombrio ainda, um futuro certamente tremendo... sanguinolento talvez.

A baronesa conhecia a serenidade do Sr. de Villefort, e por isso abriu a boca para gritar, mas o grito morreu-lhe na garganta.

— Como foi que ressuscitou esse passado terrível? — exclamou Villefort. — Como do fundo dos nossos corações, onde dormia, saiu como que um fantasma, para nos fazer descorar as faces e ruborizar as frontes?

— Ai! — disse Hermine — foi decerto o acaso.

— O acaso!... Não, não, minha senhora, não foi o acaso.

— Não?! Não foi o acaso, verdade é que fatal, mas não foi um acaso que fez tudo aquilo? não foi por acaso que o conde de Monte Cristo comprou aquela casa? não foi por acaso que mandou cavar a terra? não foi por acaso, enfim, que a desgraçada criança foi desenterrada de ao pé das árvores? Pobre inocente criatura, que de mim saiu, e a quem nunca pude dar um beijo, mas a quem dei bastantes lágrimas! Ah! o meu coração saltou todo para o conde quando ele falou desses queridos restos achados debaixo das flores.

— Pois, minha senhora, e era isto o que eu tinha de terrível para dizer-lhe — respondeu Villefort com voz surda —, não, não houve restos achados debaixo das flores; não há criança desenterrada; não, não há que chorar; não, não há que gemer; há que tremer.

— Que quer dizer? — exclamou a Sr.ª Danglars, estremecendo.

— Quero dizer que o conde de Monte Cristo, cavando ao pé das árvores, não podia achar nem o esqueleto de uma criança, nem as ferragens de um cofre, porque debaixo dessas árvores não havia nem uma nem outra coisa.

— Não havia nem uma nem outra coisa?! — tornou a Sr.ª Danglars, fitando no procurador régio os olhos, cujas pupilas, espantosamente dilatadas, indicavam terror — não havia nem uma nem outra coisa?! — repetiu, como uma pessoa que diligencia fixar pelo som das palavras e pelo rumor da voz as idéias prestes a escaparem-se-lhe.

— Não! — disse Villefort, deixando cair a fronte nas mãos —; não, cem vezes não!...

— Mas não foi ali que o senhor depôs a pobre criança? Por que me enganou? Com que fim? diga-me!

— Foi ali; mas ouça-me, ouça-me, e vai talvez lamentar-me a mim, que tenho carregado há vinte anos, sem repartir a menor parte com a senhora, com o fardo de dor que só agora lhe vou revelar.

— Meu Deus! está me aterrando! Mas não importa, fale, sou toda ouvidos.

— Sabe como rematou aquela noite dolorosa, em que a senhora estava moribunda em cima da cama do quarto de damasco encarnado, ao passo que eu, quase tão aflito como a senhora, esperava o seu parto. Nasceu o menino, foi-me entregue sem movimento, sem alento, sem voz; julgamo-lo morto.

A Sr.ª Danglars fez um movimento rápido, como de quem ia saltar da cadeira.

Mas Villefort deteve-a pondo as mãos, como para lhe implorar atenção.

— Julgamo-lo morto — repetiu: — meti-o num cofre, que fazia as vezes de caixão, desci ao jardim, fiz uma cova e enterrei-o à pressa.

Mal acabava de cobri-lo de terra, estendeu-se para mim o braço do corso.

Vi como que erguer-se uma sombra e fuzilar um relâmpago.

Senti uma dor, quis gritar, percorreu-me todo o corpo um tremor de gelo e sufocou-me a voz.

Caí moribundo e julguei-me morto.

Não hei de esquecer nunca a sua sublime coragem, quando, tornando a mim, me arrastei, moribundo, até o patim da escada, onde a senhora, moribunda também, foi ao meu encontro.

Cumpria guardar silêncio acerca da terrível catástrofe.

A senhora teve coragem de regressar a sua casa, nos braços da sua aia.

Um duelo foi o pretexto da minha ferida.

Contra toda a expectativa, foi-nos guardado o segredo tanto à senhora como a mim.

Transportaram-me para Versalhes, e durante três meses lutei com a morte.

Por fim, como parecia que recuperava a vida, receitaram-me o sol e o ar do Midi.

Quatro homens levaram-me de Paris a Chalon, andando seis léguas por dia. A Sr.ª de Villefort acompanhava-me, seguindo atrás da liteira em sua carruagem.

Em Chalon, levaram-me para Saona, depois passei para o Rhône, e só pela velocidade da corrente desci até Arles; depois de Arles tornei a entrar na liteira e continuei o meu caminho a Marselha.

A minha convalescença durou dez meses.

Não ouvia já falar da senhora, nem ousava informar-me do que era feito de si.

Quando voltei para Paris, soube que a viúva do Sr. de Nargonne tinha casado com o Sr. Danglars.

Em que pensaria eu desde que tornara a mim? Sempre na mesma coisa, sempre no cadáver daquela criança, que todas as noites, nos meus sonhos, voava do seio da terra e pairava sobre a cova, ameaçando-me com o olhar e o gesto.

Por isso, tão depressa voltei para Paris, informei-me. A casa não tinha sido habitada desde que de lá saíramos, mas acabava de ser alugada por nove anos.

Fui ver o alugador; fingi que tinha muito desejo de não ver passar para mãos estranhas essa casa, que pertencia ao pai e à mãe de minha mulher, e ofereci uma indenização para que ma cedesse.

Pediram-me cinco mil francos. Dava dez mil, dava vinte mil!

Levava-os comigo, e fiz assinar imediatamente a cessão tão desejada: e tão depressa a obtive, parti a galope para Auteuil.

Ninguém, depois que eu de lá tinha saído, ali entrara.

Eram cinco horas da tarde, subi ao quarto encarnado e esperei pela noite.

Ali representou-se mais ameaçador do que nunca ao meu pensamento tudo quanto eu dizia comigo havia um ano na minha agonia continuada.

O corso que me havia declarado a *vendetta*, que me havia seguido de Nîmes para Paris: o corso, que estava escondido no jardim, que me havia ferido, tinha-me visto abrir a cova e enterrar a criança: podia ter conseguido conhecer a senhora, e talvez a conhecesse...

Não lhe faria talvez pagar um dia o segredo desse terrível acontecimento?

Não seria isso para ele uma grata vingança, quando um dia soubesse que eu não tinha morrido de sua punhalada?

Era, pois, urgente que, antes de mais nada, e desse por onde desse, eu fizesse desaparecer os vestígios desse passado, destruísse todo o vestígio material; haveria sempre realidade de mais na minha lembrança.

Fora para isso que anulara o arrendamento, fora para isso que tinha ido lá, fora para isso que esperava.

Chegou a noite, e deixei-a adiantar-se.

Estava sem luz naquele quarto, onde o vento fazia tremer os reposteiros, por trás dos quais julgava, parecia-me que estava sempre vendo algum espião emboscado.

E de tempos em tempos estremecia: parecia-me que por detrás de mim, no leito, lhe estava ouvindo os gemidos, e não me atrevia a voltar-me.

Pulsava-me o coração no silêncio, e sentia-o bater com tanta violência que parecia que a ferida se me ia abrir de novo.

Até que ouvi desvanecer, um após outro, todos os rumores do campo. Compreendi que nada tinha a recear, que não podia ser visto nem ouvido, e decidi-me a descer.

Ouça, Hermine, tenho-me por tão corajoso como qualquer homem: mas, quando tirei do peito a chavinha da escada, a que tanto queríamos, e que a senhora tinha querido mandar prender a um anel de ouro, quando abri a porta, quando, através das janelas, vi uma claridade deslavada lançar na espiral da escada uma faixa de luz branca semelhante a um espectro, segurei-me à parede e estive para gritar: parecia-me que enlouquecera.

Até que cheguei a ser senhor de mim.

Desci a escada pausadamente.

A única coisa que não pudera vencer fora uma tremura singular nos joelhos.

Agarrei-me ao corrimão; se o tivesse largado um instante, ter-me-ia precipitado.

Cheguei à porta de baixo; fora desta porta estava encostada uma enxada.

Levava comigo uma lanterna de furta-fogo; junto ao tapete de relva, parei para acendê-la, e depois continuei o meu caminho.

Eram fins de novembro; tinha desaparecido toda a verdura do jardim, as árvores eram esqueletos com longos braços descamados, e as folhas secas rugiam-me com o saibro debaixo dos pés.

O terror comprimia-me tanto o coração, que, quando me aproximei do grupo de árvores, tirei da algibeira uma pistola e engatilhei-a.

Julgava ver entre os ramos a cara do corso.

Alumiei o grupo de árvores com a lanterna; não havia ninguém lá.

Olhei em volta de mim: estava só; nenhum rumor interrompia o silêncio da noite, a não ser o pio agudo e lúgubre de um mocho, que como que convocava os fantasmas da noite.

Pendurei a lanterna num esgalho em que já reparara um ano antes, no lugar onde parara para abrir a cova.

A erva, durante o verão, adquirira muita espessura naquele lugar, e no outono ninguém a ceifara. Chamou a minha atenção um lugar onde era menos espessa; fora ali que eu cavara a terra.

Meti mãos à obra.

Tinha chegado a hora que eu esperava havia mais de um ano.

Por isso, como a esperava, como trabalhava, como sondava a relva julgando sentir resistência no bico da enxada! Nada! E contudo fiz uma cova duas vezes maior do que a primeira.

Julguei que me tivesse enganado, que não fosse aquele o lugar; orientei-me, olhei para as árvores, procurei reconhecer as minúcias que me haviam impressionado.

Soprava entre os ramos sem folhas uma brisa fria e cortante, e contudo escorria-me o suor da testa.

Recordei-me de que tinha recebido a punhalada no momento em que calcava a terra com os pés para tapar a cova; calcando a terra com os pés, unha-me agarrado a um arbusto; por detrás de mim havia um rochedo artificial destinado a servir de banco aos passeantes, e, quando cai, a minha mão, que largara o arbusto, sentira a frialdade daquela pedra.

À minha direita estava o arbusto, e por detrás de mim ficava o rochedo.

Deixei-me cair na mesma posição, tornei a levantar-me e a cavar, e a alargar a cova; nada! Nada! o cofre não estava lá.

— O cofre não estava lá? — murmurou a Sr.ª Danglars, sufocada pelo espanto.

— Não se persuada de que me limitei a esta tentativa, não. Esquadrinhei tudo; pensava que o assassino, havendo desenterrado o cofre e julgando que fosse um tesouro, tinha querido apoderar-se dele, e depois, reconhecendo o seu erro, fizera também uma cova e nela o enterrara; nada. Depois tive idéia de que não tinha tomado tantas precauções e atirara com ele pura e simplesmente para algum canto. Nesta última hipótese, era preciso, para a minha busca, esperar o dia. Tornei a subir para o quarto e esperei.

— Oh, meu Deus!

— Quando rompeu o dia, tornei a descer. A minha primeira visita foi ao grupo de árvores; esperava achar aí vestígios que me houvessem escapado na escuridão. Tinha removido a terra numa superfície de mais de vinte pés quadrados com a profundidade de dois pés. Mal chegaria um dia para um homem assalariado fazer o que eu tinha feito numa hora. Nada, não vi absolutamente nada. Então, entrei à procura do cofre, na suposição de que houvesse sido atirado para algum canto. Devia ser no caminho que conduzia à portinha da saída; mas esta nova investigação foi tão inútil como a primeira, e de coração oprimido voltei ao grupo de árvores, que já não me dava esperança alguma.

— Oh! — exclamou a Sr.ª Danglars — era para enlouquecer!

— Pensei por um momento que enlouquecera, mas não tive essa fortuna: entretanto, concentrando as minhas forças e as minhas idéias, perguntei a mim mesmo: para que fim levaria aquele homem o cadáver?

— Mas já o disse, para ter uma prova.

— Oh, não podia ser para isso! Não se guarda um cadáver um ano, mostra-se a um magistrado, e faz-se uma deposição. E nada disso aconteceu.

— E daí?... — perguntou Hermine, palpitante.

— E daí?! há o que quer que seja de mais terrível, de mais fatal, de mais aterrador para nós; talvez a criança estivesse viva e o assassino a salvasse...

A Sr.ª Danglars soltou um grito terrível, e pegando as mãos de Villefort, disse:

— O meu filho estava vivo! o senhor enterrou o meu filho vivo! não tinha certeza de que estivesse morto, e enterrou-o! Ah!...

A Sr.ª Danglars levantara-se e estava em pé e quase ameaçadora diante do procurador régio, a quem apertava os pulsos com as suas mãos delicadas.

— Que sei eu? Digo-lhe isto como podia dizer outra coisa — respondeu Villefort, com uma fixidez de olhar que indicava que aquele homem, tão senhor de si, estava prestes a atingir os limites do desespero e da loucura.

— Ah, meu filho, meu pobre filho! — exclamou a baronesa, profundamente comovida, e tornou a cair na cadeira sufocando os soluços no lenço de assoar.

Villefort tornou a si e compreendeu que, para desviar a trovoada maternal que se estava amontoando em cima de sua cabeça, era preciso que passasse à Sr.ª Danglars o terror que ele próprio experimentava.

— Compreende então que, se assim foi — disse, levantando-se também e aproximando-se da baronesa para lhe falar em voz mais baixa —, estamos perdidos; a criança vive, e alguém sabe que vive, alguém possui o nosso segredo; e, como Monte Cristo falou diante de nós de uma criança desenterrada, no local em que essa criança já o não estava, é ele por certo quem possui esse segredo.

— Meu Deus! Deus justo! Deus vingador! — murmurou a Sr.ª Danglars.

Villefort não respondeu senão com uma espécie de rugido.

— Mas essa criança, essa criança, senhor? — tornou a mãe, obstinada.

— Oh, como eu a procurei! — replicou Villefort, torcendo os braços —; quantas vezes desejei uma riqueza real para comprar um milhão de segredos a um milhão de homens, e para achar o meu segredo no deles. Até que um dia, em que, pela centésima vez, pegava a enxada, perguntei a mim mesmo também pela centésima vez o que o corso podia ter feito da criança; uma criança incomoda um fugitivo, e talvez que, percebendo que estava ainda viva, tivesse atirado com ela ao rio.

— É impossível! — exclamou a Sr.ª Danglars —; assassina-se um homem por vingança, não se afoga a sangue-frio uma criança!

— Talvez a levasse para o Hospício dos Expostos.

— Oh! Sim, sim, o meu filho está lá!

— Corri ao hospício, e soube que naquela mesma noite, na noite de 20 de setembro, havia entrado pela roda uma criança. Ia embrulhada em metade de um guardanapo de pano fino, rasgado intencionalmente. A metade do guardanapo tinha metade de uma coroa de barão e a letra H.

— É isso, é isso! — exclamou a Sr.ª Danglars — toda a minha roupa era assim marcada; o Sr. de Nargonne era barão e eu chamo-me Hermine. Obrigado, meu Deus, o meu filho não estava morto!

— Não, não estava morto.

— E ainda mo diz!... diz-mo sem receio de me fazer morrer de alegria? Onde está ele? onde está o meu filho?

Villefort encolheu os ombros.

— Eu sei lá! e julga que, se o soubesse, a faria passar por todas estas gradações. como se eu fosse algum dramaturgo ou algum romancista?... Não! Ai! Não! não sei. Havia cerca de seis meses que uma mulher tinha ido reclamar uma criança com a outra metade do guardanapo. Essa mulher dera todas as garantias que a lei exige, e tinham-lha entregado.

— Mas o senhor devia informar-se dessa mulher, o senhor devia descobri-la.

— E o que pensa que fiz? Fingi uma instrução criminal, e lancei-lhe na pista os mais astutos agentes de polícia. Acharam-se vestígios dela até Chalon; em Chalon perderam-se.

— Perderam-se?

— Sim, perderam-se; perderam-se para nunca mais.

A Sr.ª Danglars ouvira esta narração com um suspiro, uma lágrima, um grito para cada circunstância.

— E mais nada? — perguntou — e limitou-se a isso?

— Não, nunca deixei de procurar, de inquirir, de me informar. Verdade seja que há dois ou três anos tenho descansado um pouco. Mas agora vou recomeçar com mais perseverança e mais afã do que nunca; e hei de ser bem-sucedido, porque já não é a consciência que me impele, é o medo.

— Mas o conde de Monte Cristo nada sabe: se soubesse, parece-me que não procuraria as nossas relações como procura.

— Oh! a malvadez dos homens é muito profunda, porque é mais profunda do que a bondade de Deus. Reparou nos olhos daquele homem enquanto falava conosco?

— Não.

— Mas já o examinou alguma vez profundamente?

— Decerto. É excêntrico, e não passa disso. Mas o que me impressionou foi que, durante todo o jantar opíparo que nos deu, não tocou em coisa alguma, não provou de nenhum prato!

— Sim! sim! também reparei nisso. Se soubesse então o que sei agora, também eu não teria tocado em coisa alguma. Julgaria que quisesse nos envenenar.

— E enganava-se, bem vê.

— Sim; mas, acredite-me, aquele homem tem outros projetos. E aqui está porque eu quis vê-la, porque lhe pedi para lhe falar, porque quis pô-la de sobreaviso contra todos e principalmente contra ele.

Diga-me — continuou Villefort, fitando mais profundamente do que o fizera até então os olhos da baronesa —, não falou das nossas relações a pessoa alguma?

— Nunca, a ninguém.

— Compreende-me — tornou Villefort, afetuosamente —, quando digo a ninguém, desculpe-me a insistência, a ninguém neste mundo, não?

— Compreendo muito bem — disse a baronesa, corando —; nunca! juro-lho.

— Não tem o costume de escrever à noite o que se passou de manhã? não faz diário?

— Não, a minha vida passa levada pela frivolidade; chego mesmo a esquecê-la.

— Não sonha alto?

— Tenho um sonho de criança, não se recorda?

Às faces da baronesa subiu o rubor, e as de Villefort foram invadidas pela palidez.

— É verdade — disse o grave procurador régio, tão baixo que mal se percebeu.

— E daí? — perguntou a baronesa.

— E daí! compreende o que me resta fazer — tornou Villefort.

— Antes de oito dias, hei de saber o que vem a ser o Sr. Conde de Monte Cristo, de onde vem, para onde vai, e por que fala diante de nós de crianças que se desenterram no seu jardim.

Villefort pronunciou estas palavras com uma inflexão que faria estremecer o conde se pudesse ouvi-las.

Depois apertou a mão que a baronesa tinha repugnância em lhe dar, e conduziu-a com respeito até a porta.

A Sr.ª Danglars tornou outra vez o fiacre, que a reconduziu à passagem, do outro lado da qual tornou a encontrar a sua carruagem e o seu cocheiro, que, enquanto a esperava, dormia muito pacientemente na almofada.

LXVIII. Um baile de verão

No mesmo dia, à hora em que a Sr.ª Danglars tinha a entrevista que narramos no gabinete do procurador régio, entrava na Rua do Hélder uma caleche de viagem, transpunha a porta n.º 27, e parava no pátio.

Instantes depois abriu-se a portinhola, e apeava-se a Sr.ª de Morcerf amparada no braço do filho.

Logo que Albert acompanhou a mãe aos seus aposentos, pediu um banho e os seus cavalos, e depois de se ter entregado nas mãos do seu criado de quarto, dirigiu-se aos Champs-Élysées, a casa do conde de Monte Cristo.

O conde recebeu-o com o seu sorriso habitual.

Era coisa singular: nunca parecia que se adiantava um passo no coração ou no espírito daquele homem.

Os que queriam, se assim se pode dizer, forçar a passagem de sua intimidade, encontravam uma muralha.

Morcerf, que corria para ele de braços abertos, deixou, ao vê-lo, e a despeito de seu sorriso amigável, cair os braços, e ousou quando muito estender-lhe a mão.

Por sua parte, Monte Cristo tocou-lhe nela, como sempre, mas sem lha apertar.

— Cá estou — disse Albert —, querido conde.

— Bem-vindo seja.

— Cheguei há uma hora.

— De Diepa?

— Do Tréport.

— Ah, é verdade!

— E a minha primeira visita foi para o senhor.

— É muito para agradecer — disse Monte Cristo, como diria outra coisa qualquer.

— Então, diga-me, que novidades há?

— Novidades?! o visconde pergunta-me isso a mim, que sou um estrangeiro?...

— Deixe-me explicar: quando pergunto que novidades há, quero perguntar se fez alguma coisa em meu favor?

— Tinha-me incumbido de alguma coisa? — disse Monte Cristo, fingindo-se inquieto.

— Vamos! vamos! não finja indiferença. Diz-se que há avisos simpáticos que atravessam a distância: pois recebi no Tréport o meu choque elétrico; o senhor, se não fez nada em meu favor, pelo menos pensou em mim.

— É possível. Pensei efetivamente no senhor, mas a corrente magnética de que eu era condutor atuava, confesso, independentemente da minha vontade.

— Sim?! peço-lhe que me conte isso.

— É fácil. O Sr. Danglars jantou em minha casa.

— Bem sei, porque foi para lhe fugir da presença que minha mãe e eu partimos.

— Mas jantou com o Sr. Andreia Cavalcanti.

— O seu príncipe italiano?
— Não exageremos. O Sr. Andreia dá-se tão-somente o título de visconde.
— Dá-se, diz o senhor?
— Digo: dá-se.
— Então não é?
— Eu sei lá! Ele dá-se o título de visconde, eu dou-lho, eles dão-lho; portanto, creio que é como se o tivesse.
— Que homem singular é o senhor! E daí?
— E daí, o quê?
— O Sr. Danglars jantou em sua casa?
— Jantou, sim.
— Com o seu visconde Andreia Cavalcanti?
— Com o visconde Andreia Cavalcanti, o marquês pai dele, a Sr.ª Danglars, o Sr. e a Sr.ª de Villefort, o Sr. Debray, Maximiliano Morrel, e mais... espere... ah! o Sr. de Château-Renaud.
— Falaram em mim?
— Não se disse uma palavra do senhor.
— Pior.
— Por quê? Parece-me que, se o esqueceram, não fizeram senão o que o senhor desejava.
— Meu querido conde, se não falaram em mim, foi porque pensavam de mais em mim, e então estou desgraçado.
— Que lhe importa, se a menina Danglars não era do número dos convivas? Ah! é verdade que podia muito bem pensar mesmo no senhor em casa.
— Ora, isso não, tenho certeza! ou, se pensava, era certamente do mesmo modo que eu penso nela.
— Que singular simpatia! Então se detestam?
— Ouça: se a menina Danglars fosse mulher que se apiedasse do martírio que eu não sofro por ela e me recompensasse fora das convenções matrimoniais contratadas pelas nossas duas famílias, convir-me-ia muito. Creio que a menina Danglars seria uma amante encantadora, mas minha mulher, safa!...
— É esse então o seu modo de pensar acerca da sua futura noiva?
— É um tanto brutal, não há dúvida, mas ao menos é exato. Ora, uma vez que não se pode fazer desse sonho uma realidade, e como para se chegar a certo fim é necessário que a menina Danglars venha a ser minha mulher, isto é, que viva comigo, que pense ao pé de mim, que cante ao pé de mim, que faça versos e toque piano a dez passos de distância de mim, e isso durante toda a minha vida, assusto-me. Uma amante, meu querido conde, larga-se, mas uma

mulher, diabos! é outra coisa, conserva-se eternamente, ao pé ou ao longe. Ora, é para assustar conservar sempre a menina Danglars, embora de longe.

— O visconde é difícil de contentar.

— É verdade, porque as mais das vezes penso numa coisa impossível.

— O que é?

— O achar para mim uma mulher como meu pai encontrou para ele.

Monte Cristo empalideceu e olhou para Albert brincando com umas pistolas magníficas, que engatilhava e desengatilhava.

— Então seu pai foi felicíssimo?

— O conde sabe a minha opinião acerca de minha mãe: é um anjo do Céu; ainda é bonita, é sempre espirituosa, e melhor do que nunca. Chego de Tréport; para outro filho, oh! meu Deus! acompanhar a mãe seria um mero comprazimento, um sacrifício, ou uma maçada; pois eu passei quatro dias conversando com ela, mais satisfeito, mais poético, que sei eu? do que se tivesse levado para Tréport a rainha Mab ou Titânia.

— É uma perfeição de desesperar, e o senhor dá a todos os que o ouvem muitos desejos de se conservarem solteiros.

— Aí está por que, sabendo que existe no mundo uma mulher completa, não me passa pela idéia casar com a menina Danglars. Já notou alguma vez como o nosso egoísmo reveste de cores brilhantes tudo quanto nos pertence? O diamante que cintilava na vitrina de Marlé ou de Fossin é muito mais belo quando se torna nosso; mas, se a evidência nos obriga a reconhecer que existe outro de mais pura água, e formos condenados a trazer eternamente aquele diamante inferior a outro, compreende o sofrimento...

— Mundano! — murmurou o conde.

— Aqui tem por que hei de pular de alegria no dia em que Eugénie perceber que eu não passo de um triste átomo, e que tenho apenas tantos mil francos como ela tem de milhões.

Monte Cristo sorriu.

— Eu tinha pensado outra coisa — continuou Albert: — o Franz gosta das coisas excêntricas: eu quis torná-lo, mau grado dele, apaixonado pela menina Danglars, mas, a quatro cartas que lhe escrevi no mais apetitoso estilo, respondeu-me imperturbavelmente: "Sou excêntrico, é verdade, mas a minha excentricidade não chega para voltar atrás com a minha palavra quando a dou."

— Aí tem o que se chama dedicação de amizade: dar a outrem a mulher que para si só se quisera a título de amante!

Albert sorriu.

— A propósito — continuou —, o Franz está para chegar; mas creio que isso pouco importa ao senhor, porque me parece que não gosta dele.

— Eu?! — disse Monte Cristo —; oh, meu querido visconde, o que é que lhe faz supor que não gosto do Sr. Franz?! Eu gosto de toda a gente.

— E eu entro no número de toda a gente... obrigado.

— Oh, não confundamos: gosto de toda a gente à maneira por que Deus manda que amemos o próximo cristãmente; mas odeio bem certas pessoas. Tornemos a falar do Sr. Franz d'Épinay. Diz então que está para chegar?

— Sim, chamado pelo Sr. de Villefort, tão desesperado, ao que parece, por casar a sua Valentine, como o Sr. Danglars o está por casar a sua Eugénie. Decididamente parece que é uma situação das mais aflitivas ser pai de moças já maduras; parece-me que é motivo de febre, e que o pulso lhes bate noventa vezes por minuto até se verem livres delas.

— Mas o Sr. d'Épinay não se parece com o senhor: suporta o seu mal com paciência.

— Mais do que isso, toma-o a sério; põe gravatas brancas e já fala da sua família. E tem pelos de Villefort muita consideração.

— Merecida, não?

— Creio que sim. O Sr. de Villefort foi tido sempre como um homem severo, mas justo.

— Ora, ainda bem, aí está um que o senhor não trata come o pobre Sr. Danglars.

— Isso talvez seja por não me ver obrigado a casar-me com a filha — respondeu Albert, rindo.

— Em verdade, meu caro senhor — disse Monte Cristo —, é de uma fatuidade revoltante.

— Eu?!

— Sim, o senhor. Tome um charuto.

— Não se pode recusar. E por que é que sou fátuo, diga, meu caro conde?

— Porque está aí a debater-se, a desculpar-se, para não casar com a menina Danglars! Oh, meu Deus, deixe correr as coisas, que talvez não seja o senhor o primeiro que retire a palavra!

— Ora essa!... — disse Albert, abrindo muito os olhos.

— Oh, sem dúvida, Sr. Visconde, não lhe hão de pôr o pé no pescoço, que diabo! Vamos, seriamente — tornou o conde, mudando de inflexão —, tem vontade de desmanchar o casamento?

— Daria cem mil francos para isso.

— Pois seja feliz: o Sr. Danglars está pronto para dar o dobro para conseguir o mesmo fim.

— Isso é verdade? que fortuna! — disse Albert, que, todavia, dizendo isto, não pôde obstar a que pela fronte lhe passasse uma nuvem imperceptível.

— Mas, meu querido conde, o Sr. Danglars tem razões para isso?

— Ah, pilhei-lhe, natureza orgulhosa e egoísta! Ora, aí temos nós o homem que quer retalhar o amor-próprio dos outros a golpes de machado, e que grita como um desesperado quando lhe perfuram o seu com uma agulha.

— Não! mas parecia-me que o Sr. Danglars...

— Devia estar encantado com o senhor, não? O Sr. Danglars é um homem de mau gosto, não há dúvida, e está mais encantado ainda com outro...

— Com quem?

— Não sei; estude, olhe, apanhe as alusões na sua passagem, e tire daí proveito.

— Bom, compreendo. Ouça: minha mãe... não! engano-me, meu pai teve a idéia de dar um baile — Um baile, nesta época do ano?

— Estão em moda os bailes de verão.

— E se não estivessem, e a condessa quisesse, punha-os ela em voga.

— Podia ser. São bailes puro sangue: as pessoas que estão em Paris no mês de julho são verdadeiras parisienses. Quer encarregar-se de um convite para os Srs. Cavalcanti? — Quando é o baile?

— No sábado.

— Porém, nesse dia, já o Sr. Cavalcanti pai não está em Paris.

— Mas o Sr. Cavalcanti filho fica. Quer encarregar-se de apresentar o Sr. Cavalcanti filho?

— Ouça visconde, eu não o conheço.

— Não o conhece?

— Não; vi-o pela primeira vez há três ou quatro dias, e não respondo por ele.

— Mas recebe-o em sua casa...

— Isso é outra coisa: foi-me recomendado por um abade respeitável, que pode ainda assim estar iludido. Convide-o diretamente, muito embora, mas não me diga que lho apresente. Se ele mais lá para diante quisesse casar com a menina Danglars, o senhor acusar-me-ia de que estávamos combinados, e podia querer bater-se comigo. Nem eu sei se irei.

— Aonde?
— Ao seu baile.
— E por que não?
— Em primeiro lugar, porque não me convidou ainda.
— Vinha de propósito trazer-lhe o convite.
— Oh! isso é muita amabilidade da sua parte, mas talvez eu não possa ir.
— Quando eu lhe disser uma coisa, o senhor há de cortar por todos os obstáculos.
— Diga.
— Pede-lho minha mãe.
— A Sr.ª Condessa de Morcerf? — tornou Monte Cristo, fazendo-se branco.
— Ai, conde — disse Albert —, previno-o de que a Sr.ª de Morcerf fala francamente comigo; e se o senhor não tem sentido estalar em si as fibras simpáticas de que eu lhe falava ainda agora, é que lhe faltam completamente essas fibras, porque há quatro dias que nós não falamos senão no senhor.
— Em mim? na verdade, é muito favor!...
— Ouça, é o privilégio do seu emprego: quando se é um problema vivo.
— Ah! então também eu sou um problema para sua mãe? Em verdade, não podia crer que se entregasse a tais desmandos da imaginação!
— Problema, meu querido conde, problema para todos, para minha mãe como para os outros, problema aceite, mas não resolvido; o senhor conserva-se sempre no estado de enigma, sossegue. O que minha mãe pergunta sempre é como é tão moço. Creio, no fim das contas, que enquanto a condessa G... o toma por Lorde Ruthwen, minha mãe o considera como Cagliostro ou o conde de São Germano. A primeira vez que for visitar a Sr.ª de Morcerf, confirme-a nesta opinião. Não lhe há de ser difícil, tem a pedra filosofal de um e o espírito do outro.
— Agradeço-lhe o ter-me prevenido — disse o conde, sorrindo —, tratarei de me habilitar para fazer frente a todas as suposições.
— Então vem no sábado?
— Uma vez que a Sr.ª de Morcerf mo pede...
— É encantador.
— E o Sr. Danglars?
— Oh, já recebeu o tríplice convite! encarregou-se disso meu pai. Havemos de ver se conseguimos que também vá o grande d'Aguesseau, o Sr. de Villefort, mas não há esperança.

— Não se deve perder a esperança de coisa nenhuma, diz o provérbio.

— O conde dança?

— Eu?

— Sim, o senhor. Seria para admirar que dançasse?

— Ah! com efeito, enquanto se não passam os quarenta anos... Não danço, mas gosto de ver dançar. E a Sr.ª de Morcerf dança?

— Também não; conversarão, ela tem tantos desejos de conversar com o senhor!

— Sim?

— Palavra de honra! E declaro-lhe que é o primeiro homem acerca de quem minha mãe tem manifestado essa curiosidade.

Albert pegou o chapéu e levantou-se, o conde acompanhou-o à porta.

— Tenho que me acusar de uma coisa — disse ele, detendo-o no alto do patim.

— O que é.

— Fui indiscreto, não devia lhe falar do Sr. Danglars.

— Ora, pode continuar a falar-me nele; fale-me muitas vezes, fale-me sempre, mas do mesmo modo.

— Bem, tranqüiliza-me! A propósito: quando é que chega o Sr. d' Épinay?

— Por estes cinco ou seis dias, o mais tardar.

— E quando se casa?

— Tão depressa cheguem o Sr. e a Sr.ª de Saint-Méran.

— Traga-mo cá, quando estiver em Paris. Embora o senhor se persuada de que não gosto dele, declaro-lhe que muito estimarei vê-lo em minha casa.

— Bem, serão executadas as suas ordens.

— Até a vista.

— Até sábado, em todo caso, com certeza, não?

— Ora essa! dei a minha palavra.

O conde seguiu com os olhos Albert, dizendo-lhe adeus com a mão. E depois de ele ter entrado para o seu faetonte, voltou-se, e encontrando Bertuccio atrás de si, perguntou-lhe:

— Então?

— Ela foi ao Palácio da Justiça — respondeu o mordomo.

— E ficou lá muito tempo?

— Hora e meia.

— E voltou para casa?

— Diretamente.

— Bem, meu caro Bertuccio! — disse o conde —, agora lhe

dou de conselho que vá até a Normandia ver se dá com a terreola de que lhe falei.

Bertuccio cumprimentou; e como os seus desejos iam de completa harmonia com a ordem que recebera, partiu nessa mesma tarde.

LXIX. Informações

O Sr. de Villefort não faltou à sua palavra para com a Sr.ª Danglars, e principalmente para consigo próprio, procurando averiguar por que modo o Sr. Conde de Monte Cristo pudera saber a história da casa de Auteuil.

Escreveu nesse mesmo dia a um certo Sr. de Boville, que, depois de ter sido em tempos inspetor das prisões, era agora adido, em lugar superior à polícia de segurança, para obter as informações que desejava, e este pediu dois dias para saber com certeza a quem havia de recorrer para essas informações.

Decorridos os dois dias, o Sr. de Villefort recebeu a seguinte nota:

"A pessoa que se chama o Sr. Conde de Monte Cristo é particularmente conhecida de Lorde Wilmore, estrangeiro rico, que se vê às vezes em Paris, e que aí está atualmente; e é conhecida também do abade Busoni, sacerdote siciliano de muita reputação no Oriente, onde fez grande número de boas obras."

O Sr. de Villefort respondeu com uma ordem de se tomarem as mais prontas e mais exatas informações acerca dos dois estrangeiros; na tarde seguinte as suas ordens estavam executadas, e eis as informações que ele recebia:

O abade, que só se demorava um mês em Paris, habitava, por trás de Saint-Sulpice, um pequeno prédio composto de quartos baixos e primeiro andar; quatro casas, duas em cima e duas em baixo, formavam o prédio, de que era inquilino único.

As duas casas de baixo eram uma sala de jantar, com mesa, cadeiras e bufete de nogueira, e uma sala forrada de madeira pintada de branco, sem ornatos, sem tapete e sem relógio. Via-se que o abade se limitava aos objetos de primeira necessidade.

Verdade seja que o abade preferia a sala do primeiro andar. Esta sala, toda atacada de livros de teologia e pergaminhos, no meio dos quais se enterrava, dizia o seu criado, durante meses inteiros, era na verdade menos uma sala do que uma biblioteca.

Este criado via as visitas por uma espécie de postigo, e, quando o semblante delas lhe era desconhecido ou não lhe agradava, respondia que o senhor Abade não estava em Paris, com o que muitos se contentavam, porque quase toda a gente sabia que o abade viajava amiúde e se demorava às vezes muito tempo em viagem.

Mas, quer estivesse em casa quer não, estivesse ele em Paris ou no Cairo, o abade esmolava sempre, e o postigo servia de roda às esmolas, que o criado distribuía incessantemente em nome do amo.

A outra casa, que ficava ao pé da biblioteca, era um quarto de dormir.

A mobília consistia num leito sem cortinas, quatro cadeiras, um canapé de veludo de Utreque amarelo, e um genuflexório.

Lorde Wilmore morava na Rua Fontaine-Saint-Georges.

Era um desses ingleses turistas, que consomem a sua fortuna viajando.

Tinha alugado um quarto mobiliado, onde ia passar duas ou três horas por dia, e onde raras vezes ficava.

Uma das suas manias era não querer absolutamente falar a língua francesa, que aliás afirmavam que escrevia com muitíssima pureza. No dia seguinte àquele em que o procurador régio recebera estas informações, um homem, que se apeara de uma carruagem à esquina da Rua Férou, bateu a uma porta pintada de verde cor de azeitona, e perguntou pelo abade Busoni.

— O Sr. Abade saiu pela manhã — respondeu o criado.

— Eu podia não me contentar com essa resposta — disse o visitante —, porque venho da parte de uma pessoa para a qual se está sempre em casa. Mas queira entregar ao Sr. Abade Busoni.

— Eu já lhe disse que o Sr. Abade não estava em casa — repetiu o criado.

— Então, quando voltar, entregue-lhe este bilhete-de-visita e esta carta. O Sr. Abade estará em casa às oito horas da noite?

— Isso sem falta, meu senhor, se não trabalhar; porque então é como se tivesse saído.

— Voltarei pois esta noite às oito horas — disse o visitante.

E retirou-se.

E, à hora indicada, voltou o mesmo homem na mesma carruagem, que, dessa vez, em lugar de parar na esquina da Rua Férou, parou precisamente diante da porta verde.

Bateu, abriram-lhe a porta, e entrou.

Pelos sinais de respeito que o criado lhe prodigalizou, compreendeu que a sua carta tinha produzido o efeito desejado.

— Está em casa o Sr. Abade? — perguntou.

— Sim, senhor, está trabalhando na sua biblioteca, mas espera pelo senhor — respondeu o criado.

O desconhecido subiu uma escada bastante íngreme, e, diante de uma mesa cuja superfície era inundada pela claridade que um amplo quebra-luz nela concentrava, ao passo que o resto do quarto se conservava no escuro, viu o abade em trajes eclesiásticos e de cabeça coberta por um desses capuzes em que se enterrava o crânio dos sábios da Idade Média.

— É ao Sr. Busoni que tenho a honra de falar? — perguntou o visitante.

— Sou eu — respondeu o abade —; e o senhor, é a pessoa que o Sr. de Boville, antigo intendente das prisões, me envia da parte do Sr. Prefeito da Polícia?

— Exatamente.

— Um dos agentes da segurança de Paris?

— Sim, senhor — respondeu o desconhecido, com uma espécie de hesitação, e principalmente com algum rubor.

O abade aconchegou os grandes óculos, que lhe cobriam não só os olhos como as fontes, e, tornando a sentar-se, fez sinal a sua visita para que também se sentasse.

— Diga o que quer — disse o abade, com uma pronúncia italiana das mais acentuadas.

— O encargo que aqui me traz — respondeu o visitante, pesando as palavras como se lhe custassem a sair — é um encargo de confiança para quem o desempenha e principalmente para a pessoa perante a qual é desempenhado.

O abade curvou-se.

— Sim — prosseguiu o desconhecido —; a sua probidade, Sr. Abade, é tão conhecida do Sr. Prefeito da Polícia, que ele deseja, como magistrado, uma coisa que interessa à segurança pública, em nome da qual aqui venho. Esperamos, portanto, Sr. Abade, que não haverá nem laços de amizade nem consideração humana que possam levá-lo a ocultar a verdade à Justiça.

— Contanto que as coisas que lhe importa saber não contendam com os escrúpulos da minha consciência. Sou padre, e os segredos da confissão, por exemplo, devem ficar entre mim e a justiça de Deus, e não entre mim e a justiça humana.

— Oh, sossegue, Sr. Abade! — disse o desconhecido —, que respeitaremos a sua consciência.

A estas palavras, o abade, carregando do seu lado no quebra-luz, levantou-o do lado oposto, de modo que, alumiando em cheio o rosto do desconhecido, o seu se lhe conservasse na sombra.

— Desculpe-me, Sr. Abade — disse o enviado do Sr. Prefeito da Polícia —, mas essa luz incomoda-me a vista horrivelmente.

O abade abaixou o cartão verde.

— Agora, senhor, estou pronto para ouvi-lo, queira dizer.

— Eu digo o que é. Conhece o Sr. Conde de Monte Cristo?

— Naturalmente quer falar do Sr. Zaccone, suponho eu?

— Zaccone?!... Então não se chama Monte Cristo?

— Monte Cristo é o nome de uma terra, ou melhor, de um rochedo, e não é nome de família.

— Seja! não discutamos palavras, e uma vez que o Sr. de Monte Cristo e o Sr. Zaccone são um e o mesmo homem...

— Absolutamente o mesmo.

— Falemos do Sr. Zaccone.

— Está dito.

— Perguntava-lhe se o conhecia.

— Muito.

— O que é ele?

— É filho de um rico armador de Malta.

— Sim, bem sei, é o que se diz; mas, como há de compreender, a polícia não pode contentar-se com um *diz-se*.

— Mas — tornou o abade, com um sorriso muito afável — quando esse *diz-se* é a verdade, não há remédio senão que toda a gente se contente com isso, e que a polícia faça o mesmo que toda a gente.

— Mas tem certeza do que diz?

— Se tenho certeza?!

— Note, Sr. Abade, que não suspeito de forma nenhuma da sua boa fé. Digo-lhe: Tem certeza?

— Ouça, conheci o Sr. Zaccone pai.

—Ah!... ah!...

— Sim, e em pequeno brinquei muitas vezes com o filho nos seus estaleiros.

— Mas esse título de conde?

— Bem sabe que se compra...

— Na Itália?

— Em toda parte.

— Mas as suas riquezas, que são imensas, segundo se diz...

— Oh, imensas, não há dúvida!

— Quanto presume que ele possua, o Sr. Abade que o conhece?

— Oh! tem de cento e cinqüenta a duzentas mil libras de renda bem puxadas.

— Ah, é razoável! mas fala-se em três ou quatro milhões!

— Duzentas mil libras de renda fazem exatamente quatro milhões de capital.

— Mas fala-se em três ou quatro milhões de renda!

— Não é de crer.

— E conhece a sua ilha de Monte Cristo?

— Conheço. Todas as pessoas que vêm de Palermo, de Nápoles ou de Roma, para a França, por mar, a conhecem, porque se passa ao pé dela e se vê na passagem.

— Asseguram-me que é encantadora.

— É um rochedo.

— E para que foi o conde comprar aquele rochedo?

— Exatamente para ser conde. Na Itália para ser conde ainda se carece de um condado.

— Ouviu decerto falar nas aventuras da mocidade do Sr. Zaccone...

— Do pai?

— Não, do filho.

— Ah, aí começam as minhas incertezas, porque perdi jovem o companheiro de vista.

— Ele esteve na guerra?

— Creio que serviu.

— Em que arma?

— Na marinha.

— Vejamos, não é o seu confessor?

— Não, senhor; creio que ele é luterano.

— Como, luterano?

— Digo que creio; não afirmo. Ademais, julgava a liberdade de cultos estabelecida na França.

— Sem dúvida; por isso não é das suas crenças que nos ocupamos neste momento, é das suas ações; em nome do Sr. Prefeito da Polícia, intimo-o para que diga o que sabe.

— É tido na conta de homem muito caritativo. O Santo Padre fê-lo cavaleiro de Cristo, favor que já não concede senão a príncipes, pelos serviços eminentes que prestou aos cristãos do Oriente; tem cinco ou seis condecorações obtidas por serviços feitos assim aos príncipes e aos Estados.

— E usa-as?

— Não, mas honra-se com elas; diz que aprecia mais as recompensas concedidas aos benfeitores da humanidade do que as concedidas aos destruidores dos homens.

— Então esse homem é um quacre?

— Exatamente, é um quacre, excetuando o chapéu e a casaca cor de castanha, bem entendido.

— Conhecem-se-lhe amigos?

— Decerto, porque tem por amigos todos aqueles que o conhecem.

— Mas tem algum inimigo?

— Um único.

— Como se chama?

— Lorde Wilmore.

— Onde está?

— Em Paris, agora mesmo.

— E pode dar informações?

— Preciosas. Estava na Índia quando justamente lá esteve Zaccone.

— Sabe onde mora?

— Nas proximidades da Chaussée-d'Antin, mas não sei a rua nem o número da porta.

— O senhor está de mal com esse inglês?

— Eu estimo Zaccone, e ele detesta-o; estamos por isso indiferentes.

— Sr. Abade, sabe se o conde de Monte Cristo veio alguma vez à França antes da viagem que acaba de fazer a Paris?

— Ah, a esse respeito posso responder-lhe com conhecimento de causa! Não, senhor, nunca veio, porque se dirigiu a mim, há seis meses, para ter as informações que desejava. Pela minha parte, como ignorava em que época eu estaria da volta a Paris, remeti-o para o Sr. Cavalcanti.

— Andreia?

— Não, Bartolomeo, o pai.

— Muito bem, senhor; só tenho que perguntar mais uma coisa, e intimo-o, em nome da honra, da humanidade e da religião, a responder-me sem rodeios.

— Diga, senhor.

— Sabe com que fim o Sr. Conde de Monte Cristo comprou uma casa em Auteuil?

— Sei, porque mo disse.

— Com qual foi?

— Com o de estabelecer nela um hospício de alienados no gênero do fundado pelo barão de Pisani, em Palermo. O senhor conhece esse hospício?

— Conheço-o de reputação.

— É uma instituição magnífica.

E, dizendo isto, o abade cumprimentou o desconhecido como quem desejava fazer compreender que não se lhe daria de continuar o trabalho interrompido.

A visita, ou porque compreendesse o desejo do abade, ou porque não tivesse mais perguntas a fazer, levantou-se.

O abade acompanhou-a à porta.

— O Sr. Abade faz muito boas esmolas — disse a visita —, e embora se diga que é rico, eu ousaria oferecer-lhe alguma coisa para os pobres; pela sua parte, digna-se aceitar a minha oferta?

— Obrigado, senhor; há só de que sou cioso, é de que parta de mim o bem que eu faço.

— Mas...

— É uma resolução invariável. Mas procure, que encontrará. Ai! No caminho de cada homem rico, encontraram-se muitas misérias!

O abade cumprimentou outra vez, abrindo a porta.

O desconhecido cumprimentou também e saiu.

A carruagem partiu imediatamente e conduziu-o direto à casa do Sr. de Villefort.

Uma hora depois, tornou a sair a carruagem, e desta vez dirigiu-se para a Rua Fontaine-Saint-Georges.

No número 5 parou.

Era aí que morava Lorde Wilmore.

O desconhecido tinha escrito a Lorde Wilmore para lhe pedir uma entrevista, que este fixara para as dez horas.

Um fogão com dois vasos de Sèvres modernos, um relógio com um amor retesando o arco, um espelho em dois bocados, de cada lado do espelho uma gravura, esta representando Homero encaminhando o seu guia, aquela Belisário pedindo esmola.

Papel cinzento-escuro, mobília forrada de encarnado com pintas pretas.

Tal era a sala de Lorde Wilmore.

Era alumiada por globos de vidro fosco, que apenas derramavam uma luz fraca, que parecia amortecida de propósito para os olhos cansados do enviado do prefeito da Polícia.

Ao cabo de dez minutos de espera, o relógio deu dez horas.

À quinta badalada abriu-se a porta, e apareceu na sala Lorde Wilmore.

Lorde Wilmore era um homem mais alto do que baixo, com suíças pouco farta, e ruivas, tez branca, e cabelos louros, que iam encanecendo.

Vestia com toda a excentricidade inglesa, quer dizer, usava casaca azul com botões de ouro, e alta gravata branca, como se usava em 1811; um colete de casimira branca e umas calças de ganga muito curtas, que umas presilhas da mesma fazenda impediam que subissem até o joelho.

As suas primeiras palavras quando entrou foram:

— O senhor sabe que não falo francês?

— Sei, pelo menos, que não gosta de falar a nossa língua — respondeu o enviado do senhor Prefeito da Polícia.

— Mas pode falar-me em francês — respondeu Lorde Wilmore —, porque, se o não falo, compreendo-o.

— E eu — tornou a visita, mudando de idioma — falo o inglês com bastante facilidade para sustentar a conversação nessa língua. Não se incomode, senhor.

— Hao! — exclamou Lorde Wilmore, com a entoação que é só dos naturais mais puros da Grã-Bretanha.

O enviado do prefeito da Polícia entregou a Lorde Wilmore a sua carta de apresentação.

Este a leu com uma fleuma completamente anglicana, e, depois de terminar a leitura da carta, disse em inglês:

— Compreendo, compreendo muito bem.

— Começaram então as perguntas.

Foram mais ou menos as mesmas que tinham sido dirigidas ao abade Busoni.

Mas como Lorde Wilmore, em sua qualidade de inimigo de Monte Cristo, não usava das mesmas reservas que o abade, duraram muito mais tempo.

Narrou a mocidade do conde, que, no dizer dele, entrara, na idade de dez anos, no serviço de um desses soberanozitos da Índia que fazem guerra aos ingleses; fora lá que ele, Wilmore, o havia encontrado pela primeira vez, e que haviam combatido um contra o outro.

Nessa guerra, Zaccone fora feito prisioneiro, sendo enviado para a Inglaterra e metido numa cadeia, de que conseguira fugir a nado.

Começaram então as suas viagens, os seus duelos e as suas paixões. Nessa altura a Grécia insurreicionara-se, e servira nas fileiras dos gregos.

Enquanto esteve a serviço da Grécia, descobrira uma mina de prata nas montanhas da Tessália, mas não falara nisso a ninguém. Depois de consolidado o governo grego, pediu ao rei Otão um privilégio de exploração dessa mina; e fora-lhe concedido.

Daí essa imensa fortuna, que podia, no dizer de Lorde Wilmore, subir a um ou dois milhões de rendimento, fortuna que, todavia, podia esgotar-se de repente, se a mina se esgotasse.

— Mas — perguntou o visitante — sabe por que veio à França?

— Quer especular em caminhos-de-ferro — disse Lorde Wilmore; e depois, como é químico hábil e físico também distinto, descobriu um novo telégrafo, cuja aplicação deseja realizar.

— Quanto ele gastará por ano? — perguntou o enviado do prefeito da Polícia.

— Oh, quinhentos ou seiscentos mil francos, quando muito! — disse Lorde Wilmore —; é avaro.

Era evidente que era o ódio que fazia falar o inglês, e que, não sabendo o que havia de exprobrar ao conde de Monte Cristo, exprobrava-lhe a avareza.

— Sabe alguma coisa da casa de Auteuil?

— Sei.

— Então o que sabe?

— Pergunta-me com que intuito a comprou?

— Sim.

— O conde é um especulador que se há de arruinar certamente em experiências e utopias: imagina que há em Auteuil ou nos arredores da casa que acaba de comprar, uma corrente de água mineral, que pode rivalizar com as águas de Bagneres, Luchon e Cauterets. Quer construir ali um *bad-haus*, como dizem os alemães. Revolveu já duas ou três vezes o jardim para achar a famosa nascente: e como não pode descobrir, há de vê-lo, daqui a pouco tempo, comprar as casas que rodeiam a dele. Ora, eu, que não posso vê-lo, espero que venha a arruinar-se com o seu caminho-de-ferro, com o seu telégrafo elétrico ou com a sua exploração de banhos, e cá estou para desfrutar esse desastre, que não pode deixar de suceder.

— E por que é que não pode vê-lo? — perguntou o visitante.

— Porque — respondeu Lorde Wilmore —, passando pela Inglaterra, seduziu a mulher de um amigo meu.

— Mas por que não diligencia vingar-se dele?

— Já me bati três vezes com o conde — disse o inglês —; a primeira à pistola, a segundo à espada, e a terceira ao sabre.

— E o resultado desses duelos foi?...

— Da primeira vez, quebrou-me ele um braço; da segunda, atravessou-me o pulmão; e da terceira, fez-me esta ferida.

O inglês abriu o colarinho, que lhe chegava às orelhas, e mostrou uma cicatriz, cuja vermelhidão indicava data pouco antiga.

— De modo que lhe quero muito mal — repetiu o inglês — ,e tenho certeza de que não há de morrer senão às minhas mãos.

— Mas — disse o enviado da prefeitura — não toma o caminho de matar o conde de Monte Cristo, ao que me parece.

— Hao! — disse o inglês — todos os dias vou ao tiro, e todos os dias Gisier vem a minha casa.

Era o que o visitante queria saber, ou melhor, era quanto parecia que o inglês sabia.

O agente levantou-se, e depois de haver cumprimentado Lorde Wilmore, que correspondera a seu cumprimento com a inflexibilidade e a polidez inglesa, retirou-se.

Por sua parte, Lorde Wilmore, depois de ter ouvido fechar a porta da rua, entrou no seu quarto de dormir, onde, num abrir e fechar de olhos, perdeu os cabelos louros, as suíças ruivas, a maxila postiça, e a cicatriz, para recuperar os cabelos pretos, a cor baça, e os dentes de pérola do conde de Monte Cristo.

É verdade que, por sua parte, foi o Sr. de Villefort e não o enviado do senhor prefeito da Polícia quem se apeou da carruagem e entrou na casa do Sr. de Villefort.

O procurador régio ia um pouco tranqüilizado com as duas visitas, que, no final das contas, nada lhe haviam indicado de animador, mas que também nada lhe haviam indicado de inquietador.

Resultou daí que, depois do jantar de Auteuil, foi aquela noite a primeira que dormiu com tranqüilidade.

LXX. O baile

Chegara-se aos dias mais quentes do mês de julho, quando se apresentou na ordem dos tempos o sábado em que devia realizar-se o baile do Sr. de Morcef.

Eram dez horas da noite: as grandes árvores do jardim do palácio destacam-se com vigor do céu onde, descobrindo uma tinta azul semeada de estrelas de ouro, corriam os vapores de uma tempestade que passava, ameaçando toda a noite.

Nas salas do rés-do-chão ouvia-se a harmonia da música e o rodopiar da valsa e do galope, e fachos brilhantes de luz passavam entre as fisgas das persianas.

O jardim estava entregue nesse momento a uma dezena de criados, a quem a dona da casa, tranqüilizada acerca do tempo, que serenava cada vez mais, acabava de dar ordem para que o servissem a ceia.

Até então hesitara se cearia na casa de jantar, se debaixo de uma barraca de riscado levantada no jardim.

Iluminavam-se as ruas com lanternas de cores, como é costume na Itália, sobrecarregava-se de velas e de flores a mesa da ceia, como é de uso em todos os países onde se compreende o luxo da mesa, o mais raro de todos os luxos, quando se quer tê-lo completo.

No momento em que a condessa de Morcef entrava em suas

salas, depois de ter dado as últimas ordens, começaram estas a encher-se de convidados, mais atraídos pela encantadora hospitalidade da condessa do que pela posição distinta do conde, porque havia a certeza antecipada de que esta festa havia de oferecer, graças ao bom gosto de Mercédès, alguns pormenores dignos de serem contados, ou copiados no caso de necessidade.

A Sr.ª Danglars, a quem os acontecimentos que contamos haviam inspirado profunda inquietação, hesitava em ir à casa da Sr.ª de Morcerf, quando nessa manhã a sua carruagem se encontrou com a de Villefort.

Villefort tinha-lhe feito um sinal, as duas carruagens tinham-se aproximado, e pelas portinholas:

— Vai à casa da Sr.ª de Morcerf, não? — perguntara o procurador régio.

— Não — respondeu a Sr.ª Danglars —, estou muito incomodada.

— Não faz bem — tornou Villefort, com um olhar significativo —; era importante que a vissem lá.

— Ah! julga isso? — perguntou a baronesa.

— Julgo.

— Nesse caso, vou.

E as duas carruagens continuaram o seu caminho em sentido oposto.

A Sr.ª Danglars tinha pois vindo, não só bela pela beleza própria, mas deslumbrante por seu luxo.

Entrava por uma porta no momento em que Mercédès entrava pela outra.

A condessa mandou Albert receber a Sr.ª Danglars.

Albert avançou, gabou merecidamente a *toilette* da baronesa, e ofereceu-lhe o braço para conduzi-la ao lugar que ela quisesse escolher.

Albert olhou em volta de si.

— Procura a minha filha? — disse a baronesa, sorrindo.

— Confesso-lhe que sim — disse Albert —; teria a crueldade de não a trazer?

— Sossegue, encontrou a menina de Villefort e deu-lhe o braço; olhe, aí vêm ambas vestidas de branco atrás de nós, uma com um ramo de camélias e a outra com um ramo de miosótis. Mas então diga-me...

— O que é que a baronesa procura também? — perguntou Albert, sorrindo.

— Não tem cá esta noite o conde de Monte Cristo?

— Dezessete! — respondeu Albert.

— O que quer dizer?

— Quero dizer que vai bem — tornou o visconde, rindo —, e que é a décima sétima pessoa que faz a mesma pergunta; vai bem o conde!... dou-lhe os meus parabéns...

— E responde a toda a gente como a mim?

— Ah! é verdade, não lhe respondi; sossegue, minha senhora, que havemos de ter o homem da moda: somos dos privilegiados.

— Esteve ontem na Ópera?...

— Não.

— Pois ele estava lá.

— Ah, esteve! E o *excentric man* fez por lá alguma nova originalidade?

— Pode ele aparecer sem isso?... Elssler dançava no *Diabo Coxo*; a princesa grega estava entusiasmada. Depois da cachucha, ele meteu um anel magnífico no pé do *bouquet* e atirou-o à encantadora dançarina, que reapareceu no terceiro ato, para honrá-lo, com o anel no dedo. E tem visto a princesa grega?

— Não, e a Sr.ª Baronesa não tem remédio senão passar sem a ver; a posição dela na casa do conde não está bem definida.

— Olhe, deixe-me aqui, e vá cumprimentar a Sr.ª de Villefort — disse a baronesa —; vejo que está ansiosa por lhe falar.

Albert cumprimentou a Sr.ª Danglars e avançou para a Sr.ª de Villefort, que abria a boca à proporção que ele se aproximava.

— Aposto — disse Albert, interrompendo-a — que sei o que vai dizer-me, minha senhora.

— Ora essa! — disse a Sr.ª de Villefort.

— Se eu adivinhar, promete confessar-mo?

— Prometo.

— Dá-me a sua palavra?

— Dou.

— Ia perguntar-me se o conde de Monte Cristo estava cá ou se vinha.

— Nada. Não é nele que eu penso agora. Ia perguntar-lhe se tinha recebido notícias do Franz.

— Recebi, ontem;

— O que lhe mandava dizer?

— Que partia no mesmo dia em que seguia a carta.

— Bem. E então, o conde?

— O conde vem, pode ficar descansada.

— Sabe que tem outro nome além do de Monte Cristo?

— Não. Não sabia.

— Monte Cristo é o nome de uma ilha; e ele tem um nome de família.

— Nunca o ouvi pronunciar.

— Eu estou mais adiantada: chama-se Zaccone.

— Pode ser.

— É maltês.

— Também pode ser.

— Filho de um armador.

— Oh, mas, na verdade, devia contar isso em voz alta, que teria melhor êxito!

— Serviu na Índia; explorou uma mina de prata na Tessália; e vem a Paris para montar um grande estabelecimento de águas minerais em Auteuil.

— Ora, ainda bem! — disse Morcerf — aí temos novidades! Permite-me que as conte?

— Sim! mas pouco a pouco, uma a uma, sem dizer que procedem de mim.

— Por quê?

— Porque foi quase um segredo surpreendido.

— A quem?

— A polícia.

— Então essas novidades corriam...

— Ontem à noite, na casa do prefeito. Paris sobressaltou-se, o senhor compreende, à vista desse luxo desusado, e a polícia tomou informações.

— Bem! o que faltava era prender o conde como vagabundo, a pretexto de que ele era riquíssimo.

— Era o que podia muito bem acontecer-lhe, se as informações não lhe tivessem sido favoráveis.

— Pobre conde! E ele desconfia do perigo que correu? — perguntou o visconde.

— Não creio.

— Então é uma obra de caridade adverti-lo disso. Quando chegar, não deixarei de o fazer.

Neste momento, veio cumprimentar respeitosamente a Sr.ª de Villefort um bonito rapaz de olhos vivos, cabelos pretos, e bigode luzidio.

Albert estendeu-lhe a mão.

— Minha senhora — disse Albert —, tenho a honra de lhe apresentar o Sr. Maximiliano Morrel, capitão de sipais, um dos nossos bons e, principalmente, dos nossos valentes oficiais.

— Já tive o gosto de encontrá-lo em Auteuil, na casa do conde de Monte Cristo — respondeu a Sr.ª de Villefort, voltando-se com uma frieza notável.

Esta resposta, e principalmente os modos por que era dada, confrangeram o coração do pobre Morrel; mas esperava-o uma compensação: quando se voltou, viu no vão da porta um lindo e branco semblante, cujos olhos azuis, dilatados e sem expressão aparente, se fitaram nele, ao passo que o raminho de miosótis ia subindo lentamente aos lábios adoráveis.

Este cumprimento foi tão bem compreendido, que Morrel, com a mesma expressão de olhar, aproximou também o lenço da boca, e as duas estátuas vivas, cujos corações batiam tão rapidamente sob o mármore aparente do rosto, separadas uma da outra por toda a largura da sala, esqueceram-se por um instante, ou melhor, esqueceram por um instante o mundo nesta muda contemplação.

Podiam ter permanecido mais tempo assim perdidas uma da outra, sem que ninguém notasse o seu esquecimento de todas as coisas, por que acabava de entrar o conde de Monte Cristo.

Já o dissemos: o conde, ou por prestígio fictício, ou por prestígio natural, atraía a atenção em toda parte onde se apresentava; não era a casaca preta, irrepreensível decerto no corte, mas simples e sem condecorações; não era o colete branco sem nenhum bordado; não era a calça emoldurando um pé da mais delicada forma, o que chamava a atenção: era a tez baça, os cabelos pretos ondeados, o rosto sereno e puro, o olhar profundo e melancólico; era, enfim, a boca desenhada com maravilhosa delicadeza, e que com tanta facilidade assumia a expressão do maior desdém, era tudo isto o que fazia com que todos os olhos se fitassem nele.

Podia haver homens mais gentis, mas não os havia decerto mais significativos, permitam-nos a expressão: tudo no conde queria dizer alguma coisa e tinha o seu valor, porque o hábito do pensamento útil havia dado às suas feições, à expressão do seu semblante, e ao mais insignificante dos seus gestos, uma flexibilidade e uma firmeza incomparáveis.

E depois, a nossa sociedade parisiense é tão singular, que talvez não tivesse dado atenção a tudo isso, se não houvesse debaixo de tudo isso uma história misteriosa dourada por uma fortuna imensa.

Seja como for, avançou sob o peso dos olhares, e através da troca de cumprimentos, até a Sr.ª de Morcerf, que, em pé diante do fogão enfeitado de flores, o vira aparecer num espelho colocado defronte da porta, e se havia preparado para recebê-lo.

Voltou-se pois para ele com um sorriso composto, justamente no momento em que ele se curvava diante dela.

Julgou, decerto, que o conde ia falar-lhe; e o conde também pensou, naturalmente, que ela ia dirigir-lhe a palavra: mas permaneceram mudos ambos, tanto lhes parecia indigna de ambos uma banalidade, e, depois de uma troca de cumprimentos. Monte Cristo dirigiu-se para Albert, que corria para ele.

— Viu minha mãe? — perguntou Albert.

— Acabo de ter a honra de cumprimentá-la — disse o conde —, mas não vi seu pai.

— Olhe! está falando em política naquele pequeno grupo de celebridades.

— Na verdade — disse Monte Cristo —, aqueles senhores que ali vejo são celebridades? Não me lembrava de tal... e de que gênero? Há celebridades de todas as espécies, como sabe.

— Em primeiro lugar, está ali um sábio, aquele sujeito alto e magro; descobriu no campo, em Roma, uma espécie de lagarto que tem mais uma vértebra do que os outros, e deu parte dessa descoberta ao Instituto. A coisa foi contestada por muito tempo; mas o sujeito alto e magro venceu. A vértebra fizera muito barulho no mundo dos sábios, e o sujeito alto e magro, que era tão-somente cavaleiro da Legião de Honra, foi nomeado oficial.

— Ora — disse Monte Cristo —, eis aí uma cruz que me parece sabiamente dada; então, se achar segunda vértebra, fá-lo-ão comendador?

— É possível — disse Morcef.

— E aquele que teve a idéia singular de vestir uma casaca azul bordada de verde, quem é?

— Não foi ele que teve a idéia de vestir aquela casaca; foi a República, que, como o conde sabe, era um pouco artista, e querendo dar um uniforme aos acadêmicos, pediu a David que lhes desenhasse uma casaca.

— Ah! — disse Monte Cristo — então aquele senhor é acadêmico?

— Deve haver oito dias que faz parte da douta assembléia.

— E que mérito tem, que especialidade?

— Que especialidade? Creio que espeta alfinetes nas cabeças dos coelhos, que faz comer garanças às galinhas, e que bate com barbas de baleia na medula espinhal dos cães.

— E é da Academia das Ciências por isso?

— Não, é da Academia Francesa.

— Mas o que tem com isso a Academia Francesa?

— Vou dizer-lhe; parece...

— Que as suas explicações deram um grande impulso à ciência, não?

— Não, mas que escreve em muito bom estilo.

— Isso deve — disse Monte Cristo — lisonjear muitíssimo o amor-próprio dos coelhos em que enterra alfinetes na cabeça, das galinhas a que tinge os ossos de encarnado, e dos cães a que contunde a medula espinhal.

Albert desatou a rir.

— E aquele outro? — perguntou o conde.

— Aquele outro?

— Sim, o terceiro.

— Ah! o de casaca azul?

— Sim.

— É um colega do conde, o que acaba de se opor mais afincadamente a que a Câmara dos Pares tenha uniforme; alcançou na tribuna um grande triunfo a esse respeito; estava de mal com as gazetas liberais, mas a sua nobre oposição aos desejos da corte acaba de harmonizá-lo com elas; fala-se em nomeá-lo embaixador.

— E que merecimentos teve para o pariato?

— Fez duas ou três óperas cômicas, ficou com quatro ou cinco ações do *Século*, e votou cinco ou seis anos com o ministério.

— Bravo! visconde — disse Monte Cristo rindo —, é um magnífico cicerone; agora, faz-me um obséquio, não?

— O quê?

— Não me apresente a esses senhores e, se eles lhe pedirem para me serem apresentados, previna-me.

Neste momento o conde sentiu que lhe punham uma mão no braço.

Voltou-se, era Danglars.

— Ah! é o Sr. Barão! — disse.

— Por que me chama barão? — disse Danglars —; bem sabe que dou pouco apreço ao título. Não sou como o senhor, visconde; aprecia-o, não?

— Decerto — respondeu Albert —, pois que, se eu não fosse visconde, nada seria, ao passo que o senhor pode sacrificar o seu título de barão, que ainda fica milionário.

— O que me parece melhor título, na realeza de julho — replicou Danglars.

— Desgraçadamente — disse Monte Cristo —, não se é milionário por toda a vida como se é barão, par de França, ou acadêmico. E sejam testemunhas os milionários Frank e Poulmann, de Francoforte, que acabam de quebrar.

— Sim? — disse Danglars, empalidecendo.

— Recebi a notícia esta tarde por um correio; eu tinha um milhão na casa deles, mas, avisado a tempo, levantei-o há de haver um mês.

— Oh, meu Deus! — tornou Danglars —; sacaram sobre mim duzentos mil francos.

— Pois, meu caro senhor, fica prevenido, a firma deles vale cinco por cento.

— Sim, mas deve compreender que a prevenção é tardia: aceitei o saque.

— Bom! — disse Monte Cristo — são mais duzentos mil francos que se vão juntar...

— Cale-se! — disse Danglars — não fale nessas coisas... — e depois, aproximando-se de Monte Cristo — principalmente diante do Sr. Cavalcanti filho — acrescentou o banqueiro, que, ao pronunciar estas palavras, se voltou sorrindo para o rapaz.

Morcerf deixara o conde para ir falar a sua mãe.

Danglars deixou-o também para cumprimentar o Sr. Cavalcanti filho.

Monte Cristo ficou só por um instante.

Entretanto o calor começava a ser excessivo.

Os criados circulavam nas salas com bandejas carregadas de frutas e de gelados.

Monte Cristo enxugou com um lenço de assoar o rosto molhado de suor; mas recuou quando a bandeja parou diante dele, e não tocou coisa nenhuma para se refrescar.

A Sr.ª de Morcerf não perdia o seu convidado conde de Monte Cristo de vista.

Viu passar a bandeja sem que ele lhe tocasse.

Nem sequer lhe escapou o movimento que fizera e pelo qual se afastara dela.

— Albert — disse —, notou uma coisa?

— O quê, minha mãe?

— Que o conde de Monte Cristo não quis aceitar de jantar na casa do Sr. de Morcerf.

— Sim, mas aceitou de almoçar no meu quarto, e foi por esse almoço que fez a sua entrada na nossa sociedade.

— O seu quarto não é a casa do conde — murmurou Mercédès —; e desde que está aqui, tenho-o observado...

— E tem visto?...

— E tenho visto que ainda não se serviu de coisa nenhuma.

— O conde é muito sóbrio.

Mercédès sorriu com tristeza.

— Aproxime-se dele, e à primeira bandeja que passar, insista em que se sirva.

— Por que, minha mãe?

— Faz-me esse favor, Albert — disse Mercédès.

Albert beijou a mão da mãe, e foi colocar-se junto do conde de Monte Cristo.

Passou outra bandeja, carregada como as precedentes.

Mercédès viu Albert insistir com o conde, pegar até um gelado e apresentar-lho; ele, porém, recusou com obstinação.

Albert voltou ao pé de sua mãe.

A condessa estava muito pálida.

— Vê?... — disse ela — recusou.

—Sim, mas em que pode isso preocupá-la?

— Bem sabe, Albert, que as mulheres têm singularidades. Eu veria com muito gosto que o conde tomasse alguma coisa em minha casa, ainda que não fosse senão um bago de romã. Mas talvez não goste dos costumes franceses, talvez tenha preferência por alguma coisa.

— Ora... qual! vi-o na Itália tomar de tudo; é que está esta noite incomodado.

— E havendo habitado sempre climas ardentes — disse a condessa —, talvez seja menos sensível ao calor que os outros.

— Não creio, porque se queixava de que sufocava, e perguntava por que, uma vez que se abriram as janelas, não se abriram também as persianas.

— Tenho um meio de me certificar — disse Mercédès — se aquela abstinência é uma determinação assente.

E saiu da sala.

Um instante depois abriram-se as persianas, e pôde-se, entre os jasmins e as clematites que guarneciam as janelas, ver todo o jardim iluminado com lanternas e a ceia servida debaixo da barraca.

Tanto os que dançavam como os que estavam jogando e os que conversavam soltaram um grito de alegria e todos aqueles pulmões sequiosos aspiraram com delícias o ar que entrava em ondas.

Mercédès tornou a aparecer no mesmo instante, mais pálida, mas com a firmeza do semblante que era nela notável em determinadas ocasiões.

Dirigiu-se ao grupo de que seu marido formava o centro.

— Não prenda estes senhores aqui, Sr. Conde — disse —, hão de preferir se não jogam, respirar no jardim a sufocarem aqui.

— Oh, minha senhora — disse um velho general muito galanteador, que em 1809 havia cantado: *Partindo para a Síria!* —, não havemos de ir sós para o jardim.

— Seja — disse Mercédès —, vou dar o exemplo. E voltando-se para Monte Cristo:

— Sr. Conde — disse —, dê-me a honra de me oferecer o seu braço.

O conde quase que cambaleou ao ouvir estas simples palavras, e depois olhou um momento para Mercédès.

Esse momento foi rápido como um relâmpago, e todavia pareceu à condessa que durava um século, tantos pensamentos pusera Monte Cristo nesse único olhar.

Ofereceu o braço à condessa.

Ela apoiou-se nele ou, para melhor dizer, roçou-o com a sua mãozinha, e desceram ambos uma das escadas do patim orlado de rododendros e camélias.

Atrás deles, pela outra escada, correram para o jardim, com ruidosas exclamações de prazer, uns vinte convidados.

LXXI. Pão e sal

A Sr.ª de Morcerf meteu-se com o seu braceiro sob uma abóbada de folhagem.

Era uma rua de tílias, que conduzia a uma estufa.

— Fazia muito calor na sala, não é verdade, Sr. Conde? — perguntou.

— Fazia, sim, minha senhora, e a sua idéia de mandar abrir as portas e as persianas foi excelente.

Ao acabar de dizer estas palavras, o conde percebeu que a mão de Mercédès tremia.

— Mas a Sr.ª Condessa, com esse vestido tão leve e sem outro abrigo em volta do pescoço que esse manto de gaze, há de ter frio... — observou ele.

— Sabe aonde o levo? — disse a condessa, sem responder à pergunta de Monte Cristo.

— Não, minha senhora — respondeu este —; mas, como vê, não oponho resistência.

— À estufa, que se vê no fim da rua que seguimos.

O conde olhou para Mercédès como para interrogá-la; ela, porém, continuou o seu caminho sem dizer nada, e por sua parte Monte Cristo conservou-se mudo.

Chegaram à estufa, adornada com frutos magníficos, que no começo de julho tinham chegado à maturidade sob a ação de uma temperatura calculada para substituir o calor do sol, tantas vezes ausente de Paris. A condessa largou o braço de Monte Cristo e foi colher de uma cepa um cacho de uvas moscatéis.

— Aqui tem, Sr. Conde — disse ela, com um sorriso tão triste, que parecia verem-se as lágrimas marejarem-lhe os olhos —, queira aceitar; as uvas da França, bem o sei, não podem ser como as suas da Sicília ou de Chipre, mas há de ser indulgente com o nosso pobre solo do Norte.

O conde inclinou-se, e recuou um passo.

— Recusa? — perguntou Mercédès, com voz trêmula.

— Peço-lhe humildemente que me desculpe, minha senhora; mas eu não gosto de uvas moscatéis, nunca as como.

Mercédès deixou cair o cacho, suspirando.

De uma latada vizinha pendia um magnífico pêssego, amadurecido, como as uvas, por aquele calor artificial da estufa.

Mercédès aproximou-se do fruto aveludado e colheu-o.

— Então aceite este pêssego — disse ela.

Mas o conde fez o mesmo movimento de recusa.

— Oh, também?! — disse com um acento tão doloroso que se conhecia que sufocava um soluço —; realmente, estou infeliz.

Um longo silêncio seguiu esta cena.

O pêssego, da mesma forma que o cacho de uvas, tinha rolado sobre a areia.

— Sr. Conde — prosseguiu enfim Mercédès, cravando em Monte Cristo um olhar suplicante —, há um costume árabe, muito tocante, que torna eternamente amigas as pessoas que compartilham o pão e o sal sob o mesmo teto.

— Conheço esse costume, minha senhora — respondeu o conde —; mas nós estamos na França e não na Arábia, e na França não há amizades eternas com que possamos compartir o sal e o pão.

— Mas, enfim — disse a condessa, palpitante, fixando os olhos de Monte Cristo e tornando quase convulsivamente a agarrar-lhe o braço —, nós somos amigos, não é verdade?

O sangue afluiu ao coração do conde, que se tornou lívido como a morte, e subindo-lhe do coração à garganta, invadiu-lhe as faces, ao mesmo tempo em que os seus olhos vaguearam no espaço durante alguns segundos, como os de um homem que é vítima de uma alucinação.

— Certamente que somos amigos, Sr.ª Condessa — replicou ele, afinal —; e por que não o seríamos?

O tom desta réplica estava tão longe daquele que a Sr.ª de Morcerf desejava, que ela voltou-se para deixar fugir um suspiro semelhante a um gemido.

— Obrigado — disse-lhe. E continuaram a andar.

Deram assim uma volta no jardim sem pronunciarem uma única palavra.

— Sr. Conde — tornou de repente a condessa, depois de um passeio em silêncio —, é verdade que tem visto muito, viajado muito e padecido muito?

— Sim, minha senhora, tenho padecido muito — respondeu Monte Cristo.

— Mas agora é feliz?

— Sem dúvida — respondeu o conde —, porque ninguém me ouve queixar.

— E a sua felicidade presente torna-lhe a alma mais doce?

— A minha felicidade presente — disse o conde — iguala a minha miséria passada.

— O senhor não é casado? — perguntou a condessa.

— Eu, casado?! — respondeu Monte Cristo, estremecendo —; quem lhe disse semelhante coisa?

— Ninguém mo disse; mas têm-no visto muitas vezes na Ópera com uma formosa menina.

— É uma escrava que eu comprei em Constantinopla, Sr.ª Condessa; a filha de um príncipe, que eu fiz minha filha, já que não tinha outras afeições no mundo.

— Então, assim, vive só?

— Vivo só!

— Não tem irmã... nem filho... nem pai?

— Não tenho ninguém.

— Como pode viver assim, sem um laço que o prenda à vida?

— A culpa não é minha. Amei em Malta uma menina, que ia desposar quando veio a guerra e me levou como num turbilhão para longe dela. Eu julgava que a minha noiva me amasse o bastante para esperar a minha volta, e para mesmo se me conservar fiel até o túmulo. Quando voltei estava casada. É a história de todo homem que tem a idade dos vinte anos. É possível que eu tivesse o coração mais fraco do que os outros homens, e por isso sofri muito mais do que eles sofreriam no meu lugar; e eis tudo.

A condessa parou um instante, como se precisasse daquela alta para poder respirar.

— Sim — disse ela —, e esse amor conserva-se-lhe no coração... Não se ama deveras senão uma vez... E não tornou a ver essa mulher?

— Nunca.

— Nunca?!

— Não voltei mais à terra de onde ela era.

— A Malta?

— Sim, a Malta.

— Então ela está em Malta?

— Creio que sim.

— E o senhor perdoou essa mulher, que tanto o fez sofrer?

— A ela, decerto.

— Mas só a ela; continua odiando aqueles que o separaram de sua noiva?

— Eu? decerto que não; por que havia de odiá-los?

A condessa colocou-se irrefletidamente na frente de Monte Cristo.

Conservava ainda na mão um fragmento do cacho perfumado.

— Aceite — disse ela.

— Há de desculpar, mas não como moscatel, minha senhora — respondeu o conde de Monte Cristo, como se de tal coisa não tivessem ainda falado.

A condessa atirou o cacho, com um gesto de desespero, para o maciço de arbustos que lhe ficava mais próximo.

— É inflexível — murmurou ela.

Monte Cristo ficou tão impassível como se aquelas palavras não fossem com ele.

Neste momento chegou Albert.

— Oh, minha mãe, uma grande desgraça!

— O Que é? O que sucedeu? — perguntou a condessa, endireitando-se, como se depois de um sonho tivesse sido chamada à realidade — uma desgraça? Com efeito, devem suceder desgraças.

— O Sr. de Villefort está aqui.

— E então?

— Vem buscar a mulher e a filha.

— Mas por quê?

— Porque a Sr.ª de Saint-Méran chegou a Paris trazendo a notícia de que o Sr. de Saint-Méran faleceu na primeira paragem ao deixar Marselha. A Sr.ª de Villefort, que estava muito alegre, não queria compreender nem acreditar em semelhante desgraça, mas Valentine, apesar das precauções do pai, adivinhou tudo logo às primeiras palavras: o golpe fulminou-a como o raio, e a pobre menina caiu sem sentidos.

— E o que é o Sr. de Saint-Méran à menina de Villefort? — perguntou o conde.

— É seu avô materno. Vinha a Paris para apressar o casamento de Franz e de sua neta.

— Ah, realmente!...

— Ora, aí está o casamento do Franz retardado. Por que não havia o Sr. de Saint-Méran ser também avô da menina Danglars?...

— Albert! Albert! — disse a Sr.ª de Morcerf, num tom de branda repreensão — que está dizendo? Ai! Sr. Conde, o senhor, por quem ele tem tanta consideração, diga-lhe que foi inconveniente.

E deu alguns passos adiante.

Monte Cristo olhou-a tão estranhamente e com uma expressão ao mesmo tempo tão pensativa e tão cheia de admiração afetuosa, que ela voltou sobre os mesmos passos.

Tomou a mão do conde ao mesmo tempo em que apertava a do filho, e, reunindo as duas, disse:

— Somos amigos, não é verdade?

— Oh! seu amigo, minha senhora, não tenho essa pretensão — disse o conde —; mas, em todo caso, sou seu servo muito respeitoso.

A condessa partiu com um inexprimível aperto de coração, e, antes de ter dado dois passos, o conde viu-a levar o lenço aos olhos para enxugar as lágrimas.

— Que é isso? estão em desarmonia? — perguntou Albert, com espanto.

— Pelo contrário — respondeu o conde —, pois que, como ouviu, acaba de dizer que somos amigos.

E voltaram para a sala, que Valentine e os senhores de Villefort acabavam de abandonar.

Não será preciso dizer que Morrel tinha saído atrás deles.

LXXII. A Sr.ª de Saint-Méran

Na casa do Sr. de Villefort acabava realmente de suceder uma cena lúgubre.

Depois da partida das duas senhoras para o baile, aonde a Sr.ª de Villefort, apesar de todas as suas instâncias, não conseguira determinar o marido a acompanhá-la, o procurador régio, conforme o seu costume, encerrara-se no seu gabinete com uma ruma de autos, que assustariam qualquer outro, mas que, nos tempos ordinários de sua vida, mal bastavam para satisfazer o seu apetite de trabalhador incansável.

Desta vez, porém, os autos eram ali simples formalidade. Villefort não se fechara para trabalhar, mas para refletir; e, fechada a porta e dada a ordem de não o incomodarem senão para coisas importantes, sentou-se em sua cadeira e começou a repassar na memória tudo o que desde as últimas sete ou oito horas lhe fazia transbordar a taça dos sombrios pesares e das amargas recordações.

Então, em vez de lançar mão dos papéis empilhados diante de

si, abriu uma gaveta da secretária, fez saltar uma mola secreta, e tirou um maço de seus apontamentos pessoais, manuscritos preciosos, entre os quais se achavam classificados e sobrescritos com cifras só dele conhecidas, os nomes de todas as pessoas que, quer em sua carreira política, quer em seus negócios de dinheiro, assim nos trabalhos do foro, como nos amores misteriosos, se tinham tornado suas inimigas.

O número era formidável, agora que ele começava a tremer, e, no entanto, todos esses nomes, por mais importantes e poderosos que fossem, tinham-no feito sorrir muitas vezes, como sorri o viajante que, do cimo culminante da montanha, vê a seus pés os picos agudos, os caminhos impraticáveis e as arestas dos precipícios, junto dos quais, para chegar ao ponto desejado, teve de rastejar por tanto tempo e tão custosamente.

Depois de ter repassado todos aqueles nomes em sua memória, depois de os ter relido bem e bem estudado e comentado, abanou a cabeça.

"Não, murmurou, nenhum desses inimigos teria esperado paciente e laboriosamente até hoje para vir esmagar-me com este segredo. Algumas vezes, como diz Hamlet, sai da terra o ruído das coisas mais profundamente sepultadas, e, como luzes fosforescentes, corre vagamente no espaço; mas isso são chamas que iluminam por um momento e que logo se extinguem. É possível que a história tenha sido narrada pelo corso a algum sacerdote, que por sua vez a narrasse também. O Monte Cristo tê-la-á sabido, e para se esclarecer..."

"Mas de que lhe serviria isso? — continuou Villefort, depois de um momento de reflexão; que interesse pode ter o Sr. de Monte Cristo, o Sr. Zaccone, filho de um armador de Malta, explorador de uma mina de prata na Tessália, que vem pela primeira vez à França, em se esclarecer de um fato sombrio, misterioso e inútil como aquele? No meio dos apontamentos incoerentes que me foram dados pelo tal abade Busoni e por Lorde Wilmore, por aquele amigo e por aquele inimigo, uma única coisa se vê clara, precisa, bem patente a meus olhos: é que em nenhuma época, em nenhum caso, e nem em qualquer circunstância houve contato entre mim e ele."

Mas Villefort pronunciava estas palavras sem convicção, sem acreditar no que dizia.

O mais terrível para ele não estava na revelação, porque podia negar ou mesmo não responder.

Inquietava-se pouco com aquele *mane*, *thecel*, *phares*, que lhe aparecia de repente na parede, estampado em letras de sangue; o que lhe dava cuidado era saber qual era o corpo a que pertencia a mão que os traçara.

No momento em que ele procurava animar-se a si mesmo, e em que, em lugar desse horizonte, que em seus sonhos de ambição entrevira algumas vezes, tratava, com o receio de despertar esse inimigo por tanto tempo adormecido, de assegurar um futuro limitado às alegrias do lar, ouviu-se no pátio o rodar de uma carruagem, e logo em seguida, na escada, os passos de uma pessoa de idade e os soluços e lamentações que os criados costumam soltar quando querem mostrar-se interessados na dor dos amos.

O Sr. de Villefort apressou-se em abrir o fecho que vedava a entrada em seu gabinete, e logo, sem ser anunciada, entrou uma senhora idosa com o xale no braço e o chapéu na mão.

Os cabelos brancos descobriam-lhe uma fronte baça, como o marfim amarelecido, e os olhos, a cujos cantos os anos tinham cavado rugas profundíssimas, quase desapareciam sob a inchação que provinha do choro.

— Ai, senhor — disse ela —, ai, senhor! que desgraça! eu morro também! oh, sim! eu certamente morro!

E caiu sobre a cadeira mais próxima da porta, rompendo em soluços.

Os criados, em pé à entrada do gabinete, não ousando adiantar-se mais, olhavam para o antigo criado de Noirtier, que, tendo ouvido no quarto do amo a bulha, correra também, conservando-se atrás dos demais.

Villefort levantou-se e correu para a Sr.ª de Saint-Méran, porque era ela.

— Jesus! minha senhora, o que sucedeu? — perguntou ele —; o que é que assim a perturba? E o Sr. de Saint-Méran, não a acompanha?

— O Sr. de Saint-Méran morreu — disse a velha marquesa, sem preâmbulos, e como que assombrada.

Villefort recuou um passo, batendo desesperadamente com as mãos uma na outra.

— Morreu?!... — balbuciou ele — morreu, assim... subitamente?

— Há oito dias — continuou a Sr.ª de Saint-Méran — metemo-nos juntos numa carruagem, depois do jantar. Havia alguns dias que o Sr. de Saint-Méran se sentia incomodado; no entanto, a idéia de tornar a ver a nossa querida Valentine deu-lhe ânimo, e apesar das suas dores quis partir. A seis léguas de Marselha, depois de ter tomado as suas pastilhas de costume, caiu num sono tão profundo que não me pareceu natural: no entanto hesitava em acordá-lo, quando me pareceu que o rosto se lhe purpureava e que as veias das fontes lhe batiam mais violentamente que de ordinário. Contudo, como chegara a noite e eu não visse mais nada do que referi, deixei-o dormir. Dentro em pouco soltou um suspiro delirante, como de quem sofre um pesadelo, e deitou, num movimento brusco, a cabeça para trás. Chamei o criado, mandei parar o postilhão, e procurei despertar o Sr. de Saint-Méran, obrigando-o a aspirar o meu frasco de sais; mas tudo tinha acabado, estava morto, e foi ao lado de um cadáver que cheguei a Aix.

Villefort conservava-se estupefato e boquiaberto.

— Decerto chamou um médico?

— No mesmo instante; mas, como lhe disse, era tarde — respondeu a boa senhora, suspirando.

— Bem sei, mas ao menos poderia dizer de que doença sucumbira o pobre marquês.

— Disse, sim, disse; parece que foi de uma apoplexia fulminante.

— E o que fez então?

— O Sr. de Saint-Méran tinha dito muitas vezes que se morresse longe de Paris desejava que o sepultassem no jazigo da família. Portanto, fiz encerrar o corpo num caixão de chumbo, e precedo-o apenas alguns dias.

— Minha pobre mãe! — disse Villefort —; tais cuidados, depois de semelhante golpe, e na sua idade!...

— Deus deu-me forças até o fim; além disso, não me resta dúvida de que o meu querido marquês teria feito por mim o que eu fiz por ele. É verdade que dizem que na minha idade já não há lágrimas; no entanto, parece-me que enquanto a gente sofre deveria poder chorar. Onde está a Valentine, senhor? Foi por causa dela que quisemos voltar a Paris; quero ver a Valentine.

Villefort julgou que seria inconveniente responder-lhe que Valentine estava num baile.

Disse apenas à marquesa que sua filha tinha saído na companhia da madrasta, e que ia mandá-la prevenir.

— No mesmo instante, senhor, no mesmo instante, peço-lhe eu — disse a marquesa.

Villefort deu o braço à Sr.ª de Saint-Méran e conduziu-a a seus quartos.

— Precisa de descanso, minha mãe — disse ele.

A marquesa, ouvindo esta palavra, levantou a cabeça, e ao ver aquele homem, que lhe fazia recordar a filha tão saudosa, que revivia para ela em Valentine, sentiu-se comovida pelo doce nome de mãe, desfez-se em lágrimas, e caiu de joelhos diante de uma cadeira, onde reclinou a cabeça veneranda.

Villefort recomendou-a aos cuidados das criadas, ao passo que o velho Barrois subiu todo assustado ao quarto de seu amo; porque nada assusta mais os velhos do que verem a morte, que por um instante se afastou do lado deles, ir ferir outro velho.

Depois, enquanto a Sr.ª de Saint-Méran, sempre ajoelhada, orava do fundo da alma, o procurador régio mandou vir um trem de praça e foi ele mesmo buscar na casa da Sr.ª de Morcerf a mulher e a filha para trazê-las para casa.

Estava tão pálido que, logo que apareceu à porta da sala, Valentine correu para ele exclamando:

— Oh, meu pai! sucedeu alguma desgraça?

— Acaba agora mesmo de chegar sua avó, Valentine — disse o Sr. de Villefort.

— E meu avô? — perguntou a donzela trêmula.

O Sr. de Villefort não respondeu senão oferecendo o braço à filha.

Era tempo.

Valentine, tomada de uma vertigem, cambaleou.

A Sr.ª de Villefort correu a ampará-la, e ajudada pelo marido, levou-a para a carruagem, dizendo:

— É triste! quem poderia esperar semelhante coisa? Oh, na verdade é bem triste!

E esta família desolada fugiu assim, espalhando sua tristeza como um véu negro por sob o resto da reunião.

No fim da escada Valentine encontrou o velho criado Barrois, que a esperava.

— O Sr. Noirtier precisa falar-lhe esta noite — disse ele em voz baixa.

— Diga-lhe que irei vê-lo depois de falar a minha avó — respondeu Valentine.

Na delicadeza de sua alma, a menina tinha compreendido que a pessoa que sobretudo carecia primeiro de seus cuidados era a Sr.ª de Saint-Méran.

Valentine achou a avó na cama.

Mútuas carícias, suspiros entrecortados, lágrimas ardentes, tais foram os pormenores daquela entrevista, a que assistia, pelo braço do marido, a Sr.ª de Villefort, com o maior respeito, pelo menos aparente, pela pobre viúva.

No fim de um instante de demora, inclinou-se para o ouvido do marido.

— Se me permite — disse ela —, retiro-me, porque a minha presença parece afligir ainda mais a Sr.ª de Saint-Méran.

Esta a compreendeu.

— Sim, sim, — disse ela ao ouvido de Valentine —, que se retire, mas fique você, fique.

A Sr.ª de Villefort saiu, e Valentine ficou só junto do leito da avó, porque o procurador régio, consternado pela morte imprevista do marquês, seguiu a mulher.

Entretanto Barrois tinha subido a primeira vez ao quarto do velho Noirtier.

Este ouvira todo o ruído que se fizera na casa, e mandara, como dissemos, o velho criado informar-se do sucedido.

À sua volta, aqueles olhos tão vivos, e sobretudo tão inteligentes, interrogaram o mensageiro.

— Ai de mim, senhor! — disse Barrois — sucedeu uma grande desgraça! chegou a Sr.ª de Saint-Méran, e trouxe-nos a notícia da morte do Sr. Marquês.

O Sr. de Saint-Méran e Noirtier não tinham nunca sido ligados por uma dessas amizades profundas; no entanto, é sabido o efeito que produz sempre num velho a notícia da morte de outro velho.

Noirtier deixou pender a cabeça, como que contristado ou como quem reflete; depois fechou um olho.

— A menina Valentine? — perguntou Barrois.

Noirtier fez um sinal afirmativo.

— Está no baile, bem sabe, porque veio dizer-lhe adeus depois de preparada.

Noirtier fechou de novo o olho esquerdo.

— Sim, quer vê-la?

O velho fez sinal de que era esse seu desejo.

— Pois bem, provavelmente vão mandá-la buscar na casa da Sr.ª de Morcerf; esperarei que volte, e dir-lhe-ei que suba ao seu quarto. É isto que o senhor quer?

— Sim — respondeu o paralítico.

Barrois espreitou então a volta de Valentine, e, como vimos, assim que ela chegou, comunicou-lhe o desejo de Noirtier.

Em virtude desse desejo, Valentine, assim que saiu do quarto da Sr.ª de Saint-Méran, que apesar de muito agitada acabara por sucumbir ao cansaço e dormia num sono febricitante, subiu ao quarto de seu avô.

Tinham colocado ao alcance da mão da marquesa um velador sobre o qual puseram uma garrafa contendo uma laranjada, sua bebida habitual, e juntamente um copo.

Depois, como dissemos, a donzela, deixando aquele quarto, subiu ao de Noirtier.

Valentine abraçou o velho, que olhou para ela com tal expressão de ternura, que a menina viu de novo umedecerem-lhe os olhos lágrimas que ela julgava terem secado para sempre.

O velho insistia com o olhar.

— Sim, sim — disse Valentine —, quer dizer que continuo possuindo sempre o amor do meu avô, não é verdade?

O bom do velho fez sinal de que era efectivamente o que queria dizer.

— Ah, felizmente! — replicou Valentine. — Sem isso, o que seria de mim, meu Deus!...

Era uma hora da noite.

Barrois, que tinha pressa de se deitar, observou que depois de uma noite tão dolorosa todos precisavam de descanso.

O velho não quis dizer que para ele o descanso era ter visto a sua neta, e despediu a menina, a quem efetivamente a dor e o cansaço davam um ar de sofrimento.

No dia seguinte, Valentine, ao entrar no quarto da avó, achou-a de cama.

A febre não acalmara; pelo contrário, brilhava um fogo sombrio nos olhos da velha marquesa, que parecia tomada de uma violenta irritação nervosa.

— Oh, meu Deus! minha querida avó, ainda sofre muito! — exclamou Valentine, notando todos aqueles sintomas de agitação.

— Não, minha filha, não — disse a Sr.ª de Saint-Méran —, mas esperava com impaciência que chegasse para mandar chamar seu pai.

— Meu pai? — perguntou Valentine, inquieta.

— Sim, quero falar-lhe.

Valentine não ousou contrariar a vontade da avó, cujo fim ignorava.

Um instante depois entrou Villefort.

— Senhor — disse a marquesa de Saint-Méran, sem empregar qualquer circunlocução e como se receasse que o tempo lhe fugisse —, não me escreveu acerca de um casamento para esta menina?...

— Escrevi, sim, minha senhora — respondeu Villefort —, e não é apenas um projeto, é já uma convenção.

— O seu genro chama-se Franz d'Épinay?

— Sim, minha senhora.

— É o filho do general d'Épinay, que foi assassinado alguns dias antes da volta do usurpador da ilha de Elba?

— É esse mesmo.

— Essa aliança com a neta de um jacobino não lhe repugna?

— As nossas dissensões civis estão felizmente terminadas, minha mãe — disse Villefort —; o Sr. d'Épinay era quase uma criança quando o pai morreu; conhece muito pouco o Sr. de Noirtier, e há de vê-lo, senão com prazer, pelo menos com indiferença.

— O partido é vantajoso?

— A todos os respeitos.

— E o noivo é simpático?

— Goza da consideração geral.

— E é digno?

— É um dos homens mais distintos que eu conheço.

Durante toda esta conversação, Valentine conservara-se muda.

— Pois bem, senhor — disse depois de alguns segundos de reflexão a Sr.ª de Saint-Méran —, é preciso apressar-se, porque pouco tempo me resta para viver.

— Oh, minha boa mãe!... — exclamaram juntos o Sr. de Villefort e Valentine.

— Eu sei o que digo — replicou a marquesa —; é preciso que se apresse, porque, visto que a pobre criança já não tem mãe, é bom que ao menos a sua avó possa abençoar-lhe as núpcias. Eu sou a única que lhe resta da parte da minha pobre Renée, que o senhor tão depressa esqueceu.

— Ai, minha senhora — disse Villefort —, esquece-se de que era preciso que eu desse a esta pobre criança uma mãe, que infelizmente já não tinha.

— Uma madrasta nunca é uma mãe, senhor. Mas não era disso que tratávamos; era de Valentine. Deixemos os mortos sossegados.

Tudo isto era dito com uma tal volubilidade e uma tal inflexão, que aquela conversação parecia que se assemelhava a um começo de delírio.

— Há de fazer-se a sua vontade, minha senhora, tanto mais que o seu desejo está de acordo com o meu; e logo que o Sr. d'Épinay chegue a Paris...

— Minha querida avó —, disse Valentine — as conveniências... um luto tão recente... quererá porventura que se realize um casamento sob tão tristes auspícios?...

— Minha filha — interrompeu vivamente a avó —, nada de razões pueris, que obstam a que os espíritos fracos edifiquem solidamente o seu futuro. Eu também casei no leito da morte de minha mãe, e nem por isso fui infeliz.

— Outra vez essa idéia de morte, minha senhora! — replicou Villefort.

— Outra vez e sempre!... Digo-lhe que vou morrer, compreende? Pois bem, antes de morrer, quero ver o noivo da Valentine, quero ordenar-lhe que faça feliz a minha neta; quero ler-lhe nos olhos se tenciona obedecer-me; quero, enfim, conhecê-lo — continuou a avó, com uma expressão terrível —, para vir procurá-lo do fundo da sepultura, se ele não for o que deve ser, se não for o que é preciso que seja!

— Minha senhora — disse Villefort —, afaste para longe essas idéias exaltadas, que tocam quase a loucura. Os mortos, uma vez encerrados no túmulo, dormem para nunca mais se levantar.

— Oh, sim, minha querida avó, por quem é, sossegue! — disse Valentine.

— E eu, senhor, digo-lhe que não o acredito. Esta noite tive um sono terrível, porque me vi de alguma forma dormir como se a minha alma adejasse já por sobre o meu corpo; os olhos, que me esforçava por abrir, fechavam-se-me, a meu pesar; e no entanto... — eu bem sei que isto há de parecer impossível, ao senhor principalmente — pois bem, com os olhos fechados, vi entrar sem ruído uma forma branca desse lugar mesmo onde o senhor está, vinda desse canto onde há uma porta que dá para o quarto de vestir da Sr. de Villefort.

Valentine soltou um grito.

— Era a febre que a agitava, minha senhora — disse Villefort.

— Duvide, se quiser, mas estou certa do que digo: vi uma forma branca; e, como se Deus tivesse receio de que eu duvidasse do testemunho de um só dos meus sentidos, ouvi também tinir o meu copo... olhem, olhem, aquele mesmo que está ali sobre a mesa.

— Oh, minha mãe, foi um sonho!

— Era tanto um sonho que estendi a mão para a campainha, e que a esse movimento a sombra desapareceu rapidamente.

— Mas não viu ninguém?

— Os fantasmas não se mostram senão às pessoas que devem vê-los: aquele era a alma do meu marido. Pois bem, se a alma de meu marido voltou para me chamar, por que não voltará também a minha para defender Valentine?! Parece-me que os laços que me ligam à pobre criança são ainda mais diretos.

— Oh, minha senhora! — disse Villefort, estremecendo a seu pesar até as entranhas —, não dê cabida a esses lúgubres pensamentos. Há de viver conosco por muito tempo ainda, feliz e amada, e havemos de esquecer...

— Nunca! nunca! — disse a marquesa. — Quando vem o Sr. d'Épinay?

— Esperamo-lo a toda hora.

— Pois bem, tão depressa ele chegue, previna-me. Apressemo-nos, apressemo-nos. Além disso, queria também que me mandassem um tabelião para me assegurar de que todos os nossos bens passarão para Valentine.

— Oh, minha avó! — murmurou a menina, apoiando os lábios na fronte ardente da marquesa —, quer matar-me? Meu Deus! tem febre. Não é de um tabelião que precisa, é de um médico.

— De um médico? — disse ela, encolhendo os ombros —; não estou doente; tenho sede, nada mais.

— Que quer beber, minha avó?

— Como sempre, você bem sabe, a minha laranjada. O meu copo está em cima da mesa; dá-mo, Valentine.

Valentine deitou a laranjada da garrafa num copo e pegou-lhe com um certo estremecimento para o dar à avó, porque era esse mesmo copo que esta dizia ter sido tocado pelo fantasma.

A marquesa despejou o copo de um só trago.

Depois, voltou-se no travesseiro, repetindo:

— O tabelião! o tabelião!

O Sr. de Villefort saiu, e Valentine sentou-se junto do leito da avó. Parecia que a pobre criança precisava também do médico que recomendara à marquesa.

Queimava-lhe as faces uma vermelhidão parecida com uma chama, a respiração era curta e ofegante, e os pulmões batiam-lhe como se tivesse febre.

É que a pobre menina pensava no desespero de Maximiliano, quando ele soubesse que a Sr.ª de Saint-Méran, em vez de ser sua aliada, procedia, sem o conhecer, como se fosse sua inimiga.

Mais de uma vez se lembrou Valentine de dizer tudo a sua avó, e não teria hesitado um só instante, se Maximiliano Morrel se chamasse Albert de Morcerf ou Raul de Château-Renaud; mas Morrel era de uma origem plebéia, e Valentine sabia o desprezo que a orgulhosa marquesa de Saint-Méran tinha por tudo o que não fosse de nobre estirpe.

O seu segredo conservara-se-lhe pois oculto no coração, pela triste certeza de que inutilmente o confiaria, e que, uma vez que esse segredo fosse conhecido de seu pai e de sua avó, tudo para ela estaria fatalmente perdido.

Duas horas, mais ou menos, decorreram assim.

A Sr.ª de Saint-Méran dormia num sono ardente e agitado.

Anunciaram o tabelião.

Apesar de esse anúncio ter sido feito em voz muito leve, a Sr.ª de Saint-Méran levantou a cabeça.

— O tabelião? — perguntou ela —; que venha! que venha!

O tabelião, que estava à porta, entrou.

— Vai-se, Valentine, deixe-me só com este senhor.

— Mas, minha avó...

— Vai, vai.

A menina beijou a avó, e saiu, levando o lenço aos olhos.

À porta encontrou o criado, que lhe disse que o médico a esperava na sala.

Valentine desceu rapidamente.

O médico era um amigo da família e ao mesmo tempo um dos homens mais hábeis da época; estimava sinceramente Valentine, que vira nascer.

Tinha uma filha mais ou menos da idade da menina de Villefort, mas nascida de uma mãe que padecera do peito; a vida dele era um contínuo receio a respeito da filha.

— Oh, meu caro Sr. d'Avrigny, esperávamo-lo com bastante impaciência... Mas, antes de tudo: como estão a Madeleine e a Antoinette?

Madeleine era a filha do Sr. d'Avrigny, e Antoinette a sobrinha.

O Sr. d'Avrigny sorriu tristemente.

— A Antoinette passa bem, e a Madeleine sofrivelmente — disse ele. — Mas não me mandou chamar, minha querida filha? — continuou o médico. — Não é seu pai tampouco a Sr.ª de Villefort quem está doente? Quanto a nós, como não podemos, seja como for, libertar-nos dos nossos nervos, presumo que não tem necessidade de mim senão para lhe recomendar que não é bom que demos inteira liberdade à nossa imaginação... Valentine corou.

O Sr. d'Avrigny possuía a ciência do prognóstico até quase o milagre, porque era um desses médicos que tratam sempre do físico pelo moral.

— Não — disse a menina —, é para minha avó. Sabe a desgraça que nos sucedeu, não é verdade?

— Não sei nada — respondeu o Sr. d'Avrigny.

— Ai! — disse Valentine, sufocando os soluços — meu avô morreu.

— O Sr. de Saint-Méran?

— Sim.

— E de quê?

— De um ataque de apoplexia fulminante.

— De apoplexia? — repetiu o médico.

— Sim. De maneira que a minha pobre avó está crente de que o marido a chama e que vai reunir-se-lhe. Oh, Sr. d'Avrigny, recomendo-lhe a minha pobre avó!

— Onde está ela?

— No seu quarto com o tabelião.

— E o Sr. de Noirtier, como vai?

— Não tem diferença; uma perfeita lucidez de espírito, mas sempre a mesma imobilidade e o mesmo mutismo.

— E o mesmo amor pela sua boa netinha, não é verdade, minha querida filha?

— É — disse Valentine, suspirando —; ele é muito meu amigo.

— E quem não o há de ser?...

Valentine sorriu.

— E que sente a sua avó?

— Uma excitação nervosa singular, um sono agitado e estranho; dizia esta manhã que durante o sono a alma passava-lhe sobre o corpo, que ela via adormecido; naturalmente era delírio; assevera que viu entrar um fantasma no quarto, e que ouviu a bulha que ele fazia mexendo-lhe no copo.

— É singular — disse o doutor —; não sabia que a Sr.ª de Saint-Méran fosse sujeita a essas alucinações.

— É a primeira vez que a vejo assim — disse Valentine —; esta manhã meteu-me grande medo, julguei que tinha enlouquecido; e meu pai... — o Sr. d'Avrigny sabe que meu pai é um espírito forte — pois bem, meu próprio pai pareceu muito impressionado.

— Já vamos ver isso — disse o Sr. d'Avrigny —; tudo o que me conta me está parecendo estranho.

Preveniram Valentine de que a avó estava sozinha.

— Suba — disse a menina ao doutor.

— E não sobe também?

— Oh, eu não me atrevo! minha avó tinha-me proibido que mandasse prevenir o doutor; e depois, como há pouco o senhor disse, sinto-me agitada, um pouco febril, mal disposta; vou dar uma volta pelo jardim para me restabelecer.

O doutor apertou a mão de Valentine, e enquanto ele subia ao quarto da Sr.ª de Saint Méran, a donzela descia a escada.

Escusado será dizer qual era o lado do jardim que constituía o passeio favorito de Valentine.

Depois de ter dado duas ou três voltas pelo quintal, que rodeava a casa, depois de colher uma rosa para pôr na cintura ou nos cabelos, metia-se pela rua umbrosa que conduzia ao banco, e do banco dirigia-se à grade.

Desta vez, Valentine deu, segundo o seu costume, duas ou três voltas entre as flores, mas sem colher nenhuma.

O luto de seu coração, que não tinha tido ainda tempo de se estender por toda sua pessoa, repelia aquele simples enfeite. Depois se encaminhou para a rua de arvoredo.

À proporção que avançava, parecia-lhe ouvir uma voz que pronunciava seu nome.

Parou admirada.

Então a voz chegou-lhe mais distintamente ao ouvido, e conheceu que era a de Maximiliano.

LXXIII. Promessa

Era com efeito Maximiliano Morrel, que desde a véspera não sossegava.

Com o instinto particular dos amantes e das mães, adivinhara que, em seguida à volta da Sr.ª de Saint-Méran, ia suceder alguma coisa na casa de Villefort que interessaria a seu amor por Valentine.

Como vamos ver, esses pressentimentos tinham-se realizado, e não era portanto uma simples inquietação que o conduzia tão contristado à grade dos castanheiros.

Valentine, porém, não estava prevenida para a chegada de Morrel, porque não era a hora em que de ordinário ele vinha; fora puramente um feliz acaso, ou, se preferem, uma feliz atração que a levara ao jardim.

Quando Valentine apareceu, Morrel chamou-a, e ela correu para o tapume.

— O senhor aqui, a esta hora?! — disse-lhe.

— Sim, pobre amiga — respondeu Morrel. — Venho trazer e buscar notícias bem tristes.

— Então é esta a casa da desgraça! — tornou Valentine. — Fale. Maximiliano. Mas, realmente, a soma dos meus sofrimentos já não é pequena!...

— Querida Valentine — disse Morrel, procurando conter sua própria comoção para poder explicar-se claramente —, peço-lhe que me ouça com atenção, porque tudo o que vou dizer-lhe é do maior interesse. Em que época conta casar?

— Ouça — disse por sua vez Valentine —, não quero ocultar-lhe nada, Maximiliano. Esta manhã falaram do meu casamento, e minha avó não só se declarou em favor dele, mas até o deseja por tal forma, que agora é só a ausência do Sr. d'Épinay que o retarda, devendo ser assinado o contrato no dia seguinte ao da chegada dele.

Doloroso suspiro abriu o peito do rapaz, que lançou à donzela um longo e triste olhar.

— Infeliz de mim! — replicou em voz baixa — é triste ouvir dizer tranqüilamente à mulher que amamos: — Está fixado o momento do seu suplício; daqui a algumas horas ter-se-á realizado; mas, não importa, é preciso que assim seja, e pela minha parte não levantarei oposição alguma. Pois bem! visto dizer que só esperam pelo Sr. d'Épinay para que o contrato seja assinado, e que no dia seguinte ao da chegada dele há de pertencer-lhe, pertencer-lhe-á amanhã, porque o Sr. d'Épinay chegou hoje a Paris.

Valentine soltou um grito.

— Eu estava na casa do conde de Monte Cristo há uma hora — continuou Morrel —; conversávamos, ele na aflição da casa do Sr. de Villefort, e eu na dor de Valentine, quando de repente ouvi no pátio o rodar de uma carruagem. Ouça; eu até então não acreditava nos pressentimentos, mas agora tenho de crer neles. Ao rodar daquela carruagem percorreu-me o corpo um calafrio; em breve ouvi passos na escada. Os passos retumbantes do comendador não assombraram tanto Dom Juan como aqueles me assombraram a mim. Enfim, abriu-se a porta; Albert de Morcerf entrou primeiro, e eu ia duvidar de mim mesmo, estava a ponto de crer que me enganava, quando atrás dele apareceu outro sujeito, e o conde exclamou: "Ah, o Sr. Barão Franz d'Épinay!" Foi-me preciso, para me conter, chamar em meu auxílio toda a força e coragem que me restavam no coração. Talvez que empalidecesse; pode ser que tremesse; mas com toda certeza conservei o riso nos lábios. No entanto, cinco minutos depois, saí, sem ter ouvido uma só palavra de tudo quanto se tinha dito durante esses cinco minutos; estava aniquilado!

— Pobre Maximiliano! — murmurou a angustiada menina com ar de tristíssima compaixão.

— Aqui me tem, Valentine. Vejamos, agora me responda como a um homem para quem a sua resposta deve ser a sentença de morte ou a vida. Que tenciona fazer?

Valentine baixou a cabeça em grande prostração.

— Ouça — continuou Morrel —, não é a primeira vez que reflito na situação a que agora chegamos; é triste, grave, suprema! Não me parece, porém, que seja este o momento de se entregar a uma dor estéril; isto é bom para os que querem sofrer calados e beber as lágrimas em silêncio. Há gente para isso, e Deus, sem dúvida, lhes levará em conta no Céu as lágrimas que derramaram na Terra. Mas quem se sente com vontade de lutar não perde um tempo precioso, e retribui à sorte o golpe que lhe vibrou. E sente-se com vontade de lutar contra a má fortuna? Diga, diga, Valentine; diga, porque é isso que eu venho lhe perguntar.

Valentine tremia e cravava em Morrel olhos espantados.

A idéia de resistir ao pai, à avó, a toda a família, enfim, nem sequer lhe ocorrera ao pensamento.

— Que diz, Maximiliano? — perguntou Valentine —; a que é que dá o nome de luta? Oh, diz um sacrilégio! Quê?! Eu, eu lutar contra ordens de meu pai, contra a vontade de minha avó agonizante? É impossível!

Morrel fez um movimento.

— Tem um coração muito nobre para que não me compreenda, e compreende-me tão bem, querido Maximiliano, que o vejo calado. Lutar, eu?! Deus me livre de semelhante coisa! Não, eu guardo toda a minha força para lutar contra mim mesma, e para beber as minhas lágrimas, como o senhor diz. Quanto a afligir meu pai, e a perturbar os últimos momentos de minha avó, isso nunca!

— Tem muita razão — disse fleumaticamente Morrel.

— Como me diz isso, meu Deus!... — observou Valentine, ferida.

— Eu digo isto como um homem que deveras a admira, minha senhora — replicou Maximiliano.

— Minha senhora!... — exclamou Valentine — minha senhora!... Oh! que egoísta! Vê o meu desespero, e finge que não me compreende!

— Engana-se; pelo contrário, compreendo-a perfeitamente. Não quer contrariar o Sr. de Villefort, não quer desobedecer à marquesa, e amanhã assinará o contrato que deve ligá-la a seu marido.

— Mas meu Deus! posso porventura fazer outra coisa?...

— Não o pergunte a mim, minha senhora, porque sou juiz suspeito nesta causa, cegar-me-ia o egoísmo — respondeu Morrel, cuja voz surda e punhos cerrados denunciavam cada vez maior desesperação.

— Que me teria proposto, Morrel, se me achasse disposta a aceitar os seus alvitres? Vamos, responda; não basta dizer: faz mal, é preciso que me dê um conselho.

— Diz isso seriamente, Valentine? Devo eu dar-lhe esse conselho? diga.

— Com certeza, querido Maximiliano, porque se for bom, segui-lo-ei: bem sabe que sou fiel às minhas afeições.

— Valentine — disse Morrel, acabando de afastar uma tábua já desconjuntada —, dê-me a sua mão em prova de que me perdoou a minha cólera; é que eu tenho a cabeça perdida, e mil pensamentos maus me têm atravessado o espírito. Oh, se recusasse o meu conselho!...

— Pois bem! esse conselho, qual é?

— Ei-lo, Valentine.

A donzela levantou no mesmo instante as mãos ao Céu, e soltou um suspiro.

— Sou livre — continuou Maximiliano —; sou suficientemente rico para ambos; juro-lhe que será minha mulher antes que os meus lábios tenham pousado na sua fronte.

— Faz-me tremer! — disse a menina.

— Fuja comigo — prosseguiu Morrel —; levá-la-ei para a casa de minha irmã, que é também digna de ser sua; embarcaremos para Argel, para a Inglaterra ou para a América, se não prefere antes que nos retiremos para qualquer província, onde esperaremos, para voltar a Paris, que os nossos amigos vençam a resistência da sua família.

Valentine meneou a cabeça.

— Já esperava isso, Maximiliano — disse ela —; é o conselho de um insensato, e mais insensata seria eu ainda se não o fizesse calar no mesmo instante com estas únicas palavras: — É impossível, Morrel, é impossível!

— Quer então seguir a sorte tal como ela se lhe apresenta, sem querer pensar na luta? — perguntou Maximiliano Morrel, num tom sombrio.

— Sim, ainda que morra.

— Pois bem, Valentine — replicou Maximiliano —, repetir-lhe-ei que tem razão. E na verdade eu é que sou um louco, porque acaba de me provar que a paixão cega os espíritos mais justos. Agradeço-lhe sinceramente, porque raciocina sem paixão. Seja, é uma coisa assente: amanhã pertencerá ao Sr. Franz d'Épinay, não por essa formalidade de teatro inventada para desfecho das comédias, e a que a gente chama assinatura do contrato, mas sua própria vontade.

— Ainda uma vez, Maximiliano, creia que me desespera; tortura-me agitando o punhal cravado na chaga que me mata! Que faria responda-me, se sua irmã desse ouvidos a um conselho como o que acaba de me dar?

— Minha senhora — replicou Morrel, com um sorriso amargo —, eu sou um egoísta, como disse há pouco; não penso no que fariam outras pessoas na minha posição, mas apenas no que eu conto fazer. Penso em que a conheço há um ano; que pus, desde o dia em que a conheci, todas as esperanças da minha ventura no seu amor; que chegou um dia em que me disse que me amava, e que desde esse dia toda a minha ambição no futuro se limitou à sua posse, porque eram esses todos os meus sonhos de felicidade, toda a minha vida. Não penso em mais nada agora; digo somente que todas essas esperanças me fugiram, que julgava ter ganhado o Céu e que o perdi. É freqüente um jogador perder não só o que tem, como aquilo que não possui.

Maximiliano Morrel pronunciou estas palavras com a mais perfeita impassibilidade.

Valentine fixou-o por um instante com os seus grandes olhos

perscrutadores, diligenciando não deixar penetrar os de Morrel até a perturbação que lhe ia já no fundo do coração.

— Mas enfim, que vai fazer? — perguntou a donzela.

— Vou ter a honra de lhe dizer adeus, minha senhora, sendo Deus, que ouve as minhas palavras e lê no fundo do meu coração, testemunha de que lhe desejo uma vida tranqüila, feliz e cheia de ininterruptas alegrias, para que nela não encontre lugar à mais leve recordação minha.

— Oh! — murmurou Valentine.

— Adeus, Valentine, adeus! — disse Morrel, inclinando-se.

— Para onde vai? — perguntou a donzela, estendendo o braço através da grade e agarrando o casaco de Maximiliano, porque compreendia, pela sua agitação, que a impassibilidade do seu amado não podia ser real — para onde vai?

— Vou tratar de evitar uma nova perturbação a sua família, e de dar um exemplo que poderão seguir todos os homens honestos e devotados que se encontrem na minha situação.

— Antes de me deixar, diga-me o que vai fazer, Maximiliano — insistiu a menina de Villefort.

O rapaz sorriu tristemente.

— Oh! fale, fale! — disse Valentine — peço-lhe eu!

— Mudou de resolução, Valentine?

— Não posso mudá-la, infelizmente! — exclamou a donzela — bem o sabe!

— Então adeus, Valentine!

A pobre menina sacudiu a grade com uma força de que se julgaria incapaz, e, como Morrel se afastasse, passou as duas mãos para o lado de fora e juntou-as, contorcendo os braços.

— Que vai fazer? quero sabê-lo! — gritou ela —; aonde é que vai? Maximiliano!

— Oh, sossegue! — respondeu Maximiliano, parando a três passos da porta —; a minha intenção não é tornar outro homem responsável pelos rigores que a sorte me reservou. Outro qualquer ameaçá-la-ia de ir procurar o Sr. Franz, de o provocar, e de se bater com ele. Tudo isso seria insensato. Que tem o Sr. Franz com tudo isto? Viu-me esta manhã pela primeira vez, já até provavelmente se esqueceu de mim, e nem sequer sabia que eu existia quando as suas famílias decidiram que pertenceriam um ao outro. Não tenho portanto que fazer com o Sr. Franz, e juro-lhe que não será a ele que culparei.

— Mas então a quem quer culpar? a mim?

— À senhora?! Oh, Deus me livre de tal! A mulher é sagrada, a mulher que amamos é santa.

— Então é ao senhor, infeliz, é ao senhor mesmo!

— Pois só eu sou o culpado, não é verdade?

— Maximiliano — disse Valentine —, venha aqui; ordeno-lho.

Maximiliano aproximou-se com suave sorriso, e se não fosse a grande palidez, podê-lo-iam julgar em seu estado ordinário.

— Ouça-me, minha querida, minha adorada Valentine — disse ele com a sua voz melodiosa e grave —, as pessoas como nós, que nunca alimentaram um pensamento de que tenham de corar perante o mundo, perante Deus, ou perante os seus, as pessoas como nós, repito, podem ler no coração uma da outra tão facilmente como num livro aberto. Eu não quis fazer um romance; não sou nenhum herói melancólico; não tomo a posição de Manfredo nem de Antony; mas sem vãs palavras, sem protestos, sem juramentos, prendi a minha vida à sua, Valentine; foge-me, e tem razão para assim fazer, disse-lho e repito-o; mas enfim, abandona-me, e a minha vida está perdida. Desde o momento em que se aparta de mim, Valentine, fico só no mundo. Minha irmã é feliz junto de seu marido: a meu cunhado apenas me ligam as conveniências sociais; portanto ninguém precisa de mim na Terra, a minha vida é inútil. Eis por conseguinte o que farei: hei de esperar até o último instante em que se realize o seu casamento, porque não quero perder nem a sombra de uma dessas probabilidades inesperadas, que às vezes o acaso nos reserva, porque, enfim, daqui até lá pode morrer o Sr. D'Épinay; no momento em que se aproximem do altar, pode cair nele um raio: tudo parece crível ao condenado à morte, e para o infeliz os milagres entram na ordem do possível, desde que se trate da salvação da vida. Esperarei, pois, como disse, até o último momento; e quando a minha desgraça for infalível, sem remédio nem esperança, escreverei uma carta confidencial a meu cunhado, outra ao prefeito da Polícia para lhe dar aviso do meu desígnio, e no canto de qualquer bosque, no fundo de um fosso, ou à beira de qualquer rio, darei um tiro na cabeça, tão verdade como ser filho do homem mais honrado que tem vivido na França.

Um estremecimento bastante convulsivo agitou os membros da pobre Valentine.

Valentine largou a grade que segurava com as duas mãos, descaíram-lhe os braços, e duas grossas lágrimas lhe rolaram pelas faces mimosas.

Maximiliano Morrel conservava-se diante dela sombrio e cheio de resolução.

— Oh! Por piedade! Por piedade! — disse ela — há de viver, não é assim...?

— Não! Pela minha honra — respondeu Maximiliano —; mas que lhe importa isso! Terá cumprido o seu dever, e a sua consciência ficará tranqüila.

Valentine caiu de joelhos, e apertou o coração, que parecia despedaçar-se-lhe.

— Maximiliano — disse ela —, Maximiliano, meu amigo, meu irmão na Terra, meu verdadeiro esposo no Céu, eu lhe rogo que faça como eu: peço-lhe que viva com o seu sofrimento, que talvez um dia nos vejamos reunidos.

— Adeus, Valentine — repetiu Morrel.

— Meu Deus! — exclamou a triste menina, levantando as mãos ao Céu com uma expressão sublime — bem o vê, tenho feito tudo quanto tenho podido para me conservar filha submissa; tenho pedido, implorado, suplicado; ele não tem querido ouvir, nem os meus rogos, nem as minhas súplicas, nem o meu pranto. Pois bem! — continuou, enxugando as lágrimas e retomando a sua firmeza — não quero morrer de remorsos, antes quero morrer de vergonha. Há de viver, Maximiliano, não serei de ninguém senão sua. A que horas devo partir? Em que momento? Já? Fale, ordene, estou pronta.

Morrel, que tinha dado de novo alguns passos para se afastar, voltara outra vez, e, pálido de alegria, com o peito agitado por grata comoção, estendeu através da grade as duas mãos para Valentine.

— Valentine — disse ele —, querida amiga, não é assim que desejo que me fale, ou, aliás, deixe-me morrer. Para que a quereria eu à violência, se não me ama como eu a amo? Assim, obrigar-me-ia a viver por compaixão, e nada mais. Nesse caso, antes quero morrer.

— De fato, murmurou Valentine, quem é que me ama no mundo? Ele. Quem me tem consolado de todas as minhas dores? Ele. Sobre quem repousam as minhas esperanças? Em quem se fixam os meus olhos assombrados? Sobre quem repousa o meu coração sangrento? Nele, sempre. Sempre ele! Pois bem, tem razão, Maximiliano! segui-lo-ei, abandonarei a casa paterna, deixarei tudo... Oh, ingrata que sou! — exclamou Valentine, soluçando — tudo, até o meu avô, eu esquecia!

— Não! — disse Maximiliano — não o deixará. Diz que o Sr. de Noirtier parece ter por mim alguma simpatia. Pois bem, antes de fugir, contar-lhe-á tudo; fará uma égide do seu consentimento diante de Deus; depois, logo que casarmos, irá conosco: em lugar de um filho, terá dois. Tem-me dito a maneira como ele lhe fala e de que forma você lhe responde; aprenderei depressa essa linguagem.

Vá, Valentine; oh! Juro que é a felicidade que lhe ofereço em vez do desespero que nos espera.

— Oh, vê, Maximiliano, vê qual é o seu poder sobre mim! quase me faz crer no que diz, e no entanto as suas palavras são insensatas, porque meu pai há de amaldiçoar-me. Conheço-o; o seu coração é inflexível; nunca me perdoará. Mas ouça, Maximiliano, se eu conseguir, quer seja pedindo, ou por qualquer outra forma, enfim, demorar o casamento, nesse caso espera, não é verdade?

— Sim, juro, como também me há de jurar que nunca consentirá em tão abominável casamento, e que, ainda que a arrastem até perante o magistrado ou o sacerdote, dirá: Não!

— Sim, Maximiliano, juro-o por tudo que no mundo tenho de mais sagrado, por minha mãe!

— Então esperemos — disse Morrel.

— Sim, esperemos — replicou Valentine, que respirou ouvindo estas palavras —; há casos inesperados, que muitas vezes salvam os infelizes como nós.

— Fio-me na senhora, Valentine — disse Morrel —; tudo que fizer será bem feito, contanto que, se de novo insistirem com a Valentine, se seu pai, se a Sr.ª de Saint-Méran exigirem que o Sr. D'Épinay seja convidado amanhã para assinar o contrato...

— Nesse caso, tem a minha palavra, Morrel.

— Em vez de assinar...

— Venho vê-lo, e fugiremos; mas daqui até lá não tentemos Deus, não nos tornemos a ver; tem sido quase um milagre, uma providência, não nos terem surpreendido; se chegam a saber como nos vemos, não nos resta nenhum recurso.

— Tem razão, Valentine; mas como poderei saber...

— Pelo tabelião, o Sr. Deschamps.

— Conheço-o.

— E por mim mesma; escrever-lhe-ei. Tenha fé em Deus, Maximiliano, e creia que semelhante casamento não o horroriza mais do que a mim!

— Bem, bem! Obrigado, minha adorada Valentine — respondeu Morrel. — Então, está combinado: uma vez que saiba a hora, correrei aqui, e logo transporá este muro nos meus braços; isso ser-lhe-á fácil. Esperá-la-á uma carruagem, para onde subirá comigo. Conduzi-la-ei à casa de minha irmã; ali teremos a consciência da nossa força e da nossa vontade, e não nos deixaremos imolar como a pobre ovelha, que só se defende com suspiros.

— Seja — disse Valentine —; por minha vez, Maximiliano, dir-lhe-ei quando voltar: tudo o que fizer está bem feito.

— Oh!

— Está contente com a sua mulher? — disse tristemente a pobre Valentine.

— Minha sempre adorada Valentine, seria muito pouco dizer que sim.

— Diga sempre.

Valentine tinha-se chegado, ou antes, tinha aproximado os lábios da grade, e as suas palavras deslizavam como um sopro perfumado até os lábios de Morrel, que colara a boca do outro lado da fria e inexorável clausura.

— Adeus — disse Valentine, arrancando-se subitamente à felicidade — adeus!

— Escreve-me?

— Escrevo.

— Obrigado, querida esposa; adeus.

Retiniu um beijo inocente e perdido, e Valentine desapareceu sob as tílias.

Morrel escutou-lhe os últimos rumores do vestido roçando a folhagem e dos pés fazendo estalar a areia, levantou os olhos para o Céu com um sorriso inefável, para lhe agradecer o ter permitido que fosse assim amado, e desapareceu também.

O rapaz entrou em casa, e esperou durante todo o resto da noite e todo o dia seguinte sem nada receber.

Enfim, foi só no outro dia, pelas dez horas da manhã, que, no momento em que se dirigia à casa do Sr. Deschamps, o tabelião, recebeu pelo correio uma carta que conheceu ser de Valentine, conquanto nunca lhe tivesse visto a letra.

Era assim concebida:

"Lágrimas, súplicas, rogos, nada fizeram.

Ontem estive duas horas na Igreja de Saint-Philippe-du-Roule, e durante essas duas horas roguei a Deus do fundo da alma.

Deus é insensível como os homens, e a assinatura do contrato está fixada para esta noite às nove horas.

Não tenho senão uma palavra, como também não tenho senão um coração, Morrel, e eu dei-lhe ambas as coisas, pertencem-lhe.

Esta noite, às nove horas menos um quarto, na grade.

Valentine de Villefort."

"P.S. — A minha pobre avó está cada vez pior; ontem a sua exaltação chegou ao delírio, hoje o seu delírio é quase loucura.

Há de amar-me muito, não é verdade, para me fazer esquecer que a deixei neste estado?

Creio que ocultam a meu avó Noirtier que a assinatura do contrato deve ser realizada esta noite."

Morrel não quis se limitar aos esclarecimentos que lhe dava Valentine.

Foi à casa do tabelião, que lhe confirmou a notícia de que a assinatura do contrato devia efetuar-se naquele mesmo dia, às nove horas da noite.

Em seguida dirigiu-se à casa de Monte Cristo, e foi lá que soube o resto.

Por seu lado, a Sr.ª de Villefort escrevera ao conde de Monte Cristo pedindo-lhe desculpa de o não convidar; mas a morte do Sr. de Saint-Méran e o estado em que se achava a viúva lançavam sobre aquela reunião um véu de tristeza, que ela não queria que assombrasse a fronte do conde, a quem desejava todas as felicidades.

Na véspera, Franz tinha sido apresentado à Sr.ª de Saint-Méran, que para aquela apresentação deixou a cama, onde em breve se tornou a deitar.

Como é fácil de compreender, Morrel estava num estado de agitação que não podia passar despercebido ao olhar experimentado do conde; por isso Monte Cristo foi para ele mais afetuoso do que nunca; tão afetuoso que, por duas ou três vezes, Maximiliano esteve a ponto de lhe contar tudo.

Lembrou-se, porém, da promessa formal que fizera a Valentine, e sepultou o segredo no fundo de seu coração.

O rapaz releu vinte vezes durante o dia a carta de Valentine. Era a primeira vez que ela lhe escrevia, e em que ocasião!

De cada vez que relia a carta, Maximiliano renovava a si mesmo o juramento de tomar Valentine feliz.

E de fato, que direitos não tem a donzela que toma uma resolução tão corajosa; que dedicação não merece ela daquele a quem tudo sacrifica?!

Como deve ser realmente, para o amante, o primeiro e o mais digno objeto de seu culto!

É ao mesmo tempo rainha e mulher, e toda nossa alma não é bastante para lhe agradecer a amá-la.

Morrel pensava com uma agitação inexprimível no momento em que Valentine devia chegar, dizendo:

"Aqui me tem, Maximiliano, sou sua!"

Organizara tudo para a realização da fuga.

Tinham sido escondidas duas escadas nas ervas do cerrado; um cabriolé, que o próprio Maximiliano devia guiar, esperava os fugitivos. Nada de criados nem de luzes; na volta da primeira rua, trataria de acender as lanternas, porque não convinha, por excesso de precauções, cair nas mãos da polícia.

De tempos em tempos, Morrel sentia percorrer-lhe todo o corpo um calafrio.

Pensava no momento em que, do alto daquele ripado, protegeria Valentine, e em que sentiria nos seus braços, toda trêmula e abandonada aquela a quem até ali só tinha apertado a mão e beijado a ponta dos dedos.

Mas quando chegou a tarde, quando Morrel viu que se aproximava a hora, sentiu a necessidade de estar só; o sangue queimava-lhe as veias; a mais simples pergunta, a voz apenas de um amigo, irritavam-no. Fechou-se em casa, diligenciando ler, mas o seu olhar fugia rápido sobre as páginas, sem compreender nada, e o rapaz acabou por tornar a desenhar, pela décima vez, o seu plano, as suas escadas e o cerrado.

Enfim, a hora aproximou-se.

Nunca um homem deveras apaixonado deixou os relógios prosseguirem pacificamente seu andamento.

Morrel atormentou tanto o seu, que ele acabou por marcar oito e meia quando apenas eram oito horas.

Disse então de si para si que era tempo de partir, que às nove era a hora efetivamente designada para a assinatura do contrato, mas que, segundo todas as probabilidades, Valentine não esperaria por essa assinatura inútil.

Por conseqüência, Morrel, tendo partido da Rua de Meslay às oito e meia marcadas por seu relógio, chegava ao cerrado quando soavam oito horas em Saint-Philippe-du-Roule.

O cavalo e o cabriolé foram escondidos atrás de uma pequena casa em ruínas, onde Morrel tinha por costume ocultar-se.

O dia fora decaindo pouco a pouco, e a folhagem do jardim parecia amontoar-se em tufos de um negro opaco.

Então Morrel saiu do seu esconderijo e foi espreitar à grade com o coração palpitante. Não viu ninguém.

Bateram as oito horas e meia.

Decorreu mais meia hora ainda.

Morrel passeava agitadamente; depois, de vez em quando, ia de novo espreitar pelos intervalos da grade.

O jardim escurecia cada vez mais, e debalde o rapaz procurava na obscuridade o vestido branco; não o via, tampouco no meio do silêncio conseguia ouvir rumor de passos.

A casa, que divisava através da ramagem, conservava-se sombria, não apresentando o caráter de uma casa que se abre para um acontecimento tão importante como é a assinatura de um contrato de casamento. Morrel consultou o relógio, que marcava nove horas e três quartos. Em breve, porém, esse mesmo relógio que já ouvira por duas ou três vezes, veio demonstrar-lhe o erro do seu, batendo as nove e meia. Era já meia hora de espera a mais do que Valentine mesma fixara; ela tinha dito às nove horas, antes mais cedo do que mais tarde.

Foi esse o momento mais terrível para o rapaz, porque cada segundo que passava era como que um martelo de chumbo que lhe caía no coração.

O mais leve rumor da folhagem, o menor suspiro da brisa, chegava-lhe aos ouvidos, inundando-lhe a fronte de suor; todo trêmulo, chegou à escada, e, para não perder tempo, pôs o pé no primeiro degrau.

No meio destas alternativas de temor e de esperança, no meio destas dilatações e apertos do coração, soaram dez horas no relógio da igreja próxima.

"Oh! murmurou Maximiliano com terror, é impossível que a assinatura de um contrato dure tanto tempo, a não ser que haja sucedido algum acontecimento imprevisto. Tenho pesado tudo, calculado o tempo que devem durar todas as formalidades; sem dúvida sucedeu alguma coisa extraordinária."

E tão depressa passeava com agitação diante da grade, como logo se aproximava, apoiando a fronte ardente no ferro gelado.

Valentine desmaiaria ao apresentarem-lhe o contrato, ou teria sido detida no momento da fuga?

Eram as únicas duas hipóteses que se apresentavam a Morrel, ambas desesperadoras.

A idéia em que ele mais persistia era em que, no próprio momento da fuga, faltara força à Valentine, e que talvez tivesse caído em alguma das ruas do jardim.

— Oh, se é assim — exclamou ele, subindo ao alto da escada —, perdê-la-ei, e por minha culpa!

O demônio que lhe tinha soprado este pensamento não o deixou mais, e flagelava-lhe os ouvidos, com essa insistência que faz com que certas dúvidas, no fim de um instante e à força de raciocinar, se tornem em convicções.

Os seus olhos, que procuravam ver na obscuridade, cada vez mais intensa, julgaram divisar na rua sombria um corpo estendido.

Morrel aventurou-se a chamar, e pareceu-lhe que a brisa lhe trazia um lamento inarticulado.

Deu, enfim, meia hora depois das dez.

Era impossível, por isso, conter-se por mais tempo; tudo podia supor-se.

As fontes de Maximiliano batiam com desusada força, passavam-lhe pelos olhos espessos nevoeiros.

Cavalgou o muro e saltou do outro lado. Estava no jardim da casa de Villefort.

Pensou em seguida nos resultados que podiam advir daquela ação, mas não tinha avançado até ali para agora recuar.

Caminhou com muita precaução durante determinado tempo rente do muro e, em seguida, atravessando a rua de um salto, lançou-se num maciço de folhagem.

Daí a um instante chegou à extremidade desse maciço. Do ponto onde estava descobria-se a casa.

Morrel pôde então assegurar-se de uma coisa, do que ele já tinha suspeitado quando olhara através das árvores: é que, em lugar das luzes que esperava ver brilhar em cada janela, como é natural em ocasião de cerimônia, não via mais do que uma massa escura, sombreada ainda por uma nuvem imensa, que se interpunha aos raios da Lua.

De vez em quando corria uma luz como perdida, passando por três janelas do primeiro andar.

Essas três janelas eram as do quarto da Sr.ª de Saint-Méran.

Outra luz conservava-se imóvel noutra janela, por detrás das cortinas encarnadas.

Estas cortinas eram as do quarto de dormir da Sr.ª de Villefort.

Morrel adivinhou tudo isto.

Tantas vezes, para seguir Valentine com o pensamento, fizera o plano daquela casa, que a conhecia, sem nunca a ter visto.

O rapaz ficou ainda mais admirado daquela obscuridade e de semelhante silêncio, do que tinha ficado com a ausência de Valentine. Perdido, louco de dor, a tudo decidido para tornar a ver Valentine e certificar-se da desgraça que pressentia, fosse ela qual fosse, Morrel ganhou a ourela do arvoredo, e aprontava-se para atravessar o mais rapidamente possível o jardim completamente descoberto, quando o eco de uma voz muito afastada, vindo nas asas do vento, chegou até ele.

A esse ruído deu um passo para trás.

Já meio saído da folhagem, tornou a ocultar-se completamente, e ficou parado e imóvel, refugiando-se na obscuridade.

A sua resolução estava tomada.

Se fosse Valentine só, adverti-la-ia na passagem com uma só palavra; se a donzela viesse acompanhada, pelo menos vê-la-ia, assegurando-se de que não lhe sucedera qualquer desgraça; se, finalmente, fossem estranhos, surpreenderia algumas palavras de sua conversação, chegando talvez a tomar conhecimento do mistério até ali incompreensível e que tanto o martirizava.

A Lua saiu então de uma nuvem que a ocultava, e Morrel viu aparecer Villefort na porta da escadaria, seguido de um homem vestido de preto.

Desceram a escada e encaminharam-se para o maciço de folhagem. Não tinham ainda dado quatro passos e já Morrel tinha reconhecido no homem vestido de preto o doutor d'Avrigny.

O rapaz, vendo-os aproximar, recuou maquinalmente diante deles até o tronco de um plátano, que formava o centro do bosque; aí, foi obrigado a parar.

Em breve deixou de estalar a areia sob os passos dos dois recém-chegados.

— Ai, querido doutor — disse o procurador régio —, o Céu declara-se decididamente contra a nossa casa! Que horrível morte! Que golpe tão fatal! Não procure me consolar; ai! Não há consolação possível para semelhante desgraça; a chaga é muito viva e muito profunda! Morta! morta!...

Um suor frio gelou a fronte do rapaz, fazendo-lhe bater os dentes.

Quem era que tinha morrido naquela casa, que o próprio Villefort dizia amaldiçoada?

— Meu caro Sr. de Villefort — respondeu o doutor, com um acento que redobrou o terror do rapaz —, eu não o trouxe aqui para o consolar; pelo contrário.

— Que quer dizer? — perguntou o procurador régio, assustado.

— Quero dizer que por detrás da desgraça que acaba de suceder, há outra talvez maior.

— Oh! Meu Deus! — murmurou Villefort, juntando as mãos — que mais vai dizer-me?

— Estamos bem sós, meu amigo?

— Oh! Sem dúvida, estamos sós. Mas o que significam todas essas precauções?

— Significam que tenho a fazer-lhe uma confidência terrível — disse o doutor —; sentemo-nos.

Villefort não se sentou, deixou-se cair num banco.

O doutor ficou em pé diante dele, pousando-lhe a mão no ombro.

Morrel, gelado de assombro, tinha uma mão na fronte e com a

outra comprimia o coração, cujas palpitações receava que fossem ouvidas.

— Morta! morta! — repetia ele no pensamento com a voz do seu coração.

E o pobre moço quase se sentia morrer.

— Fale, doutor, que eu o ouço — disse Villefort —; descarregue o golpe, que estou preparado para tudo.

— A Sr.ª de Saint-Méran estava decerto adiantada em anos, mas gozava de excelente saúde.

Morrel pôde respirar pela primeira vez desde os últimos dez minutos.

— Matou-a o desgosto — disse Villefort —; sim, o desgosto, doutor! Acostumada há quarenta anos a viver com o marquês!...

— Não foi o desgosto, meu caro Villefort — disse o doutor. — O desgosto pode matar, conquanto sejam raros os casos, mas não mata num dia, numa hora, em dez minutos.

Villefort não respondeu, levantou unicamente a cabeça que conservava pendida sobre o peito, e olhou para o doutor com olhos de espanto.

— Conservou-se ao pé da marquesa durante a agonia? — perguntou o Sr. d'Avrigny.

— Sem dúvida — respondeu o procurador régio. — Não me tinha dito em voz baixa que não me afastasse?

— E notou os sintomas do mal a que sucumbiu a Sr.ª de Saint-Méran?

— Certamente; a Sr.ª de Saint-Méran teve três ataques sucessivos com alguns minutos de intervalo de uns a outros, e cada vez mais próximos e mais graves. Quando o doutor chegou, já a Sr.ª de Saint-Méran estava havia alguns minutos arquejante. Teve então uma crise, que eu tomei por um simples ataque de nervos; mas quando realmente comecei a assustar-me, foi quando a vi levantar-se na cama, com os membros e o pescoço hirtos. Então, pelo rosto do doutor, compreendi que a coisa era mais grave do que eu julgava. A crise passou, e procurei os seus olhos, mas o doutor não olhou para mim. Tomava o pulso da doente, contava-lhe as pulsações, e à segunda crise ainda não se tinha voltado para o meu lado. Esta segunda crise foi mais terrível do que a primeira; reproduziram-se os mesmos movimentos nervosos, e a boca contraiu-se, tornando-se roxa. À terceira expirou. Já no fim da primeira crise, eu tinha conhecido o tétano, o senhor confirmou esta opinião.

— Sim, diante de toda a gente — replicou o doutor —; mas agora estamos sós.

— Que quer dizer, meu Deus?

— Que os sintomas do tétano e os do envenenamento com matérias vegetais são absolutamente os mesmos.

O Sr. de Villefort levantou-se nos bicos dos pés; mas depois de um instante de imobilidade e de silêncio, tornou a deixar-se cair no banco.

— Oh! Meu Deus, doutor! — exclamou ele — pensou bem no que me disse?

Morrel não sabia se sonhava ou se estava acordado.

— Ouça — disse o doutor —, eu conheço a importância das minhas declarações e o caráter do homem a quem as confio.

— Fala ao amigo, ou ao magistrado? — perguntou Villefort.

— Ao amigo, ao amigo só, neste momento. As semelhanças entre os sintomas do tétano e os do envenenamento por substâncias vegetais confundem-se de forma tal, que se me fosse preciso firmar o que digo, declaro-lhe que hesitaria. Também, repito-lhe, não é ao magistrado que me dirijo, é ao amigo. Pois bem, ao amigo, direi: durante os três quartos de hora estudei a agonia, as convulsões, a morte, enfim, da Sr.ª de Saint-Méran, e é minha convicção que não só a pobre senhora morreu envenenada, mas até acrescentarei, que iria dizer qual o veneno que a matou.

— Oh, senhor! Senhor!

— Veja: sonolência interrompida por crises nervosas, sobre excitação do cérebro, torpor nos membros. A Sr.ª de Saint-Méran sucumbiu a uma dose violenta de estricnina, que por acaso, sem dúvida, por engano, talvez lhe ministrassem.

Villefort agarrou a mão do doutor.

— Oh! É impossível! — disse ele. — Estou sonhando, meu Deus! Estou sonhando! É horrível ouvir dizer semelhantes coisas a um homem como o senhor! Em nome do Céu! Suplico-lhe, meu caro doutor, diga-me que pode enganar-se.

— Posso, certamente, mas...

— Mas?..

— Não creio.

— Doutor, tenha compaixão de mim. Desde alguns dias que me sucedem coisas tão inauditas, que chego a acreditar na possibilidade de enlouquecer.

— Diga-me, nenhum outro médico, senão eu, viu a Sr.ª de Saint-Méran?

— Mais ninguém.

— Mandaram aviar algum remédio, que não fosse aprovado por mim?

— Nenhum.

— A Sr.ª de Saint-Méran teria inimigos?

— Não lhos conheci.

— Teria alguém interesse na sua morte?

— Não, meu Deus! Não: minha filha era a sua única herdeira, Valentine só... Oh! Se tal idéia me atravessasse o espírito, apunhalar-me-ia para punir o coração de ter abrigado por um só instante semelhante pensamento.

— Oh! — exclamou por sua vez o Sr. d' Avrigny — querido amigo, Deus me livre de acusar alguém, eu não me refiro senão a um acidente, compreende bem, a um engano. Mas acidente ou engano, o fato fala-me baixo na consciência, e por consciência entendi também dever avisá-lo. Informe-se.

— Com quem? Como? De que maneira?

— Vejamos. Barrois, o velho criado, não poderia ter-se enganado, não daria ele à Sr.ª de Saint-Méran alguma poção que estivesse preparada para o amo?

— Para meu pai?

— Sim.

— Mas como poderia uma poção preparada para o Sr. de Noirtier envenenar a Sr.ª de Saint-Méran?

— Nada mais simples; bem sabe que para certas doenças o veneno serve de remédio; a paralisia é uma dessas doenças. Há três meses, por exemplo, depois de ter empregado todos os meios para restituir o movimento e a palavra ao Sr. de Noirtier, decidi-me tentar um último esforço; tenho-o tratado com estricnina. Assim, na última poção que lhe receitei, entravam seis centigramas deste veneno; seis centigramas sem ação nos órgãos paralíticos do Sr. de Noirtier, que se tem acostumado a ela por doses sucessivas, seis centigramas que bastariam para matar qualquer outra pessoa.

— Meu caro doutor, não há nenhuma comunicação entre os aposentos do Sr. de Noirtier e os da Sr.ª de Saint-Méran, nem Barrois entrou nunca no quarto de minha sogra. Enfim, que lhe direi eu? conquanto o senhor seja o homem mais hábil e sobretudo mais consciencioso do mundo, e que em todas as circunstâncias a sua palavra tenha sido para mim um facho que me guia como a luz do Sol, pois bem, sinto a necessidade, apesar mesmo desta convicção, de me apoiar neste axioma: *Errare humanum est*.

— Ouça, Sr. de Villefort — disse então o doutor —, há um colega meu em quem o senhor deposita tão plena confiança como em mim mesmo.

— Mas aonde quer chegar? diga.

— Chame-o, dir-lhe-ei o que vi, tudo o que notei, e faremos a autópsia.

— E encontrarão os vestígios do veneno?

— Não, do veneno não, eu não disse isso, mas verificaremos a irritação do sistema nervoso, reconheceremos a asfixia patente, incontestável, e dir-lhe-emos: Meu querido Sr. de Villefort, se o caso se deu por negligência, vigie os seus criados; se foi intencionalmente, vigie os seus inimigos.

— Oh! Meu Deus! O que me propõe, d'Avrigny? — respondeu Villefort abatido —; desde o momento que entrasse um terceiro no segredo, tornar-se-ia necessário um inquérito, e um inquérito em minha casa é impossível! No entanto — continuou o procurador régio, fixando o médico com inquietação —, se o quer, se o exige absolutamente, determiná-lo-ei. E na verdade, talvez eu devesse dar seguimento a este negócio; ordena-mo o meu caráter. Mas, doutor, já bem contristado e aflito me vê; introduzir em minha casa tão grande escândalo depois de tanta dor! Oh, minha mulher e minha filha morreriam! e eu, eu, doutor! Bem o sabe, um homem não chega à minha posição e não pode ser procurador régio durante vinte e cinco anos, sem ter encontrado um bom número de inimigos; os meus são muitos. Divulgando este negócio, será isso para eles um triunfo, que os fará estremecer de alegria, e me cobrirá a mim de vergonha. Perdoe-me estas idéias mundanas, doutor. Se o senhor fosse um sacerdote, não ousaria dizer-lhe isto; mas é simplesmente um homem, que conhece os outros homens; doutor, meu querido doutor, o senhor não me disse nada, não é verdade?

— Meu caro Sr. de Villefort — respondeu o doutor, comovido —, o meu primeiro dever é a humanidade. Se a ciência pudesse salvar a Sr.ª de Saint-Méran, nesse caso tê-lo-ia eu conseguido; mas a pobre senhora está morta, e eu devo-me aos vivos. Sepultemos no mais profundo do coração este segredo terrível. Permitirei, se os olhos de alguém se abrirem acerca deste negócio, que imputem à minha ignorância o silêncio, que saberei guardar. No entanto, senhor, procure, procure sempre, procure ativamente, porque talvez a fatalidade não pare aqui... E quando tiver achado o culpado, se conseguir achá-lo, serei eu mesmo quem lhe diga: o senhor é magistrado, faça o que entender em sua consciência.

— Oh! obrigado, doutor, obrigado! — disse Villefort com uma alegria indizível — nunca tive melhor e tão bom amigo como o meu caro d'Avrigny.

E como se receasse que o doutor d'Avrigny reconsiderasse

sobre sua condescendência, levantou-se e obrigou-o a dirigir-se para o lado da casa.

Afastaram-se.

Morrel deitou a cabeça de fora da ramada do arvoredo, como se tivesse necessidade de respirar, e a Lua iluminou-lhe então o rosto tão lívido, que poderia ser tomado por um fantasma.

— Deus protege-me de uma maneira clara, mas terrível! — disse ele —; mas Valentine! Valentine! pobre amiga: poderá ela resistir a tantas dores?

E, pronunciando estas palavras, olhava alternadamente para a janela de cortinas encarnadas e para as três janelas de cortinas brancas.

Tinha desaparecido quase completamente a luz da janela de cortinas encarnadas.

Sem dúvida a Sr.ª de Villefort acabava de apagar o seu candeeiro, e apenas a luz da lâmpada enviava aos vidros os seus reflexos.

Na extremidade do edifício, pelo contrário, viu abrir-se uma das três janelas de cortinas brancas.

Um castiçal colocado sobre o fogão lançava para o jardim uma claridade pálida, e logo uma sombra veio por um instante encostar-se à sacada.

Maximiliano estremeceu.

Pareceu-lhe ter ouvido um soluço.

Aquela alma, de ordinário tão forte e corajosa, mas agora trêmula e exaltada pelas duas mais poderosas paixões humanas, o amor e o medo, enfraquecia a ponto de ser subjugada por alucinações supersticiosas.

Conquanto fosse impossível, oculto como estava, que o olhar de Valentine o distinguisse, Morrel julgou que a sombra da janela o chamava.

O seu espírito exaltado segredava-lho, o seu coração ardente repetia-lho.

Este duplicado erro tornou-se-lhe uma realidade irresistível, e o rapaz saiu rápido do seu esconderijo, e em dois saltos, com o risco de ser visto, com o risco até de assustar Valentine, e de ser descoberto por um grito involuntário da donzela, transpôs o jardim, que a Lua tornava largo e branco como um lago, e ganhando a fileira de laranjeiras que se estendia diante da casa, alcançou os degraus da escada, que subiu rapidamente, e empurrou a porta, que se abriu sem resistência.

Valentine não o tinha visto.

Os seus olhos seguiam uma nuvem de prata que deslizava no azul, e cuja forma era a de uma sombra que sobe ao céu.

O seu espírito poético e exaltado dizia-lhe que era a alma de sua avó.

No entanto, Morrel tinha atravessado a antecâmara e achara a escada interior.

As alcatifas, estendidas sobre os degraus, abafavam-lhe o ruído dos passos.

Morrel chegara a tal ponto de exaltação, que nem a própria presença do Sr. de Villefort o teria amedrontado. Se o procurador régio se lhe apresentasse na frente, sua resolução estava tomada e seria inabalável.

Aproximava-se dele, confessava-lhe tudo, pedindo-lhe que o desculpasse, e que aprovasse aquele amor, unindo-os a ele e a Valentine.

Morrel estava louco.

Por felicidade, não encontrou ninguém.

Foi então, principalmente, que lhe serviu o conhecimento que tinha adquirido por Valentine do plano interior da casa.

Chegou sem transtorno ao cimo da escada, e no momento que, chegado ali, se orientava, voltou-se, porque um suspiro, cuja expressão conheceu, lhe indicou o caminho que tinha de seguir.

Uma porta entreaberta deixava chegar até ele o reflexo de uma luz e o som de uma voz gemebunda.

Empurrou a porta e entrou. Ao fundo de uma alcova, sob o lençol branco que lhe cobria a cabeça e lhe desenhava as formas, jazia a morta, mais comovente ainda aos olhos de Morrel depois da revelação do segredo de que por acaso se tornara senhor.

Ao lado do leito, de joelhos e com a cabeça encostada nas almofadas de uma larga poltrona, Valentine, sufocada pelos soluços, que soltava sem interrupção, estendia sobre a cabeça, que se não via, as duas mãos juntas e crispadas.

Quando se retirara da janela, tinha-a deixado aberta, e orava em voz alta com um acento de dor, que teria comovido o coração mais insensível.

A palavra fugia-lhe dos lábios rápida, incoerente, ininteligível, tanto a dor lhe apertava a garganta. A Lua, deslizando através das aberturas das persianas, empalidecia a claridade da luz da vela, e sombreava com as suas tintas fúnebres aquela câmara de desolação.

Morrel não pôde resistir a semelhante espetáculo, era superior a suas forças.

Não era de uma compaixão exemplar, não se impressionava facilmente; mas ver Valentine sofrendo, chorando, contorcendo os braços, era mais do que ele podia suportar em silêncio.

O rapaz soltou um suspiro, pronunciou um nome, e aquela cabeça inundada em pranto e marmoreada sobre o veludo da cadeira, uma cabeça da Madeleine du Corrège, levantou-se, conservando-se voltada para ele.

Valentine viu-o e não testemunhou espanto.

Não há emoções intermédias para um coração ferido por um desespero supremo.

Morrel estendeu a mão a sua amada. Valentine, por única desculpa de não ter ido falar-lhe, mostrou-lhe o cadáver oculto sob o lençol fúnebre, e recomeçou a soluçar.

Nem um nem outro ousavam falar naquele quarto. Hesitavam ambos em romper aquele silêncio, que parecia imposto pela morte.

Por fim, foi Valentine quem, primeiro, se atreveu a quebrar o silêncio.

— Meu amigo — disse ela —, como é que chegou até aqui? Ai de mim! Seria bem-vindo se não fosse a morte que lhe tivesse franqueado a porta desta casa.

— Valentine — respondeu Morrel, com voz trêmula e as mãos postas —; eu estava lá desde as oito horas e meia; não a via chegar, fui tomado por viva inquietação; portanto, saltei o muro e penetrei no jardim; então umas vozes que se entretinham do fatal sucesso...

— Que vozes? — perguntou Valentine.

Morrel estremeceu, porque toda a conversação do doutor e do Sr. de Villefort lhe atravessou o espírito, e através do lençol, julgou ver aqueles braços contorcidos, o pescoço inteiriçado, aqueles lábios arroxeados.

— As vozes dos criados, que me instruíram.

— Mas vir aqui é perder-nos, meu amigo — disse Valentine, sem temor nem cólera.

— Perdoe-me, Valentine — respondeu Morrel no mesmo tom — vou retirar-me.

— Não — disse Valentine —, encontrá-lo-iam; fique.

— Mas se vier alguém?

A menina abanou a cabeça.

— Não vem ninguém — disse ela —, esteja descansado: está ali a nossa salvaguarda.

E apontou a forma do cadáver moldada no lençol.

— Mas que sucedeu ao Sr. d'Épinay ? — diga-me, eu lho peço — replicou Morrel.

— O Sr. Franz chegou para assinar o contrato no momento em que minha avó soltava o último suspiro.

— Ah! — exclamou Morrel, com um sentimento de alegria

egoísta porque julgava que aquela morte retardaria indefinidamente o casamento de Valentine.

— Mas o que duplica a minha dor — continuou a menina, como se o egoísmo do rapaz devesse receber no mesmo instante o castigo — é que a minha pobre avó, quando agonizante, ordenou que se efetuasse o casamento o mais depressa possível; também ela, meu Deus! Julgava proteger-me e era contra mim.

— Escute! — disse Morrel.

Calaram-se ambos.

Ouviu-se o ruído de uma porta que se abria, e logo uns passos que fizeram ranger o sobrado do corredor e os degraus da escada.

— É meu pai, que sai do seu gabinete — disse Valentine.

— E que acompanha o doutor — concluiu Morrel.

— Como sabe que é o doutor? — perguntou Valentine, bastante admirada.

— Presumo — respondeu Morrel.

Valentine olhou para ele.

Maximiliano dissimulou.

No mesmo instante ouviu-se a bulha da porta da rua, que se fechava.

O Sr. de Villefort foi também dar uma volta à chave da porta do jardim, e subiu em seguida a escada.

Chegado à antecâmara, parou um instante, como se hesitasse em entrar em seu quarto ou naquele onde estava o corpo da Sr.ª de Saint-Méran.

Morrel escondeu-se atrás de um reposteiro. Valentine não fez um movimento.

Dir-se-ia que uma dor suprema a elevava acima dos temores ordinários.

O Sr. de Villefort entrou em seu quarto.

— Agora — disse Valentine — já não pode sair nem pela porta do jardim nem pela da rua.

Morrel olhou para a donzela com espanto.

— Já não tem senão uma saída permitida e segura — continuou a menina —, é a dos quartos do meu avô.

E levantou-se.

— Venha — disse ela.

— Aonde? — perguntou Maximiliano.

— Ao quarto de meu avô.

— Eu ir ao quarto do Sr. de Noirtier!

— Sim.

— Pensou bem no que vai fazer, Valentine?

— Pensei, e há muito tempo. Não tenho outro amigo no mundo, e nós ambos precisamos dele. Venha.

— Tome sentido, Valentine — disse Morrel, hesitando em acompanhá-la — tome sentido; caiu-me dos olhos a venda que me cegava; vindo aqui, pratiquei um verdadeiro ato de demência. Está realmente na completa posse da sua razão, querida amiga?

— Estou — respondeu Valentine — e não tenho senão um escrúpulo: é deixar sós os restos da minha pobre avó, que me encarreguei de guardar.

— Valentine — disse Morrel —, a morte é por si mesma sagrada.

— É verdade — replicou a donzela —, e além disso a minha demora há de ser curta. Venha.

Valentine atravessou o corredor e desceu a pequena escada, que conduzia ao quarto do Sr. de Noirtier.

Morrel seguiu-a nos bicos dos pés.

Chegados ao patamar do aposento do Sr. de Noirtier, encontraram o velho criado.

— Barrois — disse Valentine —, feche a porta e não deixe ninguém entrar.

E entrou primeiro.

Noirtier, que se conservava ainda numa cadeira, atento ao menor ruído, instruído pelo criado de tudo que sucedia, fixava olhares ávidos na entrada do quarto.

Viu Valentine, e os olhos brilharam-lhe.

Notava-se no andar e nos modos da donzela alguma coisa de grave e solene, que chamou a atenção do velho.

Assim, de brilhante que era, o olhar tornou-se-lhe interrogador.

— Querido avô — disse ela numa voz breve —, ouça-me bem; sabe que a minha avó de Saint-Méran morreu há uma hora, e que agora, excetuando o meu avô, não tenho ninguém no mundo que me ame.

Passou pelos olhos de Noirtier uma expressão de infinita ternura.

— É, portanto, só ao avô que eu devo confiar os meus sofrimentos e também as minhas esperanças, não é verdade? O paralítico fez sinal afirmativo.

Valentine tomou Maximiliano pela mão.

O velho fixou em Morrel o seu olhar perscrutador e ligeiramente admirado.

— É o Sr. Maximiliano Morrel — disse ela —, filho daquele honrado negociante de Marselha, de quem sem dúvida deve ter ouvido falar.

— Sim — fez Noirtier.

— É um nome irrepreensível, que Maximiliano se encarregou de tornar glorioso, porque, aos trinta anos, é capitão de sipais, e oficial da Legião de Honra.

O velho fez sinal de que se recordava.

— Pois bem, meu querido avô — continuou Valentine, ajoelhando-se diante de Noirtier e apontando Maximiliano —, eu o amo e não serei senão dele! Se quiserem obrigar-me a pertencer a outro, deixar-me-ei morrer ou matar-me-ei.

Os olhos do paralítico exprimiram um sem-número de pensamentos.

— O meu avô estima Maximiliano Morrel, não é verdade? — perguntou a donzela.

— Sim — fez o velho, imóvel.

— E pode proteger-nos, a nós que somos também seus filhos, contra a vontade de meu pai?

Noirtier fixou um olhar inteligente em Morrel, como para lhe dizer:

— Veremos.

Maximiliano compreendeu-o.

— Minha senhora — disse ele —, tem um dever a cumprir na câmara onde está sua avó; queira permitir-me a honra de conversar um instante com o Sr. de Noirtier.

— Sim, sim, quero — exprimiram os olhos do velho. Depois olhou para Valentine com inquietação.

— Como é que ele poderá compreendê-lo, não é isso, meu querido avô?

— Sim.

— Oh, esteja descansado! temos falado tantas vezes do avô, que já sabe a maneira como devem compreender-se.

Depois voltou-se para Maximiliano com um adorável sorriso, ainda que empalidecido por um véu de tristeza, e acrescentou:

— Ele sabe tudo o que eu sei.

Valentine levantou-se, aproximou uma cadeira para Morrel, recomendou a Barrois que não deixasse entrar ninguém, e, depois de ter abraçado o avô com ternura, disse adeus tristemente a Morrel, e em seguida saiu. Então Morrel, para provar a Noirtier que possuía a confiança de Valentine e conhecia todos os seus segredos, pegou o dicionário, a pena e o papel, e pôs tudo sobre uma mesa onde havia um candeeiro.

— Mas primeiro — disse Morrel —, permita-me que lhe diga quem sou, por que acaso amo sua neta, e quais as minhas intenções a seu respeito.

— Diga — fez Noirtier.

Era um espetáculo majestoso ver aquele velho, inútil na aparência, tornar-se protetor, o único apoio; o único juiz dos dois amantes jovens, belos, fortes, apenas entrados na vida.

O seu aspecto, que revelava uma nobreza e uma autoridade notáveis, impunha-se a Maximiliano Morrel, que começou, tremendo, sua narrativa.

Contou então como conhecera e amara Valentine, e como a donzela, em seu isolamento e em sua desgraça, acolhera o oferecimento de sua dedicação.

Disse-lhe qual era seu nascimento, sua posição e fortuna; e, mais de uma vez, interrogando o olhar do paralítico, esse olhar lhe respondeu:

— Bem, continue.

— Agora — disse Morrel, quando terminou a primeira parte de sua narrativa —, agora que lhe disse do meu amor e das minhas esperanças, dir-lhe-ei igualmente quais são os nossos projetos.

— Sim — disse o velho.

— Pois bem, eis o que resolvemos.

E contou então tudo a Noirtier: que o esperava um cabriolé no cerrado próximo, como tencionava raptar a menina Valentine e conduzi-la à casa de sua irmã, desposá-la, e esperar respeitosamente o perdão do Sr. de Villefort.

— Não — disse Noirtier.

— Não? — replicou Morrel —; não é isto o que devemos fazer?

— Não.

— Assim este projeto não merece o seu consentimento?

— Não.

— Bem, então há outro meio — disse Morrel.

O olhar interrogador do velho perguntou:

— Qual?

— Irei procurar o Sr. Franz d'Épinay — continuou Maximiliano —; estimo poder dizer-lhe isto na ausência da menina de Villefort — e haver-me-ei com ele de maneira que hei de obrigá-lo a portar-se como homem de bem.

O olhar de Noirtier continuou a interrogar.

— De que maneira procederei?

— Sim.

— Eu digo. Irei procurá-lo, como disse; informá-lo-ei dos laços que me unem à menina de Villefort, e se ele for homem delicado, provará a sua delicadeza renunciando por vontade própria à mão da sua noiva, e a minha amizade e dedicação por ele durarão desde essa hora até a morte; se recusar, seja movido pelo interesse, seja porque um ridículo orgulho o leve a persistir na projetada aliança, depois de lhe provar que Valentine me ama, e que não pode amar outro que não seja eu, nesse caso bater-nos-emos, concedendo-lhe todas as vantagens na luta, e mato-o, ou ele me mata a mim. Se o matar, não casará com Valentine, se ele me matar, com certeza nunca Valentine o quererá para marido.

Noirtier contemplou com um prazer indizível aquela nobre e sincera fisionomia, em que transpareciam todos os sentimentos que a voz exprimia, juntando na expressão de um rosto franco e belo, tudo o que o colorido reúne a um desenho sólido e verdadeiro.

No entanto, quando Morrel acabou de falar, Noirtier fechou os olhos muitas vezes repetidas, o que era, como sabemos, a sua maneira de dizer não.

— Não? — disse Morrel. — Portanto, reprova este projeto, como também já reprovou o primeiro?

— Sim, reprovo — tornou o velho.

— Que devemos então fazer? — perguntou Morrel. — As últimas palavras da Sr.ª de Saint-Méran foram para que o casamento se realizasse o mais depressa possível; devo por acaso consentir que as coisas se efetuem?

Noirtier ficou imóvel.

— Sim, compreendo, devo esperar.

— Sim.

— Mas perder-nos-á qualquer demora — replicou o rapaz. — À Valentine, só e sem força, hão de obrigá-la como a uma criança. Entrei nesta casa milagrosamente para saber o que sucedia, fui também milagrosamente admitido a sua presença; não posso pois esperar que este feliz acaso se repita. Creia-me, não nos resta nenhum expediente senão um ou outro dos que propus — perdoe-me esta vaidade dos meus anos —, que seja aproveitável. Diga-me qual dos dois meios prefere: o Sr. de Noirtier autoriza a menina de Villefort a confiar-se da minha honra?

— Não.

— Prefere que eu vá procurar o Sr. d'Épinay?

— Não.

— Mas, meu Deus! De quem nos virá o socorro que nós esperamos do Céu?

O velho sorriu com os olhos, como tinha por costume sorrir, quando lhe falavam do Céu. Conservara-se sempre um pouco de ateísmo nas idéias do antigo jacobino.

— Do acaso? — continuou Morrel.

— Não.
— Do senhor?
— Sim.
— Do senhor?
— Sim — repetiu Noirtier.
— Compreende bem o que eu lhe pergunto? Desculpe-me a insistência, mas está na sua resposta a minha vida; a nossa salvação há de vir do senhor?
— Sim.
— Tem certeza?
— Sim.
— Responde por tudo?
— Sim.
Havia no olhar que exprimia esta afirmativa uma firmeza tal, que o rapaz não podia duvidar, não da vontade, mas da força e poder dessa vontade.
— Oh, obrigado, senhor, cem vezes obrigado! Mas como, a não ser que um milagre de Deus lhe restitua a palavra, o gesto, o movimento, como poderá, preso a essa cadeira, mudo, imóvel, opor-se a esse casamento?
Um sorriso iluminou o rosto do ancião, sorriso estranho, como é o dos olhos num rosto impassível, imóvel.
— Portanto, devo esperar? — perguntou Morrel.
— Sim.
— Mas o contrato?
O mesmo sorriso.
— Quer dizer que não chegará a ser assinado?
— Sim — disse Noirtier.
— Assim, nem sequer o contrato será assinado?! — exclamou Morrel. — Oh, perdoe-me, senhor! é permitido duvidar da notícia de uma tão grande felicidade. O contrato não há de ser assinado?
— Não — disse o paralítico.
Não obstante esta afirmativa, Morrel hesitava em acreditar. Tão singular era tal promessa, feita por um velho paralisado, que era lícito crer-se, que, em vez de ela ser originada por uma força de vontade, não seria mais do que o resultado de um enfraquecimento da razão.
Não é tão natural que o insensato que desconhece sua loucura pretenda realizar feitos muito superiores a seu poder? O fraco fala dos pesos que levanta; o tímido, dos gigantes que afronta; o pobre dos tesouros de que dispõe; o mais humilde aldeão, no cúmulo do seu orgulho, inculca-se Júpiter.

Noirtier, ou porque tivesse compreendido a indecisão do rapaz, ou porque não prestasse inteira fé à docilidade que ele lhe patenteara, olhou-o fixamente.

— Que quer? — perguntou Morrel — deseja que eu renove a promessa de não empreender nada?

O olhar de Noirtier conservou-se fixo e firme, como para significar que uma promessa só não lhe bastava; depois, desviando os olhos do rosto de Morrel, fixou-lhe uma das mãos.

— Quer que eu jure? — perguntou o rapaz.

— Sim — disse o paralítico, com a mesma solenidade —, quero.

Morrel compreendeu que Noirtier ligava grande importância a esse juramento.

Estendeu a mão.

— Pela minha honra — disse ele —, juro esperar a sua decisão para proceder contra o Sr. d'Épinay.

— Bem — disseram os olhos de Noirtier.

— Agora, senhor — perguntou Morrel —, ordena-me que me retire?

— Sim.

— Sem tornar a ver a menina de Villefort?

— Sim.

Morrel fez sinal de que estava pronto a obedecer.

— Agora, o senhor permite que o seu filho o abrace como o fez há pouco a sua filha?

Não havia que errar na expressão dos olhos de Noirtier.

Maximiliano pousou os lábios na fronte do velho, no mesmo lugar onde a donzela tinha pousado os seus.

Depois cumprimentou uma segunda vez e retirou-se.

À saída encontrou o velho criado, prevenido por Valentine.

Barrois esperava Morrel, e guiou-o pelos meandros de um corredor sombrio, que conduzia a uma pequena porta que dava para o jardim.

Chegado ali, ganhou a grade, subiu num instante para cima do muro, e, servindo-se da escada na descida, alcançou num segundo o lugar onde o cabriolé o continuava esperando.

Subiu para ele, e, prostrado por tantas comoções, mas com o coração mais desafogado, chegou pela meia-noite à Rua Meslay, deitou-se em sua cama, e dormiu como se estivera tomado de profunda embriaguez.

LXXIV. O jazigo da família Villefort

Dois dias depois, pelas dez horas da manhã, era grande o ajuntamento à porta do Sr. de Villefort, e via-se uma extensa fila de trens de luto e de carruagens particulares, tudo ao longo do Bairro de Saint-Honoré e da Rua de la Pépiniere.

Notava-se entre esses trens, um de uma forma singular, que parecia ter acabado de fazer longa viagem.

Era uma espécie de furgão pintado de preto, e fora um dos primeiros que comparecera ao fúnebre encontro.

Averiguado o caso, soube-se que, por uma estranha coincidência, esse trem encerrava o corpo do marquês de Saint-Méran, e que aqueles que tinham vindo para tomar parte num só préstito acompanhariam dois cadáveres.

Era grande o número dos convidados. O marquês de Saint-Méran, um dos dignitários mais zelosos e mais fiéis de Luís XVIII e de Carlos X, conservara grande número de amigos, que, reunidos às pessoas a quem as conveniências sociais punham em relação com o Sr. de Villefort, formavam uma multidão considerável.

Tinham prevenido imediatamente as autoridades e obtido que os dois enterros se fizessem ao mesmo tempo.

Outra carruagem, de igual pompa mortuária, recebeu, diante da porta do Sr. de Villefort, o féretro do marquês, que foi ali tirado do carro de viagem.

Os dois corpos deviam ser sepultados no cemitério do PereLachaise, onde há muito tempo o Sr. de Villefort tinha mandado levantar o jazigo da família.

Nesse jazigo tinha já sido depositado o corpo da pobre Renée, a quem os pais iam reunir-se depois de dez anos de separação. Paris, sempre curiosa, viu, com religioso respeito, passar o esplêndido cortejo que acompanhava à sua última morada dois nomes da velha aristocracia, os mais célebres por seu espírito tradicional, por sua austeridade e pela obstinada dedicação aos princípios.

Na mesma carruagem, Beauchamp, Albert e Château-Renaud ocupavam-se daquela morte inesperada.

— Ainda no ano passado, em Marselha, quando eu voltava da Argélia, encontrei a Sr.ª de Saint-Méran — dizia Château-Renaud. — Era senhora que prometia viver cem anos, graças à sua perfeita saúde, ao vigor do espírito, e à sua atividade sempre prodigiosa. Que idade tinha ela?

— Sessenta e seis anos — respondeu Albert. — Mas não foi a falta de saúde que a matou, foi o desgosto pela morte do marquês.

Parece que desde o falecimento do marido, que tão violentamente a abalou, nunca mais recuperou completamente a razão.

— Mas, enfim, de que morreu ela? — perguntou Beauchamp.

— De uma congestão cerebral, ao que parece, ou de uma apoplexia fulminante. Não vem a ser a mesma coisa?

— Mais ou menos.

— De uma apoplexia? — disse Beauchamp —; custa a crer. A Sr.ª de Saint-Méran, que eu vi tão bem uma vez ou duas, era de pequena estatura, delgada de formas, e de uma constituição muito mais nervosa do que sangüínea. São raras as apoplexias produzidas pelo desgosto em corpos de uma constituição semelhante ao da Sr.ª de Saint-Méran.

— Em todo caso, fosse qual fosse a doença ou o médico que a matou, aí temos o Sr. de Villefort, ou antes, a filha, ou melhor, direi ainda, o nosso amigo Franz, na posse de uma magnífica herança, umas oitenta mil libras de renda, creio eu.

— Herança que será quase duplicada pelo falecimento do velho jacobino Noirtier.

— Aí está um velho tenaz! — disse Beauchamp. — *Tenacem proposit, virum*. Apostou contra a morte, creio eu, que enterraria todos os seus herdeiros; e parece-me que o consegue. É realmente o velho convencional de 93, que dizia a Napoleão em 1814:

"A vossa fortuna empalidece, porque o vosso império é uma planta cansada pelo seu próprio desenvolvimento; tomai a República por tutor, voltemos com uma boa constituição aos campos da batalha, e eu vos prometo quinhentos mil soldados, outro Marengo e um segundo Austerlitz."

"As idéias não morrem, Sire; adormecem algumas vezes, mas despertam mais fortes do que dantes."

— E parece — disse Albert — que para ele os homens são como as idéias. Só uma coisa me preocupa, é saber como Franz d'Épinay se acomodará com um avô que não há de poder passar sem a mulher dele. Mas onde está o Franz?

— Vai na primeira carruagem com o Sr. de Villefort, que o considera já como se ele pertencesse à família.

Nas carruagens que seguiam, a conversação era, mais ou menos, semelhante; todos se admiravam daquelas duas mortes tão próximas e tão repentinas, mas ninguém suspeitava do terrível segredo que em seu passeio noturno d'Avrigny revelara a Villefort.

Ao cabo de uma hora de caminho, chegaram à porta do cemitério. Estava um tempo calmo, mas sombrio, e por conseqüência muito em harmonia com a fúnebre cerimônia que iam cumprir.

Entre os grupos que se dirigiam para o jazigo da família Villefort, Château-Renaud conheceu Morrel, que fora, sem companhia, num carro coberto.

Caminhava só, muito pálido e silencioso, por uma rua orlada de teixos.

— O senhor aqui? — disse Château-Renaud, enfiando o braço no do jovem capitão. — Conhece o Sr. de Villefort? Como é então que nunca o vi na casa dele?

— Não é o Sr. de Villefort que conheço; a Sr.ª de Saint-Méran é que eu conhecia.

Neste momento, reuniu-se-lhes Albert e Franz.

— O lugar é mal escolhido para uma apresentação — disse Albert —; mas não importa, nós não somos supersticiosos. Sr. Morrel, permita-me que lhe apresente o Sr. Franz d'Épinay, um excelente companheiro de viagem, com quem dei uma volta pela Itália. Meu caro Franz, o Sr. Maximiliano Morrel, um excelente amigo, que eu adquiri em sua ausência, e cujo nome me há de ouvir pronunciar muitas vezes, sempre que tenha de falar de coragem, de espírito e de amabilidade.

Morrel teve um movimento de indecisão.

Perguntou a si mesmo se não era condenável hipocrisia dirigir uma saudação amigável a um homem a quem combatia surdamente; mas acudiu-lhe à memória seu juramento e a gravidade das circunstâncias, e, portanto, conteve-se.

Fez por não deixar transparecer no rosto a menor comoção e saudou Franz.

— A menina de Villefort é que deve estar tristíssima, não é verdade? — disse Debray a Franz.

— Ora! — respondeu Franz — está de uma tristeza indescritível; esta manhã a achei tão mudada, que só a custo a pude conhecer.

Estas palavras, na aparência tão simples, picaram o coração de Morrel.

Pois aquele homem tinha visto Valentine, tinha lhe falado?

Foi então que o jovem e impetuoso oficial precisou de toda sua força para resistir ao desejo de quebrar o juramento.

Tomou o braço de Château-Renaud e arrastou-o rapidamente para o jazigo da família de Villefort, diante do qual acabavam de depor os dois caixões.

— Magnífica habitação — disse Beauchamp, lançando os olhos para o mausoléu —; palácio para verão e para inverno. Para lá irá por sua vez, meu caro d'Épinay, porque brevemente pertencerá à família. Eu, na minha qualidade de filósofo, não quero mais do que uma humilde choupana à sombra das árvores, e nada de pedras esculpidas sobre o meu pobre corpo. Quando estiver para morrer, direi às pessoas que me rodearem o que Voltaire escrevia a Pirom: *Eo rus*. E tudo estará acabado. Vamos, amigo Franz, coragem, que a sua mulher é a herdeira.

— Na verdade, Beauchamp — disse Franz —, o senhor é insuportável; a política tem-lhe comunicado o costume de rir de tudo; os homens que se entregam à política estão habituados a não acreditar em nada. Mas, enfim, Beauchamp, quando tiver a honra de se achar entre homens ordinários, e a fortuna de abandonar por um instante a política, trate de recuperar o seu coração, que costuma deixar na casa da arrecadação das bengalas da Câmara dos Deputados ou da dos Pares.

— Ora! — disse Beauchamp — o que é a vida? Um momento de espera na antecâmara da morte.

— Vou embirrando com este Beauchamp — disse Albert, afastando-se quatro passos com Franz, e deixando Beauchamp continuar suas dissertações filosóficas com Debray.

O jazigo da família de Villefort formava um quadrado de pedras brancas de uns vinte pés.

Uma parede interior dividia em dois compartimentos a família Saint-Méran e a família de Villefort, tendo cada compartimento sua porta independente.

Não se via, como nos outros mausoléus, os ignóbeis gavetões sobrepostos, em que uma econômica distribuição encerra os mortos, com inscrições que se assemelham a rótulos; do lado de fora da porta de bronze só se podia ver uma antecâmara severa e sombria, separada única e simplesmente por uma parede de verdadeiro túmulo.

Ao centro desta parede é que se abriam as duas portas de que falamos acima, e que comunicavam com as sepulturas de Villefort e de Saint-Méran.

Ali se podia expandir em liberdade a dor, sem que os curiosos folgazões que fazem de uma visita ao Pére-Lachaise um passeio de campo ou uma entrevista de amores, viessem perturbar com seu canto, com seus gritos, ou com suas correrias, a muda contemplação ou a prece banhada de lágrimas do piedoso visitante do jazigo.

Os dois caixões entraram no compartimento da direita, que era o da família de Saint-Méran, e foram colocados em cavaletes de antemão preparados, e que esperavam o fúnebre depósito.

Villefort, Franz e alguns parentes próximos foram as únicas pessoas que penetraram no santuário.

Como as cerimônias tinham sido já cumpridas à entrada, e não havia discursos que recitar, os convidados separaram-se imediatamente.

Château-Renaud, Albert e Morrel retiraram-se por um lado, e Debray e Beauchamp por outro.

Franz ficou com o Sr. de Villefort.

À porta do cemitério, Morrel parou sob um pretexto qualquer. Viu partir Franz e o Sr. de Villefort numa carruagem de luto, e tomou como mau presságio a conversação que entre si deveriam ter aqueles dois homens.

Voltou também para Paris, e enquanto retirasse na mesma carruagem em que iam Château-Renaud e Albert, não ouviu sequer uma palavra do que disseram os dois companheiros.

Efetivamente, no momento em que Franz ia separar-se de Villefort, este lhe dissera:

— Agora, Sr. Barão, quando tornarei a vê-lo?

— Quando quiser — respondera Franz.

— O mais breve possível.

— Estou às suas ordens; quer que voltemos juntos?

— Se o não contraria...

— De maneira nenhuma.

Foi assim que o futuro sogro e o futuro genro subiram na mesma carruagem, e que Morrel, vendo-os passar, teve, com sobejos motivos, graves inquietações.

Villefort e Franz voltaram ao Bairro de Saint-Honoré.

O procurador régio, sem entrar em nenhum dos aposentos de sua família, levou o barão diretamente para seu gabinete e indicou-lhe uma cadeira.

— Sr. d'Épinay — disse ele —, devo lembra-lhe — e a ocasião não é talvez tão mal escolhida como poderia julgar-se no primeiro momento, porque a obediência aos mortos é a primeira oferenda que devemos depositar-se no caixão — devo lembra-lhe o voto que a Sr.ª de Saint-Méran exprimiu anteontem no seu leito de agonia, isto é, que haja a maior brevidade no casamento de Valentine. Bem sabe que os negócios da defunta estão perfeitamente em regra; que o seu testamento assegura a Valentine toda a fortuna dos Saint-Méran. O tabelião mostrou-me as decisões que permitem redigir de uma maneira definitiva o contrato do casamento. Pode procurá-lo e dizer-lhe da minha parte que lhe comunique essas decisões. O tabelião é o Sr. Deschamp, Praça Beauveau, Bairro de Saint-Honoré.

— Mas — respondeu d'Épinay — não é talvez o momento oportuno para que sua filha, imersa na dor, pense em marido; na verdade, receio...

— Valentine — interrompeu Villefort — não tem outro desejo que não seja cumprir as últimas determinações da sua avó; assim, desse lado não surgirão obstáculos, posso afiançar-lho.

— Nesse caso — respondeu Franz —, como do meu também decerto não hão de surgir, faça o que julgar melhor; a minha palavra está comprometida e desempenhá-la-ei não só com prazer, mas até com felicidade.

— Então — disse Villefort — não nos demoremos; o contrato devia ter sido assinado há três dias; temos tudo preparado; podemos, portanto, assiná-lo hoje mesmo.

— Mas, o luto? — disse, hesitante, Franz.

— Esteja tranqüilo senhor — replicou Villefort —; na minha casa não se desprezam as conveniências. Minha filha poderá retirar-se, durante os três meses exigidos, para a sua propriedade de Saint-Méran; eu digo para a sua propriedade, porque é dela, Ali, em oito dias, sem fausto, sem pompas, celebrar-se-á o casamento civil. É também um desejo da Sr.ª de Saint-Méran, que a neta case naquela terra. Concluído o casamento, o senhor poderá voltar a Paris ao passo que sua mulher passará o tempo do luto com a madrasta.

— Como queira — disse Franz.

— Então — continuou Villefort —, obsequeia-me esperando meia hora, Valentine vai descer à sala. Vou mandar chamar o Sr. Deschamps; em seguida lemos e assinamos o contrato, e esta noite mesmo a Sr.ª de Villefort conduzirá Valentine para a sua propriedade onde daqui a oito dias nos reuniremos todos.

— Senhor de Villefort — disse Franz —, tenho apenas que fazer-lhe um pedido.

— Qual é?

— Desejo que Albert de Morcerf e Raul de Château-Renaud estejam presentes nesta cerimônia; bem sabe que são as minhas testemunhas.

— Meia hora bastará para os prevenir; quer o senhor mesmo ir procurá-los? ou deseja antes que eu me encarregue de mandar preveni-los.

— Prefiro ir eu mesmo.

— Espero-o, pois, daqui a meia hora, barão, a esse tempo já também Valentine estará pronta.

Franz cumprimentou o Sr. de Villefort e saiu.

Apenas a porta da rua se fechou sobre o rapaz, Villefort mandou prevenir Valentine para que descesse à sala dali a meia hora porque a esperavam o tabelião e as testemunhas do Sr. d'Épinay. Esta notícia inesperada produziu grande sensação em toda a casa.

A Sr.ª de Villefort nem sequer queria acreditar e Valentine ficou fulminada como se a ferisse um raio.

A pobre menina olhou ao redor de si como para procurar alguém que a socorresse.

Quis descer aos aposentos do avô, mas encontrou na escada o Sr. de Villefort, que a tomou pelo braço, conduzindo-a à sala. Na ante-sala, Valentine viu Barrois, e lançou ao velho servidor um olhar angustiado.

Um instante depois de Valentine, entrou na sala a Sr.ª de Villefort com Édouard.

Era visível que aquela senhora tinha tido sua parte nos desgostos da família.

Estava pálida e horrivelmente fatigada.

Sentou-se, pôs Édouard no colo, apertando de tempos em tempos de encontro ao peito, com movimentos quase convulsivos, aquela criança em quem parecia concentrar toda sua vida.

Dali a pouco ouviu-se o rodar de duas carruagens que entravam no pátio.

Uma era a do tabelião, outra a de Franz e de seus amigos. Um instante depois estavam todos reunidos na sala.

Valentine conservava-se tão pálida que se lhe viam as veias azuis das fontes desenharem-se em torno dos olhos e correrem ao longo das faces.

Franz não podia libertar-se de uma comoção profunda. Château-Renaud e Albert olhavam um para o outro com verdadeiro espanto.

A cerimônia que findara pouco antes não parecera tão triste como a que ia começar.

A Sr.ª de Villefort tinha-se sentado num lugar mais escuro, junto de um reposteiro de veludo, e, como estava constantemente inclinada para o filho, era difícil ler-se-lhe no rosto o que lhe ia no coração.

O Sr. de Villefort conservava-se, como sempre, de aspecto impassível.

O tabelião, depois de ter, com o costumado método da gente da lei, posto em ordem os papéis em cima da mesa, tomou lugar em sua cadeira, levantou os óculos, e voltou-se para Franz.

— O senhor é que é o Sr. Franz de Quesnel, barão d'Épinay? — perguntou ele, apesar de o saber perfeitamente.

— Sim, senhor — respondeu Franz.

O tabelião inclinou-se.

— Devo então preveni-lo — continuou —, da parte do Sr. de Villefort, que o projetado casamento do Sr. Barão com a menina Valentine de Villefort mudou as disposições do Sr. de Noirtier com respeito à neta, o qual alienou inteiramente a fortuna que devia transmitir-lhe. Devo acrescentar — prosseguiu o tabelião — que o testador não tinha o direito de dispor senão de uma parte da sua fortuna, e que, dispondo do todo, o testamento não resistirá a uma demanda, e será declarado nulo.

— É verdade — disse Villefort —; unicamente devo prevenir desde já o Sr. d'Épinay de que, enquanto eu viver, nunca o testamento de meu pai será contestado; a minha posição não permite nem a sombra de um escândalo.

— Senhor — disse Franz —, penaliza-me que diante de sua filha se levante uma tal questão. Não indaguei a quanto montavam os seus haveres, que, por muito reduzidos que sejam, hão de ser sempre mais consideráveis do que os meus. O que a minha família procurou nesta aliança foi a consideração; o que eu procuro é a felicidade.

Valentine fez um sinal imperceptível de agradecimento, ao mesmo tempo em que duas lágrimas silenciosas lhe umedeciam as faces.

— Além disso — tornou Villefort, dirigindo-se a seu futuro genro —, afora esta perda de uma parte das suas justas esperanças, a deliberação de meu pai não deve feri-lo pessoalmente; tem explicação na franqueza de espírito do Sr. de Nortier. O que o desgosta não é que a sua neta despose o Sr. Franz d' Épinay; uma união com qualquer outro homem despertar-lhe-ia o mesmo desgosto. A velhice é egoísta, senhor, e minha filha faz excelente companhia ao Sr. de Nortier, o que não poderá fazer-lhe decerto a Sr.ª Baronesa d'Épinay. O infeliz estado em que se acha meu pai faz com que lhe falemos poucas vezes de negócios sérios, que a fraqueza do seu espírito não lhe permitiria seguir com atenção, e estou perfeitamente convencido que a esta hora, conservando a lembrança de que sua neta vai casar, o Sr. de Nortier esqueceu totalmente até o nome daquele que vai se tornar seu neto também.

Apenas o Sr. de Villefort acabou de pronunciar estas palavras, a que Franz respondeu com um comprimento, abriu-se a porta da sala, e surgiu inesperadamente Barrois.

— Meus senhores — disse ele, numa voz estranhamente firme para um criado que fala a seus amos numa circunstância tão solene —, o Sr. Nortier de Villefort deseja falar imediatamente ao Sr. Franz de Quesnel, barão d'Épinay.

Ele também, como fizera o tabelião, para que não houvesse engano na pessoa, deu todos os títulos ao noivo.

Villefort estremeceu, a Sr.ª de Villefort deixou cair dos joelhos o filho, e Valentine levantou-se pálida e muda como estátua.

Albert e Château-Renaud trocaram um segundo olhar, mais espantado ainda do que o primeiro.

O tabelião olhou para Villefort.

— É impossível — disse o Sr. de Villefort —; além disso, o Sr. d' Épinay não pode deixar a sala neste momento.

— É justamente neste momento — replicou Barrois com a mesma firmeza — que o Sr. de Nortier, meu amo, deseja falar de negócios importantes com o Sr. Franz d'Épinay.

— Então agora já fala, o meu avô Nortier? — perguntou Édouard com sua impertinência habitual.

Mas esta gracinha nem sequer conseguiu fazer rir a Sr.ª de Villefort, tão preocupados estavam os espíritos e tão solene era a situação.

— Diga ao Sr. de Noirtier que o que ele pede é absolutamente impossível.

— Então, o Sr. de Noirtier previne todos estes senhores de que pretende fazer-se transportar imediatamente a esta sala.

O espanto chegou ao maior auge.

Desenhou-se uma espécie de sorriso no rosto da Sr.ª de Villefort. Valentine levantou os olhos como para agradecer ao Céu.

— Valentine — disse o Sr. de Villefort —, peço-lhe que vá saber o que significa esta nova fantasia de seu avô.

Valentine deu vivamente alguns passos para sair, mas o Sr. de Villefort mudou de aviso.

— Espere — disse ele —, eu acompanho-a.

— Perdão, senhor — disse Franz por sua vez —, parece-me que, visto o Sr. de Noirtier manifestar o desejo de falar-me, sou eu quem deve, primeiro que ninguém, satisfazer a sua vontade; além disso, ficarei sumamente agradecido de ter ensejo de lhe apresentar os meus respeitos, porque não tive ainda ocasião de solicitar essa honra.

— Oh, meu Deus! — disse Villefort, com uma inquietação visível — não se incomode.

— Desculpe-me, senhor — respondeu Franz, no tom de quem toma uma resolução —; desejo não perder esta ocasião de provar ao Sr. de Noirtier quanto será injusto se alimentar contra mim repugnâncias que estou decidido a vencer, sejam elas quais forem, com a minha dedicação.

E sem se deixar deter durante mais tempo por Villefort, Franz levantou-se por sua vez e seguiu Valentine, que já descia a escada com a alegria de um náufrago que consegue lançar a mão à aresta de um rochedo.

O Sr. de Villefort seguiu os dois.

Château-Renaud e Morcerf trocaram um terceiro olhar mais espantado ainda do que os dois primeiros.

LXXV. A ata

Noirtier estava esperando, vestido de preto e instalado em sua cadeira.

Apenas entraram as três personagens que ele contava ver chegar, olhou para a porta, que o criado fechou imediatamente.

— Tome sentido — disse Villefort em voz baixa a Valentine, que não podia conter-se de alegria —, se o Sr. de Noirtier quiser comunicar-lhe alguma coisa que possa impedir o casamento, finja que não o entende.

Valentine corou, mas não respondeu.

Villefort aproximou-se do paralítico.

— Aqui está o Sr. Franz d'Épinay — disse ele —; mandou procurá-lo, e o Sr. Barão acedeu prontamente ao seu desejo. Nós pensávamos, sem dúvida, nesta entrevista há muito tempo, e ficarei sumamente satisfeito de que ela lhe prove quanto a sua oposição ao casamento de Valentine era injusta.

Noirtier apenas respondeu com um olhar que fez correr um calafrio pelas veias de Villefort, e fez sinal a Valentine para que se aproximasse.

Valentine obedeceu, levando o dicionário, que percorreu.

Num momento, graças ao meio de que costumava servir-se em suas conversações com o avô, encontrou a palavra-chave.

Então consultou o olhar do paralítico, que fixou a gaveta de um pequeno móvel colocado entre as duas janelas.

A donzela abriu a gaveta e encontrou efetivamente uma chave.

Apenas se certificou, pelo olhar do velho, de que era aquilo o que ele pedia, os olhos do paralítico dirigiram-se para uma velha secretária, esquecida há anos, e que só continha, ao que julgavam, papéis inúteis.

— Abro a secretária? — perguntou Valentine.

— Sim — fez Noirtier.

— E as gavetas?

— Sim.

— Estas dos lados?

— Não.

— A do meio?

— Sim.

— Valentine abriu a gaveta e tirou um maço de papéis.

— É isto o que quer, meu avô? — perguntou ela.

— Não.

A donzela tirou sucessivamente todos os outros papéis, até que a gaveta ficou absolutamente vazia.

— Mas a gaveta está despejada agora... — disse ela.

Os olhos do paralítico fixaram-se no dicionário.

— Sim, meu avô, compreendo — tornou a menina.

E pronunciou as letras do alfabeto.

Quando chegou ao S. Noirtier, fez sinal para que cessasse de procurar.

Valentine abriu então o dicionário, e procurou até a palavra *segredo*.

— Ah! a gaveta tem um segredo? — disse ela.

— Sim — respondeu Noirtier.

— E quem conhece esse segredo?

Noirtier olhou para a porta por onde acabava de sair o criado.

— Barrois? — perguntou a menina.

— Sim — disse o velho.

— Quer que o chame?

— Sim.

Valentine foi à porta e chamou Barrois.

Durante esta cena reluzia o suor da impaciência na fronte de Villefort, e Franz estava como que estupefato de espanto.

O velho criado apareceu.

— Barrois — disse Valentine —, o meu avô mandou-me procurar esta chave, abrir a secretária e despejar aquela gaveta; há, porém, ali um segredo, que parece ser conhecido de você; abra-o.

Barrois olhou para o velho.

— Obedeça — disseram os olhos de Noirtier.

O criado obedeceu.

Abriu um fundo falso, onde havia um maço de papéis atado com uma fita preta.

— É isto o que quer, meu senhor? — perguntou Barrois.

— Sim — respondeu Noirtier.

— A quem devo entregar estes papéis? Ao Sr. de Villefort?

— Não.

— A sua neta.

— Não.

— Ao Sr. Franz d 'Épinay?

— Sim.

Franz, surpreso, avançou um passo.

— A mim, senhor? — perguntou ele.

— Sim.

O Sr. de Villefort estava em ânsias.

Franz recebeu os papéis das mãos de Barrois, e lançando os olhos para o sobrescrito, leu:

"Para ser entregue, depois da minha morte, ao meu amigo general Durand, que legará este maço de papéis a seu filho, com a obrigação de conservá-lo como contendo um documento da maior importância."

— Então, senhor — perguntou Franz —, que quer que eu faça destes papéis?

— Que o Sr. Barão os guarde como estão, provavelmente — disse o procurador régio.

— Não, não — respondeu vivamente Noirtier.

— O meu avô deseja talvez que este senhor os leia, não é verdade? — perguntou Valentine.

— Sim — respondeu o velho.

— Viu, Sr. Barão? meu avô pede-lhe que leia esses papéis — disse a menina.

— Então nos sentemos — replicou Villefort com impaciência —, porque isso há de levar algum tempo.

— Sentem-se — exprimiu o olhar do paralítico.

Franz abriu o invólucro, e logo reinou na casa o mais completo silêncio.

No meio deste silêncio, Franz leu:

"Extrato da ata de uma sessão do clube bonapartista da Rua de Saint-Jacques, no dia 5 de fevereiro de 1815."

Franz cessou de ler.

— O dia 5 de fevereiro de 1815 foi aquele em que assassinaram meu pai!

Valentine e Villefort conservaram-se mudos.

Os olhos do velho disseram claramente:

— Continue.

— Mas foi efetivamente depois de sair desse clube que meu pai desapareceu!

O olhar do velho continuou dizendo:

— Leia.

O barão continuou:

"Os abaixo assinados, Louis-Jacques Beaurepaire, tenente de cavalaria; Étienne Duchampy, general de brigada, e Claude Lecharpal, diretor das Águas e Florestas.

Declaram que, no dia 4 de fevereiro de 1815, chegou uma carta da ilha de Elba, que recomendava à benevolência e à confiança dos membros do clube bonapartista o general Flavien de Quesnel, que, tendo servido o imperador de 1804 até 1815, devia ser inteiramente devotado à dinastia napoleônica, não obstante o título de barão d'Épinay com que o agraciara Luís XVIII.

Assim, foi enviada uma carta ao general Quesnel, convidando-o a assistir à sessão do dia seguinte, 5.

A carta não indicava nem a rua nem o número da casa onde devia celebrar-se a reunião; também não levava assinatura, mas prevenia o general de que, se estivesse pronto, iriam buscá-lo às nove horas da noite.

As sessões efetuavam-se das nove horas à meia-noite.

Às nove horas apresentou-se o presidente do clube na casa do general, que já o esperava. O presidente disse-lhe que uma das condições de sua admissão era que ignoraria para sempre o lugar da reunião, e havia de consentir que lhe vendassem os olhos, jurando não fazer a menor diligência para levantar a venda.

O general de Quesnel aceitou as condições, e prometeu por sua honra não procurar saber aonde o conduziam.

O general tinha mandado pôr sua carruagem, mas o presidente disse-lhe que não podiam servir-se dela, atendendo a que não merecia a pena vendar os olhos do amo, se o cocheiro ficasse de olhos abertos, e reconhecesse as ruas por onde passassem.

— Como faremos então? — perguntou o general.

— Tenho a minha carruagem — disse o presidente.

— E tem tanta confiança no seu cocheiro que lhe confie um segredo que julga imprudente confiar ao meu?

— O nosso cocheiro é membro do clube — respondeu o presidente —; vamos ser conduzidos por um conselheiro de Estado.

— Nesse caso — disse rindo o general — corremos outro risco: é virar-se a carruagem. Consignamos esta graça como prova de que o general não foi forçado a assistir à sessão, e que foi ali por sua livre vontade.

Apenas entraram na carruagem, o presidente recordou ao general sua promessa de deixar vendar os olhos.

O general não se opôs a esta formalidade. Um lenço de seda, preparado para esse efeito dentro do trem, serviu para o caso.

Durante o caminho, pareceu ao presidente que o general diligenciava ver por baixo do lenço. Recordou-lhe seu juramento.

— Ah, é verdade! — disse o general.

A carruagem parou diante do passeio da Rua de Saint-Jacques.

O general desceu, apoiando-se no braço do presidente, cuja posição social ignorava, e que tomara por um simples membro do clube.

Atravessaram o passeio, subiram um andar, e entraram na sala das sessões.

A sessão tinha já começado.

Os membros do clube, prevenidos da apresentação que devia ter lugar nessa noite, tinham comparecido todos.

Chegado ao meio da sala, foi o general convidado a tirar a venda.

Apressou-se em aceder ao convite, e pareceu muito admirado de encontrar tão grande número de pessoas de seu conhecimento numa sociedade de cuja existência nem sequer suspeitara até então.

Interrogaram-no com respeito a suas opiniões, mas o general limitou-se a responder que as cartas da ilha de Elba deviam tê-lo dado a conhecer..."

Franz interrompeu a leitura.

— Meu pai era realista — disse ele —; não havia necessidade de o interrogarem a respeito dos seus sentimentos, que eram geralmente conhecidos.

— Foi daí — disse Villefort — que nasceram as minhas amistosas relações com seu pai, meu caro Sr. Franz; ligamo-nos facilmente quando temos as mesmas opiniões.

— Leia — continuou dizendo o olhar do velho.

Franz prosseguiu:

"O presidente tomou a palavra para convidar o general a ser mais explícito; mas o Sr. de Quesnel respondeu que desejava antes de tudo saber o que queriam dele.

Informaram então o general da carta da ilha de Elba que o recomendava ao clube como um homem seguro com cujo concurso se podia contar.

Um parágrafo inteiro expunha o regresso provável da ilha de Elba, e prometia uma nova carta e mais amplas minúcias à chegada do Faraó.

Esta embarcação era pertencente ao armador Morrel, de Marselha, e o capitão gozava de inteira confiança do imperador.

Durante toda a leitura, o general, com quem julgavam poder contar com um irmão seguro, deu, pelo contrário, visíveis sinais de descontentamento e de repugnância.

— E então? — perguntou o presidente — o que diz desta carta, Sr. General?

— *Digo — respondeu ele —que ainda há bem pouco tempo prestei juramento a* el-rei *Luís XVIII, para que possa violá-lo já em benefício do ex-imperador.*

Desta vez a resposta era muito categórica para que restassem dúvidas sobre seu sentido.

— General — disse o presidente —, para nós não existe o rei Luís XVIII, só vemos o imperador. Não reconhecemos senão Sua Majestade o imperador e rei, afastado há dez meses da França pela violência e pela traição.

— Perdão, pode ser que para os senhores não exista o rei Luís XVIII, mas existe para mim, atendendo a que me fez barão e marechal-de-campo, e que nunca esquecerei que é ao seu feliz regresso à França que eu devo estes dois títulos.

— Senhor — disse o presidente em tom mais grave, levantando-se —, reflita no que diz. As suas palavras mostram-nos evidentemente que na ilha de Elba se enganaram a seu respeito, e que nós fomos também enganados! A comunicação que lhe fizemos prova a confiança que depositamos no senhor, e, por conseqüência, que lhe concedíamos uma distinção que o honra. Vemos que estávamos em erro. Um título e um grau na hierarquia militar ligam-no ao novo governo, que queremos derribar. Não desejamos obrigá-lo a prestar-nos o seu concurso; não arregimentamos ninguém contra a sua vontade nem contra a sua consciência, mas obrigá-lo-emos a que proceda lealmente, mesmo no caso de que não esteja disposto a fazê-lo.

— Chamam lealdade conhecer a vossa conspiração e não a revelar! Eu chamo a isso ser vosso cúmplice. Bem vê que sou ainda mais franco do que os senhores."

— Ah, meu pai! — disse Franz, interrompendo-se —, compreendo agora por que o assassinaram.

Valentine não pôde deixar de lançar um olhar sobre Franz.

O rapaz estava verdadeiramente belo em seu amor filial.

Villefort passeava por detrás dele, de um lado para outro, a toda a largura da casa.

Noirtier seguia com os olhos a expressão de cada um e conservava sua atitude digna e severa.

Franz continuou a leitura do manuscrito:

"— Senhor — disse o presidente —, pedimos-lhe que viesse à nossa assembléia, onde decerto não o arrastamos à força; foi-lhe proposto que lhe vendariam os olhos, e o senhor aceitou. Quando acedeu a este duplo pedido, sabia perfeitamente que nós não nos ocupávamos em assegurar o trono de Luís XVIII, para o que não teríamos tanto cuidado em nos ocultar da polícia. Agora, deve compreendê-lo, seria muito cômodo pôr uma máscara, surpreender à sua sombra os segredos de outrem, e em seguida não ter mais do que tirar essa máscara para perder aqueles que confiaram em si. Não, não, diga-nos, antes de tudo se é pelo rei de acaso que reina neste momento, ou por Sua Majestade o Imperador.

— Eu sou realista — respondeu o general —; dei o meu juramento a Luís XVIII, e hei de saber cumpri-lo.

Estas palavras foram seguidas de um murmúrio geral e conhecia-se, pelos olhares de um grande número de membros do clube, que pensavam em fazer arrepender o Sr. d' Épinay de suas imprudentes palavras.

O presidente levantou-se de novo e impôs o máximo silêncio.

— Senhor — disse ele —, é um homem muito grave e muito sensato para não compreender as conseqüências da situação em que nos achamos colocados, e a sua mesma franqueza nos dita as condições que nos cumpre apresentar-lhe: o senhor vai jurar pela sua honra que nada revelará do que tem ouvido.

O general levou a mão à espada e bradou:

— Se falam em honra, comecem por conhecer-lhe as leis, e não imponham nada pela violência.

— E o senhor — continuou o presidente com voz calma, mais terrível talvez do que a cólera do general —, não toque na sua espada; é um conselho que lhe dou.

O general lançou em volta de si um olhar que denunciava um começo de inquietação.

No entanto não cedeu; pelo contrário, retomando todas as suas forças, respondeu:

— Não juro.

— Então, Sr. General, morrerá — respondeu impassível o presidente.

O Sr. d'Épinay tornou-se muito pálido; circunvagou pela segunda vez a vista; muitos membros do clube falavam, procurando ao mesmo tempo armas debaixo das capas.

— General — disse o presidente —, esteja tranqüilo; está entre gente de honra, que procurará todos os meios de convencê-lo antes de ter de recorrer ao último extremo; mas também, foi o senhor mesmo que o disse, está entre conspiradores, tem o nosso segredo, e é bem que no-lo restitua.

Um silêncio significativo seguiu estas palavras, e como o general não respondesse:

— Fechem as portas — disse o presidente ao porteiro.

Sucedeu a estas palavras o mesmo silêncio de morte.

Então o general avançou, fazendo um violento esforço sobre si mesmo.

— Eu tenho um filho — disse —, e devo lembrar-me dele, vendo-me entre assassinos.

— General — replicou com nobreza o chefe da assembléia —, um homem, estando sozinho, tem o direito de insultar cinqüenta; é o privilégio dos fracos. Unicamente direi que não faz bem em abusar desse privilégio. Siga o meu conselho, general, jure, e não nos insulte.

O general, ainda uma vez subjugado pela superioridade do chefe da assembléia, hesitou um instante, mas, enfim, avançou até a banca do presidente.

— Qual é a fórmula? — perguntou ele.

— É esta: — Juro pela minha honra não revelar, seja a quem for, o que vi e ouvi no dia 5 de fevereiro de 1815, entre as nove e as dez horas da noite, e declaro merecer a morte se faltar ao meu juramento.

O general pareceu sentir um estremecimento nervoso, que o impediu de responder durante alguns segundos; enfim, vencendo uma repugnância manifesta, pronunciou o juramento exigido, mas numa voz tão baixa que só a custo se ouvia, e por isso muitos membros da assembléia exigiram que o repetisse em voz mais alta e mais distinta, o que ele fez.

— Agora desejo retirar-me — disse —; estou finalmente livre? O presidente levantou-se, designou três membros da assembléia para o acompanharem, e subiu na carruagem com o general, depois de lhe ter vendado os olhos.

No número desses três membros entrava o cocheiro que os tinha levado.

Os restantes associados separaram-se em silêncio.

— Para onde quer que o levemos? — perguntou o presidente.

— Para onde eu puder ficar livre da sua presença — respondeu o Sr. d' Épinay.

— Senhor — replicou então o presidente —, tome sentido, agora já não está na assembléia; tem de haver-se com homens isolados; não os insulte, se não quer tornar-se responsável por esse insulto.

Mas, em lugar de compreender esta linguagem, o Sr. d'Épinay respondeu:

— O senhor é tão valente na sua carruagem como no seu clube, pela simples razão de que quatro homens são sempre mais fortes do que um só.

O presidente mandou parar a carruagem.

Estavam justamente no Cais dos Olmeiros, no lugar onde está a escada que desce para o rio.

— Por que é que manda parar neste lugar? — perguntou o Sr. d'Épinay.

— Porque o senhor — disse o presidente — acaba de insultar um homem, que não quer dar mais um passo sem lhe pedir lealmente uma reparação.

— É outra maneira de assassinar — replicou o general, encolhendo os ombros.

— Nada de bulha, senhor — respondeu o presidente —, se não quer que o olhe como um desses homens a que se referiu há pouco, quero dizer, como um covarde, que toma a fraqueza por escudo. O senhor vem só; pois bem, um só lhe responderá; tem uma espada ao seu lado, e eu tenho outra nesta bengala; não tem testemunhas, um destes senhores se prestará a isso. Agora, se lhe convém, pode tirar a venda.

O general arrancou no mesmo instante o lenço que lhe tapava os olhos.

— Enfim — disse ele —, vou saber com quem tenho de haver-me.

Abriu-se a portinhola da carruagem, e os quatro homens desceram..."

Franz interrompeu outra vez a leitura, e enxugou o suor frio que lhe corria pela testa.

Era uma cena comovente, ver aquele filho, pálido e trêmulo, lendo todas as minúcias ignoradas até então da morte de seu pai.

Valentine juntava as mãos como se estivesse orando.

Noirtier olhava para Villefort com uma expressão quase sublime de desprezo e de orgulho.

Franz continuou:

"Estávamos, como temos dito, a 5 de fevereiro.

Havia três dias que caía abundante geada, a escada estava toda coberta de bocados de gelo. O general era alto e gordo, e o presidente ofereceu-lhe o lado da balaustrada para descer.

As duas testemunhas seguiam-nos. Era uma noite sombria, e o terreno da escada ao rio estava úmido de neve; via-se a água correr, negra, profunda, acarretando alguns bocados de gelo.

Uma das testemunhas foi buscar uma lanterna em um barco de carvão, e à luz dessa lanterna examinaram as armas.

A espada do presidente, que era simplesmente, como tinha dito, uma espada que ele trazia em sua bengala, era mais curta cinco polegadas do que a de seu adversário, e não tinha copos.

O general d'Épinay propôs que fossem tiradas à sorte as duas espadas, mas o presidente respondeu que era ele quem tinha proposto o duelo, e que fora sua intenção que cada um se servisse de suas armas.

As testemunhas quiseram insistir; mas o presidente impôs-lhes silêncio.

Puseram as lanternas no chão, os adversários colocaram-se em suas respectivas posições, e o combate começou.

A luz da lanterna transformava as espadas em duas centelhas. Quanto aos homens, só a custo se podiam ver, tão espessas eram as sombras da noite.

O general passava por uma das melhores espadas do exército; mas foi tão vivamente apertado nos primeiros botes, que, perdendo o terreno, caiu.

As testemunhas julgaram-no morto: seu adversário, porém, que sabia que não lhe tinha tocado, ofereceu-lhe a mão para ajudá-lo a levantar.

Esta circunstância, em vez de acalmá-lo, irritou ainda mais o general, que atacou por sua vez o adversário. Este, porém, não recuou nem uma polegada, e recebeu-o na ponta da espada. O general foi obrigado a recuar, voltando de novo à carga.

À terceira vez tornou a cair.

Julgaram que tivesse novamente escorregado, como da primeira vez.

No entanto, as testemunhas, vendo que se não levantava, aproximaram-se e diligenciaram pô-lo em pé; aquela, porém, que o agarrou sentiu na mão um calor úmido.

Era sangue.

O general, que desmaiara, recobrou os sentidos.

— Ah! — disse ele — mandaram-me de propósito algum espadachim, algum mestre-de-armas.

O presidente, sem responder, aproximou-se da testemunha que segurava a lanterna e, arregaçando a manga, mostrou-lhe o braço ferido por dois golpes de espada; depois, abrindo o casaco e desabotoando o colete, deixou ver o peito também ferido de um lado e onde o sangue gotejava.

No entanto não soltara nem um suspiro sequer.

O general d'Épinay entrou em agonia, e cinco minutos depois expirava."

Franz leu estas últimas palavras com voz tão estrangulada que apenas a custo se ouviam, e, depois de tê-las lido, parou passando a mão pelos olhos como para repelir uma nuvem.

Depois de um instante de silêncio, continuou:

"O presidente subiu a escada, tendo antes o cuidado de tornar a meter a espada em sua bengala. Sua passagem ficou assinalada sobre o gelo por um traço de sangue.

Não tinha, porém, chegado ainda ao cimo da escada, quando ouviu na água um rumor surdo.

Era o corpo do general, que as testemunhas acabavam de precipitar no rio, depois de se certificarem de sua morte. O general sucumbiu, pois, num duelo leal, e não numa emboscada, como se poderia dizer.

Em fé do que assinamos o presente para restabelecer a verdade dos fatos, e receosos de que chegue um dia em que algum dos atores desta cena terrível seja acusado de morte com premeditação ou de ter faltado às leis da honra.

Beaurepaire
Duchampy
Lecharpal."

Quando Franz terminou esta leitura, tão terrível para um filho; quando Valentine, pálida de comoção, acabava de enxugar uma lágrima; depois de Villefort, enfim, trêmulo e refugiado a um canto, ter diligenciado conjurar a tempestade com olhares suplicantes dirigidos ao velho implacável, d'Épinay disse a Noirtier:

— Já que conhece esta terrível história em todas as suas minúcias, senhor, pois que a fez atestar por assinaturas respeitáveis, uma vez que pareço merecer-lhe algum interesse, conquanto esse interesse não se revelasse ainda senão em circunstâncias tão dolorosas para mim, não me recuse uma última satisfação: diga-me o nome do presidente do clube; que eu conheça, finalmente, o nome do homem que matou meu pobre pai.

Villefort procurou, como que assustado, o fecho da porta.

Valentine, que já tinha adivinhado a resposta do avô, porque muitas vezes lhe notara no antebraço as cicatrizes de dois golpes de espada, recuou um passo.

— Em nome do Céu, minha senhora! — disse Franz, voltando-se para a noiva — junte os seus rogos aos meus; que eu saiba o nome do homem que me fez órfão aos dois anos!

Valentine ficou muda e imóvel.

— Basta, senhor — atalhou o Sr. de Villefort —, não prolongue esta cena horrível; bem vê que intencionalmente ocultam esse nome. Meu pai mesmo não conhecia o presidente, e ainda mesmo que o conhecesse não poderia dizer quem era; no dicionário não se encontram nomes próprios.

— Oh, que infelicidade! — exclamou Franz —; a única coisa que me animou durante toda a leitura deste documento, e que me deu forças para chegar ao fim, foi a esperança de conhecer o nome do homem que matou meu pai! Senhor, senhor — continuou ele, voltando-se para Noirtier —, em nome do Céu! faça diligência... veja se consegue, suplico-lhe, fazer-me compreender.

— Sim — respondeu Noirtier.

— Oh! minha senhora, minha senhora! — exclamou Franz —, seu avô fez sinal de que podia dizer-me quem era esse homem. Compreende-o... ajude-me... conceda-me o seu auxílio!

Noirtier olhou para o dicionário.

Franz pegou o livro com mão nervosa, e pronunciou seguidamente as letras do alfabeto até o *E*.

Chegado a esta letra, o velho fez o sinal de sim.

— *E*? — repetiu Franz.

O dedo do rapaz deslizou sobre as palavras, mas a todas Noirtier respondia com um sinal negativo.

Valentine ocultava a cabeça entre as mãos.

Enfim, Franz chegou à palavra *Eu*.

— Sim — disse o paralítico.

— O senhor?! — bradou Franz, com os cabelos hirtos —; foi o Sr. Noirtier quem matou meu pai?!...

— Sim — respondeu Noirtier, fixando no rapaz um olhar majestoso.

Franz caiu sem forças numa cadeira.

Villefort abriu a porta e fugiu espavorido, porque lhe ocorreu a idéia de sufocar a pouca vida que ainda restava no coração do terrível velho.

LXXVI. Progressos de Cavalcanti filho

Entretanto, o Sr. Cavalcanti pai retirara para ir continuar seu serviço, não no exército de Sua Majestade o Imperador da Áustria, mas nas roletas de Luca, de onde era um dos mais assíduos cortesãos.

Escusado será dizer que levara com a mais escrupulosa exatidão a soma que lhe tinha sido abonada para a viagem e como recompensa da maneira majestosa e solene por que representara seu papel de pai.

Andreia recebera dele todos os papéis que confirmavam ter a honra de ser filho do marquês Bartolomeo Cavalcanti assim como da marquesa Leonora Corsinari.

Estava, pois, admitido na sociedade parisiense, que tão fácil é em receber estrangeiros, não pelo que eles na verdade são, mas pelo que pretendem ser.

Além disso, que se exige de um rapaz em Paris? Que fale mais ou menos sua língua, que traje convenientemente, que seja bom jogador e que pague em ouro.

É escusado dizer que ainda se é mais fácil para os estrangeiros do que propriamente para os parisienses.

Andreia tinha, portanto, em quinze dias, conquistado uma excelente posição; chamavam-lhe Sr. Conde, diziam que tinha cinqüenta mil libras de renda, e falava-se até dos imensos tesouros que o pai tinha escondidos, pelo que se dizia, nas pedreiras de Saravezza.

Um sábio, diante de quem mencionaram esta última circunstância como um fato real, declarou ter visto as pedreiras em questão, o que deu um grande peso às asserções, que até então corriam ainda um tanto duvidosas, mas que tomaram desse modo a consistência da realidade.

Estava reunida essa parte da sociedade parisiense onde nós introduzimos o leitor, quando Monte Cristo foi uma noite visitar o Sr. Danglars.

O banqueiro tinha saído, mas propuseram ao conde introduzi-lo nas salas da baronesa, que estava visível.

Monte Cristo aceitou.

Era sempre com uma espécie de estremecimento nervoso que, desde o jantar de Auteuil, e depois dos acontecimentos que se lhe tinham seguido, a Sr. Danglars ouvia pronunciar o nome do conde de Monte Cristo.

Se a presença do conde não acompanhasse o ruído do nome, a dolorosa sensação tomava-se mais intensa; se, pelo contrário, o conde aparecia, a sua figura franca, o brilho dos olhos, a sua amabilidade, a sua galantaria mesmo para com a Sr.ª Danglars, dissipavam imediatamente até a última impressão de receio, parecendo impossível à baronesa que homem de tão agradável exterioridade, tão amável, pudesse nutrir más intenções contra ela; além disso, os mais corrompidos corações não podem crer no mal que não tenha por móvel um interesse qualquer; o mal inútil e sem causa repugna como anomalia.

Quando Monte Cristo entrou no gabinete, em que já uma vez introduzimos o leitor, e onde a baronesa seguia com um olhar bastante inquieto os desenhos que lhe passava a filha, depois de os ter examinado com o Sr. Cavalcanti filho, sua presença produziu o efeito ordinário, e foi sorrindo que, depois de ter sido um pouco contrariada ao ouvir-lhe o nome, a baronesa recebeu o conde.

Este, por seu lado, abraçara toda a cena num relance.

Perto da baronesa, que se recostava numa cadeira, estavam Eugénie sentada, e Cavalcanti em pé.

Cavalcanti, vestido de preto, com sapatos de polimento e meias de seda branca, passava a mão clara e muito cuidada pelos cabelos louros, entre os quais cintilava um diamante, com que, apesar dos conselhos de Monte Cristo, o vaidoso rapaz não pudera resistir ao desejo de adornar o dedo mínimo.

Este movimento era acompanhado de olhares assassinos, dirigidos à menina Danglars, e de imensos suspiros, que tomavam a mesma direção dos olhares.

A menina Danglars continuava sempre na mesma, isto é, formosa, fria e zombeteira.

Nem um só daqueles olhares, nenhum daqueles suspiros lhe passavam despercebidos.

Dir-se-ia, porém, que resvalavam sobre a couraça de Minerva com que alguns filósofos pretendem por vezes revestir o peito de Safo.

Eugénie cumprimentou friamente o conde, e aproveitou as primeiras preocupações da conversação para se retirar à sala de estudo, de onde em breve duas vozes, ressoando alegres e estridentes, em harmonia com os primeiros acordes de um piano, fizeram saber a Monte Cristo que a menina Danglars acabava de preferir à sua sociedade e à do Sr. Cavalcanti, a de Louise d'Armilly, sua professora de canto.

Foi então, principalmente, que, sempre conversando com a Sr.ª Danglars, e parecendo absorvido pelo encanto da conversação, o conde notou a solicitude do Sr. Andreia Cavalcanti, a maneira por que ia escutar a música à porta da sala, que não ousava franquear, e por que modo manifestava sua admiração.

Dali a pouco entrou o banqueiro.

O seu primeiro olhar foi para Monte Cristo, é certo, mas o segundo foi para Andreia.

Quanto a sua mulher, cumprimentou-a com o modo por que

certos maridos cumprimentam as mulheres, e de que os celibatários só poderão fazer idéia quando tiver sido publicado um livro muito desenvolvido com respeito ao casamento.

— Então aquelas meninas não o convidaram para tomar parte no concerto? — perguntou Danglars a Andreia.

— Ai, não, Sr. Barão! — respondeu Andreia com um suspiro ainda mais notável do que os precedentes.

Danglars dirigiu-se para a porta da sala e abriu-a.

Puderam então se ver as duas meninas sentadas numa só cadeira diante do mesmo piano.

Acompanhavam cada uma com uma só mão, exercício a que se tinham habituado por fantasia, e em que se tornavam de uma força notável.

A menina d'Armilly, que pôde então ser vista, graças à abertura da porta, e que formava com Eugénie um desses quadros vivos que se costumam fazer na Alemanha, era de uma formosura distintíssima, ou antes, de uma gentileza delicadíssima.

Era magra e loira como uma fada, de compridos cabelos anelados que caíam sobre um pescoço um tanto alto, como o que o Perusino desenhava algumas vezes às suas virgens, e olhos velados pela fadiga. Diziam que era fraca de peito, e que, como a Antônia do *Violino* de *Cremona*, algum dia morreria cantando.

O Conde de Monte Cristo fixou no gineceu um olhar rápido e curioso.

Era a primeira vez que via a menina d'Armilly, de quem muito ouvira falar na casa.

— Então — perguntou o banqueiro, dirigindo-se a sua filha — nós somos excluídos?

E levou o rapaz para a pequena sala; mas, ou por acaso, ou intencionalmente, a porta fechou-se sobre Andreia, de maneira que do lugar onde Monte Cristo e a baronesa estavam nada podiam ver.

Como o banqueiro, porém, tinha acompanhado Andreia, a Sr.ª Danglars não pareceu notar esta circunstância.

Dali a pouco, ouviu o conde a voz de Andreia elevar-se com os acordes do piano, que acompanhava uma canção corsa.

Enquanto o conde escutava sorrindo aquela canção, que lhe fazia esquecer Andreia para só se lembrar de Benedetto, a Sr.ª Danglars, conversando com Monte Cristo, exaltava a força de alma do marido, que ainda nessa manhã tinha perdido, numa falência milanesa, trezentos ou quatrocentos mil francos.

E na verdade o elogio era merecido, porque, se o conde não o tivesse sabido pela baronesa ou por algum dos meios que tinha de saber tudo, a figura do barão decerto não lhe diria uma só palavra.

"Bom, pensou o conde, já oculta o que perde; há um mês ainda se vangloriava."

Depois, em voz alta:

— Oh! minha senhora — disse ele —, o Sr. Danglars conhece tão bem a Bolsa, que com certeza há de saber readquirir tudo quanto possa ter perdido.

— Já vejo, Sr. Conde, que participa do erro comum — replicou a Sr.ª Danglars.

— De que erro? — perguntou o conde.

— Julgar que o Sr. Danglars joga em fundos, ao passo que, pelo contrário, é coisa que ele não faz.

— Ah! sim, é verdade, minha senhora, recordo-me do que me disse o Sr. Debray... A propósito, o que é feito dele? Há três ou quatro dias que não o vejo.

— Nem eu — disse a Sr.ª Danglars, com um aprumo miraculoso. — Mas o Sr. Conde de Monte Cristo tinha começado uma frase que não terminou...

— Qual?

— Dizia que o Sr. Debray lhe tinha dito...

— Ah, é verdade! o Sr. Debray disse-me que era a Sr.ª Baronesa quem sacrificava ao demônio do jogo.

— Tive esse gosto durante muito tempo — respondeu a Sr.ª Danglars —, mas já o não tenho.

— Não faz bem, minha senhora. Ora, os caprichos da fortuna são às vezes precários: se eu fosse mulher, e o acaso me tivesse feito esposa de um banqueiro, por muita confiança que depositasse na felicidade de meu marido, havia de assegurar-me uma fortuna independente, embora, para adquirir essa fortuna, tivesse de entregar os meus interesses em mãos que lhe fossem desconhecidas.

A Sr.ª Danglars corou a seu pesar.

— É verdade — disse Monte Cristo, como se não tivesse reparado em tal —, fala-se numa boa operação realizada ontem sobre os fundos de Nápoles.

— Não os tenho — disse vivamente a baronesa —, nem os tive nunca; mas, na verdade, basta de falar da Bolsa, quase que temos ares de dois corretores de fundos. Falemos um pouco dos pobres Villefort, tão perseguidos neste momento pela fatalidade.

— Que lhes sucedeu? — perguntou Monte Cristo, com perfeita ingenuidade.

— Ora, o senhor deve sabê-lo; tendo perdido o Sr. de Saint-Méran três ou quatro dias depois de sair de casa em direção a Paris para assistir ao casamento de Valentine, acabam de perder a marquesa três ou quatro dias depois de ela lhes chegar à casa.

— Ah! é verdade — disse Monte Cristo —, soube disso; mas, como diz Cláudio a Hamlet, é lei da Natureza; os pais dos marqueses morreram antes deles, e os marqueses choraram-nos; eles acabam de morrer também primeiro do que os filhos, que igualmente os choram.

— Mas isso não é tudo.

— Quê?! não é tudo?

— O Sr. Conde não sabia que os Srs. de Villefort iam casar a filha...

— Com Franz d'Épinay... Transtornou-se o casamento?

— Ontem de manhã, ao que parece, Franz d'Épinay retirou-lhes a palavra.

— Ah! realmente?... E são conhecidas as causas do rompimento de Franz?

— Não.

— Que me diz, meu Deus! E como aceita o Sr. de Villefort todas essas desgraças?

— Como sempre, filosoficamente.

Neste momento, Danglars entrou só.

— Então? — disse a baronesa — deixou o Sr. Cavalcanti com a sua filha?

— E a menina d'Armilly — respondeu o banqueiro — não é gente também?

Depois acrescentou, voltando-se para o conde:

— É um moço encantador, o príncipe Cavalcanti, não é verdade, Sr. Conde?... E ele é realmente verdadeiro príncipe?

— Não posso afiançá-lo — disse Monte Cristo. — Apresentaram-me o pai como marquês, e a ele como conde; mas creio que não têm grandes pretensões ao título de príncipe.

— Por quê? — perguntou o banqueiro. — Se ele é príncipe, faz mal em não usar do título. A cada qual o que lhe pertence. Não gosto de quem renega a origem.

— Oh! o senhor é um democrata puro — replicou Monte Cristo, sorrindo.

— Mas veja ao que o senhor se expõe — disse a baronesa a Danglars —; se por acaso o Sr. de Morcerf vem por aí, encontra o Sr. Cavalcanti numa sala onde a ele, o noivo de Eugénie, nunca foi permitido entrar.

— E faz bem em dizer por acaso — replicou o banqueiro —, porque, na verdade, tão raramente o vemos, que bem poderemos julgar que só o acaso no-lo traga.

— Enfim, se ele vier e encontrar o Sr. Cavalcanti junto da sua filha, é de crer que fique descontente.

— Ele?! ora qual!... Engana-se, o Sr. Albert não nos dá a honra de ter zelos da noiva, não a ama bastante para isso. E depois, que me importa que ele fique ou não descontente!

— No entanto, no ponto a que chegamos...

— Sim, no ponto a que chegamos; quer saber o ponto a que nós chegamos? No baile da mãe, Albert dançou uma só vez com minha filha, e o Sr. Cavalcanti dançou com ela três vezes sem que o visconde reparasse nisso sequer.

— O Sr. Visconde Albert de Morcerf! — anunciou o criado à porta da sala.

A baronesa levantou-se vivamente, e ia passar à sala de estudo para prevenir a filha, quando Danglars a deteve pelo braço.

— Deixe — disse ele.

A baronesa olhou para ele com espanto.

Monte Cristo fingiu que não tinha visto aquele extraordinário jogo de cena.

Albert entrou muito belo e alegre.

Cumprimentou a baronesa com finíssima cortesia, Danglars com familiaridade, e Monte Cristo com afeto. Depois, voltou-se para a baronesa.

— Permita-me, minha senhora — disse ele —, que lhe pergunte como está sua filha?

— Muito bem, Sr. Visconde — respondeu vivamente Danglars: — está neste momento na sala pequena com o Sr. Cavalcanti, entretendo-se com a música.

Albert conservou-se calmo e indiferente: talvez sofresse algum despeito interior, mas adivinhou que o olhar do conde de Monte Cristo se cravava nele.

— O Sr. Cavalcanti tem uma excelente voz de tenor — respondeu —, e a menina Danglars é um magnífico soprano, além do que toca piano como poderia fazê-lo Thalberg.

— O caso é que harmonizam perfeitamente — disse Danglars —; entendem-se às mil maravilhas.

Albert pareceu não ter compreendido o equivoco, que, todavia, era tão grosseiro que a Sr.ª Danglars corou.

— Mas — continuou o visconde — eu também sou amador, pelo menos assim o diziam os meus mestres. Pois bem! é coisa singular, nunca pude harmonizar a minha voz com nenhuma outra, e então com as de soprano muito menos.

Os lábios de Danglars contraíram-se num pequeno sorriso, que queria dizer: Isso o contraria!

— Também — disse ele em voz alta, esperando sem dúvida chegar ao fim que desejava — o príncipe e minha filha fizeram ontem a admiração geral. Não esteve cá ontem, Sr. de Morcerf?

— Que príncipe? — perguntou Albert.

— O príncipe Cavalcanti — replicou Danglars, que teimava em dar este título ao rapaz.

— Ah! perdão — tornou Albert —, eu ignorava que ele fosse príncipe. Ah! o príncipe Cavalcanti cantou ontem com sua filha? Na verdade, devia ser de um efeito extraordinário, encantador, e sinto deveras não os ter ouvido. Mas não pude corresponder ao seu obsequioso convite, porque fui obrigado a acompanhar a Sr.ª de Morcerf à casa da Sr.ª Baronesa de Château-Renaud mãe, onde cantavam os artistas alemães.

Depois de um momento de silêncio, acrescentou, como se não tivesse ainda tratado de nada:

— Ser-me-á permitido apresentar os meus respeitos a sua filha?

— Oh! espere, espere, por favor — disse o banqueiro, detendo o visconde —; não ouve a deliciosa cavatina, ta, ta, ta, ti, ta, ti, ta, ta... é surpreendente! espere, espere, olhe, estão acabando... um segundo só; muito bem! bravo! *bravi*! *brava*!

E o banqueiro pôs-se a aplaudir com frenesi.

— Na verdade — disse Albert —, é singular; não é possível compreender melhor a música do seu país do que o faz o príncipe Cavalcanti. O senhor disse príncipe, não é verdade? E depois, se não é príncipe, fá-lo-ão quando for preciso; isso é fácil na Itália. Mas, para voltarmos aos nossos adoráveis cantores, o Sr. Danglars deveria proporcionar-nos um prazer: sem os prevenir de que está aqui um estranho, poderia pedir-lhes que começassem outro trecho. É uma coisa deliciosa gozar a música de um lugar um pouco afastado, na penumbra, sem ver, sem ser visto, e, por conseqüência, sem constranger o artista, que pode assim entregar-se a toda a força do seu gênio, a todos os arrebatamentos do seu coração.

Desta vez foi Danglars que ficou desconcertado com a fleuma do visconde.

O banqueiro tomou Monte Cristo de parte.

— E então? — perguntou ele — que diz o senhor do nosso noivo?

— Efetivamente parece-me um pouco frio, é incontestável; mas que quer? o senhor está comprometido!

— Decerto que estou comprometido, mas é a dar minha filha a um homem que a ame e não a um homem que não a ame. Veja aquele, frio como o mármore, orgulhoso como um pavão; ainda se ele fosse rico, se tivesse a fortuna dos Cavalcanti, poderia relevar-se-lhe um pouco o orgulho. Palavra, eu ainda não consultei minha filha, mas se ela tivesse o bom gosto...

— Oh! — disse Monte Cristo — eu não sei se é a minha amizade por ele que me ilude, mas asseguro-lhe que o Sr. de Morcerf é um belo moço, que há de tornar feliz sua filha, e mais tarde ou mais cedo deve chegar a alguma coisa, porque a posição do pai é excelente.

— Hum! — fez Danglars.

— Por que, duvida?

— Resta sempre o passado... o tal passado obscuro.

— Mas o passado do pai nada tem com o filho.

— Se tem! se tem!

— Vejamos, não seja exigente. Há um mês ainda o senhor julgava excelente esse casamento. Deve compreender que eu esteja desesperado; foi na minha casa que o senhor viu Cavalcanti, que eu não conheço, repito-lhe.

— Mas conheço-o eu — disse Danglars — e é quanto basta.

— Como! conhece-o? Tomou esclarecimentos a respeito dele? — perguntou Monte Cristo.

— Havia lá necessidade disso? não se conhece logo no primeiro relance as pessoas com quem tratamos? Em primeiro lugar, Andreia Cavalcanti é rico.

— Não o afirmo.

— No entanto, o senhor responde por ele.

— Até cinqüenta mil libras, uma miséria.

— Tem uma educação distinta.

— Hum! — fez por sua vez Monte Cristo.

— É artista.

— Todos os italianos o são.

— Vamos, conde, não seja injusto com o pobre rapaz.

— Pois bem, sim! confesso, vejo com desgosto que, conhecendo ele os compromissos do barão para com os Morcerf, venha assim, abusando da sua fortuna, transtornar as coisas.

Danglars começou a rir.

— Oh, o senhor é um verdadeiro puritano! — disse ele. — Mas isso é freqüente, acontece todos os dias.

— O senhor não pode, no entanto, romper assim de repente, meu caro Sr. Danglars; os Morcerf contam com este casamento.

— Contam?

— Positivamente.

— Então que se expliquem. O senhor poderia dizer duas palavras a este respeito ao pai, meu caro conde, porque é muito íntimo da casa.

— Eu?! onde demônios foi que o senhor viu isso?

— No baile que deram. Todos viram que a condessa, a altiva Mercédès, a desdenhosa catalã, que só a custo se digna abrir a boca para os seus antigos conhecidos, tomou-o pelo braço, e saiu com o senhor para o jardim, embrenhando-se pelas mais estreitas ruas, e não tornando a aparecer senão meia hora depois!

— Ah! barão, barão — disse Albert —, não me deixa ouvir; um entusiasta como o senhor, que barbaridade!...

— Está bom! está bom! senhor ralhador — disse Danglars.

Depois, voltando-se para Monte Cristo, continuou:

— Vejamos, o Sr. Conde encarrega-se de falar a este respeito ao pai?

— Com todo o gosto, se o deseja.

— Mas que desta vez se façam as coisas de uma maneira explícita e definitiva; sobretudo que ele me peça minha filha, que fixe uma época, que declare as suas condições com respeito a dinheiro; enfim, que a gente se entenda ou que deixemos de nos entender; mas, compreende, nada de demoras.

— Bem, far-se-á a diligência.

— Não lhe direi que espero com satisfação: mas, enfim, espero: um banqueiro, bem o sabe, deve ser escravo da sua palavra.

E Danglars soltou um desses suspiros que meia hora antes soltara Cavalcanti filho.

— *Bravi*! bravo! *brava*! — gritou Morcerf, parodiando o banqueiro e aplaudindo o final do trecho.

Danglars começava a olhar Morcerf de soslaio, quando lhe vieram dizer duas palavras em voz baixa.

— Eu já volto — disse o banqueiro a Monte Cristo —; espere por mim, talvez tenha alguma novidade para dar-lhe quando voltar.

E saiu.

A baronesa aproveitou a ausência do marido para empurrar a porta da sala de estudo da filha. Viu-se então levantar, como se fora uma mola, Andreia, que estava sentado em frente do piano ao lado de Eugénie.

Albert cumprimentou, sorrindo, a filha de Danglars, que sem parecer nem levemente perturbada lhe correspondeu tão friamente como de costume.

Cavalcanti parecia evidentemente embaraçado.

Cumprimentou Morcerf, que lhe retribuiu o cumprimento com o ar mais impertinente do mundo.

Então Albert começou a confundir-se em elogios sobre a voz da menina Danglars, manifestando o pesar que experimentava, depois do que acabava de ouvir, por não ter assistido à reunião da véspera.

Cavalcanti, abandonado a si mesmo, tomou à parte o conde de Monte Cristo.

— Vejamos — disse a Sr.ª Danglars —, basta de música e de cumprimentos; venham tomar chá.

— Venha, Louise — disse a menina Danglars.

Passaram à sala vizinha, onde efetivamente os estava esperando o chá.

No momento em que começavam a deixar, à moda inglesa, as colheres nas chávenas, abriu-se a porta e reapareceu Danglars, visivelmente agitado.

— Monte Cristo, sobretudo, notou essa agitação, e interrogou o banqueiro com o olhar.

— Acabo de receber o meu correio da Grécia — disse Danglars.

— Ah! ah! — disse o conde —; foi para isso que o chamaram?

— Foi.

— Como passa o rei Otão? — perguntou Albert no tom mais alegre.

Danglars olhou-o de lado sem lhe responder, e Monte Cristo voltou-se para ocultar a expressão de piedade que acabava de se lhe desenhar no rosto, mas que desapareceu rapidamente.

— Nós retiramos juntos, não é verdade? — disse Albert ao conde.

— Sim, se for da sua vontade — respondeu este.

Albert não podia compreender o olhar do banqueiro; e por isso, voltando-se para Monte Cristo, que o tinha perfeitamente compreendido, disse:

— Viu como ele olhou para mim?

—Vi — respondeu o conde —; mas acha alguma coisa de extraordinário naquele olhar?

— Creio-o bem; mas que quer ele dizer com as suas notícias da Grécia?

— Como posso eu sabê-lo?

— Presumo que o conde tem correspondência nesse país.

Monte Cristo sorriu, como costumamos sorrir nós quando queremos dispensar-nos de uma resposta.

— Espere — disse Albert —, ele aí se aproxima do senhor; vou cumprimentar a menina Danglars por causa do seu camafeu; durante esse tempo terá o pai ocasião bastante para falar com o meu caro conde.

— Se vai dirigir-lhe cumprimentos, dirija-lhos ao menos pela voz — disse Monte Cristo.

— Não, isso é o que faria toda a gente.

— Meu caro visconde — disse Monte Cristo —, o senhor tem a fatuidade na impertinência.

Albert encaminhou-se para Eugénie com o riso nos lábios.

Entretanto Danglars inclinou-se ao ouvido do conde.

— O senhor deu-me um excelente conselho — disse ele —; há uma história horrível nestas duas palavras: Fernand e Janina.

— Ora essa! — disse Monte Cristo.

— Sim, eu lhe contarei isso; mas leve o rapaz; ver-me-ia seriamente embaraçado se continuasse agora na companhia dele.

— É o que vou fazer; ele sai comigo. Quer que lhe mande o pai?

— Mais do que nunca.

— Bem.

O conde fez sinal a Albert.

Cumprimentaram as senhoras e saíram; Albert com ar de perfeita indiferença para com os desprezos da menina Danglars, e Monte Cristo reiterando à Sr.ª Danglars seus conselhos sobre a prudência que cumpre ter a mulher de um banqueiro em prevenir seu futuro.

Cavalcanti ficou senhor do campo de batalha.

LXXVII. Haydée

Apenas os cavalos do conde viraram a esquina da rua, Albert voltou-se para o conde, soltando uma gargalhada demasiado estrídula para que não fosse um pouco forçada.

— Ora bem — disse ele —; perguntar-lhe-ei, meu caro conde, como Charles IX perguntava a Catarina de Médicis depois do S. Bartolomeo, como lhe parece que representei o meu pequeno papel?

— A que propósito? — perguntou Monte Cristo.

— A propósito da instalação do meu rival na casa do Sr. Danglars.

— Que rival?

— Essa é melhor! que rival?! o seu protegido, Sr. Andreia Cavalcanti.

— Oh! nada de graças, visconde; eu não protejo de forma alguma Andreia, pelo menos junto do Sr. Danglars.

— Pois estranharia que não o fizesse, se ele precisasse de proteção. Mas, felizmente, pode dispensá-la.

— Como? julga que faça a corte à menina Danglars?

— Eu lhe digo: Cavalcanti tem nos olhos a expressão do namorado, e modula na voz os sons de um pretendente apaixonado; aspira à mão da altiva Eugénie. Espere, acabo de fazer um verso: palavra de honra que foi sem querer: "Aspira à mão da altiva Eugénie."

— Mas que importa, se lá não pensam senão no senhor?

— Não diga isso, meu caro conde, feriram-me de dois lados.

— Como, de dois lados?

— Sem dúvida: a Eugénie respondeu-me como por favor, e a d'Armilly, sua confidente, nem sequer me respondeu.

— Sim, mas o pai adora-o — disse Monte Cristo.

— Ele? pelo contrário; cravou-me mil punhais no coração; punhais de tragédia, mas que ele julga excelentes e bem reais.

— Ciúme significa amor.

— Sim; mas eu é que não estou ciumento.

— Está-o ele.

—De quem? de Debray?

—Não, do senhor.

— De mim? eu aposto em como antes de oito dias me fecha a porta na cara.

— Engana-se, meu caro visconde.

— Uma prova.

— Quere-a?

— Sim, quero.

— Estou encarregado de pedir ao Sr. Conde de Morcerf que se entenda definitivamente com o barão.

— Por quem?

— Pelo barão mesmo.

— Mas — disse Albert, com toda a negligência de que era capaz — o meu caro conde não fará isso, não é verdade?

— Engana-se, Albert, hei de fazê-lo porque o prometi.

— Vamos — disse o rapaz, com um suspiro —, parece que o senhor quer absolutamente casar-me.

— O que quero apenas é estar de bem com toda a gente; mas, a propósito de Debray, já não o vejo na casa da baronesa...

— Há desinteligências.

— Com a baronesa?

— Não, com Danglars.

— Então percebeu alguma coisa?

— Ora, tem graça!...

— Parece-lhe que Danglars ainda duvide? — perguntou Cristo com uma simplicidade encantadora.

— Ora essa! mas de onde é que o senhor veio, meu querido conde?!

— Do Congo, se assim o quer.

— Isso é ainda de muito perto.

— Então quer que eu conheça já os seus parisienses?

— Ora, meu caro conde, os maridos são os mesmos em toda parte; desde o momento em que os tenha estudado num país qualquer, fica conhecendo a raça.

— Mas qual seria a razão que pudesse desavir Danglars e Debray? parecia entenderem-se tão bem... — disse Monte Cristo, com um renovamento de ingenuidade.

— Ah! entramos agora nos mistérios de Ísis, em que eu não estou iniciado. Quando o Sr. Cavalcanti filho for da família, pergunte-lhe isso.

A carruagem parou.

— Chegamos — disse Monte Cristo —; são apenas dez horas e meia. Suba.

— Com a melhor vontade.

— A minha carruagem o levará a casa.

— Não, obrigado, meu caro conde, o meu cupê deve ter vindo atrás de nós.

— É verdade, ele aí está — disse Monte Cristo ao descer da carruagem.

Entraram ambos em casa; a sala estava iluminada e foi para aí que se dirigiram.

— Vai fazer-nos chá, Baptistin — disse Monte Cristo.

Baptistin saiu sem pronunciar uma palavra.

Dois segundos depois tornou a aparecer com uma bandeja completamente servida, e que, como na mutação de uma peça mágica, parecia ter saído da terra.

— Na verdade — disse Morcerf —, o que eu admiro no conde não é a sua riqueza, talvez que haja gente mais rica ainda; não é o seu espírito também — Beaumarchais não o excedia, mas não tinha menos; é a maneira por que é servido; sem que lhe repliquem uma palavra, num minuto, num segundo, como se adivinhassem, ao abrir a boca, qual é o seu desejo, e como se o que o conde pede estivesse sempre pronto.

— Há alguma verdade no que diz. Conhecem os meus hábitos. Por exemplo, vai ver. Não deseja se entreter com alguma outra coisa ao mesmo tempo em que toma o chá?

— Com certeza, desejo fumar.

Monte Cristo aproximou-se de uma campainha, que tocou.

Um segundo depois, abriu-se uma porta particular e apareceu Ali com dois chibuques, providos de excelente *latakieh*.

— Maravilhoso! — disse Morcerf.

— Pois sim, isto é muito simples: Ali sabe que de ordinário fumo quando tomo chá ou café; sabe que eu tinha pedido chá, e que tinha entrado com o visconde; ouviu-me chamar, e não duvidou do fim para que fosse; como é filho de um país onde um dos principais deveres da hospitalidade é o cachimbo, em lugar de um chibuque trouxe dois.

— Certamente é uma explicação como qualquer outra; mas não é menos verdade que não há senão o senhor... Oh! mas o que é isto que eu ouço?

E Morcerf inclinou-se para a porta, de onde chegavam efetivamente uns sons correspondentes aos de uma guitarra.

— Palavra, meu caro visconde, que está esta noite muito amador de música; conseguiu fugir do piano da menina Danglars para vir cair na gusla de Haydée.

— Haydée! que adorável nome! Há então realmente mulheres que se chamam verdadeiramente Haydée, a não ser nos poemas de Lorde Byron?

— Sem dúvida; Haydée é um nome raro na França, mas muito comum na Albânia e no Epiro; e, por exemplo, como se se dissesse castidade, pudor, inocência; é uma espécie de nome de batismo, como as senhores dizem.

— Oh, é lindo! — disse Albert —; como eu gostaria de ver as francesas chamarem-se menina Bondade, menina Discrição, menina Caridade Cristã! Ora, veja se a menina Danglars, em vez de se chamar Clara Maria Eugénie, como se chama, se chamasse menina Castidade Pureza Inocência Danglars... hem?.. que efeito não produziria numa leitura de proclamas!

— Estouvado! — disse o conde —; não graceje tão alto; Haydée poderia ouvi-lo.

— E zangava-se?

— Não — disse o conde, com o seu ar de altivez.

— Então tem bom gênio? — perguntou Albert.

— Não é bondade, é dever; uma escrava não se insurge contra o seu senhor.

— Ora vamos, não graceje o senhor também. Então ainda há escravos?

— Sem dúvida, porque Haydée é minha escrava.

— Na verdade, o conde nada tem de comum com toda a outra gente. Escrava do Sr. Conde de Monte Cristo! é uma posição na França. Da maneira por que o senhor dispõe de ouro, é um lugar que deve render cem mil escudos por ano.

— Cem mil escudos?! a pobre criança possuía muito mais do que isso; veio ao mundo rodeada de tesouros, ao pé dos quais os de *As Mil e Uma Noites* seriam quase nada.

— É então verdadeiramente uma princesa?

— O senhor mesmo o disse; e uma das mais consideradas do seu país.

— Supunha-o; mas como pôde uma grande princesa tornar-se escrava?

— Como foi que Dionísio, o Tirano, se tornou mestre-escola? Acasos da guerra, meu visconde, caprichos da fortuna.

— E é segredo o seu verdadeiro nome?

— Para toda a gente, menos para o visconde, que é um dos meus amigos, e que saberá ser discreto, porque promete sê-lo, não é verdade?

— Oh, palavra de honra!

— Conhece a história do paxá de Janina?

— De Ali Tabelin? Conheço, porque foi a serviço dele que meu pai fez fortuna.

— É verdade, tinha-me esquecido.

— Bem; o que é Haydée a Ali Tabelin?

— É filha, simplesmente.

— Como?! é filha de Ali-Paxá?

— E da formosa Vasiliki.

— E é sua escrava?

— Sem dúvida nenhuma.

— Como foi isso?

— Eu lhe digo: passei um dia pelo mercado de Constantinopla e comprei-a.

— É esplêndido! Com o senhor, meu caro conde, não se vive, sonha-se. Agora ouça... sou bem indiscreto no que quero pedir-lhe...

— Diga.

— Mas, visto sair com ela, visto que a leva à Ópera...

— Depois?

— Posso bem arriscar o meu pedido?

— Pode arriscar-se a pedir tudo quanto quiser.

— Pois bem, meu caro conde, apresente-me à sua princesa.

— Da melhor vontade; mas com duas condições.

— Que desde já aceito.

— A primeira é que não há de participar a ninguém esta apresentação.

— Está dito! (Morcerf estendeu a mão). Juro!

— A segunda é que não há de dizer-lhe que o seu pai serviu o dela.

— Igualmente juro.

— Muito bem, visconde; não há de se esquecer dos seus juramentos, não é verdade?

— Oh! — disse Albert.

— Bem, bem; eu sei que é homem honrado.

O conde tocou a campainha; Ali apareceu.

— Previna Haydée de que vou tomar o café em seus aposentos, e faz-lhe compreender que peço licença para lhe apresentar um amigo meu.

Ali inclinou-se e saiu.

— Assim, está combinado, nada de perguntas diretas, meu caro visconde. Se desejar saber qualquer coisa, pergunte-mo, que eu por minha vez lhe perguntarei a ela.

— Está combinado.

Ali apareceu pela terceira vez, conservando o reposteiro levantado, como para dizer ao amo e a Albert de Morcerf que podiam passar.

— Entremos — disse o conde.

Albert passou a mão pelos cabelos e retorceu o bigode.

O conde pegou de novo o chapéu, calçou as luvas, e precedeu Albert no aposento, que Ali vigiava, como uma sentinela avançada, e que defendiam, como um posto de guarda, as três criadas francesas, comandadas por Mirto.

Haydée esperava na primeira casa, que era a sala, com os grandes olhos dilatados pela surpresa, porque era a primeira vez que outro homem, que não fosse o conde de Monte Cristo, penetrava até junto dela.

Estava sentada ao canto de um sofá com as pernas cruzadas, e tinha feito, por assim dizer, um ninho com os estofos de seda, listrados e bordados, os mais ricos do Oriente.

Via-se perto da donzela o instrumento cujos sons a tinham denunciado.

Estava sedutora assim.

Vendo Monte Cristo, levantou-se com o sorriso de filha que era tão dela.

Monte Cristo adiantou-se e estendeu-lhe a mão, onde, como de costume, Haydée pousou os lábios.

Albert ficara junto da porta, sob o império daquela beleza

singular, que via pela primeira vez, e de que na França era impossível fazer idéia.

— Quem me traz você? — perguntou em romaico a donzela ao conde de Monte Cristo —; é um irmão, um amigo, um simples conhecido, ou um inimigo?

— É um amigo — respondeu o conde de Monte Cristo na mesma língua.

— Como se chama?

— Visconde Albert; é o mesmo que libertei em Roma das mãos dos bandidos.

Monte Cristo voltou-se para Albert.

— Sabe o grego moderno? — perguntou ao rapaz.

— Ai, meu amigo! — disse Albert — nem sequer o antigo; nunca Homero e Platão tiveram mais pobre, e até me atreverei a dizer, mais desdenhoso discípulo.

— Então — disse Haydée, provando assim que tinha compreendido a pergunta de Monte Cristo e a resposta de Albert —, falarei em francês ou em italiano, se o meu senhor quiser que eu fale em qualquer destas línguas.

Monte Cristo refletiu um instante.

— Falará em italiano — disse ele.

Depois acrescentou, voltando-se para Albert:

— É pena que não saiba o grego moderno ou o antigo, porque Haydée fala ambos admiravelmente; e a pobre criança vai ser obrigada a falar italiano, o que dará talvez uma fraca idéia dela.

E fez um sinal a Haydée.

— Bem-vindo seja, meu amigo, que acompanha o meu amo e senhor — disse a donzela em excelente toscano, com o doce acento romano que torna a língua de Dante tão sonora como a de Homero. — Ali, café e cachimbos.

E Haydée fez sinal a Albert para se aproximar, ao passo que Ali se retirava para executar as ordens de sua ama.

Monte Cristo mostrou a Albert dois tamboretes estofados, e cada um foi buscar o seu para aproximá-lo de uma espécie de mesa carregada de flores naturais, desenhos, álbuns e músicas.

Ali entrou trazendo o café e os cachimbos; quanto a Baptistin, era-lhe proibida esta parte da casa.

Albert recusou o cachimbo que lhe apresentava o núbio.

— Oh! aceite, aceite — disse Monte Cristo —; Haydée é quase tão civilizada como uma parisiense; o havano desagrada-lhe, porque não gosta do seu cheiro detestável; mas o tabaco do Oriente é um perfume, bem o sabe.

Ali saiu.

As chávenas de café estavam preparadas; tinham trazido um açucareiro, unicamente por causa de Albert.

Monte Cristo e Haydée saboreavam o licor árabe à maneira dos árabes, isto é, sem açúcar.

Haydée estendeu a mão e pegou com os dedos rosados a chávena de louça do Japão, que levou aos lábios com o inocente prazer de uma criança que bebe ou come uma coisa de que gosta.

O conde ofereceu uma chávena a Albert, ficando com outra. Ao mesmo tempo entraram duas mulheres com duas bandejas carregadas de doces e gelados, que puseram sobre duas pequenas mesas destinadas a esse uso.

— Meu caro hospedeiro, e senhora, *signora* — disse Albert, em italiano —, desculpem o meu espanto. Estou aturdido, o que é naturalíssimo. Vejo-me no Oriente, no verdadeiro Oriente, não infelizmente tal como o vi, mas como o tenho sonhado no seio de Paris; ainda há pouco ouvi o rodar dos ônibus e o som das campainhas dos vendedores de limonadas. Oh! *signora*, não saber eu falar grego! a sua conversação, junta a este aparato mágico, completaria uma reunião de que nunca me havia de esquecer na minha vida.

— Eu falo bastante italiano para que nos entendamos, senhor — disse tranqüilamente Haydée —; e farei quanto puder, visto amar o Oriente, para que o encontre aqui.

— De que posso falar? — perguntou Albert em voz baixa a Monte Cristo.

— De tudo o que quiser: do seu país, da sua mocidade, das suas recordações; mas, se lhe agrada mais, fale-lhe de Roma, de Nápoles ou de Florença.

— Oh! — disse Albert — seria mal empregado termos uma grega diante de nós para lhe falarmos de tudo isso que se costuma falar a uma parisiense; deixe-me conversar do Oriente.

— Como queira, meu caro Albert — disse o conde —; é o assunto que mais lhe agrada.

Albert voltou-se para Haydée.

— Em que idade, *signora,* deixou a Grécia?

— Aos cinco anos — repetiu Haydée.

— E recorda-se da sua pátria? — tornou Albert.

— Quando fecho os olhos torno a ver tudo o que vi. Há dois olhares: o do corpo e o da alma. O olhar do corpo pode esquecer às vezes, o da alma nunca.

— E qual é a época mais distante de que consegue ainda recordar-se?

— Começava apenas a andar; minha mãe, que se chamava Vasiliki (Vasiliki quer dizer real) — acrescentou a donzela, levantando a cabeça —, levava-me pela mão, e ambas cobertas com véu, depois de termos colocado na bolsa todo o ouro que possuíamos, fomos pedir esmola para os prisioneiros, dizendo: "Aquele que dá aos pobres empresta ao Eterno."[1] Depois, quando a bolsa se encheu, voltamos ao palácio, e, sem dizer nada a meu pai, remetemos todo o dinheiro que nos tinham dado, supondo que éramos pobres, aos religiosos do convento, para que o repartissem entre os prisioneiros.

E nessa época que idade tinha?

— Três anos — disse Haydée.

— Então deve recordar-se de tudo quanto tem presenciado desde essa idade.

— De tudo.

— Conde — disse Morcerf em voz baixa a Monte Cristo —, o meu amigo deveria permitir que a *signora* nos contasse alguma coisa da sua história. O senhor proibiu-me que lhe falasse de meu pai, mas talvez que ela me fale dele, e não imagina quanto eu me sentiria feliz de ouvir uns lábios tão formosos pronunciarem-lhe o nome.

Monte Cristo voltou-se para Haydée, fez um movimento de sobrancelhas, com que lhe indicou que prestasse a maior atenção às palavras que ia pronunciar, e disse-lhe em grego.

— Πατρῶς μὲν ἄτην, μή δὲ ὄνομα προδότου χαὶ προδοσίαν, εἰπέ ἡμῖν.[2]

Haydée soltou um longo suspiro, e uma nuvem sombria lhe passou pela fronte tão pura.

— Que foi que lhe disse? — perguntou Morcerf, inclinando-se para o conde.

— Repeti-lhe que o senhor é um amigo, de quem não tem que recear.

— Assim — disse Albert —, este piedoso peditório em favor dos prisioneiros é a sua primeira reminiscência; qual é a outra recordação, *signora*?

— A outra? Vejo-me à sombra dos plátanos, perto de um lago, do qual distingo ainda, através da folhagem, a tremulina. Junto ao mais velho e mais copado dos plátanos, estava sentado meu pai nos

---

[1] Provérbio XIX.

[2] Podes narrar a sorte de teu pai, mas não a traição, nem o nome do traidor.

coxins, e eu, pobre criança, brincava-lhe com as barbas, que caíam até o peito, e com o *cangiar* de punho de diamantes que tinha preso à cintura; depois, de tempos em tempos, chegava um albanês, que lhe dizia algumas palavras, a que eu não prestava atenção, e às quais ele respondia no mesmo tom: — "Mata!" ou "Perdoa!"

— É singular ouvir semelhantes palavras da boca de uma donzela, a não ser num teatro, e dizer: — isto não é ficção. E — perguntou Albert — com esse horizonte tão poético, com recordações tão maravilhosas, como lhe parece a França?

— Eu creio que é um belo país — disse Haydée —; mas vejo a França com olhos de mulher, ao passo que, pelo contrário, se me afigura que o meu, que eu só vi num olhar de criança, está sempre envolvido num vago luminoso ou sombrio, conforme os meus olhos o fantasiam: — uma doce pátria ou um lugar de amargos sofrimentos.

— Tão nova, *signora* — disse Albert, cedendo a seu pesar ao poder da banalidade —, como tem podido sofrer tanto? como é que não tem sucumbido a tanta dor?

Haydée voltou os olhos para Monte Cristo, que com um sinal imperceptível murmurou:

— Εἰπὲ.[3]

— Nada se imprime tanto no fundo da alma como as primeiras recordações, e, à parte as duas que acabo de narrar, todas as outras da minha meninice são tristes.

— Diga, diga, Haydée — replicou Albert —, juro-lhe que a ouvirei com inexprimível satisfação.

Haydée sorriu tristemente.

— O senhor quer que eu passe às minhas outras recordações? — perguntou ela.

— Suplico-lhe — disse Albert.

— Pois bem! Tinha quatro anos, quando um dia minha mãe me despertou. Estávamos no palácio de Janina; ela pegou-me de sobre os coxins em que eu repousava, e, abrindo os meus olhos, vi os seus arrasados de lágrimas.

Levou-me sem pronunciar uma palavra.

— Silêncio, filha! — disse minha mãe.

Contudo, apesar das consolações ou das ameaças maternas, caprichosa como todas as crianças, continuei a chorar; mas desta

---

[3] Conta.

vez havia na voz da minha pobre mãe uma tal entoação de terror que me calei no mesmo instante.

Ela me levou apressadamente, e vi então que descíamos uma longa escada.

Diante de nós, todas as mulheres de minha mãe, conduzindo cofres, sacos, objetos de ornamento, e bolsas de ouro, desciam a mesma escada, ou antes, precipitavam-se nela, de tropel.

Em seguida às mulheres vinha uma guarda de vinte homens armados de espingardas e vestidos com o traje que os senhores conhecem na França desde que a Grécia tornou a ser nação.

Havia alguma coisa de sinistro — concluiu Haydée, meneando a cabeça e empalidecendo só com essa lembrança — naquela longa fila de escravos e de mulheres meio aturdidas pelo sono, ou pelo menos afigurava-se-me assim, eu, que talvez julgasse que os outros dormiam, porque pode ser que não tivesse despertado completamente.

Na escada corriam grupos gigantescos, cujas tochas de abeto me davam a impressão de fazer estremecer as abóbadas.

— Apressem-se! — disse uma voz ao fundo da galeria.

Aquela voz fez curvar toda a gente, como o vento que passando sobre a planície faz curvar uma seara.

Eu mesma estremeci.

Aquela voz era de meu pai.

Caminhava atrás de todos, vestido com o seu traje esplêndido, e segurando na mão a carabina que lhe tinha dado o imperador dos franceses; e, encostado ao seu favorito Selim, levava-nos na frente como faz um pastor ao seu rebanho perdido.

Meu pai — disse Haydée, levantando a cabeça — era um homem ilustre, que a Europa conheceu sob o nome de Ali Tébelen, paxá de Janina, e diante do qual tremeu a Turquia.

Albert, sem saber por que, estremeceu ao ouvir estas palavras pronunciadas com indefinível expressão de dignidade e de altivez: parecia-lhe que nos olhos da donzela havia alguma coisa de sombrio e de terrível, quando, semelhante a uma pitonissa que evoca um espectro, reavivava a lembrança daquela sangrenta figura que a morte tão horrivelmente tornara gigantesca aos olhos de toda a Europa contemporânea.

— Daí a pouco fazíamos alto — continuou Haydée —; estávamos no fim da escada e à borda de um lago. Minha mãe apertou-me contra o seio arquejante, e eu vi então dois passos atrás de nós, meu pai, que circunvagava olhares inquietos.

Na nossa frente estendiam-se quatro degraus de mármore, e, abaixo do último degrau, balouçava uma barca.

Do lugar onde nos achávamos via-se uma massa negra, que se elevava no meio do lago. Era o quiosque para onde nos dirigíamos todos, e que me parecia estar a uma distância considerável, talvez em conseqüência da obscuridade.

Descemos para a barca.

Recordo-me de que os remos não faziam o menor ruído ao fender a água, e de que me inclinava para vê-los.

Tinham sido forrados com os cintos dos nossos palicários.

No barco, além dos remadores, iam as mulheres, meu pai, minha mãe, Selim, e eu.

Os palicários tinham ficado na orla do lago, ajoelhados no último degrau, e tencionando fazer, no caso em que fossem perseguidos, uma trincheira dos restantes.

O nosso barco levava-se como o vento.

— Por que vai o barco tão depressa? — perguntei a minha mãe.

— Cale-se, minha filha — respondeu ela —; é porque fugimos.

Não entendi.

Por que era que meu pai fugia? ele, tão poderoso?! ele, diante de quem, de ordinário, fugiam os inimigos; ele, que tomara por divisa:

> Odeiam-me porque me temem!...

Efetivamente, era uma fuga o que meu pai realizava sobre o lago.

Disseram-me depois que a guarnição do castelo de Janina, fatigada por um longo serviço...

Neste ponto Haydée fixou o olhar expressivo no conde de Monte Cristo, cujos olhos não deixavam um instante de estar pregados nos dela.

A donzela continuou então lentamente, como quem inventa ou suprime na narrativa.

— Dizia, *signora* — disse Albert, que prestava a maior atenção a essa narrativa —, que a guarnição de Janina, fatigada por longo serviço...

— Tratara com o sérasquier Kurchid, enviado pelo sultão, para se apoderar de meu pai; foi então que resolveu retirar-se, depois de ter enviado ao sultão um oficial francês em quem depositava toda a confiança, e que devia voltar ao asilo que ele mesmo tinha preparado e a que chamava *Kataphygion*, que quer dizer, seu refúgio.

— E esse oficial — perguntou Albert —, recorda-se do seu nome, *signora*?

Monte Cristo trocou com a donzela um olhar tão rápido como um relâmpago, e que Albert não descobriu.

— Não — disse ela —, não me recordo; mas talvez depois me lembre, e então o direi.

Albert ia pronunciar o nome do pai, mas Monte Cristo levantou docemente o dedo em sinal de silêncio.

O rapaz, recordando-se do seu juramento, calou-se.

— Era para o quiosque que nós vogávamos.

Um andar baixo, ornado de arabescos, banhando os seus alicerces na água, e um primeiro andar que dava sobre o lago, era tudo o que o palácio oferecia de visível.

Mas debaixo do andar térreo, prolongando-se pela ilha, havia um subterrâneo, vasta caverna onde fomos conduzidos, minha mãe, eu e as mulheres, e onde vimos, formando um só monte, sessenta mil sacos e duzentos barris. Os sacos continham vinte e cinco milhões em ouro, e os barris trinta mil libras de pólvora.

Junto desses barris estava Selim, o favorito de meu pai, de quem já lhe falei; velava noite e dia, tendo na mão uma lança, na ponta da qual ardia uma mecha.

Tinha ordem de fazer ir tudo pelo ar, quiosque, guardas, paxá, mulheres e ouro, ao primeiro sinal de meu pai.

Lembro-me de que as nossas escravas, sabendo da terrível vizinhança, passavam os dias e as noites a orar, chorando e gemendo.

Quanto a mim, parece-me que estou vendo ainda o moço soldado de tez pálida e olhos pretos; e estou certa de que, quando o anjo da morte se me aproximar, hei de reconhecer nele Selim.

Não poderei dizer exatamente o tempo que nos demoramos assim; nessa época ignorava o que fosse o tempo.

Algumas vezes, poucas, meu pai chamava-nos, a minha mãe e a mim, ao terrado do palácio.

Essas eram para mim as únicas horas de regozijo, por isso que no subterrâneo só via sombras gemebundas e a lança ardente do valente Selim.

Meu pai, sentado a uma grande janela, pregava o olhar sombrio nas profundezas do horizonte, interrogando cada ponto negro que aparecia no lago, ao passo que minha mãe, meio deitada junto dele, lhe apoiava a cabeça no ombro, e eu lhe brincava aos pés, admirando, com o espanto infantil que engrandece os objetos, as escarpas do Pindo, que se desenhavam no horizonte, os castelos de Janina, destacando-se alvos e angulosos das águas azuladas do lago, os imensos tufos de folhagem de um verde-escuro, unidos como o líquen às rochas da montanha, e que, parecendo de longe débeis vergônteas, ao pé são pinheiros gigantes e mirtos enormes.

Uma manhã meu pai mandou buscar-nos; fomos encontrá-lo muito tranqüilo, mas mais pálido do que de costume.

— Tem paciência, Vasiliki, hoje acaba tudo; hoje chegam as ordens do sultão, e será decidida a minha sorte. Se a graça for completa, entraremos em Jênina triunfantes; se forem más as notícias, fugiremos esta noite.

— Mas se não nos deixarem fugir?

— Oh, sossegue! — respondeu Ali, sorrindo —; Selim e a sua lança me responderão por tudo. Eles querem que eu morra, mas não com a condição de morrerem comigo.

Minha mãe só respondeu com suspiros àquelas consolações, que não partiam do coração de meu pai.

Preparou-lhe a água gelada que ele bebia a cada instante, porque, desde a sua retirada para o quiosque, abrasava-o uma febre ardentíssima.

Penteou-lhe a barba branca e acendeu-lhe o chibuque, cujo fumo ele às vezes contemplava distraído horas inteiras, vendo-o volatizar-se no ar.

De repente, fez um movimento tão brusco que me assustou. Depois, sem desviar os olhos do ponto que lhe prendia a atenção, pediu o óculo.

Minha mãe entregou-lho, mais branca que a parede a que se encostava.

Vi tremer a mão de meu pai.

— Um barco!... dois!... três!... — murmurou ele — quatro!...

E levantou-se, pegando nas armas, e encheu de pólvora — recordo-me bem — as caçoletas das pistolas.

— Vasiliki — disse ele a minha mãe com um estremecimento visível —, eis chegado o instante que vai decidir a nossa sorte; daqui a meia hora saberemos a resposta do sublime imperador; retire-se para o subterrâneo com Haydée.

— Não quero deixá-lo — disse Vasiliki —; se morrer, meu senhor, quero morrer também.

— Vai para junto de Selim! — gritou meu pai.

— Adeus, senhor! — murmurou minha mãe, como que curvada ao peso da morte.

— Levem Vasiliki — disse meu pai a seus palicários.

Mas eu, a quem tinham esquecido, corri para ele, e estendi-lhe os braços; ele viu-me, e beijou-me.

Oh! aquele beijo, que foi o último, ainda está impresso na minha fronte.

Quando descíamos, distinguimos, através da ramada do terrado, os barcos, que avolumavam sobre o lago, e que, ainda há pouco semelhantes a pontos negros, agora pareciam aves que adejavam na superfície das ondas.

Entretanto no quiosque, vinte palicários, deitados aos pés do meu pai e ocultos, espiavam com o olhar de fogo a chegada daqueles barcos, e tinham prontas as suas longas espingardas incrustradas de madrepérola e prata.

Havia no recinto grande profusão de cartuchame.

Meu pai consultava o relógio amiudadas vezes e passeava com ar angustiado, e foi isso o que me impressionou quando o deixei depois do último beijo que dele recebi.

Eu e minha mãe atravessamos o subterrâneo.

Selim continuava sempre no seu posto, e sorriu-nos tristemente.

Fomos buscar coxins ao outro lado da caverna, e viemos sentar-nos ao pé de Selim.

Os corações dedicados procuram-se nos grandes perigos, e eu, embora criança, sentia instintivamente que planava sobre a nossa cabeça uma grande desgraça.

Albert tinha ouvido narrar, não a seu pai, que nunca falava em tal assunto, mas a estranhos, os últimos momentos do vizir de Janina.

Tinha lido diferentes narrativas de sua morte; mas esta história, tornando-se viva na pessoa e na voz da donzela, a expressão enérgica de Háydée, imprimiam àquela comovente elegia ao mesmo tempo um encanto e um horror inexplicáveis.

Quanto a Haydée, absolutamente entregue às suas terríveis recordações, cessara por um instante de falar. A fronte da donzela, como flor derribada ao sopro da tempestade, conservava-se-lhe pendida na mão, e os olhos, perdidos vagamente, pareciam divisar ainda no horizonte o Pindo verdejante e as águas azuladas do lago de Janina, espelho mágico que refletia o quadro sombrio que ela estava esboçando.

Monte Cristo contemplava-a com indefinível expressão de interesse e de piedade.

— Continue, minha filha — disse o conde em língua romaica.

Haydée levantou a fronte, como se as palavras sonoras que acabava de pronunciar Monte Cristo a tivessem despertado de um sonho, e continuou:

— Eram quatro horas da tarde, mas conquanto fora houvesse um dia puro e brilhante, nós conservávamo-nos imersas na escuridão do subterrâneo.

Uma só claridade brilhava na caverna, semelhante a uma estrela trêmula nas profundezas de um céu negro: era a lança ardente de Selim.

Minha mãe era cristã; orava.

Selim repetia de tempos em tempos estas palavras consagradas:

— Deus é grande!

No entanto minha mãe ainda alimentava alguma esperança.

No momento em que tínhamos descido, parecera-lhe ter conhecido o francês que fora enviado a Constantinopla, e em quem meu pai depositava toda a confiança, por saber que os soldados do sultão francês são de ordinário nobres e generosos.

Minha mãe avançou alguns passos para a escada e escutou.

— Aproximam-se — disse ela —; oxalá nos tragam a paz e a vida.

— Que receia, Vasiliki? — perguntou Selim em voz suave e firme ao mesmo tempo —; se não nos trazem a paz, damos-lhe a morte.

E reavivou a chama da lança com um gesto que o assemelhava ao Dionísio da antiga Creta.

Mas eu, tão criança, tão inocente, tinha medo daquela coragem, que me parecia feroz e insensata, e horrorizava-me aquela morte afrontosa no ar e entre chamas.

Minha mãe experimentava as mesmas impressões, porque a sentia estremecer.

— Meu Deus! meu Deus! minha mãe — exclamava eu —, por que é que vamos morrer?

E à minha voz os choros e os rogos das escravas redobraram de veemência.

— Filha — disse-me Vasiliki —, Deus a livre de chegar um dia a desejar essa morte que tanto teme hoje.

Depois, em voz baixa:

— Selim — disse ela —, qual é a ordem do senhor?

— Se me mandar o punhal, é que o sultão não lhe concede graça, e eu largo o fogo; se me mandar o anel, é que lhe perdoou, e eu deixo imediatamente a pólvora.

— Amigo — replicou minha mãe —, logo que chegar a ordem do senhor, se for o punhal o que ele mandar, em vez de nos matar a ambas com essa morte que nos faz tremer, estenderemos o pescoço e matar-nos-á com esse punhal.

— Sim, Vasiliki — respondeu tranqüilamente Selim.

De repente ouvimos grande vozearia.

Escutamos: eram gritos de alegria.

O nome do francês que fora enviado a Constantinopla ecoava repetido pelos nossos palicários.

Era evidente que trazia a resposta do excelso imperador, e que essa resposta era favorável.

— E não se lembra do nome desse francês? — disse Morcerf, querendo ajudar a memória de Haydée.

Monte Cristo fez-lhe um sinal.

— Não me lembro — respondeu ela.

A bulha redobrava; ouviram-se passos mais perto; desciam os degraus do subterrâneo.

Selim aprontou a lança.

Em breve apareceu uma sombra no crepúsculo azulado que formavam os raios do Sol chegando até a entrada do subterrâneo.

— Quem é você? — gritou Selim —; quem quer que seja, não dê nem mais um passo.

— Glória ao sultão! — exclamou a sombra. — Foi concedida inteira graça ao vizir Ali; e não só tem a vida salva, como até lhe respeitam todos os haveres.

Minha mãe soltou um grito de alegria e apertou-me contra o coração.

— Pára! — disse Selim, vendo que ela ia para sair — bem sabe que falta o anel.

— É justo! — replicou minha mãe.

E caiu de joelhos, levantando-me nos braços, como se, ao mesmo tempo em que pedia a Deus por mim, me quisesse aproximar dele.

Pela segunda vez Haydée parou, vencida por uma comoção tal que lhe corria o suor pela fronte pálida, e a sua voz estrangulada parecia não poder franquear-lhe a ressequida garganta.

Monte Cristo encheu um copo de água gelada e apresentou-lho, dizendo com uma voz em que sobressaía certo vislumbre de autoridade:

— Coragem, minha filha!

Haydée enxugou os olhos e a fronte, e continuou:

— Durante aquele tempo, os meus olhos, acostumados à obscuridade, tinham reconhecido no recém-chegado o enviado do paxá; era pois um amigo.

Selim conheceu-o também; mas o valente moço só sabia uma coisa: obedecer.

— Em nome de quem vem você? — perguntou ele.

— Em nome do nosso amo, Ali Tébelen.

— Se vem em nome de Ali, sabe o que deve me trazer.

— Sim — disse o enviado —, trago-lhe o seu anel.

E ao mesmo tempo elevou a mão acima da cabeça. Mas era de

muito longe, e não havia claridade bastante para que Selim pudesse, de onde estava, reconhecer o objeto que lhe mostravam.

— Não vejo o que tem aí — disse Selim.

— Aproxime-se — disse o mensageiro —, ou se não quer, aproximo-me eu.

— Nem uma nem outra coisa — respondeu o rapaz —; deixa isso que me mostra no lugar onde está e sob esse raio de luz, e retire-se até que eu tenha examinado.

— Seja — disse o mensageiro.

E retirou-se depois de ter posto no lugar indicado o objeto pedido.

E o nosso coração estremecia porque nos parecia ser efetivamente um anel; mas seria o anel de meu pai?

Selim, conservando sempre na mão a lança com a mecha acesa, dirigiu-se à abertura, inclinou-se radiante de contentamento e levantou do chão o sinal.

— O anel do meu senhor — disse ele, baixando a lança —; ainda bem.

E atirando a mecha ao chão, apagou-a com os pés.

O mensageiro soltou um grito de alegria, e bateu as mãos.

A este sinal, correram quatro soldados do sérasquier Kurchid, e Selim caiu atravessado por quatro punhaladas.

Cada qual lhe tinha dado a sua.

Entretanto, ébrios pelo crime, bem que pálidos de medo, correram ao subterrâneo, procurando por toda parte se havia algum fogo, e rolando sobre os sacos de ouro.

Durante este tempo, minha mãe tinha-me tomado nos braços, e correndo ligeiramente por sinuosidades apenas de nós conhecidas, chegou até uma escada secreta do quiosque, de onde se ouvia um tumulto horroroso.

As salas baixas estavam invadidas pelos *tchodoars* do Kurchid, quer dizer, pelos nossos inimigos.

No momento em que minha mãe ia transpor a pequena porta, ouvimos ecoar, terrível e ameaçadora, a voz do paxá.

Minha mãe espreitou pelas fendas das tábuas; diante de mim achava-se por acaso uma abertura, e eu olhei.

— Que me querem? — dizia meu pai a um homem que tinha na mão um papel com caracteres de ouro.

— Queremos transmitir-lhe as vontades de Sua Alteza — respondeu um deles. — Vê esta ordem?

— Vejo — disse meu pai.

— Pois leia; pede a sua cabeça.

Meu pai soltou uma gargalhada mais terrível do que poderia tê-lo sido uma ameaça, e não terminara ainda aquela risada e já dois tiros de pistola, disparados por ele, tinham estendido dois homens. O recinto encheu-se então de bulha e de fumo.

No mesmo instante começou o fogo do outro lado, e as balas vieram furar as tábuas em volta de nós.

Oh! quanto era belo e grande o vizir Ali Tébelen, meu pai, no meio das balas, empunhando a cimitarra, e com o rosto negro de pólvora! Como os seus inimigos fugiam!

— Selim! Selim! — gritava ele — faça o seu dever!

— Selim morreu! — respondeu uma voz que parecia sair das profundezas do quiosque — e você, meu senhor Ali, está perdido!

Ao mesmo tempo ouviu-se uma detonação, e o tabuado voou em pedaços ao redor de meu pai.

Os *tchodoars* atiravam através do madeiramento.

Três ou quatro palicários caíram feridos.

Meu pai rugia de desespero, e, metendo os dedos pelos buracos feitos pelas balas, arrancou uma tábua inteira. Ao mesmo tempo, porém, estalaram vinte tiros por essa abertura, e a chama, saindo como da cratera de um vulcão, ganhou as paredes, que imediatamente devorou.

No meio de todo este horroroso tumulto, entre gritos terríveis, ouviram-se dois tiros, que se distinguiram entre todos, e dois gritos mais delirantes do que os outros gelaram-me de terror.

Esses dois tiros tinham ferido mortalmente meu pai; fora ele quem soltara aquele grito.

No entanto, conservava-se em pé, seguro a uma janela.

Minha mãe sacudiu a porta para ir morrer com ele; a porta estava fechada pelo outro lado.

Os palicários contorciam-se nas convulsões da agonia em volta de meu pai; dois ou três sem ferimentos, ou apenas feridos ligeiramente, saltaram pelas janelas.

Ao mesmo tempo, o teto estalava e desabava em pedaços.

Meu pai caiu sobre um joelho, e logo avançaram vinte braços armados de sabres, pistolas e punhais; vinte golpes o feriram ao mesmo tempo, e meu pai desapareceu num turbilhão de fogo ateado por aqueles demônios bramidores, como se o Inferno se lhe abrisse, repentinamente, debaixo dos pés.

Eu senti que me arrastavam numa queda: era minha mãe, que caía desmaiada.

Haydée deixou cair os braços desanimada, soltando um gemido, e olhando para o conde como para perguntar-lhe se estava satisfeito com a sua obediência.

O conde pôs-se em pé, aproximou-se da donzela, e, pegando-lhe a mão, disse-lhe em romaico:

— Descansa, querida filha, e anime-se lembrando-se de que há um Deus que pune os traidores.

— É uma história espantosa, conde — disse Albert, assustado com a palidez de Haydée —, e deploro ter sido tão cruelmente indiscreto.

— Isto não é nada — disse Monte Cristo.

Depois, passando a mão pela cabeça da donzela, acrescentou:

— Haydée é mulher corajosa; e já algumas vezes tem encontrado conforto na narrativa das suas dores.

— Porque, meu senhor — replicou vivamente a donzela —, a recordação das minhas dores lembra-me os seus benefícios.

Albert fixou a donzela com curiosidade, porque não tinha ainda narrado o que ele mais desejava saber, isto é, a razão por que se tornara escrava do conde.

Haydée viu ao mesmo tempo o olhar do conde e o de Albert exprimirem o mesmo desejo, portanto continuou:

— Quando minha mãe recobrou os sentidos — disse — estávamos diante do sérasquier.

— Mate-me — disse ela —, mas poupe a honra da viúva de Ali.

— Não é a mim que se deve dirigir — respondeu Kurchid.

— Então a quem?

— Àquele.

E Kurchid — concluiu a menina, com uma cólera sombria — mostrou-nos um dos homens que mais tinha contribuído para a morte de meu pai.

— Então — perguntou o visconde — tornou-se propriedade desse homem?

— Não — respondeu Haydée —, não ousou nos guardar; vendeu-nos a um negociante de escravos que ia para Constantinopla. Atravessamos a Grécia, e chegamos meio mortas à porta imperial, apinhada de curiosos, que abriam alas para nos deixar passar, quando de repente minha mãe, seguindo com os olhos a direção dos olhares do povo, soltou um grito e caiu, mostrando-me uma cabeça no alto da porta.

Por cima dessa cabeça estavam escritas estas palavras:

"Esta cabeça é de Ali de Tébelen, paxá de Janina."

Diligenciei, chorando, levantar minha mãe; mas estava morta. Fui conduzida ao bazar.

Um armênio rico comprou-me, mandou-me educar, e quando eu tinha treze anos vendeu-me ao sultão Mamude.

— A quem — disse Monte Cristo — eu a comprei, como lhe disse Albert, por uma esmeralda igual àquela em que arrecado as minhas pastilhas de haxixe.

— Oh! você é bom! Você é grande, meu senhor! — disse Haydée, beijando a mão de Monte Cristo. — E eu sou bem feliz por pertencer-lhe.

Albert tinha ficado aturdido pelo que acabava de ouvir.

— Acabe de tomar o seu café — disse-lhe o conde —, que a história terminou.

LXXVIII. Escrevem-nos de Janina

Franz saíra do quarto de Noirtier cambaleando e tão desvairado que a própria Valentine se condoeu dele.

Villefort, que apenas articulara algumas palavras sem nexo, e que se refugiara em seu gabinete, recebeu duas horas depois a seguinte carta:

> "Depois do que me foi revelado esta manhã pelo Sr. Noirtier de Villefort, deve supor que se torna impossível uma aliança entre sua família e a de Franz d'Épinay.
>
> A Franz d'Épinay repugna-lhe lembrar-se que o Sr. de Villefort, que parecia conhecer os acontecimentos narrados hoje, deixasse de o prevenir devidamente."

Quem visse naquele momento o magistrado, curvado ao peso de tão duro golpe, não poderia crer que ele o previsse.

E na realidade, nunca se persuadira de que o pai levasse a franqueza, ou antes, a rudeza, até o ponto de narrar semelhante história, sobretudo na presença de Franz.

Verdade é que nunca o Sr. Noirtier, que mostrara sempre o maior desdém pela opinião do filho, se dera ao trabalho de esclarecer o fato aos olhos de Villefort, e este acreditara sempre que o general Quesnel, ou barão d'Épinay, como queiram chamar-lhe, morrera assassinado e não lealmente num duelo.

Aquela carta tão áspera, recebida de um homem tão respeitoso até então, era mortal para o orgulho de Villefort.

A saída de Franz da sala, à chamada do Sr. de Noirtier, deixara de tal forma admirada toda a gente, que a posição da Sr.ª de Villefort, que ficara só com o tabelião e as testemunhas, ia-se tornando cada vez mais embaraçosa.

Então a Sr.ª de Villefort tomou o seu partido, e saiu também, dizendo que ia saber notícias.

O Sr. de Villefort limitou-se a dizer-lhe que em seguida a uma explicação havida entre ele, o Sr. de Noirtier e Franz, ficara de nenhum efeito o casamento de Valentine.

Era difícil dizer isto às pessoas que esperavam na sala, e, portanto, a Sr.ª de Villefort, quando entrou, contentou-se em dizer que o Sr. de Noirtier tivera, logo no começo da conferência, uma espécie de ataque apoplético, e que o contrato ficava naturalmente adiado para dali a alguns dias.

Esta notícia, por falsa que fosse, chegava tão singularmente após duas desgraças do mesmo gênero, que os circunstantes olharam uns para os outros espantados, e saíram sem dizer palavra.

Neste intervalo, Valentine, satisfeita e assombrada ao mesmo tempo, depois de ter abraçado e agradecido ao frágil velho, que acabava de quebrar assim de um só golpe uma cadeia que ela olhava já como indissolúvel, pediu licença para se retirar a seu quarto, para refazer o espírito dilacerado por tantas comoções, e Noirtier, num movimento de olhos, concedeu-lhe a solicitada licença.

Em lugar, porém, de se dirigir a seu quarto, Valentine tornou pelo corredor, e, saindo pela porta pequena, correu ao jardim, indo diretamente ao lugar dos costumados encontros.

No meio de todos aqueles acontecimentos, que se tinham como que acumulado uns sobre os outros, um terror frio lhe oprimia o coração. Esperava ver chegar de um momento para outro Morrel, pálido e ameaçador, como o *laird* de Ravenswood no contrato de *Lúcia de Lammermoor*.

E na verdade era tempo de chegar à grade.

Maximiliano, que não duvidara do que ia suceder, vendo Franz retirar-se do cemitério em companhia do Sr. de Villefort, tinha-o seguido, e, depois de o ter visto entrar, vira-o sair, e voltar outra vez com Albert e Château-Renaud.

Já não lhe restava dúvida. Tinha, pois, corrido para junto da grade, pronto para todos os acontecimentos, e bem convencido de que Valentine se havia de dirigir ali apenas tivesse um pouco de liberdade.

Não se enganara.

Os seus olhos, aplicados aos intervalos do tabuado, viram com efeito aparecer a donzela, que, sem desprezar nenhuma das precauções costumadas, corria para a grade.

Logo ao primeiro olhar que lhe lançou, Maximiliano Morrel ficou sossegado. A primeira palavra que ela pronunciou, saltou de contentamento.

— Salvos! — disse Valentine.

— Salvos?! — repetiu Morrel, não podendo acreditar em tão grande felicidade — mas por quem?

— Por meu avô. Oh, seja muito amigo dele, Morrel!

Morrel jurou eterna amizade ao ancião, juramento que não lhe custou a prestar, porque, desde aquele momento, se não contentava em estimá-lo como a um amigo ou como a um pai, senão que o adorava como a um Deus.

— Mas como foi isso? — perguntou Morrel — qual foi o meio extraordinário de que ele se valeu?

Valentine abriu a boca para referir o que sucedera, mas lembrou-se de que no fundo daquela narrativa havia um segredo terrível, que só pertencia a seu avô.

— Depois — disse ela —, mais tarde lhe contarei.

— Mas quando?

— Quando for sua mulher.

Era colocar a conversação num ponto que obrigava Morrel a calar-se; portanto, entendeu que devia contentar-se com o que sabia, que já não era pouco.

No entanto não quis retirar-se senão com a promessa de que tornaria a ver Valentine no dia seguinte à tarde. Valentine prometeu o que Morrel queria.

A seus olhos, as circunstâncias tinham mudado inteiramente, e era-lhe mais fácil acreditar agora que seria mulher de Maximiliano, do que crer uma hora antes que não desposaria Franz.

Neste intervalo, a Sr.ª de Villefort dirigira-se ao aposento do Sr. de Noirtier.

O paralítico vibrou-lhe um dos olhares sombrios e severos com que tinha por costume recebê-la.

— Sr. de Noirtier — disse ela —, escuso dizer-lhe que se desmanchou o casamento de Valentine, porque foi aqui que isso sucedeu.

Noirtier conservou-se impassível.

— Mas — continuou a Sr.ª de Villefort — o que não sabe é que fui sempre contrária àquele casamento.

O velho Noirtier olhou para a nora como quem espera uma explicação.

— Ora, agora, que aquele casamento, que, como eu sabia, o senhor olhava com repugnância, está frustrado, venho ver se consigo uma coisa que nem o Sr. de Villefort nem mesmo a Valentine conseguiram ainda.

Os olhos de Noirtier perguntaram de que se tratava.

— Venho pedir-lhe — continuou a Sr.ª de Villefort —, como a

única pessoa que tem o direito de o fazer, porque também sou a única que nada lucra com isso, venho pedir-lhe, não direi a sua amizade, porque essa sempre ela teve a felicidade de possuir, mas a sua fortuna para a sua neta.

Os olhos de Noirtier permaneceram incertos por um instante; ele procurava evidentemente os motivos de tal empenho, e não lhe era possível achá-los.

— Posso esperar — continuou a Sr.ª de Villefort — que as suas intenções estejam de harmonia com o meu pedido?

— Sim — disse Noirtier.

— Nesse caso, senhor — replicou a Sr.ª de Villefort —, retiro-me ao mesmo tempo muito reconhecida e feliz.

E, saudando Noirtier, retirou-se.

Efetivamente, no dia seguinte o velho Noirtier mandou chamar o tabelião.

O primeiro testamento foi rasgado, sendo substituído por outro, em que Noirtier deixava toda sua fortuna a Valentine, com a condição de que nunca se separaria dele.

Houve então quem calculasse que a menina de Villefort, herdeira dos marqueses de Saint-Méran, e de novo no favor do avô, deveria ter muito perto de trezentas mil libras de renda.

Enquanto na casa de Villefort se desfaziam as combinações de um casamento, o conde de Morcerf recebia a visita de Monte Cristo, e, para mostrar a sua boa vontade a Danglars, vestia seu grande uniforme de tenente-general, que mandara ornar com todas as suas cruzes, e pedia seus melhores cavalos.

Assim preparado, dirigiu-se à Chaussée-d'Antin, e fez-se anunciar a Danglars que nesse momento se entretinha com o seu balancete do fim de mês.

Havia algum tempo que não era aquele o momento oportuno de encontrar o banqueiro de bom humor.

Assim, ao aspecto de seu antigo amigo, Danglars assumiu seu ar majestoso e recostou-se indolentemente em sua cadeira.

Morcerf, habitualmente tão serio, assumia ar risonho e afável, e quase certo de que a sua proposta ia ser bem recebida, pôs de parte a diplomacia e quis chegar a seu fim de um só golpe.

— Aqui me tem, barão — disse ele. — Há muito que andamos afastados da nossa franqueza de outros tempos...

Morcerf esperava que, proferindo estas palavras, veria expandir-se a figura do banqueiro, cujo ar sombrio atribuía a seu silêncio; mas, pelo contrário, Danglars tornou-se, o que parecera incrível, mais impassível e mais frio ainda.

E fora por isso mesmo que o conde de Morcerf se detivera no meio da frase.

— Que franqueza, Sr. Conde? — perguntou o banqueiro, como se procurasse baldadamente no espírito a explicação do que o general lhe queria dizer.

— Ah! — disse o conde — o Sr. Barão é formalista, e procura recordar-me que o cerimonial deve ser observado com todo o rigor da etiqueta. Muito bem! Desculpe; como não tenho senão um filho, e é a primeira vez que penso em casá-lo, estou ainda na aprendizagem destes deveres; entretanto, farei por desempenhar-me como a etiqueta pede.

E Morcerf, com um sorriso acentuadamente forçado, levantou-se, fez uma profunda reverência a Danglars, e disse-lhe:

— Sr. Barão Danglars, tenho a honra de lhe pedir a mão da menina Eugénie Danglars, sua filha, para meu filho, o visconde Albert de Morcerf.

Mas Danglars, em lugar de acolher aquelas palavras com o favor que Morcerf podia esperar dele, franziu o sobrolho, e, sem convidar o conde, que se tinha conservado em pé, a sentar-se, disse:

— Sr. Conde, antes de responder, preciso refletir.

— Refletir?! — respondeu o conde de Morcerf, cada vez mais espantado — pois o senhor não tem tido tempo mais que suficiente para refletir desde aquele dia em que, pela primeira vez, há oito anos, conversamos acerca deste casamento?...

— Sr. Conde — disse Danglars —, todos os dias se dão casos que nos fazem meditar nas resoluções que muitas vezes temos dado como definitivas.

— O que quer dizer com isso? — perguntou Morcerf — não o posso perceber, barão!

— Quero dizer, Sr. Conde, que depois de quinze dias de novas circunstâncias...

— Diga-me — interrompeu Morcerf —, é uma comédia que estamos representando?...

— Como?! uma comédia?

— Sim, expliquemo-nos categoricamente.

— Nem eu desejo outra coisa.

— O senhor tem visto o conde de Monte Cristo?

— Vejo-o muitas vezes — disse Danglars, puxando os colarinhos —, é meu amigo.

— Bem; numa das últimas vezes que falou ao conde de Monte Cristo não lhe disse que eu parecia esquecido, irresoluto, com respeito a este casamento?

— É verdade.

— Pois bem! aqui me tem. Já o senhor vê que nem sou esquecido, nem irresoluto, porque venho lembrar-lhe o cumprimento da sua promessa.

Danglars não respondeu.

— Mudaria de aviso? — completou Morcerf — ou provocou o meu pedido pelo simples prazer de me humilhar?

Danglars compreendeu que se continuasse a conversação no tom em que se encetara poderia tornar-se-lhe muito desfavorável a situação.

— Sr. Conde — disse ele —, deve estar realmente admirado da minha reserva, compreendo bem; mas creia que sou o primeiro a afligir-me por isso; acredite que me é imposta por circunstâncias imperiosas.

— Palavras vãs, meu caro senhor — disse o conde —, com que talvez se contentasse outro qualquer; mas quando um homem como o conde de Morcerf procura outro para lhe recordar a sua palavra, e esse homem falta a ela, tem o direito de exigir que ao menos lhe dê uma razão plausível.

Danglars era covarde; mas não o quis parecer; além disso, sentiu-se ferido pelo tom que Morcerf acabava de tomar.

— Engana-se, Sr. Conde. Não é uma razão plausível que me falta — replicou.

— O que quer dizer?

— Que tenho boa razão, mas que é dificílima de dar.

— Mas deve perceber que não posso contentar-me com as suas reticências; uma coisa em todo o caso me parece clara, e é que recusa a minha aliança.

— Não, senhor — disse Danglars —; suspendo simplesmente a minha resolução, nada mais.

— No entanto, não pode ter a pretensão de crer que eu subscreva os seus caprichos, ou que espere tranqüila e humildemente que me volte o seu favor...

— Pois se o Sr. Conde não quer esperar, consideremos os nossos projetos como se nunca tivéssemos pensado neles.

O conde mordeu os beiços até derramarem sangue, para evitar algum desaguisado que o seu caráter soberbo e irresistível poderia provocar.

No entanto, entendendo que, em tais circunstâncias, o ridículo ficaria do seu lado, e tendo já começado a dirigir-se para a porta da sala, reconsiderou, e voltou sobre os mesmos passos.

Acabava de passar-lhe uma nuvem pela fronte, deixando-lhe no orgulho o traço de uma vaga inquietação.

— Vamos ver, meu caro Danglars — disse ele —, nós conhecemo-nos há muitos anos, e por conseqüência devemos ter alguma consideração um pelo outro. Deve-me uma explicação; é bom que eu saiba a que infelicidade deve meu filho a perda das suas boas intenções para com ele.

— A questão não é pessoalmente com o visconde; é quanto posso dizer-lhe — respondeu Danglars, que se tornava impertinente ao ver que Morcerf abrandava.

— Então com quem é? — perguntou Morcerf, com voz alterada e tornando-se lívido.

Danglars, a quem nenhum destes sintomas escapava, cravou no conde de Morcerf um olhar mais demorado do que tinha por costume fazer.

— Permita-me que não me explique mais — disse ele.

Um estremecimento nervoso, que era originado sem dúvida por uma cólera contida, agitava Morcerf.

— Tenho direito — respondeu ele, fazendo um violento esforço sobre si — a exigir que se explique. É contra a Sr.ª de Morcef que tem alguma queixa? É a minha fortuna, que julga pequena? São as minhas opiniões, que, sendo contrárias às suas...

— Não é nada disso — disse Danglars —; isso seria imperdoável, porque comprometi a minha palavra não ignorando todas essas circunstâncias. Não, não inste mais, que estou deveras envergonhado de obrigar a este exame de consciência; fiquemos por aqui, que é o melhor. Tomemos o meio-termo dessa demora, que não é nem um rompimento tampouco um compromisso. Nada nos apressa, meu Deus! O tempo passará; trará os acontecimentos. As coisas que na véspera nos parecem obscuras, são às vezes no dia seguinte muito claras; por isso acontece num só dia caírem as mais cruéis calúnias.

— Calúnias?! Foi o que disse, senhor?! Exclamou Morcef, tornando-se lívido. — Caluniam-me a mim?!

— Sr. Conde, não nos expliquemos, já lho disse.

— Quer dizer, tenho de sofrer tranqüilamente a sua recusa?...

— Deplorável, sobretudo para mim, Sr. Conde. Sim, mais deplorável para mim do que para o senhor, porque contava com a honra da sua aliança, e quando um casamento se desmancha é isso sempre mais desairoso para a noiva do que para o noivo.

— Muito bem, não falemos mais em tal — disse Morcef.

E, amarrotando as luvas com cólera, saiu da sala.

Danglars notou que nem uma só vez Morcef ousara perguntar se era por causa dele que seu antigo amigo e companheiro Danglars retirava sua palavra.

Nessa noite, o banqueiro reuniu diversos amigos, e Cavalcanti, que se conservara constantemente na sala das senhoras, foi o último a sair da casa do barão.

No dia seguinte, logo depois de se ter levantado, Danglars pediu os jornais.

Deram-lhos imediatamente.

O banqueiro pôs de parte três ou quatro, e pegou no *Imparcial*.

Era aquele de que Beuchamp era diretor.

Rasgou rapidamente a cinta do periódico, abriu-o precipitadamente, passou indiferente pelo artigo de fundo, e chegando às notícias diversas, parou, com malicioso sorriso, num artigo que começava por estas palavras: *Escrevem-nos de Janina.*

— Bom — disse ele, depois de ter lido —, aqui está um artiguinho com respeito ao coronel Fernand que é de crer me dispense de dar explicações ao Sr. Conde de Morcef.

Neste mesmo momento, quer dizer, às nove horas da manhã, Albert de Morcef, vestido de preto, metodicamente abotoado, com o passo agitado e a palavra breve, apresentava-se na casa dos Champs-Élysées.

— O Sr. Conde saiu há coisa de meia hora — disse-lhe o guarda-portão.

— E levou Baptistin consigo? — perguntou Morcerf.

— Não, Sr. Visconde.

— Chame Baptistin, quero falar-lhe.

O guarda-portão foi chamar o criado, e um instante depois voltava com ele.

— Meu amigo — disse Albert —, desculpe-me a indiscrição, mas quis saber se realmente o seu amo não estava em casa.

— Não está, Sr. Visconde — respondeu Baptistin.

— Nem para mim?

— Sei muito bem que meu amo fica sempre satisfeitíssimo com a visita do Sr. Visconde, e eu teria o cuidado em não confundi-la numa medida geral.

— E fazia bem, porque tenho de lhe falar de um negócio sério. Parece-lhe que não deve tardar?

— Não tarda, porque mandou ter o almoço pronto para as dez horas.

— Bem, vou dar um passeio pelos Champs-Élysées, e às dez horas voltarei aqui; se o Sr. Conde vier antes de mim, diga-lhe que lhe peço a fineza de não sair antes de eu voltar.

— Não hei de esquecer-me, fique o Sr. Visconde descansado.

Albert deixou à porta do conde a carruagem de praça em que viera, e foi passear a pé.

Ao passar por diante do Passeio das Viúvas, pareceu-lhe conhecer os cavalos do conde parados à porta do tiro de Gosset.

Aproximou-se, e, depois de se ter certificado de que eram efetivamente os cavalos de Monte Cristo, conheceu também o cocheiro.

— O Sr. Conde está no tiro? — perguntou Morcerf ao criado.

— Está, sim senhor — respondeu o cocheiro.

E com efeito, desde que Morcerf se achava ali tinha ouvido muitos tiros regulares.

Entrou.

No pequeno jardim estava o dono do estabelecimento.

— Perdão — disse ele —, o Sr. Visconde obsequeia-me esperando um instante?

— Para quê, Filipe? — perguntou Albert, que era um dos freqüentadores, espantado por aquele obstáculo, que não compreendia.

— Porque a pessoa que se está exercitando neste momento aprende só consigo, e não atira diante de ninguém.

— Nem mesmo diante de você, Filipe?

— Bem o vê, porque estou à porta do meu estabelecimento e do lado de fora.

— E quem carrega as pistolas?

— O criado dele.

— Um núbio?

— Um preto.

— É isso.

— Conhece então esse senhor?

— Venho procurá-lo, é meu amigo.

— Oh, então é outra coisa! Vou preveni-lo.

E Filipe, levado também pela própria curiosidade, entrou no recinto de tiro.

Um segundo depois apareceu Monte Cristo.

— Desculpe-me persegui-lo mesmo aqui, meu caro conde — disse Albert —, mas devo começar por dizer-lhe que a culpa não é dos seus criados, mas sim minha, e que só eu fui indiscreto. Estive na sua casa, e disseram-me que tinha saído, mas que voltava às dez horas para almoçar. Resolvi, portanto, dar um passeio para entreter o tempo até as dez horas, e foi passeando que vi a sua carruagem.

— O que está me dizendo dá-me a esperança de que venha pedir-me de almoçar.

— Não, agora não, obrigado; não se trata de almoço; talvez que almocemos mais tarde, mas em má companhia.

— Que me diz?

— Meu caro conde, bato-me hoje.

— O senhor? e para quê?

— Ora essa! para que me bato?

— Sim, eu entendi bem; mas por causa de quê? A gente bate-se por muita coisa, bem sabe...

— Para desagravo da honra.

— Ah, isso é sério!

— Tão sério que venho pedir-lhe um favor.

— O que é?

— Que seja minha testemunha.

— Então o caso é gravíssimo; não falemos de nada neste local, vamos para minha casa. Ali, dá-me água.

O conde arregaçou as mangas e passou em seguida ao vestíbulo que precede o recinto de tiro e onde os atiradores têm por costume lavar as mãos.

— Entre, Sr. Visconde — disse Filipe em voz baixa —, que vai ver alguma coisa extraordinária.

Morcerf entrou.

No lugar do alvo estavam cartas de jogar coladas à madeira.

Morcerf, de longe, julgou que era um baralho completo, porque havia ali desde o ás até o dez.

— Ah! ah, conde! — disse Albert —, entretinha-se jogando o *piquet*?

— Não — respondeu Monte Cristo —, estava fazendo um baralho.

— Como?

— Sim, o que vê são ases e dois; as minhas balas é que fizeram o três, o cinco, o sete, o oito, o nove, e o dez.

Albert aproximou-se.

Efetivamente, as balas tinham, em linhas perfeitamente exatas e em distâncias perfeitamente iguais, preenchido as marcas ausentes, furando o cartão nos lugares em que deviam ser pintadas.

Morcerf viu também noutro lado duas ou três andorinhas, que tinham tido a imprudência de passar ao alcance da pistola do conde e que este derribara.

— Com os diabos! — exclamou Morcerf.

— Que quer, meu caro visconde! — disse Monte Cristo, enxugando as mãos na toalha que lhe trouxe Ali — é bom que aproveite os meus instantes de ócio; mas, venha, que estou pronto.

Subiram ambos para o cupê de Monte Cristo, que momentos depois parava à porta do n.º 30.

Monte Cristo levou Morcerf para seu gabinete, e indicou-lhe uma cadeira.

— Agora conversemos tranqüilamente — disse o conde.
— Bem vê que estou perfeitamente tranqüilo.
— Com quem quer bater-se?
— Com Beauchamp.
— Um dos seus amigos?
— É sempre com os amigos que a gente se bate.
— Mas é preciso ter uma razão.
— Tenho uma.
— Que lhe fez ele?
— No seu jornal de ontem... Mas, espere, aqui o tem; queira ler.
Albert deu a Monte Cristo o jornal, onde ele leu estas linhas:

"Escrevem-nos de Janina:

Chegou ao nosso conhecimento um fato até hoje ignorado, ou pelo menos inédito.

Os castelos que defendiam a cidade foram entregues aos turcos por um oficial francês em quem o vizir Ali Tébelen depositava toda a confiança, e que se chamava Fernand."

— Então — perguntou Monte Cristo — que vê o meu amigo nisto que o ofenda?

— Como?! o que vejo?

— Sim, que lhe importa ao senhor que os castelos de Janina tenham sido entregues por um oficial francês chamado Fernand?

— Importa-me, porque o nome de batismo de meu pai, o conde de Morcerf, é Fernand.

— E seu pai serviu Ali-Paxá?

— Quer dizer, combateu pela independência dos gregos; aí é que está a calúnia.

— Vamos, meu caro visconde, sejamos razoáveis.

— Nem eu quero outra coisa.

— Diga-me, quem demônios sabe na França que o oficial Fernand e o conde de Morcef são a mesma pessoa? e quem se ocupa agora de Janina, que, segundo creio, foi tomada em 1822 ou 23?

— É justamente aí que está a perfídia; deixaram passar o tempo sobre os acontecimentos, e vêm hoje reavivar fatos esquecidos para provocarem um escândalo que pode manchar uma alta posição. Pois bem! eu, herdeiro do nome de meu pai, não quero que esse nome seja manchado nem pela sombra de uma dúvida. Vou mandar duas testemunhas a Beauchamp, cujo jornal publicou estas linhas, e ele há de retratá-las.

— Beauchamp não faz isso.

— Nesse caso nos batemos.

— Não, não hão de bater-se, porque ele responder-lhe-á que talvez no exército grego houvesse cinqüenta oficiais franceses que se chamassem Fernand.

— Havemos de bater-nos, apesar dessa resposta. Oh! quero que isso desapareça... Meu pai, um soldado tão nobre! de tão ilustre carreira...

— Ou então, Beauchamp dirá: "Inclinamo-nos a crer que esse Fernand nada tem de comum com o Sr. Conde de Morcerf, cujo nome de batismo é também Fernand."

— Preciso de uma retratação inteira, completa, não me contentarei apenas com essas palavras!

— E vai mandar-lhe testemunhas?

— Vou.

— Não faz bem.

— Quer dizer que me recusa o serviço que vinha pedir-lhe?

— O visconde já conhece as minhas teorias a respeito do duelo; fiz-lhe a minha profissão de fé em Roma, lembra-se?

— No entanto, meu caro conde, fui encontrá-lo há pouco entregando-se a um exercício pouco de acordo com essa teoria...

— Porque, meu caro amigo, deve entender que não podemos ser exclusivos. Quando vivemos com loucos, precisamos fazer também a nossa aprendizagem na insensatez; de um momento para outro qualquer cérebro escandecido, que não tenha melhor razão para me provocar do que aquela que o senhor tem para com Beauchamp, pode procurar-me por uma ninharia, mandar-me testemunhas, ou insultar-me num lugar público; e nesse caso é forçoso matá-lo.

— Então admite que se bateria?...

— Ora essa!

— Bem! então por que quer que eu me não bata?

— Não digo que não deve bater-se; o que julgo é que um duelo é uma coisa muito grave, em que é preciso refletir.

— E ele refletiu antes de insultar meu pai?

— Se não refletiu, e lho confessar, não devemos querer-lhe mal.

— Oh, o meu caro conde é muito indulgente!

— E o senhor muito rigoroso. Vejamos, supondo... Ouça bem, eu digo: supondo... Não vá agora zangar-se do que vou dizer-lhe.

— Diga.

— Supondo que o fato narrado seja verdadeiro...

— Um filho não pode admitir tal suposição sobre a honra de seu pai.

— Ora! valha-me Deus! nós estamos numa época em que se admitem tantas coisas!...

— É justamente o vício da época.

— Tem porventura a pretensão de reformá-la?

— Decerto tenho, principalmente neste caso, que me diz respeito.

— Jesus! como o senhor é rigorista, meu caro amigo!

— Eu sou assim.

— Será também inacessível aos bons conselhos?

— Não, quando venham de um amigo.

— E crê-me seu amigo?

— Com certeza.

— Pois bem, antes de mandar as suas testemunhas a Beauchamp, informe-se.

— Com quem?

— Com Haydée, por exemplo.

— Envolver uma mulher nesta questão?! que pode a pobre senhora fazer?

— Declarar-lhe que seu pai nada teve com a derrota ou com a morte de Ali, suponhamos, ou esclarecê-lo a esse respeito, se por acaso seu pai teve a desgraça...

— Já lhe disse, meu caro conde, que não podia admitir semelhante suposição.

— Recusa este alvitre?

— Recuso.

— Absolutamente?

— Absolutamente!

— Então, um último conselho.

— Seja, mas o último.

— Não o quer?

— Pelo contrário, peço-lho.

— Não mande testemunhas a Beauchamp.

— Como?

— Vá o senhor mesmo procurá-lo.

— Isso é contra os nossos usos.

— O seu caso está fora das questões ordinárias.

— Mas, vejamos, qual o motivo por que devo ir eu mesmo?

— Porque assim ficará o negócio entre o senhor e Beauchamp.

— Explique-se, conde.

— Eu digo: se Beauchamp estiver disposto a retratar-se, é bom que se lhe conceda o mérito da boa vontade, e por isso não deixará a retratação de ter o mesmo valor. Se ele se recusar, nesse caso será sempre tempo de envolver dois estranhos na questão.

— Mas não hão de ser dois estranhos, senão dois amigos.

— Os amigos de hoje são os inimigos de amanhã.

— Ora!

— Beauchamp serve de exemplo.

— Portanto...

— Recomendo-lhe que seja prudente.

— Portanto, o conde é de opinião que devo ir eu mesmo procurar Beauchamp?

— Sou.

— Sozinho?

— Sozinho. Quando se deseja obter alguma coisa do amor-próprio de um homem, devemos livrar esse amor-próprio até da aparência do vexame.

— Parece-me que tem razão.

— Ah, ainda bem!

— Está dito, irei só.

— Vá; conquanto tenha para mim que faria muito melhor não indo lá.

— É impossível.

— Nesse caso, faça como eu disse, será sempre melhor do que queria fazer.

— Mas, vejamos, se apesar de todas as minhas precauções for inevitável o duelo, o senhor presta-se a ser testemunha?

— Meu caro visconde — disse Monte Cristo, com uma gravidade suprema —, deve ter notado que já em tempos lhe manifestei mais de uma vez a minha dedicação; mas o serviço que me pede sai do círculo daqueles que posso prestar-lhe.

— Por quê?

— Talvez um dia o saiba.

— No entanto...

— Peço a sua indulgência para o meu segredo.

— Está bem; convidarei o Franz e o Château-Renaud.

— Sim, convide o Franz e o Château-Renaud, são bem lembrados.

— Mas, enfim, se tiver de bater-me, o conde dá-me uma pequena lição de espada ou de pistola?

— Não, é uma coisa impossível.

— O conde é um homem singular! Então não quer envolver-se em nada?

— Em nada absolutamente.

— Nesse caso, não falaremos mais em tal. Adeus, conde.

— Adeus, visconde.

Morcerf pegou o chapéu e saiu.

À porta encontrou a carruagem, e contendo o melhor que pôde a cólera, fez-se conduzir ao escritório de Beauchamp.

Beauchamp estava num gabinete sombrio e cheio de pó, como foram sempre os escritórios dos jornais.

Anunciaram-lhe Albert de Morcerf.

O jornalista fez com que lhe repetissem duas vezes o nome; e depois, ainda pouco convencido, gritou:

— Queira entrar!

Albert apareceu.

Beauchamp fez uma exclamação de surpresa ao ver seu amigo franquear as rumas de papel e pisar com pé mal exercitado os jornais de todos os tamanhos que juncavam, não só o sobrado, mas o tijolo vermelho de seu escritório.

— Por aqui, Albert — disse ele, estendendo a mão ao amigo —; que demônio o traz cá? anda perdido como o pequeno Poucet, ou vem de boa vontade pedir-me de almoçar? Trate de procurar uma cadeira; espere, ali, próximo desse gerânio, que, aqui isolado, me faz lembrar que há um mundo de folhas sem que sejam folhas de papel.

— Beauchamp — disse Albert —, é do seu jornal que venho falar-lhe.

— O senhor, Morcerf?! Que deseja?

— Desejo uma retificação.

— Uma retificação?! A propósito de quê, Albert? Mas sente-se, então!

— Obrigado — respondeu Albert pela segunda vez, com um ligeiro movimento de cabeça.

— Explique-se, meu amigo.

— Uma retificação de uma notícia que diz respeito à honra de um membro da minha família.

— Ora essa! — disse Beauchamp, surpreso. — Que notícia?

— Da notícia que lhe escreveram de Janina.

— De Janina?

— Sim, de Janina! Na verdade, tem ar de quem ignora o caso.

— Pela minha honra... Baptista! um jornal de ontem! — gritou Beauchamp.

— É desnecessário, aqui tem o meu.

Beauchamp leu ligeiramente:

> Escrevem-nos de Janina, etc., etc.

— Já vê que a questão é grave — disse Morcerf quando Beauchamp terminou.

— E este oficial é seu parente? — perguntou o jornalista.

— É sim — disse Albert, tornando-se rubro.

— Bem; e que quer que eu faça para lhe ser agradável? — tornou Beauchamp, com doçura.

— Queria que o meu caro Beauchamp retificasse o fato.

Beauchamp olhou para Albert com uma atenção que demonstrava seguramente muita benevolência.

— Vejamos — disse ele —, isso era arrastar-nos a uma longa polêmica, porque na retratação é sempre uma coisa muito grave. Sente-se, que vou reler estas três ou quatro linhas.

Albert sentou-se, e Beauchamp releu as linhas incriminadas por seu amigo com mais atenção do que da primeira vez.

— Bem vê — disse Albert com firmeza, com rudeza mesmo — que insultaram alguém da minha família no seu jornal, e eu quero uma retratação.

— O senhor... quer...

— Sim, quero!

— Permita-me que lhe diga que não é muito parlamentar, meu caro visconde.

— Não quero sê-lo — replicou o moço, levantando-se —; faço empenho na retificação de um fato que o senhor noticiou ontem, e hei de consegui-la. É bastante meu amigo — continuou ele, com os lábios carregados, ao ver que Beauchamp por sua parte começava a levantar a desdenhosa cabeça — e, como tal deve conhecer-me, creio, para compreender a minha tenacidade em semelhante circunstância.

— Se sou seu amigo, Morcef, há de acabar por mo fazer esquecer com palavras semelhantes às que acaba de pronunciar. Mas, vejamos, não nos zanguemos, pelo menos por enquanto. O meu amigo está irrequieto, despeitado... diga-me: quem é esse parente que se chama Fernand?

— É meu pai, simplesmente — disse Albert —; o Sr. Fernand Mondego, conde de Morcef, um velho militar que viu vinte e cinco campos de batalha, e cujas cicatrizes pretendem por esse modo cobrir de lepra.

— Seu pai?! — disse Beauchamp — então isso é outra coisa; e compreendo a sua indignação, meu caro Albert... Tornemos a ler...

E releu a notícia, pesando desta vez cada palavra.

— Mas onde vê aqui — perguntou Beauchamp — que este Fernand seja seu pai?

— Em parte nenhuma, bem sei; mas não faltará quem o veja, e é por isso que eu quero que o fato seja completamente desmentido.

À palavra *quero*, Beauchamp levantou os olhos para Morcef, e baixando-os quase imediatamente, conservou-se por um instante pensativo.

— Beauchamp, o senhor há de desmentir essa notícia, não é verdade? — repetiu Morcef com uma cólera crescente, mas sempre concentrada.

— Hei de sim — respondeu o jornalista.

— Oh! Ainda bem! — exclamou Albert.

— Mas quando tiver me certificado de que seja inexata.

— Como?!

— Sim, vale a pena esclarecer o assunto, e hei de esclarecê-lo.

— Mas o que é que tem de esclarecer em tudo isto? — perguntou Albert fora de si. — Se está convencido de que não seja meu pai o mesmo a que se refere o seu jornal, diga-o em seguida; se crê que seja ele, nesse caso dê-me a razão desse convencimento.

Beauchamp olhou para Albert com o sorriso que lhe era particular e que tão bem definia a expressão de todas as paixões.

— Senhor — replicou ele —, visto que assim quer que eu o trate, se veio aqui para me pedir a razão das minhas opiniões, devia tê-lo feito logo, e não me falar de amizade e de outras coisas frívolas como as que tenho tido a paciência de lhe ouvir há meia hora. Vejamos, está bem certo do falso terreno em que nos vamos colocar daqui em diante?

— Sem dúvida, se não retratar a infame calúnia!

— Um momento! nada de ameaças, se me faz o favor, Sr. Albert Mondego, visconde de Morcerf; não as tolero dos meus inimigos, muito menos dos amigos. Então quer que eu desminta a notícia sobre o coronel Fernand, notícia essa que, palavra de honra, não é da minha responsabilidade?

— Sim, quero! — disse Albert, cuja cabeça começava a turbar-se.

— Caso contrário, batemo-nos?... continuou Beauchamp, com a mesma calma.

— Sim! — respondeu Albert, levantando a voz.

— Bem — tornou Beauchamp —, aqui tem a minha resposta, caro senhor: o fato não foi inserido por mim, não o conhecia sequer; mas o senhor atraiu com o seu procedimento a minha atenção para o assunto; portanto, a notícia subsistirá até que seja desmentida ou confirmada, como for de direito.

— Senhor — disse Albert —, vou então ter a honra de lhe enviar as minhas testemunhas; discutirá com elas o lugar e as armas.

— Perfeitamente, meu caro senhor.

— Hoje, se lhe agrada, ou amanhã, o mais tardar, encontrar-nos-emos.

— Não! Não! eu hei de aparecer em campo quando for o momento próprio, e sou de parecer (tenho o direito de o dar, porque fui eu o provocado), e sou de parecer que não chegou ainda a hora. Sei quc o senhor maneja muito bem a espada; eu jogo-a razoavelmente; sei que à pistola faz três moscas em seis tiros; é da minha força, mais ou menos; portanto, um duelo entre nós há de ser sério, porque o senhor é valente e... eu também o sou. Não quero, portanto, expor-me a matá-lo ou a que me mate, sem causa. Sou eu que vou, pela minha vez, pesar a questão, e ca-te-go-ri-ca-men-te.

— Quer em absoluto essa retratação, até o ponto de me matar se eu não a fizer, conquanto eu lhe tenha dito, conquanto lhe repita, conquanto lhe afirme pela minha honra que sou estranho ao fato; conquanto lhe diga, enfim, que é impossível a qualquer outra pessoa, que não seja um Dom Jafeth como o senhor, adivinhar o Senhor Conde de Morcerf sob esse nome de Fernand?

— Quero, absolutamente.

— Pois bem, meu caro senhor, consinto em medir-me com o senhor, mas quero três semanas; daqui a três semanas encontrar-me-á para lhe dizer: — Sim, o fato é falso, e eu retifico-o; ou então: — Sim, o fato é verdadeiro. E nesse caso saem as espadas da bainha, ou as pistolas das respectivas caixas, à sua escolha.

— Três semanas?! — bradou Albert — mas três semanas são três séculos, durante os quais estou desonrado!

— Se se tivesse conservado meu amigo, dir-lhe-ia: — Paciência, amigo; mas como se tornou meu inimigo, digo-lhe: — Que tenho eu com isso, senhor?

— Bem, daqui a três semanas, que seja — disse Morcerf. — Mas lembre-se bem: daqui a três semanas não haverá delongas nem subterfúgios que possam dispensá-lo.

— Sr. Albert de Morcerf — disse Beauchamp, levantando-se por sua vez —, eu não posso lançá-lo pela janela afora senão daqui a três semanas, quer dizer, vinte e quatro dias, e o senhor não tem o direito de me acutilar senão nessa época. Estamos a 29 de agosto; será no dia 21 do mês de setembro. Daqui até lá, creia-me, conservemo-nos como dois dogues presos a distância um do outro.

E Beauchamp cumprimentou gravemente o rapaz, voltou-lhe as costas, e entrou na impressão.

Albert vingou-se numa pilha de jornais, que dispersou a golpes de varinha, depois do que, saiu, não sem se ter voltado duas ou três vezes para a porta da impressão.

Enquanto Albert castigava o banco dianteiro da carruagem, como já tinha castigado os inocentes papéis enegrecidos, que nada tinham com sua desdita, viu, ao atravessar o boulevard, Morrel, que, com a cabeça no ar, o olhar vivo e os braços à solta, passava diante dos Banhos Chineses, vindo do lado da Porta de Saint-Martin, e dirigindo-se para a banda da Madeleine.

— Ah! — disse Morcerf, suspirando — ali vai um homem bem feliz!

Por acaso Albert não se enganava.

LXXIX. A limonada

Na verdade, Morrel era felicíssimo.

Noirtier acabava de mandar procurá-lo, e ele tinha tanta pressa de conhecer o motivo que nem sequer se lembrara de tomar carruagem, fiando-se mais em suas duas pernas do que nas quatro de um cavalo de praça. Partira, pois, correndo da Rua de Meslay e dirigia-se para Saint-Honoré.

Morrel caminhava em passo ginástico, e o pobre Barrois seguia-o conforme podia.

Morrel tinha trinta e um anos, ao passo que Barrois tinha sessenta.

Morrel ia ébrio de amor, e Barrois estafado e sequioso, em conseqüência do grande calor.

Aqueles dois homens, tão opostos nos interesses e na idade, assemelhavam-se às linhas de um triângulo: separados na base, reuniam-se no vértice.

Esse vértice era Noirtier, que mandara procurar Morrel, recomendando-lhe que se apressasse, recomendação que o moço oficial seguia à risca, com grande desespero de Barrois.

Quando chegou, Morrel não se achou cansado; o amor tinha-lhe dado asas; Barrois, que havia largos anos se não sentia apaixonado, estava alagado em suor.

O velho criado fez entrar Morrel pela porta particular, fechou a do gabinete, e o leve roçagar de um vestido anunciou a visita de Valentine.

A donzela estava sedutora vestida de luto.

Aquela aparição foi tão grata a Morrel que quase se esqueceu de que tinha de conversar com Noirtier; mas a cadeira rodou no sobrado, e o velho entrou.

Noirtier acolheu com olhar benévolo os agradecimentos que Morrel lhe prodigalizou por sua maravilhosa intervenção, que os salvara, a Valentine e a ele, do desespero.

Depois o olhar de Morrel interrogou acerca do novo favor que lhe ia ser concedido, a donzela, que, tímida e sentada longe dele, esperava ser obrigada a falar.

Noirtier olhou para ela também.

— Quer que diga o que me encarregou de dizer? — perguntou ela.

— Sim — respondeu Noirtier.

— Sr. Morrel — disse Valentine para o rapaz, que olhava para ela ansioso —, meu avô Noirtier tem muita coisa para dizer-lhe; tudo me tem dito a mim nos últimos três dias, e hoje mandou procurá-lo para que eu lho repita; repeti-lo-ei, portanto, sem troca de uma só palavra, visto o avô ter-me tomado para sua intérprete.

— Ouço-a com impaciência, minha senhora — respondeu Morrel —; fale, fale.

Valentine baixou os olhos, o que Maximiliano Morrel tomou por grato prenúncio.

Valentine só na felicidade era tímida.

— Meu avô quer deixar esta casa com a maior brevidade possível, e o Barrois está encarregado de lhe procurar uma outra habitação conveniente.

— Mas a senhora — disse Morrel a Valentine —, que tão precisa é ao Sr. de Noirtier?

— Eu — replicou a menina — não deixarei o meu avô, é coisa combinada entre mim e ele. O meu aposento será próximo do seu. Ou o Sr. de Villefort me dá o seu consentimento para ir habitar com meu avô Noirtier, ou mo recusa. No primeiro caso, parto logo que se efetuar a mudança; no segundo, espero a minha maioridade, para a qual me faltam dez meses. Então serei livre, terei uma grande fortuna independente, e...

— E?... — perguntou Morrel.

— E, com a autorização do meu avô, manterei sempre a promessa que lhe fiz.

Valentine pronunciou estas palavras em voz tão baixa, que Maximiliano Morrel não as teria ouvido se não fosse o interesse que tinha em devorá-las.

— Não exprimi exatamente o seu pensamento, meu avô? — perguntou a donzela, voltando-se para Noirtier.

— Sim — disse o velho.

— Uma vez em casa do meu querido avô — continuou Valentine —, o Sr. Morrel poderá visitar-me na presença do nosso bom amigo e digno protetor. Se o laço que os nossos corações, talvez ignorantes ou caprichosos, começaram a formar, parecer conveniente e oferecer garantias de futura felicidade à nossa experiência (dizem que os corações abrasados pelos obstáculos esfriam na segurança!), então o Sr. Morrel poderá pedir-me a mim mesma, e eu hei de atendê-lo.

— Oh! — exclamou Morrel, tentando ajoelhar diante do velho como diante de Deus, e diante de Valentine como na presença de um anjo — que tenho eu feito na minha vida para merecer tanta felicidade?

— Portanto — prosseguiu Valentine com um olhar gratíssimo para o coração de Morrel —, nada de imprudências, meu amigo; não comprometa a mulher que, desde hoje, se considera destinada para usar pura e dignamente o seu nome.

Morrel levou a mão ao coração.

Entretanto Noirtier olhava ternamente para ambos.

Barrois, que se conservara ao fundo, como pessoa a quem nada tinham de ocultar, sorria e enxugava as gotas de água que lhe escorriam da fronte afogueada.

— Oh! meu Deus! meu Deus! como o pobre Barrois está suado — disse Valentine.

— É que eu corri muito — disse Barrois —, mas o Sr. Morrel, devo fazer-lhe essa justiça, corria muito mais do que eu.

Noirtier indicou com o olhar uma bandeja, onde havia uma garrafa com limonada e um copo.

O líquido que faltava já na garrafa tinha sido bebido meia hora antes por Noirtier.

— Aqui tem, meu bom Barrois — disse Valentine ao velho criado —, tome, porque bem vejo que está devorando com os olhos esta garrafa.

— O caso é — disse Barrois — que estou morrendo de sede, e que beberei de boa vontade um copo de limonada à sua saúde.

— Pois então aí a tem, beba — disse Valentine — e volte num instante.

Barrois levou a bandeja, e apenas se viu no corredor, mal transpôs a porta, que se esqueceu de fechar, viram-no inclinar a cabeça para trás para despejar o copo que Valentine lhe tinha enchido.

Valentine e Morrel trocaram as suas despedidas na presença do velho Noirtier, quando nesse instante se ouviu a campainha da escada de Villefort.

Era sinal de visita.

Valentine olhou para o relógio.

— É meio-dia — disse ela —; hoje é sábado, meu avô, deve ser o doutor.

O velho Noirtier fez sinal à donzela de que efetivamente devia ser o doutor.

— Dirige-se para cá, portanto é preciso que o Sr. Morrel se retire, não é verdade meu avô?

— Sim — respondeu o velho.

— Barrois! — chamou Valentine — Barrois, venha.

Ouviu-se então a voz do velho criado, que respondia:

— Já vou, minha senhora.

— Barrois, vá acompanhá-lo até a porta — disse Valentine a Maximiliano —; agora lembre-se de uma coisa, senhor oficial, e é que meu avô lhe recomenda que não cometa alguma imprudência que comprometa a nossa felicidade.

— Prometi esperar — disse Morrel —, esperarei.

Neste momento entrou Barrois.

— Quem tocou? — perguntou Valentine.

— O Senhor Doutor d'Avrigny — disse Barrois, fraquejando-lhe as pernas e cambaleando.

— Então! o que é que tem, Barrois? — perguntou Valentine.

O velho não respondeu.

Olhava para o amo com olhos espantados, ao passo que com a mão crispada procurava um apoio para se conservar em pé.

— Mas... ele vai cair! — exclamou Morrel.

E na verdade a agitação de Barrois aumentava gradualmente. O rosto, alterado pelos movimentos convulsivos dos músculos, anunciava um ataque dos mais intensos.

Noirtier, ao ver Barrois em tal estado, multiplicava os olhares, em que se liam, inteligíveis e palpitantes, todas as comoções que lhe agitavam o coração.

Barrois deu alguns passos para o amo.

— Ai, meu Deus! meu Deus! Senhor! — balbuciou ele — mas que tenho eu?... Estou mal... não vejo... parece que mil chamas me devoram o crânio! Oh! não me toquem, não me toquem!

Efetivamente, os olhos espantados pareciam sair-lhe das órbitas, a cabeça descaía-lhe para trás, ao mesmo tempo em que o resto do corpo se conservava hirto.

Valentine, assombrada, soltou um grito.

Morrel tomou-a nos braços como para defendê-la de qualquer perigo desconhecido.

— Sr. d'Avrigny! Sr. d'Avrigny! — gritou Valentine com voz sufocada — socorra-nos! socorra-nos!

Barrois voltou a si, deu dois passos para trás, estrebuchou, foi cair aos pés de Noirtier, e pôs-lhe uma das mãos nos joelhos, gritando:

— Meu amo, meu bom amo!

Naquele momento, Villefort, atraído pelos gritos, apareceu na entrada do gabinete.

Morrel deixou Valentine meio desfalecida e recuou para um dos cantos do gabinete, onde quase que desapareceu por trás de um reposteiro.

Pálido, como se tivesse visto levantar-se-lhe na frente uma serpente, cravou o olhar gelado no infeliz agonizante.

Noirtier ardia de impaciência e de terror; a sua alma voava em socorro do pobre velho, que para ele era mais um amigo do que um criado.

Via-se o combate terrível entre a vida e a morte, que se lhe traduzia no rosto pela agitação das veias e pela contração de alguns músculos que se lhe conservavam vivos em volta dos olhos.

Barrois, com as faces agitadas, os olhos injetados de sangue, a cabeça descaída para trás, jazia no chão, batendo o sobrado com os braços, ao mesmo tempo em que as pernas inteiriçadas pareciam mais fáceis de quebrar do que serem dobradas.

Subia-lhe aos lábios uma ligeira espuma e respirava dolorosamente.

Villefort, estupefato, conservou um instante os olhos pregados naquele quadro, que, desde que entrara, lhe atraia a atenção.

Não viu Morrel.

Depois de um instante de muda contemplação, durante a qual poderia ver-se-lhe empalidecer o rosto e os cabelos porem-se-lhe em pé na cabeça, correu para a porta.

— Doutor! Doutor! — gritou ele — por Deus, venha! Venha!

— Minha senhora! minha senhora! — gritou Valentine, chamando a madrasta e tropeçando nas paredes da escada — venha! venha depressa, e traga o seu frasco de sais!

— Que sucedeu? — perguntou a voz metálica e retraída da Sr.ª de Villefort.

— Oh! Venha! venha!

— Mas onde está o doutor? — gritava Villefort — onde está ele?

A Sr.ª de Villefort descia lentamente. Ouviam-se ranger-lhe as tábuas debaixo dos pés.

Numa das mãos segurava o lenço com que enxugava o rosto, na outra o frasco dos sais ingleses.

O seu primeiro olhar, ao chegar à porta, foi para Noirtier, cujo rosto, à parte a comoção, naturalíssima em semelhante circunstância, denunciava a saúde ordinária; o segundo foi para o desgraçado moribundo.

A Sr.ª de Villefort empalideceu, e os olhos saltaram-lhe, por assim dizer, do criado para o amo.

— Mas, em nome do Céu, minha senhora! onde está o doutor? ele entrou nos seus quartos. É uma apoplexia, bem vê, e uma sangria deve salvá-lo.

— Ele comeria há pouco? — perguntou a Sr.ª de Villefort, iludindo a questão.

— Não, senhora — disse Valentine —, nem tinha almoçado; mas andou muito para se desempenhar de uma comissão de que o tinha encarregado o avô. Só à volta tomou um copo de limonada.

— Ah! — disse a Sr.ª de Villefort — por que não tomou antes um copo de vinho? A limonada não faz bem.

— Era o que tínhamos mais perto, na garrafa do avô; o pobre Barrois tinha sede e bebeu o que encontrou.

A Sr.ª de Villefort estremeceu; Noirtier cravou nela seu olhar profundo.

— Mas como ele tem o pescoço tão hirto! — disse ela.

— Senhora — disse Villefort —, peço-lhe que me diga onde está o Sr. d'Avrigny; em nome do Céu, responda!

— Está no quarto do Édouard, que se sente um pouco doente — respondeu a Sr.ª de Villefort, que não podia por mais tempo desviar a questão.

Villefort correu para a escada no intuito de ir ele mesmo chamar o médico.

— Espere — disse a Sr.ª de Villefort, dando o frasco a Valentine —, naturalmente vão sangrá-lo; retiro-me, porque não posso ver sangue.

E seguiu o marido.

Morrel saiu do canto escuro onde se tinha ocultado sem que ninguém desse por ele, tão grande era a aflição.

— Retire-se depressa, Maximiliano — disse Valentine —, e espere que eu o chame. Vá.

Morrel consultou Noirtier com um gesto.

O paralítico, que conservava todo seu sangue-frio, fez-lhe um sinal afirmativo.

O rapaz apertou a mão de Valentine contra o coração, e saiu pelo corredor escuro.

Ao mesmo tempo em entravam pela porta oposta Villefort e o doutor.

Barrois começava a voltar a si.

A crise tinha passado, a palavra voltava-lhe, lamentosa, e o enfermo levantou-se enfim sobre um joelho.

D'Avrigny e Villefort levaram Barrois para uma cadeira de braços.

— O que ordena, doutor? — perguntou Villefort.

— Que me tragam um copo de água e éter. Tem-no em casa?

— Tenho.

— Que corram a buscar óleo de terebintina e emético.

— Imediatamente — disse Villefort.

— E agora, retirem-se todos.

— E eu também? — perguntou timidamente Valentine.

— Sim, principalmente a menina — disse secamente o doutor.

Valentine olhou para d'Avrigny com espanto, abraçou Noirtier e saiu.

Apenas ela abandonou o gabinete, o doutor fechou a porta com ar sombrio.

— Espere, espere, doutor, ele volta a si; isto foi um ataque sem importância — disse Villefort.

O Sr. d'Avrigny sorriu com ar carregado.

— Como se sente, Barrois? — perguntou o doutor.

— Um pouco melhor, meu senhor.

— Pode beber este copo de água com éter?

— Vou diligenciar; mas não me toque.

— Por quê?

— Porque me parece que se me tocarem, ainda que seja com a ponta de um dedo, me voltará o acesso.

— Beba.

Barrois pegou o copo, aproximou-o dos lábios arroxeados, e bebeu coisa de metade do líquido.

— Onde lhe dói? — perguntou o doutor.

— Por todo o corpo; sinto cãibras horríveis.

— Não sente turbação?

— Sinto.

— E zunidos nos ouvidos?

— Horrorosos.

— Quando começou a sentir-se doente?

— Há pouco.

— Mas, rapidamente?

— Com a presteza do raio.

— Nem ontem nem anteontem sentiu nada?

— Nada.

— Nem sonolência? nem pesadelos?

— Não, senhor.

— O que comeu hoje?

— Não comi nada; bebi apenas um copo de limonada, que era de meu amo.

E Barrois fez um pequeno sinal com a cabeça para designar Noirtier, que, imóvel na sua cadeira, contemplava horrorizado a terrível cena sem perder um único movimento, sem deixar escapar uma única palavra.

— Onde está a limonada? — perguntou vivamente o doutor.

— Na garrafa, lá embaixo.

— Lá embaixo, onde?

— Na cozinha.

— Quer que eu vá buscá-la, doutor? — perguntou Villefort.

— Não, deixe-se ficar aqui, e veja se consegue que o doente beba o resto desse copo de água.

— Mas, a limonada...

— Eu mesmo vou.

D'Avrigny deu um salto, abriu a porta, e correu para a escada de serviço.

No caminho ia quase derribando a Sr.ª de Villefort, que também descia a mesma escada, e que soltou um grito.

D'Avrigny nem sequer reparou nela.

Levado pela força de uma só idéia, saltou os degraus a quatro e quatro, precipitou-se na cozinha, e viu a garrafa na bandeja, com três quartas partes despejadas.

Caiu sobre ela como a águia sobre a presa, e subiu de novo ao gabinete, onde entrou ofegante.

A Sr.ª de Villefort subia lentamente a escada que conduzia a seu quarto.

— Era esta garrafa? — perguntou d'Avrigny.

— Sim, Sr. Doutor.

— E esta limonada é a mesma de que bebeu?

— Creio que sim.

— Que gosto lhe achou?

— Um gosto amargo.

O doutor deitou algumas gotas de limonada na palma da mão; aspirou-a com os lábios, e, depois de a ter bochechado como se faz ao vinho que se quer provar, cuspiu o líquido no fogão.

— É realmente a mesma — disse ele. — E o Sr. Noirtier também bebeu?

— Sim — afirmou o velho.

— E achou-lhe igualmente o mesmo gosto amargo?

— Sim.

— Ai, Sr. Doutor! — gritou Barrois — como eu padeço outra vez! Meu Deus, senhor; tende piedade de mim!

O doutor correu para o doente.

— O emético, Villefort! veja se mo trazem.

Villefort saiu, gritando:

— O emético! o emético! Já o trouxeram?

Ninguém respondeu.

Reinava em toda a casa o mais profundo terror.

— Se eu tivesse um meio de lhe insuflar o ar nos pulmões... —

disse d'Avrigny, olhando em volta de si — talvez conseguisse prevenir a asfixia. Mas não, nada! Nada!

— Oh! senhor — gritou Barrois —, deixa-me morrer assim, sem socorros? Oh, meu Deus! eu morro!

— Uma pena! uma pena! — pediu o doutor.

Reparou numa que estava em cima da mesa, e diligenciou introduzi-la na boca do doente, que, no meio das terríveis convulsões, fazia inúteis esforços para vomitar; mas as mandíbulas estavam de tal forma cerradas que a pena não pôde passar.

Barrois era acometido de um ataque nervoso ainda mais forte do que o primeiro, e, escorregando da cadeira, o desgraçado contorcia-se no chão.

O doutor deixou-o submetido àquele acesso, a que não podia dar remédio, e correu para Noirtier.

— Como se sente? — perguntou-lhe rapidamente e em voz baixa — bem?

— Sim.

— Leve do estômago ou pesado? Leve?

— Sim.

— Como costuma ficar quando toma a pílula que eu lhe faço dar todos os domingos?...

— Sim.

— E foi Barrois quem preparou a limonada?

— Sim.

— E foi o senhor que fez com que ele a bebesse?

— Não.

— Foi o Sr. de Villefort?

— Não.

— A senhora?

— Não.

— Foi então Valentine?

— Sim.

Um suspiro de Barrois, um bocejo que lhe fez estalar os ossos da mandíbula, chamaram a atenção de d'Avrigny, que deixou Noirtier e correu para o doente.

— Barrois — disse ele —, pode falar?

Barrois balbuciou algumas palavras ininteligíveis.

— Faça um esforço, meu amigo.

Barrois abriu os olhos sangrentos.

— Quem preparou a limonada?

— Eu.

— Mas trouxe-a a seu amo apenas a acabou de fazer?

— Não.

— Deixou-a em alguma parte?

- Na copa, porque me chamaram.

— Quem a trouxe para cá?

— A menina Valentine.

D' Avrigny bateu na testa.

— Oh! meu Deus! meu Deus! — murmurou ele.

— Doutor! doutor! — gritou Barrois, que sentia chegar um terceiro acesso.

— Mas então não trazem o emético?! — gritou o doutor.

— Aqui está um copo preparado — disse Villefort, entrando.

— Por quem?

— Pelo farmacêutico que veio com o senhor.

— Beba — disse d'Avrigny para Barrois.

— É impossível, doutor, é muito tarde; tenho a garganta apertada, não posso; parece que sufoco!... Oh, o meu coração! a minha cabeça!... Oh, que inferno! Terei de sofrer muito tempo assim?

— Não, não, meu amigo — respondeu o doutor —; daqui a pouco não sofrerá mais.

— Ah, compreendo!... — exclamou o infeliz. — Meu Deus, tende piedade de mim!

E, soltando um grito, caiu para trás, como se tivesse sido fulminado.

D'Avrigny pousou-lhe uma mão no coração, e aproximou-lhe um espelho dos lábios.

— Então? — perguntou Villefort.

— Mande buscar depressa xarope de violetas.

Villefort desceu no mesmo instante.

— Não se aflija, Sr. Noirtier — disse d'Avrigny —, eu levo o doente para outro quarto para o sangrar; na verdade estes ataques são custosos de presenciar.

E pegando em Barrois por debaixo dos braços arrastou-o para o quarto vizinho; mas voltou imediatamente ao gabinete de Noirtier para se apoderar do resto da limonada.

— Quer a menina Valentine, não é verdade? Vou dizer que a previnam.

Villefort subia, e d'Avrigny encontrou-o no corredor.

— Então? — perguntou o procurador régio.

— Venha — respondeu d'Avrigny.

E levou-o para o quarto onde estava Barrois.

— Continua sem sentidos? — perguntou Villefort.

— Está morto.

Villefort recuou três passos, pondo as mãos na cabeça.

— Morto!? tão repentinamente!? — exclamou ele, com comiseração não equivoca, e contemplando o cadáver.

— Sim, morto bem rapidamente, não é verdade? — disse d'Avrigny —; mas isso não deve admirá-lo: os senhores de Saint-Méran morreram também muito rapidamente. Na sua casa morre-se depressa, Sr. de Villefort...

— O quê!? — exclamou o magistrado com um acento de terror e de consternação — volta-lhe essa idéia terrível?...

— Sempre, senhor, sempre — disse d'Avrigny, com solenidade —, porque essa idéia não me deixou ainda um só instante; e para que se convença de que me não engano, ouça bem, Sr. de Villefort.

O magistrado tremia convulsivamente.

— Há um veneno que mata quase sem deixar vestígios. Esse veneno conheço-o eu bem; tenho-o estudado em todos os acidentes que provoca, em todos os fenômenos que produz. Esse veneno conheci-o eu ainda há pouco no pobre Barrois, como também já o tinha conhecido na Sr.ª de Saint-Méran. Há uma maneira de verificar a sua existência. Esse veneno restabelece a cor azulada do papel de tornassol avermelhado por um ácido, e tinge de verde o xarope de violetas. Não temos aqui o papel, mas aí vem o xarope de violetas que eu pedi.

Efetivamente ouviram-se passos no corredor.

O doutor entreabriu a porta, recebeu das mãos de uma criada uma chávena, no fundo da qual havia duas ou três colheres de xarope, e tornou-a a fechar.

— Olhe — disse ele ao procurador régio, cujo coração batia de tal forma que podia ouvir-se —, aqui está nesta chávena o xarope de violetas, e nesta garrafa a limonada de que o Sr. Noirtier e Barrois beberam uma parte. Se a limonada for inofensiva, o xarope conservará a sua cor; se está envenenada, nesse caso o xarope tornar-se-á verde. Olhe!

O doutor deitou lentamente algumas gotas da limonada da garrafa no xarope, e logo se viu no mesmo instante formar-se como que uma nuvem no fundo da chávena; essa nuvem tomou primeiro uma cor azulada; depois, da cor de safira passou à da opala, e da opala à da esmeralda. Chegando a esta cor, fixou-se, por assim dizer.

A experiência não deixava a menor dúvida.

— O desgraçado Barrois — disse o doutor — foi envenenado com falsa-angustura e noz-de-santo-inácio; agora poderia afirmá-lo perante os homens e perante Deus.

Villefort não respondeu, mas ergueu as mãos ao Céu, abriu os olhos espantados, e caiu, como que fulminado, numa cadeira.

LXXX. A acusação

O Sr. d'Avrigny despertou imediatamente o magistrado, que parecia um segundo cadáver naquela câmara fúnebre.

— Oh, a morte reside na minha casa! — exclamou Villefort.

— Diga antes, o crime! — respondeu o doutor.

— Sr. d'Avrigny! — exclamou Villefort — não posso dizer-lhe tudo o que sinto neste momento; realmente, não sei se é medo, se dor, se loucura...

— Sim — disse o Sr. d'Avrigny com tranqüilidade majestosa —; mas creio que é tempo de procedermos, creio que é tempo de pormos um dique a esta torrente de morticínios. Quanto a mim, não me sinto com força de levar mais longe semelhante segredo, a não ser com a esperança de tirar dele a vingança da sociedade e das vítimas.

Villefort lançou em volta de si um olhar sombrio.

— Em minha casa?! — murmurou ele — Em minha casa?!

— Vejamos, magistrado — disse d'Avrigny —, seja homem intérprete da lei, honre-se com um sacrifício completo.

— Faz-me estremecer, doutor, um sacrifício?!

— Eu apliquei o devido termo.

— Suspeita então de alguém?

— Não acuso ninguém; a morte bate à sua porta, entra e caminha, não às cegas, sem conhecer o terreno, mas inteligentemente, de quarto em quarto. Pois bem! eu sigo-lhe a pista, reconheço-lhe a passagem; adoto a sabedoria dos Antigos; apalpo, tateio irresoluto, porque a minha amizade pela sua família e o meu respeito pelo senhor são um véu aplicado aos meus olhos; pois bem!...

— Oh! fale, fale, doutor, terei coragem.

— Pois bem, senhor! tem na sua casa, no seio da sua família, talvez, um desses horrorosos fenômenos de que todos os séculos têm produzido algum. Locusta e Agripina, que viveram no mesmo tempo, são uma exceção, que só prova a ânsia com que a Providência procurava perder o Império Romano, semeado de tantos crimes. Brunehaut e Fredegunda são o produto da gestação difícil de uma civilização em que o homem aprendia a dominar o espírito, ainda que fosse enviado pelo das trevas. Pois todas essas mulheres tinham sido, ou eram ainda, novas e formosas. Vira-se-lhes vicejar na fronte, ou vicejava ainda, a mesma flor da inocência que podemos também encontrar na fronte da criminosa que vive nesta casa.

Villefort soltou um grito, pôs as mãos, e olhou para o doutor com um gesto suplicante.

— "Procurai a quem o crime aproveita", diz um axioma de jurisprudência...

— Ai, doutor! — exclamou Villefort — meu caro doutor, quantas vezes a justiça dos homens se não tem enganado com essas funestas palavras!... Não sei, mas parece-me que este crime...

— Ah! já confessa que existe crime?

— Sim, reconheço-o. Quero dizer, está bem patente. Mas deixe-me continuar. Parece-me, dizia eu, que este crime cai sobre mim, e não sobre as próprias vítimas. Pressinto qualquer desastre para mim através de todos esses desastres estranhos.

— O homem é o mais egoísta de todos os animais — murmurou d'Avrigny —, a mais pessoal de todas as criaturas, que crê sempre que a Terra percorre o seu curso, que o Sol fulgura, e a morte ceifa, só por causa dele, mísera formiga, que maldiz de Deus sobre a haste de uma planta! E os que perderam a vida não perderam nada? O Sr. de Saint-Méran, a Sr.ª de Saint-Méran, o Sr. Noirtier...

— Como?! o Sr. Noirtier?

— Sim! Pois acredita que fosse ao pobre criado que pretendessem ferir? Não, não; como o polaco de Shakespeare, o desgraçado morreu em vez de outro. Noirtier é que devia beber a limonada, e foi Noirtier que a bebeu segundo a ordem lógica das coisas; o outro não a bebeu senão casualmente, e conquanto seja Barrois quem esteja morto, era Noirtier que devia morrer.

— Mas como foi então que meu pai não sucumbiu? — perguntou admirado Villefort.

— Já lhe disse uma noite no jardim, depois da morte da Sr.ª de Saint-Méran, que foi por estar o corpo dele afeito ao uso do mesmo veneno; porque aquela dose, insignificante para ele, era mortal para outra pessoa qualquer; porque, enfim, ninguém sabia, nem sequer o assassino, que há um ano que eu trato a paralisia do Sr. Noirtier com o mesmo veneno, ao passo que o criminoso não ignora, porque a triste experiência lho tem demonstrado, quanto ele tem de violento.

— Jesus, meu Deus! — murmurou Villefort, torcendo os braços.

— Acompanhe os passos do criminoso: mata o Sr. de Saint-Méran...

— Oh! Doutor!

— Ia jurá-lo; os sintomas que me indicaram concordam perfeitamente com o que vi com os meus olhos.

Villefort cessou de opor-se, e soltou um gemido.

— Mata o Sr. de Saint-Méran — continuou o doutor —, mata a Sr.ª de Saint-Méran: dupla herança a receber.

Villefort enxugou o suor que lhe escorria pela testa.

— Ouça bem.

— Ai, meu amigo! — balbuciou Villefort — não perco uma palavra, nem uma só.

— O Sr. Noirtier — continuou em sua voz desapiedada o Sr. d'Avrigny — tinha testado contra o senhor, contra a sua família, em favor dos pobres, enfim; o Sr. Noirtier é poupado, não há nada que esperar dele. Mas assim que destrói o primeiro testamento, assim que faz outro, decerto receando que faça terceiro, ferem-no; o testamento foi feito ontem, se não me engano; já vê que não perderam tempo.

— Pelo amor de Deus, Sr. d'Avrigny!

— Nada de dó, senhor! O médico tem na terra uma missão sacrossanta, e foi para cumpri-la que remontou às fontes da vida e desceu às misteriosas trevas da morte. Quando se comete crime, e Deus, horrorizado decerto, afasta os olhos do criminoso, é ao médico que cumpre apontá-lo e dizer: ei-lo!

— Perdão para a minha filha, meu caro doutor, meu bom amigo! — murmurou Villefort.

— Bem vê que foi o senhor quem lhe pronunciou o nome, o senhor, o pai dela.

— Perdão para Valentine! Oh! isto é impossível! Tanto valeria acusar-me a mim mesmo! Valentine! um coração de diamante! um lírio de inocência!

— Nada de perdão, Sr. Procurador Régio; o crime é flagrante. Sua filha foi quem acondicionou os medicamentos que se mandaram ao Sr. de Saint-Méran, e o Sr. de Saint-Méran morreu.

Foi sua filha quem preparou as tisanas para a Sr.ª de Saint-Méran, e a Sr.ª de Saint-Méran morreu.

Foi sua filha quem tomou das mãos de Barrois, que foi a um recado, a garrafa de limonada que o Sr. de Noirtier costuma esvaziar todas as manhãs, e o Sr. de Noirtier só por milagre escapou.

É sua filha a criminosa! é ela a envenenadora! Sr. Procurador Régio, denuncio-lhe a sua filha: cumpra o seu dever!

— Doutor, já não resisto, já não me defendo; acredito-o; mas, por piedade! poupe-me a vida, poupe-me a honra!

— Sr. de Villefort — prosseguiu o doutor, com dobrada violência —, há circunstâncias em que eu transponho todos os limites da estulta circunstância humana. Se a sua filha só tivesse cometido o primeiro crime, e eu a visse meditar segundo, dir-lhe-ia: Advirta-a, castigue-a, encerre-a para todo o resto da vida num claustro, onde passe chorando e rezando. Se ela tivesse cometido segundo crime, havia de dizer-lhe: Sr. de Villefort, aqui está um veneno que não tem antídoto conhecido, é rápido como o raio; dê-lhe este veneno recomendando-lhe a alma a Deus, e salve assim a sua honra e os seus dias, porque são esses que ela ataca. Vejo-a aproximar-se-lhe da cabeceira com sorriso hipócrita e meigas exortações! Desgraçado do senhor se não se der pressa em ser o primeiro a ferir — Aí tem o que lhe eu diria, se ela só tivesse assassinado duas pessoas; mas ela viu três agonias, contemplou três moribundos, ajoelhou junto a três cadáveres: ao carrasco a envenenadora! ao carrasco! O senhor fala-me da sua honra... pois seja homem, seja um magistrado integérrimo, faça o que lhe digo, que o espera a imortalidade!

Villefort caiu de joelhos.

— Ouça, doutor, meu bom amigo: eu não tenho essa força que o senhor tem, ou antes, que não teria, se em vez de se tratar de minha filha Valentine se tratasse de sua filha Madeleine!

O médico empalideceu.

— Doutor, todo homem, filho da mulher, nasceu para padecer e morrer; doutor, padecerei, esperarei a morte.

— Tome sentido — disse d'Avrigny —, que essa morte há de ser lenta; há de vê-la aproximar-se-lhe, depois de lhe ter ferido o pai, a esposa, talvez o filho.

Villefort, sufocado, apertou o braço do doutor.

— Ouça-me — exclamou —, deplore-me, socorra-me... Não, minha filha não é criminosa... Não, em minha casa não há crime... Eu não quero, entende? não quero que em minha casa haja crime; porque, quando o crime entra em alguma parte, é como a morte, não entra só. Ouça, que lhe importa ao senhor que eu morra assassinado?... É meu amigo? é homem? tem coração?... Não, é médico!... Pois bem! eu digo-lhe: não, a minha filha não será por mim atirada às mãos do carrasco! Oh! só esta idéia me devora, me leva como um insensato a cravar as unhas no peito!... E se o senhor se enganasse, doutor?! Se fosse outrem, que não a minha filha?!... Se um dia eu lhe aparecesse, pálido como um espectro, e lhe dissesse: — Assassino! matou minha filha!?... Ouça, se isso acontecesse... eu sou cristão, Sr. d'Avrigny, e contudo... matava-me!

— Muito bem — disse o doutor, depois de um instante de silêncio —, esperarei.

Villefort olhou para ele como se lhe duvidasse ainda das palavras.

— Mas — continuou o Sr. d' Avrigny, em voz lenta e solene —, se alguma pessoa desta casa cair doente, se o senhor mesmo for alcançado pelo criminoso, não me chame, porque não venho. Guardarei o segredo terrível, mas não quero que a vergonha e o remorso vão frutificando e crescendo na minha consciência, como o crime e a desgraça vão frutificar e crescer na sua casa.

— Então me abandona, doutor?

— Abandono, porque não posso acompanhá-lo adiante, e não paro senão ao pé do cadafalso. Outra revelação virá que traga consigo o fim desta terrível tragédia. Adeus.

— Doutor, suplico-lhe!...

— Os horrores que me povoam o pensamento tornam-me a sua casa odiosa e fatal. Adeus, senhor.

— Uma palavra, uma só palavra mais, doutor! Retira-se deixando-me todo o horror da situação, horror que ainda mais se aumentou depois do que me revelou. Mas, a morte súbita, instantânea, daquele pobre criado? que irão dizer?

— É justo — disse o Sr. d'Avrigny —; vou sair, venha comigo.

O doutor saiu primeiro, e Villefort acompanhou-o.

Os criados, inquietos, conservavam-se nos corredores e nas escadas por onde devia passar o médico.

— Senhor — disse d'Avrigny a Villefort, falando em voz alta, de maneira que todos o ouvissem —, havia já anos que o pobre Barrois tinha um viver muito sedentário; habituado noutros tempos a correr com o amo, a cavalo ou de carruagem, os quatro cantos da Europa, matou-se neste serviço monótono em volta de uma cadeira. O sangue engrossou-lhe; o pobre homem era obeso, tinha um pescoço grosso e curto, e por isso foi ferido por uma apoplexia fulminante; depois, mandaram-me chamar muito tarde. A propósito — acrescentou o médico em voz baixa — , tenha todo o cuidado em deitar no fogão a chávena de violetas.

O doutor, sem apertar a mão de Villefort, sem voltar nem por um instante ao que tinha dito, saiu, escoltado pelas lágrimas e lamentos de toda a gente da casa.

Naquela mesma tarde, todos os criados de Villefort, que, reunidos na cozinha, tinham conferenciado, foram pedir à Sr.ª de Villefort licença para se retirarem.

Nem pedidos, nem sequer a promessa de aumento de ordenado, puderam detê-los.

A todas as palavras que lhes eram dirigidas nesse sentido, respondiam:

— Queremos retirar-nos porque a morte está nesta casa.

Partiram, portanto, apesar de todos os rogos, testemunhando que era grande seu sentimento por deixarem tão bons amos, e sobretudo a menina Valentine, cuja doçura e bondade eram inexcedíveis.

Villefort, a estas palavras, olhou para Valentine.

A menina chorava.

Coisa singular! Através da comoção que lhe fizeram sentir aquelas lágrimas, o procurador régio olhou também para a Sr.ª de Villefort, e pareceu-lhe que um sorriso fugitivo e sombrio lhe passara pelos lábios delgados, como os meteoros que vemos deslizar sinistramente entre duas nuvens no fundo de um céu tempestuoso.

LXXXI. O quarto de um padeiro retirado

Na noite do mesmo dia em que o conde de Morcerf saíra da casa de Danglars cheio de vergonha e de raiva, que a frieza do banqueiro tornavam compreensíveis, Andreia Cavalcanti, com os cabelos frisados e lustrosos, o bigode retorcido e as luvas brancas desenhando-lhe as unhas, tinha entrado, quase em pé em seu faetonte, no pátio do banqueiro, na Chaussée-d'Antin.

Ao cabo de dez minutos de conversação na sala, Andreia achara meio de conduzir Danglars para o vão de uma janela, e ali, depois de hábil preâmbulo, expusera os tormentos de sua vida desde que o pai se ausentara.

Depois dessa ausência, dizia ele, na família do banqueiro, onde havia sido recebido como filho, encontrara todas as garantias de felicidade que um homem deve sempre procurar ante os caprichos do amor, e o próprio amor tinha ele tido a fortuna de encontrá-lo nos belos olhos da menina Danglars.

O banqueiro ouviu-o com a mais profunda atenção.

Havia já dois ou três dias que ele esperava esta declaração, e quando por fim ela chegou, os olhos dilataram-se-lhe tanto quanto se tinham carregado ao ouvir Morcerf.

No entanto, não quis acolher a proposta de Andreia sem lhe fazer em consciência algumas observações.

— Sr. Andreia — disse ele —, não é ainda muito novo para pensar em casamento?

— Não, senhor — replicou Cavalcanti —; não me parece, pelo menos; na Itália, os grandes senhores casam, geralmente, muito cedo.

É um costume lógico. A vida é tão incerta que devemos segurar a felicidade logo que se nos depara.

— Agora, senhor — disse Danglars —, admitindo que essa proposta, que me honra, seja agradável a minha mulher e a minha filha, com quem discutiremos os interesses? É, se bem me parece, negócio muito importante, que só os pais sabem tratar convenientemente, para a felicidade dos filhos.

— Sr. Barão, meu pai é um homem sensato, respeitado das conveniências e da razão. Previu a circunstância provável de eu sentir o desejo de me estabelecer na França; portanto, no momento de partir, deixou-me, juntamente com todos os papéis que certificam a minha identidade, uma carta em que me assegura, no caso em que eu faça uma escolha que lhe seja agradável, cento e cinqüenta mil libras de renda, desde o dia do meu casamento. É, conforme posso julgar, a quarta parte dos rendimentos de meu pai.

— Eu — disse Danglars — tive sempre a intenção de dar a minha filha quinhentos mil francos; além disso, é a minha única herdeira.

— Pois bem — disse Andreia —; bem vê que a coisa seria pelo melhor, admitindo que o meu pedido não fosse recusado pela Sr.ª Baronesa Danglars e por sua filha. Eis-nos na posse de cento e setenta e cinco mil libras de renda. Suponhamos uma coisa: que consiga de meu pai que em lugar de me pagar a renda me dê o capital (não será fácil, bem o sei, mas pode acontecer); o senhor negocia esses dois ou três milhões, e dois ou três milhões em mãos hábeis podem sempre produzir dez por cento.

— Eu não tomo nunca senão a quatro — disse o banqueiro — e mesmo a três e meio. Mas a meu genro tomaria a cinco, dividiríamos os benefícios.

— Às mil maravilhas, meu sogro! — disse Cavalcanti, deixando-se arrastar por sua natureza um pouco vulgar, que, de tempos em tempos, apesar de seus esforços, fazia estalar o verniz de aristocracia com que pretendia acobertar-se.

Mas continuou logo, contendo-se:

— Oh! perdão, Sr. Barão! bem vê, bastou a esperança para me tornar quase louco; o que fará a realidade?!...

— Mas — disse Danglars, que, de seu lado, não percebia quanto aquela conversação, desinteressada a princípio, se tornara prontamente uma especulação de negócios — há uma parte da sua fortuna que seu pai não pode recusar-lhe...

— Qual? — perguntou Cavalcanti.

— A de sua mãe.

— Ah! é verdade, a de minha mãe, Leonora Corsinari.

— E a quanto pode montar essa parte da sua fortuna?

— Olhe, a dizer a verdade — disse Andreia —, não ocupei ainda com isso o meu espírito; mas calculo-a em dois milhões, pelo menos. Danglars sentiu uma espécie de sufocação de alegria, igual à que sente o avaro que descobre um tesouro perdido, ou à do homem prestes a afogar-se que encontra debaixo dos pés a terra firme em vez do vácuo em que ia submergir-se.

— Então, Sr. Barão — disse Andreia, cumprimentando o banqueiro com respeito —, posso esperar?

— Sr. Andreia — disse Danglars —, espere, e creia que, se nenhum obstáculo da sua parte impedir o prosseguimento deste negócio, pode ele considerar-se concluído.

— Ah! o senhor proporciona-me a maior felicidade da minha vida! — disse Andreia.

— Mas — replicou Danglars, refletindo —, como é que o Sr. Conde de Monte Cristo, seu protetor neste mundo parisiense, não veio com o senhor fazer-me este pedido?

Andreia corou imperceptivelmente.

— Eu venho da casa do conde, Sr. Barão — disse ele. — Ele é incontestavelmente um homem encantador, mas de uma originalidade inconcebível; aprovou a minha idéia; disse-me até que não julgava que meu pai hesitasse um instante em dar-me o capital em lugar do rendimento; prometeu-me a sua influência para me ajudar a obter isso dele; mas declarou-me que, pessoalmente, nunca tinha tomado a responsabilidade de um pedido de casamento. Devo, contudo, fazer-lhe justiça: dignou-se acrescentar que, se alguma vez lamentara tal repugnância, era agora, pois que pensava que a união projetada era muito auspiciosa e feliz. De resto, se o conde nada quer fazer oficialmente, pelo menos tenciona, segundo me disse, responder-lhe a este respeito quando o senhor lhe falar.

— Ah, muito bem!

— Agora — disse Andreia com o mais sedutor sorriso — acabei de falar ao sogro, e dirijo-me ao banqueiro.

— O que quer? vejamos — disse Danglars, sorrindo por sua vez. — É que depois de amanhã, tenho uma pequena conta, uns quatro mil francos, a cobrar na sua casa; mas o conde compreendeu que o mês em que eu ia entrar devia trazer-me um aumento de despesa, para o qual o meu pequeno rendimento de rapaz não será suficiente; aqui está, pois, uma letra de vinte mil francos, que ele, não direi que me deu, mas me ofereceu. É assinada pelo próprio punho; não duvida descontá-la?

— Traga outras iguais, ainda que seja um milhão, que lhas tomo — disse Danglars, metendo a letra na algibeira. — Diga-me a sua hora para amanhã, e o meu caixeiro passará por sua casa com um recibo de vinte e quatro mil francos.

— Às dez horas da manhã, se quiser; quanto mais depressa melhor; quero ir amanhã ao campo.

— Seja às dez horas da manhã; ainda está no Hotel dos Príncipes?

— Sim, Hotel dos Príncipes.

No dia seguinte, com uma exatidão que fazia honra à pontualidade do banqueiro, estavam os vinte e quatro mil francos na casa de Cavalcanti, que saía efetivamente, deixando duzentos francos para Caderousse.

Andreia, saindo de casa, tinha por fim principal evitar o seu perigoso amigo; portanto voltou o mais tarde que lhe foi possível para se não encontrar com ele.

Apenas, porém, pôs o pé na pedra do pátio, viu diante de si o porteiro, que o esperava de boné na mão.

— Senhor — disse ele —, o homem veio.

— Que homem? — perguntou negligentemente Andreia, como se tivesse esquecido da pessoa de quem se tratava, quando pelo contrário se lembrava muito bem.

— Aquele a quem Vossa Excelência concedeu aquela pequena mesada.

— Ah, sim! — disse Andreia —; é um antigo criado de meu pai. E então, entregou-lhe os duzentos francos que eu deixei para ele?

— Sim, Excelentíssimo, exatamente.

Andreia fazia-se tratar por Excelência.

— Mas — continuou o porteiro — não quis aceitá-los.

Andreia empalideceu; porém, como era noite, ninguém deu por isso.

— Como?! não quis aceitar? — perguntou numa voz ligeiramente alterada.

Não, senhor; queria falar-lhe. Eu respondi que Vossa Excelência tinha saído; ele insistiu. Mas, por fim, pareceu convencer-se, e deu-me esta carta, que trazia lacrada.

— Vejamos — disse Andreia.

E leu à lanterna de seu faetonte:

> "Sabe onde moro: espero-o amanhã de manhã, às nove horas."

Andreia olhou para o sinete, para ver se a carta teria sido aberta e se alguns olhares indiscretos a teriam lido; mas estava de tal forma fechada, e com tal luxo de lacres e de sinete, que para a ler seria preciso romper o sobrescrito. Ora, este verificava-se estar intacto.

— Perfeitamente! — disse Andreia. — Pobre homem! é excelente criatura.

E deixou o porteiro edificado por aquelas palavras, e sem saber qual dos dois devia admirar mais, se o jovem amo, se o velho criado.

— Recolha o carro e venha cá acima, depressa — disse Andreia a seu paquete.

Em dois saltos subiu ao quarto e queimou a carta de Caderousse, fazendo desaparecer até as cinzas.

Acabava esta operação quando entrou o criado.

— Tem a mesma estatura que eu, Pedro — disse Cavalcanti.

— Tenho essa honra, Excelentíssimo — respondeu o criado.

— Deve ter uma libré nova que lhe trouxeram ontem?

— Tenho, sim, senhor.

— Tenho aí um negócio com uma cachopa a quem não quero dizer o meu nome nem a minha posição. Empreste-me a sua libré, e traga-me os seus papéis, para que eu possa, se me for preciso, dormir numa estalagem.

Pedro obedeceu.

Cinco minutos depois, Andreia, completamente metamorfoseado, saía do hotel sem ser conhecido, tomava um trem, e fazia-se conduzir à estalagem do Cavalo Vermelho, em Picpus.

No dia seguinte, saiu da estalagem do Cavalo Vermelho como tinha saído do Hotel dos Príncipes, quer dizer, sem ser notado, desceu o Bairro de Saint-Antoine, entrou pelo *boulevard* até a Rua Ménilmontant, e, parando à porta da terceira casa à esquerda, procurou quem pudesse, na ausência do porteiro, dar-lhe esclarecimentos.

— Quem procura, meu belo mocetão? — perguntou uma vendedora de frutas que ficava defronte.

— O Sr. Pailletin, minha boa tia — respondeu Andreia.

— Um padeiro retirado?

— Justamente, é isso.

— Ao fundo do pátio, à esquerda, terceira casa.

Andreia seguiu o caminho indicado, e na terceira porta viu uma pata de lebre, que puxou com mau humor, e de cujo movimento precipitado a campainha se ressentiu.

Um segundo depois apareceu a cabeça de Caderousse através da grade praticada na porta.

— Ah, é pontual! — disse ele.

E levantou o fecho.

— Ora essa! — disse Andreia, entrando.

Atirou para cima de uma cadeira com o boné de cocheiro, que, não acertando, caiu no chão, e deu a volta do quarto rodando em toda a circunferência.

— Vamos, vamos — disse Caderousse —, não se zangue, rapaz! Bem vê que me lembrei de você; repare no excelente almoço que vamos ter; compõe-se só de pitéus de que você gosta.

Andreia sentira com efeito um certo cheiro de cozinha, cujos aromas grosseiros não são de todo destituídos de encanto para um estômago esfaimado.

Era essa mistura de banha fresca e alho que assinala a cozinha provençal de uma ordem inferior.

Era, por outro lado, um cheiro de peixe assado, e, sobressaindo a tudo, o acre perfume da noz-moscada e do cravo-da-índia.

Tudo isto se exalava de dois pratos covos e cobertos, colocados em dois fogareiros, e de uma caçarola metida na fornalha de um fogão de metal.

No quarto vizinho, viu Andreia uma mesa bastante asseada, adornada com dois talheres, duas garrafas de vinho lacradas, uma de verde e outra de amarelo, uma boa porção de aguardente numa outra garrafa, e alguma fruta numa larga folha de couve colocada com arte sobre uma travessa de louça.

— Que lhe parece, meu rapaz? — perguntou Caderousse — hem!... como tudo isto cheira! Ah! mas você bem sabe que eu dantes era bom cozinheiro! Lembra-se de como se lambiam os dedos na minha cozinha? E você era dos primeiros a apreciar os meus molhos, não os desprezava, creio eu.

E Caderousse pôs-se a descascar um suplemento de cebolas.

— Está bom, está bom! — disse Andreia, com humor — por Deus! se foi para almoçar com você que me incomodou, que o leve o diabo!

— Meu filho — replicou sentenciosamente Caderousse —, conversa-se à mesa; e depois, ingrato que você é! não se alegra por o entreter um pouco na companhia do seu amigo? pois olha, eu choro de alegria!

No entanto, seria difícil dizer se era a alegria ou se eram as cebolas que atuavam na glândula lacrimal do antigo estalajadeiro da ponte do Gard.

— Cale-se, hipócrita! você é lá meu amigo!...

— O diabo me leve se não é verdade que sou seu amigo! É uma fraqueza, bem sei, mas que pode mais do que eu.

— O que não obsta a que me obrigue a vir aqui para alguma perfídia.

— Vamos! — disse Caderousse, limpando a larga faca no avental — se não fosse seu amigo, como suportaria a vida miserável a que me obriga? Repare: você tem vestida a libré do seu criado, é sinal de que tem criado, e eu não o tenho, vendo-me obrigado a cozinhar os meus feijões; escarnece da minha cozinha, porque janta à mesa redonda do Hotel dos Príncipes ou no Café de Paris. Pois bem;

também eu poderia ter um carrinho, e jantar onde muito bem quisesse. E por que é que eu me privo de tudo isso? para não causar desgostos ao meu querido Benedetto. Vamos, confessa que se eu quisesse podia, hem?

E um olhar perfeitamente claro de Caderousse terminou o sentido da frase.

— Pois sim — disse Andreia —; supondo que é meu amigo, para que é então que exige que eu venha almoçar contigo?

— Para vê-lo, rapaz.

— Para ver-me? mas para que serve isso, se tínhamos estabelecido de antemão todas as nossas condições?

— Ora, querido amigo — disse Caderousse —, já viu testamentos sem codicilo? Mas, em primeiro lugar, você veio para almoçar, não é verdade? Então, vamos, sente-se, e comecemos por estas sardinhas e esta manteiga fresca, que por sua intenção, endiabrado, tive o cuidado de pôr em cima destas parras. Ah! sim, está mirando a casa, as minhas cadeiras de palha, os meus quadros de três francos. Valha-me Deus! que quer você, deve compreender que isto não é o Hotel dos Príncipes.

— Vamos, não está contente, não é feliz, você, que não ambicionava mais do que ter ares de padeiro retirado?

Caderousse soltou um suspiro.

— Então, que tem a dizer? Vê o seu sonho realizado...

— Tenho que dizer que isto é um sonho; um padeiro retirado, meu caro Benedetto, é rico, tem os seus rendimentos.

— Ora essa! mas você também tem os seus.

— Eu?

— Sim, você, porque lhe trago duzentos francos.

Caderousse encolheu os ombros.

— É humilhante — disse ele — receber assim dinheiro dado contra a vontade, dinheiro efêmero, que pode faltar-me de um dia para outro. Você bem vê que sou obrigado a fazer economias para o caso em que a fortuna me abandone. Oh! meu amigo, a fortuna é inconstante, como dizia o capelão do... regimento. Eu bem sei que a sua prosperidade é imensa, celerado! Vai casar com a filha do Danglars.

— Como?! do Danglars?

— Certamente, do Danglars! É preciso que lhe diga do barão Danglars? Era como se dissesse do conde Benedetto. O Danglars é um amigo, e se não tivesse a memória tão ingrata deveria convidar-me para as suas bodas... atendendo a que ele foi às minhas. Sim, sim, sim, às minhas. Nesse tempo não era ele tão aristocrata como hoje; era um reles empregado da casa daquele bom Morrel. Jantei mais de uma vez com ele e com o conde de Morcerf. Já vê que tenho excelentes conhecimentos, e que, se eu tivesse tido o cuidado de os cultivar um pouco, havíamos de nos encontrar nas mesmas salas.

— Vamos, a inveja faz com que esteja fantasiando castelos no ar, Caderousse.

— Está bem, Benedetto *mio*, sei o que digo. Mas sentemo-nos, e comecemos o almoço.

Caderousse deu o exemplo, e começou a comer com bom apetite, elogiando todos os pratos que servia a seu hóspede.

Andreia resolveu-se a aceitar os fatos; desarolhou valentemente as garrafas, e atacou a *bouillabaisse* e o bacalhau assado com alho e azeite.

— Ah compadre, parece que se acomoda com o seu antigo cozinheiro.

— Sim, é verdade! — respondeu Andreia, em quem, como moço e vigoroso que era, o apetite se tornava no momento superior a tudo.

— E que tal acha isto, maroto?

— Tão bom que me custa a perceber como um homem que cozinha e come tão bons petiscos esteja descontente com a vida.

— É que toda a minha felicidade é destruída por um só pensamento — disse Caderousse.

— Qual?

— Viver à custa de um amigo, eu que ganhei sempre destramente a minha vida.

— Ora, isso não vale nada! — disse Andreia —; ganho bem para dois, não se apoquente.

— Não, não; não acredite, se quiser, mas tenho remorsos no fim de todos os meses.

— Bom Caderousse!...

— A tal ponto que ontem não quis receber os duzentos francos.

— Sim, queria falar-me; mas foi então por causa dos remorsos? diga-me.

— É verdade; e depois, ocorreu-me uma idéia.

Andreia estremeceu; estremecia sempre que Caderousse tinha uma idéia.

— É triste, veja você — continuou este —, estar sempre à espera do fim dos meses.

— Ora! — disse filosoficamente Andreia, decidido a ver aonde chegava o companheiro — por acaso não passamos todos a vida a esperar?... Eu, por exemplo, faço porventura outra coisa? Não, mas espero com paciência.

— Sim, porque em lugar de esperar por uns duzentos miseráveis francos, espera por cinco ou seis mil, talvez dez, talvez, até, doze mil. É um rapaz esperto; dantes tinha sempre o seu bolsinho e o seu mealheiro que diligenciava subtrair ao seu pobre amigo Caderousse. Felizmente que o tal Caderousse em questão tinha o nariz muito fino!

— Vamos, lá torna você a divagar — disse Andreia —; começa a lembrar e a relembrar sempre o passado! Mas para que serve pisar e repisar?

— Ora! é que você tem vinte e um anos, e pode melhor esquecer o passado; eu tenho cinqüenta, e vejo-me obrigado a reavivá-lo. Mas não importa, voltemos ao nosso negócio.

— Sim, vamos a isso.

— Queria eu dizer que se estivesse no seu lugar...

— O quê?

— Realizaria...

— Como?! realizaria?

— Sim, pedia um semestre adiantado, sob pretexto de que queria tornar-me elegível e desejava comprar uma herdade; depois abalava com o meu semestre.

— Espera, espera — disse Andreia —, que talvez não seja mal pensado!

— Meu caro amigo — disse Caderousse —, come da minha cozinha e segue os meus conselhos, que não se há de dar mal física e moralmente.

— Pois bem — tornou Andreia —; mas por que não segue você mesmo o conselho que me dá? Por que não realiza um semestre, um ano até, e não se retira para Bruxelas? Em vez de fazer figura de padeiro retirado, teria ar de banqueiro falido no exercício de suas funções.

— Mas como quer você que eu me retire com a módica quantia de mil e duzentos francos?

— Ah, Caderousse! — disse Andreia —, sempre é muito exigente! Ainda há dois meses estava morrendo de fome.

— O apetite abre-se comendo! — respondeu Caderousse, mostrando os dentes como o macaco que faz trejeitos, ou como um tigre rosnador. — Mas também — acrescentou ele, cortando com os dentes brancos e agudos apesar da idade, um enorme pedaço de pão — já tenho um plano.

Os planos de Caderousse assustavam Andreia ainda mais do que as idéias dele.

— Vejamos esse plano — disse Cavalcanti —; deve ser bonito!

— E por que não? O plano para deixarmos o estabelecimento do Sr. Chose de quem partiu, hem? De mim, creio eu; e não era muito mau, ao que parece, visto que estamos aqui.

— Eu não digo — respondeu Andreia — que não o tenha algumas vezes bons; mas enfim, diga-me o seu plano.

— Vamos a saber — respondeu Caderousse —; você pode, sem desembolsar um real, proporcionar-me uns quinze mil francos? Não, não bastam quinze mil francos, não quero fazer-me homem de bem por menos de trinta mil francos.

— Não — respondeu secamente Andreia —, não posso.

— Você não me entendeu — insistiu Caderousse, impassível: — eu disse sem desembolsar um real.

— Quer que os roube, para arruinar todos os meus interesses, e juntamente com eles os seus, e que nos levem outra vez para a prisão?

— Ora! — disse Caderousse — para mim tanto dá, tanto me importa que me deitem outra vez a mão como que deixem de deitar; sou jovial, bem o sabe; não me enojo dos camaradas; não sou como você, desalmado, que o seu desejo era não tornar a vê-los.

Andreia desta vez fez mais do que estremecer, empalidecendo bastante.

— Deixe-se de tolices — disse-lhe.

— Está descansado, meu Benedetto; indica-me um meio de ganhar os trinta mil francos sem envolvê-lo em nada, e deixa-me cá à vontade; é o que lhe peço.

— Pois sim, hei de tratar disso, eu verei depois — respondeu Andreia.

— Mas, enquanto esperamos, há de dar-me quinhentos francos, não é verdade? Tenho uma mania: quero tomar criada.

— Pois bem, terá os seus quinhentos francos — disse Andreia —; mas para mim é pesado, meu caro Caderousse... Você abusa...

— Ora! — respondeu Caderousse — você dispõe de cofres que não têm fundo.

Dir-se-ia que Andreia esperava aquelas palavras do companheiro, tanto o olhar lhe brilhou num rápido clarão, extinguindo-se contudo prontamente.

— Isso é verdade, e o meu protetor é muito generoso comigo.

— Excelente protetor! — disse Caderousse —; então quanto lhe dá ele por mês?

— Cinco mil francos.

— Tantos milhares quanto me vai dar de centenas — replicou

Caderousse —; na verdade não há como os bastardos para terem fortuna. Cinco mil francos por mês!... Que diabo pode você fazer de todo esse dinheiro?

— Ora! Desaparece-me num instante. Eu também penso como você, antes queria ter um capital.

— Pois bem! Hei de tê-lo.

— E quem lhe há de arranjá-lo? O seu príncipe?

— Sim, o meu príncipe; infelizmente tenho de esperar.

— Esperar o quê? — perguntou Caderousse.

— A morte dele!

— A morte do seu príncipe?

— Sim.

— Então como é isso?

— Contemplou-me no testamento.

— Isso é verdade?

— Palavra!

— Mas quinhentos mil francos.

— Qual! Parece-me muita fortuna junta.

— É como lhe digo.

— Nada, isso não é possível.

— Caderousse, é meu amigo?

— Ora essa! Para a vida e para a morte.

— Pois bem! Vou dizer-lhe um segredo.

— Diga.

— Mas, ouça...

— Pode dizer, pode dizer, Benedetto, que serei mudo como um peixe.

— Bem, eu creio...

Andreia deteve-se olhando em redor.

— Você crê?... Não tenha receio, estamos sós.

— Creio que encontrei o meu pai.

— O seu verdadeiro pai?

— Sim.

— Não o pai Cavalcanti?

— Não; esse já se retirou.

— E esse pai vem a ser?...

— O conde de Monte Cristo.

— Oh!

— Sim, agora percebe, tudo se explica. Não quis reconhecer-me em voz alta; mas fez-me reconhecer pelo Sr. Cavalcanti, a quem para isso deu cinqüenta mil francos.

— Cinqüenta mil francos para ser seu pai?! Eu teria aceitado o negócio por metade, por vinte mil, por quinze mil como não se lembrou de mim, ingrato?

— Eu sabia lá disso porventura?... tudo se fez quando ainda estávamos lá adiante.

— Ah, é verdade! E então diz que, pelo seu testamento?

— Me deixa quinhentas mil libras.

— Está certo disso?

— Mostrou-mo; mas ainda não é tudo.

— Há um codicilo, como eu lhe dizia há pouco!

— Provavelmente.

— E nesse codicilo?...

— Reconhece-me.

— Oh, que bom pai! que grande pai! que honestíssimo pai! — exclamou Caderousse, fazendo voltear por cima da cabeça uma cadeira que segurava com ambas as mãos.

— Ora, aí está. Diz agora que tenho segredos para você!

— Não, e a sua confiança honra-lhe a meus olhos. E esse príncipe seu pai é então rico, riquíssimo?...

— Assim o julgo; nem sabe o que tem de seu.

— É possível?

— Valha-me Deus! eu sei-o perfeitamente, eu, que sou recebido na sua casa a toda hora. Outro dia, era um caixeiro que lhe levava cinqüenta mil francos numa carteira tão grossa como esse seu guardanapo; ontem, foi um banqueiro, que lhe levou cem mil francos em ouro.

Caderousse estava aturdido.

Parecia-lhe que as palavras de Andreia tinham o som do metal, e que ouvia rolar uma torrente de luíses.

— E você vai a essa casa? — perguntou com ingenuidade.

— Sempre que quero.

Caderousse conservou-se por um instante pensativo.

Era fácil perceber que revolvia no espírito algum pensamento profundo.

— Muito gostaria eu de ver tudo isso! — disse de repente — como deve ser belo!

— Na verdade — replicou Andreia — é magnífico!

— E ele mora na Avenida dos Champs-Élysées?

— Número trinta.

— Ah! — disse Caderousse — número trinta?

— Sim, uma excelente casa isolada com pátio e jardim; não conhece você outra coisa.

— É possível; mas não é o exterior que me prende a atenção, é o interior; que belos móveis deve haver nessa casa!

— Já viu alguma vez as Tuileries?

— Não.

— Pois ainda é coisa superior.

— Diz cá, Andreia, deve saber bem baixar-se a gente quando o tal Monte Cristo deixa cair a bolsa...

— Qual! Não vale a pena esperar uma ocasião dessas; o dinheiro abunda naquela casa como a fruta num pomar.

— Devia um dia levar-me com você a essa magnífica vivenda.

— Como? A que título?

— É verdade, tem razão; mas fez-me crescer a água na boca. É absolutamente preciso que eu veja essa maravilha. Eu encontrarei o meio.

— Deixe-se de tolices, Caderousse!

— Apresento-me lá como esfregador de casas.

— Também não pode ser; a casa é toda atapetada.

— Oh, demônios! Então sou obrigado a contentar-me com ver tudo isso só com a imaginação! Há de haver um meio, parece-me. Procura ao menos fazer-me perceber o que seja tudo aquilo.

— Como quer que faça?

— Nada mais fácil. O palácio é muito grande?

— De um tamanho regular.

— Mas qual é a sua distribuição?

— Valha-me Deus! Só com papel e pena lhe poderei traçar o plano.

— Está aqui — disse Caderousse.

E foi buscar a uma velha secretária uma folha de papel, pena e tinta.

— Aqui tem — disse Caderousse para o rapaz —; trace-me isso no papel, meu filho.

Andreia Cavalcanti pegou a pena com um sorriso imperceptível, e começou.

— A casa, como já lhe disse, fica entre o pátio e o jardim, você vê? Assim, como estou traçando.

E Andreia fez os traços do jardim, do pátio e da casa.

— Tem muros muito altos?

— Não, uns oito ou dez pés, quando muito.

— Isso não é prudente — disse Caderousse.

— No pátio há caixotes de laranjeiras, tabuleiros de relva, e maciços de flores.

— E a respeito de armadilhas?

— Não há lá disso.

— E as cavalariças?

— Ficam ao lado da grade, conforme vê aqui.

E Andreia continuou a traçar o plano.

— Vejamos o andar térreo.

— No andar de baixo ficam: a casa de jantar, duas salas, salão de bilhar, a escada principal, e outra, de serviço particular.

— E as janelas?

— São magníficas; tão belas, tão largas, que, palavra! parece-me que um homem da sua estatura poderia passar facilmente por cada um daqueles caixilhos.

— Para que demônios servem então as portas, quando há janelas assim?

— Que quer você? é luxo.

— Então essas janelas não têm portas interiores?

— Têm, sim; mas nunca se servem delas. É muito original aquele conde de Monte Cristo, gosta de ver o céu até durante a noite!

— E os criados, onde dormem?

— Têm casa à parte. Imagine um lindo alpendre à direita onde vão reunir-se todas as escadas. Pois bem, por cima desse alpendre ficam os quartos dos criados, havendo em cada quarto uma campainha correspondente.

— Oh, diabos! Campainhas!

— Que diz?...

— Eu?... nada. Quero dizer, todas essas campainhas custam caro, e dão trabalho a pôr; mas para que serve isso, pergunto eu?

— Antes havia um cão que vigiava toda a noite no pátio, mas levaram-no para a casa de Auteuil; deve lembrar-se, aquela onde você foi...

— Sim, bem sei.

— Eu ainda ontem lhe dizia: É uma imprudência da sua parte, Sr. Conde, porque quando se retira para Auteuil e leva os seus criados, a casa fica só.

— "E então?" — perguntou o conde — "depois?"

— "Depois" — repliquei eu —, "podem roubá-lo em alguma dessas ocasiões..."

— Ele, o que respondeu?

— O que respondeu?

— Sim.

— Respondeu-me: Então? o que tem que me roubem?

— Andreia, o conde tem alguma secretária mecânica?

— Como?

— Sim, que seja um laço que prenda o ladrão numa ratoeira. Disseram-me que apareceu na última exposição uma coisa dessas.

— Apenas há uma secretária de acaju, onde tenho visto sempre a chave.

— E não o roubam?

— Não, toda a gente que o serve lhe é dedicada.

— Nessa secretária deve haver dinheirama a rodo, hem?

— Talvez... ninguém sabe o que lá há.

— E onde é que ela está?

— No primeiro andar.

— Traça-me o plano do primeiro andar, como fez dos quartos de baixo?

— Isso é fácil.

Andreia tornou a pegar a pena.

— No primeiro andar, você vê? há a antecâmara e a sala; à direita da sala, a biblioteca e o escritório; à esquerda, um quarto de cama e outro de vestir. Neste é que está a famosa secretária.

— E há alguma janela nessa casa?

— Há duas; uma aqui e outra aqui.

E Andreia desenhou as duas janelas do gabinete, que, no plano, fazia esquina e formava como que um quadrado menor reunido ao outro maior do quarto de dormir.

Caderousse tornou-se pensativo.

— E o conde vai muitas vezes para Auteuil? — perguntou ele ao cabo de algum tempo.

— Duas ou três vezes por semana: amanhã, por exemplo, deve lá ir passar o dia e a noite.

— Está certo disso?

— Convidou-me para ir lá jantar.

— Isso é que é vida! — disse Caderousse — casa na cidade, casa no campo!

— Vê lá o que é ser rico.

— E você sempre vai ao jantar?

— Provavelmente.

— Quando janta, também dorme lá?

— Quando me convém. Eu na casa do conde estou como na minha própria casa.

Caderousse olhou para Andreia como que para lhe arrancar a verdade do fundo do coração. Mas Andreia tirou a charuteira do bolso, tomou um havano, acendeu-o tranqüilamente e começou a fumar sem afetação.

— Quando quer receber os quinhentos francos? — perguntou a Caderousse.

— Já, se os tem aí.

Andreia tirou vinte e cinco luíses da algibeira.

— Amarelos... — murmurou Caderousse — nada, obrigado!

— Então! despreza este dinheiro?

— Não, pelo contrário, estimo-o, mas não o quero.

— Olha que ganha no câmbio, pateta; o ouro tem cinco francos de prêmio.

— Pois é, mas depois o cambista manda seguir o seu amigo Caderousse, deitam-lhe a mão, e nada lhe valerá dizer que foram os rendeiros que lhe pagaram em ouro as suas rendas. Nada de imprudências, meu rapaz: prata simplesmente; moedas redondas com a efígie de um monarca qualquer. Toda a gente pode possuir uma moeda de cinco francos.

— Bem deve perceber que não tenho aqui quinhentos francos em prata: ser-me-ia preciso trazer comigo um moço.

— Pois bem: deixa-os ao seu porteiro, que é bom homem, e eu lá irei buscá-los.

— Hoje?

— Não, amanhã; hoje não tenho tempo.

— Está dito; amanhã deixá-lo-ei quando for para Auteuil.

— Posso contar com isso?

— Pode.

— É que vou ajustar primeiro a minha criada.

— Pois ajusta. Mas está decidido, hem? não me torne mais a apoquentar.

— Nunca mais.

Caderousse tornou-se tão sombrio que Andreia temeu-se de ser obrigado a dar por aquela mudança.

Redobrou então de alegria e de indiferença.

— Como está alegre! — disse Caderousse. — Parece que já tem na mão a herança.

— Infelizmente não a tenho. Mas no dia em que a tiver...

— O que sucede?

— Hei de lembrar-me dos amigos, só lhe digo isto.

— É verdade que boa memória tem!

— Que quer? tinha julgado que me queria prejudicar.

— Eu?! que idéia!... Pelo contrário, ainda lhe vou dar um conselho de amigo.

— Que conselho?

— É que deixe aqui o diamante que tem no dedo. Ó rapaz, então quer fazer com que nos apanhem? quer perder-nos a ambos com semelhantes disparates?

— Por quê? — perguntou Andreia.

— Como?! pois enverga uma libré, disfarça-se de lacaio, e conserva no dedo um diamante de quatro a cinco mil francos?!

— Caramba! deste-lhe o valor exato! Por que não se mete a avaliador?

— Sou bastante entendedor de diamantes; tenho tido muita dessa fazenda.

— Aconselho-o a que não se gabe — disse Andreia, que, sem se enfadar com a nova extorsão, como receava Caderousse, entregou prontamente o anel.

Caderousse mirou-o tão de perto que se tornava evidentíssimo que tratava de examinar se as arestas do diamante estavam ou não bem vivas.

— Este diamante é falso — disse ele.

— Está gracejando? — perguntou Andreia.

— Oh! não se zangue, que já o vamos saber.

E Caderousse dirigiu-se à janela e passou o diamante pelo vidro, que estalou.

— *Confiteor*! — disse, enfiando o anel no dedo — enganava-me; os ladrões dos joalheiros imitam tão bem as pedras preciosas, que já não há quem se atreva a roubar as lojas dos ourives. É mais um ramo de indústria paralisado.

— Então — disse Andreia —, acabamos por uma vez, ou ainda tem alguma coisa a me pedir? Veja se precisa da minha jaqueta ou do meu boné. Não se rale enquanto eu aqui estiver.

— Não, você no fundo é um bom companheiro. Não quero detê-lo mais, e procurarei moderar a minha ambição.

— Mas tome sentido! veja lá se não vende o diamante, não lhe vá acontecer o que receava que lhe acontecesse com o ouro.

— Não o vendo, fica descansado.

"Não, pelo menos até depois de amanhã, pensou Andreia."

— Feliz maroto! — disse Caderousse — agora vai encontrar o seu lacaio, os seus cavalos, o seu carrinho, e a sua noiva.

— É verdade — respondeu Andreia.

— Espero que me dê um bom presente de bodas no dia em que casar com a filha do meu amigo Danglars.

— Já lhe disse que isso não passava de uma mania que se lhe tinha metido na cabeça.

— Quanto de dote?

— Mas se já lhe disse...

— Um milhão?

Andreia encolheu os ombros.

— Que seja um milhão — disse Caderousse —; nunca terá tanto quanto lhe desejo.

— Obrigado — replicou Andreia.

— Oh, isto é de todo o coração! — completou Caderousse, com estrepitosa gargalhada. — Espere, eu acompanho-o à porta.

— Não vale a pena.

— Se vale!

— Por quê?

— Porque há um pequeno segredo na porta; foi uma medida de precaução que julguei dever adotar; fechadura Huret & Fichet, corrigida e aumentada por Gaspar Caderousse. Hei de arranjar-lhe uma igual quando for capitalista.

— Obrigado — disse Andreia —; eu o prevenirei com oito dias de antecedência.

Separaram-se.

Caderousse conservou-se à porta não só enquanto Andreia desceu mas até vê-lo atravessar o pátio.

Andreia não tardou a desaparecer.

O outro entrou então precipitadamente, fechou a porta com todo cuidado, e pôs-se a estudar como profundo arquiteto o plano que Andreia lhe deixara.

— O meu querido Benedetto não deve ficar zangado com a herança, e o que lhe abreviar o dia em que deve receber os quinhentos mil francos não será o pior de seus amigos.

LXXXII. Arrombamento

No dia seguinte àquele em que se dera a conversação que acabamos de narrar, o conde de Monte Cristo partiu efetivamente para Auteuil com Ali, muitos criados, e alguns cavalos, que queria experimentar.

O que sobretudo determinara aquela partida, na qual não pensava, nem sequer na véspera, e sobre a qual Andreia sabia tanto como ele, fora a chegada de Bertuccio, que voltara da Normandia trazendo notícias da casa e da corveta.

A casa estava pronta, e a corveta, chegada havia oito dias, fundeara numa pequena enseada, onde se conservava com a sua tripulação de seis homens, depois de ter cumprido as formalidades exigidas, e estava pronta para se fazer ao largo.

Deixando as coisas assim dispostas, Bertuccio regressara.

O conde louvou o zelo de Bertuccio e disse-lhe que se preparasse para uma pronta retirada; sua permanência na França não devia prolongar-se além de um mês.

— Agora — disse ele —, posso ter de um momento para outro necessidade de ir numa noite de Paris a Tréport, portanto, quero oito mudas divididas pela estrada, de maneira que me permitam transpor cinqüenta léguas em dez horas.

— Vossa Excelência tinha já manifestado esse desejo — respondeu Bertuccio —, e os cavalos estão prontos. Comprei-os, e eu mesmo os dispus nos lugares mais cômodos, quer dizer, nas aldeias onde de ordinário ninguém pára.

— Bem — disse Monte Cristo —, eu demoro-me aqui um ou dois dias; disponha, portanto, as coisas.

Quando Bertuccio ia saindo para dar suas ordens em harmonia com os desejos do amo, Baptistin abriu a porta. Trazia uma carta numa salva de prata.

— O que vem fazer aqui? — perguntou o conde, ao vê-lo todo coberto de poeira — parece-me que não o mandei chamar.

Baptistin, sem responder, aproximou-se do conde e apresentou-lhe a carta.

— Importante e urgente — disse ele.

Monte Cristo abriu-a e leu:

"O Sr. Conde de Monte Cristo fica prevenido de que esta mesma noite se introduzirá um homem em sua casa dos Champs-Élysées, para lhe subtrair papéis que julga existirem na secretária do quarto de vestir.

Sabemos que o Sr. Conde é bastante corajoso para que precise recorrer à intervenção da polícia, intervenção que podia comprometer bastante a pessoa que dá este aviso.

O Sr. Conde, ou pela abertura que dá do quarto de dormir para o gabinete, ou emboscando-se nesse mesmo gabinete, poderá fazer justiça por suas mãos.

Muita gente e precauções aparentes afastariam por certo o malfeitor, e fariam perder ao Sr. de Monte Cristo esta ocasião de conhecer um inimigo que o acaso fez com que a pessoa que lhe dá este aviso descobrisse, aviso que ela não terá talvez ocasião de renovar, se, frustrando-se esta primeira empresa, der lugar a que o malfeitor efetue outra."

O primeiro pensamento de Monte Cristo foi julgar que aquela carta fosse uma astúcia de ladrão, laço grosseiríssimo que lhe indicasse um perigo medíocre para o expor a outro perigo verdadeiramente muito mais grave.

Ia mandar a carta a um comissário de polícia, apesar da recomendação, e talvez que até por essa mesma recomendação do amigo anônimo, quando de repente lhe ocorreu a idéia de que podia ser efetivamente algum inimigo, que só ele pudesse conhecer, e de que também fosse o único a poder tirar partido, como tinha sucedido a Fieschi com o Mouro, que quisera assassiná-lo.

Conhecemos o conde; não precisamos, pois, dizer que era um espírito cheio de audácia e de vigor, que se revoltava contra o impossível com a energia só própria dos homens superiores.

Pela vida que levara, pela decisão que tinha tomado, e que nada seria capaz de fazer mudar, o conde chegara ao ponto de gozar júbilos desconhecidos nas lutas que empreendia muitas das vezes contra a natureza, que é Deus, e contra o mundo, que pode bem passar pelo Diabo.

— Não querem roubar-me papéis — disse o conde —; querem matar-me; não são ladrões, são assassinos. Não desejo que o Sr. Prefeito da Polícia se envolva nos meus negócios particulares. Sou suficientemente rico para poupar despesas à administração.

Monte Cristo chamou Baptistin, que tinha saído depois de entregar a carta.

— Vá a Paris — disse-lhe —, e mande para cá todos os criados que estão lá. Preciso de toda a gente em Auteuil.

— Mas não fica então ninguém na casa, Sr. Conde? — perguntou Baptistin.

— Fica sim, fica o porteiro.

— Mas o Sr. Conde refletirá que há grande distância do aposento do porteiro ao palácio...

— E depois?

— E depois, podia-se esvaziar a casa toda sem que ele escutasse o menor ruído.

— Quem?

— Mas... os ladrões.

— É um tonto, Sr. Baptistin; ainda que os ladrões me roubassem toda a casa, não me ocasionariam o transtorno que pode ocasionar-me um serviço mal feito.

Baptistin inclinou-se.

— Entende? — disse o conde — traga-me todos os seus companheiros, do primeiro até o último, mas que fique tudo como de costume; feche as portas das janelas do andar de baixo, que é quanto basta.

— E as do primeiro andar?

— Bem sabe que nunca se fecham. Pode retirar-se.

O conde fez saber que jantava em casa, e que não queria ser servido senão por Ali.

Jantou tranqüilamente e com a sobriedade costumada. Quando acabou de jantar, fez sinal a Ali para que o acompanhasse, e, saindo pela porta pequena, ganhou o bosque de Bolonha como se fosse de passeio, meteu sem afetação pela estrada de Paris, e à noite achou-se defronte de sua casa dos Champs-Élysées.

Tudo se conservava silencioso e sombrio.

Apenas se via uma tênue claridade no aposento do porteiro, a uns quarenta passos da casa, como dissera Baptistin.

Monte Cristo encostou-se a uma árvore, e com aquele olhar que tão raro se iludia, examinou as ruas próximas, para ver se por ali estaria alguém emboscado.

No fim de dez minutos, mais ou menos, convenceu-se de que ninguém espreitava.

Correu rapidamente para a porta pequena com Ali, entrou ligeiro, e, pela escada de serviço, de que tinha a chave, entrou em seu quarto de dormir, sem abrir nem afastar uma cortina, sem que o próprio porteiro pudesse imaginar que na casa, que ele julgava deserta, acabava de entrar seu principal habitante.

Quando chegou ao quarto de dormir, Monte Cristo fez sinal a Ali para que parasse, passando ele em seguida ao gabinete, que examinou o mais minuciosamente possível.

Conservava-se tudo no estado do costume.

A preciosa secretária estava no mesmo lugar, e a chave na fechadura.

Deu duas voltas à chave e meteu-a na algibeira, foi à porta do quarto de dormir, desparafusou a chapa-testa, que, todavia, deixou colocada, e entrou.

Neste intervalo, Ali trouxera para cima de uma mesa as armas que o conde lhe pedira, quer dizer, uma carabina pequena, um par de pistolas de dois tiros, cujos canos sobrepostos permitiam uma pontaria tão segura como a das pistolas de tiro.

Assim armado, podia dizer-se que o conde tinha em suas mãos a vida de cinco homens.

Eram umas cinco horas e meia.

Monte Cristo e Ali comeram à pressa um bocado de pão e beberam uma garrafa de vinho da Espanha; depois, o conde correu uma das almofadas móveis que lhe permitiam ver de um para outro quarto.

Tinha perto de si as pistolas e a carabina, e Ali, em pé perto dele, tinha na mão uma dessas achas árabes que ainda não mudaram de forma desde as Cruzadas.

Por uma das janelas do quarto de dormir, paralela à do gabinete, o conde podia ver o que se passava na rua.

Decorreram assim duas horas.

Havia a mais profunda escuridão, e, no entanto, Ali, graças à sua natureza selvagem, e o conde, graças sem dúvida a uma qualidade adquirida, distinguiam no meio das trevas as mais leves oscilações das árvores do pátio.

Havia muito que se extinguira a pequena luz da casa do porteiro.

Era de presumir que o ataque, se realmente houvesse qualquer ataque projetado, devesse efetuar-se pela escada do andar de baixo e não por alguma janela.

Na idéia de Monte Cristo, os malfeitores queriam-lhe a vida e não o dinheiro, e por conseqüência era o quarto de dormir o ponto onde deviam chegar, fosse pela escada de serviço, fosse pela janela do gabinete.

Colocou Ali diante da porta da escada, e continuou a vigiar o quarto próximo.

Deram onze horas e três quartos no relógio dos Inválidos.

O vento de oeste trazia nas suas úmidas lufadas as lúgubres vibrações do martelo do relógio.

Apenas se extinguiu o último som, o conde pareceu-lhe ouvir um ligeiro ruído que partia do lado do gabinete.

A esse primeiro rumor, ou antes, a esse primeiro rangido, seguiu-se segundo e depois terceiro.

Ao quarto, já o conde sabia o que devia esperar.

Uma mão firme e exercitada ocupava-se em cortar o vidro por quatro lados com um diamante.

O conde sentiu bater o coração mais ligeiramente.

Por muito acostumados que os homens estejam ao perigo, por muito prevenidos que estejam para ele, compreendem sempre, pelo estremecimento do corpo e do coração, a diferença que existe entre o sonho e a realidade, entre o projeto e a execução.

No entanto, Monte Cristo não fez mais do que um sinal para prevenir Ali. Este, compreendendo que o perigo vinha do lado do gabinete, deu um passo para o amo.

Monte Cristo estava ansioso por conhecer a qualidade do inimigo e o número com que tinha de haver-se.

A janela que arrombavam ficava em frente da abertura por onde o conde espreitava.

Então os olhos fixaram-se-lhe nessa janela.

Viu desenhar-se uma sombra mais espessa na obscuridade.

Depois, um dos vidros tornou-se opaco, como se lhe tivessem colado pelo lado de fora uma folha de papel, estalando em seguida, mas sem cair.

Um segundo depois, a janela girava nos lemes e dava entrada a um homem.

Vinha só.

— Ora, aí está um gatuno arrojado! — murmurou o conde.

Neste momento sentiu que Ali lhe tocava docemente no ombro.

Monte Cristo voltou-se.

Ali mostrou-lhe a janela do quarto que dava para a rua.

O conde deu três passos para essa janela, e percebeu por fim a delicadeza de sentidos do fiel criado.

Efetivamente, viu outro homem, que se destacava de uma porta, e, subindo a um degrau, diligenciava ver o que se passava na casa do conde.

— Bom! — disse este — são dois; um trabalha e o outro vigia.

E recomendando a Ali que não perdesse de vista o homem da rua, voltou a vigiar o do gabinete.

O arrombador entrara, e orientava-se com os braços estendidos para a frente.

Por fim pareceu inteirado de todas as coisas.

Havia duas portas no gabinete, e o singular visitante foi correr os fechos de ambas.

Quando se aproximou da do quarto de dormir, Monte Cristo julgou que fosse para entrar, e preparou uma das pistolas; mas só ouviu a bulha da lingüeta correndo pela chapa-testa.

Era apenas uma precaução.

O noturno visitante, ignorando o cuidado que o conde tivera em inutilizar-lhe aquela prevenção, julgava-se em sua casa, e operava com toda a tranqüilidade.

Só e livre em todos seus movimentos, o sujeito tirou então de sua larga algibeira alguma coisa que o conde não pôde distinguir, pôs o que quer que fosse numa mesa, encaminhou-se para a secretária, apalpou o lugar da fechadura, e conheceu que, contra sua expectativa, faltava a chave.

Mas o arrombador de vidros era homem precavido, e que tudo previra.

O conde ouviu imediatamente a bulha de ferro contra ferro que produz, ao agitarem-no, o molho de chaves disformes que trazem os serralheiros sempre que os chamam para abrirem uma porta, e a que os ladrões dão o nome de rouxinóis, sem dúvida por causa do prazer que experimentam ao ouvirem-lhes o canto noturno quando rangem contra a lingüeta de uma fechadura.

— Ah! ah! — murmurou o conde com um sorriso de desengano — não passa de um ladrão.

Mas o homem não podia, na escuridão, escolher o instrumento de que carecia, e recorreu então ao objeto que tinha posto em cima da mesa.

Ouviu-se então um estalido, e imediatamente uma luz pálida, mas bastante clara para que se pudessem ver as coisas, derramou os seus reflexos dourados pelas mãos e pela cara daquele homem.

— Oh! — exclamou Monte Cristo, recuando num movimento de surpresa — quem ele é!...

Ali levantou a acha.

— Não se mexa! — disse-lhe Monte Cristo em voz baixa — por agora não temos precisão de armas.

Depois acrescentou algumas palavras, baixando ainda mais a voz, porque, por muito fraca que tivesse sido a exclamação que a surpresa arrancara ao conde, foi isso quanto bastou para fazer estremecer o nosso homem, que ficou imóvel, na posição do antigo amolador ambulante.

Era uma ordem que Monte Cristo acabava de dar, porque logo Ali se afastou nos bicos dos pés, tirando em seguida da parede da alcova um hábito preto e um chapéu triangular.

Neste intervalo, Monte Cristo despiu rapidamente a sobrecasaca, o colete e a camisa, e pôde então ver-se à claridade da luz que filtrava pelo vão da almofada, ver-se no peito do conde uma dessas camisolas de aço, finas e maleáveis, das quais a última, na França, onde já não se temem os punhais, foi talvez a usada por Luís XVI, que temia que o punhal lhe rasgasse o peito, e morreu entregando a cabeça ao cutelo.

A camisola desapareceu imediatamente sob uma longa sotaina, bem como os cabelos do conde sob uma cabeleira tonsurada.

O chapéu triangular, assente sobre a cabeleira, completou a metamorfose do conde em padre.

Entretanto, o homem, não ouvindo mais nada durante o tempo em que Monte Cristo operava o seu disfarce, tinha ido direto à secretária, cuja fechadura começou lentamente a dar de si sob a pressão de seu rouxinol.

— Bom — murmurou o conde, que se fiava sem dúvida em qualquer segredo da fechadura desconhecido do ladrão, por mais hábil que ele fosse —, bom! tem com que se entreter alguns minutos.

E dirigiu-se à janela.

O homem que tinha visto subir a um degrau, descera, e continuava passeando na rua; mas, coisa singular, em vez de se inquietar com as pessoas que podiam vir, quer fosse do lado dos Champs-Élysées, quer do arrabalde de Saint-Honoré, não parecia preocuparse senão com o que se passava na casa do conde, e todos seus movimentos tinham por fim descobrir o que sucedia no gabinete.

Monte Cristo bateu de repente na testa e deixou errar nos lábios entreabertos um sorriso silencioso.

Depois aproximou-se de Ali.

— Fique neste quarto — disse ele em voz baixa —, escondido no escuro, e seja qual for a bulha que ouvir, suceda o que suceder, não entre nem se mostre senão quando eu chamar pelo seu nome.

Ali fez sinal de que tinha compreendido muito bem e de que obedeceria.

Então Monte Cristo tirou de um armário um castiçal pequeno com uma vela acesa, e, no momento em que o ladrão estava mais entretido com a fechadura, abriu brandamente a porta, tendo o cuidado de que a luz que tinha na mão lhe desse em cheio no próprio rosto.

A porta girou tão devagarinho que o ladrão nem deu por isso; mas, com grande espanto, viu de repente iluminar-se o gabinete.

Voltou-se.

— Oh! muito boa- oite, meu caro Sr. Caderousse! — disse Monte Cristo —; que demônios vem fazer aqui a esta hora?

— O abade Busoni! — exclamou Caderousse.

E, não sabendo a que atribuir tão estranha aparição, porque tinha fechado as portas, deixou cair o molho de chaves falsas, e ficou imóvel e como que fulminado de espanto.

O conde postou-se entre Caderousse e a janela, cortando assim ao ladrão horrorizado o único meio de retirada.

— O abade Busoni! — repetiu Caderousse, pregando no conde olhares espantados.

— É verdade, é o abade Busoni — replicou Monte Cristo —; ele mesmo, em pessoa, e estou satisfeito por ver que o meu caro Caderousse me conhece; isso prova que tem boa memória, porque, se me não engano, há dez anos que não nos víamos.

Esta tranqüilidade, este sangue-frio feriram o espírito de Caderousse de um terror vertiginoso.

— O abade! o abade! — murmurou ele, crispando as mãos e rangendo os dentes.

— Então, tratava-se de roubar Monte Cristo? — perguntou o pretenso abade.

— Senhor Abade — murmurou Caderousse, procurando ganhar a janela que o conde lhe interceptava implacavelmente —, eu não sei... peço-lhe que acredite... juro-lhe...

— Um vidro cortado — continuou o conde —, um molho de chaves falsas, uma secretária meio arrombada, é claro, portanto.

Caderousse não sabia o que fizesse; procurava um canto onde se ocultasse, um buraco por onde pudesse desaparecer.

— Vamos — disse Monte Cristo —, vejo que é sempre o mesmo, senhor assassino.

— Senhor Abade, visto que sabe tudo, deve saber que não fui eu, que foi a Carconte; isso ficou averiguado no processo, e tanto que só me condenaram às galés.

— Cumpriu então a sentença, visto que o encontro diligenciando voltar para lá...

— Não, Sr. Abade, foi alguém que me libertou.

— Nao há dúvida que essa pessoa prestou um excelente serviço à sociedade.

— É que eu — disse Caderousse — tinha prometido...

— Assim se entretinha num arrombamento? interrompeu Monte Cristo.

— É verdade, meu senhor — respondeu Caderousse, muito inquieto.

— Má reincidência... Isso há de levá-lo, se não me engano, à Praça de Grève. Tanto pior! tanto pior, *diavolo*! como dizem os mundanos do meu país.

— Meu senhor, creia que cedi a uma atração superior às minhas forças.

— Todos os criminosos dizem isso.

— A necessidade...

— Vamos — disse desdenhosamente Busoni —, a necessidade pode levar uma pessoa a pedir esmola, a roubar um pão à porta de um padeiro, mas não a vir arrombar uma secretária numa casa que julga desabitada. E quando o joalheiro Joannès acabou de lhe contar os quarenta mil francos em troca do diamante que eu lhe tinha dado, e você o matou, para ficar com o dinheiro e com o diamante, foi também por necessidade?

— Perdão, Sr. Abade — disse Caderousse —; salvou-me já uma vez; salve-me também uma segunda.

— Não me anima o que vejo.

— Veio só, Sr. Abade, ou trouxe consigo gendarmes?

— Estou só — disse o padre —, e teria mais uma vez dó de você, deixá-lo-ia retirar, mesmo com risco de novas desgraças que pudesse ocasionar a minha fraqueza, se me dissesse toda a verdade.

— Ah! Sr. Abade! — exclamou Caderousse, pondo as mãos e dando um passo para Monte Cristo — posso realmente dizer que é o meu salvador!

— Assevera-me que o libertaram da calceta?

— É verdade, Sr. Abade.

— Quem foi?

— Um inglês.

— Como se chamava?

— Lorde Wilmore.

— Conheço-o; e eu saberei se você mente.

— Sr. Abade, eu disse-lhe a verdade pura.

— Então esse inglês o protegia?

— Não a mim, mas a um corso que era meu companheiro de grilheta.

— Como se chamava esse corso?

— Benedetto.

— É nome de batismo?

— Não tinha outro, era uma criança abandonada.

— Então esse homem evadiu-se com você?

— Evadiu-se, sim, senhor.

— Como foi isso?

— Trabalhávamos em Saint-Mandrier...

O senhor sabe onde é Saint-Mandrier?

— Sei.

— Pois bem; enquanto toda a gente dormia, do meio-dia à uma hora...

— Os forçados também dormem a sesta?! E lamentam-lhes a sorte!... — disse o abade.

— Valha-me Deus! a gente não pode trabalhar sempre; não somos cães.

— Isso é uma felicidade para os cães — replicou Monte Cristo.

— Enquanto os companheiros dormiam a sesta, fomo-nos afastando, cortamos os ferros com uma lima que o inglês nos tinha dado, e salvamo-nos a nado.

— E onde pára esse Benedetto?

— Não sei.

— Pois devia sabê-lo.

— Na verdade que não sei. Separamo-nos em Hyères.

E, para imprimir maior relevo às palavras, Caderousse deu mais um passo para o abade, que se conservou imóvel em seu lugar, sempre calmo e interrogador.

— Você mente! — disse o abade Busoni, com expressão de irresistível autoridade.

— Sr. Abade!...

— Mente! esse homem é ainda seu amigo, e serve-se dele talvez como cúmplice.

— Oh, Sr. Abade!...

— Como tem vivido desde que deixou Tulono? Responda.

— Como tenho podido, debaixo das maiores privações.

— Mente! — replicou pela terceira vez o abade, com acento ainda mais imperativo.

Caderousse, amedrontado, olhou para o conde.

— Você tem vivido — continuou este — com o dinheiro que lhe tem dado o tal Benedetto.

— Pois bem, é verdade — disse Caderousse —; o Benedetto tornou-se filho de um grande fidalgo.

— Como é que ele pode ser filho de um grande fidalgo?

— Filho natural.

— E como se chama esse grande fidalgo?

— O conde de Monte Cristo, o mesmo em casa de quem estamos.

— Benedetto, filho do conde? — repetiu Monte Cristo, admirado por sua vez.

— É bem de crer, porque o conde de Monte Cristo fê-lo reconhecer por um suposto pai, dá-lhe uma mesada de quatro mil francos, e, além disso, ainda lhe deixa no seu testamento quinhentos mil francos...

— Ah! ah! — fez o falso abade, que começava a compreender — e que nome usa agora esse rapaz?

— Andreia Cavalcanti.

— Então é o mesmo que o meu amigo Monte Cristo recebe em casa, e que está para casar com a menina Danglars?

— Justamente.

— E consente isso, miserável! você, que conhece a vida dele, que lhe sabe da infâmia?!

— Por quê? o senhor queria que eu estorvasse um camarada na sua vida? — tornou Caderousse.

— Tem razão; não é você quem deve prevenir o Sr. Danglars, sou eu.

— Não faça tal, Sr. Abade!...

— Por quê?

— Porque nos fará perder o pão!

— E julga que para conservar o pão de dois miseráveis como vocês me tornarei consentido da sua velhacaria, cúmplice dos seus crimes.

— Sr. Abade!... — disse Caderousse, aproximando-se mais.

— Hei de dizer tudo.

— A quem?

— Ao Sr. Danglars.

— Ah, maldito! — gritou Caderousse, tirando uma navalha aberta do colete e ferindo Monte Cristo em pleno peito — não há de dizer nada, abade!

Com grande espanto de Caderousse, a navalha, em vez de penetrar no peito do conde, resvalou embotada.

Ao mesmo tempo, Monte Cristo agarrou com a mão esquerda o pulso do assassino, e torceu-o com uma força tal que a navalha caiu-lhe dos dedos crispados, soltando Caderousse um tremendo grito de dor.

Mas o conde, sem se importar com esse grito, continuou torcendo-lhe o pulso, até que o bandido, com o braço deslocado, caiu primeiro de joelhos e depois com a cara de encontro ao chão. O conde pôs-lhe um pé na cabeça e disse:

— Não sei o que me detém que não o despedace o crânio, celerado!

— Oh! perdão! perdão! — gritou Caderousse.

O conde retirou o pé.

— Levante-se! — disse ele.

Caderousse levantou-se.

— Que pulso tem o Sr. Abade! — replicou Caderousse, acariciando o braço todo ferido por aquelas tenazes de carne e osso — safa! que formidável pulso!

— Silêncio! Deus deu-me a força suficiente para domar uma besta feroz como você; é em nome desse Deus que eu procedo; lembre-se disto, miserável, e se lhe poupo neste momento é ainda para servir os seus desígnios.

— Uf! — fez Caderousse todo dolorido.

— Aqui tem pena e papel; escreva o que vou ditar — ordenou o conde.

— Não sei escrever, Sr. Abade.

— Mente! pegue essa pena e escreva!

Caderousse, subjugado por aquela vontade superior, sentou-se e escreveu:

> "Senhor, o homem que recebe em sua casa e a quem destina sua filha é um antigo forçado, evadido comigo das prisões de Tulono.
>
> Tinha o n.º 59, e eu o 58.
>
> Chama-se Benedetto, mas ignora o verdadeiro nome, porque nunca conheceu os pais."

— Assine — continuou o conde.

— Mas então quer perder-me?

— Se quisesse perder-lhe, imbecil, arrastava-o até o primeiro posto de guarda; além disso, à hora em que o bilhete há de ser entregue no seu destino é provável que já não tenha nada que temer; portanto assina.

Caderousse assinou.

— O sobrescrito: *"Ao Sr. Barão Danglars, banqueiro da Rua Chaussée-d'Antin."*

Caderousse escreveu o sobrescrito.

O Abade guardou o bilhete.

— Agora sim — disse ele —, pode retirar-se.

— Por onde?

— Por onde veio.

— Quer que eu saia pela janela?

— Foi por ali que entrou.

— Medita alguma coisa contra mim, Sr. Abade?

— Toleirão, que quer você que eu medite?

— Por que não me abre a porta?

— Para que serve despertar o porteiro?

— Sr. Abade, diga-me que não quer a minha morte.

— Eu quero o que Deus quiser.

— Mas jure-me, Sr. Abade, que não me fará mal algum enquanto eu descer.

— Sempre é muito covarde!

— Que quer fazer de mim?

— Eu lhe digo. Diligenciei fazer de você um homem feliz, e não fiz mais do que um assassino!

— Sr. Abade — replicou Caderousse — , por que não tenta uma última prova?

— Que seja — tornou Monte Cristo. — Ouça: sabe que sou homem de palavra?

— Sei — respondeu Caderousse.

— Pois bem; se entrar em sua casa são e salvo...

— A não ser do senhor, o que posso eu recear?...

— Se entrar em casa são e salvo, deixa Paris, deixa a França; e por toda parte onde estiver, portando-se honradamente, abonar-lhe-ei uma mesada; porque se você entrar em casa são e salvo, então...

— Então? — perguntou Caderousse num estremecimento.

— Então, acredito que Deus o perdoou, e eu perdoar-lhe-ei também.

— Tão verdade como ser cristão — balbuciou Caderousse —, o senhor faz-me morrer de medo!

— Vamos, retire-se! — disse Monte Cristo indicando a janela com o dedo.

Caderousse, receoso ainda, apesar das promessas de Monte Cristo, passou a perna para fora da janela, pôs o pé na escada, e parou então, tremendo.

— Agora desça — disse o conde, cruzando os braços.

Caderousse começou a perceber que daquele lado nada tinha a recear, e principiou a descer.

Então o conde aproximou-se com o castiçal, de maneira que dos Champs-Élysées se pudesse distinguir aquele homem descendo de uma janela iluminada por outro homem.

— Que faz, Sr. Abade? — disse Caderousse —; se por acaso passa uma patrulha...

E soprou a vela.

Depois continuou a descer e, só quando sentiu debaixo dos pés a terra do jardim, é que se tranqüilizou completamente.

Monte Cristo entrou no quarto de dormir, e, lançando um rápido olhar ao jardim e à rua, viu primeiro Caderousse, que, depois de ter descido, torneava o jardim e ia colocar sua escada no extremo do muro, a fim de sair por um lugar oposto àquele por onde tinha entrado.

Depois, Monte Cristo, examinando a rua com o olhar, viu o homem que parecia estar à espera, correr paralelamente e ir emboscar-se na esquina junto da qual havia de descer Caderousse.

Este subiu lentamente a escada, e, chegado ao último degrau, espreitou a rua para se certificar de que estava solitária.

Não viu ninguém, nem ouviu o menor ruído.

Dava uma hora nos Inválidos.

Então Caderousse alçou a perna sobre o muro, e passando a escada para o outro lado, começou a descer, ou antes, a escorregar ligeiramente sobre os degraus, manobra que ele operava com uma destreza que bem provava o muito hábito que tinha daquele exercício.

Mas, uma vez lançado no declive, já não podia parar, e de nada lhe serviu ver o homem destacar-se da sombra justamente quando ele ia a meio do caminho, e levantar-se um braço no momento em que tocava em terra.

Antes que Caderousse pudesse pôr-se na defesa, aquele braço feriu-o tão rudemente pelas costas que logo largou a escada, gritando:

— Socorro!

Feriu-o um segundo golpe no lado com a mesma presteza do primeiro, e o infeliz caiu, bradando:

— Assassino!

Enfim, como ele rolava na terra, o adversário agarrou-o pelos cabelos e descarregou-lhe um terceiro golpe no peito.

Desta vez Caderousse quis gritar ainda, mas não pôde mais do que soltar um gemido, e gemendo, deixou correr os três jorros de sangue que se lhe escoavam das três feridas.

O assassino, vendo que o infeliz já não gritava, levantou-lhe a cabeça pelos cabelos. Caderousse tinha os olhos fechados e os lábios descaídos. O assassino julgou-o morto, largou-lhe a cabeça, e desapareceu.

Então Caderousse, sentindo-o afastar, ergue-se sobre o cotovelo, e, com voz agonizante, gritou num supremo esforço:

— Socorro! eu morro! socorra-me, Sr. Abade! acuda-me! socorra-me!

Este lúgubre apelo passou através das sombras da noite.

Abriu-se a porta da pequena escada e depois a do jardim, e Ali e o amo correram com luzes.

LXXXIII. A mão de Deus

Caderousse continuava gritando em voz comovente:

— Sr. Abade, acuda-me! acuda-me!

— O que sucedeu? — perguntou Monte Cristo.

— Socorra-me! — repetia Caderousse — assassinaram-me!

— Aqui estamos, coragem!

— Ai! está tudo acabado. Chegou muito tarde; chegou para me ver morrer! Que golpes! Tanto sangue!

E desmaiou.

Ali e o conde de Monte Cristo pegaram o ferido e transportaram-no para o quarto.

Monte Cristo ordenou então a Ali que desabotoasse o moribundo, e examinou-lhe as três terríveis feridas.

— Oh, meu Deus! — disse o conde — a Vossa vingança às vezes é demorada, mas quando baixa do Céu é completa.

Ali olhou para Monte Cristo como para lhe perguntar o que devia fazer.

— Vá procurar o Sr. de Villefort, procurador régio, que mora no arrabalde de Saint-Honoré, e traga-o consigo. Quando passar, acorde o porteiro e diga-lhe que vá buscar um médico.

Ali obedeceu e deixou o falso abade só com Caderousse. Quando o infeliz abriu os olhos, o conde, sentado a alguns passos, olhava para ele com sombria expressão de piedade, e os lábios, levemente agitados, pareciam murmurar-lhe uma oração.

— Jesus! meu Deus! um cirurgião! Sr. Abade; um cirurgião! — disse Caderousse.

— Já foram buscar um — respondeu o abade.

— Bem sei que não podem salvar-me a vida, mas talvez possam dar-me por momentos alguma força, e eu quero ter tempo de fazer a minha declaração.

— A respeito de quê?

— Do assassino.

— Então o conhece?

— Se o conheço! sim, conheço-o, é o Benedetto.

— O tal rapaz corso?

— Esse mesmo.

— O seu companheiro?

— Sim. Depois de me ter dado o plano desta casa, esperando sem dúvida que eu matasse o conde, e ele ficasse sem herdeiro ou que ele me matasse, e se visse desta forma livre de mim, esperou-me na rua para me assassinar.

— Ao mesmo tempo em que mandei chamar o médico, mandei igualmente chamar o procurador régio.

— Chega muito tarde! chega muito tarde! — disse Caderousse — sinto que me foge o sangue.

— Espere — disse o conde.

E saiu, voltando cinco minutos depois com um frasco.

Os olhos do moribundo, durante a ausência do conde, não se desviaram daquela porta, de onde instintivamente esperava que lhe viesse socorro.

— Depressa, Sr. Abade! depressa! — disse ele — que vou desmaiar, vou perder os sentidos.

Monte Cristo aproximou-se e verteu nos lábios arroxeados do ferido três ou quatro gotas do líquido que o frasco continha.

Caderousse soltou um suspiro.

— Oh! — disse ele — é a vida que me está derramando nos lábios! mais... mais...

— Duas gotas mais matá-lo-iam — respondeu o abade.

— Oh! que venha então alguém a quem eu possa denunciar o assassino.

— Quer que eu escreva a sua declaração? você assinará.

— Sim... sim... — disse Caderousse, cujos olhos brilharam à idéia daquela vingança póstuma.

Monte Cristo escreveu:

"Morro assassinado pelo corso Benedetto, meu companheiro de grilheta em Tulono com o n.º 59."

— Avie-se! avie-se! — disse Caderousse — ou então não terei tempo para assinar.

Monte Cristo apresentou a pena a Caderousse, que, reunindo todas as forças, assinou, e tornou a cair, dizendo:

— O Sr. Abade dirá o resto; acrescentará que o assassino usa hoje o nome de Andreia Cavalcanti, que está hospedado no Hotel dos Príncipes; que... Ai! ai! meu Deus! vou morrer!

E Caderousse desmaiou pela segunda vez.

O abade fez-lhe respirar o frasco, e o ferido abriu os olhos.

— Ah! o senhor há de dizer isso, não é verdade, Sr. Abade?

— Sim, tudo isso, e ainda outras coisas.

— Então que tenciona dizer mais?

— Direi que o assassino lhe deu o plano desta casa na esperança de que o conde o matasse; direi que preveniu o conde por meio de um bilhete, e que eu vigiei até que você chegou.

— E o criminoso há de ser guilhotinado, não é verdade? — perguntou Caderousse — há de ser guilhotinado, promete-mo? Eu morro nessa esperança, isso me ajudará a morrer.

— Direi — continuou o conde — que chegou depois de você, que o espreitou durante todo o tempo, e que, logo que o viu sair, correu para a esquina do muro, onde se escondeu.

— Então viu tudo isso, o senhor?

— Recorde-se das minhas palavras: — "Se você entrar em sua casa são e salvo, acreditarei que Deus o perdoou, e perdoar-lhe-ei também."

— E não me advertiu?! — gritou Caderousse, diligenciando levantar-se sobre o cotovelo — sabia que eu ia ser morto ao sair daqui, e não me advertiu?!

— Não, porque na mão de Benedetto vi a justiça de Deus; eu por mim julgaria cometer um sacrilégio opondo-me aos desígnios da Providência.

— A justiça de Deus! não diga isso, Sr. Abade; se existisse uma justiça divina, o senhor sabe-o melhor do que ninguém, há pessoas que seriam punidas, mas que o não são.

— Paciência! — disse o abade, num tom que fez estremecer o moribundo — paciência!

Caderousse olhou para ele com espanto.

— Deus — continuou o abade — é cheio de misericórdia para todos, como o foi para você; é pai antes de ser juiz.

— Ah! crê em Deus, o senhor? — tornou Caderousse.

— Se tivesse a desgraça de não ter acreditado nele até agora — replicou Monte Cristo —, acreditaria hoje ao vê-lo.

Caderousse levantou ao Céu os punhos crispados.

— Ouça — disse o abade, estendendo a mão sobre o ferido como para lhe aconselhar a fé —; vê o que tem feito em seu favor esse Deus que não quer reconhecer no último momento. Tinha-lhe dado a saúde, a força, um trabalho certo, amigos até; a vida, enfim, tal como ela deve apresentar-se ao homem na doce tranqüilidade da consciência e na satisfação dos desejos naturais. Em lugar de aproveitar essas dádivas do Senhor, tão raramente concedidas por Ele em toda a sua plenitude, vê você o que fez: entregou-se à mandrieira, à embriaguez, e, na embriaguez, traiu um dos seus melhores amigos.

— Socorram-me! — gritou Caderousse — eu não tenho necessidade de um padre, mas de um médico; pode ser que eu não esteja ferido mortalmente, talvez que não morra ainda; talvez que possam salvar-me!

— Os seus ferimentos são tão mortais que sem as três gotas do licor que há pouco lhe dei a beber já teria expirado.

— Ah! que estranho padre o senhor é! desespera os moribundos, em vez de os consolar!

— Ouça — continuou o abade —; quando você traiu o seu amigo, Deus começou, não a puni-lo, mas a avisá-lo; caiu na miséria e teve fome; tinha passado a vida a invejar a felicidade que podia ter adquirido, e já pensava no crime dando-se a si mesmo a desculpa da necessidade, quando Deus, por minhas mãos, lançou no meio da sua miséria uma brilhante fortuna, brilhante para você, desgraçado, que nunca tinha possuído nada. Mas essa fortuna inesperada, inaudita, não lhe bastou; quiz duplicá-la, mas por que meio? por um assassinato. Duplicou-a, e então Deus a arrancou, conduzindo-o diante da justiça humana.

— Não fui eu quem quis matar o judeu — disse Caderousse —; foi a Carconte.

— Sim — disse Monte Cristo. — Também Deus, sempre, justo não direi, desta vez, porque a Sua justiça ter-te-ia punido com a morte, mas sempre misericordioso, permitiu que os seus juízes se enternecessem com as suas palavras e lhe poupassem a vida.

— Ora essa! para me mandaram para as galés por toda a vida... Grande favor!

— Essa decisão, miserável, acolheu-a você como uma graça, no momento em que lhe foi concedida; o seu covarde coração, que tremia diante da morte, estremeceu de alegria ao anúncio da sua vergonha eterna, porque, como todos os forçados, disse consigo:

"Há porta na prisão, mas na sepultura não a há." E tinha razão, porque essa porta abriu-se para você de uma maneira inesperada. Um inglês, que tinha feito voto de arrancar dois homens à infâmia, visitou Tulono; a sua escolha recaiu em você e no seu companheiro. Foi uma segunda fortuna que desceu do Céu sobre você; encontrava ao mesmo tempo o dinheiro e a tranqüilidade, e podia recomeçar a existência honesta de todos os homens, você, que tinha sido condenado à vida das grilhetas. Então, miserável, tentou Deus pela terceira vez. Não tenho ainda o bastante, disse você, quando tinha mais do que nunca havia possuído, e cometeu terceiro crime, sem razão, sem desculpa. Deus, cansado dos seus crimes, puniu-o.

Caderousse enfraquecia visivelmente.

— Água! — disse ele — tenho sede, estou ardendo, Sr. Abade! dê-me água!

Monte Cristo deu-lhe um copo de água.

— Maldito Benedetto! celerado! — disse Caderousse, entregando o copo —; e no entanto há de escapar, o miserável!

— Ninguém escapará, sou eu que o digo, Caderousse... Benedetto há de ser castigado!

— Então também o senhor há de ser castigado — disse Caderousse —, porque não fez o seu dever de padre... Devia obstar a que Benedetto me assassinasse.

— Eu?! — replicou Monte Cristo com um sorriso que gelou de horror o moribundo — eu, impedir que Benedetto o matasse, no momento em que acabava de torcer a sua faca contra a cota de malha que me defendia o peito?!... Sim, talvez que eu, se se tivesse encontrado humilde e arrependido, impedisse que Benedetto o matasse; mas vi-o orgulhoso e sanguinário, e portanto deixei cumprir a vontade de Deus!

— Não creio em Deus! — bradou Caderousse —; e você também não crê mais do que eu... Mente... mente!...

— Cale-se — disse o abade —, porque faz com que lhe fujam do corpo as últimas gotas de sangue que lhe restam... Ah! não crê em Deus... e morre fulminado pela Sua justiça!... Ah, desgraçado! não crê em Deus, e no entanto Ele não lhe pede mais do que uma prece, uma palavra de arrependimento, uma lágrima, para perdoá-lo!... Deus, que podia dirigir o punhal do assassino de maneira que expirasse de repente, e que lhe deu um quarto de hora para se arrepender... Arrependa-se, desgraçado!

— Não! — disse Caderousse — não me arrependo! Não existe Deus, não há Providência, não há senão o acaso.

— Há uma Providência Divina, há um Deus, e a prova é estar

você aí por terra agonizante, desesperado, renegando o Criador, ao mesmo tempo em que eu estou em pé diante de você, rico, feliz, são, e louvando esse Deus em que finge não crer, mas em que crê no fundo do seu coração.

— Mas então quem é o senhor? — perguntou Caderousse, fixando no conde os olhos amortecidos.

— Olhe bem para mim! — disse Monte Cristo, pegando o castiçal e aproximando-o do rosto.

— Ah! sim, bem vejo... É o abade... o abade Busoni...

Monte Cristo tirou a cabeleira que o desfigurava, e deixou cair os cabelos pretos, que lhe emolduravam tão harmoniosamente o rosto empalidecido.

— Oh! — exclamou Caderousse com espanto — se não fossem esses cabelos pretos, diria que o senhor é o inglês... juraria que é Lorde Wilmore.

— Não sou nem o abade Busoni nem Lorde Wilmore — disse Monte Cristo —; examine melhor, olhe para mim avivando ao mesmo tempo as suas primeiras recordações.

Havia nas palavras do conde uma vibração magnética que despertou ainda pela última vez os sentidos quase extintos do miserável.

— Oh! Efetivamente... — disse ele — parece-me que já o vi... que o conheci noutros tempos.

— Sim, Caderousse, já me viu, já me conheceu.

— Mas... quem é então? e por que motivo, se me viu em outros tempos, se me conheceu, me deixa morrer?

— Porque ninguém pode salvá-lo, Caderousse, porque as suas feridas são mortais. Se alguém conseguisse salvá-lo, eu veria nisso a última misericórdia do Senhor, e diligenciaria ainda, juro-lhe pela sepultura de meu pai, chamar-lhe à vida honesta e ao arrependimento.

— Pela sepultura de seu pai?!... — disse Caderousse, reanimado por uma suprema centelha, e levantando-se para ver de mais perto o homem que acabava de lhe fazer um juramento tão sagrado para todos — Oh! quem é você?

O conde não cessara de seguir os progressos da agonia.

Compreendeu que era aquele o último alento da vida do moribundo.

Aproximou-se do infeliz, e, cobrindo-o com um olhar calmo e triste ao mesmo tempo:

— Sou... — disse-lhe ao ouvido — Sou...

E os lábios, apenas abertos, deram passagem a um nome pronunciado tão baixo, que o conde parecia recear que fosse ouvido por si próprio.

Caderousse, que se tinha levantado sobre os joelhos, estendeu os braços, fez um último esforço para se recolher em si mesmo, e depois, pondo as mãos e levantando-se num supremo esforço, exclamou:

— Oh! meu Deus! meu Deus! perdoai-me o ter-vos renegado. Reconheço a Vossa existência, sois realmente o Pai dos homens no Céu, e o juiz da humanidade na Terra. Meu Deus, perdoai-me! Senhor, dignai-Vos receber a minha alma!

E Caderousse, cerrando os olhos, tombou para trás soltando um derradeiro grito.

O sangue vedou-se-lhe imediatamente nos lábios de suas largas feridas.

Estava morto.

— *Um!* — disse misteriosamente o conde, com os olhos fitos no cadáver, já desfigurado por aquela terrível morte.

Dez minutos depois, chegavam o médico e o procurador régio, conduzidos, um pelo porteiro, e outro por Ali, e foram recebidos pelo abade Busoni, que orava junto do morto.

LXXXIV. Beauchamp

Em Paris, durante quinze dias, não se falou noutra coisa senão na tentativa de roubo na casa do conde. O falecido tinha assinado uma declaração que indicava Benedetto como seu assassino.

A polícia lançou todos seus agentes na pista do criminoso.

A navalha de Caderousse, a lanterna surda, o molho de chaves falsas, faltando apenas o colete do falecido, que não pôde ser encontrado, foram depositados no cartório; o corpo do desgraçado foi levado para a Morgue.

O conde dizia a toda a gente que aquela aventura sucedera na ocasião em que ele se achava em sua casa de Auteuil, e que portanto não sabia do acontecido senão o que lhe tinha contado o abade Busoni, que, por feliz acaso, lhe tinha pedido para passar essa noite em sua casa a fim de dar uma busca em alguns livros preciosos que continha sua biblioteca.

Só Bertuccio empalidecia sempre que aquele nome de Benedetto era pronunciado em sua presença; mas não havia motivo algum para que dessem pela palidez de Bertuccio.

Villefort, chamado a verificar o crime, avocara a si o processo, e conduzia a instrução com ardor apaixonado que empregava em todas as causas-crimes em que era chamado a usar da palavra.

Três semanas, porém, tinham decorrido, sem que as buscas mais ativas dessem o menor resultado, e começava toda a gente a esquecer-se já da tentativa de roubo na casa do conde, e do assassínio do ladrão, para se ocupar do próximo casamento da menina Danglars com o conde Andreia Cavalcanti. O projeto de casamento estava declarado, e o rapaz começava então a ser recebido na casa do banqueiro a título de noivo. Tinham escrito ao Sr. Cavalcanti pai, para que aprovasse o casamento, e ele, exprimindo o maior pesar de que o serviço o impedisse absolutamente de deixar Parma, declarava consentir em ceder o capital de cento e cinqüenta mil libras de renda.

Estava combinado que os três milhões seriam colocados na casa Danglars, que os negociaria; houve quem apresentasse ao rapaz algumas dúvidas sobre a solidez da posição de seu futuro sogro, que, desde certo tempo, sofria na Bolsa repetidas perdas; mas Cavalcanti, com um desinteresse e uma confiança sublimes, repelia todas essas dúvidas, de que teve a delicadeza de não dizer uma só palavra ao barão.

Danglars, portanto, adorava Andreia Cavalcanti.

O mesmo não acontecia com a menina Eugénie Danglars.

Em seu ódio instintivo contra o casamento, acolhera Andreia como um meio de afastar Morcerf; mas agora, que Andreia se aproximava mais, começava a sentir por ele visível repulsão.

Talvez que o barão tivesse já notado isso mesmo; mas como só podia atribuir essa má vontade a um capricho, fingia não ter dado por semelhante coisa.

Entretanto, a demora pedida por Beauchamp estava a findar. De resto, Morcerf tinha podido apreciar o conselho que lhe dera Monte Cristo, quando este lhe tinha dito que deixasse correr as coisas por si mesmas.

Ninguém tinha reparado na notícia sobre o general, e ninguém se lembrou de reconhecer no oficial que entregava o Castelo de Janina o nobre conde membro da Câmara dos Pares.

Albert nem por isso se dava por menos insultado, porque naquelas linhas estava bem acentuada a intenção da ofensa.

Por outro lado, a maneira por que Beauchamp terminara a conferência deixara amargas lembranças em seu coração.

Acariciava, pois, em seu espírito a idéia desse duelo, cujo verdadeiro motivo tencionava, se Beauchamp consentisse nisso, ocultar até as próprias testemunhas.

Quanto a Beauchamp, ninguém mais o vira desde o dia da visita de Albert, e às pessoas que procuravam o jornalista, respondiam-lhes que se tinha ausentado para uma viagem de alguns dias.

Onde estava ele? Ninguém o sabia.

Uma manhã, Albert foi despertado pelo criado, que lhe anunciou Beauchamp.

O visconde esfregou os olhos, ordenou que introduzissem imediatamente Beauchamp na sala de fumar do andar térreo, vestiu-se à pressa e desceu.

Foi encontrar Beauchamp passeando a toda a largura da sala.

Vendo Albert, o jornalista parou.

— O fato de se apresentar em minha casa por sua própria vontade, e sem esperar a visita que tencionava fazer-lhe hoje, parece-me de um bom agouro, senhor — disse Albert. Vejamos, elucide-me depressa; devo estender-lhe a mão, dizendo: "Beauchamp, confesse que não tinha razão, e conserve-me um amigo?" ou devo perguntar-lhe simplesmente: "Quais são as suas armas?"

— Albert — disse Beauchamp com uma tristeza que feriu de espanto o visconde —, sentemo-nos primeiro e conversemos.

— Mas, parece-me que, pelo contrário, antes de nos sentarmos, o senhor deve responder-me.

— Albert — replicou o jornalista —, há circunstâncias em que a dificuldade está na resposta.

— Eu vou torná-la fácil, repetindo-lhe a pergunta: "O senhor quer retratar-se? sim, ou não?"

— Morcerf, não devemos contentar-nos em responder sim ou não às questões que interessam a honra, a posição social, a vida de um homem como o senhor Tenente-General Conde de Morcerf, par de França.

— Que se faz então nesse caso?

— Faz-se o que eu fiz, Albert. Diz-se: o dinheiro, o tempo e a fadiga não são nada, quando se trata da reputação e dos interesses de uma família inteira. Diz-se também: não bastam probabilidades, é indispensável a certeza da causa, para que aceitemos um duelo de morte com um amigo. Se vou cruzar a espada, ou disparar uma pistola sobre um homem a quem durante três anos tenho apertado a mão, é bom que eu saiba ao menos a razão por que vou fazê-lo, a fim de que possa chegar ao campo com o coração sossegado e a consciência tranqüila, como um homem deve ter quando carece do braço para defender a vida.

— E então? — perguntou Morcerf, com impaciência — o que quer dizer com isso?

— Quero dizer que acabo de chegar de Janina.

— De Janina? o senhor?!

— Eu, sim.

— É impossível!

— Meu caro Albert, veja o meu passaporte; examine o visto. Genebra, Milão, Veneza, Trieste, Delvino, Janina. Não acreditará na polícia de uma república, de um reino, e de um império?

Albert lançou os olhos sobre o passaporte, volvendo-os imediatamente para Beauchamp.

— O senhor foi a Janina?

— Albert, se o senhor fosse um estranho, um desconhecido, um simples lorde, como esse inglês que veio pedir-me satisfações há três ou quatro meses, e a quem matei, compreenderia que não me desse ao incômodo de uma tal viagem; mas entendi que lhe devia essa prova de consideração. Empreguei oito dias na ida, oito na volta, mais quatro de quarentena, e quarenta e oito horas de demora em Janina. Nisto tudo gastei as minhas três semanas. Cheguei esta mesma madrugada, e aqui me tem.

— Oh! meu Deus! meu Deus! tantos rodeios, Beauchamp! quanto tarda, em dizer-me o que estou ansioso por ouvir!

— É que... na verdade, Albert...

— Dir-se-á que hesita...

— Sim, tenho medo.

— Tem medo de confessar que o seu correspondente se enganou? Oh! nada de amor-próprio, Beauchamp, confesse; creia que ninguém ousará pôr em dúvida a sua coragem.

— Oh! não é isso — murmurou o jornalista: — pelo contrário...

Albert tornou-se lívido.

Quis falar, mas a palavra expirou-lhe nos lábios.

— Meu amigo — disse Beauchamp no tom mais afetuoso —, acredite que me julgaria feliz por apresentar-lhe as minhas desculpas, que o faria de todo o meu coração, mas...

— Mas o quê?

— O correspondente tinha razão.

— Como?! o tal oficial francês...?!

— Sim.

— Esse tal Fernand...?!

—Sim.

— O tal traidor que entregou os castelos do homem ao serviço de quem estava...?!

— Perdoe-me o que lhe vou dizer, meu caro amigo: esse homem é seu pai!

Albert fez um movimento furioso para se lançar sobre Beauchamp; mas este o deteve, mais com um doce olhar do que com o braço.

— Espere, meu amigo — disse o jornalista, tirando da algibeira um papel —, aqui tem a prova.

Albert abriu o papel.

Era um atestado de quatro habitantes notáveis de Janina, testemunhando que o coronel Fernand Mondego, coronel instrutor a serviço do vizir Ali Tébelen, entregara o Castelo de Janina mediante duas mil bolsas.

As assinaturas eram legalizadas pelo cônsul.

Albert de Morcerf cambaleou e caiu esmagado pela dor sobre uma cadeira.

Já não havia que duvidar; o nome de sua família estava ali, com todas as letras.

Depois de um momento de mudo e doloroso silêncio, o coração do pobre moço palpitou convulsivamente, entumeceram-se-lhe as veias do pescoço, e os olhos inundaram-se-lhe de uma torrente de lágrimas.

Beauchamp, que olhava com profunda compaixão para ele e o vira ceder ao paroxismo da dor, aproximou-se-lhe.

— Albert — disse o jornalista —, compreende-me agora, não é verdade? Quis ver tudo, tudo julgar por mim mesmo, esperando que a explicação fosse favorável a seu pai, e que poderia fazer-lhe inteira justiça. Mas, pelo contrário, os esclarecimentos que alcancei afirmam que o oficial instrutor, que o Fernand Mondego, elevado por Ali-Paxá ao cargo de governador-geral, não é outro senão o conde Fernand de Morcerf; então voltei, recordando-me da honra que me tinha feito, aceitando-me no número dos seus amigos, e corri a procurá-lo.

Albert, sempre encostado na cadeira, continuava cobrindo os olhos com as mãos, como se quisesse impedir que a claridade do dia chegasse até ele.

— Corri a procurá-lo — continuou Beauchamp — para lhe dizer: Albert, as culpas dos pais, nestes tempos de ação e reação, não podem alcançar os filhos. Albert, bem poucos têm atravessado as revoluções, no meio de que nascemos, sem que qualquer nódoa de lama ou de sangue lhes tenha maculado o uniforme de soldado ou a toga de juiz. Albert, ninguém no mundo, agora que tenho todas as provas, agora que sou senhor do seu segredo, me pode obrigar a um combate que a sua consciência, estou certo, reprovaria como um crime; mas o que não tem direito a exigir de mim, venho eu oferecer-lho. Essas provas, essas revelações, este atestado, que só eu possuo, quer que desapareça? quer que este segredo horrível fique só entre nós dois? Confie na minha palavra de honra; nunca tal segredo sairá da minha boca; diga, quer, Albert? diga, quer, meu amigo?

Albert lançou-se ao pescoço de Beauchamp.

— Ah! nobre coração! — exclamou ele.

— Aqui tem, meu amigo — disse Beauchamp, entregando o papel a Albert.

O rapaz pegou-lhe com mão convulsa, e rasgou-o em mil pedaços; mas, temendo que qualquer bocadinho levado pelo vento fosse um dia bater-lhe na face, foi direto à vela, que se conservava sempre acesa para os charutos, e consumiu-os até o último fragmento.

— Querido amigo! excelente amigo! — murmurava Albert, ao mesmo tempo em que queimava o papel.

— Que tudo isso se esqueça como um sonho mau; que desapareça como as últimas faíscas que correm sobre esse papel enegrecido; que tudo se desvaneça como o fumo que soltam essas cinzas mudas.

— Sim, sim — disse Albert —, e que não reste de tudo mais do que a eterna amizade que dedico ao meu salvador, amizade que os meus filhos transmitirão aos dele, amizade que me recordará que o sangue das minhas veias, a vida do meu corpo, a honra do meu nome, tudo, tudo lhe devo; porque se semelhante fato fosse conhecido... Oh! Beauchamp, juro-lhe que dava um tiro na cabeça; mas não... pobre mãe! não queria matá-la com o mesmo golpe... expatriava-me.

— Querido Albert! — disse Beauchamp.

Porém o rapaz, abandonando aquela alegria inopinada e, por assim dizer, fictícia, caiu em profunda tristeza.

— Então, meu amigo? — perguntou Beauchamp — que é isso agora?

— Sinto partir-se-me o coração — disse Albert. — Ouça, Beauchamp; não nos separamos assim num segundo do respeito, da confiança, do orgulho que inspira a um filho o nome imaculado do pai! Ai! Beauchamp, Beauchamp! Como é que eu vou encarar o meu? Terei eu de recuar quando ele me aproximar os lábios, de retirar a mão quando se estender a sua?... Olhe Beauchamp, sou o mais desgraçado dos homens. Ai, minha mãe, minha pobre mãe! — disse Albert olhando através das pálpebras marejadas de lágrimas para o retrato da mãe — coitadinha! Se ela soubesse a verdade, quanto não sofreria!

— Vamos — disse Beauchamp, pegando as mãos do pobre moço —, coragem, meu amigo!

— Mas de quem partiram as linhas publicadas no seu jornal? — gritou Albert —; há por detrás de tudo um ódio invisível, um inimigo desconhecido.

— Pois então — replicou o jornalista —, maior razão há para ter coragem, Albert; afaste do rosto todos os vestígios de comoção;

concentre em si essa dor como a nuvem silenciosa traz no seio a destruição e a morte, segredo fatal que só compreendemos quando rebenta a tempestade. Vamos, amigo, vamos, reserve as forças para quando a tormenta rebentar.

— Está então convencido de que esta desgraçada questão não fica por aqui? — perguntou Albert, assustado.

— Não estou convencido de coisa alguma, meu amigo; mas enfim, tudo é possível. É verdade...

— O quê? — perguntou Albert, vendo que Beauchamp hesitava um pouco.

— Casa com a menina Danglars?

— A que propósito me pergunta isso em semelhante ocasião, Beauchamp?

— Porque, se houvesse rompimento, o caso poderia ligar-se de alguma forma com o gravíssimo assunto que nos prende neste momento.

— Como?! — disse Albert, tornando-se rubro — crê que o Sr. Danglars...?!

— Pergunto unicamente quando casa. Que demônio! Não dê às minhas palavras outro sentido senão o que eu lhes dou, nem maior alcance do que na verdade têm.

— Não, já não caso com a menina Danglars; desmanchou-se o casamento.

— Depois, percebendo que o rapaz ia recair em melancolia, acrescentou:

— Olhe, Albert, se quer vamos dar um passeio; uma volta pelo bosque, de faetonte ou cavalo, há de distraí-lo; depois iremos almoçar a qualquer lado, e separar-nos-emos então, seguindo cada um para os seus negócios.

— Da melhor vontade — respondeu Albert —; mas vamos a pé; parece-me que um bocado de fadiga me fará bem.

— Está dito.

E os dois amigos saíram a pé, seguindo pelo *boulevard*. Chegados à Madeleine, Beauchamp disse para o visconde:

— Já que estamos perto, vamos fazer uma visita ao conde de Monte Cristo, que ele o distrairá; é um homem admirável para entreter os espíritos; nunca questiona. Ora, na minha opinião, as pessoas que não questionam são indubitavelmente as mais hábeis consoladoras.

— Seja — disse Albert —, vamos à casa do conde de Monte Cristo; gosto daquele homem.

LXXXV. A viagem

Monte Cristo soltou um grito de alegria ao ver os dois rapazs reunidos.

— Ah! ah! — exclamou. — Ora, ainda bem! espero que se tenham entendido e que tudo esteja terminado...

— Sim — disse Beauchamp. — Boatos absurdos, que caíram por si mesmos, e que, se se renovassem, me haviam de encontrar como primeiro antagonista. Não falemos mais de tal coisa.

— Albert lhe dirá — replicou o conde — se não foi esse o conselho que eu lhe dei. Ora vejam — acrescentou ele —, vêm encontrar-me na mais fastidiosa madrugada que tenho tido na minha vida.

— Que está fazendo? se não me engano, está pondo os seus papéis em ordem...

— Os meus papéis? Deus louvado, não são meus. Os meus estão numa ordem maravilhosa, porque é coisa que não tenho; são os papéis do Sr. Cavalcanti.

— Do Sr. Cavalcanti? — perguntou Beauchamp.

— Sim — disse Morcerf —; pois o senhor não sabe que é protegido pelo conde?

— Isso não é exato — respondeu Monte Cristo: — eu não protejo ninguém, e ao Sr. Cavalcanti muito menos.

— E que vai casar, em meu lugar, com a menina Danglars, o que — continuou Albert fazendo por sorrir — me afeta cruelmente, meu caro Beauchamp.

— Como?! Cavalcanti vai casar com a menina Danglars? — perguntou Beauchamp.

— O meu amigo parece que vem do fim do mundo! — disse Monte Cristo — o senhor, um jornalista, o marido da publicidade, ignora semelhante acontecimento?! Pois saiba que em toda a Paris não se fala de outra coisa.

— Foi o Sr. Conde quem fez o casamento? — perguntou Beauchamp.

— Eu?! ora, ora, senhor novelista, não diga semelhante coisa! Santo Deus! eu, casamenteiro?!... Não, o meu amigo não me conhece; fiz o contrário: opus-me com todas as minhas forças, e neguei-me até a fazer tal pedido.

— Sim, sim, percebo — tornou Beauchamp —, em atenção ao nosso amigo Albert?

— Por minha causa? — disse o rapaz. — Oh, não creia em tal! O conde far-me-á a justiça de confirmar se, pelo contrário, eu não lhe pedi que diligenciasse impedir aquele casamento, que, felizmente, está desmanchado. O conde teima em que não é a ele que eu devo agradecer um tal favor. Seja; levantarei, como os Antigos, um altar ao *Deo ignoto*.

— Ouçam — disse Monte Cristo —, é tão verdade não ter sido eu, que as minhas relações tanto com o sogro como com o rapaz esfriaram um pouco; só a menina Danglars, que me parece não ter profunda vocação para o matrimônio, e que conhece quão pouco disposto me via a contribuir para que a obrigassem a renunciar à sua querida liberdade, me tem conservado a sua afeição.

— E o senhor diz que esse casamento já está decidido?

— Sim, Deus meu! mau grado tudo que eu pude dizer. Olhem, eu, apesar de tudo o que asseveram, não conheço aquele rapaz, que dizem rico e de boa família; mas essas coisas para mim não passam de simples *dizem*. Tenho repetido à saciedade tudo isto a Danglars; mas, que querem? ele está entusiasmado com o seu luquês. Informei-o até de uma circunstância que é, no meu entender, da maior gravidade; Andreia foi trocado na ama, roubado pelos boêmios, ou desencaminhado pelo preceptor, não sei ao certo. Mas o que posso afirmar é que o pai perdeu-o de vista por mais de dez anos; o que ele fez em mais de dez anos de vida errante, só Deus o sabe. Pois nada disto lhes importou. Encarregaram-me de escrever ao major, e de lhe pedir os papéis, que são estes que aqui vêem. Vou enviar-lhos, mas, como Pilatos, lavando daí as minhas mãos.

— E a menina d'Armilly — perguntou Beauchamp —, que cara lhe apresenta ela, ao senhor, que julgará querer-lhe roubar à discípula?

— Não sei; mas parece-me que parte para a Itália. O Sr. Danglars falou-me dela, e pediu-me cartas de recomendação para os *imprezari*; dei-lhe uma para o diretor do Teatro Vale, que me deve alguns favores. Mas... o que tem, Albert? está tão triste! Vamos, parece-me que está apaixonado pela menina Danglars. São ciúmes?

— Não, que eu saiba — respondeu Albert de Morcerf, sorrindo tristemente.

Beauchamp pôs-se a examinar os quadros.

— Mas enfim — continuou Monte Cristo —, não o acho no seu estado normal... Vejamos, que tem? diga.

— É a enxaqueca — respondeu Albert.

— Meu querido visconde — volveu Monte Cristo —, tenho eu, nesse caso, um remédio infalível para lhe aconselhar; remédio de que sempre tirei proveito quando experimento qualquer contrariedade.

— Que remédio é? — perguntou o rapaz.

— Mudança de ares.

— Sério? — tornou Albert.

— É verdade; ora veja: como me sinto aqui muito contrariado, vou jornadear. Quer acompanhar-me?

— O senhor, contrariado?! — disse Beauchamp — por quê?

— Ora essa! o senhor admira-se porque o negócio não é consigo; eu queria ver o que faria, se a justiça intentasse na sua casa a instauração de um processo!...

— Um processo? Mas que processo?

— Aquele que o Sr. de Villefort intenta contra o meu amável assassino. Pois ainda não sabia? um gatuno fugido das galés, ao que parece.

— Ah! é verdade, li isso nos jornais. Quem é esse tal Caderousse?

— Julgo que é um provençal. O Sr. de Villefort ouviu falar dele quando esteve em Marselha, e o Sr. Danglars recorda-se de o ter visto. O Sr. Procurador Régio tomou o negócio a peito, e fez com que o prefeito da Polícia se interessasse no mais alto grau na captura do criminoso; e graças a esse interesse, há quinze dias que não fazem outra coisa senão enviar-me todos os bandidos que têm podido encontrar em Paris e nos arredores, sob pretexto de que são os assassinos de Caderousse; assim, por mais três meses que isto dure, não haverá um só ladrão nem um só assassino neste belo reino de França que não tenha a planta da minha casa na ponta dos dedos; portanto, tomei o partido de lha abandonar completamente, e de me retirar para longe. Venha comigo, visconde; levá-lo-ei.

— De boa vontade.

— Está combinado?

— Está; mas para onde vamos?

— Para um ar puro, onde não cheguem estas bulhas, e onde, por muito orgulhosos que sejamos, nos sintamos sempre pequenos e humildes. Eu adoro essa humildade, eu, a quem chamam senhor do universo como a Augusto.

— Mas, enfim, para onde é que vai?

— Para o mar, visconde. Eu sou marinheiro; fui desde criança embalado nos braços do velho Oceano, e no seio da bela Anfitrite; brinquei com o manto verde de um, e a túnica azulada da outra; amo o mar como se pode amar uma amante, e quando passo muito tempo sem o ver, zango-me com ele.

— Vamos, conde, vamos!

— Para o mar?

— Sim.

— Então aceita?

— Aceito.

— Pois bem, visconde; esta tarde encontrará no meu pátio uma excelente carruagem de jornada, onde poderemos nos estender como em nossas camas; a essa carruagem serão atrelados quatro cavalos de posta, que hão de devorar rapidamente um bom par de léguas. Sr. Beauchamp, quer acompanhar-nos?

— Obrigado, eu venho do mar.

— Como! vem do mar?

— Sim, cheguei há pouco. Acabo de fazer uma pequena viagem às ilhas Borromeias.

— Não importa, venha — disse Albert.

— Não, meu caro Morcerf, deve entender que se recuso é porque me é absolutamente impossível. Além disso — acrescentou ele em voz baixa —, é da maior necessidade que eu fique em Paris, quanto mais não seja para vigiar a correspondência do jornal.

— Ah, é um excelente amigo! — disse Albert de Morcerf —; sim, tem razão, vigie, vigie, Beauchamp, e veja se descobre o inimigo a quem se deve a publicidade daquelas linhas.

Albert e Beauchamp separaram-se.

O último aperto de mão encerrou todo o sentimento que os lábios não podiam exprimir diante de um estranho.

— Que excelente rapaz é este Beauchamp! — disse o conde, depois da partida do jornalista —; não é verdade, Albert?

— Oh, se é...?! é um homem de coração, assevero-lho: também, juro-lhe que o estimo com toda a força da minha alma. Mas, agora, que estamos sós, ainda que para mim seja o mesmo, diga-me, conde: para onde vamos?

— Para a Normandia, se quer.

— Maravilhosamente! Vamos de fato para o campo, não é verdade? para longe da sociedade, para longe dos importunos?

— Vamos ter apenas excelentes cavalos para correr, cães para caçar, e uma barca para pescar.

— É tudo quanto preciso; vou prevenir minha mãe, e estou às suas ordens.

— Mas... — disse o conde — consentirão?...

— O quê?

— Que vá para a Normandia?

— A mim?! Então eu não sou livre?

— Para ir para onde quiser, bem sei, tanto que o encontrei fugido pela Itália.

— E então?

— Mas que parta com o homem a quem chamam o conde de Monte Cristo?

— Verifico que o senhor tem uma memória muito fraca, conde.

— Por quê?

— Não disse já ao conde a imensa simpatia que minha mãe lhe tributa?

— A mulher varia muitas vezes, disse Franz I; a mulher é a onda, disse Shakespeare; um era um grande rei, o outro um grande poeta; e ambos deviam conhecer a mulher.

— Sim, a mulher: mas a minha mãe não é a mulher, é uma mulher.

— Permite a um pobre estrangeiro que não compreenda todas as sutilezas de sua língua?

— Quero dizer que minha mãe é avara de suas simpatias, mas quando as concede é para sempre.

— Ah, sim? — disse Monte Cristo, suspirando — e crê que sua mãe me tenha feito a honra de me conceder outro sentimento que não seja o da indiferença?

— Ouça! disse-lhe já uma vez, e repito-o agora — replicou Morcerf —; é preciso que o senhor seja na verdade um homem singular e muito superior?...

— Oh!

— Sim! porque minha mãe deixou-se prender, não direi pela curiosidade, mas pelo interesse que o senhor lhe inspira; quando estamos sós não conversamos senão do conde.

— E não lhe diz que desconfie deste Manfredo?

— Pelo contrário, tem-me dito: — Albert, eu julgo que o conde é uma nobre criatura: procura fazer-se estimar por ele.

Monte Cristo desviou os olhos e soltou um suspiro.

— Ah! deveras? — disse o conde.

— Deve, pois, compreender — continuou Albert — que em lugar de se opor à minha viagem, aprová-la-á de todo o coração, porque está de acordo com as recomendações que me faz todos os dias.

— Então vá — disse Monte Cristo —; até a tarde. Às cinco horas esteja aqui. Chegaremos lá à meia-noite ou a uma hora.

— Como?! a Tréport?

— A Tréport ou às imediações.

— O quê?! bastam-lhe oito horas para uma jornada de quarenta e oito léguas?

— É até demais — disse Monte Cristo.

— Decididamente, o senhor é o homem dos prodígios, e há de

chegar não só a exceder em velocidade os caminhos-de-ferro, o que não é difícil, principalmente na França, mas o próprio telégrafo.

— Entretanto não se demore, visconde; como serão necessárias umas sete ou oito horas para lá chegarmos, peço-lhe que seja pontual.

— Descanse, que não tenho mais que fazer daqui até lá do que aprontar-me para a viagem.

— Então, às cinco horas.

— Às cinco horas.

Albert saiu.

Monte Cristo, depois de ter feito, sorrindo, um sinal de cabeça a Albert, ficou pensativo, e como que absorvido em profunda meditação.

Enfim, passando a mão pela fronte, como para afastar um pensamento triste, encaminhou-se para uma campainha, que tocou duas vezes.

Bertuccio entrou.

Mestre Bertuccio — disse Monte Cristo —, não é amanhã, nem depois, como tinha determinado, que parto para a Normandia; é hoje mesmo, daqui a cinco horas; é mais do que o tempo preciso para prevenir a gente da primeira muda. O Sr. de Morcerf acompanha-me. Pode retirar-se.

Bertuccio obedeceu, e imediatamente partiu um homem para Pontoise, a avisar que a carruagem de posta havia de passar às seis horas exatas.

O criado estacionado em Pontoise enviou ao da posta seguinte um próprio, e assim sucessivamente, de forma que seis horas depois todas as mudas estavam dispostas e tudo prevenido.

Antes de partir, o conde foi aos aposentos de Haydée, anunciou-lhe a partida, disse-lhe o lugar para onde se dirigia, e pôs a casa toda a sua disposição.

Albert foi pontual. A viagem, silenciosa no começo, tornou-se alegre dali a pouco pelo efeito físico da rapidez.

Morcerf não fazia idéia de jornada tão rápida.

— Realmente — disse Monte Cristo —, com as vossas carruagens de posta, que só andam duas léguas por hora, com essa lei estúpida que proíbe a um sujeito que passe adiante de outro sem lhe pedir licença, e que faz com que um passageiro doente ou caprichoso tenha o direito de estorvar a carreira a outros mais apressados e de boa saúde, não há locomoção possível; eu sempre evito todos esses inconvenientes viajando com meu próprio postilhão e com meus cavalos; não é verdade, Ali?

E o conde, passando a cabeça pela portinhola, soltou um pequeno grito que deu asas aos cavalos.

Não corriam, voavam. A carruagem rolava como um trovão pela estrada, onde todos paravam para ver passar aquele meteoro cintilante.

Ali, repetindo o grito, sorria, mostrando seus dentes de jaspe, apertando nas mãos robustas as rédeas brancas de espuma, e fustigando os cavalos, cujas formosas crinas eram dispersas com o vento. Ali, o filho do deserto, via-se em seu elemento, e com o rosto negro, os olhos ardentes, parecia, entre as nuvens de poeira que levantava aquela carreira vertiginosa, o gênio do tufão, o deus da tempestade.

— Aqui está uma voluptuosidade que eu não conhecia ainda — disse Morcerf —, a voluptuosidade da rapidez.

E da fronte dissiparam-se-lhe as últimas nuvens de tristeza, como se o ar que fendia as levasse consigo.

— Mas onde demônios foi encontrar semelhantes cavalos? — perguntou Albert. — Mandou-os fazer de encomenda?

— Justamente — respondeu o conde. — Há seis anos, achei na Hungria um famoso cavalo afamado pela rapidez; compreio-o, não sei por quanto, porque foi o Bertuccio quem o pagou. Naquele mesmo ano produziu trinta e dois filhos. É toda essa progênie do mesmo pai que vamos passar em revista; são todos iguais, pretos, sem uma única malha, excetuando uma estrela na testa.

— É admirável!... Mas, diga-me, conde, que faz o senhor a todos esses cavalos?

— Bem vê: viajo com eles.

— Mas o senhor pode viajar sempre?

— Quando não precisar deles, Bertuccio encarregar-se-á de vendê-los; e calcula ganhar neles uns trinta ou quarenta mil francos.

— Mas não haverá na Europa rei suficientemente rico para lhos poder comprar.

— Nesse caso, vendê-los-á a qualquer simples vizir do Oriente, que esgotará seu tesouro para os pagar e tornará a enchê-lo de novo distribuindo bastonadas pelas plantas dos pés dos súditos.

— Conde, quer que lhe comunique um pensamento que me ocorreu agora?

— Quero.

— É que, depois do senhor, deve ser o Sr. Bertuccio o sujeito mais rico da Europa.

— Engana-se, visconde; estou certo de que, se voltasse as algibeiras de Bertuccio, não lhe encontrava um real.

— Por quê? — perguntou o visconde. — É algum fenômeno esse Sr. Bertuccio? Ai, meu caro conde, não me leve mais longe nesse caminho de maravilhas, ou então o previno de que não lhe darei crédito.

— Em mim não há nada de maravilhoso. Albert; a razão e os algarismos resumem tudo. Ora, ouça este dilema: Um mordomo rouba, mas por que rouba ele?

— Ora essa! boa pergunta! por sua própria natureza: rouba por roubar.

— Engana-se, meu amigo! rouba porque tem mulher, filhos, desejos ambiciosos por ele e pela família; rouba, sobretudo, porque não está seguro de que não terá de deixar o amo, e quer, portanto, preparar o futuro. Ora, muito bem. Bertuccio é só no mundo; dispõe da minha bolsa sem me dar contas, e está certo de que não deixará o meu serviço.

— Por quê?

— Porque nunca encontrarei outro melhor do que ele.

— O senhor encerra-se num círculo vicioso, o das probabilidades.

— Oh, está enganado! eu rodeio-me de certezas; para mim, só é bom criado aquele sobre quem eu tenho direito de vida e de morte.

— E tem direito de vida e de morte sobre Bertuccio?

— Tenho — respondeu friamente o conde.

Há palavras que fecham uma conversação como uma porta de ferro; o *tenho* do conde era uma dessas palavras.

Enfim, a jornada prosseguiu e terminou com a mesma rapidez.

Os trinta e dois cavalos, divididos em oito mudas, fizeram suas quarenta e sete léguas em oito horas.

Chegaram pelo meio da noite à porta de uma excelente quinta.

O porteiro estava a pé e tinha a grade aberta.

Fora prevenido pelo palafreneiro da última muda.

Eram duas e meia da manhã quando conduziram Morcerf ao aposento que lhe era destinado.

O criado que o acompanhara toda a jornada na traseira da carruagem foi posto às ordens dele.

Baptistin, que os acompanhara na almofada, ficou às ordens do conde.

Albert tomou banho, ceou, e deitou-se.

Quando se levantou, dirigiu-se à janela, que abriu, e viu-se num pequeno terraço, tendo diante de si o mar, quer dizer, a imensidade, e por detrás uma formosa quinta, cujos limites se alongavam até uma bela floresta.

Numa enseada de certo tamanho balouçava-se uma pequena

corveta de carena estreita e mastreação graciosa, que tinha içado o pavilhão com as armas de Monte Cristo: uma montanha de ouro, cuja base assentava num mar azul, com uma cruz vermelha no cume, o que podia ser uma alusão ao nome do conde, que lembrava o Calvário, que a Paixão de Jesus transformou numa montanha mais preciosa que o ouro, e a cruz infame que o Seu divino sangue santificou, ou uma recordação pessoal de sofrimento e regeneração, reunidos na noite do passado daquele homem misterioso.

Ao redor da embarcação viam-se muitos barcos pequenos, pertencentes aos pescadores das aldeias vizinhas, e que pareciam humildes súditos esperando as ordens de sua rainha.

Ali, como em toda parte onde parava Monte Cristo, ainda que não fosse senão para descansar dois dias, a vida era organizada no mais alto grau do termômetro do confortável; assim, naquela ocasião, como em todas, a vida era fácil.

Albert encontrou em sua antecâmara duas espingardas e todos os utensílios necessários a um caçador.

Outro quarto do andar de baixo era consagrado a todas essas engenhosas máquinas que os ingleses, grandes pescadores, porque são pacientes e comodistas, não conseguiram ainda fazer adotar aos rotineiros pescadores da França.

Passaram todo o dia naqueles diversos exercícios, em que Monte Cristo se avantajava.

Mataram uma dúzia de faisões na quinta, e pescaram outras tantas trutas nas ribeiras: jantaram num quiosque que dava sobre o mar, e serviram-lhes o chá na biblioteca.

Pela tarde do terceiro dia, Albert, prostrado pela fadiga daquela vida, que parecia ser um brinquedo para Monte Cristo, dormia recostado em larga cadeira perto da janela, enquanto o conde se entretinha com seu arquiteto a traçar a planta de uma estufa, quando o ruído de um cavalo sobre as pedras da estrada fez com que o rapaz levantasse a cabeça.

Morcerf olhou pela janela, e, com uma surpresa das mais desagradáveis, viu no pátio seu criado particular, que não quisera levar consigo para não incomodar mais Monte Cristo.

— Florentino aqui?! — exclamou ele, dando um salto na cadeira —; minha mãe estará doente?

E precipitou-se para a porta do quarto.

Monte Cristo seguiu-o com o olhar e viu-o aproximar-se do criado, que, ainda arquejante de fadiga, tirou da algibeira um pequeno pacote lacrado.

Era um jornal e uma carta.

— De quem é esta carta? — perguntou vivamente Albert.

— É do Sr. Beauchamp — respondeu Florentino.

— Foi então o Sr. Beauchamp que o mandou para cá? — interrogou ansioso o visconde de Morcerf.

— Foi, sim, senhor. Chamou-me a sua casa, deu-me o dinheiro necessário para a viagem, e fez com que eu viesse num cavalo de posta, obrigando-me a prometer-lhe que não pararia em parte alguma senão depois de ter encontrado o Sr. Visconde; gastei quinze horas na jornada.

Albert abriu a carta estremecendo.

Ao ler as primeiras linhas, soltou um grito e pegou o jornal com um tremor visível.

De repente, obscureceram-se-lhe os olhos, tremeram-lhe as pernas, e, para não cair, teve de apoiar-se a Florentino, que estendeu a mão para o segurar.

— Pobre rapaz! — murmurou Monte Cristo em voz tão baixa que ele próprio não pôde ouvir as palavras de compaixão que acabava de pronunciar — diz-se que as culpas dos pais recaem nos filhos até a terceira e quarta gerações!

Entretanto Albert recobrara as forças e continuara a ler, e, sacudindo os cabelos úmidos de suor, amarrotou impetuosamente a carta e o jornal.

— Florentino — disse ele —, o seu cavalo está em condições de voltar para Paris?

— Não, Sr. Visconde. Não presta para tanto.

— Valha-me Deus! — continuou Albert. — E havia desassossego em casa quando partiu?

— Não, senhor: mas quando voltei da casa do Sr. Beauchamp, encontrei a senhora em lágrimas; tinha-me mandado chamar para que eu lhe dissesse quando meu amo voltava. Então eu disse-lhe que ia procurá-lo da parte do Sr. Beauchamp. O seu primeiro movimento foi estender o braço para me deter; mas, depois de um momento de reflexão, disse-me: — "Vá, Florentino, e ele que volte depressa."

— Oh! sim, minha mãe, sim — disse Albert —, eu voltarei, e desgraçado do infame!... Mas não percamos tempo, antes de mais nada é preciso que eu parta.

E voltou para o quarto onde deixara Monte Cristo.

Já não era o mesmo homem; tinham bastado cinco minutos para se operar em Albert uma triste metamorfose.

Saíra dali em seu estado ordinário, e voltava com a voz alterada, o rosto sulcado de rubores febris, os olhos rodeados por traços de bistre, e cambaleando como um homem ébrio.

— Conde — disse ele —, obrigado por sua obsequiosa hospitalidade, que eu quisera gozar por mais tempo, mas tenho que voltar para Paris.

— O que sucedeu?

— Uma grande desgraça; mas... permita-me que parta; trata-se de uma coisa muito mais preciosa do que a minha própria vida. Nada de perguntas, conde, suplico-lhe: ceda-me um dos seus cavalos.

— As minhas cavalariças estão às suas ordens; mas vai morrer de cansaço, meu amigo! tome antes uma caleche, um cupê, uma carruagem qualquer.

— Não, isso levaria muito tempo; e depois, eu preciso desse cansaço que o conde receia que experimente; há de fazer-me bem.

Albert deu alguns passos cambaleando como um homem ferido por uma bala, e foi cair numa cadeira perto da porta.

Monte Cristo não viu esta segunda prostração; estava já na janela, gritando:

— Ali! um cavalo para o Sr. Visconde de Morcerf. Aviem-se, que tem pressa!

Estas palavras chamaram de novo Albert à vida.

Saiu do quarto, acompanhado pelo conde.

— Obrigado! — murmurou o rapaz, montando. — Volta o mais depressa que puder, Florentino. Há alguma palavra de ordem para que durante a jornada me dêem novos cavalos?

— Basta entregar aquele em que for montado: dar-lhe-ão outro imediatamente.

Albert ia meter o cavalo a galope, mas deteve-se.

— Deve talvez julgar insensata a minha partida; não compreenderá decerto como algumas linhas publicadas num jornal possam levar um homem ao desespero; pois bem! — acrescentou, atirando o jornal — leia isso, mas só depois de eu ter partido, para que não me veja corar.

E enquanto o conde levantava do chão o jornal, cravou as esporas, que acabava de afivelar às botas, nos ilhais do cavalo, o qual, espantado de que existisse um cavaleiro que julgasse ser preciso o emprego de tal estimulante, partiu como uma flecha.

O conde olhou para o cavaleiro com um sentimento de infinita compaixão, e, lançando os olhos para o jornal, leu o que segue:

> *"O oficial francês a serviço de Ali, paxá de Janina, de que tratava há três semanas o* Imparcial, *e que não só entregou os castelos de Janina, mas igualmente vendeu seu benfeitor aos turcos, nessa época chamava-se Fernand, como disse o nosso estimado*

colega; mas depois acrescentou a seu nome de batismo um título de nobreza e um nome de terra.

Chama-se hoje o Sr. Conde de Morcerf; e faz parte da Câmara dos Pares."

O segredo terrível que Beauchamp ocultara com tanta generosidade, reaparecia como um fantasma implacável, e outro jornal, cruelmente informado, publicara, dois dias depois da partida de Albert para a Normandia, aquelas linhas, que quase enlouqueceram o pobre moço.

LXXXVI. O julgamento

Eram oito horas da manhã, quando Albert caiu como um raio na casa de Beauchamp.

O criado do jornalista estava prevenido, e introduziu Morcerf no quarto do amo, que acabava de tomar banho.

— E então? — perguntou Albert.

— Já o esperava, meu pobre amigo — respondeu Beauchamp.

— Pois aqui estou. Não precisarei dizer-lhe que o suponho muito generoso e leal para que falasse do assunto a quem quer que fosse; não, meu amigo, não era capaz disso; e a carta que me mandou é, mais do que tudo, uma garantia da sua sincera amizade. Assim, não percamos tempo em preâmbulos: desconfia de onde partisse o tremendo golpe?

— Dir-lhe-ei duas palavras a esse respeito.

— Sim, mas antes de tudo, meu amigo, narre-me com todas as minúcias a história daquela abominável traição.

E Beauchamp descreveu ao amigo, curvado sob o peso da vergonha e da dor, os fatos que vamos narrar em toda sua simplicidade.

Na manhã da antevéspera, tinha aparecido o artigo noutro jornal, e não no *Imparcial*, o que dava mais gravidade ainda ao negócio, por ser uma folha bem conhecida como afeta ao Governo.

Beauchamp almoçava, quando se lhe deparou o artigo. Mandou imediatamente arranjar um cabriolé, e, sem acabar o almoço, correu ao jornal.

Apesar de professar sentimentos políticos adversos aos do diretor da folha acusadora, Beauchamp, como sucede algumas vezes, e diremos até que quase sempre, era íntimo amigo do colega.

Quando chegou ao escritório, o diretor tinha na mão o seu próprio jornal e parecia deleitar-se na leitura de um artigo sobre o açúcar da beterraba, que provavelmente era da própria lavra.

— Ah! meu amigo — disse Beauchamp —, visto que tem na mão o seu jornal, não terei necessidade de lhe dizer qual é o assunto que aqui me traz.

— Será porventura apologista da cana-de-açúcar? — perguntou o diretor do jornal ministerial.

— Não — respondeu Beauchamp —, sou até inteiramente estranho à questão; venho falar-lhe de outro negócio.

— De quê, então?

— A respeito do artigo Morcerf.

— Ah, sim, é verdade; não é tão curioso?

— Tão curioso que se aproxima quase da difamação, e que, por causa dele, pode correr o risco de um processo, cujos resultados lhe podem ser funestos.

— Não tenha receio; recebemos com o artigo todos os documentos comprovativos, e estamos perfeitamente convencidos de que o Sr. de Morcerf não intentará desafrontar-se; além disso, prestamos um serviço ao país denunciando-lhe os miseráveis indignos das honras que se lhes têm concedido.

Beauchamp ficou interdito.

— Mas quem foi então que tão bem o informou? — perguntou ele — o meu jornal foi o primeiro a levantar a questão, e teve de calar-se por falta de provas; e, no entanto, nós, que pertencemos à oposição, temos maior interesse do que os senhores em desmascarar o Sr. de Morcerf, que é par de França.

— Ora! é a coisa mais simples deste mundo; não corremos atrás do escândalo, foi ele que veio procurar-nos. Chegou-nos ontem de Janina um homem, portador da formidável acusação, e como hesitássemos em dar-lhe publicidade, disse-nos que, no caso de nos recusarmos a inseri-la em nossas colunas, apareceria noutro jornal. Bem sabe, Beauchamp, o que vale para nós uma notícia importante; portanto não quisemos perder aquela. Agora o golpe está dado; é terrível, e há de ecoar até o extremo da Europa.

Beauchamp compreendeu que só lhe restava curvar a cabeça, e saiu desanimado, para enviar em seguida o correio a Albert.

O que ele, porém, não pôde escrever a Morcerf, porque os fatos que vamos narrar são posteriores à partida do criado, é que nesse mesmo dia se manifestou grande agitação nos grupos, de ordinário tão serenos, da Câmara dos Pares.

Os dignos representantes da alta assembléia tinham chegado antes da hora, e entretinham-se com o sinistro acontecimento que ia ocupar a atenção pública e fixá-la num dos membros mais conhecidos da ilustre corporação.

A leitura do artigo em voz baixa e os comentários precisavam ainda melhor o fato.

O conde de Morcerf não tinha as simpatias de seus colegas.

Como todos os homens que só à fortuna devem sua elevação, via-se obrigado, para se manter em sua altura, a ostentar excessiva altivez.

Os grandes aristocratas riam-se dele.

Os verdadeiros talentos repudiavam-no.

As glórias puras desprezavam-no instintivamente.

Estava, portanto, destinado para o papel de vítima expiatória.

Uma vez designado pelo dedo de Deus para o sacrifício, todos se apresentavam para soltar o grito.

Só o conde de nada sabia.

Não era assinante do jornal onde tinha sido publicado o artigo difamador, e passara uma parte da manhã escrevendo cartas, e a restante experimentando um cavalo.

Chegou, portanto, à hora do costume; apeou-se da carruagem, atravessou os corredores, e entrou na sala, de cabeça altiva, olhar sobranceiro, e com andar insolente, sem notar as hesitações dos porteiros e os meios cumprimentos dos colegas.

Quando Morcerf entrou, havia já meia hora que a sessão estava aberta.

Se bem que o conde, ignorando, como dissemos, o que sucedia, em nada tivesse mudado sua atitude ordinária, suas maneiras e seu andar, pareceu a todos mais orgulhoso que de costume, e sua presença em tal ocasião foi julgada tão agressiva por aquela assembléia ciosa de sua honra, que todos viram em tal proceder uma inconveniência, tomando-o uns por bravata, e outros por insulto.

Era evidentíssimo que toda a Câmara estava ansiosa por encetar a questão.

Via-se o jornal acusador nas mãos de toda a gente; mas, como sempre sucede, hesitavam todos em tomar sobre si a responsabilidade do ataque.

Por fim, um dos dignos pares, inimigo declarado do conde de Morcerf, subiu à tribuna com tal solenidade que bem denunciava ser chegado o momento.

Fez-se medonho silêncio.

Só Morcerf ignorava a causa da profunda atenção que prestavam desta vez a um orador que nem sempre era ouvido com complacência.

O conde deixou passar tranqüilamente o preâmbulo, no qual o orador disse que ia tratar de um assunto tão grave, tão sagrado, e de tal importância para a Câmara, que reclamava a atenção de seus colegas.

As primeiras palavras com respeito a Janina e ao coronel Fernand, o conde de Morcerf, empalideceu, convergindo as vistas sobre ele.

As feridas morais têm sempre essa particularidade: ocultam-se, mas não se fecham nunca; sempre dolorosas, sempre prontas a sangrar quando se lhes toque, conservam-se, porém, no coração, vivas e abertas.

A leitura do artigo terminou no meio do mesmo silêncio, perturbado apenas por certa convulsão, que cessou logo que o orador pareceu disposto a tomar de novo a palavra. O acusador expôs seu escrúpulo, e pôs em relevo a dificuldade de sua missão.

Era a honra do Sr. de Morcerf, era a honra de toda a Câmara, que pretendia defender, provocando um debate que necessariamente devia arrastar questões pessoais, sempre tão difíceis e espinhosas.

Enfim, concluiu pedindo que se procedesse a um inquérito, com a maior brevidade possível, para que fosse confundida a calúnia antes que tivesse tempo de frutificar, e para restabelecer o Sr. de Morcerf, vingando-o ao mesmo tempo, na posição e nos créditos que a opinião pública lhe concedia desde muito tempo.

Morcerf ficara de tal modo prostrado, tão trêmulo diante daquele golpe inesperado, que mal pôde balbuciar algumas palavras, olhando para os colegas com olhos espantados.

Essa timidez, que tanto podia significar o espanto da inocência como a vergonha do culpado, conciliou-lhe entre seus colegas algumas simpatias.

Os homens verdadeiramente generosos mostram-se sempre indulgentes quando a desgraça do inimigo ultrapassa os limites de sua aversão.

O presidente submeteu o inquérito a votação.

Ficou decidido que este se realizasse.

Perguntaram ao conde se precisava de tempo para preparar sua justificação.

Morcerf recobrou a perdida coragem quando se certificou de que sobrevivera ao terrível golpe.

— Senhores — respondeu —, não é com o tempo que se repele um ataque como o que acaba de me ser dirigido por meus inimigos desconhecidos e que sem dúvida se acobertam na sombra de sua mesma obscuridade; é imediatamente, com um golpe decisivo, que devo responder ao ataque que me fulminou por um instante, já que não me é permitido, em vez de uma tal justificação, derramar o meu sangue, para provar aos meus colegas que sou digno de me sentar a seu lado.

Estas palavras produziram uma impressão muito favorável ao acusado.

— Peço, portanto — continuou ele —, que se realize o inquérito com a maior presteza; eu mesmo fornecerei à Câmara todos os documentos necessários à eficácia desse inquérito.

— Que dia fixa? — perguntou o presidente.

— Fico desde já à disposição da Câmara — respondeu o conde.

O presidente agitou a campainha.

— A Câmara é de opinião que tenha lugar hoje mesmo o inquérito? — perguntou ele.

— Sim! — foi a resposta unânime da assembléia.

Foi nomeada uma comissão de doze membros para examinar os documentos que Morcerf apresentasse.

A primeira reunião da comissão foi fixada para as oito horas da noite, numa das salas da Câmara.

Se fossem necessárias várias sessões, realizar-se-iam todas à mesma hora e no mesmo lugar.

Tomada esta deliberação, Morcerf pediu licença para se retirar.

Tinha de reunir os documentos por si arquivados desde muito tempo para fazer frente àquela tempestade, prevista por seu caráter cauteloso e indomável.

Beauchamp narrou a Albert o que acabamos de dizer; simplesmente sua narrativa tinha sobre a nossa a vantagem da animação das coisas vivas sobre as que não o são.

O rapaz ouviu-o, estremecendo umas vezes de esperança, outras de cólera, também de vergonha; porque, pela confidência de Beauchamp, sabia que o pai era culpado, e perguntava a si mesmo como poderia ele, sendo criminoso, provar sua inocência. Chegado ao ponto em que estamos, Beauchamp parou.

— E depois? — perguntou Albert.

— Depois? — repetiu Beauchamp.

— Sim.

— Meu amigo, essa pergunta leva-me a uma terrível necessidade. Quer então saber o resto?

— Se quero saber o resto?... É absolutamente preciso que eu o saiba; e antes quero saber toda a verdade por sua boca do que por outra qualquer.

— Pois bem — replicou Beauchamp —; tenha coragem, Albert; nunca lhe foi tão necessária.

Albert passou a mão pela fronte para se assegurar da própria força, como um homem que se prepara para defender a vida experimenta a couraça, vergando ao mesmo tempo a espada para se certificar da têmpera.

O pobre moço julgou-se forte, porque tomou por energia a febre que o devorava.

— Diga! — murmurou ele.

— Chegou a noite — continuou Beauchamp. — Paris em peso esperava o acontecimento. Muita gente sustentava que bastaria seu pai apresentar-se para que a acusação caísse; outros diziam que o conde não se apresentaria, havendo quem afirmasse tê-lo visto partir para Bruxelas, chegando algumas pessoas a dirigirem-se à repartição competente para saberem se era verdade que o conde tivesse pedido passaporte. Confesso-lhe que, curioso como toda a gente, diligenciei obter de um par meu amigo que me introduzisse numa das tribunas.

Às sete horas foi buscar-me, e, antes que alguém tivesse chegado, recomendou-me a um porteiro, que me levou para uma espécie de camarote.

Coloquei-me por detrás de uma coluna, perdendo-me na escuridão. Dali poderia ver toda a cena terrível que ia ter lugar.

Às oito horas em ponto estavam todos reunidos.

O Sr. de Morcerf entrou quando acabava de soar a última badalada das oito horas.

Trazia na mão alguns papéis, e, a julgar pela aparência, parecia tranqüilo.

Contra o costume, a atitude era simples, o traje severo, e, conforme o uso dos antigos militares, trazia a sobrecasaca abotoada de baixo a cima.

A sua apresentação produziu o melhor efeito.

A comissão estava longe de pensar em ser injusta, e muitos membros dirigiram-se ao conde e estenderam-lhe a mão.

Albert sentiu despedaçar-se-lhe o coração ouvindo todas aquelas particularidades, e no entanto, do meio de sua dor, sobressaía o sentimento de gratidão.

Desejaria poder abraçar aqueles homens, que estendiam a mão a seu pai no momento em que a honra dele tanto perigava.

— Neste momento — continuou Beauchamp —, entrou um contínuo e entregou ao presidente uma carta.

— "Tem a palavra o Sr. de Morcerf" — disse o presidente, ao mesmo tempo em que lia a carta.

O Sr. Conde de Morcerf começou sua apologia, e afirmo-lhe,

meu caro Albert, que seu pai foi de uma eloqüência e de uma habilidade extraordinárias.

Apresentou diversos documentos, que provavam que o vizir de Janina o honrara, até o último momento, com toda sua confiança, pois que o encarregara de uma negociação de vida e de morte junto do imperador.

Mostrou o anel, distintivo do comando, com que Ali-Paxá selava de ordinário as cartas, e que lhe dera para que, à sua volta, a qualquer hora do dia ou da noite, embora se achasse no harém, pudesse penetrar até junto dele.

Infelizmente, acrescentou o conde, suas pretensões tinham sido repelidas, e quando voltara para defendê-lo tinha-o encontrado morto. Mas, disse também o Sr. de Morcerf, Ali-Paxá depositava nele tanta confiança, que, morrendo, confiara-lhe a favorita e a filha.

Albert estremeceu ao ouvir estas palavras, porque à proporção que Beauchamp falava, acudia-lhe ao espírito a narrativa de Haydée, e lembrava-se do que a bela grega lhe dissera com respeito àquela mensagem, ao anel, e à maneira por que fora vendida e reduzida à escravidão.

— E que efeito produziu o discurso do conde? — perguntou Morcerf, com ansiedade.

— Confesso-lhe que me comoveu, bem como a toda a comissão — respondeu Beauchamp. — Entretanto, o presidente lançava distraidamente os olhos para a carta que acabavam de lhe entregar; logo, porém, às primeiras linhas, despertou-lhe a atenção.

Leu e releu a carta, e pregando um olhar no Sr. de Morcerf, disse:

— "Sr. Conde, não acaba de dizer que o vizir de Janina lhe confiara a mulher e a filha?"

— "Sim, Sr. Presidente" — respondeu Morcerf: — "mas nesse ponto, como em tudo o mais, foi-me a sorte adversa. Ao regressar, tanto Vasiliki como a filha, Haydée, tinham desaparecido."

— "Conhece-as?"

— "A minha intimidade com o paxá e a suprema confiança que ele depositava em mim, permitiram-me que as visse mais de vinte vezes."

— "E tem alguma idéia do que fosse feito delas?"

— "Sim, senhor. Ouvi dizer que morreram de desgosto e talvez de miséria. Eu não era rico, a minha vida corria grande perigo, e não pude, com grande pesar meu, procurá-las."

O presidente franziu imperceptivelmente o sobrolho.

— "Senhores" — disse ele —, "ouviram as explicações do Sr. Conde de Morcerf; Sr. Conde, pode apoiar a sua narrativa com o depoimento de algumas testemunhas?"

— "Não, senhor, infelizmente não posso" — respondeu o conde. — "Todos os que rodeavam o vizir e me conheceram na sua corte estão mortos ou dispersos; fui eu o único de todos os nossos compatriotas que sobreviveu àquela guerra terrível; não tenho mais do que as cartas de Ali Tébelen, que já submeti ao exame da comissão; não tenho senão o anel, penhor da sua vontade, que está aqui; tenho, enfim, a prova mais convincente que posso apresentar, quero dizer, a ausência, depois de uma agressão anônima, de qualquer testemunha contra a minha palavra de honra e a pureza de toda a minha vida militar."

Correu na assembléia um murmúrio de aprovação.

— Neste momento, Albert, se não sobreviesse nenhum outro incidente, a causa de seu pai estava ganha.

Não faltava mais do que proceder-se à votação, quando o presidente tomou de novo a palavra.

— "Estou convencido de que tanto à comissão como ao Sr. Conde, não se lhes dará de ouvir uma testemunha muito importante, segundo afirma, e que se oferece espontaneamente; essa testemunha, não podemos duvidá-lo depois do que nos disse o Sr. Conde, virá provar a perfeita inocência do nosso colega. Aqui está a carta que acabo de receber a esse respeito; são de opinião que se proceda à sua leitura, ou preferem que se ponha de parte este incidente?"

O Sr. de Morcerf empalideceu e crispou as mãos, amarrotando entre os dedos os papéis que segurava.

A comissão decidiu que se procedesse à leitura.

Quanto ao conde, conservou-se pensativo; era-lhe defeso emitir opinião.

O presidente leu, portanto, a carta que segue:

> "Senhor Presidente
>
> Posso facilitar à comissão de inquérito, encarregada de examinar o procedimento do Senhor Tenente-General Conde de Morcerf no Epiro e na Macedônia, os esclarecimentos mais positivos".

O presidente fez uma pausa.

O conde de Morcerf tornou-se lívido.

O presidente interrogou então com o olhar os membros da comissão.

— "Continue, continue!" — gritaram de todos os lados.

O presidente prosseguiu:

"Eu estava presente na ocasião da morte de Ali-Paxá: assisti a seus últimos momentos.

Sei qual foi o destino de Vasiliki e de Haydée.

Ponho-me à disposição da comissão, e reclamo até a honra de me ouvirem.

Estarei no vestíbulo da Câmara no momento em que entregarem esta carta ao Senhor Presidente."

— "E quem é essa testemunha, ou antes, esse inimigo?" — perguntou o conde em voz baixa, em que era fácil notar profunda alteração.

— "Vamos sabê-lo, senhor" — respondeu o presidente. — "A comissão é de parecer que seja ouvida a testemunha?"

— "Sim! sim!" — disseram ao mesmo tempo todas as vozes.

Chamaram um contínuo.

— "Está alguém esperando no vestíbulo?" — perguntou o presidente ao empregado.

— "Está, sim, Sr. Presidente."

— "E quem é?"

— "Uma senhora acompanhada por um criado."

— "Diga-lhe que entre."

Cinco minutos depois tornou a aparecer o contínuo.

Todos os olhos estavam pregados na porta, e eu mesmo — disse Beauchamp — participei da ansiedade geral.

Atrás do contínuo caminhava uma mulher envolta num grande véu, que a ocultava inteiramente.

Adivinhava-se bem, pelas formas que aquele véu traía e pelos perfumes que exalava, a presença de uma mulher nova e elegante. O presidente pediu à desconhecida que afastasse o véu, e pôde então ver-se que aquela mulher trajava o costume grego; além disso, era formosíssima.

— Ah! disse Morcerf — era ela.

— Ela quem?

— Haydée.

— Quem lho disse?

— Triste de mim! adivinhei-o. Mas continue, Beauchamp, peço-lho. Bem vê que estou tranqüilo e forte. E, no entanto, devemos estar próximos do desenlace.

— O Sr. de Morcerf — continuou Beauchamp — olhou para

aquela mulher com uma surpresa em que transparecia medo. Para ele era a vida ou a morte que ia sair daquela boca encantadora; para todas as outras pessoas, era uma aventura tão estranha e tão cheia de curiosidade, que pode dizer-se que a salvação ou a perda do Sr. de Morcerf não figurava já naquele acontecimento senão como elemento secundário.

O presidente ofereceu uma cadeira à formosa senhora, que com a cabeça fez sinal de que desejava conservar-se em pé.

Quanto ao conde, caiu na cadeira; era visível que as pernas se lhe negavam a sustentar o peso do corpo.

— "Minha senhora" — disse o presidente, dirigindo-se a Haydée —, "escreveu à comissão prontificando-se a dar-lhe esclarecimentos com respeito à questão de Janina e asseverou ter sido testemunha ocular dos acontecimentos?"

— "Assim é, realmente" — respondeu a desconhecida, com voz impregnada de uma tristeza encantadora e com o timbre particular das vozes orientais.

— "No entanto" — replicou o presidente —, "permita-me dizer-lhe que na altura que se desenrolaram estes acontecimentos devia ser muito nova."

— "Tinha quatro anos, mas como o que sucedia era para mim da maior importância nem uma só particularidade se apagou da minha memória."

— "Mas que importância tinham então para si os acontecimentos, para que essa grande catástrofe produzisse no seu espírito tão profunda impressão?"

— "Tratava-se da vida ou da morte de meu pai" — respondeu a donzela —; "chamo-me Haydée, e sou filha de Ali Tébelen, paxá de Janina, e de Vasiliki, sua mulher muito amada."

O rubor da modéstia e da candura purpureou ao mesmo tempo as faces da menina; o fogo de seu olhar e a majestade de sua revelação produziram na assembléia efeito inexprimível.

Quanto ao conde, não ficaria tão fulminado se um raio lhe abrisse aos pés um abismo.

— "Minha senhora" — replicou o presidente, inclinando-se com respeito —, "permita-me uma simples pergunta, que não significa uma dúvida, e que será a última: pode justificar a autenticidade do que acaba de dizer-nos?"

— "Posso, sim, senhor" — respondeu Haydée, tirando debaixo do véu um saquinho de cetim perfumado —, "porque tenho aqui a certidão do meu nascimento, redigida por meu pai e assinada por seus principais oficiais; porque com a certidão do meu nascimento está igualmente aqui a do meu batismo; meu pai consentiu que eu fosse educada na religião de minha mãe, e o grande primaz da Macedônia e do Epiro legalizou essa certidão com o seu selo; porque, finalmente (e é este documento o mais importante, sem dúvida), tenho aqui o contrato de minha venda e da de minha mãe ao mercador armênio El-Kobbir, efetuada pelo oficial francês, que na sua infame combinação com a Porta, reservara para si, como sendo a sua parte dos despojos, a filha e a mulher do seu benfeitor, que vendeu pela soma de mil bolsas, quer dizer, por uns quatrocentos mil francos."

As faces do conde foram invadidas por uma lividez esverdeada, e os olhos injetaram-se-lhe de sangue, quando a donzela soltou aquelas terríveis acusações, que foram ouvidas pela assembléia em lúgubre silêncio.

Haydée, sempre impassível, mas mais ameaçadora em sua tranqüilidade do que o teria sido em sua cólera, entregou ao presidente o contrato de venda redigido em língua árabe.

Como se supusesse que alguns documentos que iam ser examinados deviam ser redigidos em árabe, romaico ou turco, o intérprete da Câmara tinha sido prevenido, encontrava-se no edifício, e, portanto, chamaram-no.

Um dos nobres pares, a quem a língua árabe, que aprendera durante a sublime campanha do Egito, era familiar, seguia no pergaminho a leitura que o tradutor fazia em voz alta.

"Eu, El-Kobbir, mercador de escravos e fornecedor do harém de Sua Alteza, declaro ter recebido do Sr. Conde de Monte Cristo, para a remeter ao sublime imperador, uma esmeralda avaliada em duas mil bolsas, preço de uma escrava cristã de onze anos de idade, por nome Haydée, filha reconhecida do falecido Sr. Ali Tébelen, paxá de Janina, e de Vasiliki, sua favorita, e que há sete anos me tinha sido vendida juntamente com sua mãe, que faleceu no momento de chegarem a Constantinopla, por um coronel francês a serviço do vizir Ali Tébelen, chamado Fernand Mondego.

Esta compra tinha sido feita por conta de Sua Alteza, que para isso me deu plenos poderes, mediante a soma de mil bolsas.

Passada em Constantinopla, com autorização de Sua Alteza, no ano de 1247 da Hégira.

El-Kobbir."

"A presente declaração, para que se lhe dê inteira fé, vai ser selada com o selo imperial."

Junto da assinatura do mercador via-se efetivamente o selo do sublime imperador.

A esta leitura sucedeu-se um silêncio terrível; o conde cravava em Haydée um olhar que parecia de chamas e de sangue.

— "Minha senhora" — perguntou o presidente —, "não poderíamos interrogar o Sr. Conde de Monte Cristo, que, segundo creio, está morando em Paris, junto de si?"

— "Senhor" — respondeu Haydée —, "o Sr. Conde de Monte Cristo, meu segundo pai, está na Normandia há três dias."

— "Mas, nesse caso, senhora" — disse o presidente —, "quem lhe aconselhou este passo, que nós agradecemos, pela luz que vem derramar no processo, e que além disso é muito natural, em vista do seu nascimento e das suas desgraças?"

— "Senhor" — replicou Haydée —, "esta resolução foi-me aconselhada tão-somente pela minha dor. Ainda que cristã, Deus me perdoe! tenho pensado sempre em vingar meu ilustre pai. Ora, desde que pisei a França, e que soube que o traidor habitava em Paris, os meus olhos e os meus ouvidos têm-se conservado constantemente atentos. Vivo retirada na casa do meu protetor, mas vivo assim porque amo a sombra e o silêncio, que me permitem concentrar-me nos meus pensamentos. O Sr. Conde de Monte Cristo, porém, rodeia-me dos seus cuidados paternais, e nada de tudo quanto constitui a vida do mundo me é estranho; apraz-me no entanto não aceitar dessa vida senão o rumor longínquo. Assim, leio todos os jornais, da mesma forma que me enviam todos os álbuns, todas as melodias; e foi seguindo, sem me denunciar, a vida dos outros, que consegui saber o que tinha sucedido esta manhã na Câmara dos Pares e o que devia passar-se esta noite... Então, escrevi."

— "Assim" — perguntou o presidente —, "o Sr. Conde de Monte Cristo não contribuiu em nada para essa sua resolução?"

— "Ignora absolutamente que eu desse este passo, e receio que o desaprove quando souber; no entanto, é um belo dia para mim" — continuou a donzela, levantando para o Céu um olhar ardente — "aquele em que encontro o ensejo de vingar meu pai."

O conde, durante este tempo, não tinha pronunciado uma só palavra; os colegas olhavam para ele, deplorando sem dúvida aquela fortuna despedaçada pelo sopro perfumado de uma mulher; a desgraça ia horrivelmente desenhando-se-lhe pouco a pouco em traços terríveis sobre a fronte.

— "Sr. de Morcerf" — disse o presidente —, "reconhece esta senhora como filha de Ali Tébelen, paxá de Janina?"

— "Não" — disse Morcerf, fazendo um esforço para se levantar — "é uma trama urdida por meus inimigos."

Haydée, que tinha os olhos pregados na porta como se esperasse alguém, voltou-se bruscamente, e vendo o conde em pé, soltou um grito terrível.

— "Não me conhece?!" — disse ela — "pois bem! eu felizmente conheço-o! É Fernand Mondego, o oficial francês que instruía as tropas de meu pai. Foi você que entregou os castelos de Janina! Foi você que, enviado a Constantinopla para tratar diretamente com o sultão acerca da vida ou da morte do seu benfeitor, voltou com uma falsa ordem que lhe concedia inteira graça! Foi você que, com essa ordem, obteve o anel do paxá, que devia fazer-se obedecer por Selim! Foi você que o apunhalou! Foi você que nos vendeu, a mim e a minha mãe, ao mercador El-Kobbir! Assassino! assassino! assassino! tem ainda na fronte o sangue do seu senhor! Olhem todos!"

Estas palavras tinham sido pronunciadas com tal entusiasmo de verdade, que todos os olhares convergiram para o conde, chegando ele mesmo a levar a mão à fronte, como se sentisse, tépido ainda, o sangue de Ali.

— "Reconhece então positivamente no Sr. de Morcerf o mesmo oficial Fernand Mondego?"

— "Se o reconheço!..." — gritou Haydée. — "Oh, minha mãe! Você me disse: 'Era livre, tinha um pai que amava, estava destinada a ser quase uma rainha! Olha bem esse homem! foi ele que a tornou escrava, foi ele que levantou na ponta de uma lança a cabeça do seu pai, foi ele que nos vendeu, foi ele, enfim, que nos entregou! Repara-lhe bem na mão direita, naquela que tem uma longa cicatriz; se um dia se esquecer do rosto dele, reconhecê-lo-á por essa mão, onde caíram uma a uma as peças de ouro do mercador El-Kobbir!' Se o reconheço!... Oh! ele mesmo que o diga agora se não me reconhece também!"

Cada uma destas acusações caía como um cutelo sobre Morcerf, arrancando-lhe gradualmente uma parte da energia.

Ouvindo as últimas palavras, o conde ocultou vivamente no peito, a seu pesar, a mão mutilada, e tornou a cair na cadeira, abismado em concentrado desespero.

Esta cena agitara vivamente os espíritos, com a mesma facilidade com que o impetuoso vento do norte varre as folhas dispersas.

— "Sr. Conde de Morcerf" — disse o presidente — "não se deixe vencer pelo desânimo, responda; a justiça deste tribunal é, como a de Deus, igual para todos; não há de consentir que os seus inimigos o prostrem sem lhe dar os meios de os combater. Quer que se proceda a novo inquérito? Quer que eu determine uma viagem de dois membros da Câmara a Janina? Fale."

Morcerf não respondeu.

Então todos os membros da comissão olharam uns para os outros com uma espécie de terror.

Era conhecido o caráter enérgico e violento do conde.

Era preciso que fosse bem grande e terrível sua prostração para lhe aniquilar a defesa.

Era de esperar que àquele silêncio, que se assemelhava ao sono, sucedesse um despertar que se parecesse com o trovão.

— "Então" — perguntou de novo o presidente —, "que decide?"

— "Nada" — disse o conde numa voz cava, levantando-se.

— "A filha de Ali Tébelen" — tornou o presidente "declarou então a verdade? É ela então realmente a testemunha terrível a quem o culpado não ousa responder NÃO? Praticou todos esses crimes de que o acusam?"

O conde lançou em volta de si um olhar cuja expressão desesperada se assemelhava à dos tigres; mas não pôde desarmar seus juízes.

Depois, levantou os olhos para a abóbada da sala, mas afastou-os logo, como se receasse que ela, abrindo-se, deixasse resplandecer esse segundo tribunal, que se chama Céu, e esse outro juiz, que se chama Deus.

Então, com um movimento brusco, arrancou os botões da sobrecasaca, que o sufocava, e saiu da sala como uma sombra insensata.

Os seus passos ecoaram lugubremente durante um instante sob a abóbada sonora, e pouco depois o rodar da carruagem, que partia a galope, abalava o pórtico do edifício florentino.

— "Senhores" — disse o presidente, quando se estabeleceu silêncio —, "o Sr. Conde de Morcerf está convicto de felonia, de traição, e de indignidade?"

— "Sim!" — responderam numa só voz todos os membros da comissão de inquérito.

Haydée assistira até o fim da sessão.

Ouviu pronunciar a sentença do conde sem que um só gesto lhe exprimisse alegria ou compaixão.

Então, tornou a envolver-se em seu véu, saudou majestosamente os conselheiros, e saiu no passo em que Virgílio via caminhar suas deusas.

LXXXVII. Provocação

— Então — continuou Beauchamp — aproveitei o silêncio e a escuridão da sala para sair sem ser visto. O contínuo que me tinha introduzido esperava-me, e conduziu-me pelos corredores a uma pequena porta que dá para a Rua de Vaugirard. Saí com a alma despedaçada, e ao mesmo tempo, perdoe-me, Albert, tomado de um certo arrebatamento; despedaçada por sua causa, e arrebatada pela nobreza daquela moça que vingava o pai. Sim, juro-lhe, Albert, partisse embora de quem partisse aquela revelação, concordo que pode ter partido de um inimigo, mas esse inimigo não é mais do que um agente da Providência.

Albert, que conservava a cabeça pendida entre as mãos, levantou o rosto purpureado de vergonha e banhado em lágrimas, e pegou no braço de Beauchamp.

— Amigo — disse ele —, a minha vida está acabada; não me resta dizer, como o senhor, que foi a Providência que me vibrou este golpe, mas sim procurar o homem que me persegue com a sua inimizade; depois, quando o conhecer, matá-lo-ei, ou ele me matará a mim; eu conto com a sua amizade para que me ajude, Beauchamp, se o desprezo não lha sufocou no coração.

— O desprezo, meu amigo?! Não, essa desgraça não o alcança! Não! Deus louvado! já não estamos no tempo em que um injusto preconceito tornava os filhos responsáveis pelas ações dos pais. Repasse na memória toda a sua vida, Albert, que data de ontem, é verdade; mas nunca a aurora do mais formoso dia foi mais pura do que o seu oriente. Não, Albert, creia-me, o senhor é moço, é rico; deixe a França: tudo se esquece depressa nessa babilônia de existência agitada e de gostos diversos; voltará daqui a dois ou três anos, depois de ter desposado alguma princesa russa, e ninguém mais se lembrará do que se passou ontem, e muito menos do que se passou há dezesseis anos.

— Obrigado, meu caro Beauchamp, agradeço as excelentes intenções que lhe ditam essas palavras, mas não pode ser assim; eu tinha-lhe dito o meu desejo, e agora, se é preciso, substituirei a palavra desejo pela palavra *vontade*. Deve compreender que, interessado como eu sou neste caso, não posso ver as coisas da mesma forma que o senhor. Este acontecimento fatal, que se lhe afigura ter partido de uma vontade celeste, parece-me a mim que saiu de uma fonte menos pura. Julgo a Providência, confesso-lhe, muito estranha a tudo isto, e muito estimo que assim seja, porque, em lugar do invisível e impalpável mensageiro das recompensas e castigos celestes, hei de encontrar um ser palpável e visível em quem me vingue, juro-lhe, de quanto tenho sofrido há um mês. Agora, repito-lhe, Beauchamp, voltemos à vida humana e material, e, se é meu amigo, como diz, ajude-me a descobrir a mão que me vibrou o golpe.

— Pois seja — disse Beauchamp —; e se quer em absoluto que eu volte os olhos para a terra, fá-lo-ei: se vai pôr-se na pista do inimigo, ter-me-á a seu lado. E hei de descobrir esse inimigo, porque pode dizer-se que a minha honra está quase tão interessada como a sua em encontrá-lo.

— Pois bem: nesse caso comecemos sem demora as nossas investigações; cada minuto de demora é uma eternidade para mim: o denunciante não foi ainda punido, e pensa provavelmente que nunca o será: mas, por minha honra! se ele assim o julga, engana-se.

— Ouça, Morcerf.

— Ah, Beauchamp, vejo que sabe alguma coisa! diga, que é a vida que me restitui.

— Não digo que seja verdadeira, Albert, mas é pelo menos uma luz na escuridão: seguindo essa luz talvez cheguemos ao que nos interessa.

— Diga! bem vê que morro de impaciência.

— Pois bem, vou contar-lhe uma coisa, que não quis dizer-lhe quando voltei de Janina.

— Fale.

— Eis o que se passou, Albert. Dirigi-me naturalmente à casa do primeiro banqueiro da cidade para tomar informações; à primeira palavra que eu soltei com respeito ao caso, antes mesmo de ter pronunciado o nome de seu pai, disse-me: ele:

— "Ah! muito bem, já sei o que o traz aqui."

— "Como?! Por quê?"

— "Porque há apenas quinze dias fui interrogado sobre o mesmo assunto."

— "Por quem?"

— "Por um banqueiro de Paris, meu correspondente."

— "Como se chama esse banqueiro?"

— "Danglars."

— Ele?! — gritou Albert —; de fato, há muito tempo ele persegue meu pobre pai com o seu ódio invejoso; ele, o homem que se diz popular, e que não perdoava ao conde de Morcerf o ser par de França!... Espere... o rompimento, sem razão plausível, do meu casamento com a filha... sim, é isso mesmo.

— Informe-se, Albert (mas não se deixe arrebatar antecipadamente), informe-se, digo-lhe eu, e se for verdade...

— Oh! se for verdade — gritou o rapaz —, há de pagar-me quanto tenho sofrido!

— Tome juízo, Morcerf, Danglars já é velho.

— Hei de ter tanta consideração pela idade dele como ele teve pela honra da minha família; se era a meu pai que odiava, por que não o feriu lealmente? Oh! não, porque teve medo de se ver em frente de um homem!

— Albert, não condeno as suas intenções, não faço mais do que detê-lo; Albert, proceda com prudência.

— Oh! não tenha receio; além disso, há de acompanhar-me, Beauchamp; as coisas solenes devem ser tratadas diante de testemunhas. Antes do fim do dia, se Danglars for culpado, terá cessado de viver, ou então terei eu sido morto. Creia, Beauchamp, quero preparar excelentes funerais à minha honra.

— Bem, nesse caso, quando se tomam tais resoluções, Albert, é preciso pô-las logo em execução. Quer ir à casa de Danglars? pois vamos.

Mandaram buscar um trem de praça.

Quando iam à casa do banqueiro, viram à porta o faetonte e o criado de Andreia Cavalcanti.

— Ah! por Deus! parece que isto vai bem — disse Albert, sombriamente. — Se o Sr. Danglars não quiser bater-se comigo, mato-lhe o genro. Esse deve bater-se... um Cavalcanti.

Anunciaram o rapaz ao banqueiro, que, ouvindo pronunciar o nome de Albert, e sabendo o que sucedera na véspera, quis recusar-lhe a entrada.

Mas era tarde, porque Albert de Morcerf estava justamente atrás do criado.

Ouviu a ordem do banqueiro, empurrou a porta, e entrou, seguido de Beauchamp, até o gabinete dele.

— Mas... Senhor — gritou Danglars —, a gente não está no direito de não receber quem não quer?!... Parece-me que se esquece singularmente do respeito devido.

— Não, senhor — disse friamente Albert —; há circunstâncias, e esta é uma delas, em que é preciso, salvo o caso de covardia (ofereço-lhe esse refúgio), estar-se visível seja para quem for.

— Então, o que me quer?

— Quero — disse Morcef, aproximando-se sem fazer caso de Cavalcanti, que estava encostado ao fogão — proporcionar-lhe uma entrevista num canto afastado, onde ninguém o incomode durante dez minutos, não peço mais; onde, de dois homens que aí se encontrem, fique um estendido nas ervas.

Danglars empalideceu.

Cavalcanti fez um movimento.

Albert voltou-se para ele.

— Se o senhor quiser — disse ele —, também pode vir; tem direito a isso, visto que é quase da família, e eu concedo essa mesma entrevista a todas as pessoas que quiserem aceitá-la.

Cavalcanti pregou um olhar estupefato em Danglars, que, fazendo um pequeno esforço, se levantou imediatamente, indo estacionar entre os dois moços.

O ataque de Albert a Andreia acabava de colocá-lo noutro terreno, e ele esperava que a visita de Morcef tivesse diferente motivo do que primeiro supusera.

— Ora essa! Senhor — disse o banqueiro a Albert —, se vem a minha casa para provocar uma questão com este cavalheiro porque o preferi ao senhor, previno-o desde já que farei disso negócio do procurador régio.

— Engana-se, senhor — disse o rapaz, com um sorriso sombrio —, nem sequer se lembrava do casamento de sua filha, e, se me dirigi ao Sr. Cavalcanti, foi porque me pareceu que tivera por um instante a idéia de intervir na nossa discussão. Mas tem razão — concluiu Albert —, porque eu hoje procuro questionar com toda a gente; contudo esteja tranqüilo, Sr. Danglars, que lhe pertence a prioridade.

— Senhor — respondeu Danglars, pálido de cólera e de medo —, advirto-o de que quando tenho a infelicidade de encontrar no meu caminho um dogue hidrófobo, mato-o, e que, longe de me julgar culpado, fico cônscio de ter prestado um serviço à sociedade. Ora, se o senhor está atacado da fatal doença e tenta morder-me, previno-o de que o matarei sem piedade. Ouça lá! Que culpa tenho eu de que seu pai esteja desonrado?

— Miserável! — gritou Morcef — a culpa é sua!

Danglars recuou um passo.

— Minha a culpa?! — disse ele. — O senhor está doido! Que sabia eu dessa história grega? Fui eu que viajei por aquele país? Fui eu quem aconselhou seu pai a que vendesse os castelos de Janina e traísse...

— Silêncio! — disse Albert, com voz surda. — Não, não foi o senhor diretamente quem fez esse escândalo, quem causou essa desgraça, mas provocou-a hipocritamente.

— Eu?!

— Sim, o senhor! De onde partiu a revelação?

— Ora essa! Parece-me que o próprio jornal o dizia: de Janina, evidentemente!

— E quem escreveu para Janina?

— Para Janina?

— Sim. Quem escreveu pedindo informações de meu pai?

— Parece-me que toda a gente pode escrever para Janina.

— No entanto só uma pessoa escreveu.

— Só uma?

— Sim! E foi o senhor.

— Eu escrevi, é verdade; parece-me que quando temos de ligar uma filha a um homem, é lícito tomar informações com respeito à família desse homem; é não só um direito, mas até um dever.

— Mas o senhor escreveu — disse Albert — sabendo perfeitamente a resposta que lhe viria.

— Eu?! Ah! Juro-lhe! — Gritou Danglars com uma confiança e uma firmeza que vinham ainda mais do medo, talvez, do que do interesse que lhe despertava a infelicidade do pobre rapaz — juro-lhe que nunca tinha pensado em escrever para Janina. Sabia eu porventura da catástrofe de Ali-Paxá?...

— Então houve alguém que o incitou a escrever.

— Está claro.

— Induziram-no a isso?

— Induziram sim.

— Quem foi?... acabe, diga!

— Ora essa! Nada mais simples. Eu falava do passado de seu pai; dizia que a origem da sua fortuna ficara sempre ignorada; à pessoa que me perguntou onde seu pai tinha feito essa fortuna, respondi que na Grécia. Então ela disse: Pois bem, escreva para Janina.

— E quem lhe deu esse conselho?

— Foi o conde de Monte Cristo, o seu amigo.

— O conde de Monte Cristo disse-lhe que escrevesse para Janina, Sr. Barão?

— Disse, e eu escrevi. Quer ver a minha correspondência? Eu mostro-a...

Albert e Beauchamp olharam um para o outro.

— Sr. Barão — disse então Beauchamp, que não tinha ainda pronunciado uma palavra —, parece-me que acusa o conde de Monte Cristo que está ausente de Paris e não pode defender-se...

— Eu não acuso ninguém — replicou Danglars —, eu digo apenas o que se passou e repetirei diante do conde de Monte Cristo, o que acabo de dizer aos senhores.

— E o conde sabe qual foi a resposta que o senhor recebeu?

— Mostrei-lha.

— Ele sabia que o nome de batismo de meu pai era Fernand, e que o apelido da nossa família era Mondego?

— Sim, tinha-lho dito há muito tempo; de resto, não fiz mais neste caso do que o que faria outra qualquer pessoa, ou talvez ainda muito menos. Quando, no dia seguinte a essa resposta provocada por Monte Cristo, seu pai veio oficialmente pedir minha filha, como é de uso quando se pretende terminar semelhantes negócios, eu recusei; recusei mesmo francamente, é verdade, mas sem explicações, sem escândalo. E na verdade, para que me serviria um escândalo dessa ordem? Que tenho eu com a honra ou desonra do Sr. de Morcerf? Isso não me vem diminuir nem aumentar os rendimentos!...

Albert sentiu o sangue subir-lhe às faces; não lhe restava dúvida, Danglars defendia-se com baixeza, mas com a segurança de um homem que diz, senão toda a verdade, pelo menos uma parte dela, não por consciência, mas por terror.

Além disso, o que procurava Morcerf?

Não era a maior ou menor culpabilidade de Danglars ou de Monte Cristo, era um homem que respondesse pela ofensa, ligeira ou grave; era um homem que se batesse; e estava convencido de que Danglars nunca se bateria.

E depois, todos os fatos esquecidos se tornavam visíveis a seus olhos ou patentes a sua memória.

Monte Cristo sabia tudo porque comprara a filha de Ali-Paxá.

Ora, sabendo tudo, aconselhara Danglars a que escrevesse para Janina.

Conhecida esta resposta, acedera ao desejo manifestado por Albert de ser apresentado a Haydée; uma vez apresentado à donzela, consentira que a conversação recaísse sobre a morte de Ali, não se opondo à narrativa de Haydée, mas tendo-lhe sem dúvida dado algumas instruções em grego, que não permitiram a Morcerf reconhecer o pai como um dos atores daquele drama; além disso, não tinha pedido ele mesmo a Morcerf que não pronunciasse nunca o nome do pai diante de Haydée?...

Enfim, tinha-o levado consigo para a Normandia no momento em que sabia que estava prestes a eclodir o grande escândalo.

Não havia que duvidar, tudo isto era um cálculo, e sem dúvida alguma, Monte Cristo entendia-se com os inimigos de seu pai.

Albert chamou de parte Beauchamp e comunicou-lhe todas estas idéias.

— Tem razão — disse o jornalista —; Danglars não é senão a parte material deste caso; é ao conde de Monte Cristo que deve pedir explicações.

Albert voltou-se.

— Senhor — disse ele a Danglars —, deve compreender que não tomo por enquanto a seu respeito uma resolução definitiva; resta-me saber se a sua defesa é justa, do que tenciono informar-me com o Sr. Conde de Monte Cristo.

E cumprimentando o banqueiro, saiu com Beauchamp, sem parecer reparar em Cavalcanti.

Danglars acompanhou-o à porta, e ali protestou de novo a Albert que nenhum motivo de inimizade pessoal o animava contra o conde de Morcerf.

LXXXVIII. Insulto

À porta do banqueiro, Beauchamp deteve Morcerf.

— Ouça — disse o jornalista —, disse-lhe há pouco que era ao conde de Monte Cristo que devia pedir explicações...

— Disse, sim; e é à casa dele que nós vamos.

— Um instante, Morcerf; antes de dar esse passo é preciso refletir.

— Em que quer que eu reflita?

— Na gravidade do que intenta fazer.

— Por quê? O negócio é mais grave do que este de termos vindo à casa do Sr. Danglars?...

— Sem dúvida. O Sr. Danglars é um homem de dinheiro, e, não o ignora, os homens de dinheiro sabem muito bem o capital que arriscam, para que se batam facilmente. O conde, pelo contrário, é um cavalheiro, pelo menos na aparência; mas... não receia que essa aparência oculte um bandido italiano?

— Não receio senão uma coisa, é encontrar nele um homem que não se bata.

— Oh, esteja sossegado! — disse Beauchamp —; esse há de se bater. E tenho até medo de uma coisa, é de que se bata bem demais; tome juízo!

— Amigo — disse Morcerf, com adorável sorriso —, é o que eu peço; a minha felicidade estaria em ser morto por causa de meu pai; isso salvava-nos a todos.

— Sua mãe morreria de desgosto!

— Pobre mãe! — disse Albert, passando a mão pela fronte — bem o sei; mas antes isso do que morrer de vergonha.

— Está decidido, Albert?

— Estou.

— Então vamos. Mas, parece-lhe que o encontremos?

— O conde deve ter voltado algumas horas depois de mim. Já chegou decerto.

Subiram no trem e fizeram-se transportar à Avenida dos Champs-Élysées, nº 30.

Beauchamp queria descer só, mas Albert observou-lhe que aquele caso, saindo das regras ordinárias, permitia-lhe afastar-se das etiquetas do duelo.

A causa do rapaz era tão santa, que Beauchamp não podia negar-se a satisfazer-lhe as vontades.

Cedeu pois a Morcerf, e contentou-se em segui-lo.

Albert transpôs num pulo a distância da casa do porteiro aos degraus da escada.

Foi Baptistin quem o recebeu.

O conde tinha efetivamente acabado de chegar naquele momento, mas estava no banho, e dera ordens terminantes de que não recebia fosse quem fosse.

— E depois do banho? — perguntou Morcerf.

— Depois, janta.

— E depois do jantar?

— O Sr. Conde, depois de jantar, dorme uma hora.

— E depois?

— Depois vai à Ópera.

— Está certo disso? — perguntou Albert.

— Certíssimo; o Sr. Conde mandou pôr a carruagem às oito horas em ponto.

— Muito bem. — replicou Albert — é quanto preciso saber.

Depois voltou-se para Beauchamp:

— Se tem o que fazer, Beauchamp, aproveite o tempo até logo; e se tinha combinado para hoje alguma entrevista, transfira-a para amanhã. Bem deve supor que conto com o senhor para me acompanhar à Ópera. Se puder, leve-me também o Château-Renaud.

Beauchamp aproveitou a licença e separou-se de Albert, depois de ter prometido ir buscá-lo às oito horas menos um quarto.

Voltando a casa, Albert preveniu Franz, Debray e Morrel do desejo que tinha de vê-los nessa mesma noite na Ópera. Em seguida foi visitar sua mãe, que depois dos acontecimentos da véspera se recolhera ao quarto, onde se conservava sem receber ninguém.

Albert encontrou-a na cama, despedaçada pela dor daquela humilhação pública.

A presença do rapaz produziu em Mercédès o efeito que era de esperar.

Apertou a mão do filho e rompeu em soluços.

No entanto, as lágrimas aliviaram-na.

Albert conservou-se durante um instante em pé e silencioso defronte da mãe.

Conhecia-se-lhe perfeitamente, pela lividez do rosto e pelo franzido das sobrancelhas, que a resolução de vingança crescia cada vez mais em seu coração.

— Minha mãe — perguntou Albert —, conhece algum inimigo do Sr. de Morcerf?

Mercédès estremeceu.

Notara que o rapaz não tinha dito: "De meu pai".

— Meu amigo — disse ela —, as pessoas na posição do conde têm muitos inimigos que não conhecem. Além disso, os inimigos que conhecemos, bem sabe, não são os mais perigosos.

— Sim, sei isso; mas eu também apelo para toda a sua perspicácia. Minha mãe é uma mulher muito superior, a quem nada passa despercebido.

— Por que me diz isso, meu filho?

— Porque me recordo, por exemplo, de que na noite em que demos baile, minha mãe notou que o conde de Monte Cristo não quis sequer tomar um refresco em nossa casa.

Mercédès erguendo-se toda trêmula sobre o braço queimado pela febre.

— O conde de Monte Cristo?! — exclamou ela — e que relação pode haver entre o conde e a pergunta que me faz?

— Bem sabe, minha mãe, que é um homem quase oriental, e os orientais, para conservarem a liberdade numa vingança, não comem nem bebem na casa dos seus inimigos.

— O conde de Monte Cristo nosso inimigo, diz você, Albert?! — perguntou Mercédès, tornando-se mais branca do que os lençóis da cama. — Quem lhe disse isso? Por quê? Está doido, Albert. O Sr. de Monte Cristo só nos tem dispensado atenções; o Sr. de Monte Cristo salvou-lhe a vida; foi você mesmo que o apresentou em nossa casa. Oh! peço-lhe, meu filho, que se tem uma tal idéia a afaste do seu pensamento; e só uma coisa lhe rogo, é que conserve as melhores relações com o conde.

— Dir-se-á que minha mãe — replicou o rapaz com um olhar sombrio — tem alguma razão poderosa para me recomendar que poupe aquele homem!

— Eu?! — exclamou Mercédès, corando com a mesma rapidez

com que tinha empalidecido, e tornando-se novamente mais pálida ainda do que dantes.

— Sim, decerto, e essa razão é que esse homem não pode nunca nos fazer mal, não é verdade?

Mercédès estremeceu, fixando no filho um olhar perscrutador.

— Está-me falando de um modo singular — disse ela a Albert —, e parece-me que alimenta singulares prevenções. O que lhe fez o conde, meu filho? Há três dias estava com ele na Normandia; há três dias ambos nós o julgávamos o seu melhor amigo.

Deslizou pelos lábios de Albert um sorriso irônico.

Mercédès viu esse sorriso, e com o seu duplo instinto de mãe e de mulher, adivinhou tudo; mas, prudente e forte, ocultou os seus receios e a sua perturbação.

Albert calou-se; mas dali a um instante a condessa renovou a conversação.

— Vinha perguntar-me pela minha saúde — disse ela —, responder-lhe-ei francamente, meu amigo, que não me sinto bem. Deveria instalar-se aqui, Albert, e acompanhar-me; necessito muito de não estar só.

— Minha mãe — respondeu o rapaz —, estaria às suas ordens, e bem sabe com que boa vontade, se um negócio importante não me obrigasse a abandoná-la às primeiras horas da noite.

— Ah, muito bem! — respondeu Mercédès, com um suspiro —; vai, Albert, não quero torná-lo escravo da sua piedade filial.

Albert fingiu não perceber, cumprimentou a mãe e saiu.

Apenas o rapaz fechou a porta, Mercédès chamou logo um criado de confiança e ordenou-lhe que seguisse sem demora Albert para onde ele se dirigisse durante a noite, e viesse informá-la de tudo imediatamente.

Depois chamou a sua criada particular, e, apesar de muito enfraquecida por tantas comoções, vestiu-se para estar pronta para todos os acontecimentos.

A missão dada ao criado não era difícil de executar.

Albert entrou no quarto, e vestiu-se com escrupulosa severidade. Às oito horas menos dez minutos chegou Beauchamp.

Tinha falado com Château-Renaud, que lhe prometera encontrar-se no teatro antes do levantar do pano.

Albert subiu em seu cupê com Beauchamp, e, não tendo razão alguma para ocultar aonde se dirigia, disse em voz alta:

— Para a Ópera.

Em sua impaciência se antecipara ao levantar do pano. Château-Renaud estava em seu lugar.

Prevenido de tudo por Beauchamp, não foi preciso a Albert dar-lhe qualquer explicação.

O procedimento daquele filho que queria vingar o pai era tão natural, que Château-Renaud não tentou dissuadi-lo, e contentou-se em renovar-lhe a certeza de que estava a sua disposição.

Debray não tinha chegado ainda, mas o visconde sabia que era muito raro ele faltar na Ópera.

Albert errou pelo teatro até o levantar do pano, esperando encontrar Monte Cristo, fosse no corredor fosse na escada.

A campainha chamou os espectadores para seus lugares, e o visconde foi sentar-se em sua cadeira, entre Château-Renaud e Beauchamp.

Os seus olhos, porém, não se apartavam daquele camarote entre colunas, que se obstinava em conservar-se vazio.

Enfim, quando Albert pela centésima vez consultava seu relógio, no começo do segundo ato, abriu-se a porta do camarote e entrou Monte Cristo, vestido de preto, chegando-se à frente para percorrer a sala com a vista.

Morrel acompanhava-o, procurando com a vista a irmã e o cunhado. Viu-os num camarote de segunda ordem, e fez-lhes sinal.

O conde, relanceando a vista pela sala, notou uma cara lívida e uns olhos chamejantes que pareciam atrair-lhe avidamente os olhares. Monte Cristo reconheceu perfeitamente Albert de Morcerf, mas a expressão que notou naquele rosto alterado aconselhou-lhe sem dúvida que fingisse não o ter visto.

Sem fazer o mais leve movimento que denunciasse suas observações, o conde sentou-se, pegou o seu óculo e assestou-o noutra direção.

Monte Cristo, porém, parecendo não o ver, não perdia Albert de vista, e logo que o pano caiu no final do segundo ato, seu olhar infalível e seguro seguiu o rapaz, que saia da sala acompanhado por seus dois amigos.

Depois, aquela mesma cabeça tornou a aparecer passando pela porta de um camarote de primeira ordem na frente do seu.

O conde sentiu aproximar-se a tempestade, e quando ouviu a chave rodar na fechadura de seu camarote, apesar de conversar nesse momento com Morrel com o rosto mais risonho possível, estava preparado para tudo.

Abriu-se a porta. Foi só então que Monte Cristo se voltou e viu Albert lívido e trêmulo.

— Oh! — exclamou ele com a afetuosa polidez que distinguia de ordinário seus cumprimentos das banais saudações de quase toda a gente — até que enfim vejo chegar o meu cavalheiro! Boa noite, Sr. de Morcerf.

E o rosto daquele homem, tão singularmente senhor de si, exprimia a mais completa cordialidade.

Só então Morrel se lembrou da carta que tinha recebido do visconde, na qual, sem mais explicação, Albert lhe pedia que se achasse na Ópera, e compreendeu que ia suceder naquela noite alguma coisa de extraordinário e terrível.

— Não viemos aqui para trocar cumprimentos hipócritas ou falsas aparências de amizade; viemos para pedir uma explicação, Sr. Conde.

A voz trêmula do rapaz deslizava a custo por seus dentes cerrados.

— Uma explicação na Ópera? — disse o conde com o tom de impassibilidade e o olhar penetrante que denunciavam nele o caráter do homem ternamente senhor de si. — Apesar de pouco familiarizado com os hábitos parisienses, não ousaria supor que fosse aqui o lugar próprio para uma explicação.

— Quando o homem a quem procuramos se nega — disse Albert —, quando não há maneira alguma de lhe falar, sob pretexto de que está no banho, à mesa ou na cama, temos que nos dirigir a ele onde o encontramos.

— Pois não sou difícil de encontrar — disse Monte Cristo —, tanto que ainda ontem, se a memória me não falha, esteve em minha casa.

— Ontem — replicou o rapaz, cuja cabeça se exaltava — estive em sua casa porque ignorava quem o senhor era.

E, pronunciando estas palavras, Albert elevara a voz de maneira que tanto as pessoas dos camarotes vizinhos como as que passavam pelo corredor o ouvissem.

Deste modo, as pessoas dos camarotes próximos voltaram-se, e as do corredor pararam por detrás de Beauchamp e de Château-Renaud, ao ruído daquela altercação.

— De onde vem, senhor? — disse Monte Cristo sem a menor aparência de emoção. — Parece-me que não dispõe hoje do seu costumado bom senso.

— Basta que eu perceba as perfídias, e que consiga fazer-lhe perceber que quero vingar-me, para me julgar razoável — respondeu Albert furioso.

— Não o entendo, senhor — tornou Monte Cristo —; e ainda que o entendesse, não deixaria de julgar que me fala demasiado alto. Estou em minha casa, e aqui só eu tenho o direito de elevar a voz. Retire-se!

E Monte Cristo indicou a porta a Albert com um gesto admirável de autoridade.

— Ah! Eu saberei fazê-lo sair de casa! — replicou Albert, amarrotando nas mãos convulsas a luva, que o conde não perdia de vista.

— Bem, bem! — disse fleumaticamente Monte Cristo — vejo que me provoca; mas, um conselho, visconde, e lembre-se sempre dele: — É um péssimo costume esse de fazer muita bulha quando se provoca alguém. A bulha não convém a todos, Sr. de Morcerf.

Àquele nome, um murmúrio de espanto passou como um arrepio entre os espectadores de semelhante cena.

Desde a véspera que o nome de Morcerf andava em todas as bocas. Albert, melhor do que ninguém, e primeiro até do que ninguém, percebeu a alusão, e fez um gesto para atirar a luva à cara do conde; mas Morrel agarrou-lhe o pulso, ao passo que Beauchamp e Château-Renaud, receando que aquela cena ultrapassasse os limites de uma provocação, o detinham pelas costas.

Mas Monte Cristo, sem se levantar, inclinou-se na cadeira, estendeu a mão, e tomou de entre os dedos crispados do rapaz a luva, úmida e amarrotada.

— Senhor — disse o conde com uma inflexão terrível —, guardo a sua luva para lha devolver enrolada numa bala. Agora saia daqui, ou chamo os meus criados e faço-o pôr fora da porta.

Albert, ébrio, espantado, com os olhos sangrentos, recuou dois passos.

Morrel aproveitou esse movimento para fechar a porta.

Monte Cristo tornou a pegar em seu óculo, e pôs-se a percorrer a sala tão descuidadamente como se nada tivesse sucedido.

Aquele homem tinha coração de bronze e rosto de mármore.

Morrel inclinou-se-lhe ao ouvido.

— Que lhe fez o senhor? — perguntou.

— Eu? nada, pelo menos pessoalmente — respondeu Monte Cristo.

— No entanto, a exaltação do visconde deve ter uma origem...

— A aventura do conde de Morcerf exaspera o pobre moço.

— E o senhor tomou alguma parte no acontecimento?

— Foi Haydée quem informou a Câmara da traição do pai de Albert.

— De fato — disse Morrel —, disseram-me, mas eu não quis acreditar que a escrava grega que tenho visto neste camarote com o conde era a filha de Ali-Paxá; mas, repito, não acreditei!

— Pois é verdade.

— Ah... — prosseguiu Morrel — agora compreendo tudo; esta cena estava premeditada.

— Como?...

— Albert escreveu-me pedindo-me que estivesse esta noite na Ópera; vejo agora que era para ser testemunha do insulto que queria dirigir-lhe.

— É provável — disse Monte Cristo com sua imperturbável tranqüilidade.

— Mas... que tenciona fazer dele?

— De quem?

— De Albert!

— De Albert? — replicou Monte Cristo — o que tenciono fazer de Albert, Maximiliano? Tão verdade como eu estar aqui e apertar-lhe a mão, hei de matá-lo amanhã antes das dez horas. Aí tem o que tenciono fazer-lhe.

Morrel tomou, por sua vez, a mão de Monte Cristo entre as suas, e estremeceu ao senti-la tão fria e tranqüila.

— Ai, conde — disse ele —, o pai dele quer-lhe tanto!...

— Não me diga isso! — exclamou Monte Cristo com o primeiro movimento de cólera que parecia ter experimentado — eu havia de fazê-lo sofrer?!

Morrel, estupefato, largou a mão de Monte Cristo.

— Conde! Conde! — disse ele.

— Querido Maximiliano — interrompeu o conde —, repare na maneira adorável como o Duprez canta esta frase:

Oh Matilde, ídolo da minha alma!

Espere, eu ouvi o Duprez em Nápoles, e fui o primeiro a aplaudi-lo. Bravo! Bravo!

Morrel compreendeu que nada mais lhe restava a dizer, e esperou.

Bateram à porta do camarote.

— Queira entrar — disse Monte Cristo, sem que a voz lhe denunciasse a menor comoção.

Apareceu Beauchamp.

— Boa- oite, Sr. Beauchamp — disse Monte Cristo como se visse o jornalista pela primeira vez naquela noite —; faça o favor de sentar-se.

Beauchamp cumprimentou, entrou e sentou-se.

— Sr. Conde — disse a Monte Cristo —, como deve ter notado, eu acompanhava há pouco o Sr. de Morcerf.

— O que quer dizer — replicou Monte Cristo — que acabavam de jantar juntos. Estou deveras satisfeito, Sr. Beauchamp, por ver que o senhor é mais sóbrio do que ele.

— Sr. Conde — continuou Beauchamp —, concordo que o

Albert fez mal em se exaltar, e venho, por minha própria conta, pedir-lhe desculpa. Agora, porém, que a minha desculpa está pedida — a minha, entenda bem, Sr. Conde —, venho dizer-lhe que o julgo extremamente urbano para que se recuse a dar-me qualquer explicação com respeito às suas relações com a gente de Janina; e em seguida acrescentarei duas palavras sobre a senhora grega.

Monte Cristo fez com os olhos e com os lábios um pequeno gesto em que ordenava silêncio.

— Pronto! — disse ele, rindo — eis todas as minhas esperanças destruídas.

— Como? — perguntou Beauchamp.

— É o que digo, o Sr. Beauchamp tem-me criado uma reputaçao de excentricidade, em sua opinião sou um lara, um manfredo, um Lorde Ruthwen; depois, passado o momento de me ter visto excêntrico, quer destruir o tipo que criou, e deseja tornar-me um homem banal. Quer fazer-me uma criatura comum, vulgar; pede explicações, enfim. Vamos Sr. Beauchamp! o senhor deseja distrair-se, e quer rir um pouco.

— No entanto — replicou Beauchamp com altivez —, há momentos em que a probidade ordena...

— Sr. Beauchamp — interrompeu o singular homem —, quem ordena ao conde de Monte Cristo é o próprio conde de Monte Cristo. Assim, nem uma palavra mais a esse respeito, se me faz o favor. Eu faço o que quero, Sr. Beauchamp, e creia que é sempre muitíssimo bem feito.

— Sr. Conde — respondeu o jornalista —, não se paga a gente honrada com essa moeda; são precisas garantias à honra.

— Eu sou uma garantia viva — replicou Monte Cristo impassível, mas cujos olhos se inflamavam com relâmpagos ameaçadores. — Ambos nós temos sangue nas veias e desejamos vertê-lo o mais breve possível; é esta a nossa mútua garantia. Queira dar esta única resposta ao visconde, e diga-lhe que amanhã, antes das dez horas, hei de ter visto a cor do dele.

— Nesse caso, não me resta mais do que estabelecer as condições do duelo.

— Isso me é perfeitamente indiferente — disse o conde de Monte Cristo —; era escusado ter vindo incomodar-me no meio do espetáculo por tão pequena coisa. Na França batem-se à espada ou à pistola; nas colônias costumam empregar a carabina; na Arábia prefere-se o punhal. Diga ao seu constituinte que, apesar de insultado, lhe deixo a escolha das armas, e que aceitarei tudo sem discussão, sem a menor dúvida; tudo, entende bem? tudo; até o combate à sorte, que é sempre estúpido; mas comigo é outra coisa: estou certo de que hei de vencer...

— Certo de vencer?! — repetiu Beauchamp, pregando no conde um olhar espantado.

— Ora! certíssimo — disse Monte Cristo, encolhendo ligeiramente os ombros. — Se não fosse isso, não me batia com o Sr. de Morcerf. Matá-lo-ei, visto que assim é preciso. Basta unicamente que me indique por meio de duas palavras, esta noite em minha casa, a arma e a hora; eu não gosto de me fazer esperar.

— À pistola, às oito horas da manhã, no bosque de Vincenas — disse Beauchamp, confundido, não sabendo se tratava com um fanfarrão insolente, ou com um ente sobrenatural.

— Muito bem, Sr. Beauchamp — tornou Monte Cristo. — Agora, que tudo está combinado, peço-lhe que me deixe gozar o espetáculo, e que diga ao seu amigo Albert que não volte aqui esta noite; torna-se impertinente com as suas grosserias de mau gosto. Que sossegue e durma.

Beauchamp saiu espantado.

— Agora — disse Monte Cristo, voltando-se para Morrel — posso contar com o senhor?

— Decerto — respondeu Morrel —, o conde pode dispor de mim. No entanto...

— O que é?

— Seria conveniente, conde, que eu conhecesse a verdadeira causa...

— Quer dizer que recusa?

— Não, não quero dizer tal.

— A verdadeira causa, Morrel — disse o conde —, é ignorada pelo próprio Albert, que caminha às escuras. A verdadeira causa só eu e Deus a conhecemos; mas dou-lhe a minha palavra de honra, Morrel, de que Deus, que a conhece, há de ser por nós.

— Basta a sua palavra, conde. Qual é a sua segunda testemunha?

— Não conheço ninguém em Paris a quem possa confiar tão delicada missão, senão ao Sr. Morrel e a seu cunhado Emmanuel. Julga que quererá prestar-me esse serviço?

— Respondo por ele como por mim mesmo, conde.

— Bem! é tudo quanto me é preciso. Amanhã, às sete horas, estão em minha casa, está bem?

— Sem falta nenhuma.

— Silêncio! lá sobe o pano, escutemos. Tenho por costume não perder uma nota desta ópera; é tão adorável a música do *Guilherme Tell*!

LXXXIX. A noite

Monte Cristo, segundo seu costume, esperou que Duprez tivesse cantado seu famoso *Segui-me!* e só então se levantou e saiu.

À porta, Morrel separou-se, renovando a promessa de estar na casa dele com Emmanuel às sete horas em ponto da manhã do dia seguinte.

Depois, o conde subiu na carruagem, sossegado e sorrindo.

Cinco minutos depois chegava a casa.

Seria preciso não conhecer o conde para que alguém se enganasse com a expressão com que ele disse a Ali, no momento de entrar:

— Ali, as minhas pistolas de coronha de marfim!

Ali levou a caixa ao senhor, e este passou a examinar aquelas armas com uma solicitude naturalíssima num homem que vai confiar a vida a um pouco de ferro e de chumbo.

Eram umas pistolas especiais que Monte Cristo mandara fazer para atirar ao alvo dentro de casa; bastava uma cápsula para empurrar a bala. Quem do quarto do lado visse o conde não duvidaria de que ele se ocupava em exercitar-se.

Estava tateando a coronha da pistola, e procurando o ponto de mira numa pequena folha de ferro que lhe servia de alvo, quando se abriu a porta e entrou Baptistin.

Antes que o criado tivesse tempo de abrir a boca, o conde descobriu na sombra da sala imediata uma mulher coberta com um véu, e que seguira Baptistin.

Aquela mulher tinha lobrigado o conde de pistola em punho, e via duas espadas em cima de uma mesa. A recém-chegada entrou rapidamente.

Baptistin consultou o amo com um olhar.

O conde fez um sinal; Baptistin saiu e fechou a porta sobre si.

— Quem é, minha senhora? — perguntou o conde.

A desconhecida lançou um olhar em volta de si para se certificar de que estava só; depois, inclinando-se como se tivesse querido ajoelhar, juntou as mãos com um gesto de desespero.

— Edmond — disse ela —, não mate o meu filho.

O conde recuou um passo, soltou um grito sufocado, e deixou cair a arma que segurava na mão.

— Que nome pronunciou, Sr.ª. de Morcerf? — exclamou.

— O seu! — disse ela, levantando o véu — o seu, que talvez só eu não tenha esquecido. Edmond, não é a Sr.ª de Morcerf que vem falar-lhe, é Mercédès.

— Mercédès morreu — respondeu Monte Cristo —; não conheço ninguém com esse nome.

— Mercédès vive, senhor, e Mercédès não se olvidou, porque só ela o conheceu apenas o viu, e mesmo sem o ver, pela sua voz, Edmond, só pelo timbre da sua voz; e desde esse dia tem-no seguido sempre, passo a passo, e vigia-o e teme-o; e não lhe parece necessitar procurar a mão vingadora de onde partiu o golpe que acaba de ferir o Sr. de Morcerf.

— Fernand, quer dizer, senhora — replicou Monte Cristo com amarga ironia —; uma vez que estamos resolvidos a recordarmo-nos dos nossos nomes, recordemo-nos então de todos.

E Monte Cristo pronunciou aquele Fernand com tal expressão de ódio, que Mercédès sentiu um calafrio de medo percorrer-lhe todo o corpo.

— Bem vê, Edmond, que não me enganei — disse Mercédès — e que tenho razão para lhe dizer: — Poupe o meu filho!

— E quem lhe disse, senhora, que eu queria ferir o seu filho?

— Ninguém, meu Deus! mas uma mãe é sempre dotada de dupla vista. Adivinhei tudo; segui-o esta noite à Ópera, e oculta num camarote tudo vi.

— Então, se viu tudo, deve ter visto que o filho de Fernand me insultou publicamente — disse Monte Cristo com terrível serenidade.

— Oh! Por piedade!...

— Viu, sem dúvida, que me teria atirado a luva à cara se um amigo meu, o Sr. Morrel, lhe não tivesse segurado o braço.

— Ouça: meu filho adivinhou-o também; ele atribui-lhe as desgraças que ferem o pai.

— A senhora — disse Monte Cristo — confunde as coisas; não são desgraças, é um castigo; não sou eu que firo o Sr. de Morcerf, é a Providência que o pune.

— E por que é que substitui a Providência? — gritou Mercédès. — Por que é que se lembra do passado, quando Ela o esqueceu? Que lhe importa a si, Edmond, Janina e o seu vizir? Que mal lhe fez Fernand Mondego traindo Ali Tébelen?

— Por isso — respondeu Monte Cristo — o negócio é entre o capitão francês e a filha de Vasiliki. Isso não me diz respeito, tem razão, e se jurei vingar-me, não foi do capitão francês nem do conde de Morcerf, foi apenas do pescador Fernand, marido da catalã Mercédès.

— Ai, senhor! — exclamou a condessa — que terrível vingança para uma falta que a fatalidade me fez cometer! Porque a culpada sou eu, Edmond, e se tem de vingar-se de alguém, é de mim, que me faltou a força precisa contra a sua ausência e o meu isolamento.

— Mas — replicou Monte Cristo — por que estava eu ausente? por que se via isolada?

— Porque não tinha a sua liberdade, Edmond, porque infelizmente estava preso.

— Mas por que era que me tinham tirado a liberdade, por que estava eu preso?

— Não sei — disse Mercédès.

— A senhora não o sabe, não, pelo menos assim o julgo. Pois bem, vou dizer-lho. Eu estava preso porque sob o caramanchão da Reserva, na véspera do dia em que devia desposá-la, um homem chamado Danglars tinha escrito esta carta, que o pescador Fernand se encarregou de levar pessoalmente ao correio.

E Monte Cristo, dirigindo-se a uma secretária, abriu uma gaveta, de onde tirou um papel que tinha perdido sua cor primitiva e cuja tinta se tornara da cor da ferrugem, mostrando-o em seguida a Mercédès.

Era a carta de Danglars ao procurador régio, que o conde de Monte Cristo, no dia em que, disfarçado em mandatário da casa Thomson & French, tinha pagado os duzentos mil francos ao Sr. de Boville, subtraíra dos autos de Edmond Dantès.

Mercédès leu, horrorizada, as seguintes linhas:

> "O Senhor Procurador Régio é avisado por um amigo da religião e do trono, que Edmond Dantès imediato do Faraó, chegado esta manha de Esmirna, depois de ter tocado em Nápoles e em Porto-Ferrajo, foi encarregado por Murat de uma carta para o usurpador, e, por este, de outra para o centro bonapartista de Paris. Ter-se-á, prendendo-o, a prova do crime, porque encontrarão a carta, se a não tiver consigo, há de estar ou em casa do pai, ou no seu camarote a bordo do Faraó."

— Santo Deus! — exclamou Mercédès, passando a mão pela fronte úmida de suor — e esta carta...

— Comprei-a por duzentos mil francos, senhora — disse Monte Cristo —; mas foi um bom negócio, porque me permite que hoje me justifique a seus olhos.

— E o resultado dessa carta?

— Bem o sabe, foi a minha prisão; mas o que ignora, senhora, é o tempo que essa prisão durou. O que não sabe, é que me conservaram preso durante catorze anos a um quarto de légua de si, num cárcere da Fortaleza de If. O que não sabe também, é que em cada dia desses terríveis catorze anos renovei o voto de vingança que fiz no primeiro dia; e, no entanto, eu ignorava ainda que a senhora casara com Fernand, com o meu denunciante, e que meu desgraçado pai morrera, e morrera à fome!

— Justo Deus! — bradou Mercédès, cambaleando.

— Só o soube quando saí da prisão, catorze anos depois de para lá ter entrado, e foi o que fez com que, por Mercédès viva e por meu pai morto, jurasse vingar-me de Fernand, e... e vingo-me.

— E está certo de que o desgraçado fez o que diz?

— Juro-lhe, senhora. Fernand fez o que acabo de dizer-lhe; mas, enfim, isso não é muito mais odioso e infame do que ter, francês de adoção, passado aos ingleses; espanhol por nascimento, combatido contra espanhóis; estipendiário de Ali, traído e assassinado Ali. À vista disto, o que é a carta que acabo de lhe ler? uma galantaria que deve perdoar, compreendo-o, a mulher que casou com esse homem, mas que o amante, com quem devia casar não perdoa. Pois bem! os franceses não se vingaram ainda do traidor; os espanhóis não fuzilaram o traidor; Ali, deitado em sua sepultura, deixou impune o traidor; mas eu, traído, assassinado, atirado também para um túmulo, saí desse túmulo, pela graça de Deus, e devo a Deus o cumprimento da minha vingança; Ele enviou-me para esse fim, e portanto aqui estou.

A pobre mulher descaiu a cabeça sobre o peito e deixou pender os braços com desalento; as pernas vergaram-lhe ao peso do corpo, e caiu de joelhos.

— Perdão, Edmond — disse ela —, perdão para mim, que o amo ainda!

A dignidade da esposa conteve o impulso da amante e da mãe. A fronte inclinou-se quase a tocar a alcatifa. O conde lançou-se para ela e levantou-a.

Então, sentada numa cadeira, pôde ela ver, através das lágrimas, o rosto enérgico de Monte Cristo, a que a dor e o ódio imprimiam expressão ameaçadora.

— Que não extermine essa raça maldita?!... — murmurou ele — que desobedeça a Deus, que me tem reservado para castigá-los?!... É impossível, senhora, é impossível!...

— Edmond! — disse a pobre mãe, procurando todos os meios de persuasão — oh! meu Deus! se lhe chamo Edmond, por que não me chama também Mercédès?

— Mercédès! — repetiu Monte Cristo — Mercédès! Pois bem! sim, tem razão; esse nome ainda me é grato de pronunciar, e é esta a primeira vez há muito tempo, que ele soa tão claramente ao sair-me dos lábios. Oh, Mercédès! o seu nome pronunciei-o eu entre os suspiros da melancolia, entre os gemidos da dor com a sufocação do desespero; pronunciei-o, gelado pelo frio, acocorado sobre as palhas da masmorra; pronunciei-o, devorado pelo calor, rolando como um louco sobre as pedras do cárcere. Mercédès, é preciso que me vingue, porque padeci catorze anos, porque chorei durante esse longo tempo de martírio, porque maldisse a sorte; repito-o, Mercédès, é preciso que me vingue!

E o conde, receando ceder aos rogos daquela mulher que tanto amara, avivava todas as suas recordações para fortalecer o ódio que seu coração nutria.

— Vingue-se, Edmond! — bradou a pobre mãe — mas vingue-se nos culpados, vingue-se em Fernand, vingue-se em mim, mas não em meu filho!

— Está escrito no Livro Sagrado — respondeu Monte Cristo: — "As faltas dos pais recairão nos filhos até a terceira e quarta gerações." Se Deus ditou estas mesmas palavras ao Seu profeta, por que serei eu melhor do que Ele?

— Porque Deus dispõe do tempo e da eternidade, duas coisas que fogem aos homens.

Monte Cristo, verdadeiramente comovido, soltou um suspiro que se assemelhava a um rugido, e agarrou seus cabelos com ambas as mãos.

— Edmond — continuou Mercédès, com os braços estendidos para o conde —, Edmond, desde que o conheço tenho adorado o seu nome, tenho respeitado a sua memória. Edmond, meu amigo, não queira empalidecer a imagem nobre e pura que reflete sem cessar no espelho do meu coração. Edmond, se soubesse quantas preces tenho enviado a Deus por sua intenção, tanto enquanto o esperei vivo, como depois que o julguei morto!... Sim, morto, infeliz de mim! Eu acreditei que o seu cadáver fora amortalhado nos subterrâneos de qualquer torre sombria; supus o seu corpo precipitado no fundo de um desses abismos onde os carcereiros lançam os presos que morrem; e orava! Que podia eu, Edmond, senão chorar e orar? Ouça, tive durante dez anos o mesmo sonho. Disseram-me que o senhor tinha querido fugir, que tomara o lugar de um preso que morrera, que se envolvera na mortalha dele, e que o tinham atirado vivo do alto da Fortaleza de If; e que apenas o grito que soltou no momento em que se despedaçava nos rochedos denunciara a substituição aos coveiros, que se haviam tornado seus carrascos. Pois bem! Edmond, juro-lhe pela cabeça desse filho por quem lhe imploro, que durante dez anos vi todas as noites em sonho uns homens que balouçavam uma coisa informe e desconhecida do alto de um rochedo; durante dez anos todas as noites, ouvi um grito terrível que me despertava trêmula e gelada. Eu também, oh! creia-me, por muito criminosa que seja, também tenho padecido!

— Sofreu porventura a morte de seu pai durante a sua ausência?! — exclamou Monte Cristo, metendo as mãos entre os cabelos — viu a mulher que amava estender a mão ao seu rival, ao mesmo tempo que jazia no fundo de um abismo?!

— Não — interrompeu Mercédès —; mas vejo aquele que eu amava prestes a tornar-se assassino de meu filho!

— Mercédès pronunciou estas palavras com tão viva expressão de dor, com tal acento de desespero, que o conde, ao ouvi-las, sentiu um soluço dilacerar-lhe a garganta.

O leão estava domado, o vingador estava vencido.

— O que me pede? — disse ele — que seu filho viva? Pois bem! viverá!

Mercédès soltou um grito que fez deslizar duas lágrimas nas faces de Monte Cristo; mas essas duas lágrimas desapareceram logo, porque sem dúvida Deus tinha enviado algum anjo para secá-las, conquanto elas fossem aos olhos do Senhor bem mais preciosas do que as mais ricas pérolas de Guzarate e de Ofir.

— Oh! — exclamou ela, pegando a mão de Monte Cristo e levando-a aos lábios — obrigada, obrigada, Edmond! vejo-o tal como sempre o julguei, como sempre o tenho amado. Oh, agora posso dizê-lo!

— Tanto melhor — respondeu Monte Cristo —, porque o pobre Edmond não terá muito tempo para que possa ser amado pela senhora. O morto voltará para a sua sepultura, o fantasma vai errar nas trevas da noite.

— O que diz, Edmond?

— Digo que, visto que o ordena, Mercédès, é preciso que eu morra.

— Morrer?! Quem diz isso? Quem fala em morrer? de onde lhe vêm essas idéias de morte?

— Supõe que depois de um ultraje público, numa sala, na presença dos amigos de seu filho, depois de provocado por um rapaz que se vangloriará do meu perdão como de uma vitória, supõe, repito, que eu tenha por um instante desejo de viver? Quem eu mais tenho amado depois da senhora, Mercédès, é a mim mesmo, quero dizer, a minha dignidade, essa força que me torna superior aos outros homens; essa força que é a minha vida. Com uma palavra acaba de despedaçá-la, e eu morro.

— Mas o duelo não há de realizar-se, Edmond, uma vez que perdoa.

— Há de realizar-se, senhora — disse solenemente Monte Cristo —; unicamente, em lugar do sangue de seu filho, que a terra devia beber, será o meu que correrá.

Mercédès soltou um grito delirante e correu para Monte Cristo; mas de repente deteve-se.

— Edmond — disse ela —, há um Deus acima de nós, e a prova é que o senhor está vivo e que tornei a vê-lo, e eu confio n'Ele do fundo do meu coração. Contando com o auxílio divino, posso descansar sobre a sua palavra; disse-me que meu filho há de viver; viverá, não é verdade?

— Sim, há de viver, senhora — respondeu Monte Cristo surpreendido, porque, sem outra exclamação, sem mais hesitações, Mercédès aceitava o heróico sacrifício que acabava de lhe fazer.

Mercédès estendeu a mão ao conde.

— Edmond — disse ela, ao mesmo tempo em que os olhos se lhe umedeciam de lágrimas, fixando aquele a quem dirigia a palavra —, como é nobre e generoso no que acaba de praticar! Como é sublime tendo compaixão de uma pobre mulher que veio suplicá-lo com todas as probabilidades contrárias às suas esperanças! Infeliz de mim! estou velha mais ainda pelos desgostos que pela idade! e já não posso nem recordar sequer ao meu Edmond, com um sorriso ou um olhar, a Mercédès que ele, noutro tempo, passou tantas horas contemplando. Ah! creia-me, Edmond, disse-lhe que também tinha padecido; e repito-lhe, é bem triste ver deslizar a vida sem recordar uma só alegria, sem conservar uma só esperança; mas isso prova que não está tudo ainda acabado sobre a Terra. Não! não está ainda tudo acabado; sinto-o pelo que me resta ainda no coração. Oh! repito-lho, Edmond, é belo, é sublime, perdoar assim como acaba de fazer!

— Diz isso, Mercédès; e que diria se soubesse toda a extensão do sacrifício que lhe faço? Suponha que o Senhor supremo, depois de ter criado o mundo, depois de ter fertilizado o caos, parou, a um terço da Sua criação, para poupar a um anjo as lágrimas que os nossos crimes deviam um dia fazer correr dos seus olhos imortais; suponha que Deus, depois de ter preparado e fecundado tudo, no momento de admirar a Sua obra, extinguia o Sol e empurrava com o pé o mundo, arremessando-o à noite eterna; então terá idéia... ou antes, não... não poderá ainda assim fazer idéia do que eu perco perdendo a vida neste momento.

Mercédès olhou para o conde com um ar que pintava ao mesmo tempo o seu espanto, a sua admiração e o seu reconhecimento. Monte Cristo encostou a fronte às mãos ardentes como se a cabeça lhe não pudesse com o peso dos pensamentos.

— Edmond — disse Mercédès —, não tenho mais do que uma palavra que dizer-lhe.

O conde sorriu amargamente.

— Edmond — continuou ela —, verá que se a minha fronte empalideceu, se o fogo dos meus olhos se extinguiu, se a minha beleza está perdida, se Mercédès, enfim, já não se parece mais consigo mesmo pelos traços do rosto, verá que o coração dela é sempre o mesmo!... Adeus, Edmond; não tenho mais nada que pedir ao Céu... Tornei a vê-lo tão nobre e tão grande como dantes. Adeus, Edmond... adeus e obrigada!

Mas o conde não respondeu.

Mercédès abriu a porta do gabinete e desapareceu antes que ele voltasse a si da distração dolorosa e profunda em que sua vingança perdida o sepultara.

Soava uma hora no relógio dos Inválidos, quando a carruagem que levara a Sr.ª de Norcerf, rodando sobre a calçada dos Champs-Élysées, fez com que Monte Cristo levantasse a cabeça.

— Insensato! antes me arrancassem o coração no dia em que jurei vingar-me!

XC. Entrevista

Depois da partida de Mercédès, tudo caiu em silêncio em volta de Monte Cristo.

Absorto em seus pensamentos, o seu espírito enérgico estava adormecido, como acontece ao corpo depois de grande cansaço.

"Quê?! — dizia para consigo, enquanto as velas dos castiçais se iam consumindo tristemente e os criados esperavam impacientes na antecâmara —; quê?! pois hei de ver o edifício tão lentamente edificado, e que levantei com tantos cuidados e amarguras, derrocado de um só golpe, com uma só palavra, num só sopro?! Oh! eu, que me julgava alguma coisa, que me supunha tão inflexível; eu, que me vi tão pequeno no fundo de uma prisão da Fortaleza de If, e que soube tornar-me tão grande, hei de ser amanhã um pouco de pó?! Infeliz de mim! não é a morte do corpo que me contrista: não é, afinal, essa destruição da vitalidade o repouso para onde todos se encaminham, a que todos os desgraçados aspiram? o descanso da matéria para o qual eu me encaminhava pela estrada da fome, quando Faria apareceu no meu cárcere? O que é a morte para mim? Um degrau a mais na tranqüilidade, e dois talvez no silêncio. Não, não é a perda da existência que lamento, é a ruína dos meus projetos, tão lentamente elaborados, e que com tanto trabalho edifiquei. A Providência, que eu julgava auxiliá-los, era então contra eles! não queria que se cumprissem!

Esse fardo, quase tão pesado como o mundo, e que julguei poder levar até o fim, era conforme ao meu desejo, mas superior às minhas forças; era igual à minha vontade, mas não ao meu poder, e preciso depô-lo apenas a meio caminho.

Oh! tornar-me-ia eu fatalista? eu, a quem catorze anos de desespero e dez anos de esperança tinham tornado providencial?!

E tudo isto, meu Deus! porque o meu coração, que eu julgava morto, não estava mais do que adormecido; porque despertou, porque palpitou, porque cedi, enfim, à força da comoção que imprimiu no fundo do meu peito a voz de uma mulher!

E, no entanto, continuou o conde, abismando-se cada vez mais nas previsões do terrível dia que ia seguir-se, e que Mercédès aceitara, é impossível que essa mulher, dotada como é de coração nobre e generoso, consinta, só por egoísmo, que me matem, a mim, cheio de força e de vida!

É impossível que ela eleve a tal ponto o amor, ou antes, o delírio maternal!

Não, isso é de todo impossível!

Há virtudes cuja exageração seria crime.

Não; imaginou certamente alguma cena patética; irá lançar-se entre as pistolas, e isso teria tanto de ridículo no campo da luta quanto de sublime aqui."

E o rubor do orgulho subiu às faces do conde.

"Ridículo! Repetiu ele, mas esse ridículo recairia em mim... Eu, ridículo?! Nada! antes quero morrer."

E à força de exagerar as probabilidades do dia seguinte, a que se tinha condenado prometendo a Mercédès a vida do filho, o conde continuou a dizer:

"Loucura! Loucura! usar de tal generosidade, colocando-me qual alvo inerte na boca da pistola daquele rapaz! Nunca ele acreditará que a minha morte foi um suicídio; e no entanto, importa para a honra da minha memória (e não é por vaidade, não! é por justo orgulho), importa para a honra da minha memória que o mundo saiba que eu mesmo, por minha própria vontade, por meu livre arbítrio, detive o meu braço, tão poderosamente armado, e me feri a mim próprio! É preciso que todos o saibam, e tratarei de o fazer saber."

E pegando numa pena, tirou um papel de uma gaveta secreta de sua secretária, e traçou ao fundo desse papel, que não era mais que o testamento que fizera depois de sua chegada a Paris, uma espécie de codicilo, no qual fazia compreender sua morte às pessoas menos inteligentes.

"Faço isto, meu Deus! — disse ele com os olhos levantados para o Céu —, tanto pela Vossa honra como pela minha. Tenho-me considerado há dez anos, meu Deus, instrumento da Vossa vingança; não é bom que miseráveis como um Morcerf, um Danglars, um Villefort, como mesmo esse Albert, enfim, julguem que só o acaso os libertou de seu inimigo. Que saibam, pelo contrário, que a Providência, que lhes tinha já decretado o castigo, apenas os poupou pelo único poder da minha vontade: que o castigo que os esperava neste mundo, lá os espera no outro."

Enquanto mergulhava nestas sombrias incertezas, pesadelos do homem despertado pela dor, veio o dia branquear os vidros e esclarecer o papel azul que tinha nas mãos, e onde acabava de traçar aquela suprema justificação da Providência.

Eram cinco horas da manhã.

De repente chegou-lhe ao ouvido um ligeiro rumor.

Monte Cristo julgou ouvir como que um suspiro sufocado.

Voltou a cabeça, olhou em volta de si, e não viu ninguém.

Mas o rumor repetiu-se bastante distinto para que à dúvida sucedesse o convencimento.

Então o conde levantou-se, abriu brandamente a porta da sala, e viu Haydée sentada numa cadeira, com os braços caídos, a formosa cabeça deitada para trás, que se colocara defronte da porta para que ele não pudesse sair sem a ver, mas a quem o sono, tão poderoso contra a mocidade, surpreendera depois do cansaço de tão prolongada e fatigante vigília.

A bulha da porta ao abrir-se não pôde despertar Haydée.

Monte Cristo lançou sobre ela um olhar cheio de doçura e de tristeza.

"Mercédès lembrou-se de que tinha um filho, disse ele, e eu esquecia-me de que tinha uma filha!"

Depois, meneando tristemente a cabeça, acrescentou:

"Pobre Haydée! quis ver-me, quis falar-me, temeu ou adivinhou alguma coisa... Oh! não posso partir sem lhe dizer adeus, não posso morrer sem a confiar a alguém."

Voltou docemente a seu lugar, e escreveu por baixo das primeiras linhas:

"Lego a Maximiliano Morrel, capitão de sipais e filho do meu antigo patrão Pedro Morrel, armador em Marselha, a quantia de vinte milhões, da qual uma parte será oferecida por ele a sua irmã Julie e a seu cunhado Emmanuel, se não julgar, contudo, que este aumento de fortuna possa prejudicar a felicidade deles.

Estes vinte milhões encontram-se enterrados na gruta de Monte Cristo, cujo segredo é conhecido de Bertuccio.

Se o seu coração estiver livre, e ele quiser desposar Haydée, filha de Ali, paxá de Janina, que eduquei com amor de pai, e teve por mim a ternura de uma filha, realizará, não direi a minha última vontade, mas o meu último desejo.

O presente testamento: constitui Haydée herdeira do resto da minha fortuna, que consiste em terras, juros de títulos sobre a Inglaterra, a Áustria e a Holanda, mobílias dos meus diferentes palácios e casas, e que, à parte os vinte milhões, bem como os diferentes legados aos meus servidores, pode montar ainda a sessenta milhões."

Acabava de escrever esta última linha quando um grito, solto por detrás dele, lhe fez cair a pena da mão.

— Haydée — disse o conde —, leu?...

Efetivamente, a donzela, despertada pela claridade do dia, que lhe ferira as pálpebras, levantara-se e aproximara-se do conde sem que a mais leve bulha de seus passos ligeiros, abafados pelo tapete, fosse ouvida.

— Oh, meu senhor! — disse ela juntando as mãos —, por que está escrevendo a semelhante hora? Por que razão me lega toda a sua fortuna? Vai então deixar-me?...

— Vou fazer uma viagem, querido anjo — replicou Monte Cristo com expressão de melancolia e de ternura infinitas —; e se me suceder alguma desgraça...

O conde deteve-se.

— E então?... — perguntou a menina, com um acento de autoridade que o conde não lhe conhecera nunca e o fez estremecer.

— Se me suceder alguma desgraça, quero que a minha filha seja feliz.

Haydée sorriu tristemente, meneando a cabeça.

— Pensa em morrer, meu senhor? — perguntou a donzela.

— É um pensamento salutar, minha filha, disse o sábio.

— Pois bem: se pensa em morrer — replicou ela —, legue a sua fortuna a outros, porque se o meu senhor morrer... eu decerto não precisarei de nada.

E pegando o papel rasgou-o em quatro bocados, atirando-os para o meio da sala.

Depois, perdida essa energia imprópria de uma escrava, caiu no chão, não adormecida desta vez, mas desmaiada.

Monte Cristo inclinou-se para ela e levantou-a nos braços; e vendo a palidez daquele belo rosto, os seus olhos fechados, e o corpo inerte, como que abandonado, acudiu-lhe pela primeira vez o pensamento de que talvez a donzela o amasse por outra forma que não como uma filha ama o pai.

"Pobre de mim — murmurou ele com profundo desânimo — poderia então ser ainda feliz!"

Depois levou Haydée para seus aposentos, sempre desmaiada, entregou-a aos cuidados das criadas, e voltou ao gabinete, que desta vez fechou apressadamente, copiando de novo o testamento rasgado. No momento em que terminava, ouviu-se no pátio o rodar de uma carruagem.

Monte Cristo aproximou-se da janela e viu Maximiliano e Emmanuel.

"Bom, disse ele, era tempo!"

E escondeu o testamento numa gaveta de segredo.

Um instante depois ouviu passos na sala vizinha, e abriu-se a porta.

Morrel parou à entrada do gabinete. Tinha-se antecipado vinte minutos à hora combinada.

— Venho muito cedo, Sr. Conde — disse ele —, mas confesso-lhe francamente que não pude dormir um minuto, e que a todos em minha casa aconteceu o mesmo. Precisava do exemplo da sua coragem para me reanimar.

Monte Cristo não pôde ser insensível àquela prova de afeição, e não se limitando a estender a mão ao rapaz, abriu-lhe os braços.

— Morrel — disse ele com voz comovida —, feliz dia para mim este em que me vejo estimado por um homem como o senhor. Bons-dias, Sr. Emmanuel. Vem então comigo, Maximiliano?

— Ora essa — replicou o moço oficial —, então punha isso em dúvida?

— E se eu não tivesse razão?...

— Ouça: eu ontem observei-o atentamente durante toda a cena da provocação; pensei toda a noite na sua tranqüilidade e disse comigo que ou a justiça estava da sua parte, ou não havia que fiar no rosto dos homens.

— No entanto, Morrel, Albert é seu amigo...

— Simples conhecido, conde.

— Viu-o pela primeira vez no dia em que me viu a mim?

— É verdade; mas o que quer? é preciso que mo recorde para que me lembre dessa circunstância.

— Obrigado, Morrel.

O conde tocou em seguida uma campainha.

— Pegue — disse ele a Ali, que acudiu imediatamente —, leve isto à casa do meu tabelião. É o meu testamento, Morrel. Se eu morrer, tome conhecimento das disposições nele exaradas.

— Como?! — exclamou Morrel — se o senhor morrer?

— E então? não é bom prever tudo, querido amigo? Mas... o que fez desde ontem, depois que me deixou?

— Estive no Tortoni, onde, como esperava, encontrei Beauchamp e Château-Renaud. Confesso que os procurava.

— Para quê, se tudo estava combinado?

— Ouça, conde, o negócio é grave, inevitável...

— Duvidava de que fosse assim?

— Não; mas o insulto foi público, e já toda a gente fala dele.

— E então?

— Pois bem: eu esperava conseguir que se mudasse a escolha das armas, queria substituir a espada à pistola. A pistola é cega.

— E conseguiu-o? — perguntou Monte Cristo, com um imperceptível lampejo de esperança.

— Não, porque é conhecida a sua força à espada.

— Ah!... houve então quem me traísse?

— Os mestres-de-armas a quem o senhor tem batido.

— Então não conseguiu nada?

— Recusaram positivamente.

— Morrel — perguntou o conde —, nunca me viu atirar à pistola?

— Nunca vi.

— Pois bem, ainda temos tempo: veja.

Monte Cristo pegou as pistolas que tinha na mão quando Mercédès entrou, e pondo no lugar do alvo um ás de paus, feriu sucessivamente com quatro tiros os quatro ramos da pista.

Morrel empalidecia a cada tiro.

Examinou as balas com que Monte Cristo executava essa espantosa habilidade, e pôde ver que não eram mais grossas que chumbos de caça.

— É espantoso! — disse ele: — vê, Emmanuel?

Depois, voltando-se para Monte Cristo, acrescentou:

— Conde, em nome do Céu, não mate Albert! o desgraçado rapaz tem mãe.

— É justo — disse Monte Cristo —, e eu não a tenho.

Estas palavras foram pronunciadas num tom que fez estremecer Morrel.

— O senhor é o ofendido, conde.

— Sem dúvida; mas o que quer dizer isso?

— Quer dizer que há de atirar primeiro.

— Eu, atirar primeiro?

— Oh! essa condição obtive-a eu, ou antes, exigi-a: fizemos-lhes bastantes concessões para que nos negassem essa.

— E a quantos passos?

— A vinte.

Deslizou medonho sorriso pelos lábios do conde.

— Morrel — disse ele —, não se esqueça do que acaba de ver.

— Eu também — replicou Maximiliano — só conto com a sua comoção para salvar Albert.

— Comovido, eu?... — disse Monte Cristo.

— Ou com a sua generosidade, meu amigo; vista a infalibilidade da sua pontaria, posso dizer-lhe uma coisa, que seria ridícula se a dissesse a outro...

— O que é?

— Quebre-lhe um braço, fira-o, mas não o mate.

— Morrel, ouça mais isto — disse o conde —, não preciso ser rogado para poupar a vida do Sr. de Morcerf, desde já lho digo. O Sr. de Morcerf há de ficar tão são, que poderá regressar tranqüilamente do campo com os seus amigos, ao passo que eu...

— Muito bem, e o senhor?

— Oh! eu, isso é outra coisa; meu amigo; não hei de voltar com ninguém.

— Vá!... então!? — exclamou Maximiliano fora de si.

— É como lhe estou dizendo, meu querido Morrel; Morcerf há de matar-me.

Morrel olhou para o conde como homem que nada percebe do que está ouvindo.

— O que foi então que lhe sucedeu desde ontem, conde?

— O que sucedeu a Bruto na véspera da batalha de Filipes: vi um fantasma.

— E esse fantasma?...

— Esse fantasma, Morrel, disse-me que tinha terminado a minha vida.

Maximiliano e Emmanuel olharam um para o outro espantados; Monte Cristo consultou o relógio.

— Vamo-nos — disse ele —; são sete horas e cinco minutos, e a hora combinada é às oito em ponto.

Esperava-os uma carruagem; Monte Cristo subiu nela com suas testemunhas.

No momento em que atravessava o corredor, Monte Cristo

tinha parado a uma porta, e Maximiliano e Emmanuel, que, por discrição, se haviam afastado alguns passos, julgaram ouvir um suspiro, que respondia a um soluço.

Quando deram oito horas estavam no lugar combinado.

— Chegamos — disse Morrel, passando a cabeça pela portinhola —; e somos os primeiros.

— O senhor há de desculpar — disse Baptistin, que tinha seguido o amo com um terror indizível —, mas parece-me que vejo lá adiante uma carruagem parada debaixo das árvores.

— Efetivamente — disse Emmanuel — vejo dois sujeitos passeando, e que parecem esperar.

Monte Cristo saltou de sua caleche, e deu a mão a Emmanuel e a Morrel para ajudá-los a descer.

Maximiliano deteve a mão do conde entre as suas.

— Oh! — exclamou — aqui está uma mão como eu gosto de encontrar num homem cuja vida descansa na justiça da sua causa.

Monte Cristo puxou Morrel, não de parte, mas a um passo ou dois do cunhado.

— Maximiliano — perguntou-lhe —, tem o coração livre?

Morrel olhou para Monte Cristo com espanto.

— Não lhe peço confidências, meu querido amigo, faço-lhe uma simples pergunta; responda positivamente sim ou não, é tudo o que lhe peço.

— Amo uma menina, conde.

— Ama-a muito?

— Mais do que a vida.

— Vamos! — disse Monte Cristo — é mais uma esperança que me foge.

Depois murmurou num suspiro:

"Pobre Haydée!"

— Na verdade, conde, se não o conhecesse tão bem, julgá-lo-ia menos valente do que é.

— Por suspirar pensando em alguém que vou deixar?! Vamos, Morrel! um soldado tem obrigação de ser verdadeiro conhecedor da coragem? Julga que é a vida que deploro? Que me importa a mim, que passei vinte anos entre a vida e a morte, viver ou morrer?... Esta fraqueza que nota em mim, se é fraqueza, é só para o senhor. Eu sei que o mundo é uma sala de onde é preciso sair polidamente e com honra, quer dizer, cumprimentando cortesmente e pagando as dívidas de jogo.

— Ainda bem! — disse Morrel — isso é que é falar! A propósito, trouxe as suas armas?

— Eu?! para quê? Estou convencido de que esses senhores hão de trazer armas.

— Vou sabê-lo — disse Morrel.

— Vá, mas nada de negociações, entende?

— Oh, esteja sossegado!

Morrel adiantou-se para Beauchamp e Château-Renaud.

Estes, vendo o movimento de Maximiliano, deram alguns passos para ele.

Os três rapazes cumprimentaram-se, se não com afabilidade, pelo menos com cortesia.

— Perdão — disse Morrel —, mas não vejo o Sr. de Morcerf...

— Preveniu-nos esta manhã — respondeu Château-Renaud — de que se nos reuniria no campo.

— Ah! — fez Morrel.

Beauchamp puxou pelo relógio.

— Oito horas e cinco minutos — disse ele —; não há por enquanto tempo perdido, Sr. Morrel.

— Oh! — respondeu Morrel — não foi com essa intenção que notei a falta do Sr. de Morcerf.

— Além disso — interrompeu Château-Renaud —, vem ali uma carruagem.

Efetivamente, aproximava-se uma carruagem a trote rasgado por uma das avenidas que conduzia ao lugar onde se achavam.

— Senhores — disse Morrel —, vêm sem dúvida munidos de pistolas. O Sr. de Monte Cristo declara renunciar ao direito que lhe pertencia de se servir das suas.

— Previmos essa delicadeza da parte do conde, Sr. Morrel — respondeu Beauchamp —; portanto, trouxe um par de pistolas, que comprei há oito ou dez dias, julgando que me seriam necessárias para negócio idêntico. São perfeitamente novas, não serviram ainda a ninguém. O Sr. Morrel quer ter a bondade de examiná-las?

— Oh, Sr. Beauchamp! — disse Morrel, inclinando-se — uma vez que me assegura que o Sr. de Morcerf não conhece essas armas, é quanto basta; a sua palavra é tudo.

— Senhores — disse Château-Renaud —, não foi Morcerf que chegou naquela carruagem, foram Franz e Debray!

E, com efeito, estes dois indivíduos caminhavam para o grupo.

— Os senhores aqui?! — disse Château-Renaud, trocando um aperto de mão com cada um deles — a que acaso devemos este prazer?

— Foi o Albert — disse Debray — que nos pediu, esta manhã, que viéssemos ao lugar do encontro.

Beauchamp e Château-Renaud trocaram entre si um olhar de espanto.

— Creio que compreendo o caso — disse Morrel.

— Como?

— Ontem, depois do meio-dia, recebi uma carta do Sr. de Morcerf, que me pedia que fosse à noite à Ópera.

— E eu também — disse Debray.

— E eu também — disse Franz.

— E nós igualmente — disseram Château-Renaud e Beauchamp.

— O visconde quis que fossem testemunhas da provocação — disse Morrel —, e deseja que assistam ao combate.

— Sim, deve ser isso, Sr. Maximiliano; e, segundo todas as probabilidades, adivinhou à certa.

— Mas... apesar disso — murmurou Château-Renaud —, o Albert não vem. Tarda já dez minutos.

— Aí está ele! — disse Beauchamp — vem a cavalo, e vem a toda a brida, seguido pelo criado.

— Que imprudência! — disse Château-Renaud — vir a cavalo, tendo de se bater à pistola! E eu que o tinha instruído tão bem!...

— E depois, reparem! — observou Beauchamp — vem de gravata de cor, sobrecasaca aberta, e colete branco! por que não mandou ele desenharem-lhe um alvo no estômago? era mais simples e mais rápido!

Durante este tempo Albert chegava a dez passos do grupo formado pelos cinco homens.

O visconde parou o cavalo, apeou-se, passou a rédea às mãos do criado, e aproximou-se.

Estava pálido e com os olhos avermelhados.

Conhecia-se que não tinha dormido um segundo durante toda a noite.

Havia, espalhada por toda sua fisionomia, uma nuvem de tristeza, que lhe não era habitual.

— Obrigado, meus senhores — disse ele —; obrigado por não terem faltado ao meu convite; creiam que lhes estou muitíssimo reconhecido por este sinal de estima.

Morrel, à aproximação de Morcerf, tinha-se afastado uns dez passos.

— E ao senhor também, Sr. Morrel — disse Albert —; os meus agradecimentos também lhe pertencem. Portanto, queira aproximar-se, que não é aqui de mais.

— O Sr. Visconde — replicou Maximiliano — ignora talvez que eu sou testemunha do Sr. Conde de Monte Cristo?

— Não o sabia ao certo, mas supunha-o. Tanto melhor; maior é o número de homens honrados aqui reunidos, e mais satisfeito ficarei.

— Sr. Morrel — disse Château-Renaud —, pode anunciar ao Sr. Conde de Monte Cristo a chegada do Sr. de Morcef, e dizer-lhe que estamos às suas ordens.

Morrel fez um movimento para se desempenhar da comissão.

Ao mesmo tempo Beauchamp tirou da carruagem a caixa das pistolas.

— Esperem, senhores. Tenho que dizer duas palavras ao Sr. Conde de Monte Cristo.

— Em particular? — perguntou Morrel.

— Não, senhor, diante de toda a gente.

As testemunhas de Albert olharam umas para as outras surpreendidas. Franz e Debray trocaram algumas palavras em vos baixa, e Morrel, satisfeito com aquele incidente inesperado, foi ter com o conde, que passeava com Emmanuel numa álea afastada.

— O que é que ele quer? — perguntou Monte Cristo.

— Não sei, mas pede para lhe falar.

— Oh! — disse o conde — que não tente a Deus com um novo ultraje!

— Não me parece que seja essa a intenção dele, conde — respondeu Morrel.

O conde adiantou-se, acompanhado de Maximiliano e de Emmanuel.

O rosto dele, tranqüilo e impassível, formava singular contraste com o rosto desfigurado de Albert, que se aproximava, de seu lado, seguido dos quatro amigos.

Albert e o conde pararam a três passos um do outro.

— Meus senhores — disse Albert —, aproximem-se; desejo que não percam uma só palavra do que vou ter a honra de dizer ao Sr. Conde de Monte Cristo; porque tudo que eu disser deve ser repetido pelos senhores a quem quiser ouvi-lo, por mais estranhas que as minhas palavras lhes pareçam.

— Estou esperando, senhor — disse o conde.

— Sr. Conde — prosseguiu Albert, em voz trêmula de princípio, mas que foi serenando pouco a pouco —, argüia-o de ter divulgado o procedimento do Sr. de Morcef no Epiro, porque, por muito culpado que ele seja, não julgava que fosse o senhor quem tivesse o direito. Não é a traição de Fernand Mondego para com Ali-Paxá que faz com que eu tão prontamente lhe peça desculpa; é a traição do pescador Fernand para com o senhor, e as desgraças inauditas que foram conseqüência dessa traição. Assim, digo-o e proclamo-o em voz alta: sim, senhor, teve razão em vingar-se de meu pai, e eu, o filho, agradeço-lhe o não ter sido mais rigoroso.

Se tivesse caído um raio no meio dos espectadores daquela cena, não os assombraria mais do que a declaração de Albert.

Quanto a Monte Cristo, os olhos tinham-se-lhe elevado lentamente para o Céu; não podia crer como a natureza fogosa de Albert, cuja coragem tivera ensejo de conhecer a fundo no meio dos bandidos romanos, se dobrava de repente àquela súbita humilhação.

Reconheceu a influência de Mercédès, e compreendeu o motivo por que aquele nobre coração se não opusera a um sacrifício que sabia de antemão dever ser inútil.

— Agora, senhor — continuou Albert —, se julga que as minhas desculpas são suficientes, dê-me a sua mão, peço-lho. Depois do mérito tão raro da infalibilidade, que parece ser o seu, o primeiro de todos os méritos é o saber confessar os próprios erros. Mas essa confissão pertence-me. Eu procedia conforme a opinião dos homens; o senhor cumpria a vontade de Deus. Só um anjo podia salvar um de nós da morte, e esse anjo desceu do Céu, senão para fazer de nós dois amigos — a fatalidade tornou isso impossível —, pelo menos dois homens que se estimam.

Monte Cristo, com os olhos úmidos, a boca entreaberta e o peito anelante, estendeu a mão a Albert, que este apertou como com respeitoso terror.

— Meus senhores — disse Morcerf —, o Sr. de Monte Cristo aceita as minhas desculpas. Procedi precipitadamente para com ele. A precipitação é má conselheira: procedi mal. Agora a minha falta está reparada. Espero que ninguém me julgue covarde pelo fato de ter feito o que a minha consciência me ordenava. Mas, em todo caso, se alguém se enganar a meu respeito —acrescentou o rapaz, levantando a cabeça com altivez e como se dirigisse um desafio a seus amigos e inimigos —, eu procurarei mudar tal opinião.

— Que foi então que sucedeu esta noite? — perguntou Beauchamp a Château-Renaud —; parece-me que representamos aqui um triste papel.

— Na verdade, o que Albert acaba de fazer é muito miserável ou infinitamente nobre — respondeu o barão.

— Ora esta — disse Debray a Franz —, o que quer isto dizer? Como?! o conde de Monte Cristo desonra o conde de Morcerf, e, aos olhos do filho, teve razão para o fazer?! Mas, tivesse eu dez Janinas na família, que ainda assim não me julgaria obrigado senão a uma coisa só: e era bater-me dez vezes.

Quanto a Monte Cristo, com a fronte pendida, os braços inertes, curvados sob o peso de vinte e quatro anos de recordações, não pensava em Albert, nem em Beauchamp, nem em Château-Renaud. nem, finalmente, em nenhuma das pessoas que se achavam ali.

Pensava naquela corajosa mulher que fora pedir-lhe a vida do filho, a quem ele fizera o sacrifício da sua, e que acabava de lha salvar com a confissão terrível de um segredo de família capaz de matar para sempre naquele moço o sentimento da piedade filial.

"Sempre a Providência! — murmurou Monte Cristo —; é hoje só que eu fico bem certo de que sou realmente o enviado de Deus!"

XCI. Mãe e filho

O conde de Monte Cristo cumprimentou os cinco rapazes com um sorriso cheio de melancolia e de dignidade, e subiu na carruagem com Maximiliano e Emmanuel.

Albert, Beauchamp e Château-Renaud ficaram sós no campo da luta.

O visconde fixou nas duas testemunhas um olhar que, sem ser tímido, parecia, no entanto, pedir-lhes sua opinião acerca do que acabava de se passar.

— Palavra, caro amigo — disse Beauchamp antes de todos, ou porque fosse mais sensível, ou por menos dissimulado —, permita-me que lhe dê os parabéns: este desenlace é bem inesperado em questão tão séria.

Albert conservou-se mudo e concentrado em sua meditação.

Château-Renaud contentou-se em sacudir o pó das botas com a bengalinha.

— Então, não nos retiramos? — perguntou depois daquele silêncio embaraçoso.

— Quando quiser — respondeu Beauchamp —; conceda-me apenas o tempo preciso para cumprimentar o Sr. de Morcerf; ele deu hoje provas de uma generosidade tão cavaleirosa... tão rara!

— Oh! sim — disse Château-Renaud.

— É magnífico — continuou Beauchamp — podermos dispor de tanta força de vontade! de poder tão grande!

— Seguramente; quanto a mim, declaro que era incapaz — disse Château-Renaud, com uma frieza das mais significativas.

— Meus senhores — interrompeu Albert —, creio que não compreenderam que entre mim e o conde de Monte Cristo se passou alguma coisa de suma gravidade...

— Decerto, decerto — disse imediatamente Beauchamp: — há por aí uns patetas incapazes de compreenderem o seu heroísmo, e cedo ou tarde, ver-se-á obrigado a explicar-lho mais energicamente do que lhe convém à saúde do corpo, visconde, e à duração da vida. Quer que lhe dê um conselho de amigo? Parta para Nápoles, para Haia, ou para São Petersburgo, países sossegados, onde as gentes são mais sensatas com respeito a questões de honra do que os cérebros ardentes dos nossos parisienses. Uma vez lá, distraia-se exercitando-se à pistola ou à espada, e torne-se esquecido, para voltar daqui a alguns anos pacificamente para a França, ou bastante respeitado, quanto aos exercícios acadêmicos, para conquistar a sua tranqüilidade. Pois não tenho razão, Sr. de Château-Renaud?

— É exatamente a minha opinião — replicou o fidalgo. — Nada há que origine um duelo sério como um duelo sem resultado.

— Obrigado, senhores — respondeu Albert com frio sorriso: — seguirei o seu conselho, não por mo darem, mas porque a minha intenção era deixar a França. Agradeço-lhes igualmente o serviço que acabam de me prestar servindo-me de testemunhas. Fica profundamente gravado em meu coração, porque, depois das palavras que acabo de ouvir, só dele me devo lembrar.

Château-Renaud e Beauchamp trocaram um olhar.

Estas palavras de Morcerf produziram nos dois rapazes igual impressão, e o acento com que ele acabava de pronunciar seu agradecimento traduzia tanta energia, que a posição tornar-se-ia embaraçosa para todos se a conversação tivesse prosseguido.

— Adeus, Albert — disse de repente Beauchamp, estendendo negligentemente a mão ao rapaz sem que este parecesse sair de sua letargia.

E efetivamente Albert não correspondeu ao oferecimento daquela mão.

— Adeus — disse por sua vez Château-Renaud, segurando com a mão esquerda a bengala, e cumprimentando com a direita.

Os lábios de Albert murmuraram apenas:

— Adeus!

O seu olhar era mais explícito.

Encerrava todo um poema de cóleras contidas, de altivez desdenhosa, e de generosa indignação.

Depois de as duas testemunhas terem subido na carruagem, Albert conservou-se por algum tempo na mesma posição, imóvel e melancólico.

Depois, de repente, desprendendo o cavalo do arbusto à volta do qual o criado passara a rédea, montou ligeiramente, e retomou a galope o caminho de Paris.

Um quarto de hora depois entrava o triste moço na casa da Rua de Hélder.

No momento em que se apeava do cavalo, pareceu-lhe ver por detrás das cortinas do quarto de dormir do conde o rosto pálido do pai.

Albert voltou a cabeça com um suspiro, e entrou em seu pavilhão.

Chegado ali, lançou um último olhar a todas aquelas riquezas que desde a infância lhe tinham tornado a vida tão grata e feliz.

Olhou mais uma vez para aqueles quadros, cujas figuras pareciam sorrir-lhe, e cujas paisagens pareciam animar-se de vivas cores.

Depois tirou de sua moldura de carvalho o retrato da mãe, que enrolou, deixando deserto o caixilho de ouro que o emoldurava.

Em seguida, pôs em ordem suas excelentes armas turcas, suas belas espingardas inglesas, a louça do Japão, os bronzes artísticos, assinados por Feuchères ou Barye; visitou os armários e colocou a chave em cada um deles; colocou numa gaveta da secretária, que deixou aberta, todo o dinheiro que tinha consigo, e reuniu todas as suas jóias e demais objetos; fez um inventário exato e preciso de tudo, e pôs esse inventário no lugar mais visível de uma mesa, depois de a ter desembaraçado dos livros e papéis que a cobriam totalmente.

No começo deste trabalho, o criado, apesar da ordem que lhe dera de não o incomodar, entrou na sala.

— O que quer? — perguntou Morcerf, com expressão mais triste que áspera.

— Perdão, Sr. Visconde — disse o criado —, é verdade que me recomendou que não o importunasse, mas o Sr. Conde de Morcerf mandou-me chamar.

— E então? — perguntou Albert.

— Não quis ir ao quarto do Sr. Conde sem receber as ordens do meu amo.

— Por quê?

— Porque o Sr. Conde não deixará de saber que eu acompanhei o meu amo esta manhã.

— É provável — disse Albert.

— E se ele manda chamar, naturalmente será para saber de mim o que se passou no campo... O que devo responder-lhe?

— A verdade.

— Então lhe direi que não se efetuou o duelo?

— Diga-lhe que me desculpei para com o Sr. Conde de Monte Cristo; vá.

O criado inclinou-se e saiu.

Albert continuou seu inventário.

Quando terminava este trabalho, sua atenção foi despertada pelo ruído de cavalos que pisavam a pedra do pátio e por um rodar de carruagem, que abalou as vidraças.

Chegou-se à janela, e viu o pai subir na carruagem, e partir.

Apenas a porta do palácio se fechou sobre o conde, Albert dirigiu-se aos aposentos da mãe: e como não estava ali ninguém que o anunciasse, penetrou até o quarto de dormir de Mercédès, e, com o coração contraído pelo que via e pelo que adivinhava, parou à entrada da porta.

Como se a mesma alma animasse os dois corpos, Mercédès fazia em seus aposentos o mesmo que Albert acabava de fazer nos dele.

Tudo estava em ordem: as rendas, os adereços, as jóias, as roupas, o dinheiro, tudo se ia acumulando no fundo das gavetas, em que a condessa colocara as respectivas chaves.

Albert viu todos aqueles preparativos, compreendeu-os, e, exclamando: *Minha mãe!* — lançou os braços ao pescoço de Mercédès.

O pintor que tivesse podido aproveitar a expressão daquelas duas figuras produziria certamente um excelente quadro.

E na verdade, todo aquele aparato de uma resolução enérgica que não metera medo a Albert quando se tratara de si, assustou-o com relação à mãe.

— O que faz? — perguntou ele.

— E o que fez você, meu filho? — respondeu Mercédès.

— Oh, minha mãe! — exclamou Albert, comovido a ponto de não poder falar — não pode certamente ter tomado a resolução que eu tomei, porque venho preveni-la de que digo adeus à sua casa, e... e a minha mãe.

— Eu também me retiro, Albert — respondeu Mercédès. — Esperava, confesso, que meu filho me acompanhasse; ter-me-ia enganado?

— Minha mãe — disse Albert com firmeza —, eu não posso fazê-la partilhar da sorte que me destino; de hoje em diante tenho de viver sem nome e sem fortuna; para começar a aprendizagem dessa rude existência, tenho de pedir emprestado a um amigo o pão que hei de comer desde agora até o momento em que puder ganhá-lo. Assim, minha mãe, vou pedir ao Franz que me empreste a pequena soma que calculo indispensável.

Mercédès comoveu-se.

— Você, meu pobre filho?! — exclamou ela — você, sofrer miséria, sofrer fome?! Oh! não diga isso, que aniquila todas as minhas resoluções.

— Mas não aniquilo as minhas, minha mãe — respondeu Albert. — Sou moço e forte, e julgo-me corajoso: além disso, de ontem para cá tenho aprendido o que pode a vontade. Ai, minha mãe! há pessoas que sofreram tanto, e não só não morreram, como até edificaram nova fortuna sobre a ruína de todas as promessas de felicidade que o Céu lhes tinha feito, sobre os destroços de todas as esperanças que Deus lhes tinha dado. Aprendi isto, minha mãe; vi essas pessoas; sei que do fundo do abismo onde as tinha sepultado o inimigo, surgiram com tanto vigor e glória, que conseguiram dominar o antigo vencedor e precipitá-lo por sua vez. Não, minha mãe, não; rompi, a partir de hoje, com a minha vida passada, e não aceitaria nada dela, nem sequer o meu nome, porque — compreende, minha mãe, não é verdade? — o seu filho não pode usar o nome de um homem que deve corar diante de outro homem.

— Albert, meu filho! — disse Mercédès — se o meu coração fosse mais animoso, seria esse o conselho que lhe daria; a sua consciência falou quando a minha voz extinta se calava: escute a sua consciência, meu filho. Tinha amigos, Albert; quebre temporariamente as suas relações com eles; mas não se desespere, em nome de sua mãe! A vida é ainda muito bela na sua idade, porque tem apenas vinte e dois anos; e como um coração tão puro como o seu necessita de um nome sem mácula, toma o do meu pai; chamava-se Herrera. Conheço-o, meu Albert; seja qual for a carreira a que se dedique, saberá em pouco tempo tornar ilustre esse nome. Então, meu filho, reapareça no mundo, mais brilhante ainda pelas suas mesmas desgraças passadas; e se isso não tem de suceder assim, não obstante as minhas previsões, pelo menos deixe-me conservar essa esperança, a mim, que não me resta mais do que esse só pensamento, que já não tenho futuro, e para quem a sepultura começa nos umbrais desta casa.

— Procederei conforme os seus desejos, minha mãe — respondeu o rapaz —; sim, compartilho a sua esperança: a cólera do Céu não há de perseguir-nos, à minha mãe, tão pura, e a mim, tão inocente. Mas, visto que está assente a nossa resolução, procedamos prontamente. O Sr. de Morcerf saiu do palácio há cerca de meia hora; como vê, a ocasião é favorável para evitar bulha e explicações.

— Espero-o; meu filho — disse Mercédès.

Albert saiu para procurar uma carruagem que devia conduzi-los fora do palácio.

Recordava-se de uma certa casa pequena e mobiliada da Rua dos Santos Padres, onde sua mãe encontraria uma morada modesta, mas decente.

Voltou pela condessa.

No momento em que ele descia da carruagem que acabava de parar à porta do palácio, aproximou-se um homem, e entregou-lhe uma carta.

Albert reconheceu o mordomo de Monte Cristo.

— Do Sr. Conde — disse Bertuccio.

O visconde aceitou a carta, abriu-a, e leu.

Depois de a ter lido, procurou Bertuccio com a vista; mas o mordomo desaparecera enquanto o rapaz lera.

Então Albert, com as lágrimas nos olhos e o peito sufocado pela comoção, entrou no quarto de Mercédès, e entregou-lhe a carta sem pronunciar uma palavra.

Mercédès leu:

"Albert:

Convencendo-me de que adivinhei os seus projetos, creio demonstrar-lhe que também compreendo a delicadeza.

É livre, vai deixar o palácio do Sr. Conde, retira-se de casa com sua mãe, igualmente livre como o senhor; mas, reflita, meu bom Albert, que lhe deve mais do que pode pagar, nobre coração que o senhor é.

Guarde a luta para o senhor, reclame para si o sofrimento, mas poupe a sua mãe a primeira miséria, que há de acompanhar inevitavelmente os seus primeiros passos, porque a pobre senhora não merece nem sequer o reflexo da desgraça que a fere hoje; e a Providência não quer que o inocente pague pelo culpado.

Sei que vão deixar ambos a casa da Rua do Hélder sem levarem consigo coisa alguma. Não queira descobrir como consegui sabê-lo. Sei-o, é quanto basta.

Ouça, Albert.

Há vinte e quatro anos, voltava eu bem alegre e orgulhoso à minha pátria. Tinha uma noiva, Albert, uma santa rapariga, que eu adorava, e levava-lhe cento e cinqüenta luíses, penivelmente adquiridos com um trabalho ímprobo.

Esse dinheiro era para a minha noiva, destinava-lho, e sabendo quanto o mar tem de pérfido, tinha enterrado o nosso tesouro no pequeno jardim da casa que meu pai habitava em Marselha.

Sua mãe, Albert: conhece bem essa pobre casa.

Ultimamente, quando me dirigia para Paris, passei por Marselha. Fui ver essa casa de saudosas recordações; e à noite, com uma enxada na mão, sondei o lugar onde tinha enterrado o meu tesouro.

A caixa de ferro estava ainda no mesmo lugar, ninguém lhe

tinha tocado. É num lugar que uma formosa figueira, plantada por meu pai no dia do meu nascimento, cobre com a sua sombra.

Pois bem, Albert: esse dinheiro, que noutro tempo devia ajudar a vida e a tranqüilidade da mulher que eu adorava, hoje, por singular e doloroso acaso, encontra a mesma aplicação.

Oh! compreenda bem o meu pensamento; eu, que poderia oferecer milhões a essa senhora, entrego-lhe apenas o bocado de pão negro esquecido sob o meu pobre teto desde o dia em que me separaram dela para sempre.

O senhor é um homem generoso, Albert, mas talvez que o orgulho ou o ressentimento o ceguem; se não aceita, se pede a outrem o que eu tenho o direito de lhe oferecer, direi que é pouco generoso em recusar a vida de sua mãe, oferecida pelo filho de um homem que seu pai fez morrer entre os horrores da fome e do desespero."

Terminada a leitura desta carta, Albert conservou-se mudo e imóvel, esperando a decisão da mãe.

Mercédès levantou para o Céu um olhar de inefável expressão.

— Aceito — disse —; ele tem o direito de pagar o dote que devo levar para um convento!

E, guardando a carta no seio, tomou o braço do filho, e com um passo mais firme do que ela própria esperava de suas forças, seguiu em direção à escada.

XCII. Suicídio

Entretanto Monte Cristo entrava na cidade com Emmanuel e Maximiliano.

A volta foi alegre.

Emmanuel não dissimulava sua alegria por ter visto suceder a paz à guerra, e o bom do moço confessava em voz alta seus sentimentos filantrópicos.

Na barreira do Trono, encontraram Bertuccio.

Esperava ali, imóvel como uma sentinela em seu posto.

Monte Cristo passou a cabeça pela portinhola, trocando com ele algumas palavras em voz baixa, e o mordomo desapareceu.

— Sr. Conde — disse Emmanuel, quando chegaram à altura da Praça Real —, queira deixar-me apear à minha porta, para que minha mulher não tenha um só momento de inquietação nem pelo senhor nem por mim.

— Se não fosse ridículo ir dar mostras do seu triunfo — disse

Morrel —, convidava-o a entrar em nossa casa; mas o Sr. Conde tem também alguns corações que sossegar. Chegamos, Emmanuel: cumprimentemos nosso amigo, e deixemo-lo continuar seu caminho.

— Um momento — disse Monte Cristo — não me privem assim de um só golpe dos meus dois companheiros. Emmanuel, vá para junto de sua mulher, a quem encarrego de apresentar os meus cumprimentos, e o senhor acompanhe-me até os Champs-Élysées, Morrel.

— Com a melhor vontade — respondeu Maximiliano —; tanto mais que tenho que fazer por aqueles lugares, conde.

— Espera-o alguém para almoçar? — perguntou Emmanuel.

— Não — replicou Morrel.

— A portinhola tornou a fechar-se, e a carruagem rodou.

—Veja como eu fui mensageiro de felicidades — disse Morrel, logo que ficaram a sós. — Não tinha pensado nisso?

— Tinha — disse Monte Cristo —; e é essa a razão por que quis o ter a meu lado.

— É miraculoso! — continuou Morrel, respondendo a seus próprios pensamentos.

— O quê? — perguntou Monte Cristo.

— O que acaba de suceder.

— É verdade — respondeu o conde —; empregou bem o termo, Morrel: é miraculoso!

— Porque enfim — replicou Morrel —, o Albert é corajoso.

— Se é!... — disse Monte Cristo. — Vi-o dormir com um punhal suspenso sobre a cabeça.

— E eu sei que já se bateu duas vezes, e bem. Concilie então estes precedentes com o que sucedeu esta manhã...

— Sempre a influência do meu caro Morrel — disse Monte Cristo, sorrindo.

— É uma fortuna para Albert não ser soldado — replicou Maximiliano.

— Por quê?

— Desculpas no campo da luta!... — disse o rapaz, meneando a cabeça.

— Vamos — tornou o conde com doçura —, não caia agora nos preconceitos do vulgo. Não concorda em que, visto estar provado que Albert é valente, não pode de forma alguma ser covarde? Não lhe parece que deve ter tido alguma razão para proceder como fez esta manhã, e que, portanto, esse procedimento tem mais de heróico que de covarde?

— Sem dúvida, sem dúvida — respondeu Morrel —; mas eu direi como o espanhol: — Foi hoje menos valente do que ontem.

— Almoça comigo, não é verdade, Morrel? — perguntou o conde, para mudar de conversa.

— Não posso, tenho de deixá-lo às dez horas.

— A sua entrevista era então pretexto para algum almoço?

Morrel sorriu e sacudiu a cabeça.

— Mas, enfim, de todos os modos é indispensável que o senhor almoce em alguma parte...

— É verdade, mas não me sinto com apetite — disse o moço capitão.

— Oh! — replicou Monte Cristo — eu só conheço dois sentimentos que tiram assim o apetite; o pesar (mas vendo-o, felizmente, bem disposto e alegre, esse não pode ser) e o amor. Ora, depois do que me disse com respeito ao estado do seu coração, é-me permitido crer...

— Pois, conde — tornou alegremente o rapaz —, não digo que não.

— E não me quer contar isso, Maximiliano? — replicou o conde em tom tão vivo que se percebia todo o interesse que ele tinha em conhecer aquele segredo.

— Já lhe mostrei esta manhã que tinha coração, não é verdade, conde?

Por única resposta, Monte Cristo estendeu a mão a Morrel.

— Pois bem — continuou Morrel —, desde que esse coração deixou de estar com o senhor no bosque de Vincenas, passou para outro lado, aonde agora vou encontrá-lo.

— Então vá, caro amigo — disse lentamente o conde —; mas, veja lá, se o contrariar qualquer obstáculo, lembre-se de que posso alguma coisa neste mundo, de que me julgo feliz empregando o meu préstimo em proveito das pessoas que estimo, e de que eu o estimo deveras, Morrel.

— Muito bem — respondeu Maximiliano —; lembrar-me-ei como as crianças se lembram dos pais quando precisam deles. Se precisar do conde — e talvez esse momento não venha longe —, procurá-lo-ei.

— Bem, conservo a sua palavra. Adeus.

— Até breve.

Tinham chegado à porta da casa dos Champs-Élysées.

Monte Cristo abriu a portinhola da carruagem. Morrel apeou-se.

Bertuccio esperava à entrada.

Morrel desapareceu pela Avenida de Marigny, e Monte Cristo caminhou apressadamente adiante de Bertuccio.

— E então? — perguntou o conde.

— A condessa deixa a casa — respondeu o mordomo.

— E o filho?

— Florentino, o criado de quarto, julga que faz outro tanto.

— Venha cá.

Monte Cristo levou Bertuccio para seu escritório, escreveu a carta que nós já vimos, e entregou-a ao mordomo.

— Vá, e seja diligente. A propósito, previna Haydée de que já cheguei.

— Aqui estou — disse a donzela, que, ouvindo a bulha da carruagem, descera, e cujo rosto brilhava de contentamento por tornar a ver o conde são e salvo.

Bertuccio saiu.

Todos os transportes de uma filha, todos os delírios de uma amante que torna a ver seu amante adorado, experimentou-os Haydée durante os primeiros instantes daquele regresso aguardado por ela com tanta impaciência.

A alegria de Monte Cristo, conquanto menos expansiva, não era inferior; nos corações que têm sofrido muito, a alegria é semelhante ao orvalho nas terras abrasadas pelos raios do Sol: coração e terra, ambos absorvem esse orvalho benéfico, não deixando vestígios dele na superfície.

Havia alguns dias que Monte Cristo compreendia uma coisa que durante muito tempo não ousara acreditar: era que havia no mundo duas Mercédès, e poderia ainda ser feliz.

Os seus olhos, ardentes de felicidade, fixavam-se com avidez nos olhares voluptuosos de Haydée, quando de repente se abriu a porta.

O conde franziu o sobrolho.

— O Sr. de Morcerf! — disse Baptistin, como se bastasse aquele nome para o desculpar.

E efetivamente o rosto de Monte Cristo desanuviou-se.

— Qual? — disse ele — o conde ou o visconde?

— O conde.

— Oh, meu Deus! — exclamou Haydée — não acabou ainda a questão?!

— Não sei se acabou ou não, minha querida filha — disse Monte Cristo tomando-lhe as mãos nas suas —, o que sei é que não tem nada a temer.

— No entanto, o miserável...

— Aquele homem nada pode contra mim, Haydée — disse Monte Cristo —; quando o negócio era com o filho, então sim, é que havia motivo para receio.

— Também você, meu senhor, nunca saberá quanto eu sofri.

Monte Cristo sorriu.

— Pela sepultura de meu pai! — tornou ele, estendendo a mão sobre a cabeça da donzela — juro-lhe que se suceder alguma desgraça, não há de ser a mim.

— Acredito-lhe, meu senhor, como se Deus me falasse — respondeu Haydée, apresentando a fronte ao conde.

Monte Cristo depôs naquela fronte tão pura e tão formosa um beijo que fez palpitar ao mesmo tempo dois corações, um com violência e outro surdamente.

"Oh, meu Deus! — murmurou o conde — permitireis Vós que eu ame ainda?!..." Faça entrar o Sr. Conde de Morcerf na sala — disse ele a Baptistin, ao mesmo tempo em que conduzia a formosa grega para uma escada particular.

Uma explicação sobre esta visita, talvez esperada pelo conde, mas sem dúvida imprevista para os nossos leitores.

Enquanto Mercédès, conforme dissemos, efetuava em seus aposentos uma espécie de inventário igual ao que Albert realizava nos dele; enquanto se ocupava em reunir jóias, fechar gavetas, e colocar as chaves, para deixar tudo na mais perfeita ordem, não pôde ver um rosto pálido e sinistro que acabava de aparecer na vidraça de uma porta que dava luz para o corredor.

Dali não só se podiam observar os movimentos, mas até ouvir o que se dizia.

A pessoa que espreitava, sem ser descoberta, via e ouvia tudo o que se passava no aposento da Sr.ª de Morcerf.

O homem de rosto lívido transpôs a distância da porta de vidraça ao quarto de dormir do conde de Morcerf, e, chegado ali, levantou com mão convulsa a cortina de uma janela que dava sobre o pátio.

Conservou-se assim, imóvel, silencioso, escutando as palpitações de seu coração.

Dez minutos para ele equivaliam a um século.

Foi então que Albert, voltando do encontro com Monte Cristo, viu o rosto do pai, que espreitava por detrás da cortina.

Os olhos do conde dilataram-se.

Sabia que o insulto de Albert a Monte Cristo tinha sido terrível, e que a conseqüência de semelhante insulto era, em todos os países do mundo, um duelo de morte.

Ora, Albert estava são e salvo; o conde estava, pois, vingado.

Um relâmpago de indizível alegria iluminou aquele rosto lúgubre, como o último raio do Sol antes de se perder nas nuvens, que mais parecem sua sepultura do que seu leito.

Mas, já o dissemos, debalde esperou que o rapaz subisse a seu quarto para lhe participar o triunfo.

Que o filho não tivesse querido, antes da luta, ver o pai, cuja honra ia vingar, compreende-se; mas, vingada a honra do pai, porque não ia Albert lançar-se-lhe nos braços?

Foi então que o conde, não podendo ver o filho, mandou chamar o criado dele.

Sabemos que Albert autorizara este a dizer a verdade ao Sr. de Morcerf.

Dez minutos depois apareceu à porta o conde, de sobrecasaca preta, gravata militar, calças pretas e luvas da mesma cor.

Parece que dera anteriormente suas ordens, pois apenas chegou ao último degrau da escada, saiu da cocheira a carruagem, que foi parar diante dele.

O criado particular foi então colocar dentro da carruagem um capote militar, que envolvia duas espadas.

Depois, fechando a portinhola, sentou-se ao lado do cocheiro. Este se voltou para trás para receber as ordens do amo.

— Champs-Élysées — disse o general —, à casa do Sr. Conde de Monte Cristo. Depressa!

Os cavalos partiram rapidamente, instigados pela chicotada que lhes cingiu o dorso.

Cinco minutos depois pararam diante da casa do conde.

Foi o próprio Sr. de Morcerf quem abriu a portinhola, saltando com a carruagem ainda em movimento; tocou a campainha, e entrou seguido pelo criado.

Dali a um segundo, Baptistin anunciava ao amo o conde de Morcerf, e Monte Cristo reconduzia Haydée, dando ordem para que mandassem entrar Morcerf em uma sala.

O general percorria pela terceira vez a sala em todo seu comprimento, quando, voltando-se, viu Monte Cristo em pé à entrada da porta.

— Oh! é o Sr. de Morcerf — disse tranqüilamente Monte Cristo —; julgava ter entendido mal.

— Sou eu mesmo — disse o conde com uma horrível contração dos lábios que o impedia de articular claramente as palavras.

— Então só me falta saber agora — tornou Monte Cristo — o motivo que me proporciona o prazer da visita do Sr. Conde de Morcerf.

— O senhor teve esta manhã uma entrevista com o meu filho? — disse o general.

— Sabe isso? — perguntou o conde.

— E sei também que meu filho tinha excelentes razões para desejar bater-se com o senhor, e para procurar matá-lo.

— Efetivamente, tinha as melhores razões! mas bem vê que, apesar disso, não me matou, e que nem sequer nos batemos.

— E, no entanto, ele olhava-o não só como a causa da desonra do pai, senão até da espantosa ruína que neste momento aflige a minha casa.

— É verdade, senhor — replicou Monte Cristo, com sua terrível impassibilidade —; causa secundária e não direta.

— Naturalmente, o senhor deu-lhe explicações e pediu-lhe desculpa?

— Não lhe dei a menor explicação, e quanto a desculpas, foi ele quem mas deu.

— A que atribui o senhor esse procedimento?

— Provavelmente à convicção de que em todo este negócio havia um homem muito mais culpado do que eu.

— E quem é esse homem?

— O pai.

— Pois seja assim — disse o conde, empalidecendo —; mas bem sabe que o culpado não gosta que o convençam de sua culpabilidade.

— Sei isso... Por isso já esperava o que está sucedendo.

— Esperava que meu filho fosse covarde?! — gritou o conde.

— O Sr. Albert de Morcerf não é covarde — disse gravemente Monte Cristo.

— Um homem que tem uma espada na mão, um homem que ao alcance dessa espada tem um inimigo mortal, esse homem se não se bate, é um covarde! E se ele aqui estivesse, dir-lho-ia!

— Senhor — respondeu friamente Monte Cristo —, não presumo que tenha vindo procurar-me para me inteirar das suas pequenas misérias de família. Queira dizer isso ao Sr. Albert, que talvez ele saiba responder-lhe.

— Oh! não! não! — replicou o general com um sorriso que teve a duração de um relâmpago — tem razão, senhor, não vim a sua casa para esse fim! Eu vim para lhe dizer que o odeio por instinto, que me parece que sempre o conheci e sempre o odiei, e que, finalmente, já que os rapazes deste tempo não sabem bater-se, somos nós que devemos fazê-lo. É esta a sua opinião, senhor?

— Perfeitamente. Também eu, quando disse que tinha previsto o que está sucedendo, era à honra da sua visita que me referia.

— Tanto melhor. Os seus preparativos estão feitos, não é verdade?

— Estão sempre prontos.

— Sabe que havemos de bater-nos até a morte de um de nós? — perguntou o general, com os dentes cerrados pela raiva.

— Até a morte de um de nós — replicou o conde de Monte Cristo, fazendo um leve movimento de cabeça de alto a baixo.

— Então partamos, não precisamos de testemunhas.

— Efetivamente — disse Monte Cristo — são desnecessárias; conhecemo-nos tão bem!...

— Pelo contrário — replicou o conde —, não nos conhecemos tal.

— Ora essa! — disse Monte Cristo com a mesma fleuma desesperadora. — Vejamos: o senhor não é o soldado Fernand, que desertou na véspera da batalha de Waterloo? Não é o tenente Fernand, que serviu de guia e de espião ao exército francês na Espanha? Não é o coronel Fernand, que traiu, vendeu e assassinou o seu benfeitor Ali? E todos esses Fernands reunidos não fizeram o tenente-general conde de Morcerf, par de França?

— Oh! — exclamou o general, queimado por aquelas palavras como se fossem um ferro em brasa — oh, miserável! que me lança no rosto a minha vergonha no próprio momento em que me vai talvez matar; não, eu não disse que não me conhecia; eu bem sei, demônio, que penetrou na noite do passado, e que tem lido, à claridade não sei de que farol, as páginas da minha vida! mas talvez ainda assim haja em mim mais honra, no meu opróbrio, do que em você, sob essas exterioridades pomposas. Não, não, eu bem sei que lhe sou conhecido; mas eu é que não o conheço, aventureiro envolto em ouro e pedrarias! Em Paris fez-se chamar conde de Monte Cristo; na Itália, Simbad, o *Marítimo*, em Malta... que sei eu? até me esqueci! Mas é o seu nome que eu lhe pergunto, o seu verdadeiro nome é que eu quero saber, entre os seus centenares de nomes, a fim de que possa pronunciá-lo no campo da luta no momento em que lhe cravar a minha espada no coração!

O conde de Monte Cristo empalideceu de uma maneira terrível; os olhos pareceram lançar chamas; deu um salto para o gabinete contíguo a seu quarto, e, em menos de um segundo, arrancando o casaco e o colete, vestiu uma jaqueta e pôs um chapéu de marinheiro, jaqueta sob o qual se desenrolaram seus longos cabelos pretos.

Reapareceu assim, terrível, implacável, e avançando com os braços cruzados para o general, que não entendera nada sua desaparição, que o esperava, e que, sentindo baterem-lhe os dentes e vergarem-se-lhe as pernas sob o peso do corpo, recuou um passo, não parando senão quando encontrou uma mesa, em que apoiou a mão crispada.

—Fernand! — gritou Monte Cristo — de entre os meus centenares de nomes, bastar-me-ia um só para confundi-lo; mas esse nome você adivinhou, não é verdade? ou ante, recorda-se dele? porque, apesar de todos os meus desgostos, de todas as minhas torturas, mostro-lhe hoje um rosto que o prazer da vingança rejuvenesce, um rosto que deve ter visto muitas vezes nos seus sonhos depois do seu casamento... com Mercédès, com a minha noiva!

O general, com a cabeça deitada para trás, os braços estendidos, o olhar fixo, devorava em silêncio a terrível aparição.

Depois, indo procurar a parede como ponto de apoio, deslizou lentamente até a porta, por onde saiu recuando sempre, soltando este grito lúgubre, medonho, delirante:

— Edmond Dantès!

Em seguida, com suspiros que nada tinham de humanos, arrastou-se até o peristilo da casa, atravessou o pátio como um homem ébrio, e foi cair nos braços do seu criado particular, murmurando apenas numa voz ininteligível:

— Leve-me para o palácio! Leve-me para o palácio o mais rápido possível!

Pelo caminho, a fresquidão do ar e a vergonha que lhe causava a atenção das pessoas que o viam, puseram-no em estado de reunir as idéias.

O trajeto, porém, foi curto, e o general, à proporção que se aproximava de casa, sentia avivarem-se-lhe todas as dores.

A alguns passos do palácio, o conde fez parar a carruagem e desceu.

O portão estava aberto de par em par.

No meio do pátio estava parado um humilde fiacre, surpreso de ter sido chamado para aquela esplêndida habitação.

O conde olhou com horror para aquele fiacre, mas correu na direção de seu quarto sem ousar interrogar ninguém.

Neste momento desciam a escada duas pessoas, e o Sr. de Morcerf não teve mais do que o tempo de se lançar num gabinete para evitá-las.

Era Mercédès, apoiada ao braço do filho; iam ambos abandonar o palácio.

Passaram a duas linhas do desgraçado, que, oculto por detrás de um reposteiro, foi roçado de leve pelo vestido de seda de Mercédès, e sentiu o tépido hálito destas palavras pronunciadas pelo filho:

— Coragem, minha mãe! Venha, venha, que somos de mais nesta casa.

As palavras extinguiram-se, e os passos afastaram-se.

O general endireitou-se, segurando-se de mãos crispadas ao

reposteiro de damasco, e comprimiu o mais horrível soluço que jamais saiu do peito de um pai abandonado ao mesmo tempo pela mulher e pelo filho.

Em breve ouviu o bater da portinhola de ferro do fiacre, a voz do cocheiro, e em seguida, o rodar da pesada máquina, que abalava as vidraças.

Então o general correu ao quarto de dormir para ver uma vez ainda tudo quanto tinha amado no mundo; mas o fiacre partiu sem que a cabeça de Mercédès ou a de Albert aparecessem à portinhola para lançar ao pai e ao esposo abandonado o último olhar de despedida e de saudade, isto é, o perdão.

E então, precisamente no momento em que as rodas do fiacre abalavam as pedras da abóbada, ouviu-se o estampido de um tiro, e saiu um fumo sombrio por um dos vidros da janela do quarto de dormir, vidro que se quebrara com a força da explosão.

XCIII. Valentine

É fácil adivinhar que negócios tinha Morrel a tratar e a que casa se dirigia.

Deixando Monte Cristo, o moço capitão encaminhou-se vagarosamente para a casa de Villefort.

Dizemos vagarosamente, porque Morrel tinha mais de meia hora para transpor a distância de quinhentos passos; mas, não obstante esse tempo ser mais do que suficiente, apressara-se em deixar Monte Cristo porque queria estar só para poder entregar-se a seus pensamentos.

Sabia bem qual era sua hora, a hora em que Valentine, assistindo ao almoço de Noirtier, estava certa de não ser perturbada nesse piedoso dever.

Noirtier e Valentine tinham combinado duas visitas por semana, e Morrel ia aproveitar-se do direito que lhe concediam.

Finalmente chegou; Valentine esperava-o.

Inquieta, quase assustada, a donzela pegou-lhe a mão e levou-o à presença do avô.

Aquela inquietação, levada, como dissemos, quase até o medo e o espanto, provinha do ruído que tinha feito no mundo parisiense a aventura de Morcerf; a cena da Ópera (a alta sociedade sempre sabe tudo) era conhecida.

Na casa de Villefort ninguém duvidava de que a conseqüência obrigatória daquela aventura fosse um duelo.

Valentine, com seu instinto de mulher, adivinhara que Morrel seria testemunha de Monte Cristo, e, vista a bem conhecida coragem do rapaz e a amizade profunda que ela lhe conhecia pelo conde, receava que seu noivo não se limitasse ao papel passivo que lhe era destinado.

Compreende-se, pois, a avidez com que foram pedidas, dadas e recebidas as menores circunstâncias do acontecimento, e o rapaz pôde ler nos olhos de sua amada a alegria indizível que ela experimentou quando soube que aquele terrível negócio tivera um desfecho não menos honroso que inesperado.

— Agora — disse Valentine, fazendo sinal a Morrel para que se sentasse ao lado do velho e sentando-se ela no tamborete onde lhe descansavam os pés — tratemos um pouco dos nossos negócios. Sabe, Maximiliano, que meu avô teve por um instante a idéia de deixar esta casa e de tomar quartos fora do palácio do Sr. de Villefort?

— Sim, lembro-me desse projeto, que eu mesmo aplaudi.

— Pois bem — disse Valentine —; pode continuar a aplaudi-lo, meu avô persiste nele.

— Bravo! — disse Maximiliano.

— E sabe — continuou Valentine — qual é a razão que o meu avô apresenta para deixar esta casa?

Noirtier olhou para a neta a fim de lhe impor silêncio; mas Valentine não o via; seus olhares, seu sorriso, sua atenção, tudo era para Morrel.

— Oh! sejam quais forem as razões do Sr. Noirtier, declaro desde já que as acho boas.

— Excelente — disse Valentine —; o avô pretende que os ares do arrabalde de Saint-Honoré não servem para mim.

— Realmente, Valentine, o Sr. Noirtier pode muito bem ter razão; há quinze dias que eu noto que a sua saúde se altera.

— Sim, um pouco, é verdade; mas o meu avô constituiu-se meu médico, e como o avô sabe tudo, tenho a maior confiança nele.

— Mas, enfim, é então verdade que se sente doente, Valentine? — perguntou vivamente Morrel.

— Ora! a isto não se pode dar o nome de doença; sinto um certo mal-estar, eis tudo; perdi o apetite, e parece-me que o meu estômago mantém uma luta contínua para se habituar a qualquer coisa por mais leve que seja.

Noirtier não perdia uma só das palavras de Valentine.

— E que tratamento tem seguido para essa doença desconhecida?

— Muito simples — disse a menina —; tomo todos os dias uma

colher do remédio que preparam para meu avô; quero dizer, comecei por uma colher, e agora já tomo quatro. O meu avô diz que aquele remédio é uma panacéia.

Valentine sorriu, mas havia o quer que fosse de amargo e triste em seu sorriso.

Maximiliano, ébrio de amor, olhava-a em silêncio.

A menina era formosa, mas a tez tomara-lhe uma cor mate, os olhos brilhavam-lhe com um fogo mais ardente que de costume, e as mãos, de ordinário de um branco rosado, pareciam de cera que o tempo tomara amarelada.

O rapaz desviou a vista de Valentine para fixá-la em Noirtier.

O paralítico olhava com singular e profunda inteligência para a donzela absorta em seu amor.

Mas o velho também, como Morrel, seguia nas feições da neta aquele sofrimento, tão levemente acentuado que escapara aos olhos de todos, exceto aos do avô e aos do noivo.

— Mas — disse Morrel — eu julgava que essa poção, de que a menina tem chegado a tomar quatro colheres, era só preparada para o Sr. de Noirtier.

— O que eu sei é que tem um sabor muito amargo, e a tal ponto, que tudo quanto bebo depois de tomar o remédio me parece ter o mesmo gosto.

Noirtier olhou para a neta de modo interrogador.

— Sim, meu avô — continuou Valentine —, é como digo. Ainda há pouco, antes de descer ao seu quarto, bebi um copo de água com açúcar, e tão amargo me pareceu, que tive de deixar metade.

Noirtier empalideceu, e fez sinal de que queria falar.

Valentine levantou-se imediatamente para ir buscar o dicionário.

Noirtier seguiu-a com os olhos, e com visível aflição.

Efetivamente, o sangue parecia subir à cabeça da neta, as faces coloriam-se-lhe.

— Esperem!... — gritou ela, sem abandonar seu modo jovial —; é singular, uma tontura! Será por causa do sol, que me feriu a vista?...

E segurou-se ao fecho da janela.

— Não pode ser, aqui não há sol — disse Morrel, ainda mais inquieto pela expressão do rosto de Noirtier do que pela indisposição de Valentine.

E o rapaz correu para a donzela, que sorriu vendo-o aproximar-se de si.

— Sossegue, meu avô — disse ela a Noirtier —; sossegue,

Maximiliano, não é nada, já passou. Mas, escutem! não é o rodar de uma carruagem que eu ouço no pátio?

Valentine abriu a porta do gabinete de Noirtier, correu a uma janela do corredor, e voltou precipitadamente.

— É a Sr.ª Danglars e a filha, que vêm fazer-nos uma visita — disse ela. — Adeus, retiro-me antes que venham procurar-me aqui; até logo; fique aqui ao pé de meu avô, Sr. Maximiliano, prometo não me demorar.

Morrel seguiu-a com o olhar, viu-a fechar a porta, e ouviu-a subir a pequena escada que conduzia ao mesmo tempo aos aposentos dela e aos da Sr.ª de Villefort.

Apenas ela desapareceu, Noirtier fez sinal a Morrel para que pegasse o dicionário.

Morrel obedeceu.

Ensinado por Valentine, habituara-se rapidamente a compreender o velho.

No entanto, por muito acostumado que já estivesse, como era preciso percorrer uma parte das vinte e seis letras do alfabeto, e procurar cada palavra no dicionário, foi só no fim de dez minutos que o pensamento do velho se traduziu nas seguintes palavras:

"Mande buscar o copo de água e a garrafa que estão no quarto de Valentine."

Morrel tocou a campainha para chamar o criado que substituíra Barrois, e deu-lhe a ordem, em nome de Noirtier.

O criado voltou dali a um instante.

A garrafa e o copo estavam completamente vazios.

Noirtier fez sinal de que queria falar.

— Por que é que o copo e a garrafa estão despejados? — perguntou ele — Valentine disse que só tinha bebido metade.

A tradução desta pergunta levou ainda cinco minutos.

— Não sei, senhor — disse o criado —; mas a criada está no quarto da menina Valentine, e talvez fosse ela que despejasse a garrafa e o copo.

— Pergunte-lho — replicou Morrel, interpretando desta vez o pensamento de Noirtier pelo olhar.

O criado saiu, e voltou daí a pouco.

— A menina Valentine — disse ele — passou pelo seu quarto para se dirigir ao da Sr.ª de Villefort; e de passagem, como tinha sede, bebeu o que havia no copo; quanto à garrafa, o menino Édouard despejou-a para fazer um tanque para seus patos.

Noirtier elevou os olhos para o Céu, como faz um jogador que joga numa só cartada tudo quanto possui.

Desde esse momento, os olhos do velho fixaram-se na porta e não se desviaram mais dessa direção.

Era efetivamente a Sr.ª Danglars e sua filha quem Valentine vira chegar.

Tinham-nas conduzido aos quartos da Sr.ª de Villefort, que havia dito que naquele dia recebia ali suas visitas; eis a razão por que Valentine passara por seu quarto, que ficava no mesmo plano do da madrasta, estando ambos apenas separados pelo de Édouard.

A Sr.ª Danglars e a filha entraram na sala com essa espécie de etiqueta oficial que pressagia uma participação solene.

A Sr.ª de Villefort correspondeu àqueles modos solenes com igual solenidade.

Neste momento entrou Valentine, e recomeçaram os cumprimentos.

— Querida amiga — disse a baronesa, enquanto as duas meninas se davam as mãos —, venho com a Eugénie participar-lhe o próximo casamento dela com o príncipe Andreia Cavalcanti.

Danglars continuava sustentando o título de príncipe para Andreia. O banqueiro popular achava muitíssimo mais bonito esse título do que o de simples conde.

— Nesse caso — respondeu a Sr.ª de Villefort —, permita-me que lhe faça os meus cumprimentos. O príncipe Cavalcanti parece-me um moço de raras qualidades.

— Ouça — disse a baronesa, sorrindo —, se falamos como duas amigas, devo dizer-lhe que o príncipe não nos parece ser ainda o que na verdade pode ser que seja. Há nele um pouco desse modo estrangeirado que faz com que nós, os franceses, conheçamos à primeira vista um fidalgo italiano ou alemão. No entanto, parece ter excelente coração, muita finura de espírito, e, quanto a conveniências, o Sr. Danglars assevera que a fortuna do noivo é esplêndida: é isto o que diz sempre.

— E depois — disse Eugénie, folheando um álbum da Sr.ª de Villefort —, a mamã deve acrescentar que tem por ele uma inclinação demasiado pronunciada.

— E — disse a Sr.ª de Villefort, com a maior naturalidade — precisarei perguntar-lhe se participa dessa inclinação?...

— Eu?! — respondeu Eugénie com sua frieza ordinária — qual!... o menos possível, minha senhora; a minha vocação não é para me prender aos cuidados de um casamento, ou aos caprichos de um homem, seja ele quem for. A minha vocação é ser artista, livre, portanto, do meu coração, da minha pessoa e do meu pensamento.

Eugénie pronunciou estas palavras com expressão tão vibrante e tão firme, que o rosto de Valentine ruborizou-se.

A donzela não podia compreender aquela natureza vigorosa que parecia não conhecer nenhum dos receios da mulher frágil e tímida.

— De resto — continuou Eugénie Danglars —, já que de boa ou má vontade estava destinada para o casamento, devo agradecer à Providência, que me fez merecer os desdéns do Sr. Albert de Morcerf; se não fosse isso, seria hoje noiva de um homem cuja honra está perdida.

— É realmente assim — disse a baronesa com essa singular ingenuidade que se nota algumas vezes nas grandes damas, e que a íntima convivência não pode fazer-lhes perder — é realmente assim, a não ser a hesitação dos Morcerf, minha filha teria casado com o tal Sr. Albert; o general ainda chegou a pedir a mão de minha filha ao Sr. Danglars, mas nós fugimos-lhe excelentemente.

— Mas... — disse timidamente Valentine — então toda a desonra do pai se reflete no filho? Parece-me que o Sr. Albert está inocente de todas aquelas traições do general.

— Perdão, querida amiga — respondeu a implacável Eugénie —, Albert reclama e até merece a sua parte; parece que depois de ter provocado ontem o conde de Monte Cristo na Ópera, pediu hoje desculpas no campo da luta.

— É impossível! — disse a Sr.ª de Villefort.

— Não, querida amiga — replicou a Sr.ª Danglars, com a mesma ingenuidade que já lhe notamos —, o fato é verdadeiro, sei-o pelo Sr. Debray, que assistiu à explicação.

Valentine também sabia a verdade, mas calou-se.

Incitada por aquelas palavras, que lhe avivavam suas recordações, achava-se, em pensamento, no gabinete de Noirtier, onde a esperava Morrel.

Imersa nessa espécie de contemplação interior, Valentine cessara por momentos de tomar parte na conversação.

Ser-lhe-ia até impossível repetir o que se dissera alguns minutos antes, quando de repente a mão da Sr.ª Danglars, apoiando-se-lhe no braço, a despertou de sua meditação.

— O que é, minha senhora? — perguntou Valentine, estremecendo ao contato dos dedos da Sr.ª Danglars como se tivesse estremecido a um contato elétrico.

— É, minha querida Valentine — disse a baronesa —, que me parece que a menina tem alguma coisa...

— Eu? — replicou a interessante donzela, passando a mão pela fronte ardente.

— Sim; olhe como está gelada; já corou e empalideceu sucessivamente três ou quatro vezes no espaço de um minuto.

— É verdade — disse Eugénie —, está muito pálida!

— Oh! não se inquiete, Eugénie; estou assim há alguns dias. E, por pouco astuciosa que fosse, a donzela compreendeu que era aquele o ensejo de sair.

Além disso, a Sr.ª de Villefort acudiu em auxílio dela.

— Retire-se, Valentine — disse-lhe —; está realmente incomodada, e estas senhoras desculpá-la-ão da sua ausência; beba um copo de água pura, que deve fazer-lhe bem.

Valentine abraçou Eugénie, cumprimentou a Sr.ª Danglars, já em pé para se retirar, e saiu.

— Esta pobre criança — disse a Sr.ª de Villefort, quando Valentine desapareceu — inquieta-me seriamente, e não me admirarei se a acometer algum ataque mais grave.

Entretanto, Valentine, numa espécie de exaltação que ela mesma não sabia a que atribuir, tinha atravessado o quarto de Édouard sem responder a algumas palavras que lhe dirigira a maldosa criança, e atingira a pequena escada.

Só lhe faltava descer os três últimos degraus. Ouvia já a voz de Morrel, quando lhe passou uma nuvem pelos olhos, faltando-lhe o terreno debaixo dos pés; as mãos não tiveram força para se segurarem ao corrimão, e, vergando sob o peso do corpo, rolou do alto dos três degraus.

Morrel deu apenas um salto; abriu a porta, e viu Valentine estendida no patamar.

Rápido como um relâmpago, o rapaz levantou-a nos braços e sentou-a numa cadeira.

Valentine abriu os olhos.

— Oh, que estouvada que eu sou! — disse ela, com febril volubilidade — parece que não sei o que faço! Esquecia-me de que ainda havia três degraus para descer!...

— Machucou-se, Valentine? — perguntou Morrel — oh! meu Deus! meu Deus!

Valentine circunvagou a vista, e viu desenhado nos olhos de Noirtier o mais profundo horror.

— Sossegue, meu avô! — disse ela, diligenciando sorrir — não é nada, não é nada... foi uma simples tontura de cabeça.

— Outra tontura! — disse Morrel juntando as mãos. — Oh! tenha cuidado consigo. Valentine, suplico-lhe!

— Não foi nada, não foi nada — replicou Valentine: — já passou, estou-lhe a dizer. Agora deixem-me dar-lhes uma novidade:

dentro de oito dias a Eugénie casa, e daqui a três há de haver uma espécie de banquete, um jantar de bodas. Nós estamos todos convidados: meu pai, a Sr.ª de Villefort, e eu... segundo pude compreender, pelo menos.

— Quando será nossa vez de nos ocuparmos dessas minúcias?

— Oh, Valentine! já que consegue tudo quanto quer de seu avô, faça com que ele responda: *Em breve!*

— Quer dizer, conta comigo para estimular a boa vontade e avivar a memória de meu avô, não é?

— Certamente — disse Morrel. — Oh! meu Deus! faça depressa o que lhe peço! Enquanto não for minha, parecer-me-á sempre que me vai fugir.

— Oh! oh! — respondeu Valentine, com um movimento convulsivo — na verdade, Maximiliano, o senhor é muito medroso para um oficial, para um soldado que, segundo dizem, nunca conheceu o medo! Ah! ah! ah!

E a menina soltou uma gargalhada estridente e dolorosa; os braços inteiriçaram-se-lhe, descaiu-lhe a cabeça na cadeira, e ficou sem movimento.

Os olhos de Noirtier traduziram um grito de terror.

Morrel compreendeu-o; era preciso pedir socorro.

O rapaz tocou a campainha.

A criada que estava no aposento de Valentine e o criado que substituíra Barrois acudiram simultaneamente.

Valentine estava tão pálida, tão fria e inanimada, que, sem ouvirem o que lhes diziam, e tomados pelo terror que predominava sem cessar naquela casa maldita, os criados correram para o corredor, gritando por socorro.

A Sr.ª Danglars e Eugénie saíam neste momento, e pararam para saber a causa daquele ruído.

— Bem lhes tinha eu dito! — exclamou a Sr.ª de Villefort — pobre criança!...

XCIV. Confissão

Ao mesmo tempo ouviu-se a voz do Sr. de Villefort, que gritava do seu gabinete:

— O que sucedeu?

Morrel consultou com o olhar Noirtier, que acabava de readquirir seu sangue-frio, e que num relance de olhos lhe indicou o gabinete onde já uma vez, numa circunstância quase análoga, se tinha refugiado.

Maximiliano apenas teve tempo de pegar o chapéu e correr para lá.

Ouviam-se já no corredor os passos do procurador régio.

Villefort precipitou-se no quarto, correu para Valentine e tomou-a nos braços.

— Um médico! por Deus, um médico!... o Sr. d'Avrigny! — gritou Villefort — esperem, vou eu mesmo!

E saiu precipitadamente.

Pela outra porta entrou Morrel.

Acabava de sentir o coração ferido por uma recordação espantosa.

Voltava-lhe à memória a conversa íntima que entre Villefort e o doutor surpreendera na noite em que faleceu a Sr.ª de Saint-Méran.

Aqueles sintomas de sofrimento da donzela eram, em menor proporção, iguais aos que tinham precedido a morte de Barrois.

Ao mesmo tempo, parecia-lhe ouvir ressoar ainda a voz de Monte Cristo, que lhe tinha dito havia apenas duas horas:

— Se precisar de mim, Morrel, procure-me, que eu alguma coisa posso.

Mais rápido que o pensamento, correu do Bairro de Saint-Honoré à Rua de Matignon, e da Rua de Matignon à Avenida dos Champs-Élysées.

Durante este tempo, chegava o procurador régio num trem de praça à porta do Sr. d'Avrigny.

Puxou a campainha com tanta violência que o porteiro veio abrir com ar espantado.

Villefort precipitou-se na escada sem ter forças para soltar uma palavra.

O porteiro conhecia-o, deixou-o entrar, gritando:

— No gabinete. Senhor Procurador Régio, no gabinete!

Villefort empurrava já, ou antes, forçava a porta.

—Ah! — disse d'Avrigny — é o senhor!

— Sim — disse Villefort, fechando a porta —, sim, doutor, sou eu, e pergunto-lhe por minha vez, se estamos bem sós, doutor, a minha casa é uma casa maldita!

— O quê?! — disse o médico friamente na aparência, mas com profunda comoção interior — tem alguém doente?

— Tenho, sim, doutor! — gritou Villefort, agarrando com a mão convulsa um punhado de cabelos — tenho!

O olhar de d' Avrigny significou:

"Tinha-o avisado."

Depois os lábios acentuaram lentamente estas palavras:

— Quem é então que está para morrer em sua casa? qual é a nova vítima que perante Deus vai acusar-nos da nossa fraqueza?

Villefort soltou um soluço doloroso, aproximou-se do médico e pegou-lhe a mão.

— Valentine — disse ele —, coube a vez a Valentine!

— Sua filha?! — exclamou d'Avrigny, cheio de dor e de surpresa.

— Bem vê que se tinha enganado — murmurou o magistrado —; venha vê-la, e no leito de dor, peça-lhe perdão por ter suspeitado da infeliz.

— Sempre me têm prevenido tardíssimo... — disse d' Avrigny — bem, é o mesmo. eu vou lá; mas apressemo-nos, senhor; com os inimigos que ferem a sua casa, não há tempo a perder.

— Oh! desta vez. doutor, não há de acusar-me de fraqueza. Desta vez hei de descobrir o assassino, e hei de castigá-lo.

— Diligenciemos salvar a vítima antes de a vingar — disse d'Avrigny. — Venha.

E a carruagem em que tinha ido Villefort tornou a levá-lo a trote rasgado, acompanhado de d'Avrigny, na mesma ocasião em que Morrel, por seu lado, batia à porta do conde de Monte Cristo.

O conde estava em seu escritório e lia com muito interesse algumas palavras que Bertuccio acabava de lhe enviar à pressa.

Ouvindo anunciar Morrel, que o tinha deixado havia duas horas, levantou a cabeça.

Tanto para ele como para o conde, tinham necessariamente sucedido muitas coisas importantes durante essas duas horas, porque o rapaz, que o deixara com o sorriso nos lábios, voltava com a aflição estampada no rosto.

O conde levantou-se e caminhou para Morrel.

— O que sucedeu, Maximiliano? está pálido e tem a fronte inundada de suor!...

Morrel deixou-se cair numa cadeira.

— Sim — disse ele —, vim depressa; precisava falar-lhe.

— Todos na família estão bons? — perguntou o conde em tom de afetuosa benevolência, de cuja sinceridade ninguém poderia duvidar.

— Obrigado, conde, obrigado — respondeu o pobre moço, vivamente embaraçado para começar a conversação sobre o assunto que o levava ali —; sim, na minha família todos estão bons.

— Ainda bem; no entanto, parece que tem alguma coisa a dizer-me... — replicou o conde cada vez mais inquieto.

— É verdade, conde... — disse Morrel — saí de uma casa onde acaba de entrar a morte, para correr em sua procura.

— Vem então da casa do Sr. de Morcerf? — perguntou Monte Cristo.

— Não — respondeu Maximiliano; — por que, morreu alguém na casa do Sr. de Morcerf ?

— O general, que acaba de dar um tiro na cabeça — disse Monte Cristo.

— Oh, que espantosa desgraça! — exclamou Morrel.

— Não para a condessa nem para Albert — tornou Monte Cristo —; vale mais um pai e um esposo morto do que desonrado; o sangue há de lavar a nódoa.

— Pobre condessa! — disse Maximiliano — é a ela que eu sobretudo deploro; é uma excelente senhora, um nobre coração!

— Deplore também o Albert, porque, creia-me, é um digno filho da condessa. Mas voltemos ao senhor: corre a procurar-me, segundo disse; terei eu a fortuna de o ver precisar de mim?

— Preciso do senhor, conde... quero dizer, acreditei, como um insensato, que o senhor poderia socorrer-me numa circunstância em que só Deus me pode valer.

— Diga — respondeu Monte Cristo.

— Oh! — replicou Morrel — não sei na verdade se me é lícito revelar semelhante segredo a ouvidos humanos; mas é a necessidade que me impele, a aflição é que me obriga.

— Acredita que o estimo, Maximiliano? — disse Monte Cristo, apertando afetuosamente a mão do rapaz entre as suas.

— Oh! o senhor anima-me, e depois... alguma coisa me diz aqui (Morrel levou a mão ao coração) que não devo ter segredos para com o conde.

— Tem razão, Morrel, é Deus que lhe fala ao coração, e é igualmente o seu coração que o aconselha. Vamos, diga-me o que ele lhe aconselha.

— Conde, permite-me que mande o Baptistin saber da sua parte noticias de alguém que o senhor conhece?

— Se eu estou a sua disposição, com melhor razão devem estar os meus criados.

— Oh! é que eu não viverei enquanto não tiver certeza de que ela está melhor.

— Quer que chame o Baptistin?

— Não, eu mesmo lhe vou falar.

Morrel saiu, chamou Baptistin, e disse-lhe algumas palavras em voz baixa.

O criado partiu correndo.

— E então? já deu as suas ordens ao Baptistin? — perguntou Monte Cristo vendo voltar Morrel.

— Dei; e assim já vou ficar um pouco mais tranqüilo.

— Sabe que estou esperando?... — disse Monte Cristo, sorrindo.

— Bem sei; eu digo-lhe tudo. Ouça: uma tarde, achava-me num jardim, oculto num maciço de árvores. Ninguém imaginava que eu pudesse estar ali. Passaram duas pessoas perto de mim; permita-me que eu não revele por ora os nomes. Conversavam em voz baixa, mas eu tinha tanto interesse em ouvir o que diziam, que não perdia uma só palavra que proferiam.

— Esses anúncios são lúgubres, se der crédito a sua palidez e inquietação...

— Oh! sim, e bem lúgubres, meu amigo! Acabava de morrer alguém na casa a que pertencia o jardim onde eu me encontrava; uma das pessoas a quem eu escutava era o dono da casa, a outra era um médico. Ora, o primeiro confiava ao segundo os seus receios e as suas dores, porque era a segunda vez, no prazo de um mês, que a morte descia, rápida e imprevista, sobre aquela casa, que se poderia crer designada a algum anjo exterminador pela cólera de Deus.

— Ah... ah! — exclamou Monte Cristo, olhando fixamente para o rapaz e voltando-se na cadeira num movimento imperceptível, de maneira a colocar-se na sombra, enquanto a claridade batia em cheio no rosto de Maximiliano.

— Sim — continuou o moço capitão —, a morte entrou naquela casa duas vezes, num só mês.

— E o que respondia o doutor? — perguntou Monte Cristo.

— Respondia... respondia que essa morte não podia ser natural, e que era preciso atribuí-la...

— A quê?

— Ao veneno!

— Sério?! — disse o conde com essa ligeira tosse que nos momentos de suprema comoção lhe servia para disfarçar ou o rubor ou a palidez ou o próprio interesse que ligava ao que escutava — realmente, Maximiliano, ouviu isso?

— É verdade, caro conde, ouvi; e o doutor acrescentou que, se semelhante caso se repetisse, se veria obrigado a recorrer à justiça.

Monte Cristo ouvia ou parecia ouvir com a maior impassibilidade o que Morrel referia.

— Pois bem — disse Maximiliano — a morte feriu terceira vítima, e nem o dono da casa nem o doutor disseram nada; e agora, que a morte vai talvez ferir quarta vítima, conde, a que julga que possa obrigar-me o conhecimento deste segredo?

— Meu querido amigo — disse Monte Cristo —, parece-me que me está contando uma aventura que toda a gente sabe de cor. A casa onde ouviu isso, conheço-a eu, ou pelo menos, conheço uma parecida com ela; uma casa onde há um jardim, um pai de família, e um doutor; uma casa onde sucederam três mortes estranhas e inesperadas. Pois bem! veja, eu, que não interceptei confidência alguma, e que, no entanto, sei tudo isso tão bem como o senhor, não sinto escrúpulos de consciência. Não! isso não é comigo. Não diz que parece que um anjo exterminador apontou esta casa à cólera de Deus? e quem lhe afiança que a sua suposição não seja uma realidade? Feche os olhos às coisas que não vêem os que têm interesse em vê-las. Se é a justiça e não a cólera de Deus que passa por essa casa, Maximiliano, volte a cabeça e deixe passar a justiça do Senhor.

Morrel estremeceu.

Havia alguma coisa de lúgubre, de solene e de terrível ao mesmo tempo, na voz do conde.

— Além disso — continuou ele, numa inflexão tal, que se diria que estas últimas palavras não safam da boca do mesmo homem —, quem lhe diz ao senhor Maximiliano que esse acontecimento se repetirá?

— Está-se repetindo, conde! e é essa a razão por que corri a procurá-lo.

— Bem, e que quer que lhe faça, Morrel? Quererá porventura que eu previna o procurador régio?

Monte Cristo articulou estas últimas palavras com tanta clareza e uma acentuação tão vibrante, que Morrel levantou-se de um pulo gritando:

— Conde! conde! o senhor sabe de quem estou falando, não é verdade?

— Oh! perfeitamente, meu amigo, e vou provar-lho, pondo os pontos nos is, ou antes, os nomes nas pessoas. O senhor passeou uma noite no jardim do Sr. de Villefort; pelo que me disse, foi na noite em que morreu a Sr.ª de Saint-Méran. Ouviu a conversação do Sr. de Villefort com o Sr. d'Avrigny acerca da morte do Sr. de Saint-Méran, e da outra, não menos espantosa, da marquesa. D'Avrigny dizia que supunha aquelas mortes resultado de dois envenenamentos; eis a razão por que o senhor, honrado por excelência, desde esse momento não tem deixado de consultar o seu coração, sondando a sua consciência para saber se deve revelar ou calar esse segredo. Já não estamos na Idade Média, já não há Santa-Vehme, nem franco-juízes; que demônio quer o senhor pedir a essa gente? Consciência, que me queres tu? Como dizia Sterne. Ora, meu querido Maximiliano, deixe-os dormir, se é que estão dormindo, deixe-os empalidecer nas suas insônias, se é que tem insônias, e, pelo amor de Deus, durma o senhor, que não tem remorsos que o impeçam de dormir.

No rosto de Morrel desenhou-se uma transformação horrível.

— Mas isso recomeça, estou a dizer-lhe!

— E então?... — replicou o conde, espantado por aquela insistência, que não podia compreender, e olhando para Morrel com mais atenção — deixe recomeçar: é uma família de atridas; Deus condenou-os, têm de sofrer a sentença; vão desaparecer todos com os bonecos que as crianças fabricam com cartas dobradas, e que caem uns sobre os outros com um sopro do seu criador, ainda que sejam duzentos. Há três meses era o Sr. de Saint-Méran; há dois era a marquesa; no outro dia, Barrois; hoje é o velho Noirtier ou a menina Valentine?

— O senhor sabia-o?! — gritou Morrel num tal paroxismo de terror, que Monte Cristo estremeceu, ele, a quem o desabamento do céu não alteraria a impassibilidade — sabia-o, e não me dizia nada?!...

— Mas que tenho eu com isso? — replicou Monte Cristo, encolhendo os ombros — eu conheço porventura essa gente? Além do que, para salvar um era preciso que perdesse outro. Palavra, eu não faço preferência entre o culpado e a vítima.

— Mas eu... eu! senhor! — exclamou Morrel, bramindo de dor — eu amo-a!

— O senhor ama? Quem? — gritou Monte Cristo, levantando-se nos bicos dos pés, e pegando as mãos que Morrel elevava para o Céu, contorcendo-as com desespero.

— Amo-a apaixonadamente, amo-a como um insensato, amo-a como um homem que daria todo o seu sangue para lhe poupar uma lágrima! amo Valentine de Villefort, que assassinam neste momento, ouve bem!? amo-a, e pergunto a Deus e ao senhor de que maneira poderei salvá-la!

Monte Cristo soltou um grito selvagem, de que só poderá fazer idéia quem tenha o rugido do leão ferido.

— Desgraçado! — bradou ele, contorcendo as mãos por sua vez — desgraçado! ama Valentine! ama essa filha de uma raça maldita!

Nunca Morrel tinha visto semelhante expressão de ódio.

Nunca diante dele brilhara tão terrível olhar.

Nunca o gênio do terror, que lhe aparecera tantas vezes, quer nos campos de batalha, quer as noites homicidas de Argel, o rodeara de clarões mais sinistros.

O rapaz recuou espantado.

Quanto a Monte Cristo, depois daquela explosão, fechou por um momento os olhos, como fulminado por uma multidão de relâmpagos interiores.

Durante este momento, Monte Cristo concentrou-se tão poderosamente em seus pensamentos, que se lhe via pouco a pouco acalmar a ondulação do peito tormentoso, como se vê, passada a nuvem, diminuírem à luz do Sol as vagas turbulentas e escumosas.

Esse silêncio, esse recolhimento, essa luta íntima, duraram uns vinte segundos.

Em seguida o conde de Monte Cristo levantou a fronte empalidecida.

— Veja — disse ele em voz alterada —, veja, querido amigo, como Deus sabe punir pela sua indiferença os homens mais fanfarrões e os mais impassíveis ante os espetáculos terríveis que Ele lhes apresenta. Eu, que assistia impassível e curioso ao desenvolvimento dessa lúgubre tragédia; eu, que semelhante ao anjo mau, ria do mal que os homens fazem ao abrigo do segredo (e o segredo é fácil de guardar aos ricos e aos poderosos), eis que, por minha vez, me sinto mordido por essa serpente cuja marcha tortuosa eu seguia com curiosidade, e mordido no coração!

Morrel soltou um surdo gemido.

— Vamos, vamos — continuou o conde —, nada de mais lamentos; seja homem, seja forte, tenha esperança, porque eu estou aqui, e velarei quanto puder pelo senhor.

Morrel sacudiu tristemente a cabeça.

— Eu digo-lhe que espere! compreende? Bem sabe que nunca minto, e que nunca me engano. É meio-dia, Maximiliano; dê graças ao Céu por ter vindo agora em lugar de vir à noite, ou amanhã de manhã. Ouça o que vou dizer-lhe, Morrel: é meio-dia; se a esta hora Valentine não está morta, nesse caso não há de morrer.

— Oh! meu Deus! meu Deus! — exclamou Morrel — eu deixei-a agonizante!...

Monte Cristo apoiou a fronte nas mãos.

Que se passava naquela cabeça tão cheia de espantosos segredos?

Que diria àquele espírito, implacável e humano ao mesmo tempo, o anjo luminoso, ou o anjo das trevas?

Só Deus o sabe!

Monte Cristo levantou a cabeça, e desta vez estava tão sossegado como a criança que desperta.

— Maximiliano — disse ele —, volte tranqüilamente para sua casa; ordeno-lhe que não dê um passo, que não tente a menor diligência, que não deixe pairar no seu rosto nem a sombra de uma preocupação; eu lhe darei notícias; vá.

— Oh! meu Deus! meu Deus! — disse Morrel — o senhor espanta-me com esse sangue-frio. Tem algum poder contra a morte? É mais do que um homem? É um anjo? É um Deus!?...

E o triste moço, que nenhum perigo até ali fizera recuar um passo, recuou diante de Monte Cristo, tomado de indizível terror.

Mas Monte Cristo contemplava-o com um sorriso ao mesmo tempo tão melancólico e tão doce, que Morrel não pôde evitar que as lágrimas lhe umedecessem os olhos.

— Eu posso muito, meu amigo — respondeu o conde. — Vá; necessito ficar só.

Morrel, subjugado por aquele ascendente que Monte Cristo exercia sobre todos que o rodeavam, não diligenciou sequer contrariá-lo.

Apertou a mão do conde e saiu.

Mas, chegado à porta, esperou Baptistin, que acabava de aparecer ao fim da Rua de Matignon, e que vinha correndo.

Entretanto, Villefort e d'Avrigny tinham sido diligentes.

Valentine, à chegada dele, conservava-se ainda desfalecida, e o médico examinara a doente com o cuidado que pediam as circunstâncias e com atenção duplicada pelo conhecimento do segredo.

Villefort, suspenso do olhar e dos lábios do doutor, esperava o resultado do exame.

Noirtier, mais pálido do que a donzela, mais ávido de uma solução do que o próprio Villefort, esperava também.

Enfim, d'Avrigny disse lentamente:

— Vive ainda.

— Ainda!... — exclamou Villefort. — Oh! doutor, que terrível palavra acaba de pronunciar!

— Sim — disse o médico —; e repito a minha frase: vive ainda, do que bastante me admiro.

— Mas está salva? — perguntou o pai.

— Está, visto que vive.

Neste momento o olhar de d'Avrigny encontrou o de Noirtier.

Brilhava nos olhos do paralítico uma alegria tão extraordinária, uma expressão tão insinuante e profunda, que o médico teve como que uma inspiração.

Depôs na cadeira a donzela, cujos lábios apenas se desenhavam, tão pálidos estavam, e olhando para Noirtier, por quem todos os movimentos do doutor eram espiados e comentados, disse ao procurador régio:

— Senhor, queira obsequiar-me mandando chamar a criada da menina de Villefort.

Villefort largou a cabeça da filha, que estava amparando, e correu ele próprio a chamar a criada.

Apenas Villefort fechou a porta, o doutor d'Avrigny aproximou-se de Noirtier.

— Tem alguma coisa para me dizer? — perguntou ele.

O velho piscou expressivamente os olhos, o que era, se bem se lembram, o sinal afirmativo de que fazia uso.

— A mim só?

— Sim — fez Noirtier.

— Bem, eu ficarei aqui.

Neste momento entrou Villefort seguido da criada.

Atrás da criada vinha a Sr.ª de Villefort.

— Mas o que tem então esta querida filha? — perguntou ela vivamente — a pobre criança saiu há pouco dos meus aposentos queixando-se de que se sentia bastante indisposta, mas nunca julguei que fosse um ataque tão sério.

E a Sr.ª de Villefort, com as lágrimas nos olhos, e com todos os sinais de aflição de uma verdadeira mãe, aproximou-se de Valentine, em cuja mão pegou.

D'Avrigny continuou a olhar para Noirtier, e viu dilatarem-se os olhos do velho, tremerem e descorarem-lhe as faces; o suor inundava-lhe a fronte.

— Ah! ... — exclamou ele involuntariamente, seguindo a direção do olhar de Noirtier, quer dizer, fixando os olhos na Sr.ª de Villefort, que repetia:

— Esta pobre criança há de estar melhor na cama. Vem, Fanny, nós a deitaremos.

D'Avrigny, que via nesta proposta o meio de ficar só com o velho Noirtier, fez sinal com a cabeça de que era efetivamente o que havia de melhor a fazer, mas proibiu que lhe dessem a tomar fosse o que fosse sem que ele ordenasse.

Levaram Valentine, que voltara a si, mas que estava incapaz de se ter em pé e quase de falar, tanto os membros lhe ficaram prostrados pelo abalo que acabavam de sofrer.

No entanto, teve força bastante para se despedir num relancear de olhos do avô, que parecia sentir arrancarem-lhe a alma ao ver levarem dali a neta.

O médico seguiu a doente, terminou suas prescrições, disse a Villefort que mandasse buscar uma carruagem e fosse ele pessoalmente à botica fazer preparar os remédios em sua presença, e os trouxesse ele mesmo, recomendando que esperasse depois no quarto da filha.

Depois de ter renovado a recomendação de não consentirem que a doente tomasse nada, voltou ao gabinete de Noirtier, fechou cuidadosamente as portas, e assegurou-se de que ninguém os escutava.

— Vejamos — disse ele —, sabe alguma coisa com respeito à doença da sua neta?

— Sim — respondeu o velho.

— Ouça, não temos tempo a perder: vou interrogá-lo, e o senhor responder-me-á.

Noirtier fez sinal de que estava pronto a responder.

— Tinha previsto o acidente que acometeu hoje a menina Valentine?

— Sim.

D'Avrigny refletiu um instante; depois se aproximou mais de Noirtier.

— Perdoe-me o que vou dizer — continuou ele —, mas na situação terrível em que nos achamos, não podemos desprezar a menor indicação. O senhor viu morrer o pobre Barrois?

Noirtier elevou os olhos para o Céu.

— Sabe do que morreu ele? — perguntou o médico, pousando a mão no ombro de Noirtier.

— Sim — respondeu o velho.

— Está convencido de que aquela morte foi natural?

Nos lábios inertes de Noirtier esboçou-se como que um sorriso.

— Então lhe acudiu ao pensamento de que Barrois teria sido envenenado?...

— Sim.

— E crê que esse veneno, de que ele foi vítima, lhe fosse destinado?

— Não.

— Agora, acredita que a mão que, querendo ferir outra pessoa, prostrou Barrois, fosse a mesma que feriu hoje Valentine?

— Sim.

— Nesse caso a pobre menina vai também sucumbir?... — perguntou d'Avrigny, fixando seu olhar profundo em Noirtier.

E esperou o efeito que produziria no velho aquela pergunta.

— Não — respondeu o paralítico com um ar de triunfo que poderia ter derrotado todas as conjecturas do mais hábil adivinho.

— Então alimenta esperanças? — disse D' Avrigny, verdadeiramente surpreendido.

— Sim.

— Mas o que é que espera?

O velho fez compreender ao médico com os olhos que não poderia responder.

"Ah! sim, é verdade" murmurou o doutor.

Depois, dirigindo-se de novo a Noirtier, prosseguiu:

— Espera então que o assassino se canse?

— Não.

— Espera talvez que o veneno não produza efeito em Valentine?...

— Sim.

— Por que não lhe dou novidade nenhuma, não é verdade? dizendo que diligenciaram envenená-la.

O velho fez sinal de que não conservava a menor dúvida a esse respeito.

— Como espera que Valentine escape da morte?

Noirtier conservou obstinadamente os olhos fixos no mesmo lado; d'Avrigny seguiu a direção daquele olhar, e viu que se fixava numa garrafa que continha o remédio que davam todas as manhãs ao velho.

— Ah! ah! — exclamou d' Avrigny, tocado por uma idéia súbita — teria por acaso a lembrança...?

Noirtier não o deixou terminar.

— Sim — disse ele.

— De precavê-la contra o veneno...

— Sim.

— Habituando-a pouco a pouco?

— Sim, sim, sim — confirmou Noirtier, maravilhado por se ver tão bem compreendido.

— Efetivamente, o senhor tinha-me ouvido dizer que no remédio que lhe dou entrava também a brucina...

— Sim.

— E, acostumando-a a esse veneno, foi seu propósito neutralizar os efeitos de um envenenamento?

A mesma alegria triunfante de Noirtier.

— E conseguiu-o, na verdade! — disse d'Avrigny. — A não ser essa precaução, Valentine a esta hora estava morta; morta, sem socorro possível, morte sem compaixão, porque o ataque foi muito violento; mas, apesar de grande, esse abalo não há de ser irremediável, e desta vez, pelo menos, Valentine não morrerá.

Uma alegria sobre-humana se refletiu nos olhos do velho, elevados para o Céu com infinita expressão de reconhecimento.

Neste momento entrou Villefort.

— Aqui está o que pediu, doutor.

— Este remédio foi preparado em sua presença?

— Sem dúvida — respondeu o procurador régio.

— E não saiu das suas mãos?

— Com certeza.

D'Avrigny pegou a garrafa, verteu na palma da mão algumas gotas do líquido que ela continha, e levou-as aos lábios.

— Bem — disse ele —, subamos ao quarto de Valentine; darei a todos as minhas instruções, e o senhor mesmo vigiará pelo exato cumprimento delas.

No momento em que d'Avrigny entrava no quarto de Valentine, acompanhado de Villefort, um padre italiano, de aspecto severo, de palavras serenas mas decididas, alugava para seu uso a casa contígua ao palácio habitado pelo Sr. de Villefort.

Ninguém pôde saber em virtude de que transação os três locatários daquela casa se mudaram duas horas depois; mas o boato que corria geralmente no lugar era que aquela casa ameaçava ruína, o que, todavia, não impediu que o novo arrendatário se estabelecesse nela, com sua modesta mobília, pelas cinco horas da tarde desse mesmo dia.

Foram chamados imediatamente operários, e nessa noite mesmo, os raros indivíduos que passavam pelo bairro viram com surpresa os carpinteiros e os pedreiros trabalhando desembaraçadamente no prédio arruinado.

XCV. Pai e filha

Vimos, no capítulo precedente, a Sr.ª Danglars participar oficialmente à Sr.ª de Villefort o próximo casamento da menina Eugénie Danglars com o Sr. Andreia Cavalcanti.

Esta participação oficial, que indicava ou parecia indicar uma resolução tomada por todos os interessados em tão importante negócio, tinha sido, no entanto, precedida de uma cena de que vamos inteirar nossos estimados leitores.

Rogamos-lhes, então, que recuem um passo e que se transportem, exatamente na manhã daquele dia de grandes catástrofes, a essa sala esplêndida e ricamente dourada que lhes demos a conhecer, e que era o orgulho de seu proprietário, o Sr. Barão Danglars.

Nessa sala, efetivamente, pelas dez horas da manhã, passeava, havia alguns minutos, todo pensativo e visivelmente inquieto, o próprio barão, espreitando cuidadosamente a todas as portas e parando ao mais leve rumor.

Quando sentiu a paciência esgotada, chamou seu criado particular.

— Étienne, vá saber a razão por que a menina Eugénie me pediu para que a esperasse na sala, e o motivo por que me tem feito esperar tanto tempo.

Passado este desafogo da impaciência, o barão readquiriu um pouco de sossego.

Efetivamente, a menina Danglars apenas acordara, pedira ao pai um momento de conversação, e designara a sala dourada para esse fim.

A singularidade do pedido, e o seu caráter oficial, sobretudo, surpreenderam mediocremente o banqueiro, que acedera imediatamente ao desejo da filha, sendo o primeiro a chegar à sala.

Étienne voltou de sua embaixada.

— A criada da menina disse-me que a sua ama acabou de vestir-se e que não tardará em vir aqui.

O barão fez-lhe sinal com a cabeça significando que estava satisfeito.

Danglars, em presença da sociedade, e até perante seus criados, afetava de bonacheirão e de pai condescendente. Era uma face do papel que se tinha imposto na comédia popular que representava; era uma fisionomia que tinha adotado e que julgava convir-lhe, como convinha aos perfis do lado direito, na caracterização dos pais no Teatro antigo, terem o lábio levantado e risonho, ao passo que o do lado esquerdo era descaído e lacrimoso.

Apressemo-nos em dizer que, em sua intimidade, o lábio levantado e risonho descia-lhe ao nível do lábio descaído e taciturno, de forma que, na maior parte das vezes, desaparecia o bonacheirão, para dar lugar ao marido brutal e ao pai absoluto.

Por que diabos será que aquela estouvada, que quer falar-me, segundo diz, murmurava Danglars, não vem simplesmente a meu gabinete? E por que é que ela me quer falar?

E revolvia pela vigésima vez em seu cérebro este pensamento, que o inquietava, quando se abriu a porta e apareceu Eugénie, trajando um vestido de cetim preto, adornado com tufos da mesma cor, de luvas, e penteada como se tivesse de ir sentar-se numa cadeira do Teatro Italiano.

— Então, Eugénie, o que há de novo? — disse o pai — e por que preferiu a sala principal, quando podíamos estar tão bem no meu gabinete particular?

— Tem muita razão — respondeu Eugénie, fazendo sinal ao pai de que podia sentar-se —, e acaba de me dirigir duas perguntas que resumem em si toda a conversação que vamos ter. Vou responder a ambas, e, contra as leis do costume, à segunda inicialmente, como sendo a menos complexa. Escolhi a sala para lugar da nossa conferência, com o fim de evitar as desagradáveis impressões e as influências do gabinete de um banqueiro. Os livros de caixa, por muito bem dourados que sejam, as gavetas fechadas com tanta segurança como as portas de uma fortaleza, os maços de notas de banco que vêm não se sabe de onde, a profusão de cartas que chegam de Inglaterra, da Holanda, da Espanha, das Índias, da China e do Peru, perturbam, em geral, singularmente o espírito de um pai, e fazem-lhe esquecer que haja para ele no mundo um interesse maior e mais sagrado que o da posição social e da opinião dos seus constituintes. Escolhi, pois, esta sala, onde pode ver o seu retrato, o meu, o de minha mãe, e toda a espécie de paisagens pastoris, a poesia inebriante que nos atrai e nos enleva. Eu confio imensamente no poder das impressões exteriores. Talvez que, na sua opinião sobretudo, eu esteja em erro, mas, que quer? não seria artista se não conservasse algumas ilusões.

— Muito bem! — respondeu Danglars, que tinha ouvido aquela tirada com imperturbável sangue-frio, mas sem compreender uma só palavra, tão absorvido estava, como todo homem firme numa idéia, em procurar o fio de seu próprio pensamento nas idéias da interlocutora.

— Eis esclarecido o segundo ponto, mais ou menos — disse Eugénie sem a menor perturbação, e com a firmeza verdadeiramente varonil que lhe caracterizava o gesto e a palavra —; e julgo-o, pelo que me parece, satisfeito com a explicação. Agora, voltemos ao primeiro. Perguntou-me o motivo por que lhe solicitei esta audiência. Vou dizer-lho em duas palavras. Ei-lo: eu não quero casar com o Sr. Conde Andreia Cavalcanti.

Danglars deu um salto na cadeira, e foi tão grande o abalo, que levantou ao mesmo tempo os olhos e os braços para o Céu.

— Sim — continuou Eugénie, sempre tranqüila —; está admirado, bem vejo, porque desde que tratam desse pequeno negócio nunca eu manifestei a mais leve oposição, certa, como estive sempre, de que chegaria o momento oportuno de opor francamente às pessoas que não me têm consultado e às coisas que me desgostam, uma vontade franca e absoluta. No entanto, desta vez, essa tranqüilidade, essa passividade, como dizem os filósofos, provinha de uma outra fonte; provinha de que, filha submissa e dedicada... (nos lábios carminados da donzela desenhou-se ligeiro sorriso) diligenciava obedecer.

— E então? — perguntou Danglars.

— Pois bem — replicou Eugénie —, gastei até o fim as minhas forças, e agora, que o momento chegou, apesar de todos os esforços que tentei sobre mim mesma, sinto-me incapaz de obedecer.

— Mas enfim — disse Danglars, que, espírito secundário, parecia abatido ao peso daquela lógica implacável, e cuja fleuma tanta premeditação e força de vontade denunciava —, a razão dessa recusa, Eugénie? qual é a razão?

— A razão?... — replicou a donzela — ora! a razão!... não é porque o homem seja mais feio, ou mais tolo, ou mais desagradável do que outro qualquer; não: o Sr. Andreia Cavalcanti pode até passar, para os que consideram os homens pela cara e pela figura, por um bom modelo; não é porque o meu coração se sinta menos impressionado por ele do que por qualquer outro; essa razão serviria para uma colegial; eu não amo absolutamente ninguém, bem o sabe, não é verdade? Não vejo a razão por que, sem necessidade absoluta, irei prender a minha vida a um eterno companheiro. Um sábio disse, não sei onde: "Nada de demasias"; e, outro: "Transportai tudo convosco". Ensinaram-me estes dois aforismos em latim e em grego. Um é, segundo creio, de Fedro, e o outro de Bias. Pois bem, meu querido pai: no naufrágio da vida, porque a vida é um naufrágio eterno das nossas esperanças, eu atiro ao mar a minha bagagem inútil, eis tudo, e fico apenas com a minha vontade, disposta a viver perfeitamente só, e por conseqüência perfeitamente livre, senhora das minhas vontades e ações.

— Desgraçada! desgraçada! — murmurou Danglars empalidecendo, porque conhecia por larga experiência a solidez do obstáculo que tão repentinamente se lhe levantava.

— Desgraçada?! — replicou Eugénie — desgraçada?! disse isso, meu pai? Nada disso, e, na verdade, a exclamação parece-me teatral e afetada. Pelo contrário, feliz porque, perguntarei eu, o que é que me falta? Geralmente acham-me formosa; é já alguma coisa para ser favoravelmente acolhida. Adoro as recepções lisonjeiras, meu pai, porque alegram os rostos, e, assim, os das pessoas que me rodeiam parecem-me sempre menos feios. Sou dotada de algum espírito e de certa sensibilidade relativa, que me permite tirar da existência geral, em proveito da minha, o que encontro de bom, como costuma fazer o macaco quando quebra a casca da noz para lhe extrair o miolo. Sou rica, porque meu pai possui uma das melhores fortunas da França, porque sou filha única, e estou convencida de que não quererá imitar os pais da Porta de Saint-Martin e da Gaité, que deserdam as filhas quando não querem dar-lhes netos. Além disso, a lei, previdente, não lhe dá o direito de me deserdar, pelo menos absolutamente, assim como não lhe permite que me obrigue a desposar este ou aquele. Portanto, sou bela, espirituosa, adornada de algum talento, como dizem nas óperas cômicas, e rica! Mas isto é a verdadeira felicidade, senhor! Por que é então que me chama desgraçada?

Danglars, vendo a filha risonha e altiva até a insolência, não pôde reprimir um movimento de brutalidade, que se traiu por um brado, mas não excedeu esse limite. Sob o olhar interrogador da filha, em frente daqueles belos supercílios de azeviche franzidos pela interrogação, conteve-se, domado pela mão de ferro da circunspeção.

— Na verdade, minha filha — respondeu com um sorriso —, você possui tudo o que acaba de dizer, esquecendo apenas uma coisa; não quero dizê-la-a rudemente; desejo antes que a adivinhe, com a superior inteligência de que é dotada.

Eugénie olhou para Danglars, muito surpresa de que lhe contestassem um dos florões da coroa de orgulho com que acabava tão soberbamente de engrinaldar a cabeça.

— Minha filha — continuou o banqueiro —, explicou -me perfeitamente quais são os sentimentos que presidem às resoluções de uma menina como você, quando decide não casar. Agora cumpre-me dizer-lhe quais são as notícias de um pai como eu, quando tem decidido que a sua filha há de casar.

Eugénie inclinou-se, não como filha submissa que escuta os conselhos do pai, mas como adversário que espera a réplica, pronto para discutir.

— Minha querida Eugénie — continuou Danglars —, quando um pai pede a sua filha que aceite um esposo, tem sempre uma razão qualquer para desejar esse casamento. Alguns são atacados da mania a que se referiu há pouco, quer dizer, do desejo de reviverem nos netos. Não tenho, felizmente, essa fraqueza, e começo por lhe dizer que as alegrias da família são para mim indiferentes. Posso confessar isto a uma filha que julgo bastante filósofa para compreender essa indiferença, e para não me fazer desse fato um crime.

— Ainda bem! — replicou Eugénie —; falamos com franqueza, gosto mais assim.

— Oh! — disse Danglars — bem vê que, sem compartilhar, em tese geral, a sua simpatia pela franqueza, me submeto quando as circunstâncias mo aconselham. Continuarei, pois. Tinha-lhe proposto um marido, não por seu respeito, porque, em verdade, neste momento penso em você o menos possível (estima a franqueza, e espero que a aprecie), mas porque preciso que tome marido o mais depressa possível, por causa de certas combinações comerciais de que neste momento estou tratando.

Eugénie fez um movimento.

— É como tenho a honra de lhe dizer, minha filha; é a meu pesar, deve compreendê-lo, que entro nestas explicações aritméticas com uma artista como você, que receia entrar no escritório de um banqueiro para não sentir — os filósofos dizem também isso, segundo me parece — impressões ou sensações desagradáveis e antipáticas.

Mas no escritório do banqueiro, no qual, no entanto, entraste anteontem para me pedir os mil francos que eu lhe estabeleci todos os meses para as suas fantasias, crê, minha querida filha, sabe a gente muita coisa que aproveita a essas meninas que não querem casar. Sabe-se, por exemplo, e por olhar à sua suscetibilidade nervosa dir-lhe-ei nesta sala, que o crédito do banqueiro é a sua vida física e moral, que o crédito sustenta o homem como o ar anima o corpo; e o conde de Monte Cristo fez-me um dia um discurso a esse respeito que nunca mais esqueci. Sabe-se que, à medida que o crédito foge, o corpo vai-se tornando cadáver, e que isso deve acontecer em muito pouco tempo ao banqueiro que tiver uma filha dotada de tão grande lógica como você.

Mas Eugénie, em vez de se curvar, mostrou firmeza diante daquele golpe.

— Arruinado?! — disse ela.

— Achou justamente o termo, minha filha; excelente termo — disse Danglars, cravando num movimento nervoso as unhas no peito, mas conservando a rude fisionomia de homem sem coração, mas não sem espírito —; arruinado! isso mesmo.

— Ah! — fez Eugénie.

— Sim, arruinado! Aí está, pois, conhecido esse segredo cheio de horror, como diz o poeta trágico. Agora, minha filha, aprende da minha boca como essa desgraça pode, para você, tornar-se menor; não para mim, mas para você.

— Oh! — exclamou Eugénie — é um mau fisionomista. Senhor, se julga que é por mim que eu deploro a catástrofe que me expôs.

— Eu, pobre, o que me importa? Não me resta o meu talento? Não posso eu, como a Pasta, como a Malibran, como a Grisi, ter, mais do que meu pai me poderá nunca dar, seja qual for a sua fortuna, cento e cinqüenta mil libras de renda, que deverei a mim só, e que, em lugar de me chegarem às mãos como chegam esses pobres doze mil francos que me dá com olhares pesarosos e palavras de censura sobre a minha prodigalidade, receberei acompanhados de aclamações, de bravos e de flores? E ainda que eu não possua esse talento — o seu sorriso prova-me a sua incredulidade —, não me ficará ainda o intenso amor da independência, que valerá para mim todos os tesouros, e que me domina até o instinto da conservação?

Não, não é por mim que entristeço, eu saberei tirar-me de dificuldades; os meus livros, os meus lápis, o meu piano, todas essas coisas que não importam caro, hão de ficar-me sempre.

Julgará talvez que me aflijo por minha mãe; engana-se ainda. Ou eu estou grosseiramente iludida, ou a Sr.ª Danglars tomou já as suas precauções contra a catástrofe que a ameaça, e que há de passar sem a ferir; minha mãe, estou convencida, tem-se posto ao abrigo de um golpe fatal, e não é velando por mim que ela se tem distraído das suas preocupações do futuro, porque, Deus louvado! tem-me concedido toda a independência sob o pretexto de que estimo a liberdade.

Oh! não, senhor, tenho visto, desde a minha infância, sucederem muitas coisas extraordinárias; tenho-as compreendido perfeitamente para que a desgraça produza em mim a impressão que imagina; desde que me conheço nunca fui amada por ninguém; tanto melhor, porque isso leva-me naturalmente a não amar ninguém. Aí tem agora a minha profissão de fé.

— Então — disse Danglars, pálido de uma ira que não buscava sua origem no amor paternal ofendido — persiste em consumar a minha ruína?

— A sua ruína?! Eu — disse Eugénie —, consumar a sua ruína?! Quem lho disse? não percebo!...

— Se não percebe, melhor, porque isso deixa-me uma esperança; ouça.

— Diga — respondeu Eugénie, olhando fixamente para o pai, que precisou de um esforço para não baixar os olhos sob o olhar imperioso da donzela.

— O Sr. Cavalcanti, casando consigo, traz-lhe três milhões de dote, que depositará na minha casa.

— Ah, muito bem, perfeitissimamente! — replicou Eugénie com soberano desprezo.

— Julga que não saberei empregar esses três milhões? — continuou Danglars — pois fique certa de que esses três milhões hão de produzir dez, pelo menos. Eu obtive de um banqueiro meu colega a concessão de um caminho-de-ferro, a única indústria que, em nossos dias, oferece essas fabulosas probabilidades de sucesso imediato que Law noutros tempos aplicou para os bons parisienses, esses eternos basbaques da especulação, num Mississipi fantástico. Em minha opinião, deve-se possuir um milionésimo de *rail*, como se possuía antigamente uma jeira de terra baldia nas margens do Caio. Trata-se de uma colocação hipotecária, o que é um progresso, como vê, já que se fica, pelo menos, com dez, quinze, vinte, cem libras de ferro em troca do nosso dinheiro. Pois bem; eu devo, daqui a oito dias, depositar por minha conta quatro milhões; esses quatro milhões, já lho disse, produzirão dez ou doze.

— Mas durante a visita que eu lhe fiz anteontem no seu escritório, e de que tão bem se recorda — replicou Eugénie —, vi-o meter em caixa — este é o termo, não é verdade? — cinco milhões e meio! foi o meu pai mesmo que me mostrou essa quantia em dois cheques sobre o Tesouro, e até se admirou de que uns papéis de tão grande valor não me ofuscassem a vista como poderia fazê-lo um relâmpago.

— Sim, mas esses cinco milhões e meio não são meus, e significam apenas a confiança que depositam em mim; o meu título de banqueiro popular valeu-me a confiança dos hospitais, e esses cinco milhões e meio pertencem aos hospitais; noutro tempo não hesitaria em servir-me desse dinheiro, mas hoje sabem os grandes prejuízos que tenho sofrido, e começam a retirar-me o crédito. De um momento para outro a administração pode reclamar o depósito, e eu ver-me-ei forçado a uma bancarrota vergonhosa. Eu não desprezo as bancarrotas, crê-o bem, mas as bancarrotas que enriquecem e não as que arruínam. Logo que você despose o Sr. Cavalcanti, e que eu disponha dos três milhões, ou que, pelo menos, creiam que disponho deles, firmar-se-á o meu crédito, e a minha fortuna, que há um ou dois meses tem sido submergida nos abismos cavados sob os meus passos por uma fatalidade inconcebível fica certa de que há de restabelecer-se. Compreende-me agora?

— Perfeitamente; meu pai dá-me em penhor de três milhões, não é verdade?

— Quanto maior é a soma, mais lisonjeira ela é; dá-lhe uma idéia do seu valor.

— Agradecida. Uma última palavra, senhor: promete-me servir-se como quiser da cifra desse dote que deve trazer-me o Sr. Cavalcanti, sem, contudo, tocar no dinheiro? Isto não é egoísmo, é apenas uma questão de delicadeza. Estou muito resolvida a contribuir para a reedificação da sua fortuna, mas não quero ser sua cúmplice na ruína dos outros.

— Mas, se eu lhe digo — gritou cheio de confiança Danglars — que com esses três milhões...

— Está convencido de que realizará o seu negócio sem ter necessidade de tocar nesses três milhões?

— Assim o espero, mas sempre com a condição de que o casamento, fazendo-se, consolidará o meu crédito.

— Poderá pagar ao Sr. Cavalcanti os quinhentos mil francos que me dá pelo meu contrato?

— Mal regresse do Registro Civil, recebê-los-á.

— Bem!

— Como? *bem*?... o que quer dizer?

— Quero dizer que, em eu prestando a minha assinatura, me deixará absolutamente livre da minha pessoa, não é verdade?

— Absolutamente.

— Então, *bem*. Como lhe disse, senhor, estou pronta para desposar o Sr. Cavalcanti.

— Mas quais são os seus projetos?

— Ah, esse é o meu segredo! Em que consistiria a minha superioridade sobre o meu pai, se, conhecendo eu o seu segredo, lhe confiasse o meu?...

Danglars mordeu os beiços.

— Assim — disse ele —, prontifica-se a fazer algumas visitas oficiais, que são absolutamente indispensáveis?

— Sim, senhor — respondeu Eugénie.

— E a assinar o contrato daqui a três dias?

— Sem dúvida.

— Então, sou eu que, pela minha vez, lhe digo: *Bem*.

E Danglars pegou a mão da filha, que apertou entre as suas.

Mas, coisa extraordinária, durante esse aperto de mão, o pai não ousou dizer: Obrigado, minha filha; a filha não teve sequer um sorriso para o pai.

— Terminou a conferência? — perguntou Eugénie, levantando-se.

O barão Danglars fez sinal com a cabeça de que nada mais tinha a dizer.

Cinco minutos depois retinia o piano sob os dedos da menina d'Armily, e Eugénie Danglars cantava a maldição de Brabâncio sobre Desdêmona.

No final do trecho, entrou Étienne, e avisou Eugénie de que os cavalos estavam atrelados à carruagem e de que a baronesa a esperava para fazer suas visitas.

Vimos as duas senhoras na casa de Villefort, de onde saíram para prosseguirem em seu passeio.

XCVI. O contrato

Três dias depois da cena que acabamos de narrar, quer dizer, pelas cinco horas da tarde do dia fixado para a assinatura do contrato da menina Eugénie Danglars e de Andreia Cavalcanti, a quem o banqueiro se obstinava em chamar príncipe, no momento em que a folhagem do pequeno jardim situado na frente da casa de Monte Cristo era agitada por uma fresca brisa, no momento em que o conde se preparava para sair, e enquanto seus cavalos o esperavam escarvando a calçada, sustidos pela mão do cocheiro, que havia um quarto de hora estava na almofada, o elegante faetonte com que já muitas vezes travamos conhecimento, e nomeadamente no dia em que se realizou a reunião d'Auteuil, voltou rapidamente a esquina do portão de entrada e conduziu até os degraus da escada principal o Sr. Andreia Cavalcanti, o príncipe do barão de Danglars, tão ricamente trajado, tão esplêndi do, como se fosse ele que estivesse para desposar uma princesa.

Informou-se da saúde do conde com a familiaridade que lhe era habitual, e subindo ligeiramente ao primeiro andar, encontrou o próprio Monte Cristo no cimo da escada.

À vista do rapaz, o conde parou.

Quanto a Andreia, tinha já avançado, e quando avançava nada o detinha.

— Oh! boas-tardes, meu caro Sr. de Monte Cristo — disse ele ao conde.

— Ah! o Sr. Andreia! — disse este com sua voz meio repreensiva — como está?

— O melhor possível, como vê. Venho conversar com o senhor a respeito de mil assuntos; mas, inicialmente, diga-me: entrava ou saía?

— Ia sair, senhor.

— Então, para não o reter, subirei, se quiser, na sua carruagem, e Tom nos seguirá conduzindo o meu faetonte.

— Não — disse com um imperceptível sorriso de desprezo o conde, a quem não agradava a companhia —, não, prefiro que conversemos aqui, meu caro Sr. Andreia; conversa-se mais à vontade numa sala; estaremos livres de que o cocheiro ouça por acaso algumas das minhas ou das suas palavras.

O conde entrou numa pequena sala do primeiro andar, sentou-se, cruzou as pernas, e fez sinal a Cavalcanti para que se sentasse também.

Andreia tomou o modo mais risonho.

— Sabe, meu caro conde — disse ele —, que esta noite tem lugar a cerimônia; às nove horas assina-se o contrato na casa do meu futuro sogro.

— Ah, sim? — disse Monte Cristo.

— Como?! pois é novidade o que eu lhe digo? não foi convidado pelo Sr. Danglars para esta solenidade?

— Efetivamente, recebi ontem uma carta dele; mas creio que não indica a hora.

— É possível; meu sogro conta provavelmente com a notoriedade do acontecimento.

— Bem! — disse Monte Cristo — veja como é feliz, Sr. Cavalcanti; é uma aliança das mais auspiciosas a que vai contratar; e depois, a menina Danglars é formosa.

— Oh, sim! — respondeu Cavalcanti num tom de modéstia.

— E é sobretudo muito rica, pelo menos segundo creio — continuou Monte Cristo.

— Muito rica, julga isso? — repetiu Andreia.

— Decerto; diz-se que o Sr. Danglars encobre pelo menos metade da fortuna...

— O barão confessa uns quinze ou vinte milhões — disse Andreia com um olhar cintilante de alegria.

— Sem contar que está em vésperas de entrar num gênero de especulação já um pouco usado nos Estados Unidos e na Inglaterra, mas inteiramente novo na França.

— Sim, sim, sei do que quer falar: o caminho de ferro cuja adjudicação acaba de obter, não é verdade?

— Justamente. E ganhará nesse negócio, pelo menos — é a opinião geral —, dez milhões.

— Dez milhões?! acha isso possível? É magnífico! — disse Andreia Cavalcanti, que se inebriava com o ruído metálico daquelas palavras douradas.

— Sem mencionar — continuou Monte Cristo — que toda essa fortuna há de vir a pertencer-lhe, o que é de justiça, porque a menina Danglars é filha única. Além disso, seu pai, o Sr. Cavalcanti, disse-me que, pelo menos, a sua fortuna não é inferior à da sua noiva. Mas deixemos por um instante as questões de dinheiro. Sabe, Sr. Andreia, que caminhou rápida e muito habilmente em todo este negócio?

— Menos mal, menos mal... Eu nasci para diplomata.

— Oh! fá-lo-ão entrar na diplomacia; a diplomacia, bem o sabe, não se aprende; é uma coisa instintiva... E o coração, finalmente, está conquistado?

— Sinceramente, receio que não — respondeu Andreia no mesmo tom em que tinha visto, no Teatro Francês, Dorante ou Valère responder a Alceste.

— Amam-no um pouco?

— Assim deve ser — disse Andreia com um sorriso de triunfo —, visto que a menina Danglars me vai tomar por marido. Mas, no entanto, não esqueçamos um ponto importante.

— Que ponto?

— É que eu tenho sido muito singularmente ajudado em tudo isto.

— Ora!

— Decerto.

— Pelas circunstâncias?

— Não, pelo Sr. Conde.

— Por mim? não pense em semelhante coisa, príncipe — disse Monte Cristo, carregando com afetação no título. — Que pude eu fazer em seu favor? Então o seu nome, a sua posição social e o seu mérito não eram suficientes?...

— Não — disse Andreia —, não; sustento que a posição de um homem tal como o Sr. Conde tem feito mais do que o meu nome, a minha posição social e o meu mérito.

— O senhor exagera — disse Monte Cristo, que adivinhou a sutileza do rapaz e compreendeu todo o alcance de suas palavras; — a minha proteção não lhe foi concedida senão depois de todos saberem a influência e a fortuna de seu pai; porque, enfim, quem me proporcionou, a mim, que nunca o tinha visto, nem ao ilustre autor dos seus dias, o prazer de o conhecer? Foram dois dos meus melhores amigos, Lorde Wilmore e o abade Busoni. Quem me animou, não a servir-lhe de fiador, mas a introduzi-lo na sociedade? Foi o nome de seu pai, tão conhecido e tão reverenciado na Itália; pessoalmente, eu não os conhecia...

Esta calma, este à-vontade, fizeram compreender a Andreia que naquele momento estava subjugado por uma mão mais musculosa do que a sua, e que esse jugo não era fácil despedaçá-lo.

— Sim? — disse ele — então meu pai tem realmente uma grande fortuna, Sr. Conde?

— Parece que sim — respondeu Monte Cristo.

— Sabe se chegou o dote que ele me prometeu?

— Recebi uma carta de aviso.

— Mas os três milhões?

— Os três milhões estão a caminho, segundo todas as probabilidades.

— Recebê-los-ei então, realmente?

— Mas!... — replicou o conde — parece-me que até agora, senhor, não lhe tem faltado dinheiro!...

Andreia ficou de tal modo surpreendido, que não pôde deixar de sonhar por instantes.

— Bem — disse Andreia, saindo de seu sonho —, resta-me dirigir-lhe uma pergunta, e essa compreendê-la-á, ainda que deva ser-lhe um pouco desagradável.

— Diga — replicou Monte Cristo.

— Eu estou, graças à minha fortuna, em relação com muita gente distinta, e tenho até atualmente uma multidão de amigos. Ora, casando em face de toda a sociedade parisiense, devo ser apadrinhado por um nome ilustre; e à falta da mão paternal, deve ser uma mão poderosa que me conduza ao altar. Muito bem; mas meu pai não vem a Paris, não é verdade?

— Está velho, coberto de ferimentos, e queixa-se de que sofre muito todas as vezes que viaja.

— Compreendo. Então, venho fazer-lhe um pedido...

— A mim?

— Sim, ao Sr. Conde.

— Que vem a ser?

— É que ocupe o lugar de meu pai.

— Ai, meu caro senhor!... pois quê?! depois das numerosas relações que tenho tido a honra de ter com você, conhece-me ainda tão mal que venha fazer-me um tal pedido?! Peça-me meio milhão emprestado, e, por raro que um tal empréstimo seja, assevero-lhe que me será menos penoso. Saiba (eu creio ter-lhe dito já) que no seu contato, moral sobretudo, com as coisas do mundo, nunca o conde de Monte Cristo pôs de parte os escrúpulos, direi mais, as superstições do homem do Oriente. Eu, que tenho um serralho no Cairo, outro em Esmirna, e outro em Constantinopla, presidir a um casamento?! isso nunca!

— Quer dizer, recusa?

— Francamente! e fosse o senhor meu filho ou meu irmão, recusaria da mesma forma.

— Muito bem — disse Andreia, completamente desapontado —; mas como farei então isso?

— O senhor tem um cento de amigos, segundo me disse ainda há pouco...

— De acordo, mas foi o senhor quem me apresentou na casa de Danglars.

— Nada disso! Restabeleçamos os fatos em toda a verdade! fui eu que o fiz jantar com ele em Auteuil, mas foi o senhor mesmo que se apresentou; demônios! é coisa muito diferente.

— Sim, mas o meu casamento... o senhor ajudou...

— Eu?! de nenhuma forma, peço-lhe que acredite; lembre-se do que lhe respondi quando veio propor-me que fizesse eu o pedido de casamento: — Oh! eu não faço casamentos, meu caro príncipe: é um princípio arreigado em mim.

Andreia mordeu os beiços.

— Mas, enfim, o senhor estará lá, ao menos?

— Toda a Paris aparece lá.

— Oh, decerto!

— Pois bem, eu farei como toda a Paris — disse o conde.

— E assinará o contrato?

— Não vejo nenhum inconveniente; os meus escrúpulos não vão tão longe.

— Enfim, já que o Sr. Conde não quer conceder-me mais, devo contentar-me com o que me dá. Uma última palavra, conde.

— O que é?

— Um conselho.

— Tome juízo, um conselho é pior que um serviço.

— Oh! o que lhe vou pedir pode dar-mo sem se comprometer — disse Andreia.

— Diga, então.

— O dote de minha mulher é de quinhentas mil libras...

— Foi o que o Sr. Danglars me disse.

— Diga-me: devo recebê-lo, ou deixo-o nas mãos do tabelião?

— Eu lhe digo como em geral as coisas se passam entre gente da primeira sociedade: os dois tabeliães lêem o contrato no dia seguinte ou no outro: no dia seguinte ou no outro, trocam os dotes, e dão-nos por mutuamente recebidos; depois de celebrado o casamento, põem os milhões a sua disposição, como chefe da comunidade.

— É que — disse Andreia, com certa inquietação mal dissimulada — eu creio ter ouvido dizer a meu sogro que tencionava empregar os nossos fundos no tal famoso negócio do caminho-de-ferro de que me falou há pouco.

— Pois bem — replicou Monte Cristo: — isso é, conforme quase toda a gente assegura, o meio de seus capitais serem triplicados num ano. O Sr. Barão Danglars é bom pai, segundo parece, e sabe muito bem o que faz.

— Pronto, nesse caso tudo vai bem, salvo sua recusa, que me contrista bastante.

— Não a atribua senão a escrúpulos naturalíssimos em semelhantes circunstâncias.

— Muito bem — disse Andreia —; seja como quiser. Esta noite, às nove horas.

— Até a noite.

E apesar de uma ligeira resistência de Monte Cristo, cujos lábios empalideceram, mas que, no entanto, conservou seu sorriso cerimonioso, Andreia pegou a mão do conde, apertou-a, saltou para seu faetonte e desapareceu.

As quatro ou cinco horas que lhe restavam até as nove, empregou-as Andreia, de afogadilho em visitas destinadas a convidar os amigos de que tinha falado a aparecerem na casa do banqueiro com todo o luxo de suas equipagens, entusiasmando-os com essas promessas de ações que, a partir de então, deram volta em todas as cabeças, e de que, no momento, Danglars tinha a iniciativa.

Efetivamente, às oito horas e meia da noite, na grande sala de Danglars, na galeria correspondente a essa sala, e nas outras três salas do andar acumulava-se uma multidão perfumada, pouco atraída pela simpatia, mas muito pela irresistível necessidade que todos sentem de se apresentarem onde se sabe haver alguma novidade.

Um acadêmico dizia que as *soirées* da sociedade são coleções de flores, que atraem borboletas inconstantes, abelhas famintas e vespões zunidores.

É escusado dizer que os salões resplandeciam de claridade; a luz rolava a jorros das molduras de ouro sobre as armações de seda, e punha em relevo todo o mau gosto daquela aglomeração de mobília, que só primava pela riqueza.

Eugénie vestia com a mais elegante simplicidade: vestido de seda branca com tufos também brancos, uma rosa branca meio oculta nos cabelos de azeviche compunham todos os seus atavios, que não eram enriquecidos pela menor jóia.

Somente poderia ler-se-lhe nos olhos essa perfeita segurança destinada a desmentir o que aquela cândida *toilette* tinha de vulgarmente virginal a seus próprios olhos.

A Sr.ª Danglars conversava com Debray, Beauchamp e Château-Renaud. Debray fizera sua reentrada na casa, mas como toda a gente sem qualquer privilégio especial.

O Sr. Danglars, rodeado de deputados e de financeiros, explicava uma teoria de novas contribuições, que ele contava pôr em prática quando a força das circunstâncias levasse o Governo a chamá-lo ao ministério.

Andreia, dando o braço a um dos mais estouvados dândis da

Ópera, explicava-lhe bastante impertinentemente, atendendo a que tinha necessidade de ser descarado para parecer alegre e à vontade seus projetos de vida futura, e os progressos de luxo que contava fazer adotar com suas setenta e cinco mil libras de renda no mundo elegante.

A multidão rolava naqueles salões como um fluxo e refluxo de turquesas, rubis, esmeraldas, opalas e diamantes.

Como em toda parte, notava-se que eram as mulheres mais velhas as que estavam mais enfeitadas, e as mais feias as que com maior obstinação se mostravam.

Se havia algum formoso lírio branco, alguma rosa suave e perfumada, era preciso ir procurá-la e descobri-la em algum canto, muito escondida por uma mãe ou uma tia de chapéus espampanantes.

A cada instante, do meio daquela turba, daquele redemoinhar, daquelas gargalhadas, a voz dos porteiros soltava um nome conhecido nas finanças, respeitado no exército, ou ilustre nas letras, e um ligeiro movimento dos grupos acolhia esse nome.

Mas, por cada um que tinha o privilégio de fazer estremecer esse oceano de vagas humanas, quantos não passavam que eram acolhidos com a indiferença ou o sorriso do desdém!

No momento em que o ponteiro do relógio que representava *Endimião Adormecido*, marcava as nove horas em seu mostrador de ouro, e a campainha, reprodutora fiel do pensamento mecânico, ressoava nove vezes, ecoou o nome de Monte Cristo; e, como feridos por uma chama elétrica, todos os convidados se voltaram para a porta.

O conde vinha de preto, com a habitual simplicidade; o colete branco desenhava-lhe o largo e nobre peito; e a gravata preta parecia de uma frescura singular, de tal modo se destacava da palidez daquele rosto.

Por enfeite, trazia apenas uma cadeia de ouro, tão fina que mal se distinguia sobre o branco do colete.

Formou-se imediatamente um círculo ao redor da porta.

O conde, de um só relance, viu a Sr.ª Danglars num dos lados da sala, o banqueiro noutro, e Eugénie em sua frente.

Aproximou-se primeiro da baronesa, que conversava com a Sr.ª de Villefort, a qual viera só, porque Valentine continuava doente; e, sem se desviar, em conseqüência das alas que os convidados lhe formavam, passou da baronesa a Eugénie, que cumprimentou em termos tão rápidos e tão reservados, que a altiva artista se sentiu despeitada.

Junto de Eugénie Danglars estava Louise d'Armilly, que agradeceu ao conde as cartas de recomendação que tão graciosamente lhe tinha dado para a Itália, e das quais, segundo dizia, tencionava servir-se constantemente.

Deixando estas senhoras, Monte Cristo viu perto de si, no momento de se voltar, Danglars, que se aproximara para lhe apertar a mão.

Cumpridos estes três deveres oficiais, Monte Cristo parou, passando ao redor um olhar profundo, impregnado da expressão que é particular às pessoas de certo mundo e sobretudo de certa elevação, olhar que parecia dizer:

"Fiz o que devia; agora os mais que façam o que devem."

Andreia, que estava na sala contígua, sentiu essa espécie de agitação que Monte Cristo imprimira na multidão, e correu a cumprimentá-lo. Achou-o completamente rodeado; toda a gente lhe disputava as palavras, como sucede sempre com as pessoas que falam pouco e nunca pronunciam uma palavra sem valor.

Naquele momento entraram os tabeliães, e foram instalar os garatujados papéis no veludo bordado a ouro que cobria a mesa preparada para a assinatura.

Um deles sentou-se, o outro ficou em pé.

Ia-se proceder à leitura do contrato, que meia Paris, presente naquela solenidade, devia assinar.

Cada um tomou seu lugar, ou antes, as senhoras formaram círculo, ao passo que os homens, mais indiferentes no que respeita ao estilo enérgico, como diz Boileau, faziam seus comentários sobre a agitação febril de Andreia, a atenção de Danglars, a impassibilidade de Eugénie, e a maneira desembaraçada e jovial com que a baronesa tratava tão importante negócio.

O contrato foi lido no meio do mais profundo silêncio. Apenas terminada a leitura, o rumor recomeçou, ainda duplicado em relação ao que se fazia antes.

Aquelas somas brilhantes, aqueles milhões que rolavam no futuro dos dois jovens, e que vinham completar a exposição do enxoval da noiva e de seus diamantes feita numa sala para isso exclusivamente destinada, retiniam com todo seu prestígio na invejosa assembléia.

Os encantos de Eugénie Danglars tinham duplicado aos olhos dos rapazes, e pode-se dizer que naquele momento quase ofuscavam os esplendores do Sol.

Quanto às mulheres, não é preciso dizer que embora ambicionassem aqueles milhões, não julgavam precisar deles para serem formosas.

Andreia, rodeado por seus amigos, cumprimentado, adulado, começava a acreditar na realidade do sonho que estava a ponto de perder a cabeça.

O tabelião pegou solenemente na pena, elevou-a acima da cabeça, e disse:

— Meus senhores, vai ser assinado o contrato.

O primeiro a assinar tinha de ser o barão, depois o representante do Sr. Cavalcanti pai, em seguida a baronesa, e depois desta os futuros cônjuges, como se diz no abominável estilo que corre sobre papel selado.

O barão pegou a pena e assinou, seguindo-se o representante do pai de Andreia.

A baronesa aproximou-se pelo braço da Sr.ª de Villefort.

— Meu amigo — disse ela, pegando a pena —, não é realmente para desesperar o que sucede? Um incidente inesperado, na questão do assassinato e roubo de que o Sr. Conde de Monte Cristo esteve para ser vítima, priva-nos da presença do Sr. de Villefort.

— Oh, meu Deus! — disse Danglars, no tom em que teria dito: "Ai sim? pois isso para mim é indiferente!"

— Receio — disse Monte Cristo, aproximando-se — que eu tenha sido a causa involuntária dessa ausência.

— Como?! o Sr. Conde? — replicou a Sr.ª Danglars, assinando —; se assim fosse, nunca lho perdoaria.

Andreia pôs-se à escuta.

— E contudo, não haveria culpa da minha parte; desejo convencê-los do que digo.

Todos escutavam com avidez.

O conde de Monte Cristo, que tão raramente descerrava os lábios, ia falar.

— Hão-de lembrar-se — disse o conde no meio do mais profundo silêncio — que foi em minha casa que morreu o desgraçado que quis me roubar, e que, ao sair de lá, fora ferido, segundo se julga, pelo cúmplice...

— Recordo-me — respondeu Danglars.

— Pois bem: para o socorrerem, tinham-no despido, e depois atiraram com as roupas para um canto, de onde a justiça as levou; mas a justiça, apoderando-se do casaco e das calças do infeliz para remetê-los ao tribunal, esquecera-se do colete.

Andreia empalideceu visivelmente, e foi-se encaminhando pouco a pouco para o lado da porta.

Via despontar uma nuvem no horizonte, e parecia-lhe que essa nuvem encerrava a tempestade.

— Pois bem! aquele pobre colete foi hoje encontrado, todo coberto de sangue, e furado no lado do coração.

As senhoras soltaram um grito, e duas delas prepararam-se para desmaiar.

— Trouxeram-mo. Ninguém podia adivinhar de onde vinha aquele farrapo; só eu me lembrei de que provavelmente era o colete da vítima. De repente, o meu criado particular, examinando com repugnância e precaução aquela fúnebre relíquia, sentiu um papel na algibeira, e tirou-o: era uma carta endereçada, sabem a quem? a você, Sr. Barão.

— A mim?! — exclamou Danglars.

— Sim, ao senhor; consegui ler o seu nome através do sangue de que a carta estava manchada — respondeu Monte Cristo no meio de um sussurro de surpresa.

— Mas — disse a Sr.ª Danglars, olhando para o marido com pronunciada inquietação — não compreendo como foi que isso pôde impedir o Sr. de Villefort...

— É muito simples, minha senhora — respondeu Monte Cristo —; o colete e a carta eram propriamente o que chamam provas de processo: carta e colete, remeti tudo ao Sr. Procurador Régio. Compreende, meu caro barão, a via legal é a mais segura em questões criminais: era talvez alguma maquinação contra o senhor...

Andreia olhou fixamente para Monte Cristo e desapareceu na segunda sala.

— É possível — disse Danglars —; o homem que assassinaram não era um antigo forçado?...

— Exatamente, era um antigo forçado chamado Caderousse.

Danglars empalideceu ligeiramente, e Andreia ganhou a antecâmara.

— Mas... então? assinem, assinem! — disse Monte Cristo — vejo que a minha narrativa comoveu toda a gente, e peço humildemente perdão à Sr.ª Baronesa e a sua interessantíssima filha.

A baronesa, que acabava de assinar, entregou a pena ao tabelião.

— Sr. Príncipe Cavalcanti — disse o tabelião — Sr. Príncipe Cavalcanti, onde é que está?

— Andreia! Andreia! — repetiram muitas vozes de rapazes que tinham chegado com o nobre italiano ao grau de intimidade de o tratarem pelo nome de batismo.

— Chame o Sr. Príncipe, diga-lhe que é ele que se segue a assinar! — gritou Danglars para um criado.

Mas neste mesmo instante os convidados recuaram, horrorizados na sala principal, como se algum monstro medonho tivesse entrado naquela habitação, *quaerens quem devoret*.

Havia efetivamente razão para recuarem assustados e para gritarem.

Um oficial da gendarmaria colocara em cada porta da sala dois gendarmes, e avançava para Danglars, precedido de um comissário de polícia com a banda à cinta.

A Sr.ª Danglars soltou um grito e desmaiou.

Danglars, que se julgava ameaçado (certas consciências nunca estão sossegadas), apresentou aos olhos dos convivas um rosto decomposto pelo terror.

— O que é, senhor? — perguntou Monte Cristo, avançando para o comissário.

— Qual dos senhores — perguntou o magistrado, sem responder ao conde — se chama Andreia Cavalcanti?

Partiu um grito de espanto de todos os lados da sala.

Procuraram-no. Todos perguntavam por ele.

— Mas quem é então esse Andreia Cavalcanti? — perguntou Danglars, perturbado.

— É um antigo forçado fugido das prisões de Tulono.

— E qual foi o crime que cometeu?

— É acusado — disse o comissário com a sua voz impassível — de ter assassinado um tal Caderousse, antigo companheiro de prisão, no momento em que ele saía da casa do conde de Monte Cristo.

O conde de Monte Cristo lançou em volta de si um olhar rápido e investigador.

Andreia tinha desaparecido.

XCVII. A estrada da Bélgica

Alguns instantes depois da cena de confusão produzida nas salas de Danglars pela aparição inesperada do oficial da gendarmaria e pela revelação que se lhe seguira, o vasto palácio tinha-se despovoado com uma rapidez igual à que produziria entre os convidados a notícia de um caso de peste ou de cólera-morbo.

Em poucos minutos, toda a gente se apressava em retirar-se, ou antes, em fugir por todas as escadas, por todas as portas; porque aquela não era uma dessas circunstâncias em que convém empregar as banais consolações que nas grandes desgraças tornam tão importunos os melhores amigos.

No palácio do banqueiro só tinham ficado Danglars, fechado em seu escritório, dando esclarecimentos ao oficial da gendarmaria; a Sr.ª Danglars, terrificada, no gabinete que conhecemos, e Eugénie, que, de olhar altivo e lábios desdenhosos, se retirara para seu quarto com a inseparável companheira, Louise d'Armilly.

Quanto à criadagem, mais numerosa nessa noite que de costume, porque lhe tinham incorporado, a pretexto da festa, os copeiros e cozinheiros do Café de Paris, voltando contra seus amos a culpa do incidente, a que chamava sua afronta, estacionava em grupos na copa, nas cozinhas e em seus quartos, importando-se pouco ou absolutamente nada com o serviço, que, além de tudo, se achava naturalmente interrompido.

No meio destas diferentes personagens, agitadas por interesses diversos, só duas merecem que nos ocupemos delas: Eugénie Danglars e Louise d'Armilly.

A noiva, como dissemos, tinha-se retirado, de olhar altivo e lábios desdenhosos, e com ar de uma rainha ultrajada, seguida de sua companheira, mais pálida e mais comovida do que ela.

Chegada a seu quarto, Eugénie fechou a porta por dentro, enquanto Louise se deixava cair numa cadeira.

— Oh! meu Deus! meu Deus! que horrível acontecimento! — disse a jovem professora —; quem podia suspeitar de tal? Andreia Cavalcanti... um assassino... um prófugo das galés... um forçado!...

Um sorriso irônico crispou os lábios de Eugénie.

— Na verdade, eu estava condenada. Só escapei do Morcerf para cair nas mãos do Cavalcanti!

— Oh! não confunda um com o outro, Eugénie.

— Cale-se! todos os homens são infames; e eu me julgo felicíssima por ter motivo para poder fazer mais do que detestá-los; agora desprezo-os.

— O que vamos fazer? — perguntou Louise.

— O que vamos fazer?

— Sim.

— O que faríamos daqui a três dias... partir.

— Assim, apesar de não casar... ainda quer?...

— Ouça, Louise: eu tenho horror a esta vida da sociedade ordenada, compassada, regrada como os nossos papéis de música. O que desejei sempre, o que mais tenho ambicionado, é a vida de artista, a vida livre, independente, em que a gente não depende senão de nós, não tendo que dar contas dos nossos atos a ninguém. Ficar, para quê? para que daqui a um mês tornem a pensar em casar-me?... com quem? com o Debray, talvez, como ele já teve idéia. Não, Louise, não; a aventura desta noite servir-me-á de desculpa; não procuro nem peço outra; Deus proporcionou-me esta; bem-vinda ela seja.

— Como é forte e corajosa! — disse a loira e débil donzela.

— Não me conhece ainda? Vamos, Louise, conversemos de nossos negócios. A sege de posta?...

— Felizmente, está comprada há três dias.

— Fez-la conduzir ao lugar onde devemos tomá-la?

— Sim.

— E o nosso passaporte?

— Está aqui.

E a enérgica Eugénie, com sua firmeza costumada, desdobrou um papel e leu:

> "O Sr. Leão d'Armilly, idade vinte anos, artista, cabelos pretos, olhos pretos, viajando com sua irmã."

— Magnífico! Por quem alcançou este passaporte?

— Indo pedir ao conde de Monte Cristo algumas cartas para os diretores dos teatros de Roma e de Nápoles, exprimi-lhe os meus receios de viajar como mulher; o conde compreendeu-me perfeitamente, e ofereceu-se-me para me arranjar um passaporte de homem; dois dias depois recebi esse, a que juntei por minha mão: *Viajando com sua irmã*.

— Ótimo! — disse alegremente Eugénie — agora não se trata mais do que prepararmos as nossas malas. Deste modo, partiremos na noite da assinatura do contrato em lugar de partirmos na noite de núpcias, a diferença é essa.

— Refletiu bem, Eugénie?

— Oh, estão feitas todas as minhas reflexões! Estou cansada de não ouvir falar senão de negócios, de fins de meses, da alta e da baixa do papel de crédito, dos títulos espanhóis, do papel do Haiti... Em lugar de tudo isso, compreende, Louise? o ar, a liberdade, o canto das aves, as planícies da Lombardia, os canais de Veneza, os palácios de Roma, a praia de Nápoles! Quanto nós possuímos, Louise?

A d'Armilly tirou de uma secretária embutida uma pequena carteira com fechadura, que abriu, e na qual encontrou vinte e três notas de banco.

— Vinte e três mil francos — disse ela.

— E outro tanto, pelo menos, em pérolas, diamantes e adereços — disse Eugénie. — Estamos ricas! Com quarenta e cinco mil francos poderemos viver como princesas durante dois anos, e, modestamente, quatro anos. Mas antes de seis meses, você com a sua música, e eu com a minha voz, teremos duplicado o nosso capital.

Vamos, encarregue-se do dinheiro, que eu me encarregarei do cofre das jóias, de maneira que se uma de nós tiver a infelicidade de perder o tesouro de que é depositária, ficará a outra com o seu. Agora, a mala; apressemo-nos, a mala!

— Espere, espere! — disse Louise, indo escutar à porta da Sr.ª Danglars.

— O que receia?

— Que nos surpreendam.

— A porta está fechada.

— E se dizem para abrirmos?...

— Que o digam, porque não a abriremos.

— É uma verdadeira amazona, Eugénie!

E as duas meninas começaram com prodigiosa atividade a amontoar numa mala todos os objetos de que julgavam carecer para a viagem.

— Agora — disse Eugénie —, enquanto eu vou mudar de roupa, feche você a mala.

Louise carregou com toda a força de suas mãos pequenas e rosadas na tampa da mala.

— Não posso! — disse ela — não tenho força; feche-a você.

— Ah, tem razão! — disse Eugénie, rindo —, esquecia-me de que eu sou Hércules, ao passo que você é a pálida Ônfale.

E a donzela, apoiando o joelho sobre a mala, retesou os braços brancos e musculosos até que os dois compartimentos da mala se reuniram, e d'Armilly conseguiu correr o fecho.

Terminada esta operação, Eugénie abriu um guarda-roupa de que tinha a chave, e tirou dele uma manta de viagem de seda violeta acolchoada.

— Aqui tem — disse ela —, já vê que pensei em tudo; com esta manta não há de ter frio.

— Mas você?

— Oh! eu nunca tenho frio, bem sabe; além disso, com este traje de homem...

— Vai vestir-se aqui?

— Sem dúvida.

— Mas terá tempo?

— Não tenha a mais leve inquietação, poltrona: toda a nossa gente está entretida com o grande acontecimento. Além disso, que há de espantoso, atendendo ao desespero em que devo estar, que eu me tenha fechado no meu quarto?

— É verdade; você me sossega.

— Vem cá, ajuda-me.

E da mesma gaveta de onde tinha tirado a manta que acabava de dar à d'Armilly, tirou um traje completo de homem, desde as botas até o sobretudo, e igualmente uma provisão de roupa branca, onde, não havendo nada de supérfluo, se encontrava não obstante tudo o que se tornava indispensável a uma pessoa do sexo masculino.

Então, com uma presteza que indicava que não era a primeira vez que, para se divertir, se vestia com o traje do outro sexo, Eugénie calçou as botas, vestiu as calças, ajustou a gravata, abotoou até o pescoço um colete fechado, e envergou o casaco, que lhe desenhou a figura elegante.

— Oh! muito bem! na verdade, está muito bem! — disse Louise, olhando-a com admiração; — mas esses formosos cabelos pretos, essas tranças magníficas, que fazem suspirar os homens que as contemplam e gemer de inveja todas as mulheres, como hão de elas caber debaixo de um chapéu de homem como aquele que vejo ali?

— Já vai ver — disse Eugénie.

E agarrando com a mão esquerda na espessa trança, que seus longos dedos só a custo abrangiam, pegou com a direita uma tesoura grande, e logo o aço rangeu entre o esplêndido cabelo, que caiu inteiro aos pés da donzela, inclinada para trás para afastá-lo do casaco.

Depois, cortada a trança principal. Eugénie passou às dos lados, que cortou sucessivamente, sem demonstrar o menor pesar; pelo contrário, os olhos brilhavam-lhe mais cintilantes e mais alegres que de costume sob os supercílios negros como o ébano.

— Oh! lá se vão os seus lindos cabelos! — exclamou Louise, com desgosto.

— Ora! Não acha que fico cem vezes melhor assim? — disse Eugénie, alisando os anéis de sua cabeleira tornada masculina — então você não me acha mais bela assim?

— Oh! você é bela, sempre bela! — exclamou Louise. — E agora, para onde vamos?

— Para Bruxelas, se quer; é a fronteira mais próxima. Ganharemos Bruxelas, Liège, Aix-la-Chapelle, subiremos o Reno até Estrasburgo, atravessaremos a Suíça, e desceremos à Itália por Saint-Gothard. Quer assim?

— Como quiser.

— O que é que está olhando?

— Estou olhando para você. Você fica adorável assim; dir-se-á que me raptou.

— Sim? pois é isso mesmo.

— Oh! eu creio que o tinha jurado, Eugénie!

E as duas meninas, que toda a gente julgaria banhadas em pranto, uma pela desgraça que acabava de sofrer, e a outra pela dedicação a sua amiga, desataram a rir, tratando ao mesmo tempo de fazer desaparecer os traços mais visíveis da desordem que naturalmente acompanhara os preparativos da fuga.

Depois, apagando as luzes, com o olhar perscrutador, o ouvido à escuta, o pescoço esticado, as duas fugitivas dirigiram-se para a porta de um quarto de vestir com saída para uma escada particular que conduzia ao pátio. Eugénie caminhava na frente, segurando com uma mão a mala, que, do lado oposto, a menina d'Armilly levantava a muito custo com as duas.

O pátio estava deserto.

Dava meia-noite.

O porteiro estava ainda em seu posto.

Eugénie aproximou-se docemente, e viu o digno suíço, que dormia ao fundo do cubículo, estendido numa cadeira de braços.

Voltou para junto de Louise, tornou a pegar a mala, que tinha descansado no chão por um instante, e as duas, seguindo a sombra projetada pela parede, alcançaram a abóbada.

Eugénie fez esconder Louise no canto da porta, de maneira que, se o porteiro despertasse, não pudesse ver senão uma pessoa.

Depois, expondo-se ela mesma aos raios da luz do candeeiro que iluminava o pátio, gritou em sua melhor voz de contralto, batendo nos vidros:

— Abra a porta!

O porteiro levantou-se, como Eugénie tinha previsto, e deu mesmo alguns passos para reconhecer a pessoa que saía; mas, vendo um rapaz que batia impacientemente a calça com sua chibatinha, abriu sem demora.

Louise deslizou como uma cobra pela porta entreaberta, e saltou ligeiramente para a rua. Eugénie, calma na aparência, embora muito provavelmente sentisse o coração a bater mais que o normal, saiu por sua vez.

Um moço, que ia passando, carregou a mala; depois, as duas meninas, tendo-lhe indicado como termo da viagem o número da Rua da Vitória, caminharam atrás do moço, cuja companhia tranqüilizava Louise; quanto a Eugénie, era forte como uma judite ou uma dalila.

Chegaram ao número indicado.

Eugénie ordenou ao moço que depusesse a mala no chão, pagou-lhe o frete, e, depois de ter batido à porta, despediu-o.

Aquela porta era a de uma rouparia, cuja dona tinha sido prevenida de antemão, e que não estava ainda deitada.

— Menina — disse Eugénie —, diga ao porteiro que tire a caleche da cocheira, e mande buscar dois cavalos de posta. Aqui tem cinco francos pelo incômodo que lhe damos.

— Na verdade — disse Louise —, admiro lhe, e quase que a respeito.

A mulher olhou com espanto, mas como estava combinado de que teria para si vinte luíses, não fez a menor observação, e tratou de arranjar as coisas de que estava encarregada.

Um quarto de hora depois, voltou o porteiro, trazendo o postilhão e os cavalos, que, num abrir e fechar de olhos, foram atrelados à carruagem, sobre a qual o porteiro prendeu a mala com o auxílio de uma corda.

— Aqui está o passaporte — disse o postilhão —; que caminho tomamos, meu patrão?

— A estrada de Fontainebleau — respondeu Eugénie, com uma voz quase masculina.

— O que você diz?! — perguntou Louise.

— Troco as voltas — replicou Eugénie. — Esta mulher a quem nós demos vinte luíses pode trair-nos por quarenta. No *boulevard* tomaremos outra direção.

E a donzela entrou no trem, transformado em excelente carruagem de jornada, sem quase tocar o estribo.

— Você tem razão, Eugénie — disse a professora de canto, tomando lugar junto de sua amiga.

Um quarto de hora depois, o postilhão, metendo-se pelo caminho direto, franqueava a grade da Barreira de Saint-Martin.

— Ah! — disse Louise suspirando — eis-nos fora de Paris!

— Sim, minha querida, e o rapto é excelente e bem realizado — respondeu Eugénie.

— É, e sem violência — disse Louise.

— Hei de fazer valer isso como circunstância atenuante — replicou Eugénie.

Estas palavras se perderam no ruído que a carruagem fazia rodando sobre o empedrado de la Villette.

O Sr. Danglars já não tinha filha.

XCVIII. O hotel do Sino e da Garrafa

E agora, deixemos Eugénie Danglars e sua amiga correndo pela estrada de Bruxelas, e voltemos ao pobre Andreia Cavalcanti, tão bruscamente detido de seus vôos de fortuna.

Andreia, apesar de sua pouca idade, era espertíssimo e muito inteligente.

Assim, aos primeiros rumores que se elevaram na sala, vimo-lo aproximar-se gradualmente da porta, atravessar um ou dois aposentos, e desaparecer finalmente.

Uma circunstância que esquecemos de mencionar, e que, no entanto, não deve ser omitida, é que num desses dois aposentos que Cavalcanti atravessou estava exposto o enxoval da noiva: cofres de jóias, xales de caxemira, rendas de Valencianas, véus da Inglaterra, todos esses objetos, enfim, cujo nome é bastante para fazer estremecer de alegria o coração das donzelas.

Ora, passando por essa sala, Andreia apoderou-se dos melhores desses objetos, o que prova não só que era um rapaz muito inteligente e ágil, mas também previdentíssimo.

Munido daqueles despojos, sentiu-se ainda com mais ligeireza para saltar pela janela, escapando assim às mãos dos gerdames.

Alto e bem-talhado como o lutador antigo, musculoso como um espartano, Andreia correu durante um quarto de hora sem saber para onde se dirigia, e com o único fim de se afastar do lugar onde estivera em perigo de ser preso.

Dali a pouco com o instinto dos ladrões, que procuram sempre as barreiras como as lebres procuram o covil, achava-se no fim da Rua de Lafayette.

Chegado ali, parou, sufocado, ofegante.

Estava perfeitamente só, tendo a sua esquerda a cerca de S. Lázaro, vasto deserto, e à direita Paris, em toda sua profundeza.

"Estarei perdido? perguntou a si mesmo. Não, se desenvolver atividade superior à de meus inimigos. A minha salvação está apenas numa questão de miriâmetros."

Neste momento, viu, do lado do arrabalde Poissonière, um cabriolé cujo cocheiro, cabisbaixo e fumando o seu cachimbo, parecia querer atingir o extremo do Bairro de Saint-Denis, onde, sem dúvida, era seu posto ordinário.

— Ei, amigo! — gritou Benedetto.

— O que quer, meu patrão? — perguntou o cocheiro.

— O seu cavalo está cansado?

— Cansado?! isso sim! não fez nada todo o santo dia. Quatro péssimas corridas e vinte soldos de gorjeta; sete francos ao todo; dez tenho eu que entregar ao patrão!...

— Quer você reunir a esses sete francos uns vinte que eu tenho aqui? hem?

— Com a melhor vontade, meu patrão; não se pode desprezar vinte francos. Mas o que é preciso fazer para isso? vejamos.

— Uma coisa bem fácil, se o seu cavalo não está cansado.

— Digo-lhe que há de caminhar como o vento; basta dizer para que lado quer que ele bata as asas.

— Para o lado de Louvres.

— Ah! ah! conheço; é a terra da ratafia.

— Justamente. Trata-se apenas de alcançar um amigo com quem devo caçar amanhã em Chapelle-en-Serval. Ele devia me esperar aqui com o seu carro até as onze e meia. É meia-noite; com certeza cansou-se de esperar, e partiu só.

— É provável.

— Pois bem: quer ver se consegue alcançá-lo?

— Não desejo outra coisa.

— Mas, se não o tivermos alcançado daqui até o Bourget, dar-lhe-ei vinte francos; se não o alcançarmos daqui até Louvres, trinta.

— E se conseguirmos apanhá-lo?

— Quarenta! — disse Andreia, que teve um momento de hesitação, mas que refletiu que não arriscava nada em prometer.

— Está dito! — respondeu o cocheiro. — Suba o senhor depressa, patrão, e a caminho!

Andreia subiu no cabriolé, que atravessou rapidamente o Bairro de Saint-Denis, costeou o Bairro de Saint-Martin, atravessou a barreira, e enfiou pela interminável Villette.

O tal amigo era quimérico, e, no entanto, de vez em quando perguntavam aos transeuntes retardatários notícias de um cabriolé verde atrelado a um cavalo baio; e como na estrada dos Países Baixos circulam grande número de cabriolés, dos quais a maior parte são verdes, os esclarecimentos choviam a cada passo.

Acabavam sempre de o ver passar; a uns quinhentos passos de distância, a duzentos, a cem; enfim, se alcançavam algum, não era o que procuravam, e seguiam.

O cabriolé foi também alcançado por sua vez; tratava-se de uma caleche levada ao galope de dois cavalos de posta, e que passou ao lado dele com rapidez.

Ah! pensou Cavalcanti, se eu tivesse aquela caleche, aqueles formidáveis cavalos, e sobretudo o passaporte preciso para os arranjar!

E suspirou profundamente. Aquela caleche era a que levava Eugénie Danglars e sua amiga d'Armilly.

— A caminho! a caminho! — gritou Andreia — não devemos tardar em alcançá-lo.

E o pobre cavalo retomou o trote rasgado em que seguira desde a barreira, e chegou a Louvres coberto de espuma.

— Decididamente — disse Andreia —, já vejo que não alcançamos o meu amigo, e que só conseguirei rebentar o seu cavalo. Assim, é melhor que paremos. Aqui estão os seus trinta francos; vou dormir no Cavalo Vermelho, e tomarei lugar na primeira carruagem que passar. Boa- noite, meu amigo.

E Andreia, depois de ter posto seis moedas de cinco francos na mão do cocheiro, saltou ligeiramente para a calçada.

O cocheiro arrecadou alegremente a remuneração, e retomou a passo o caminho de Paris.

Andreia fingiu dirigir-se para a hospedaria do Cavalo Vermelho; mas, depois de ter parado um instante encostado à porta, ouvindo o rodar do trem extinguir-se ao longe, tomou novamente o caminho, e num passo ginástico bastante ligeiro fez uma jornada de duas léguas.

Então descansou. Devia estar perto de Chapelle-en-Serval, onde tinha dito que ia.

Não era o cansaço que obrigava Andreia Cavalcanti a parar, era a necessidade de tomar uma resolução, era a necessidade de adotar um plano.

Subir em uma diligência era impossível; tomar lugar na posta era igualmente impossível. Para viajar de uma ou de outra maneira era indispensável passaporte.

Ficar no departamento do Oise, quer dizer, num dos departamentos mais descobertos e mais policiados da França, era coisa impraticável, sobretudo para um homem experimentado como Andreia em questões criminais.

Cavalcanti sentou-se na valeta, descansou a cabeça entre as mãos e refletiu.

Dez minutos depois levantou a cabeça; tinha tomado uma resolução.

Cobriu de poeira um dos lados do sobretudo, que tivera tempo de tirar da antecâmara e de abotoar por cima de seu traje de baile, e alcançando Chapelle-en-Serval, foi bater ousadamente à porta da única estalagem da localidade.

O hospedeiro veio abrir.

— Meu amigo — disse Andreia —, eu ia de Montrefontaine para Senlis, quando o meu cavalo, que é um animal difícil, deu um salto e me atirou a dez passos de distância. Tenho de chegar esta noite a Compienha, sob pena de causar à minha família a maior inquietação; tem um cavalo que me alugue?

Bom ou mau, um estalajadeiro tem sempre um cavalo.

O estalajadeiro de Chapelle-en-Serval chamou o moço da cavalariça, ordenou-lhe que selasse o Branco, e acordou o filho, criança de sete anos, que devia montar na garupa para voltar a casa com o quadrúpede.

Andreia deu vinte francos ao estalajadeiro, e, no momento de os tirar da algibeira, deixou cair no chão um bilhete-de-visita.

Este bilhete era de um de seus amigos do Café de Paris; de maneira que o estalajadeiro, depois de Andreia partir e de ter levantado do chão o bilhete que lhe caíra da algibeira, ficou convencido de que tinha alugado o cavalo ao conde de Mauléoh, Rua de São Domingos, 25; era o que se lia naquele bilhete.

O Branco não ia depressa, mas seguia em passo certo.

Em três horas e meia Andreia fez as nove léguas que o separavam de Compienha.

Soavam quatro horas no relógio da Câmara quando chegou à praça onde param as diligências. Havia em Compienha um excelente hotel, de que não se esqueciam aqueles que o tivessem freqüentado ainda que não fosse mais que uma vez.

Andreia, que ali fizera alta numa de suas correrias aos arredores de Paris, recordou-se do Hotel do Sino e da Garrafa; orientou-se, e viu à luz de um candeeiro a tabuleta indicativa; e tendo despedido a criança, a quem deu os miúdos todos que trazia, foi bater à porta, refletindo com muita justeza que tinha três ou quatro horas ainda de que podia dispor, e que o melhor era prevenir-se com uma boa refeição e um bom sono contra as futuras fadigas.

Foi um rapaz quem veio abrir.

— Meu amigo — disse Andreia —, venho de Saint-Jean-au-Bois, onde jantei; contava tomar a diligência que passa à meia-noite, mas perdi-me como um tonto, e há quatro horas que passeio pela floresta. Dê-me um desses bonitos quartos que dão para o pátio, e mande-me servir um frango frio e uma garrafa de vinho de Bordeaux.

O rapaz não teve a menor desconfiança.

Andreia falava com a mais perfeita tranqüilidade; tinha o charuto ao canto da boca e as mãos nas algibeiras do sobretudo; o seu traje era elegante, a barba esmeradamente cuidada, e as botas conservavam-se irrepreensíveis; tinha todo o aspecto de um vizinho retardatário em seu passeio. Enquanto o criado preparava o quarto, levantou-se o dono da hospedaria.

Andreia acolheu-o com o mais encantador sorriso, e perguntou-lhe se não lhe podia ceder o quarto n.º 3, que tinha ocupado já em sua última passagem por Compienha.

Infelizmente, o n.º 3 estava tomado por um rapaz que viajava com a irmã.

Andreia pareceu desesperado.

Não se consolou enquanto o dono da casa lhe não assegurou que o n.º 7, que lhe estavam preparando, tinha absolutamente as mesmas disposições do n.º 3: e, aquecendo os pés e conversando acerca das últimas corridas de Chantilly, esperou que lhe fossem dizer que estava pronto o quarto.

Não era sem razão que Andreia falara dos bonitos alojamentos que davam para o pátio.

O pátio do Hotel do Sino, com sua tríplice fileira de galerias, que lhe davam o aspecto de uma sala de espetáculos, com seus jasmins e suas clematites, que cobriam as colunas como uma decoração natural, era uma das mais encantadoras entradas de hotel que existiam no mundo.

O frango era fresco: o vinho, era velho; e o fogo, claro e crepitante.

Andreia comeu com tão bom apetite como se nada lhe tivesse sucedido.

Depois se deitou, e adormeceu quase imediatamente, com esse sono implacável que o homem encontra sempre aos vinte anos, ainda que tenha remorsos.

Ora, somos obrigados a confessar que Andreia devia ter remorsos, mas não os tinha.

Eis qual era o plano de Andreia, plano que lhe tinha valido a maior parte de sua segurança e tranqüilidade.

Levantar-se-ia com o sol, e sairia do hotel, depois de ter pagado rigorosamente sua conta: atingia o bosque, comprava, sob pretexto de fazer alguns estudos de pintura, a hospitalidade de um camponês, procurava roupas de lenhador e um machado, e despojava-se do invólucro do leão para trocá-lo pelo do trabalhador.

Depois, com as mãos sujas de terra, os cabelos alisados com um pente de chumbo, o rosto queimado por um preparado, cuja receita lhe tinham dado seus antigos companheiros, ganhava, de floresta em floresta, a fronteira mais próxima, caminhando de noite e dormindo de dia nos campos e nos valados, e aproximando-se apenas de tempos em tempos dos lugares habitados para comprar pão.

Logo que transpusesse a fronteira, Andreia faria dinheiro com seus diamantes, reunindo o produto deles a uma dezena de notas de banco que costumava trazer sempre consigo para o caso de um acontecimento imprevisto, ficando assim possuidor de umas cinqüenta mil libras, o que em sua filosofia não parecia decerto um futuro demasiado rigoroso.

Além disso, contava com o interesse que Danglars devia ter em extinguir a bulha de sua aventura.

Eis a razão por que Andreia adormecera tão facilmente.

Andreia, para acordar mais cedo, não fechara as janelas e correra apenas o fecho da porta, conservando aberta sobre a mesa de cabeceira uma navalha muito afiada, cuja excelente têmpera conhecia, e que nunca o abandonava.

Cerca de sete horas da manhã, Andreia foi despertado por um violento raio de sol, que veio, quente e brilhante, bater-lhe em cheio em pleno rosto.

Em todo o cérebro bem organizado, a idéia predominante, e há sempre uma, é a que, depois de ter sido a última a adormecer, é a primeira a iluminar o despertar do pensamento.

Andreia não tinha os olhos de todo abertos, e já seu pensamento predominante lhe segredava que tinha dormido demais.

Saltou da cama e correu à janela.

Um gendarme atravessava o pátio.

O gendarme é um dos objetos mais impressionantes que existem no mundo, até para o homem mais tranqüilo; mas para todas as consciências vacilantes, e que têm motivo para o ser, o amarelo, o azul e o branco de que se lhe compõe o uniforme, tornam-se cores assustadoras.

— Que virá aqui fazer aquele gendarme? — perguntou Andreia de si para si.

Depois, de repente, formulou esta resposta, com a lógica que o leitor já lhe deve ter notado:

Um gendarme não é nada que cause espanto numa hospedaria; mas, tratemos de nos vestir.

E vestiu-se com uma rapidez que o criado de quarto não conseguira fazer-lhe perder durante os meses de vida aristocrática que levara em Paris.

— Bem, disse Andreia, preparando-se — esperarei que ele se retire, e, depois safo-me.

E dizendo estas palavras, Andreia, já calçado e engravatado, aproximou-se docemente da janela e afastou pela segunda vez as bambinelas de cassa.

Não só o primeiro gendarme se não retirara, como ainda um segundo uniforme azul, amarelo e branco se postava no fim da escada, a única por onde ele podia descer, ao passo que um terceiro, a cavalo e de mosquete na mão, se conservava de sentinela na grande porta da entrada, a única por onde Andreia podia sair.

O terceiro gendarme era significativo até mais não porque diante dele estendia-se um semicírculo de curiosos, que bloqueavam hermeticamente a porta do hotel.

— Procuram-me! foi o primeiro pensamento de Andreia. Diabos!

A palidez invadiu-lhe a fronte.

Olhou em volta de si com ansiedade.

O seu quarto, como todos os daquele andar, só tinha saída para a galeria exterior, exposta a todas as vistas.

— Estou perdido! — foi seu segundo pensamento.

E na verdade, para um homem na situação de Andreia, ser preso significava: o processo, o julgamento, e a morte, a morte sem misericórdia e sem delonga.

O desgraçado comprimiu por um instante convulsivamente a cabeça entre as mãos.

Durante esse instante pareceu-lhe que enlouquecia de medo.

Mas em breve, dessa multidão de pensamentos acumulados em seu cérebro, surgiu um raio de esperança; nos lábios descorados e nas faces contraídas desenhou-se-lhe um pálido sorriso.

Olhou em volta de si.

Os objetos que procurava achavam-se reunidos sobre o mármore de uma secretária: era uma pena, tinta e papel.

Molhou a pena na tinta, impôs firmeza à mão, e escreveu na primeira folha do caderno as linhas seguintes:

> "Não tenho dinheiro para pagar, mas não sou homem indigno; deixo em penhor este alfinete, que, como verão, vale dez vezes a despesa que fiz.
>
> Perdoar-me-ão ter fugido ao romper do dia, mas estou envergonhado."

Tirou o alfinete da gravata e pô-lo sobre o bilhete.

Feito isto, em lugar de deixar os fechos corridos, abriu-os; entreabriu até a porta, como se tivesse saído do quarto esquecendo-se de fechá-la; trepou pela chaminé como homem acostumado àquela espécie de ginástica, apagou com os pés os vestígios de seus passos nas cinzas, e começou a escalar o tubo arqueado, único meio de salvação que se lhe apresentava. Neste momento, subia a escada o primeiro gendarme que Andreia tinha visto, precedido pelo comissário da Polícia e auxiliado pelo segundo gendarme, que vigiava em baixo, e que por sua vez podia também esperar do que estacionava à porta o reforço que precisasse.

Eis a que circunstância Andreia devia essa visita, que com tanto gosto dispensaria receber.

Ao romper do dia, os telégrafos tinham trabalhado em todas as direções, e cada localidade, prevenida quase imediatamente, despertara as autoridades, lançando a força pública em perseguição do assassino de Caderousse.

Compienha, residência real; Compienha, cidade de caça; Compienha, cidade de guarnição, era abundantemente provida de autoridades, gendarmes e comissários de polícia.

As pesquisas tinham começado em seguida à chegada da ordem telegráfica; e como o Hotel do Sino e da Garrafa fosse o primeiro da cidade, era naturalmente por onde deviam começar.

Além disso, depois dos esclarecimentos prestados pelas sentinelas que tinham ficado de guarda naquela noite à Câmara Municipal (a Câmara Municipal era ao lado da hospedaria), averiguaram que em toda essa noite tinham chegado muitos viajantes.

A sentinela que tinha sido rendida às seis horas da manhã recordava-se até de que, no momento em que fora colocada em seu posto, isto é, às quatro e alguns minutos da manhã, tinha visto um sujeito montado num cavalo branco que trazia na garupa um rapazito da terra e que, depois de ter despedido o pequeno, o sujeito fora bater à porta do hotel, que se abrira para lhe dar passagem, e se fechara sobre ele.

Foi sobre esse viajante, tão singularmente tardio, que as suspeitas recaíram.

Ora, esse viajante, como muito bem sabemos, não era outro senão Andreia.

Foi com esses dados que o comissário de polícia e o gendarme, que era um oficial, se dirigiram ao quarto de Andreia.

A porta estava entreaberta.

— Oh, oh!... — fez o gendarme, velha raposa afeita às astúcias da profissão — a porta aberta é mau indício! antes quisera vê-la fechada a três ferrolhos!

Efetivamente, a pequena carta e o alfinete deixados por Andreia em cima da mesa, confirmavam, ou antes, apoiavam a triste verdade.

Andreia tinha fugido.

Dizemos apoiavam, porque o oficial não era homem que se convencesse com uma só prova.

Olhou em volta de si, examinou o leito, afastou as cortinas, abriu os armários, e parou enfim na chaminé.

Graças às precauções de Andreia, não tinha ficado nas cinzas o menor vestígio de sua passagem.

No entanto, tratava-se de uma saída, e nas circunstâncias em que se achavam, todas as saídas deviam ser objeto de sérias investigações.

O oficial mandou buscar um feixe de palha; encheu a chaminé da mesma forma que se carrega um morteiro, e largou fogo.

As chamas fizeram estalar as paredes de tijolo.

Uma coluna opaca de fumo se elevou para o céu como a lava sombria de um vulcão, mas o gendarme não viu cair o fugitivo, como esperava.

É que Andreia, em luta com a sociedade desde sua juventude, valia bem por um gendarme, por muito respeitável que fosse a graduação deste; prevendo o incêndio, alcançara o telhado, e tinha-se acocorado junto à chaminé.

Durante uns instantes nutriu a esperança de se salvar, porque ouviu o oficial chamar os dois gendarmes e dizer-lhes em voz alta: "Não está aqui."

Mas, estendendo cautelosamente o pescoço, viu que os dois soldados, em vez de se retirarem, como era natural ouvindo tal afirmativa, pelo contrário, redobravam a atenção.

Circunvagou a vista.

O edifício da Câmara, colossal construção do século XVI, elevava-se como um baluarte sombrio.

À sua direita, e pelas aberturas do monumento, podiam ver-se todos os cantos e recantos do telhado, como do alto de uma montanha se pode sondar um vale.

Andreia compreendeu que ia em breve ver aparecer a cabeça do oficial e dos gendarmes em alguma daquelas aberturas.

Se fosse descoberto estava perdido; uma perseguição sobre os telhados não apresentava probabilidades de salvação.

Resolveu, pois, tornar a descer, não pelo mesmo caminho por onde tinha ido, mas por outro igual.

Procurou uma chaminé de onde não saísse fumo algum, trepou à extremidade, e desapareceu pelo orifício sem ser visto por ninguém.

No mesmo instante, abriu-se uma janela na Câmara, dando passagem à cabeça do oficial da gendarmaria.

A cabeça conservou-se por alguns segundos imóvel como um dos relevos de pedra que serviam de ornamento ao edifício, desaparecendo em seguida, depois de soltar um longo suspiro de desapontamento.

O oficial, impassível e digno como a lei de que era o representante, passou sem responder às perguntas dos curiosos amontoados na praça, e tornou a entrar no hotel.

— E então? — perguntaram os dois subordinados.

— Meus filhos, o ladrão afastou-se realmente bem cedo; mas vamos enviar alguns exploradores pela estrada de Villers-Cotterets e Noyon, e mandar bater cuidadosamente a floresta, onde sem dúvida o encontraremos.

Apenas o honrado funcionário acabava de pronunciar estas palavras, ouviu-se um grito de horror acompanhado do retinir incessante de uma campainha, que ecoava no pátio do hotel.

— Oh, oh...! o que é isso? — gritou o oficial.

— Aí está um hóspede que parece bem apressado. — Em que número tocaram?

— No n.º 3.

— Corra lá, rapaz!

Neste momento, os gritos e o ruído da campainha redobraram de intensidade.

O rapaz começou acorrer.

— Espere! — disse o oficial, detendo-o — quem chama parece querer outro auxílio sem ser o do criado, e nós vamos apresentar-lhe um gendarme. Quem ocupa o n.º 3?

— O rapaz que chegou esta noite com a irmã numa carruagem de posta, e pediu um quarto com duas camas.

A campainha soou pela terceira vez com uma entoação cheia de angústia.

— Venha comigo, Sr. Comissário! — gritou o oficial — siga atrás de mim.

— Um instante — disse o hospedeiro —, no quarto n.º 3 há duas escadas: uma exterior e outra interior.

— Bom — disse o oficial —, eu irei pela escada interior. As carabinas estão carregadas?

— Estão sim, meu oficial.

— Pois bem; vigiem vocês a escada exterior, e se ele quiser fugir, fogo nele; é um grande criminoso, segundo disse o telégrafo.

O oficial, seguido pelo comissário, desapareceu na escada interior, acompanhado pelo rumor que suas revelações a respeito de Andreia tinham provocado na multidão.

Eis o que sucedera:

Andreia tinha descido sem dificuldade até dois terços da chaminé; mas, chegado aí, faltou-lhe o apoio dos pés, e apesar do auxílio das mãos, desceu mais rapidamente do que desejava, e sobretudo fazendo mais bulha do que queria.

Se o quarto não tivesse ninguém, nada era; mas, por desgraça, estava ocupado.

Dormiam duas mulheres na mesma cama.

A bulha acordara-as.

Os seus olhares fixaram-se no ponto de onde partira o ruído, e viram um homem surgir pela abertura da chaminé.

Fora uma dessas duas mulheres, a loira, quem soltara o grito terrível que ecoara em toda a casa, ao passo que a outra, que era morena, atirando-se ao cordão da campainha, dera o alarme com todas suas forças.

Andreia, como se vê, andava de mal a pior.

— Por piedade! — gritou ele, pálido, espantado, sem ver as pessoas com quem falava — por piedade! não chamem! salvem-me! Creiam que não quero lhes fazer mal.

— Andreia!... o assassino! — gritou uma das duas mulheres.

— Eugénie!... a menina Danglars! — murmurou Cavalcanti, passando do horror ao espanto.

— Socorro! socorro! — gritou Louise D'Armilly, tirando o cordão da campainha das mãos inertes de Eugénie, e puxando com mais força ainda do que sua companheira.

— Salvem-me! sou perseguido! — disse Andreia, juntando as mãos —; por piedade! por favor, não me entreguem!

— É tarde, já sobem — respondeu Eugénie.

— Escondam-me em qualquer parte!... digam que foi um susto sem causa... dissiparão assim as suspeitas, e salvar-me-ão a vida.

As duas mulheres, aconchegadas uma à outra e envoltas em suas mantas, ficaram mudas, ouvindo aquela voz suplicante; debatiam-se em seu espírito todas as apreensões, todas as repugnâncias.

— Pois bem, seja! — disse Eugénie — retome o caminho por onde veio, desgraçado! parta, que nós nada diremos.

— Aqui está ele! aqui está ele! — gritou uma voz do lado de fora — estou vendo-o!

Efetivamente, o oficial tinha aplicado um dos olhos à fechadura, e vira Andreia em pé e suplicante.

Uma valente coronhada fez saltar a fechadura, e mais duas arrombaram os fechos.

A porta, despedaçada, tombou para dentro.

Andreia correu para a outra porta, que dava para a galeria do pátio.

Os outros dois gendarmes esperavam-no ali, e apontaram-lhe as carabinas.

Andreia viu-se apanhado, e parou.

Em pé, pálido, com o corpo um pouco inclinado para trás, segurava na mão crispada a navalha inútil.

— Fuja! — gritou a menina d'Armilly, no coração da qual entrava a compaixão à medida que o medo desaparecia — fuja!

— Ou mate-se! — disse Eugénie no tom e na posição de uma dessas vestais que no circo ordenavam ao gladiador vitorioso que acabasse com seu adversário já prostrado.

Andreia estremeceu e olhou para a rapariga com um sorriso de desprezo; sua corrupção não entendia essa sublime ferocidade da honra.

— Matar-me?! — disse Andreia, atirando a navalha para o chão — para quê?

— Mas foi o senhor quem o disse! vão condená-lo à morte, vão executá-lo como o mais abominável dos criminosos!

— Qual o quê! — replicou Cavalcanti, cruzando os braços — ainda tenho amigos...

O oficial avançou para ele com o sabre em punho.

— Calma, calma! — disse Cavalcanti — embainhe o sabre, meu valente, não vale a pena fazer tanto espalhafato, eu me entrego. E estendeu as mãos às algemas.

As duas raparigas olhavam com terror para aquela hedionda metamorfose que se operava a seus olhos: o homem fino, que se despojava de seu disfarce para surgir como forçado das galés.

Andreia voltou-se para elas com o sorriso da impudência:

— Quer algum recado para seu pai, menina Eugénie?... porque, segundo todas as probabilidades, volto para Paris.

Eugénie ocultou a cabeça entre as mãos.

— Oh! oh! — disse Andreia — não tem do que se envergonhar, não lhe quero mal por ter tomado a posta para correr atrás de mim... Não era eu quase seu marido?...

E depois desta zombaria, Andreia saiu, deixando as duas amigas fugitivas com o sofrimento da vergonha e os comentários dos circunstantes.

Uma hora depois, subiam elas para a caleche, vestindo ambas seus trajes de mulher.

Tinham fechado as portas do hotel para as subtraírem aos primeiros olhares, mas fora preciso, quando essa porta se voltou a abrir, passar pelo centro de uma dupla ala de curiosos, de olhares ávidos e lábios murmurantes.

Eugénie baixou os estores; mas se não via, pelo menos ouvia, e o ruído dos motejos chegava-lhe aos ouvidos.

— Oh! por que não há de o mundo ser um deserto? — exclamou ela, deitando-se nos braços de d'Armilly com os olhos abrasados por essa raiva que fazia desejar a Nero que o mundo romano tivesse uma só cabeça para cortá-la de um só golpe.

No dia seguinte apeavam-se no Hotel de Flandres, em Bruxelas.

Andreia tinha na véspera dado entrada na Conciergerie.

XCIX. A lei

Vimos com que tranqüilidade Eugénie Danglars e Louise d'Armilly tinham conseguido completar sua transformação e realizar sua fuga sem que nada as embaraçasse.

A razão de elas terem alcançado tão feliz êxito está em que se achavam todos seriamente entretidos com seus negócios para que lhes importassem os dos outros.

Deixemos o banqueiro, com o suor na fronte, alinhar em face do fantasma da bancarrota as enormes colunas de seu passivo, e sigamos a baronesa, que, depois de ter ficado por um instante abatida sob a violência do golpe que acabava de sofrer, fora procurar seu conselheiro ordinário, Lucien Debray.

É que, efetivamente, a baronesa contava com aquele casamento para abandonar uma tutela que, com uma filha do caráter de Eugénie, se tornava dificílima, porque, na espécie de contratos tácitos que mantêm o laço hierárquico da família, a mãe só é realmente senhora da filha quando obedece à condição de ser constantemente para ela um exemplo de juízo e um tipo de perfeição.

Ora, a Sr.ª Danglars temia a perspicácia de Eugénie e os conselhos de Louise d'Armilly.

Havia surpreendido certos olhares desdenhosos que a filha lançava a Debray, olhares que pareciam significar que conhecia todas as suas relações amorosas e pecuniárias com o secretário íntimo, enquanto que uma interpretação mais sagaz e mais profunda demonstrara à baronesa, que, pelo contrário, Eugénie detestava Debray, não porque ele fosse na casa paterna uma pedra de escândalo, mas porque ela o enfileirava simplesmente na categoria desses bípedes a que Diógenes diligenciava nunca dar o nome de homens, e que Platão designava pela perífrase de animais implumes de dois pés.

A Sr.ª Danglars, em seu ponto de vista, e infelizmente neste mundo cada qual tem seu ponto de vista, que lhe impede de ver o alheio, a Sr.ª Danglars, dizíamos, em seu ponto de vista, lamentava infinitamente que aquele casamento não se realizasse, não pelo que ele pudesse ter de conveniente para a felicidade da filha, mas porque esse enlace lhe daria a sua liberdade. Correu, pois, como dissemos, à casa de Debray, que, depois de ter, como toda a Paris, assistido à reunião da assinatura do contrato e ao escândalo que se lhe seguira, se apressara em retirar-se para seu clube, onde, com alguns amigos, trocava impressões acerca do acontecimento, que a essa hora era assunto de todas as conversas em três quartas partes da buliçosa cidade a que chamam a capital do mundo.

No momento em que a Sr.ª Danglars, vestida de preto, e oculta sob um grande véu, subia a escada que conduzia ao aposento de Debray, apesar da certeza que lhe tinha dado o porteiro de que ele não estava em casa, Debray ocupava-se em repelir as insinuações de um amigo que diligenciava provar-lhe que, depois do escândalo terrível que acabava de ter lugar, era de seu dever, como antigo da família, casar com a menina Danglars e com seus dois milhões.

Debray defendia-se como homem que deseja ser vencido, porque a verdade era que muitas vezes se lhe apresentara aquela idéia ao espírito.

Depois, como conhecia Eugénie e seu caráter independente e altivo, tomava de tempos em tempos uma atitude completamente defensiva, dizendo que essa união era impossível, deixando-se, contudo, embalar novamente pela idéia maligna que, no dizer de todos os moralistas, preocupa incessantemente o homem mais probo e mais puro, velando no fundo de sua alma como Satanás vela atrás da Cruz.

O chá, o jogo, e conversação, muito interessante, como se vê, porque se discutiam gravíssimos interesses, duraram até a uma hora da manhã.

Durante esse tempo, a Sr.ª Danglars, introduzida pelo criado de quarto de Lucien, esperava, a coberto do véu e palpitante, na pequena sala verde, entre dois açafates de flores que ela mesma mandara de manhã, e que Debray, convém dizê-lo, tinha, por suas próprias mãos, cortado, aparado, e colocado, com o maior cuidado e jeito, o que fez com que a pobre mulher lhe perdoasse a ausência.

Às onze horas e quarenta minutos, a Sr.ª Danglars, cansada de esperar inutilmente, subiu no trem e voltou para casa.

As mulheres de certa posição têm de comum com as costureiras aventurosas não entrarem em casa, de ordinário, passada a meia-noite.

A baronesa entrou no palácio com tanta precaução quanta Eugénie acabava de tomar para sair.

Subiu ligeiramente, com o coração oprimido, a escada de seu aposento, que, como sabem, era contíguo ao de Eugénie.

Temia muito provocar qualquer comentário; acreditava firmemente, pobre mulher, respeitável pelo menos a este respeito, na inocência da filha e na fidelidade dela pelo lar paterno!

Chegando a seu quarto, foi escutar à porta de Eugénie, e, não ouvindo o menor ruído, diligenciou entrar, mas os fechos estavam corridos.

A Sr.ª Danglars julgou que Eugénie, fatigada pelas comoções daquela noite, se deitara e adormecera.

Chamou a criada e perguntou-lhe pela filha.

— A menina Eugénie — respondeu a mulher — entrou em seu quarto com a menina d'Armilly; tomaram juntas o chá, e despediram-me, dizendo que não precisavam mais de mim.

Desde esse momento a criada tinha-se retirado para a copa e julgava, como toda a gente, que as duas raparigas se conservavam no quarto.

A Sr.ª Danglars deitou-se sem a sombra de uma suspeita; mas, tranqüila com respeito às pessoas, o espírito entregou-se-lhe aos acontecimentos dessa noite.

À medida que suas idéias se esclareciam, engrandeciam a seus olhos as proporções da cena da assinatura do contrato; não era um escândalo, era um desabamento; não era uma vergonha, era uma ignomínia.

A baronesa, mau grado seu, recordou-se de que fora inexorável para com a pobre Mercédès, ferida havia pouco por uma desgraça tremenda no esposo e no filho.

"Eugénie, pensou ela, está perdida, e nós também. O caso, tal como vai ser apresentado, cobre-nos de opróbrio; porque, numa sociedade como a nossa, estes ridículos são chagas vivas, sangrentas, incuráveis. Que felicidade o ter dado Deus a Eugénie aquele caráter tão singular e que tantas vezes me tem feito tremer!"

E seu olhar reconhecido elevou-se para o Céu, onde a Providência dispõe tudo antecipadamente segundo os acontecimentos que hão de vir, fazendo por vezes de um defeito, de um vício até, uma felicidade.

Depois, seu pensamento franqueou o espaço, como faz a ave que abre as asas sobre um abismo, e deteve-se em Cavalcanti.

Aquele Andreia era um miserável, um ladrão, um assassino; e, no entanto, aquele Andreia possuía maneiras que indicavam uma meia educação, senão uma educação completa; aquele Andreia tinha sido apresentado no mundo parisiense com a aparência de uma grande fortuna, com o apoio de nomes honrados.

Como poderia ver claro naquele dédalo? A quem recorreria para sair de uma posição tão cruel?

Debray, a quem se dirigira no primeiro ímpeto da mulher que procura um auxílio no homem a quem ama e que às vezes a perde, o mais que podia seria dar-lhe um conselho; era a alguém mais poderoso que ele que devia dirigir-se.

A baronesa pensou então no Sr. de Villefort.

Fora Villefort que quisera prender Cavalcanti; fora Villefort que, sem compaixão, lhe levara o desgosto à família, como se fora para ele uma família estranha.

Mas não; refletindo bem, ele não era um homem sem compaixão, era o procurador régio; era um magistrado, escravo de seus deveres, um amigo leal e firme que, rudemente, mas de uma maneira segura, tinha cortado com um golpe de escalpelo a corrupção; não era um carrasco, era um cirurgião, um cirurgião que quisera isolar perante os olhos do mundo a honra dos Danglars da ignomínia daquele rapaz perdido, que tinham apresentado ao mundo como genro.

Desde o momento que Villefort tinha procedido de tal forma, não se podia supor que o procurador régio premeditasse alguma coisa de antemão e se prestasse a alguma das maquinações de Andreia.

Refletindo bem, o procedimento de Villefort aparecia à baronesa como uma atitude que era para o bem de todos.

Mas a terrível inflexibilidade do procurador régio devia ficar por ali.

No dia seguinte iria procurá-lo, e obteria dele, senão que faltasse a seus deveres de magistrado, pelo menos que usasse de toda a latitude da indulgência.

A baronesa invocaria o passado; reavivaria suas recordações; suplicaria em nome de um tempo criminoso, mas feliz.

O Sr. de Villefort deixaria esquecer o caso, ou, pelo menos, deixaria fugir Cavalcanti (e para isso bastava-lhe lançar os olhos para outro lado), e não demandava o crime a não ser nessa sombra de delito a que se chama revelia.

Foi só então que a preocupada baronesa adormeceu, um pouco mais tranqüila.

No dia seguinte, às 9 horas, levantou-se, e, sem chamar sua criada de quarto, sem dar sinal de si fosse a quem fosse, vestiu-se com a mesma simplicidade da véspera, desceu a escada, saiu do palácio, caminhou até a Rua de Provença, subiu num trem de praça, e fez-se conduzir à casa do Sr. de Villefort.

Havia um mês que aquela casa maldita apresentava o aspecto lúgubre de um lazareto onde a peste se declarasse.

Uma parte da casa estava fechada interior e exteriormente; as portadas das janelas apenas se abriam por um instante para renovar o ar. Via-se então aparecer a cabeça espantada de algum criado; depois, a janela fechava-se como a lousa de um sepulcro, e os vizinhos murmuravam: — Veremos ainda hoje sair algum caixão da casa do Sr. Procurador Régio?

A Sr.ª Danglars sentiu um estremecimento perante o aspecto daquela casa desolada.

Apeou-se do trem, e com os joelhos trêmulos, aproximou-se da porta e tocou a campainha.

Foi só ao terceiro toque da campainha, cujo som lúgubre parecia participar da tristeza geral do prédio, que apareceu um porteiro, entreabrindo a porta apenas o suficiente para dar passagem às palavras.

Viu uma senhora, uma senhora da sociedade, uma senhora trajando elegantemente, e, contudo, a porta continuou quase fechada.

— Então? não abre?! — disse a baronesa.

— Em primeiro lugar, minha senhora, queira dizer-me quem é — perguntou o porteiro.

— Quem sou? Mas... não me conhece bem?

— Nós não conhecemos ninguém, minha senhora.

— Está louco, meu amigo? — replicou a baronesa.

— A mando de quem vem?

— Oh, isso é demais!...

— É a ordem, minha senhora, desculpe-me; o seu nome?

— Baronesa Danglars. Você já me viu mais de vinte vezes.

— É possível, minha senhora; e então, o que quer?

— Oh, é singular! hei de queixar-me ao Sr. de Villefort da impertinência de seus criados.

— Minha senhora, não é impertinência, é precaução; não entra aqui ninguém sem uma ordem do Sr. d'Avrigny, ou sem ter falado ao Sr. Procurador Régio.

— Pois bem: é justamente ao Sr. Procurador Régio que eu tenho de falar.

— É negócio urgente?

— Está bom de ver, pois ainda não voltei para a minha carruagem. Mas acabemos: pegue o meu cartão; leve-o a seu amo.

— A senhora espera que eu volte?

— Espero, sim: pode ir avisar o seu amo.

O porteiro fechou a porta, deixando a Sr.ª Danglars na rua.

A baronesa não esperou muito tempo.

Um instante depois, abriu-se a porta o suficiente para dar passagem à baronesa, que entrou, fechando-se logo a porta sobre ela.

Chegada ao pátio, o porteiro, sem perder a porta de vista nem um instante, tirou um apito da algibeira e apitou.

O criado particular de Villefort apareceu no alto da escada.

— Minha senhora, queira desculpar esse pobre homem — disse ele, dirigindo-se à baronesa —; mas as ordens são religiosas, e o Sr. de Villefort encarregou-me de lhe dizer que ele não podia proceder por forma diferente do que o fez.

No pátio estava um fornecedor, que fora introduzido com as mesmas precauções, sendo-lhe rigorosamente examinadas as mercadorias que trazia.

A baronesa subiu a escada. Sentia-se profundamente impressionada por aquela tristeza, que, porque assim dizer, alargava o círculo da sua.

Sempre acompanhada pelo criado, foi introduzida, sem que seu guia a perdesse de vista, no gabinete do magistrado.

Por muito preocupada que estivesse a Sr.ª Danglars com o motivo que a levava ali, a recepção que lhe tinha sido feita por toda a criadagem, parecia-lhe tão indigna, que começou por se queixar.

Mas Villefort levantou a cabeça, curvada pela dor, e olhou para ela com um sorriso tão triste, que as queixas expiraram-lhe nos lábios.

— Desculpe os meus criados de um terror de que eu não posso censurá-los; suspeitavam deles, e, portanto, agora suspeitam eles de todos.

A Sr.ª Danglars tinha ouvido falar daquele terror a que se referia o magistrado; mas nunca acreditaria, se não tivesse disso a experiência, que esse sentimento pudesse elevar-se a tal ponto.

— Também o senhor é infeliz? — perguntou ela.

— Sou, sim, minha senhora — respondeu o magistrado.

— Então há de deplorar-me.

— Sinceramente.

— E supõe o que me traz aqui?

— Vem falar-me do que lhe sucedeu, não é verdade?

— Sim, senhor; foi uma tremenda desgraça!

— Quer dizer, um dissabor.

— Um dissabor?! — exclamou a baronesa.

— Eu — respondeu o magistrado — cheguei ao ponto de só dar o nome de desgraça aos males irreparáveis.

— Oh, senhor! crê porventura que a sociedade se esqueça?...

— Tudo esquece, minha senhora — disse Villefort —; o

casamento de sua filha há de fazer-se amanhã, se não se fizer hoje, ou daqui a oito dias, se não se realizar amanhã. E quanto a lamentar o noivo da menina Eugénie, creio que não será essa a sua idéia.

A Sr.ª Danglars olhou para Villefort, estupefata de ver aquela tranqüilidade quase severa.

— Terei eu vindo à casa de um amigo?... — perguntou ela, num tom cheio de dolorosa dignidade.

— Bem sabe que sim, minha senhora — respondeu Villefort, cujo rosto se cobriu, com a afirmativa, de ligeiro colorido.

Efetivamente, aquela afirmativa era uma alusão a outros acontecimentos, diversos daquele que no momento ocupava os dois.

— Pois bem — disse a baronesa —, nesse caso seja mais afetuoso, meu caro Villefort; fale-me como amigo e não como magistrado, e já que eu me julgo profundamente desgraçada, não me diga que devo sentir-me satisfeita.

Villefort inclinou-se.

— Desde os últimos três meses, minha senhora, que tomei o péssimo costume de me lembrar das minhas desgraças quando me falam das alheias, e então, mau grado meu, realiza-se no meu espírito essa egoísta operação do paralelo. Eis por que, ao lado das minhas desgraças, as suas me parecem apenas um dissabor; eis por que, ao lado da minha posição funesta, a sua me parece invejável; mas se isso a contraria, continuemos o assunto de que tratávamos. Dizia, minha senhora?...

— Venho perguntar-lhe, meu amigo — replicou a baronesa —, em que pára o caso daquele impostor.

— Impostor?! — replicou Villefort — decididamente, minha senhora, parece que está disposta a atenuar certas coisas e exagerar outras; impostor, o Sr. Andreia Cavalcanti, ou antes, o Sr. Benedetto?!... Engana-se, baronesa, o Sr. Benedetto é mesmo um assassino.

— Senhor, eu não nego a justeza de sua retificação; mas quanto maior for a sua severidade contra o desgraçado, mais profundo será o golpe que vai ferir a minha família. Vejamos: esqueça-o por um momento; em vez de persegui-lo, deixe-o fugir.

— Veio muito tarde, minha senhora: foram já expedidas as ordens para que o prendam.

— Pois bem! se o prenderem... E o senhor acha que consigam prendê-lo?

— Espero que assim suceda.

— Se o prenderem (ouça: tenho ouvido dizer que as prisões estão transbordando), deixe-o na prisão.

O procurador régio fez um movimento negativo.

— Ao menos até que minha filha tenha casado! — acrescentou a baronesa.

— É impossível, minha senhora; a justiça tem formalidades que não podem ser desprezadas.

— Mesmo para mim? — perguntou a baronesa, meio risonha e meio séria.

— Para todos — respondeu Villefort —; e até para mim.

— Ah!... — exclamou a Sr.ª Danglars, sem ajuntar em palavras o que seu pensamento acabava de trair com essa exclamação.

Villefort fixou-a com o olhar com que sondava os pensamentos.

— Sim, eu sei o que quer dizer — replicou ele —; alude aos terríveis boatos de que todas essas mortes que há três meses me cobrem de luto, e mesmo a morte a que, por milagre, acaba de escapar Valentine, não são naturais.

— Não pensava nada disso — disse vivamente a Sr.ª Danglars.

— Pensava, sim, minha senhora, e era justo, porque não podia pensar senão nisso, e dizer lá para si: "Você, que persegue o crime, responda: por que é então que o rodeiam crimes que ficam impunes?"

A baronesa empalideceu.

— Pensava nisto, não é verdade, minha senhora?...

— Pois bem, confesso.

— Eu vou responder-lhe.

Villefort aproximou mais sua poltrona da cadeira da Sr.ª Danglars.

Depois, apoiando a mão na secretária, e tomando uma inflexão mais sombria que de costume, prosseguiu:

— Há crimes que ficam impunes porque não conhecemos os criminosos, e porque tememos ferir uma cabeça inocente em vez de outra criminosa; mas quando esses culpados forem conhecidos (Villefort estendeu a mão para um crucifixo que estava em frente da secretária), quando esses culpados forem conhecidos — repetiu —, juro por Deus que, sejam eles quem forem, hão de morrer! Agora, depois do juramento que acabo de fazer, e que saberei manter, custe o que custar, minha senhora, ousará pedir-me perdão para aquele miserável?!

— Oh, senhor! — replicou a baronesa —, está certo de que o desgraçado seja tão criminoso como se diz?

— Ouça: aqui está o processo dele: Benedetto, condenado primeiro a cinco anos de galés por falsário, aos dezesseis anos... o rapaz promete, como vê; depois, prófugo, e em seguida assassino.

— E quem é esse desgraçado?
— Sabe-se lá!... Um vagabundo, um corso...
— Não foi então reclamado por ninguém?
— Por ninguém; não se lhe conhecem os parentes.
— Mas e o homem que veio de Luca?...
— É outro gatuno como ele; cúmplice, talvez.
A baronesa pôs as mãos.
— Villefort! — disse ela com a mais doce e acariciadora inflexão.
— Por Deus, minha senhora! — respondeu o procurador régio com uma firmeza que não era isenta de aridez — por Deus! nunca me peça perdão para um culpado. Quem sou eu? a lei. Tem ela ouvidos para ouvir a sua doce voz? A lei tem memória para fazer a aplicação dos seus delicados pensamentos? Não, minha senhora. A lei ordena, e quando ordena, fere! Dir-me-á que sou um vivente e não um código; um homem, e não um livro; olhe bem para mim, minha senhora, olhe em torno de mim, e diga-me: os homens têm-me tratado como irmão? têm-me amado? têm-me poupado? Algum deles pediu perdão para Villefort? Não, não, não! têm-me ferido sempre, sempre! Persiste, mulher, sereia como é, em falar-me com esse olhar sedutor e expressivo que me recorda que devo corar. Pois bem! seja: corarei pelo que sabe, e por mais ainda, talvez. Mas enfim, desde que eu próprio pequei, e mais gravemente talvez do que os outros, desde esse tempo, tenho sacudido as roupagens alheias para descobrir a úlcera, e tenho-a descoberto sempre: e direi mais: tenho-a descoberto com satisfação, com alegria, essa marca da fraqueza ou da perversidade humana; porque cada homem que reconheço criminoso, e cada criminoso que firo, parece-me uma prova viva, uma nova prova de que eu não era uma odiosa exceção! Pobre de mim! todo o mundo é criminoso; minha senhora, provemos-lho, e castiguemos o culpado!

Villefort pronunciou estas últimas palavras com uma raiva febril que dava a sua linguagem uma feroz eloqüência.

— Mas — replicou a Sr.ª Danglars, tentando um último esforço — o senhor diz que o rapaz é um vagabundo, um órfão, um abandonado de todos?...

— Tanto pior, tanto pior... ou antes, tanto melhor, mil vezes melhor; a Providência determinou-o assim, para que ninguém possa chorar por ele.

— É abusar do fraco, senhor.
— O fraco que assassina!...
— A desonra dele há de refletir-se na minha casa.
— E eu, não tenho eu a morte na minha?...

— Oh! — exclamou a baronesa — o senhor não tem piedade para com os outros. Pois bem! sou eu que lho digo: também não há de encontrar quem tenha compaixão do senhor!

— Seja! — disse Villefort, levantando a mão para o Céu com um gesto de ameaça.

— Ao menos, se o desgraçado for preso, deixe o processo para as outras audiências; dar-nos-á isso, pelo menos, seis meses para que se torne esquecido.

— Não — disse Villefort —; tenho cinco dias ainda; a instrução está concluída; cinco dias é mais do que o tempo de que preciso; além disso, não compreende, minha senhora, que também eu necessito esquecer os meus pesares? Pois bem: quando trabalho, e eu trabalho noite e dia, há momentos em que me esqueço deles, e quando isso sucede, sou feliz à maneira dos mortos; mas sempre é muito melhor do que sofrer.

— Senhor, ele fugiu; deixe-o fugir, a inércia é uma clemência fácil.

— Mas já lhe disse que era muito tarde! Ao romper do dia telegrafou-se em todas as direções, e a esta hora...

— Sr. Procurador — disse o criado particular, entrando —, um dragão trouxe este despacho do ministro do Interior.

Villefort pegou o despacho e abriu-o vivamente.

A Sr.ª Danglars estremeceu de terror, e Villefort de alegria.

— Foi preso! — exclamou Villefort — prenderam-no em Compienha; está tudo terminado.

A Sr.ª Danglars levantou-se pálida e fria.

— Adeus, senhor — disse ela.

— Adeus, Sr.ª Baronesa — respondeu o procurador régio quase prazenteiro, acompanhando-a até a porta.

Depois voltou para a secretária.

"Vamos lá... — disse ele, batendo no despacho com as costas da mão direita — já tinha um falsário, três roubos, três incêndios; não me faltava senão um assassinato, e cá o temos; a sessão há de ser formidável."

C. Aparição

Conforme o procurador régio dissera à Sr.ª Danglars, Valentine ainda não estava restabelecida.

Quebrada pela fadiga, conservava-se de cama, e foi em seu quarto que soube, pela boca da Sr.ª de Villefort, os acontecimentos que acabamos de narrar, quer dizer, a fuga de Eugénie e a prisão de

Andreia Cavalcanti, ou antes, de Benedetto, assim como a acusação de assassinato que pesava sobre ele.

Mas Valentine estava tão fraca que a narrativa não produziu, com certeza, na excelente menina todo o efeito que produziria em seu estado de saúde habitual.

Efetivamente, não lhe ficaram de todos aqueles acontecimentos senão algumas idéias vagas, algumas formas indecisas, de mais a mais, envoltas com as idéias estranhas e os fantasmas fugitivos que lhe povoavam o cérebro enfermo ou que lhe perpassavam diante dos olhos, e em breve tudo se esvaeceu, para deixar retomar em todas suas forças as sensações pessoais.

Durante o dia, Valentine ainda era mantida na realidade pela presença de Noirtier, que se fazia conduzir para o quarto da neta, e ficava lá envolvendo-a com seu olhar paternal.

Depois, logo que Villefort voltava do Palácio da Justiça, era ele que por sua vez passava uma ou duas horas entre o pai e a filha.

Às seis horas, Villefort retirava-se para seu gabinete.

Às oito horas, chegava o Sr. d'Avrigny, levando ele próprio o remédio preparado para a donzela.

Depois levavam Noirtier para seu quarto.

Uma enfermeira escolhida pelo doutor substituía então toda a gente, não se retirando senão quando, pelas dez ou onze horas, Valentine adormecia.

Ao descer, entregava a chave do quarto ao próprio Villefort, de maneira que ninguém mais podia chegar até a doente, a não ser atravessando o aposento da Sr.ª de Villefort e o quarto do pequeno Édouard.

Morrel ia todas as manhãs visitar Noirtier e saber notícias de Valentine; mas, coisa extraordinária, o rapaz parecia de dia para dia menos inquieto.

Primeiro, via Valentine melhorar de dia para dia, ainda que tomada de violenta exaltação nervosa; depois, não tinha dito Monte Cristo, quando ele correra aflito a procurá-lo, que Valentine havia de salvar-se se resistisse duas horas?

Ora, Valentine vivia ainda, e já tinham decorrido quatro dias.

A exaltação nervosa de que falamos apoderava-se de Valentine até durante o sono, quer dizer, no estado de sonolência que sucedia à vigília. Era então que, no silêncio da noite e da meia escuridão em que a lamparina colocada sobre o fogão conservava o quarto, ela via passar essas sombras que povoam o quarto dos doentes, e que agitam a febre com suas asas arrepiantes.

Parecia-lhe então ver aparecer umas vezes a madrasta, que a ameaçava, outras Morrel, que lhe estendia os braços, e outras ainda, pessoas estranhas a sua vida habitual, como o conde de Monte Cristo; até os próprios móveis, naqueles momentos de delírio, lhe pareciam errantes; e isto durava até as duas ou três horas da madrugada, momento em que um sono de chumbo se apoderava dela, durando até o amanhecer.

Na noite que se seguiu à manhã em que Valentine soube da fuga de Eugénie e da prisão de Benedetto, e já quando, depois de os ter confundido por um instante com as sensações de sua própria existência, esses acontecimentos começavam a fugir-lhe gradualmente do pensamento; em seguida à retirada sucessiva de Villefort, de d'Avrigny, e de Noirtier, ao mesmo tempo em que soavam em Saint-Philippe du Roule onze horas; na ocasião em que a enfermeira, tendo posto nas mãos da doente a bebida preparada pelo doutor e fechado em seguida a porta do quarto, escutava, estremecendo, na copa para onde se tinha retirado, os comentários dos criados, ornando sua memória com as lúgubres histórias que havia três meses preenchiam as noites da antecâmara do procurador régio, nessa altura precisamente, passava-se uma cena inesperada naquele quarto tão cuidadosamente fechado.

Havia já uns dez minutos que a enfermeira tinha saído de lá.

Valentine, que havia uma hora estava num desses acessos de febre que todas as noites a assaltavam, deixava a cabeça, insubmissa a sua vontade, continuar esse trabalho ativo, monótono e implacável, do cérebro que se consome em reproduzir incessantemente os mesmos pensamentos, ou em fantasiar as mesmas imagens.

Da torcida da lamparina saíam mil e um reflexos, todos cheios de significações estranhas, quando de repente, a sua trêmula claridade, Valentine julgou ver a porta de sua biblioteca, colocada ao lado do fogão num recanto da parede, abrir-se lentamente, sem que os gonzos sobre os quais parecia rodar produzissem o menor ruído.

Noutra ocasião, Valentine teria pegado na campainha e puxado o cordão de seda a pedir socorro; mas já nada a espantava, na situação em que se achava.

Tinha a consciência de que todas as visões que a rodeavam eram filhas de seu delírio, e a convicção de que com a manhã nenhum vestígio ficaria de todos aqueles fantasmas da noite, que desapareciam com o dia.

Em seguida, por detrás da porta que se abrira, apareceu uma figura humana.

Valentine, graças a sua febre, estava demasiado familiarizada com essa espécie de aparições para que se admirasse; abriu apenas seus grandes olhos, na esperança de reconhecer Morrel.

A figura continuou avançando para seu leito; depois parou, e pareceu escutar com a mais profunda atenção.

Neste momento, um reflexo da lamparina iluminou o rosto do noturno visitante.

"Não é ele!", murmurou a enferma.

E esperou, convencida de que delirava, e que aquele homem, como sucede nos sonhos, desaparecesse, ou se transformasse noutra qualquer pessoa.

A donzela tomou o pulso a si mesma, e, sentindo-o bater violentamente, lembrou-se de que o melhor meio de fazer desaparecer essas visões importunas era beber: a frescura da beberagem, preparada, aliás, com o fim de acalmar as agitações de que Valentine se queixava ao doutor, proporciona-lhe, fazendo baixar a febre, nova lucidez do cérebro; depois de beber sofria menos.

Valentine estendeu então a mão para pegar o seu copo de cima da salva de cristal onde ele estava.

Mas, no momento em que estendia o braço trêmulo fora das roupas, a aparição deu ainda, e mais vivamente, dois passos para o leito, e aproximou-se tanto que a donzela ouviu-lhe a respiração, e julgou sentir-lhe a pressão dos dedos.

Desta vez a ilusão, ou antes, a realidade, ultrapassava tudo o que Valentine experimentara até ali.

Começou a acreditar que se achava realmente bem acordada: Valentine adquiriu a consciência de que estava no pleno uso de sua razão, e estremeceu.

A pressão que ela experimentara tinha por fim deter-lhe o braço.

Valentine retirou-o lentamente.

Então, aquela figura, que não podia deixar de fixar, e que, além disso, parecia mais protetora do que ameaçadora, pegou o copo, aproximou-se da lamparina, e examinou o líquido, como se quisesse julgar de sua transparência e limpidez.

Mas esta primeira prova não bastou.

Aquele homem, ou antes, aquele fantasma, porque caminhava tão docemente que o tapete lhe abafava o ruído dos passos, tirou do copo uma colher da beberagem e provou.

Valentine olhava o que sucedia com profundo espanto.

Acreditava que tudo aquilo desapareceria dali a pouco para dar lugar a outro quadro.

Mas o homem, em vez de se desvanecer como uma sombra,

aproximou-se e estendendo o copo a Valentine, disse numa voz cheia de comoção:

— Agora, beba.

Valentine estremeceu.

Era a primeira vez que uma de suas visões lhe falava com esse timbre vivo.

Abriu a boca para soltar um grito.

O homem levou um dedo aos lábios.

— O Sr. Conde de Monte Cristo! — murmurou ela.

Pelo horror que se lhe pintou nos olhos, pelo estremecimento das mãos, e pelo gesto rápido que fez para se esconder nos lençóis, podia-se reconhecer que no espírito dela se dava a última luta da dúvida contra a convicção.

No entanto, a presença do conde de Monte Cristo em seu quarto e a semelhante hora, sua entrada misteriosa, fantástica, inexplicável, por uma parede, pareciam fatos impossíveis à razão quebrantada de Valentine.

— Não chame e não se assuste — disse o conde —; não conserve no fundo do seu coração a mais leve suspeita ou a sombra de uma dúvida; o homem que vê na sua frente (porque desta vez tem razão, Valentine, não é uma ilusão) é o mais terno pai e o mais respeitoso amigo que podia encontrar.

Valentine não achou o que responder.

Tinha tanto medo daquela voz, que lhe revelava a realidade da presença daquele que falava, que temia associar-lhe a sua; mas seu olhar espantado parecia dizer: Se suas intenções são puras, para que veio aqui?

Com a maravilhosa sagacidade de que era dotado, o conde compreendeu o que se passava no coração da donzela.

— Ouça-me — disse ele —, ou antes, olhe para mim: veja os meus olhos avermelhados e o meu rosto mais pálido ainda que de costume; é que há quatro noites não durmo um só instante; há quatro noites velo pela menina, protejo-a, e conservo-a para o nosso amigo Maximiliano.

As faces da donzela coloriram-se repentinamente; o nome que o conde acabava de pronunciar dissipava o resto da desconfiança que lhe tinha inspirado.

— Maximiliano!... — repetiu Valentine, tanto este nome lhe era doce de pronunciar — Maximiliano!... então ele lhe disse, confessou-lhe tudo, Sr. Conde?

— Tudo. Disse-me que a sua vida era a dele, e eu lhe prometi que Valentine havia de viver.

— O senhor prometeu-lhe que eu viveria?

— Prometi.

— Efetivamente, senhor, acaba de me falar de vigilância e de proteção... Então é médico?

— Sou, e o melhor que o Céu podia enviar-lhe neste momento, creia-me.

— O senhor disse que tem velado por mim? — perguntou Valentine inquieta — mas como? eu não o tenho visto...

O conde estendeu a mão na direção da biblioteca.

— Estava escondido atrás daquela porta; aquela porta dá para a casa vizinha, que eu aluguei.

Valentine, num movimento de pudica altivez, voltou os olhos e replicou com soberano terror:

— Senhor, o que fez é de uma loucura sem exemplo, e essa proteção que disse conceder-me parece-se muito com um insulto.

— Valentine — disse o conde —, durante essa longa vigília vi quais são as pessoas que têm entrado no seu quarto, quais os alimentos que lhe têm preparado, e as bebidas que lhe têm servido; depois, quando essas bebidas me pareciam perigosas, entrava, como acabei de entrar há pouco, despejava o seu copo, e substituía o veneno por uma bebida benéfica, que, em vez da morte que lhe estava reservada, fazia circular a vida nas suas veias.

— O veneno?! a morte?! — exclamou sobressaltada Valentine, julgando-se de novo sob o império de alguma febril alucinação — o que diz, Sr. Conde?!

— Silêncio, minha filha! — disse o conde, levando de novo o dedo aos lábios — eu disse o veneno; sim, disse a morte, e repito; mas beba primeiro isto.

O conde tirou da algibeira um frasco, que continha um licor vermelho, do qual deitou algumas gotas no copo.

— E depois de beber não tome mais nada durante a noite, Valentine.

Valentine estendeu a mão.

Apenas, porém, tocou o copo, retirou-a, cheia de horror.

Monte Cristo pegou o copo, bebeu metade, e apresentou-o de novo a Valentine, que tomou, sorrindo, o resto do licor que o mesmo continha.

— Oh, sim! — disse ela —, reconheço o sabor das minhas beberagens noturnas, dessa água que me refresca o peito e me acalma o cérebro. Obrigada, Sr. Conde, obrigada.

— Eis como viveu quatro noites, Valentine — tornou o conde. — Mas eu, como vivi eu? Oh! que horas tão cruéis me fez passar! Oh! que horríveis tormentos me fez sofrer, quando via lançaremlhe no seu copo o veneno mortal, quanto eu tremia que o bebesse antes que eu tivesse ensejo de o despejar no fogão!

— O senhor diz — replicou Valentine no auge do terror — que sofria mil torturas quando via deitarem no meu copo o mortal veneno?.. Mas se o senhor viu deitar o veneno no copo, também devia ter visto a pessoa que o deitava...

— Sim, vi.

Valentine ergueu-se sobre o cotovelo, cobrindo o seio, mais pálido que a neve, com a cambraia bordada, ainda úmida do suor frio do delírio, ao qual se começava a misturar o suor mais gelado ainda do terror.

— Viu!? — repetiu a donzela.

— Sim, vi — disse o conde pela segunda vez.

— É horrível o que me diz, senhor! o que pretende fazer-me crer tem alguma coisa de infernal. O quê?! na casa de meu pai, no meu quarto, no meu leito de sofrimento, há quem queira assassinar-me?!... Oh, retire-se, senhor! tenta a minha consciência; blasfema da bondade divina: isso é impossível, não pode ser!

— Será a Valentine a primeira vítima que essa mão fere? Não viu cair ao redor de si os Srs. de Saint-Méran, e Barrois? E não teria visto cair também o Sr. de Noirtier, se o tratamento que ele segue há três anos não o tivesse protegido, combatendo o veneno com o hábito do veneno?

— Oh, meu Deus! — exclamou Valentine — será por isso que há um mês o meu pobre avô me obriga a tomar de todas as suas beberagens?

— E essas beberagens — perguntou o conde de Monte Cristo — têm um gosto amargo como o da casca de laranja meio seca, não é verdade?

— Sim, meu Deus, sim!

— Oh, isso explica tudo! — tornou o conde de Monte Cristo —; também ele sabe que há nesta casa quem envenene, e talvez quem envenena. Seu avô tem precavido a sua neta adorada contra a mortal substância, e essa substância veio embotar-se contra esse começo de hábito; eis a razão por que ainda vive, o que eu não podia compreender, depois de ter sido envenenada há quatro dias com um veneno que normalmente não perdoa.

— Mas quem é então o envenenador, o assassino?

— Cabe-me a vez de lhe perguntar: Nunca viu entrar alguém de noite no seu quarto?

— De fato... muitas vezes creio ver passar umas sombras; essas sombras aproximam-se, afastam-se, desaparecem; mas eu as tomava por visões da minha febre, e ainda há pouco, quando o senhor entrou, julguei por muito tempo que era vítima de um delírio, que sonhava, enfim.

— Não desconfia de quem deseja a sua morte?

— Não — disse Valentine —; para que há de alguém desejar a minha morte?

— Vai conhecer então essa pessoa — replicou Monte Cristo, apurando o ouvido.

— Como? perguntou Valentine ao conde, olhando ao redor com terror.

— Porque esta noite não tem febre nem delírio; está no uso de todas as suas faculdades, e está dando meia-noite, que é a hora dos assassinos.

— Meu Deus! meu Deus! — exclamou Valentine, limpando com a mão o suor que lhe inundava a fronte.

Efetivamente, soava meia-noite lenta e tristemente; dir-se-ia que as pancadas do martelo de bronze iam ferir o coração da pobre donzela.

— Valentine — continuou o conde —, chame em seu auxílio todas as suas forças, comprima o seu coração, sufoque a voz na garganta, finja dormir, e verá.

Valentine pegou a mão do conde.

— Parece-me que ouço rumor... — disse ela — retire-se!

— Adeus, ou antes, até logo — respondeu o conde.

Depois, com um sorriso tão triste e tão paternal que o coração da pobre menina ficou cheio de reconhecimento, alcançou a porta da biblioteca.

Monte Cristo, porém, voltando-se antes de fechar a porta sobre si, acrescentou:

— Nem um gesto, nem uma palavra! é preciso que a julguem adormecida, de outro modo, podem matá-la antes que eu tenha tempo de acorrer.

E depois de lhe ter dado esta ordem assustadora, o conde de Monte Cristo desapareceu por detrás da porta, que se fechou silenciosamente sobre ele.

Valentine ficou só.

CI. Locusta

Dois outros relógios, atrasados pelo de Saint-Philippe du Roule, deram ainda meia-noite a distâncias diferentes.

Depois, à parte o rugido longínquo de algumas carruagens, tudo recaiu em silêncio.

A atenção de Valentine concentrou-se então no relógio de seu quarto, e no ponteiro que marcava os segundos.

Começou a contar esses segundos, e notou que eram duas vezes mais lentos do que as palpitações de seu coração.

E, no entanto, duvidava ainda.

A inofensiva Valentine não podia crer que alguém desejasse sua morte; para quê? com que fim? que mal tinha ela feito para suscitar um inimigo?

Não havia receio de que adormecesse.

Uma só idéia, uma idéia terrível, lhe preocupava o espírito: era que existia uma pessoa no mundo que tinha tentado assassiná-la, e que ia diligenciá-lo de novo.

Se desta vez essa pessoa, como tinha dito Monte Cristo, convencida da ineficácia de seu veneno, recorresse ao ferro, se o conde não tivesse tempo de acudir, se ela se aproximava de seu último momento, se tinha de não tornar a ver Morrel!...

A este pensamento, que a cobria ao mesmo tempo de uma palidez lívida e de um suor gelado, Valentine esteve prestes a pegar o cordão da campainha e a pedir socorro.

Mas parecia-lhe que, através da porta da biblioteca, via brilhar os olhos do conde, esses olhos que pesavam sobre sua lembrança e que, quando ela pensava em pedir socorro a esmagavam de uma tal vergonha, que a donzela perguntava a si mesma se alguma vez o reconhecimento chegaria a destruir esse efeito da indiscreta amizade do conde.

Passaram assim trinta minutos, trinta eternidades. Enfim, deu uma hora.

Neste momento, um leve ruído, como um roçar de unhas pela madeira, e que partia do lado da biblioteca, advertiu Valentine de que o conde de Monte Cristo velava e lhe recomendava que velasse igualmente.

Efetivamente, do lado oposto, quer dizer, do quarto de Édouard, pareceu a Valentine ouvir ranger o sobrado.

Apurou o ouvido e conteve a respiração; a lingüeta da fechadura desandou, e a porta rodou nos lemes.

Valentine tinha-se levantado sobre um cotovelo, e não teve

mais do que tempo para se deixar cair sobre a cama e ocultar os olhos com os braços.

Depois, trêmula, agitada, com o coração oprimido por indizível terror, esperou.

Aproximou-se-lhe alguém do leito, e afastou cautelosamente as cortinas.

Valentine reuniu todas as suas forças, e simulou esse murmúrio regular da respiração que denuncia um sono tranqüilo.

— Valentine! — disse uma voz abafada.

A donzela, ao ouvir aquela voz, estremeceu até o fundo do coração, mas não respondeu.

— Valentine! — repetiu a mesma voz.

Igual silêncio.

Valentine tinha prometido não despertar. Depois ficou tudo imóvel e silencioso.

A preocupada doentinha ouviu unicamente o ruído quase imperceptível que fazia um líquido caindo no copo que ela acabava de despejar de um trago.

Então se atreveu, sem mudar de posição, a abrir os olhos, e viu uma mulher de penteador branco, que despejava no copo uma bebida de antemão preparada numa garrafinha.

Durante esse pequeno instante, Valentine conteve a respiração, ou fez algum leve movimento, porque a mulher deteve-se, inquieta, e inclinou-se para o leito, para se certificar se a enferma dormia.

Era a Sr.ª de Villefort.

A pobre Valentine, ao conhecer a madrasta, sentiu um estremecimento tão grande, que imprimiu um movimento no leito.

A Sr.ª de Villefort encostou-se rapidamente à parede, e daí, abrigada pelas cortinas do leito, muda e atenta, espiava os menores movimentos de Valentine.

A donzela recordou-se das palavras do conde de Monte Cristo. Pareceu-lhe ter visto brilhar na mão da madrasta uma faca grande e bem afiada.

Então Valentine, chamando em seu auxílio toda a força de sua vontade, esforçou-se por fechar os olhos; mas esta função, tão simples de ordinário, tornava-se então quase impossível, tão grande era sua curiosidade.

Entretanto, a Sr.ª de Villefort, convencida de que Valentine, em vista a sua regular respiração, continuava a dormir, estendeu de novo o braço, e, conservando-se meio oculta pelas cortinas da cabeceira do leito, acabou de despejar no copo todo o líquido que continha a garrafinha.

Depois se retirou, sem que o menor ruído advertisse a enferma de sua partida.

Valentine tinha visto desaparecer o braço, e nada mais; esse braço fresco e arredondado de uma mulher de vinte e cinco anos, jovem e formosa, que disseminava a morte.

É impossível exprimir o que Valentine experimentou durante o minuto e meio em que a Sr.ª de Villefort se tinha conservado no quarto.

Um leve ruído, vindo do lado da biblioteca, tirou-a daquele torpor em que se achava imersa.

Levantou a cabeça com esforço, e viu reaparecer o conde de Monte Cristo.

— E então! Ainda duvida? — perguntou o conde.

— Oh! Meu Deus!... — murmurou a menina.

— Viu?

— Pobre de mim!

— Conheceu quem entrou no seu quarto?

Valentine soltou um gemido.

— Conheci — respondeu ela —; mas apesar de tê-la visto, ainda não posso acreditar.

— Deseja antes morrer, e matar Maximiliano Morrel, que sucumbirá de dor?!...

— Oh! meu Deus, meu Deus! — repetiu a donzela horrorizada — mas então, não posso abandonar esta casa, salvar-me?...

— A mão que a persegue, Valentine, há de alcançá-la onde estiver: seduzirão os seus criados à força de ouro, e a morte apresentar-se-lhe-á sob todas as formas, na água que beber na fonte, nos frutos que colher na árvore.

— Mas o senhor não me disse que a providência de meu avô me tinha precavido contra o veneno?...

— Contra um veneno, e ainda assim, quando não seja empregado em grande porção; mas hão de mudar de veneno ou aumentar a dose.

E o conde pegou o copo e levou-o aos lábios.

— Está vendo? — disse ele — já o fizeram. Já não é com a brucina que a envenenam, é com um simples narcótico. Reconheço o gosto do álcool em que o dissolveram. Se tivesse bebido o que a Sr.ª de Villefort acabou de despejar neste copo, minha pobre Valentine, minha querida menina, estaria perdida.

— Mas... meu Deus! — exclamou a menina — por que é então que ela me persegue de tal forma!?

— Como?! pois é tão boa, tão inocente? acredita tão pouco no mal que ainda não compreendeu, Valentine?

— Não compreendo, nunca lhe fiz mal nenhum!...

— Não é rica, Valentine? tem duzentas mil libras de renda, e essas duzentas mil libras não são para o Édouard.

— Ora essa! mas a minha fortuna não é dela, vem dos meus parentes.

— Decerto, e aí tem a razão por que os Srs. de Saint-Méran morreram; foi para que Valentine herdasse dos seus parentes; aí tem a razão por que seu avô ficou condenado desde o dia em que a instituiu sua herdeira; aí tem, finalmente, a razão por que, por sua vez, devia morrer; seu pai herdaria de si, e seu irmão, como filho único, tornava-se herdeiro de seu pai.

— Édouard! pobre criança... e é por causa dele que se cometem tantos crimes?

— Ah! compreende, finalmente.

— Oh! Deus permita que tantos crimes não recaiam sobre ele!

— É um anjo, Valentine.

— E o meu avô? renunciaram então a matá-lo.

— Refletiram que por sua morte, a não ser que a deserdassem, a fortuna voltaria naturalmente para seu irmão, e julgaram que esse crime, no final das contas, seria inútil e duplamente perigoso.

— E pôde o espírito de uma mulher conceber semelhante combinação!... Oh! meu Deus! meu Deus!

— Lembre-se de Pérouse... da latada da hospedaria da Posta... do homem do capote pardo, que a sua madrasta interrogava sobre a aquatofana... Pois bem! desde essa ocasião, todo esse infernal projeto amadureceu no cérebro dela.

— Oh! Sr. Conde — exclamou a doce donzela, inundando-se em lágrimas —, se assim é, já vejo que estou condenada a morrer.

— Não, Valentine, porque eu previ tudo isso, e porque a nossa inimiga foi descoberta e compreendido o seu infernal plano; não, há de viver, Valentine, para amar e ser amada; há de viver, para ser feliz e tornar venturoso um nobre coração; mas para viver Valentine, é preciso que tenha em mim toda a confiança.

— Ordene, senhor; o que é preciso fazer?

— Tomar cegamente tudo o que eu lhe der.

— Oh! Deus é testemunha de que, se fosse só por mim, pouco me importaria de morrer.

— Não há de dizer nada a ninguém, nem sequer a seu pai.

— Meu pai ignora este tenebroso plano, não é verdade, senhor? — perguntou Valentine pondo as mãos.

— Ignora-o; no entanto, seu pai, homem acostumado às acusações judiciais, não pode duvidar de que todas estas mortes não são naturais. Era seu pai quem devia velar pela menina, era ele quem devia estar a esta hora no lugar que eu ocupo; era ele quem devia ter já despejado este copo, e levantar-se contra o assassino. Espectro contra espectro — murmurou o conde, acabando a frase, em voz alta.

— Senhor — disse Valentine —, diligenciarei viver, e obedecer-lhe-ei em tudo, porque existem duas pessoas no mundo que me amam e que morreriam se eu morresse: meu avô e Maximiliano.

— Eu velarei por eles, como velo por Valentine.

— Então, senhor, disponha de mim.

Depois acrescentou em voz baixa: Oh! meu Deus! meu Deus! o que irá acontecer me? Tenho medo, tenho medo!

— Suceda o que lhe suceder, Valentine, não se assuste; se sofrer, se perder a vista, o ouvido, o tato, não tema nada; se despertar sem saber onde está, não tenha medo, ainda que lhe pareça ver-se num túmulo ou encerrada num ataúde; revoque então o seu espírito, e diga consigo mesma: — Há neste momento um amigo, um pai, um homem que quer a minha felicidade e a de Maximiliano, e esse homem vela por mim.

— Oh! que horrível extremidade!

— Valentine, quer antes denunciar sua madrasta?...

— Antes queria morrer cem vezes! oh, se queria!...

— Não há de morrer; e promete-me que, suceda o que lhe suceder, não se há de queixar, e esperará com resignação o resultado, não é verdade?

— Pensarei em Maximiliano.

— É a minha filha querida, Valentine; só eu a posso salvar, e hei de salvá-la.

Valentine, no cúmulo do terror, juntou as mãos, porque julgou ser chegado o momento de pedir a Deus coragem, e endireitou-se para orar, murmurando palavras sem nexo, e esquecendo que seus ombros de alabastro não tinham outro véu mais que seus longos cabelos, e que se lhe via palpitar o coração através da fina renda da camisa de dormir.

O conde apoiou docemente a mão sobre o braço da menina, aconchegou-lhe até o pescoço a colcha de veludo, e disse com um sorriso paternal:

— Minha filha, creia na minha dedicação, como crê na bondade de Deus e no amor de Maximiliano.

Valentine fixou nele um olhar cheio de reconhecimento.

Então o conde tirou da algibeira do colete a caixa de esmeralda, levantou a tampa de ouro, e pôs na mão direita de Valentine uma pequena pastilha redonda e da grossura de uma ervilha.

A menina pegou-lhe com a outra mão, e olhou para o conde, atentamente.

Havia nas feições do intrépido protetor um reflexo da majestade e do poder divinos.

Era evidente que Valentine o interrogava com o olhar.

— Sim — respondeu ele.

Valentine levou a pastilha à boca e engoliu-a.

— Agora, até breve, minha filha — disse ele —; vou diligenciar dormir, porque está salva.

— Vá — disse Valentine —; suceda o que suceder, não hei de sentir medo.

Monte Cristo conservou muito tempo os olhos fixos na donzela, que adormecia pouco a pouco, vencida pela força do narcótico que ele acabava de lhe dar.

Em seguida pegou o copo, despejou no fogão três quartas partes do líquido, para que se julgasse que Valentine bebera o que faltava, e tornou a pô-lo na mesa de cabeceira.

Então, dirigindo-se para a porta da biblioteca, desapareceu, depois de ter lançado um último olhar a Valentine, que dormia com a confiança e a candura de um anjo deitado aos pés do Senhor.

CII. Valentine

A lamparina continuava a arder sobre o fogão, espargindo sua tênue claridade, e consumindo as últimas gotas de azeite que se sustentavam ainda sobre a água.

Já um círculo mais vermelho cobria o alabastro do globo, já a flama mais viva deixava ouvir os estalidos dessas derradeiras cintilações, que muito se parecem, nos seres inanimados, com as últimas convulsões da agonia, e que por isso tantas vezes comparamos às das pobres criaturas humanas.

O dia, que se devia apresentar sinistro, acabava de colorir com um pálido reflexo as cortinas brancas e as coberturas do leito da adormecida donzela.

Na rua não se ouvia um ruído; no interior da casa era medonho o silêncio.

A porta do quarto de Édouard abriu-se então, e uma cabeça que nós já vimos apareceu no espelho oposto à porta.

Era a Sr.ª de Villefort, que voltava para se certificar do efeito da beberagem.

Parou à entrada, escutou o crepitar da lâmpada, único ruído

perceptível naquele quarto que se julgaria deserto, e depois avançou suavemente para a mesa, para verificar se o copo de Valentine estava vazio.

Conservava ainda uma quarta parte, como dissemos. A Sr.ª de Villefort pegou o copo e foi despejá-lo nas cinzas, que remexeu para facilitar a absorção do líquido; depois limpou cuidadosamente o copo com o próprio lenço, e pô-lo em seu lugar.

Quem pudesse espreitar para o interior daquele quarto, poderia ver a hesitação da Sr.ª de Villefort em fixar a vista sobre Valentine e em aproximar-se-lhe do leito.

Aqueles reflexos lúgubres, aquele silêncio, a terrível poesia da noite, combinavam-se sem dúvida com a espantosa poesia de sua consciência: a envenenadora tremia de sua obra.

Por fim, cobrou ânimo, afastou a cortina, encostou-se à cabeceira do leito e contemplou Valentine.

A donzela não respirava; entre os dentes entreabertos não deslizava nem um átomo desse hálito que denuncia a vida; seus lábios esbranquiçados tinham deixado de tremer; as longas pestanas pretas raiavam uma pele já amarelecida como a cera; os olhos estavam rodeados por uma sombra arroxeada.

A Sr.ª de Villefort contemplou aquele rosto de uma expressão tão eloqüente em sua imobilidade.

Afoitou-se então, e, levantando a colcha, pôs a mão sobre o coração da donzela.

Estava mudo e gelado.

O que batia era a artéria de seus próprios dedos.

Retirou a mão com um arrepio.

O braço de Valentine pendia fora do leito.

Esse braço, em toda sua extensão desde o ombro até o sangradouro, parecia moldado por o de uma das Graças de Germano Pilon; mas o antebraço estava ligeiramente contraído por uma crispação, e a mão, de uma forma tão correta, apoiava-se, um pouco inteiriçada e com os dedos abertos, sobre o acaju do leito; as unhas estavam circundadas de azul.

Para a Sr.ª de Villefort não havia que duvidar: tudo estava acabado; a obra terrível, a última que devia cumprir, estava, enfim, consumada.

A envenenadora não tinha já o que fazer naquele quarto.

A Sr.ª de Villefort recuou com tanta precaução, que era visível que temia a bulha dos próprios passos no tapete; mas mesmo recuando, conservava a cortina levantada, contemplando aquele quadro de morte, que tem em si uma irresistível atração, enquanto não significa apodrecimento, mas imobilidade; enquanto é só mistério, e não ainda desgosto.

Os minutos escoavam-se; e a envenenadora não podia largar aquela cortina, que ela tinha suspensa como uma mortalha sobre a cabeça de Valentine.

Neste momento, redobrou o crepitar da lâmpada.

A Sr.ª de Villefort estremeceu e deixou cair a cortina.

A luz extinguiu-se no mesmo instante, e o quarto ficou imerso em medonha escuridão.

No meio dessa escuridão, soaram quatro horas e meia.

A envenenadora, horrorizada por tantas comoções sucessivas, alcançou a porta às apalpadelas, e entrou em seu quarto com a fronte inundada pelo suor da agonia.

A escuridão continuou ainda por mais duas horas.

Depois, pouco a pouco, uma claridade descorada foi chegando ao quarto através das persianas; até que, sempre crescendo, o invadiu por completo, dando já cor e forma aos objetos e aos móveis.

Foi então que soou na escada a tosse da enfermeira, que entrou no quarto de Valentine com uma chávena na mão.

Para um pai, para um amante, teria sido decisivo o primeiro olhar: Valentine estava morta; para esta mercenária a donzela só estava adormecida.

— Bom — disse a mulher, aproximando-se do leito —, bebeu algum remédio.

Depois foi ao fogão, e fez lume. Instalou-se em seguida em sua cadeira de braços, e, conquanto acabasse de se levantar da cama, aproveitou o sono de Valentine para dormir ainda alguns instantes.

O relógio despertou-a dando oito horas. Então, admirada do sono obstinado da donzela, assustada por tornar a ver aquele braço inerte e pendurado fora da cama, aproximou-se do leito, e foi então que notou que a enferma tinha os lábios frios e o peito gelado.

Quis erguer o braço para o pôr ao lado do corpo, mas o braço só obedeceu com a assustadora rigidez que não engana uma enfermeira.

A mulher soltou um grito horrível, e correu para a porta.

— Acudam! acudam! — gritou.

— Acudam?!... Que é que se passa? — respondeu da escada a voz do Sr. d'Avrigny.

Era a hora da visita do doutor.

— O que é? o que é?! — gritou Villefort, saindo precipitadamente de seu gabinete —; doutor, não ouviu gritar por socorro?

— Ouvi, ouvi; subamos! — respondeu d' Avrigny — subamos depressa; foi no quarto de Valentine.

Mas antes que o médico e o pai chegassem, já os criados que se achavam no mesmo andar, nos quartos ou nos corredores, tinham entrado, e, ao verem Valentine pálida e imóvel sobre o leito, ergueram as mãos ao Céu, cambaleando como feridos por uma vertigem.

— Chamem a Sr.ª de Villefort! acordem a Sr.ª de Villefort! — gritou da porta o procurador régio, que parecia não se atrever a entrar.

Mas os criados, em lugar de responderem, olharam para o Sr. d'Avrigny, que correra para Valentine e a levantara nos braços.

— Mais esta!... — murmurou ele, deixando-a cair sobre o leito.

— Oh! meu Deus! tende piedade!

Villefort precipitou-se no quarto.

— O que diz, doutor?! Meu Deus!... — bradou ele, levantando as mãos ao Céu. — Doutor!... doutor!...

— Digo que Valentine está morta! — respondeu d'Avrigny com voz solene, e terrível por sua solenidade.

Villefort sentiu fraquejarem-lhe as pernas, e caiu sobre a cama de Valentine.

Ouvindo as palavras do doutor e os gritos do pai, os criados fugiram horrorizados, soltando surdas imprecações.

Ouviram-se-lhes nas escadas e nos corredores os passos precipitados, e logo grande movimento no pátio.

Depois tudo ficou sossegado.

Todos, desde o primeiro até o último, tinham abandonado aquela casa maldita.

Neste momento, a Sr.ª de Villefort, com o braço meio enfiado em seu penteador, levantou o reposteiro.

Conservou-se um instante no limiar, com ar de quem interrogava as pessoas presentes, e chamou em seu auxílio algumas lágrimas, rebeldes em acudir.

De repente deu um passo, ou antes, um salto, com os braços estendidos para a mesinha.

A Sr.ª de Villefort acabava de ver d'Avrigny inclinar-se curiosamente sobre a mesinha, e pegar o copo que ela estava certa de ter despejado de noite.

O copo tinha um terço do líquido, justamente como quando ela o despejara nas cinzas.

Se o espectro de Valentine se tivesse levantado diante da envenenadora não produziria nela tal efeito.

De fato, era exatamente a cor do líquido que ela tinha despejado no copo de Valentine, e que esta bebera; era realmente o veneno, o que não podia enganar o doutor, que olhava atentamente; era sem dúvida um milagre, que Deus tinha feito para que ficasse, apesar das precauções da criminosa, um vestígio, uma prova, uma denúncia do crime.

Entretanto, ao passo que a Sr.ª de Villefort se conservava silenciosa como a estátua do Terror, ao passo que Villefort, com a cabeça oculta nos lençóis do leito mortuário, nada via do que se passava em redor de si, d'Avrigny aproximou-se da janela para melhor examinar o conteúdo do copo, e conhecer o gosto de uma gota que tomara na ponta de um dedo.

— Ah! — murmurou ele — já não é brucina... vejamos o que é agora.

Correu então a um armário do quarto que fora transformado em farmácia, e tirando de sua pequena caixa de prata um frasco de ácido nítrico, deixou cair algumas gotas no líquido, que se mudou rapidamente em meio copo de sangue vermelho.

— Ah! — exclamou o doutor d' Avrigny, com o horror do juiz a quem se revela a verdade, de envolta com a alegria do sábio que resolve um problema.

A Sr.ª de Villefort rodou um instante sobre si; os olhos lançaram-lhe chamas, depois extinguiram-se.

Procurou, cambaleando, a porta, e desapareceu.

Um instante depois, ouviu-se o ruído afastado de um corpo que caía no sobrado.

Ninguém, contudo, lhe prestou atenção.

A enfermeira estava ocupada em contemplar a análise química.

Villefort conservava-se na mesma posição.

Só d'Avrigny seguira a Sr.ª de Villefort com a vista e lhe notara a grande precipitação. O doutor levantou a tapeçaria do quarto de Valentine, e o seu olhar, atravessando o quarto de Édouard, pôde fixar-se no da Sr.ª de Villefort, que viu estendida no chão, sem movimento algum.

— Vá socorrer a Sr.ª de Villefort — disse ele à enfermeira —, que está incomodada.

— Mas... e a menina Valentine? — balbuciou a mulher.

— A menina Valentine já não precisa que a socorram — disse d'Avrigny —, está morta.

O inflexível Villefort sucumbiu a tanta desgraça.

— Morta!... morta!... — suspirou Villefort no paroxismo de uma dor que tinha tanto mais de cruel quanto tinha de estranha, de desconhecida, de inaudita, para aquele coração de bronze.

— Morta?! — gritou terceira voz — quem disse que Valentine estava morta!?

Os dois homens voltaram-se, e viram Morrel à entrada da porta, em pé, pálido, terrível.

Eis o que tinha sucedido:

À sua hora costumada, e pela pequena porta que conduzia aos aposentos de Noirtier, Morrel apresentou-se. Contra o costume, viu a porta aberta; não teve, portanto, precisão de bater, e entrou.

Esperou um instante no vestíbulo, chamando um criado qualquer que o introduzisse junto do velho Noirtier.

Ninguém respondeu.

Os criados, como sabemos, tinham fugido da casa.

Morrel, nesse dia, não se sentia mais inquieto do que de costume. Monte Cristo prometera-lhe que Valentine não morreria, e até então essa promessa fora fielmente mantida.

O conde dava-lhe todas as noites boas notícias, que eram confirmadas no dia seguinte pelo próprio Noirtier.

No entanto, aquela solidão pareceu-lhe singular.

Chamou segunda, terceira vez...

O mesmo silêncio.

Decidiu-se então a subir.

A porta de Noirtier estava aberta, como todas as outras.

A primeira pessoa que ele viu foi o velho em sua cadeira, colocado no lugar costumado.

— Como vai o senhor? — perguntou o rapaz, não sem um certo aperto de coração.

— Bem — respondeu o velho com o piscar de olhos habitual —; bem.

Mas na fisionomia parecia transluzir-lhe inquietação.

— O senhor está preocupado... — continuou Morrel — precisa de qualquer coisa. Quer que eu chame algum dos seus criados?

— Sim — replicou Noirtier.

Morrel puxou pelo cordão da campainha, mas ninguém lhe respondeu.

Voltou-se para Noirtier.

A palidez e a angústia iam crescendo no rosto do velho.

— Oh! meu Deus! — exclamou Morrel — por que será que não vêm? Há alguém em perigo na casa?

Os olhos de Noirtier pareciam saltar das órbitas.

— Mas... o que tem? — exclamou Morrel — assusta-me!... Valentine? Valentine?!...

— Sim! sim! — respondeu Noirtier.

Maximiliano abriu a boca para falar, mas não pôde articular um som; cambaleou, e encostou-se à parede. Depois estendeu a mão para a porta.

— Sim! sim! — continuou o velho.

Maximiliano lançou-se na pequena escada, que transpôs em dois saltos, enquanto Noirtier parecia dizer-lhe com os olhos: Depressa! mais depressa!

Bastou um minuto ao rapaz para atravessar vários quartos, solitários como o resto da casa, e para chegar até o de Valentine.

Não teve precisão de empurrar a porta; estava aberta de par em par.

O primeiro ruído que ouviu foi o de um soluço; e viu, como que através de uma nuvem, uma figura negra, ajoelhada e perdida num montão confuso de roupa branca. Um medo, um horroroso medo, pregava-o à entrada.

Foi então que ouviu uma voz que dizia: Valentine está morta. E outra, como que um eco, que respondia:

— Morta!... morta!...

CIII. Maximiliano

Villefort levantou-se, quase envergonhado por ter sido surpreendido no acesso de sua dor.

O seu olhar, por um instante espantado, fixou-se em Morrel.

— Quem é o senhor, que se esquece de que não é costume entrar-se assim numa casa habitada pela morte? Retire-se, senhor! retire-se! Saia daqui!

Mas Morrel ficou imóvel.

— Saia! não ouviu? — gritou Villefort, ao passo que d'Avrigny avançava para fazer sair Morrel.

O rapaz mirou com ar de espanto o cadáver, os dois homens, todo o quarto; pareceu hesitar um instante, abriu a boca; depois, não achando uma palavra que replicar, não obstante o tropel de idéias que lhe invadiam o cérebro, voltou pelo mesmo caminho, arrepelando os cabelos, e de tal modo que Villefort e d'Avrigny, um instante distraídos de suas preocupações, trocaram, depois de o terem seguido com a vista, um olhar que queria dizer: Está doido!

Mas antes de decorrerem cinco minutos, ouviu-se ranger a escada sob a pressão de um peso considerável, e viram Morrel, que, com esforço sobre-humano, levantando nos braços a cadeira de Noirtier, conduzia o velho ao primeiro andar da casa.

Chegado ao alto da escada, Morrel pousou no chão a cadeira, e empurrou-a rapidamente até o quarto de Valentine.

Toda esta manobra se executou com uma força duplicada pela exaltação frenética do pobre moço.

Mas uma coisa mais assustadora ainda era a figura de Noirtier, que avançava para o leito de Valentine empurrado por Morrel; a figura de Noirtier, cuja inteligência desenvolvia todos os recursos e cujos olhos reuniam todo seu poder para suprirem as outras faculdades.

O rosto pálido do ancião, seu olhar chamejante, foram para Villefort uma aparição terrível.

Sempre que se encontrara em contato com seu pai qualquer coisa de terrível acontecera.

— Veja o que fizeram! — gritou Morrel, com uma mão ainda apoiada nas costas da cadeira que acabava de empurrar até o leito, e com a outra estendida para Valentine — veja, meu pai, veja! Villefort recuou um passo e olhou espantado para aquele homem que lhe era desconhecido, e que chamava pai ao pai dele, a Noirtier.

Neste momento toda a alma do velho pareceu concentrar-se-lhe nos olhos, que se injetaram de sangue.

Mas as veias do pescoço entumeceram-se-lhe; um tom azulado, como aquele que invade a pele do epiléptico, cobriu-lhe o pescoço e todo o rosto.

Àquela explosão interior de todo o ser, àquela explosão terrível, só faltava um grito.

Esse grito saiu-lhe por assim dizer de todos os poros, horroroso em seu mutismo, cruel em seu silêncio.

D' Avrigny correu para o velho e fez-lhe respirar um violento revulsivo.

— Senhor! — exclamou Maximiliano, pegando a mão inerte do paralítico — perguntam-me quem eu sou, e que direito tenho de estar aqui. Oh, o senhor, que o sabe, diga-lhes! diga-lhes, senhor!

E a voz do rapaz extinguiu-se em soluços.

Quanto ao velho, a respiração ofegante agitava-lhe o peito. Dir-se-ia que estava a braços com uma dessas agitações que precedem a agonia.

Enfim, brilharam as lágrimas nos olhos de Noirtier, mais feliz que Morrel, que soluçava sem chorar.

— Diga, Sr. Noirtier — continuou Morrel em voz estrangulada —, diga, meu pai, que eu era o noivo dela! Diga que ela era a minha nobre amiga, o meu único amor na Terra! Diga, diga que esse cadáver me pertence!

E o rapaz, dando o terrível espetáculo de uma grande força que se quebra, caiu pesadamente de joelhos diante daquele leito, que seus dedos crispados apertaram violentamente.

Aquela dor era tão pungente, que d'Avrigny se voltou para ocultar sua comoção, e Villefort, sem pedir outra explicação, atraído por esse magnetismo que nos impele para os que amavam os que choramos, estendeu a mão ao rapaz.

Mas Morrel nada via; segurava a mão gelada de Valentine, e, não podendo chorar, mordia os lençóis, rugindo.

E, contudo, um ruído dominava todos os outros: era a respiração rouca e tormentosa de Noirtier, que parecia ir estourar-lhe o peito a cada instante.

Finalmente, Villefort, mais senhor de si que os outros, depois de ter, por assim dizer, cedido por algum tempo o lugar a Maximiliano, tomou a palavra.

— Senhor — disse ele —, amava Valentine, como acaba de dizer; era seu noivo. Eu ignorava esse amor, desconhecia esse noivado, e, no entanto, eu, o pai, perdoo-lhe, senhor, porque vejo que a sua dor é grande, real e verdadeira. Além disso, a minha dor é também muito profunda para que me reste no coração lugar para cólera. Mas, bem o vê, o anjo que ambicionava deixou a Terra: já nada tem com a adoração dos homens, ela, que a esta hora adora o Senhor: despeça-se dos tristes despojos que ficaram entre nós; aperte pela última vez essa mão que esperava alcançar, e separe-se para sempre da minha pobre filha; Valentine não precisa agora senão do padre, que deve benzê-la.

— Engana-se, senhor — gritou Morrel, levantando-se sobre um joelho, o coração atravessado por uma dor mais aguda do que aquelas que tinha sentido até então —, engana-se: Valentine, pela maneira por que morreu, não é somente de um padre que precisa, é também de um vingador. O Sr. de Villefort queira mandar chamar o padre, que eu serei o vingador.

— O que quer dizer, senhor? — perguntou Villefort, tremendo diante daquela inspiração de delírio do Morrel.

— Quero dizer — continuou o rapaz — que há dois homens no senhor: o pai já chorou bastante; comece agora o procurador régio a exercer o seu ofício.

Os olhos do velho Noirtier cintilaram; o doutor d'Avrigny aproximou-se.

— Senhor — continuou Morrel, recolhendo todos os sentimentos que se revelavam no rosto dos assistentes —, eu sei o que digo, e o senhor sabe tão bem como eu o que vou dizer: Valentine morreu envenenada.

Villefort curvou a cabeça sobre o peito; d'Avrigny avançou mais um passo; Noirtier confirmou com um volver de olhos as palavras do rapaz.

— Ora, senhor — continuou Morrel —, no tempo em que vivemos, uma criatura, ainda que não seja jovem, ainda que não seja formosa, ainda que não seja adorável, como era Valentine, não pode desaparecer tão violentamente do mundo sem que se peçam contas da sua desaparição. Vamos, senhor Procurador Régio — completou com crescente severidade —, nada de perdão! eu denuncio-lhe o crime, procure o assassino!

E os seus olhos implacáveis interrogavam Villefort, que por sua parte implorava com o olhar umas vezes Noirtier e outras d'Avrigny.

Mas, em vez do socorro que esperava encontrar em seu pai e no doutor, Villefort só encontrou neles um olhar tão inflexível como o de Morrel.

— Sim! — fez o velho.

— Certamente! — apoiou d' Avrigny.

— Senhor — replicou Villefort, diligenciando lutar contra aquela tríplice vontade e contra sua própria emoção —; engana-se, na minha casa não se cometem crimes; é a fatalidade que me fere, é Deus que me experimenta; é horrível pensar assim, mas em minha casa não se mata ninguém!

Os olhos de Noirtier faiscaram, d'Avrigny abriu a boca para falar; Morrel estendeu a mão pedindo silêncio.

— E eu lhe digo que na sua casa há quem assassine! — exclamou Morrel, cuja voz baixou sem nada perder de sua vibração terrível. — Digo-lhe que é esta a quarta vítima em quatro meses! Digo-lhe que já há quatro dias tinham diligenciado envenenar Valentine, o que não conseguiram, graças às precauções do Sr. de Noirtier; digo-lhe que duplicaram a dose ou substituíram a qualidade de veneno, e que desta vez conseguiram o resultado que desejavam! Digo-lhe, finalmente, que sabe tudo isto tão bem como eu, porque este senhor que aqui está o tinha prevenido como médico e como amigo.

— Oh, o senhor delira! — replicou Villefort, diligenciando romper o círculo em que o apertavam.

— Deliro?! — tornou Morrel — pois bem! invoco o testemunho do Sr. d'Avrigny. Pergunte-lhe, senhor, se não se recorda das palavras que pronunciou no jardim deste palácio, na mesma noite do falecimento da Sr.ª de Saint-Méran, quando o senhor e ele, julgando-se sós, conversavam a respeito dessa morte trágica, para a qual essa fatalidade de que fala, esse Deus, que acusa injustamente, não contribuíram senão numa coisa: em terem criado o assassino de Valentine.

Villefort e d'Avrigny trocaram um olhar.

— Sim, sim, recordem-se, porque essas palavras, que julgavam ter soltado no silêncio e na solidão, caíram nos meus ouvidos. Era minha obrigação, depois dessa noite, ao ver a criminosa complacência do Sr. de Villefort descobrir tudo à autoridade. Não seria cúmplice na sua morte, como agora sou, Valentine! minha Valentine muito amada! Mas o cúmplice há de tornar-se vingador; este quarto assassinato é flagrante e visível aos olhos de todos, e se seu pai a abandona, minha adorada Valentine, serei eu, juro-lho, quem há de perseguir o assassino.

E desta vez, como se a Natureza, enfim, se apiedasse daquela vigorosa organização prestes a quebrar-se por sua própria força, as últimas palavras de Morrel extinguiram-se-lhe na garganta; rompeu em soluços, e as lágrimas, por tanto tempo rebeldes, saltaram-lhe dos olhos; então caiu de joelhos chorando junto do leito de Valentine.

E coube a vez a d'Avrigny.

— E eu — disse ele em voz firme — reúno-me ao Sr. Morrel para pedir o castigo do crime, porque o coração rebela-se-me contra a idéia de que a minha covarde complacência somente serviu para animar o assassino!

— Oh! meu Deus! meu Deus! — murmurou Villefort, aniquilado.

Morrel levantou a cabeça, e notou nos olhos do velho um sorriso sobrenatural.

—Esperem! — disse Maximiliano — esperem: o Sr. Noirtier quer falar.

— Sim — afirmou Noirtier, com uma expressão tanto mais terrível quanto todas as faculdades desse pobre velho impotente se lhe concentravam no olhar.

— O senhor conhece o assassino? — perguntou Morrel.

— Sim — respondeu Noirtier.

— E quer esclarecer-nos? — exclamou o rapaz. — Escutemos! Sr. d' Avrigny, escutemos!

Noirtier dirigiu ao desgraçado Morrel um sorriso melancólico, um desses doces sorrisos que tantas vezes tornaram feliz Valentine, e atraíram sua atenção.

Depois, tendo, por assim dizer, virado os olhos de seu interlocutor para os seus, voltou-os para a porta.

— Quer que eu saia, Sr. Noirtier?... — perguntou dolorosamente Morrel.

— Sim — respondeu o velho.

— Mas... Senhor!... tenha dó de mim!

Os olhos do velho conservaram-se implacavelmente pregados na porta.

— Poderei ao menos voltar? — disse o rapaz.

— Sim.

— Devo sair só?

— Não.

— Com o senhor Procurador Régio?

— Não.

— Com o doutor?

— Sim.

— Quer ficar sozinho com o Sr. de Villefort?

— Sim.

— E acha que ele o poderá perceber?

— Sim.

— Oh! — disse Villefort quase alegre, porque o inquérito ia fazer-se sem testemunhas — esteja descansado, que compreendo muito bem meu pai.

E pronunciando estas palavras com a expressão de alegria que assinalamos, o procurador régio sentiu baterem-lhe os dentes com violência.

D'Avrigny tomou pelo braço Morrel e levou-o para a sala imediata.

Fez-se então em toda a casa um silêncio mais profundo do que o da morte.

Por fim, um quarto de hora depois, ouviu-se um passo incerto e cambaleante, e Villefort apareceu no limiar da sala onde esperavam o doutor d'Avrigny e Morrel, um pensativo e o outro sufocado de dor, e de impaciência.

— Venham — disse ele.

E levou-os para junto da cadeira de Noirtier.

Morrel olhou atentamente para Villefort.

O procurador régio estava lívido; grandes manchas cor de ferrugem sulcavam-lhe a fronte, e entre os dedos, tanto a torcera e retorcera, tinha os fragmentos de uma pena.

— Senhores — disse ele numa voz estrangulada —, dão-me a sua palavra de honra de que fica entre nós o horrível segredo?

Os dois homens fizeram um movimento.

— Peço-lhes!... — continuou Villefort.

— Mas!... — disse Morrel — o criminoso?... o assassino? quem é ele? isso é o que nós queremos saber!

— Esteja tranqüilo, senhor, que justiça será feita — respondeu

Villefort. — Meu pai revelou-me o nome do culpado; meu pai tem sede de vingança, como os senhores, e, no entanto, pede-lhes, como eu, que guardem segredo do crime. Não é verdade, meu pai?

— Sim — respondeu resolutamente Noirtier.

Morrel deixou escapar um movimento de horror e incredulidade.

— Oh! — bradou Villefort, segurando Maximiliano pelo braço — oh! senhor, se meu pai, o homem inflexível que conhecem, lhes faz este pedido, é porque tem a certeza de que Valentine há de ser terrivelmente vingada, não é verdade, meu pai?

O velho fez um sinal afirmativo.

Villefort continuou:

— Meu pai conhece-me, e foi com ele que eu comprometi a minha palavra. Sosseguem, pois; três dias, peço-lhes três dias, que é menos do que lhes pediria a justiça, e nesse prazo, a vingança que eu tirar do assassino de minha filha fará estremecer até o fundo do coração os homens mais indiferentes. Não é verdade, meu pai?

E dizendo estas palavras, rangia os dentes e sacudia a mão inerte do velho.

— Será cumprido tudo o que se promete, Sr. Noirtier? — perguntou Morrel, ao passo que d'Avrigny o interrogava num relancear de olhos.

— Sim — replicou o velho Noirtier com o olhar sinistramente jubiloso.

— Juram, então, senhores — continuou Villefort, juntando as mãos de d'Avrigny e de Morrel —, que hão de respeitar a honra da minha casa, deixar-me o cuidado de vingá-la?

D'Avrigny voltou-se e murmurou um *sim* quase imperceptível; mas Morrel arrancou a mão de entre as do magistrado, precipitou-se para o leito, imprimiu os lábios na boca gelada de Valentine, e fugiu, soltando um longo suspiro de uma alma devorada pelo desespero.

Dissemos que tinham desaparecido, cheios de pavor, todos os criados da casa.

Villefort viu-se, pois, forçado a pedir a d'Avrigny que se encarregasse de todos os trâmites, tão numerosos, e delicados, a que a morte obriga nas grandes cidades, e sobretudo a morte acompanhada de circunstâncias tão suspeitas.

Quanto a Noirtier, era qualquer coisa de terrível ver sua dor sem movimento, seu desespero sem gestos, suas lágrimas sem choro.

Villefort voltou para seu gabinete; d'Avrigny foi procurar o médico da municipalidade, que desempenhava as funções de inspetor de óbitos, e a quem se dá o nome bastante enérgico de médico dos mortos.

Noirtier não quis abandonar a neta.

Ao fim de meia hora, d'Avrigny voltou com seu colega.

Tinham fechado a porta da rua, e como o porteiro desaparecera com os outros criados, o próprio Villefort a foi abrir.

Mas depois só acompanhou os dois médicos até o patamar; já não tinha coragem de entrar no quarto mortuário.

D'Avrigny e o colega dirigiram-se a Valentine.

Noirtier estava perto do leito, pálido como a morte, imóvel e mudo como ela.

O médico dos mortos aproximou-se com a indiferença do homem que passa metade da vida com cadáveres, levantou o lençol, e entreabriu apenas os lábios da donzela.

— Oh! — disse d' Avrigny, suspirando — pobre menina! está morta.

— Está — respondeu laconicamente o médico, deixando cair o lençol que cobria o rosto da donzela.

Noirtier fez ouvir um som surdo como o do estertor.

D'Avrigny voltou-se; os olhos do velho cintilavam.

O bom doutor compreendeu que Noirtier pedia que o deixassem ver a neta.

Aproximou-o do leito, e, enquanto o médico dos mortos lavava em água cloretada os dedos que tinham tocado nos lábios da finada, descobriu aquele rosto pálido e frio, mas ainda formoso, que se assemelhava ao de um anjo adormecido.

Nos olhos de Noirtier brilharam duas lágrimas, que foram o agradecimento que recebeu o doutor.

O médico dos mortos passou a certidão num canto de uma mesa, mesmo no quarto de Valentine, e, cumprida esta formalidade, saiu acompanhado por d'Avrigny.

Villefort ouviu-os descer, e apareceu à porta do gabinete.

Agradeceu com algumas palavras ao médico, e voltou-se em seguida para d'Avrigny:

— E agora — disse ele —, o padre?

— Conhece algum eclesiástico que deseje mais particularmente que se encarregue de orar junto de Valentine? — perguntou d'Avrigny.

— Não — disse Villefort —; mande chamar o padre que estiver mais próximo.

— O mais próximo — disse o colega de d' Avrigny — é um bondoso abade italiano que veio morar na casa vizinha da sua. Quer que eu o previna quando passar pela porta?

— D'Avrigny — disse Villefort —, faça-me o favor de acompanhar este senhor. Leve chave, para que possa entrar e sair a sua vontade. Traga o sacerdote, e encarregue-se de instalá-lo no quarto da minha pobre filha.

— Quer falar-lhe, meu amigo?

— Quero estar só. Ele decerto me desculpará. Um sacerdote deve compreender todas as dores, mesmo a dor paternal.

E Villefort, dando uma chave a d'Avrigny, cumprimentou mais uma vez o médico de fora, e tornou a entrar em seu gabinete, onde se pôs a trabalhar.

Para certas organizações, o trabalho é remédio infalível para todas as dores.

Os médicos, ao saírem, viram um homem de sotaina, que estava parado na porta vizinha.

— Ali está o sacerdote de que lhe falei — disse o médico dos mortos a d'Avrigny.

O doutor aproximou-se do eclesiástico.

— O senhor — disse ele — quer obsequiar-me prestando um valioso serviço a um infeliz pai que acaba de perder a filha, ao senhor Procurador Régio Villefort?

— Sim, senhor! — respondeu o padre com um acento italiano dos mais pronunciados — bem sei, bem sei, entrou-lhe a morte na casa.

— Então não preciso dizer-lhe que gênero de serviço ele ousa esperar do senhor.

— Eu ia oferecer-me — replicou o padre —; é nossa missão comparecermos onde nos chamam os nossos deveres.

— É uma menina.

— Bem sei; disseram-me os criados que fugiram da casa. Sei também que se chamava Valentine, e já orei por ela.

— Obrigado, obrigado, senhor — disse d'Avrigny —; e uma vez que começou já a exercer o seu santo ministério, digne-se continuá-lo. Venha sentar-se junto da morta, e toda uma família aflita e coberta de luto lhe será reconhecida.

— Eu vou lá, senhor — respondeu o abade —, e ouso dizer-lhe que nenhuma oração será mais fervorosa que as minhas.

D'Avrigny tomou o abade pela mão e, sem encontrar Villefort, fechado em seu gabinete, conduziu-o até o quarto de Valentine, de quem as amortalhadeiras só deveriam apoderar-se na noite seguinte.

Entrando no quarto, o olhar de Noirtier tinha encontrado o do abade, e sem dúvida julgou ler nesse olhar alguma coisa de particular, porque o não abandonou mais.

D'Avrigny recomendou ao padre não só a morta, mas também o

velho, e o sacerdote prometeu ao médico orar por Valentine e prestar seus cuidados a Noirtier.

O abade comprometeu-se solenemente; e, sem dúvida para não ser importunado em suas orações, e para que Noirtier não fosse perturbado em sua dor, apenas d'Avrigny deixou o quarto, foi fechar não só a porta por onde o doutor acabava de sair, mas também a que dava para os quartos da Sr.ª de Villefort.

CIV. A firma Danglars

O dia seguinte despontou triste e nebuloso.

As mulheres encarregadas de amortalharem a falecida tinham cumprido durante a noite seu fúnebre ofício.

Noirtier fora transportado do quarto de Valentine para o seu, e contra toda a expectativa, o velho não opusera resistência em se apartar do corpo da neta.

O abade Busoni velara toda a noite, retirando-se de manhã sem chamar ninguém.

Pelas oito horas, voltou d'Avrigny.

Encontrou Villefort, que, saindo de seu gabinete, se dirigia para o quarto de Noirtier, e acompanhou-o, para saber como o velho passara a noite.

Acharam-no na cadeira que lhe servia de cama, repousando num sono muito suave, e quase que com um sorriso nos lábios.

Pararam ambos espantados à entrada da porta.

— Veja! — disse d' Avrigny a Villefort, que contemplava o pai adormecido — veja como a Natureza sabe mitigar todas as dores. Ninguém dirá que o Sr. Noirtier não estremecia a neta, e contudo dorme.

— Sim, tem razão — respondeu Villefort —; ele dorme, e isso é na verdade para estranhar, porque a menor contrariedade é capaz de o não deixar dormir noites inteiras.

— Prostrou-o a dor — replicou d' Avrigny.

E voltaram ambos pensativos para o gabinete do procurador régio.

— Olhe, eu é que não dormi — disse Villefort, mostrando a d'Avrigny o leito intacto —; a dor não me prostrou, a mim, que há duas noites não me deito. Mas, em compensação, vá ver a minha secretária... o que eu tenho escrito, meu Deus! durante estes dois dias e estas duas noites!... folheei esse processo, preparei esse libelo acusatório do assassino Benedetto!... Ó trabalho, trabalho!

minha única paixão, minha única alegria, minha raiva é você que dissipa todas as minhas dores!

E apertou convulsivamente a mão de d'Avrigny.

— Precisa de mim? — perguntou o doutor.

— Não — respondeu Villefort —; peço-lhe unicamente que volte às onze horas; é ao meio-dia que se realiza... o saimento... Oh, meu Deus! minha pobre filha! minha pobre filha!...

E o procurador régio, tornando-se homem, levantou os olhos para o Céu, e soltou um suspiro.

— Tenciona ir o senhor mesmo para a sala de recepção?

— Não, tenho um primo que se encarrega dessa triste honra. Eu, trabalharei, doutor; quando trabalho, esqueço-me de tudo.

E, na verdade, ainda o doutor não tinha transposto a porta, e já o procurador régio estava sentado à mesa do trabalho.

D'Avrigny encontrou, ao descer as escadas, o parente de que lhe falara Villefort, personagem insignificante de todo o ponto nesta história, como na família; uma destas pessoas destinadas desde o berço a fazerem o papel de figurantes.

Às onze horas ouviu-se no pátio o rodar dos carros fúnebres, e a rua do Bairro de Saint-Honoré encheu-se dos murmúrios da multidão, igualmente ávida das alegrias ou do luto dos ricos, e que corre a um enterro pomposo com a mesma precipitação que ao casamento de uma duquesa.

A câmara foi-se enchendo pouco a pouco; viu-se chegar, primeiro, uma parte de nossos antigos conhecimentos, isto é, Debray, Château-Renaud, Beauchamp; e, em seguida, todas as personagens ilustres do foro, da literatura, e do exército, porque o Sr. de Villefort ocupava, mais por seu mérito do que propriamente pela posição social, um dos primeiros lugares na sociedade parisiense.

O primo conservava-se à porta a introduzir toda a gente; para os indiferentes, sejamos francos, era um alívio encontrar ali uma figura indiferente, que não exigia dos convidados fisionomias falsas e lacrimosas, como aconteceria com um pai, um irmão, ou um noivo.

Os que se conheciam chamaram-se com o olhar, e reuniam-se em grupos.

Um desses grupos era composto de Debray, Château-Renaud e Beauchamp.

— Pobre rapariga! — disse Debray, pagando, como todos afinal faziam, um tributo a tão doloroso acontecimento — pobre rapariga! tão rica, tão formosa!... Seria capaz de supor isto, Château-Renaud, quando aqui viemos... há quanto tempo?... há três semanas ou um mês, quando muito, para a assinatura do contrato de casamento, contrato que afinal nunca foi assinado?

— Palavra que não — respondeu Château-Renaud.

— Conhecia-a?

— Conversei com ela uma ou duas vezes no baile da Sr.ª de Morcerf: pareceu-me encantadora, ainda que de um espírito um tanto melancólico. Onde está a madrasta? vocês sabem?

— Foi passar o dia com a mulher do cavalheiro que nos recebe.

— Quem é ele?

— Quem? o sujeito que nos recebe? Eu sei lá! Se calhar é algum deputado.

— Não é nada — disse Beauchamp —; estou condenado a ver diariamente os nossos dignos representantes, e não conheço aquela cara.

— Falou deste falecimento no seu jornal?

— O artigo não é meu, mas falou-se; duvido mesmo de que aquelas linhas agradem muito ao Sr. de Villefort... Diz, creio eu, que se essas quatro mortes sucessivas tivessem acontecido noutra casa qualquer, era provável que o procurador régio se inquietasse mais em saber-lhes a causa.

— De resto — disse Château-Renaud —, o doutor d'Avrigny, que é o médico de minha mãe, diz que ele está desesperadíssimo.

— Mas... quem procura, Debray?

— Procuro o conde de Monte Cristo — respondeu o rapaz.

— Olhe, eu o vi no *boulevard* quando me dirigia para cá — disse Beauchamp. — Julgo até que está para ir para fora, ia ter com o banqueiro...

— Com o banqueiro? O banqueiro do conde não é Danglars? — perguntou Château-Renaud a Debray.

— Julgo que sim — respondeu o secretário particular com um ligeiro estremecimento. Mas... não é só o conde de Monte Cristo que falta aqui; não vejo o Morrel.

— O Morrel?! eles o conhecem? — perguntou Château-Renaud.

— Creio que ele tinha sido unicamente apresentado à de Villefort.

— Não importa, devia comparecer — disse Debray. — Olá!... psiu! calemo-nos, vem aí o ministro da Justiça e é de crer que se julgue obrigado a fazer o seu pequeno *speech* ao primo lacrimoso.

E os três moços aproximaram-se da porta para ouvirem o pequeno *speech* do ministro da Justiça.

Beauchamp tinha dito a verdade.

Dirigindo-se para a casa de Villefort, tinha encontrado o conde, que, por sua vez, se dirigia para o palácio de Danglars, na Rua de Chaussée d'Antin.

O banqueiro vira da janela a carruagem do conde no momento de entrar no pátio, e apresentou-se-lhe com um rosto bastante contristado, mas afável.

— Entre, conde — disse ele, estendendo a mão a Monte Cristo: — vem dar-me os seus comprimentos de pêsames? Na verdade, a minha casa está muito infeliz! Agora mesmo me interrogava eu para saber se em consciência teria desejado a desgraça dos pobres Morcerf, o que justificaria o provérbio: — "Quem mal deseja, mal lhe vem." Pois bem: palavra de honra que não desejei mal a Morcerf; ele era talvez um pouco orgulhoso para homem que saíra do nada, como eu, e que se ergueu à sua própria custa, como também me aconteceu a mim, mas, cada qual tem os seus defeitos... Ai, conde! a gente da nossa geração... Mas, perdão, o senhor não é da nossa geração, é um rapaz... A gente da nossa geração não está feliz este ano; veja aquele puritano do procurador régio, sirva de exemplo Villefort, que acaba de perder a filha. Em resumo: Villefort, como dizia, perdeu toda a família de uma maneira estranha; Morcerf foi desonrado e morto; eu, coberto de ridículo por aquele celerado do Benedetto; depois...

— Depois, o quê? — perguntou o conde.

— Não me diga que não sabe!...

— Alguma nova desgraça?

— Minha filha...

— A menina Danglars?

— Sim, a menina Danglars.

— Que lhe sucedeu?

— Deixou-nos.

— Valha-me Deus! é verdade, barão?!

— É verdade, meu caro conde... Oh! Como é feliz por não ter mulher nem filhos!

— Acha?

— Ai, meu Deus!...

Diz então que a menina Danglars?...

— Ela não pôde suportar a afronta que nos fez esse miserável, e pediu-me autorização para viajar.

— E partiu?

— Há duas noites.

— Com a Sr.ª Baronesa?

— Não, com uma parenta... Mas perdemo-la, à nossa querida

Eugénie, porque duvido, com o caráter que lhe conheço, que consinta em voltar à França.

— Que quer, meu caro barão? — disse Monte Cristo — desgostos de família... desgostos que seriam medonhos para um pobre diabo cuja filha fosse toda a sua fortuna, mas que são suportáveis para um milionário. Os filósofos dizem (conquanto os homens práticos os desmintam sempre) que o dinheiro mitiga a desgraça; e o senhor devia consolar-se mais depressa do que qualquer outro, se é que admite a virtude desse bálsamo; o senhor, o rei do dinheiro, ponto de intercepção de todos os poderes.

Danglars lançou ao conde um olhar oblíquo, para ver se ele gracejava ou falava sério.

— Tem razão — disse —; a verdade é que, se a fortuna mitiga as dores, devo sofrer menos, porque sou rico.

— Tão rico, meu caro barão, que a sua fortuna se assemelha às Pirâmides; se desejassem demoli-las, não ousariam intentá-lo; e se o ousassem, não o conseguiriam.

Danglars sorriu da confiante economia do conde.

— Isso me recorda — disse — que quando o senhor entrou, estava eu a passar cinco pequenas ordens; já tinha assinado duas; permite-me que faça as três restantes?

— Faça, meu caro barão, faça.

— Houve um momento de silêncio, durante o qual se ouviu o leve ruído da pena do banqueiro, ao passo que Monte Cristo contemplava os relevos dourados do teto.

— São ordens sobre a Espanha — perguntou o conde de Monte Cristo —, sobre o Haiti, ou sobre Nápoles?

— Não — disse Danglars, rindo —, são ordens ao portador, ordens sobre o Banco da França.

— Sobre o Banco da França?

— Sim, sobre o Banco da França.

— É um belo saque!

— Ora veja — completou ele —, o senhor, que é o imperador do capital, como eu sou o rei, já viu muitos bocados de papel deste tamanho valendo cada um deles um milhão?

Monte Cristo pegou, como para pesá-los, nos cinco bocados de papel que Danglars lhe apresentava orgulhosamente, e leu:

> "Queira o Senhor Diretor do Banco mandar pagar à minha ordem, e sobre os fundos depositados por mim, a quantia de um milhão, valor em conta.
>
> Barão Danglars."

— Um, dois, três, quatro, cinco — contou Monte Cristo —; cinco milhões!... Safa! como progride, senhor Creso!

— Veja como eu faço os meus negócios! — disse Danglars.

— É maravilhoso, sobretudo se, como não duvido, essa soma for paga imediatamente.

— Há de ser — replicou Danglars.

— É bom ter tal crédito; na verdade, não há como a França para coisas destas: estes cinco bocados de papel valerem cinco milhões!... quase é preciso ver para acreditar.

— Duvida?

— Não.

— Diz isso de maneira... Espere: queira o senhor ter o incômodo de acompanhar o meu caixeiro, e vê-lo-á sair com os bilhetes do Tesouro na mesma importância.

— Não — disse Monte Cristo, dobrando as cinco ordens —; a coisa é muito curiosa, e farei a experiência por mim mesmo. O meu crédito na sua casa era de seis milhões; levantei novecentos mil francos, são, pois, cinco milhões e cem mil francos que o senhor me deve. Tomo estes cinco bocados de papel, que eu tenho por ordens, unicamente porque vejo neles a sua assinatura, e aqui está um recibo geral de seis milhões que regulariza a nossa conta. Tinha-o já feito, porque, devo dizer-lhe, preciso muito hoje de dinheiro.

E com uma mão o conde de Monte Cristo meteu os cinco milhões na algibeira, ao passo que com a outra estendia ao banqueiro o recibo.

Se tivesse caído um raio aos pés de Danglars não o assombraria tanto.

— O quê?! — balbuciou ele — o quê, Sr. Conde?! o senhor toma-me esse dinheiro!? Mas... perdão, perdão, esse dinheiro é o dinheiro dos hospícios... é um depósito, depósito que eu prometi entregar esta manhã.

— Ah!... — disse Monte Cristo — isso é outra coisa. Não exijo precisamente estes cinco bilhetes, pode pagar-me em outros valores; era por curiosidade que eu os tomava; era para poder dizer a toda a gente que, sem qualquer aviso, sem me pedir cinco minutos de espera, a casa Danglars me tinha embolsado de cinco milhões de francos! Seria uma coisa notável! Mas aqui estão os seus valores, dê-me outros.

E apresentou os cinco bilhetes a Danglars, que, lívido, estendeu rápido a mão, como um abutre estende a garra para os varões da gaiola, para segurar a carne que lhe levam.

De repente reconsiderou, fez um esforço violento, e conteve-se.

Depois começou a sorrir, e os traços de sua face transtornada foram-se suavizando.

— Pensando bem, o seu recibo é de valor em metal...

— Oh, meu Deus! pois é, e se o senhor estivesse em Roma, a casa Thomson & French teria menos dificuldade em lhe pagar à vista do meu recibo, do que o senhor mesmo tem.

— Perdão, Sr. Conde, perdão!

— Portanto, posso guardar este dinheiro?

— Pode, sim, meu amigo — respondeu Danglars, enxugando o suor que lhe inundava a raiz dos cabelos —; guarde, guarde.

Monte Cristo tornou a meter os bilhetes na algibeira, com o intraduzível movimento de fisionomia que quer dizer: Veja se se arrepende, que ainda estamos a tempo.

— Não — disse Danglars —, não, francamente, guarde os meus assinados. Mas, o senhor bem o sabe, ninguém é mais formalista do que um banqueiro; destinava esse dinheiro para os hospícios, julgava roubá-los se não se lhes desse precisamente esse, como se um franco não valesse o mesmo que outro. Desculpe — acrescentou rindo.

— Está desculpado — respondeu graciosamente o conde de Monte Cristo —, e eu aceito.

E meteu os bilhetes na carteira.

— Mas... — disse Danglars — temos ainda um saldo de cem mil francos, Sr. Conde...

— Ora, isso é uma bagatela! — replicou Monte Cristo. — O ágio deve andar mais ou menos por essa soma; guarde-os, e estamos quites.

— Conde — disse assombrado Danglars —, o senhor fala sério?

— Nunca me rio com banqueiros — tornou Monte Cristo num tom sério que tocava a impertinência.

E encaminhou-se para a porta, justamente no momento em que o criado anunciava:

— O Sr. de Boville, recebedor-geral dos hospícios.

— Parece que vim a tempo — disse Monte Cristo — para seus assinados, que toda a gente pretende.

Danglars empalideceu pela segunda vez, e apressou-se em despedir-se do conde.

O conde de Monte Cristo trocou um cerimonioso cumprimento com o Sr. de Boville, que se conservava em pé na sala de espera, e que, logo que Monte Cristo passou, foi imediatamente introduzido no gabinete do banqueiro.

O rosto grave do conde iluminara-se com um efêmero sorriso ao aspecto da carteira que o recebedor dos hospícios conservava na mão.

A carruagem esperava à porta, e Monte Cristo fez-se conduzir imediatamente ao Banco.

Durante esse tempo, Danglars, dominando a comoção, fora ao encontro do recebedor-geral.

Não é preciso dizer que levava nos lábios um sorriso e uma graciosidade estereotipados.

— Bons-dias, meu caro credor, porque iria apostar que nesta ocasião é o credor quem me procura.

— Adivinhou, Sr. Barão — disse o Sr. de Boville —, os hospícios apresentam-se em sua casa na minha pessoa; as viúvas e os órfãos, por minha mão, vêm pedir ao meu caro uma esmola de cinco milhões.

— E dizem que os órfãos são dignos de lástima!... — disse Danglars, prolongando o galanteio — pobres crianças!

— Venho, pois, em nome deles — continuou o Sr. de Boville. — Deve ter recebido ontem uma carta minha...

— Recebi.

— Pois aqui me tem com o meu recibo.

— Meu caro Sr. de Boville — disse Danglars —, as suas viúvas e os seus órfãos terão, se o permite, de esperar vinte e quatro horas, atendendo a que o Sr. Conde de Monte Cristo, que acaba de ver sair daqui... Viu-o, não é verdade?

— Vi; e então?

— Pois bem: o Sr. Conde de Monte Cristo levou os seus cinco milhões!

— Como assim?

— O conde tinha um crédito ilimitado sobre mim, crédito aberto pela casa Thomson & French, de Roma. Veio pedir-me cinco milhões, e eu dei-lhe uma ordem sobre o Banco; é lá que estão depositados os meus fundos; e deve compreender que eu receie que, levantando no mesmo dia dez milhões, isto cause estranheza. Em dois dias — acrescentou Danglars sorrindo —, já não digo nada.

— Ora! — replicou o Sr. de Boville no tom da mais completa incredulidade — cinco milhões àquele senhor que saiu daqui, e que me acaba de cumprimentar sorrindo como se eu o conhecesse?!

— Talvez ele o conheça sem que o senhor o conheça a ele. O conde de Monte Cristo conhece toda a gente...

— Cinco milhões?!...

— Aqui está o recibo, senhor. Faça como S. Tomé: queira ver e apalpar.

O Sr. de Boville pegou o papel que lhe apresentou Danglars, e leu:

> "Recebi do Senhor Barão Danglars a quantia de cinco milhões e cem mil francos, de que se embolsará quando lhe aprouver sobre a casa Thomson & French, de Roma."

— É verdade! — disse o recebedor.

— Conhece a casa Thomson & French?

— Conheço; tive noutro tempo um negócio de duzentos mil francos com essa casa, mas não ouvi mais falar dela desde então, e já lá vai um par de anos.

— É uma das melhores casas da Europa — disse Danglars, atirando negligentemente para cima da secretária o recibo que acabava de receber das mãos do Sr. de Boville.

— Mas então, esse conde de Monte Cristo é um nababo? — perguntou o Sr. de Boville.

— Não sei o que ele é, mas o que posso dizer é que tinha três créditos ilimitados: um sobre mim, outro sobre Rothschild, e o terceiro sobre Lafitte; e — completou negligentemente Danglars — como vê, deu-me a preferência, deixando-me cem mil francos de ágio.

O Sr. de Boville dava evidentes sinais da maior admiração.

— Preciso ir visitá-lo — disse —, e obter dele fundos para uma obra de beneficência.

— Oh! é como se já os tivesse; só as suas esmolas mensais passam de vinte mil francos!...

— É magnífico; a propósito, citar-lhe-ei o exemplo da Sr.ª de Morcerf e de seu filho.

— Que exemplo?

— Doaram toda a sua fortuna aos hospícios.

— Que fortuna?

— A sua fortuna, a do falecido general de Morcerf.

— E a que propósito?

— A propósito de não quererem possuir bens miseravelmente adquiridos.

— Então de que vivem eles?

— A mãe foi para a província e o filho alistou-se.

— Ora, ora! — disse Danglars — escrúpulos!...

— Registrei ontem o auto de doação.

— E quanto possuíam?

— Oh! não tinham grande coisa: um milhão e duzentos mil a um milhão e trezentos mil francos. Mas voltemos aos nossos milhões...

— À vontade — disse Danglars o mais naturalmente possível — tem então muita urgência desse dinheiro?

— Pois tenho; a verificação das caixas faz-se amanhã.

— Amanhã?! Por que não disse logo tudo? Mas daqui até amanhã é um século. A que horas é a verificação?

— Às duas horas.

— Mande ao meio-dia — disse Danglars, sorrindo.

O Sr. de Boville não respondia grande coisa; fazia que sim com a cabeça e agitava a carteira.

— Oh, mas eu estou sonhando! — disse Danglars —, faça melhor.

— O que quer então que eu faça?

— O recibo de Monte Cristo vale dinheiro; apresente-o aos Rothschild ou aos Lafitte, pagar-lhe-ão no mesmo instante.

— Ainda que reembolsável sobre Roma?

— Certamente; custar-lhe-á apenas um desconto de cinco ou seis mil francos.

O recebedor deu um salto para trás.

— Nada! prefiro esperar até amanhã. Que idéia a sua!...

— Eu acreditei um instante, perdoe-me — disse Danglars com suprema impudência —, que o senhor tivesse algum pequeno *deficit* a cobrir.

— Ah! — fez o recebedor.

— Ouça, tem-se visto, e nesses casos faz-se um sacrifício.

— Graças a Deus, não — disse o Sr. de Boville.

— Então até amanhã, não é verdade, meu caro recebedor?

— Sim, até amanhã; mas sem falta?

— Ora essa! Ao meio-dia pode mandar, que o banco estará prevenido.

— Virei eu mesmo.

— Melhor ainda, porque isso me proporcionará o prazer de ver o meu bom amigo.

Trocaram um aperto de mão.

— A propósito — disse o Sr. de Boville —, não vai ao enterro da pobre menina de Villefort, que acabo de ver passar no *boulevard*?

— Não — respondeu o banqueiro —; sinto-me ainda um pouco envergonhado com aquele negócio do Benedetto, e esquivo-me o mais que posso.

— Ora essa! não tem razão; que culpa tem o Sr. Barão em tudo isso?

— Ouça, meu caro recebedor, quando se usa um nome sem mácula, como o meu, é-se suscetível.

— Toda a gente o deplora, esteja convencido, e sobretudo à sua filha.

— Pobre Eugénie... — disse Danglars, com profundo suspiro. — Sabe que resolveu entrar num convento?

— Não sabia.

— Pois infelizmente é verdade. No dia seguinte ao acontecimento, decidiu retirar-se com uma religiosa sua amiga; vai procurar um convento severo na Itália ou na Espanha.

— Oh, é terrível!

E o Sr. de Boville retirou-se após esta exclamação, fazendo ao pai mil cumprimentos consoladores.

Logo, porém, que ele saiu, Danglars, com uma energia de gesto que só compreenderia quem tivesse visto representar *Roberto Macário* por Frederico, exclamou:

— Imbecil!!!

E metendo o recibo de Monte Cristo numa carteira, acrescentou:

— Vem ao meio-dia, vem, que a essa hora eu devo estar bem longe!

Depois se fechou a duas voltas, despejou todas as gavetas de sua caixa, reuniu uns cinqüenta mil francos em notas de banco, queimou diferentes papéis, pôs outros à vista, e começou a escrever uma carta, que selou, e que era dirigida à baronesa Danglars.

"Esta noite eu mesmo lha irei pôr no toucador."

Depois tirou um passaporte da gaveta:

"Bom, disse, é ainda válido por dois meses."

CV. O cemitério do Père-Lachaise

O Sr. de Boville tinha efetivamente encontrado o préstito fúnebre que conduzia Valentine a sua última morada.

O tempo estava sombrio e nublado; um vento, quente ainda, mas já mortal para as folhas amarelecidas, ia-as arrancando uma a uma dos ramos, e fazia-as redemoinhar sobre a grande multidão que enchia os *boulevards*.

O Sr. de Villefort, parisiense puro, olhava o cemitério do Père-Lachaise como o único que ele entendia ser digno de receber os despojos mortais de uma família parisiense; os outros pareciam-lhe cemitérios de província. No Père-Lachaise só se admitiam defuntos de boas famílias.

Tinha, pois, comprado ali, conforme vimos, o terreno em que se elevava o monumento tão prontamente povoado por todos os membros de sua primeira família.

Na frontaria do mausoléu, lia-se: *Família Saint-Méran* e *Villefort*; tal fora a última vontade de Renée, a mãe de Valentine.

Era, pois, para o cemitério do Père-Lachaise que se dirigia o pomposo cortejo.

Mais de cinqüenta carruagens de magistrados seguiam vinte outras de luto, e, atrás destas cinqüenta viaturas, mais de quinhentas pessoas seguiam a pé.

À saída de Paris viu-se chegar uma carruagem puxada por quatro cavalos vigorosos e rápidos, mas que, no entanto, pararam de repente retesando as pernas nervosas como molas de aço; era a carruagem do conde de Monte Cristo.

O conde apeou-se e foi misturar-se à multidão que seguia a pé o carro funerário.

Château-Renaud viu-o, e desceu também de seu cupê, indo reunir-se-lhe. Beauchamp deixou igualmente a carruagem de aluguel em que ia no cortejo.

O conde olhava atentamente por todos os intervalos da multidão; via-se que procurava alguém.

— Onde está o Morrel? — perguntou ele. — Algum dos senhores sabe onde ele está?

— Já fizemos essa mesma pergunta na sala mortuária — respondeu Château-Renaud —, porque nenhum de nós o viu ainda.

O conde calou-se, mas continuou a olhar em volta de si.

Enfim, chegaram ao cemitério.

O olhar penetrante de Monte Cristo sondou de um relance os bosques de teixos e pinheiros, e logo perdeu toda a inquietação; tinha-se escoado um vulto entre a sombria ramagem e Monte Cristo acabava sem dúvida de conhecer quem procurava.

Sabe-se como são os enterros nesta magnífica necrópole: grupos de negro espalhados pelas brancas áleas; o silêncio do céu e da terra, perturbado pelo estalar de ramos partidos de algum arbusto que rodeia uma campa; e o cântico melancólico dos padres, a que se junta aqui e além um suspiro de uma mulher de mãos erguidas, ferida de dor.

O vulto atravessou rapidamente o quincunce por trás do túmulo de Héloïse e Abelardo, e foi colocar-se junto dos criados que caminhavam ao lado dos cavalos que tiravam o corpo, chegando no mesmo passo ao lugar da sepultura.

Todos se entretinham olhando para alguma coisa.

Monte Cristo, porém, não olhava senão para aquele vulto, apenas notado pelas pessoas que caminhavam ao lado dele.

Duas vezes o conde de Monte Cristo saiu da fileira em que seguia, para ver se as mãos daquele homem procuravam alguma arma oculta no traje.

Quando o cortejo parou, conheceu-se que aquele homem era Morrel, que, com seu sobretudo preto abotoado até em cima, a fronte lívida, as faces cavadas, o chapéu amarrotado pelas mãos convulsas, se encostara a uma árvore situada sobre um cômoro que dominava o mausoléu, de maneira que não podia perder nenhuma das circunstâncias da fúnebre cerimônia que ia realizar-se.

Tudo se passou conforme o uso.

Alguns dos convidados, e, como sempre, os menos comovidos, pronunciaram discursos.

Uns lamentavam aquela morte prematura, outros divagavam sobre a dor do pai.

Houve quem se lembrasse de mencionar que aquela criança havia solicitado mais de uma vez o pai em favor dos criminosos sobre cuja cabeça o procurador régio tinha rigorosamente suspensa a espada da justiça.

Enfim, esgotaram-se as metáforas floridas e os períodos patéticos, glosando-se de todas as maneiras as estâncias de Malherbe a Dupérier.

Monte Cristo não ouvia nada, nada via; ou antes, só via Maximiliano Morrel, cuja calma e imobilidade eram um espetáculo medonho para a única pessoa que podia ler o que se passava no fundo do coração do moço oficial.

— Olhe — disse de repente Beauchamp e Debray —, ali está o Morrel! Como diabos é que ele foi se meter ali?

E apontaram-no a Château-Renaud.

— Como ele está pálido! — observou este, estremecendo.

— Naturalmente tem frio — replicou Debray.

— Não — disse lentamente Château-Renaud —; parece-me é que está profundamente comovido. É um homem muito impressionável aquele Maximiliano.

— Ora essa! — disse Debray - Maximiliano apenas conhecia a menina de Villefort... O senhor disse-o.

— É verdade. No entanto, lembro-me de que Maximiliano, na noite do baile na casa da Sr.ª de Morcerf, dançou três ou quatro vezes com ela; deve estar lembrado, conde, foi naquele baile em que o senhor produziu tanto efeito.

— Não, não sei — respondeu Monte Cristo, sem sequer saber a quem respondia, tão ocupado estava em vigiar Morrel.

— Terminaram os discursos; adeus, senhores — disse de repente o conde.

E deu o sinal da partida, desaparecendo, sem que pudessem ver para onde se dirigia.

A cerimônia fúnebre terminara, e os convidados retomaram o caminho de Paris.

Château-Renaud foi o único que por um instante procurou Morrel com a vista; mas enquanto seguia com o olhar o conde, que se afastava, o jovem oficial tinha mudado de lugar, e Château-Renaud, depois de o ter procurado em vão, seguiu Debray e Beauchamp.

Monte Cristo correu para um maciço de verdura, e, oculto por um largo túmulo, espreitava os menores movimentos de Morrel, que pouco a pouco se aproximara do mausoléu abandonado pelos curiosos e em seguida pelos trabalhadores.

Morrel olhou lentamente ao redor; no momento, porém, em que o olhar dele abrangia o lado oposto ao de Monte Cristo, este se aproximou uns dez passos, sem ser visto.

O rapaz ajoelhou.

O conde, com o pescoço estendido, os olhos fixos e dilatados, as pernas preparadas para acudir ao primeiro sinal, continuava a aproximar-se dele.

O jovem oficial curvou a fronte até tocar a pedra, abraçou a grade com as duas mãos, e angustiosamente murmurou:

— Oh, Valentine!

O coração do conde estremeceu ao ouvir aquele suspiro acompanhado daquelas duas palavras.

Monte Cristo deu mais um passo, e pousou a mão no ombro de Morrel.

— É o senhor, querido amigo! — disse ele — procurava-o.

Monte Cristo esperava uma explosão, ou que pelo menos o rapaz se mostrasse contrariado; mas enganou-se.

Morrel voltou-se para ele com a mais perfeita tranqüilidade.

— Bem vê, querido amigo — disse ele —; estava orando.

O olhar do conde examinou o rapaz dos pés à cabeça. Depois deste exame, pareceu mais tranqüilo.

— Quer que eu o leve na minha carruagem para Paris?

— Não, obrigado.

— Enfim, deseja alguma coisa?

— Deixe-me orar.

O conde afastou-se sem opor a menor réplica, mas foi apenas para tomar novo posto, de onde não perderia um só gesto de Morrel, que por fim, levantando-se, sacudiu os joelhos, esbranquiçados pela pedra, e retomou o caminho de Paris sem voltar uma só vez a cabeça.

O conde mandou para a cocheira a sua carruagem, que esperava no Père-Lachaise, e seguiu o rapaz a cem passos.

Maximiliano atravessou o canal e entrou na Rua Meslay.

Cinco minutos depois, a porta, que se tinha fechado sobre Morrel, abriu-se para dar passagem a Monte Cristo.

Julie estava à entrada do jardim, de onde olhava com a mais séria atenção para mestre Peneton, que, tomando sua profissão de jardineiro a sério, dispunha estacas de roseiras de Bengala.

— Ah, Sr. Conde de Monte Cristo! — exclamou ela com essa alegria que de ordinário manifestavam as pessoas da família Morrel sempre que ele fazia sua visita à Rua Meslay.

— Maximiliano acaba de entrar, não é verdade? — perguntou o conde.

— Parece-me tê-lo visto passar; permita que eu mande chamar o Emmanuel.

— Perdão, minha senhora, mas é necessário que eu suba imediatamente ao quarto de Maximiliano — replicou Monte Cristo —, preciso dizer-lhe uma coisa da mais alta importância.

— Então pode subir — disse ela, acompanhando-o com o mais encantador sorriso até que ele desapareceu na escada.

Monte Cristo transpôs rapidamente os dois andares que separavam o andar térreo dos aposentos de Maximiliano.

Chegado ao patamar, escutou; não se ouvia o menor ruído.

Como na maior parte das antigas casas habitadas por um só dono, o patamar era apenas fechado por uma porta de vidraça, que não tinha chave.

Maximiliano fechou-se por dentro; mas era impossível ver através dos vidros, porque havia uma cortina de seda vermelha.

A ansiedade do conde traduziu-se por vivo rubor, sintoma de profunda comoção naquele homem de ordinário tão impassível.

— O que fazer? — murmurou ele.

E refletiu um instante.

— Tocar a campainha? — prosseguiu consigo mesmo — isso não, que muitas vezes a bulha de uma campainha, quer dizer, a chegada de uma visita, apressa a resolução das pessoas que se vêem na situação em que Maximiliano deve estar neste momento, e então ao ruído da campainha por vezes responde outro mais singular.

Monte Cristo estremeceu dos pés à cabeça, e como suas resoluções tinham sempre a rapidez do relâmpago, deu uma pancada com o cotovelo num dos vidros, que voou em estilhaços; depois, levantou a cortina, e viu Morrel, que, diante de uma secretária, com a pena na mão, acabava de se voltar na cadeira ao ruído do vidro que se quebrara.

— Não é nada — disse o conde —, mil perdões, meu querido amigo! escorreguei, e dei com o cotovelo num dos seus vidros; e uma vez que ele está quebrado, vou aproveitar para entrar; mas não se incomode, não se incomode.

E passando o braço pelo vão do vidro, abriu a porta.

Morrel levantou-se, evidentemente contrariado, e aproximou-se de Monte Cristo, mais para lhe impedir a passagem do que para recebê-lo amavelmente.

— Ora, a culpa é dos seus criados! — disse o conde, esfregando o cotovelo — o chão da sua casa reluz como um espelho.

— O senhor está ferido? — perguntou friamente Morrel.

— Não sei. Mas... o que fazia o senhor ali? — perguntou o conde — estava escrevendo?

— Eu?

— Tem os dedos sujos de tinta...

— É verdade — respondeu Morrel —, estava escrevendo; isso me acontece algumas vezes, por mais militar que eu seja.

Monte Cristo avançou alguns passos no quarto, e Morrel viu-se obrigado a deixá-lo passar, mas seguiu-o.

— Então escrevia?... — replicou Monte Cristo, pregando no rapaz um olhar profundo.

— Já tive a honra de lhe dizer que sim.

O conde circunvagou a vista.

— As suas pistolas ao lado do tinteiro?! — disse ele, indicando a Morrel as armas colocadas sobre a secretária.

— Vou viajar — respondeu Maximiliano.

— Meu amigo!... — disse o conde de Monte Cristo com voz de uma doçura infinita.

— Senhor!...

— Meu amigo, meu caro Maximiliano, nada de resoluções extremas, suplico-lhe!

— Eu, resoluções extremas?! — disse Maximiliano, encolhendo os ombros —; então o Sr. Conde acha que uma viagem seja uma resolução extrema?

— Maximiliano — replicou Monte Cristo —, ponhamos de parte a máscara com que nos encobrimos. Maximiliano, o senhor não me engana com essa calma de comando, como eu também não o engano com a minha frívola solicitude. Deve compreender que para eu fazer o que fiz, para ter quebrado um vidro e violado o segredo do quarto de um amigo, para fazer tudo isso, repito, era preciso que tivesse uma inquietação bem real, ou antes, uma convicção terrível. Morrel, o senhor quer matar-se!

— Bom! — disse Morrel, estremecendo — onde foi buscar semelhante idéia, Sr. Conde?

— Digo-lhe que se quer matar — continuou o conde no mesmo tom —, e a prova é esta.

E aproximando-se da secretária, levantou a folha em branco com que o rapaz tinha procurado encobrir uma carta começada, e pegou a carta.

Morrel correu para ele para lha arrancar das mãos. Monte Cristo, porém, previra esse movimento, e esquivou-se, segurando Maximiliano pelo pulso como a cadeia de aço sustém a mola a meio de sua evolução.

— Bem vê que queria matar-se, Morrel, está aqui escrito!

— E depois!? — exclamou Morrel, passando sem transição da aparente tranqüilidade à expressão da violência — se assim for, se eu resolver apontar para mim o cano de uma dessas pistolas, quem é que me vai impedir!? Quem terá coragem de fazê-lo!? Quando eu disser: Todas as minhas esperanças estão perdidas, o meu coração está despedaçado, a minha vida exausta; não vejo ao redor de mim mais do que luto e desventura; a Terra tornou-se cinza; as vozes humanas atormentam-me. Quando eu disser: é uma obra de caridade deixar-me morrer, porque se mo impede perderei a razão, tornar-me-ei louco... Vejamos, diga, Sr. Conde: quando eu disser isto, quando se convencer de que o digo com as angústias e as lágrimas do coração, ainda me responderá: "Não faz bem"? Quererá obrigar-me a continuar a ser desgraçado? Diga, diga! será o senhor quem tenha essa coragem?

— Sim, Morrel — continuou Monte Cristo —; sim, hei de ser eu.

— O senhor?! — exclamou Morrel, com uma expressão crescente de cólera e de recriminação — o senhor, que me iludiu com uma esperança absurda; o senhor, que me reteve, que me embalou, que me adormeceu com vãs promessas, quando eu talvez tivesse podido com alguma resolução extrema salvá-la, ou pelo menos vê-la morrer-me nos braços?! o senhor, que afeta todos os recursos da inteligência, toda a força da matéria, que representa, ou finge representar, o papel da Providência, e não tem sequer o poder de dar um contra veneno a uma pobre criança envenenada?!... Ah!!! na verdade, senhor, causar-me-ia dó, se não me provocasse tédio!

— Morrel!...

— Sim! disse-me que depusesse a máscara... pois bem! deponho-a, seja satisfeita a sua vontade. Quando me seguiu no cemitério ainda lhe respondi, porque o meu coração é generoso. Quando entrou aqui, deixei-o aproximar-se... Mas, visto que abusa, visto que se vem vangloriar até neste quarto, para onde eu me retirei como para um túmulo; visto que me traz uma nova tortura, a mim, que julgava tê-las esgotado todas, Sr. Conde de Monte Cristo, meu pretendido benfeitor... conde de Monte Cristo, salvador universal, fique satisfeito, que vai ver morrer o seu amigo!...

E Morrel, com o riso da loucura nos lábios, correu segunda vez para as pistolas.

Monte Cristo, pálido como um espectro, mas com o olhar fulgurante, agarrou resolutamente as armas, e disse ao insensato moço:

— E eu repito-lhe que não se há de matar!

— Impeça-mo então! — replicou Maximiliano com um último arremesso, que, como o primeiro, se foi quebrar de encontro ao braço de ferro do conde.

— Hei de impedi-lo.

— Mas afinal de contas quem é o senhor, para se arrogar assim um direito tirânico sobre criaturas livres e conscientes? — gritou Morrel.

— Quem sou? — repetiu Monte Cristo. — Sou o único homem no mundo que tem o direito de lhe dizer: “Morrel, não quero que o filho de seu pai morra hoje!”

E Monte Cristo, majestoso, transfigurado, sublime, avançou de braços cruzados para o rapaz anelante, que, vencido, mau grado seu, pela quase divindade daquele homem, recuou um passo.

— Por que fala em meu pai? — balbuciou ele — por que envolve a lembrança da sua memória com o que está sucedendo?

— Porque eu sou aquele que já salvou a vida de seu pai, um dia em que ele queria matar-se, como você quer hoje; porque sou o homem que mandou a bolsa a sua irmã e o *Faraó* ao velho Morrel; porque sou, finalmente, Edmond Dantès, em cujo colo você brincou quando era criança!

Morrel deu um passo para trás, cambaleando, sufocado, anelante.

Depois, de repente, abandonaram-no as forças, e soltando um formidável grito, veio cair prostrado aos pés de Monte Cristo.

E então se operou um movimento de regeneração repentina e completa naquela natureza admirável.

Correu para fora do quarto, e precipitou-se na escada gritando com toda a força de sua voz:

— Julie! Julie! Emmanuel! Emmanuel!

Monte Cristo quis correr sobre ele, mas Maximiliano ter-se-ia deixado antes se matar do que abandonar a porta, que empurrara sobre o conde.

Aos gritos de Maximiliano, Julie, Emmanuel, Peneton e alguns criados correram estupefatos.

Morrel agarrou-os pelas mãos, e tornando a abrir a porta, gritou numa voz estrangulada pelos soluços:

— De joelhos! é o benfeitor, o salvador do pai! é...

Ia para dizer: Edmond Dantès.

O conde impôs-lhe silêncio, agarrando-o pelo braço.

Julie tomou a mão do conde, Emmanuel abraçou-o como a um deus tutelar, Morrel caiu de joelhos pela segunda vez, e bateu no sobrado com a fronte.

Então, o homem de bronze sentiu dilatar-se-lhe o coração no peito, um jato de fogo devorador saltou-lhe da garganta para os olhos, sentiu-se sufocado, inclinou a cabeça, e chorou.

E houve naquele quarto um concerto de lágrimas e de gemidos sublimes, que deviam parecer harmoniosos até para os anjos mais queridos do Senhor!

Julie, mal se refez da profunda comoção que acabava de experimentar, correu para fora do quarto, desceu um andar, dirigiu-se à sala com uma alegria infantil, e ergueu o globo de cristal que cobria a bolsa dada pelo desconhecido da Rua de Meilhan.

Neste intervalo, Emmanuel, com a voz entrecortada, dizia a Monte Cristo:

— Oh! Sr. Conde, como foi que, ouvindo-nos falar tantas vezes do nosso benfeitor desconhecido, vendo-nos ligar a essa recordação tanto reconhecimento, tanta gratidão, esperou até hoje para se dar a conhecer? Oh! É ser cruel para nós! Diria o mesmo é ser cruel para si, Sr. Conde.

— Ouça, meu amigo — disse o conde — (posso dar-lhe este nome sem que duvide: somos amigos há onze anos), a revelação deste segredo foi suscitada por um grande acontecimento, que deve ignorar. Deus é testemunha de como eu desejava sepultá-lo durante toda a minha vida no fundo da minha alma; seu cunhado Maximiliano arrancou-mo com violências de que se arrepende, estou convencido.

Depois, vendo que Maximiliano se tinha encostado a uma cadeira, conservando-se, contudo, de joelhos, acrescentou em voz baixa, apertando de uma maneira significativa a mão de Emmanuel.

— Vale por ele.

— Por quê? — perguntou Emmanuel, com espanto.

— Não posso dizer-lho, mas vale por ele.

Emmanuel abrangeu o quarto num olhar circular, e viu as pistolas de Morrel.

Os olhos cravaram-se-lhe assustados naquelas armas, que indicou a Monte Cristo levantando lentamente o dedo.

Monte Cristo inclinou a cabeça.

Emmanuel fez um movimento para as pistolas.

— Deixe — disse o conde.

Depois, chegando-se a Morrel, pegou-lhe a mão; os movimentos convulsos que haviam abalado o coração do jovem tinham dado lugar a uma apatia profunda.

Julie voltou, trazia na mão a bolsa de seda, e duas lágrimas brilhantes e alegres deslizavam pela face como duas gotas de orvalho matinal.

— Aqui está a relíquia! — disse ela — não julgue que me seja menos querida desde que reconhecemos o nosso salvador.

— Minha filha — respondeu Monte Cristo, ruborizando-se —, permita-me que guarde esta bolsa: visto que já me conhece não quero mais existir na sua memória senão pela afeição que lhe peço me conceda.

— Oh! — disse Julie, levando a bolsa ao coração — não, não! peço-lhe! porque um dia pode deixar-nos... pois infelizmente há de deixar-nos qualquer dia, não é verdade?

— Adivinhou, minha senhora — respondeu Monte Cristo, sorrindo —; daqui a oito dias terei deixado este país, onde tanta gente que tinha merecido a vingança do Céu vivia feliz, ao passo que meu pai morria de fome e de desgosto.

Ao anunciar sua próxima partida, Monte Cristo tinha os olhos fixos sobre Morrel, e notou que as palavras *daqui a oito dias terei deixado este país* haviam passado despercebidas, sem tirarem Morrel de sua letargia.

Compreendeu então que precisava sustentar uma derradeira luta com a dor de seu amigo, e, tomando as mãos de Julie e de Emmanuel, que apertou entre as suas, disse-lhes com a doce autoridade de um pai:

— Meus bons amigos, peço-lhes que me deixem só com o Maximiliano.

Era um meio para Julie ficar de posse daquela relíquia preciosa, em que Monte Cristo não tornara a falar.

— Deixemo-los — disse ela, puxando vivamente o marido.

E saíram.

O conde ficou só com Morrel, que se conservava imóvel como uma estátua.

— Vejamos — disse o conde, tocando-lhe no ombro — quer enfim tornar-se homem, Maximiliano?

— Quero, porque começo a sofrer novamente.

A fronte do conde enrugou-se, abandonada como que a uma sombria hesitação.

— Maximiliano! Maximiliano! — disse ele — essas idéias que alimenta são indignas de um cristão!

— Oh! tranqüilize-se, meu amigo — disse Morrel, levantando a cabeça e mostrando ao conde um sorriso cheio de inefável tristeza —, não serei eu que procurarei mais a morte.

— Assim — replicou Monte Cristo —, nada de armas, nada de desespero!

— Não, porque tenho melhor recurso do que o cano de uma pistola ou a folha de uma faca para me curar da minha dor.

— Pobre louco!... Qual é então?

—Qual?

— Sim, qual?

— Tenho a própria dor, que me há de matar.

— Amigo — disse Monte Cristo, com melancolia igual à do rapaz —, ouça-me: um dia, num momento de desespero igual ao seu, que me inspirava igual resolução, quis matar-me como você. Um dia, seu pai, igualmente desesperado, quis matar-se também. Se alguém dissesse a seu pai, no momento em que ele apontava o cano da pistola à fronte; se alguém me tivesse dito a mim, no momento em que eu, triste encarcerado, afastava do meu leito o pão em que não tocava havia três dias; se nos dissessem, enfim, a ambos, nesse momento supremo: Viva! virá um dia em que será quantas vezes felizes, e em que bendirá a vida; fosse de quem fosse essa voz, tê-la-íamos acolhido com o sorriso de dúvida ou com a angústia da incredulidade; e no entanto, seu pai, abençoando-o, não bendisse a vida! e quantas vezes eu mesmo...

— Ah! — exclamou Morrel, interrompendo o conde — o senhor não tinha perdido senão a sua liberdade; meu pai havia perdido tão-somente a sua fortuna; e eu, eu perdi Valentine.

— Olhe para mim, Morrel! — disse o conde com a solenidade que em certas ocasiões o tornava tão grande e tão persuasivo —

olhe para mim: eu não tenho lágrimas nos olhos, nem febre nas veias; nem funestas palpitações no coração; e no entanto vejo-o padecer, a você, Maximiliano, a você, a quem eu quero como quereria a um filho; pois bem: isto não lhe diz, Morrel, que a dor é como a vida, e que encerra sempre alguma coisa de desconhecido? Ora, se eu lhe peço, se eu lhe ordeno que viva, Morrel, é porque tenho a convicção de que um dia me agradecerá o ter-se conservado a vida.

— Oh! meu Deus! — exclamou o rapaz — o que me diz, conde?! Tome juízo! talvez que o senhor nunca amasse...

— Criança! — respondeu o conde.

— Eu sou soldado — replicou Morrel — desde que sou homem: cheguei aos vinte e nove anos sem amar, porque nenhum dos sentimentos que tinha experimentado antes merece o nome de amor. Pois bem! aos vinte e nove anos vi Valentine; desde então, há perto de dois anos que a amava; durante quase dois anos pude ler as virtudes da criança e da mulher escritas pela mão do Senhor naquele coração, que para mim se abriu como um livro. Conde, havia para mim, em Valentine, uma felicidade infinita, imensa, desconhecida; uma felicidade muito grande, muito completa, muito divina para este mundo; e visto que este mundo não ma quis dar, conde, já para mim não há na Terra, meu bom amigo, senão desespero e desolação.

— Eu lhe disse que esperasse, Morrel — repetiu o conde.

— Tome então juízo, repetirei eu também — disse Morrel —; porque o senhor procura persuadir-me, e se o consegue, far-me-á perder a razão, porque me fará acreditar que posso tornar a ver a minha Valentine.

O conde sorriu.

— Meu amigo, meu pai! — exclamou Morrel, exaltado — tome juízo, digo-lhe pela terceira vez, porque o ascendente que toma sobre mim espanta-me. Acautele-se com as suas palavras, porque os meus olhos parecem reanimar-se, o meu coração torna a palpitar e a renascer. Tome juízo, porque me faria acreditar em coisas sobrenaturais. Obedecer-lhe-ia em tudo: ergueria a pedra do sepulcro da filha de Jairo, marcharia sobre as ondas, como o apóstolo, caso me ordenasse com um gesto; tome juízo! eu obedeceria.

— Espere, meu amigo — respondeu o conde.

— Ah! — disse Morrel, caindo de toda a altura de sua exaltação no abismo da tristeza — ah! o senhor zomba de mim; faz como essas boas mães, ou antes, como essas mães egoístas, que mitigam com doces palavras a dor do filho, porque os seus gritos as incomodam. Não, meu amigo, não fiz bem em lhe recomendar que calculasse o que prometia. Não, não receie nada, sepultarei a minha dor com tanto cuidado no mais fundo do meu coração, torná-la-ei tão obscura, tão secreta, que não terá mais a preocupação de ter dó dela. Adeus, meu amigo, adeus!

— Pelo contrário — disse o conde —; a partir desta hora, Maximiliano, há de viver junto de mim; não me abandonará mais, e em oito dias teremos deixado atrás de nós a França.

— E diz-me que espere?

— Digo-lhe que espere, porque tenho um meio de curá-lo.

— Conde, o senhor entristece-me ainda mais, se é possível. Não vê como resultado do golpe que me feriu senão uma dor brutal, e julga poder consolar-me com um meio trivial — uma viagem!...

E Morrel sacudiu a cabeça com desdenhosa incredulidade.

— Que quer que eu lhe diga? — replicou o conde. — Eu tenho fé nas minhas promessas, deixe-me agora fazer a experiência.

— Conde, o senhor prolonga a minha agonia, nada mais.

— Quer dizer — disse o conde —, fraco coração que você é, não tem força bastante para conceder a você mesmo alguns dias para a prova que tento! Sabe você porventura do que o conde de Monte Cristo é capaz? Ignora que tenho bastante fé em Deus para alcançar um milagre d'Aquele que disse que o homem, ajudado pela fé, pode levantar montanhas? Pois bem! esse milagre que eu espero, espera-o você também, Maximiliano, ou então...

— Ou então?... — repetiu Morrel.

— Ou então, tome juízo, Morrel! chamá-lo-ei ingrato.

— Tenha dó de mim, conde.

— É tal o dó que me inspira, Maximiliano, ouça bem! é tal o dó que me inspira o seu sofrimento, que se não conseguir curá-lo num mês, dia a dia, hora a hora, conserva bem na memória as minhas palavras, Morrel, pô-lo-ei em frente destas duas pistolas carregadas, e de uma taça do veneno mais infalível da Itália, de um veneno mais seguro e mais pronto, crê-me, do que aquele que matou a sua Valentine.

— Promete-mo?

— Prometo; porque sou homem, porque eu também, como você, quis morrer, e já muitas vezes, depois de a desgraça se achar longe de mim, tenho sonhado com as delícias de um sono eterno.

— Oh! promete-me o que me diz, conde?... — exclamou Maximiliano, inebriado.

— Não lho prometo, juro-lho — repetiu o conde de Monte Cristo, estendendo a mão.

— No prazo de um mês, sob a sua palavra de honra, se eu não

me julgar feliz, deixar-me-á senhor da minha vida, e, seja qual for o meu procedimento, não me chamará ingrato?

— Num mês, dia a dia, Maximiliano; dentro de um mês, hora a hora, e a data é sagrada — não sei se se recorda desta circunstância, Maximiliano: estamos hoje a 5 de setembro. Faz hoje dez anos que eu salvei seu pai, que queria suicidar-se.

Morrel pegou as mãos do conde e beijou-as.

O conde não impediu esse movimento do rapaz, como se compreendesse que essa adoração lhe era devida.

— Dentro de um mês — continuou Monte Cristo —, terá sobre a mesa diante da qual estivermos sentados, qualquer das duas excelentes armas e uma morte doce; mas, em compensação, promete-me esperar e viver daqui até lá, não é verdade?

— Oh! cabe-me a vez — exclamou Morrel —; juro-o!

Monte Cristo abraçou-o com efusão.

— E agora — disse o conde —, desde hoje irá morar em minha casa; tomará os aposentos de Haydée... ao menos será a minha filha substituída pelo meu filho.

— Haydée?... — disse Morrel — o que é feito de Haydée?

— Partiu a noite passada.

— Para deixá-lo?

— Não, para me esperar... Apronte-se para se reunir comigo nos Champs-Élysées, e faça com que eu saia daqui sem ser visto — acrescentou o conde.

Maximiliano baixou a cabeça, e obedeceu como uma criança, ou como um apóstolo.

CVI. A partilha

O primeiro andar da casa da Rua de Saint-Germain-des-Près, que Albert escolhera para si e para sua mãe, estava alugado a uma personagem muito misteriosa.

Era um homem a quem nunca o próprio porteiro conseguira ver a cara, e que, ao contrário de todos os usos, não era espionado, porque os boatos que corriam de que seu incógnito ocultava um indivíduo colocado em alta posição e de grande poder, fazia respeitar-lhe as misteriosas aparições.

As suas visitas eram de ordinário fixas, ainda que por vezes chegasse atrasado ou adiantado; mas quase sempre, fosse de inverno, fosse de verão, era pelas quatro horas que dava entrada em seus aposentos, onde nunca passava a noite.

Às três horas e meia, no inverno, era aceso o fogão por uma criada discreta, a quem a casa estava encarregada; às três e meia, no verão, a mesma criada subia com refrescos. Às quatro horas, como dissemos, chegava a misteriosa personagem.

Vinte minutos depois, parava à porta uma carruagem, e apeava-se uma mulher vestida, de preto ou de azul-escuro, sempre coberta com um grande véu; passava como uma sombra pela loja, e subia ligeiramente a escada.

Nunca ninguém lhe perguntou para que andar se dirigia.

O seu rosto, como o do desconhecido, era perfeitamente estranho aos dois porteiros, talvez os únicos, na imensa confraria dos porteiros da capital, capazes de tamanha discrição; e não será preciso dizer que aquela visita não subia mais alto do que o primeiro andar.

A misteriosa dama batia a uma das portas de uma maneira particular; abriam-lhe essa porta, que em seguida fechavam hermeticamente, e estava tudo dito.

Para sair, repetia-se a mesma manobra da entrada.

A desconhecida saia primeiro, sempre com o rosto velado, e subia em sua carruagem, que tanto desaparecia por um lado da rua como pelo outro: vinte minutos depois, descia por sua vez o misterioso personagem, enterrado em sua gravata ou ocultando-se com o lenço, e desaparecia também com igual presteza.

No dia seguinte àquele em que o conde de Monte Cristo visitara Danglars, dia do enterro de Valentine, o misterioso habitante, em vez de entrar, como de costume, às quatro horas da tarde, chegou pelas dez horas da manhã.

Quase imediatamente, e sem mediar o intervalo ordinário, chegou um trem de praça, e logo a dama desconhecida subiu a escada. A porta abriu-se e fechou-se.

Mas, antes mesmo de estar completamente fechada, a recém-chegada tinha exclamado:

— Oh, Lucien! oh, meu amigo!

De maneira que o porteiro, que sem querer tinha ouvido esta exclamação, soube pela primeira vez que seu locatário se chamava Lucien; mas como era um porteiro modelo, prometeu a si mesmo nem sequer contar à mulher.

— Então, então! o que sucedeu, querida amiga? — perguntou aquele de quem a dama, em sua pressa ou talvez em sua perturbação, tinha revelado o nome — fale, diga!

— Meu amigo, posso contar com você?

— Com certeza, e bem o sabe: mas o que há? o seu bilhete desta manhã lançou-me numa terrível perplexidade.

— Lucien, trago-lhe uma grande nova! — disse a dama fixando em Lucien um olhar interrogador —; o Sr. Danglars partiu esta noite.

— Partiu?! O Sr. Danglars partiu?! mas para onde foi ele?

— Não sei.

— Como?! não sabe? então partiu para não voltar?

— Pois! A carruagem levou-o às dez horas da noite à Barreira de Charenton: ali achou uma sege de posta, e subiu nela com o seu criado de quarto, dizendo ao cocheiro que ia a Fontainebleau.

— Bem: e o que diz então a senhora?

— Espere, meu amigo. O barão tinha-me deixado uma carta.

— Uma carta?

— Sim, leia.

E a baronesa tirou da algibeira uma carta aberta, que apresentou a Debray.

Debray, antes de a ler hesitou um instante, como se procurasse adivinhar o que ela continha, ou antes, como se desejasse tomar de antemão um partido, fosse qual fosse seu conteúdo.

No fim de alguns segundos esse partido estava tomado, porque Lucien se pôs a ler.

Eis o que continha esse bilhete que tanto perturbara o coração da Sr.ª Danglars:

"Minha senhora e muito fiel esposa."

Sem intenção, Debray fez uma pausa e olhou para a baronesa, que corou até os olhos.

— Leia.

Debray continuou:

"Quando receber esta carta já não terá marido!

Oh! não se admire; não terá marido como também já não tem filha, quer dizer, eu estarei correndo por uma das trinta ou quarenta estradas que conduzem para fora da França.

Devo-lhe certas explicações, e como é uma que as saberá compreender perfeitamente, dar-lhas-ei.

Ouça:

Esta manhã apareceu-me um saque de cinco milhões, paguei; em seguida veio outro na mesma importância, e então pedi espera até amanhã.

Hoje parto para evitar esse amanhã, que me seria muito desagradável.

Compreende isto, não é verdade, minha senhora e muito preciosa esposa?

Repare:

A senhora compreende, porque conhece os meus negócios tão bem como eu; sabe mesmo melhor do que eu próprio, atendendo a que, se me perguntassem onde se sumiu uma boa parte da minha fortuna, ainda há pouco assaz bela, eu não saberia dizê-lo: ao passo que, pelo contrário, a senhora, estou certo, saberia perfeitamente. Porque as mulheres têm instintos de uma segurança infalível, e explicam até o próprio maravilhoso por meio de uma álgebra de que são inventoras.

Eu, que não conhecia senão os meus algarismos, confesso-lhe, minha querida amiga, que fiquei sem saber nada desde o dia em que esses algarismos me enganaram.

Já pensou por acaso na rapidez da minha queda? não a acha admirável, minha senhora?

Não foi um pouco ofuscada por essa incandescente fusão dos meus lingotes.

Eu, confesso, não vi mais que o fogo; espero, no entanto, que a senhora tenha encontrado nas cinzas algum ouro.

É com esta consoladora esperança que me afasto, minha senhora e muito prudente esposa, sem que a minha consciência me reprove esse passo.

Ficam-lhe amigos, as cinzas em questão, e, para cúmulo da ventura, a liberdade, que me apresso a conceder-lhe.

Entretanto, minha senhora, é chegado o momento de introduzir uma palavrinha de explicação íntima.

Enquanto supus que trabalhava pelo bem-estar da nossa casa, pela fortuna da nossa filha, fechei filosoficamente os olhos; mas como fez da casa uma vasta ruína, não quero servir de alicerce à fortuna de outro.

Aceitei-a rica, mas pouco honrada.

Perdoe-me falar-lhe com esta franqueza; mas como provavelmente não falo senão para nós dois, não vejo razão para dar às minhas palavras outro colorido.

Aumentei a nossa fortuna, que durante quinze anos prosperou consideravelmente, até o momento em que catástrofes ainda desconhecidas e ininteligíveis para mim, a derrubaram, sem que eu possa acusar-me de ter contribuído para isso.

Ao mesmo tempo, a senhora trabalhava tão-somente para aumentar a sua fortuna, coisa que sem dúvida conseguiu, estou moralmente convencido disso.

Deixo-a, pois, como a encontrei: rica, mas pouco honrada.

Adeus.

Também eu quero, de hoje em diante, trabalhar só para mim.

Creia no meu reconhecimento pelo exemplo que me deu, e que vou seguir.

Seu marido muito dedicado,

Barão Danglars."

A baronesa seguiu Debray com a vista durante esta longa e penível leitura, e viu-o corar uma ou duas vezes, apesar de seu habitual autodomínio.

Apenas terminou, Debray dobrou vagarosamente a carta pelas mesmas dobras, e retomou sua atitude pensativa.

— Então? — perguntou a Sr.ª Danglars, com uma ansiedade fácil de compreender.

— E então, minha senhora? — repetiu maquinalmente Debray.

— Que idéia lhe inspira essa carta?

— É bem simples; inspira-me a idéia de que o Sr. Danglars partiu, levando algumas suspeitas.

— Sem dúvida; mas... é tudo o que tem a dizer-me?

— Não compreendo o que quer dizer — disse Debray, com um frio glacial.

— Digo-lhe que ele partiu! que partiu para sempre! que partiu para não mais voltar!

— Oh! — replicou Debray — não creia em tal, baronesa.

— Engana-se; meu marido não volta, é um homem inquebrantável nas resoluções que derivam dos seus interesses. Se me julgasse útil para alguma coisa ter-me-ia levado. Se me deixou em Paris é porque a nossa separação convém aos seus projetos; é, pois, irrevogável, e eu estou livre para sempre — concluiu a Sr.ª Danglars, com a expressão de quem implora.

Mas Debray, em lugar de responder, deixou-a nessa ansiosa interrogação do olhar e do pensamento.

— O quê?! — disse ela enfim — não me responde, senhor?

— Mas eu não tenho senão uma pergunta a dirigir-lhe: o que tenciona fazer?

— É o que eu vinha perguntar-lhe — respondeu a baronesa, com o coração palpitante.

— Ah! é então um conselho que vem pedir-me?

— Sim, é um conselho que lhe peço — respondeu a baronesa, com o coração oprimido.

— Então, se é um conselho que me pede — replicou friamente Lucien —, aconselho-lhe que viaje.

— Que viaje! — murmurou a Sr.ª Danglars.

— Certamente. Como o Sr. Danglars disse, a senhora é rica e perfeitamente livre. Precisa absolutamente ausentar-se de Paris, pelo menos é o que me parece, em vista do duplo escândalo do rompimento do matrimônio da menina Eugénie e da desaparição do Sr. Danglars. É necessário que todos a julguem pobre e abandonada, porque ninguém perdoaria à mulher do falido a opulência e o grande aparato da sua casa. Para o primeiro caso, basta que se demore quinze dias em Paris, repetindo a toda a gente que foi abandonada, e contando-o às suas melhores amigas, que irão repeti-lo por esse mundo. Em seguida deixará o palácio, as jóias, os rendimentos conhecidos, e toda a gente louvará o seu desinteresse. Julgá-la-ão pobre, porque sou eu o único que conhece a sua situação financeira, e estou pronto a prestar-lhe contas em sociedade leal.

A baronesa, pálida, aterrada, ouvira estas palavras com tanto espanto e desespero quanta era a impassibilidade e indiferença de Debray ao pronunciá-las.

— Abandonada?!... — replicou ela — oh! decerto, e bem abandonada... Sim, o Sr. Lucien Debray tem razão, ninguém duvidará do meu abandono.

Foram as únicas palavras com que aquela mulher, tão orgulhosa e tão violentamente desprezada, pôde responder a Debray.

— Mas rica, muito rica mesmo, felizmente — prosseguiu Debray, puxando de sua carteira e estendendo sobre a mesa alguns papéis que ela continha.

A Sr.ª Danglars não o interrompeu naquela operação, ocupada em sufocar as pulsações do coração e conter as lágrimas que já sentia umedecerem-lhe as pálpebras: o sentimento da dignidade, enfim, veio ao de cima, e se não pôde comprimir o coração, conseguiu ao menos não verter nem uma lágrima.

— Minha senhora — disse Debray — , haverá seis meses que somos sócios. Confiou-me um capital de cem mil francos. Foi em abril deste ano que fizemos a nossa sociedade. Em maio começaram as operações, e ganhamos quatrocentos e cinqüenta mil francos. Em junho subiram os lucros a novecentos mil francos. Em julho juntamos-lhe um milhão e setecentos mil francos; foi, como sabe, o mês dos fundos da Espanha. Em agosto perdemos, logo no começo, trezentos mil francos; mas a 15 tínhamos já conseguido reaver o perdido, e até o fim do mês tiramos-lhe a desforra, porque o nosso capital, desde o dia em que começou a sociedade até ontem, dá-nos um ativo de dois milhões e quatrocentos mil francos, quer dizer, um milhão e duzentos mil francos para cada um de nós. Agora — continuou Debray, compulsando seu livro de contas com o método e tranqüilidade de um corretor de fundos —, encontramos oitenta mil francos como lucros provenientes desta soma que tenho conservado na minha mão.

— Mas — interrompeu a baronesa — o que significam tais lucros, se nunca pôs a render esse dinheiro?

— Peço-lhe perdão, minha senhora — disse friamente Debray —; tinha-me dado plenos poderes, portanto usei deles. Ficam então quarenta mil francos de juros para a senhora, mais os cem mil com que entrou, quer dizer, um milhão trezentos e quarenta mil francos, total da sua parte. Ora, minha senhora, eu tive o cuidado de mobilizar anteontem o seu dinheiro, porque receava ter de prestar contas de um para outro momento. O seu capital está ali, metade em notas do banco, e a outra metade em ordens ao portador. Eu digo que está ali, e é verdade; como não julgava a minha casa bastante segura, como não julgava os notários suficientemente discretos, e pensando que a-s propriedades falam ainda mais alto do que os notários; como, enfim, não tem direito de comprar nada fora da comunidade conjugal, entendi melhor guardar toda essa soma, que é hoje a sua única riqueza, num cofre selado no fundo daquele armário. Agora — continuou Debray, abrindo o armário primeiro e o cofre em seguida —, minha senhora, aqui estão oitocentas notas de mil francos cada uma, um cupão de vinte e cinco mil francos, e uma letra à vista sobre o meu banqueiro; ora, como o meu banqueiro não é o Sr. Danglars, a letra há de ser paga, fique tranqüila.

A Sr.ª Danglars pegou maquinalmente a letra, o cupão e o maço de notas, e com os olhos secos, mas o peito sufocado, meteu o cupão e a letra em sua carteira, e arrecadou as notas, conservando-se em pé, pálida, silenciosa, como que esperando uma doce palavra que a consolasse de ser tão rica. Mas esperou debalde.

— Agora, minha senhora — continuou Debray — , tem um magnífico futuro, nada menos do que sessenta mil libras de renda, o que é uma fortuna enorme para uma senhora que não poderá ter casa senão daqui a um ou dois anos, pelo menos. É um privilégio para todas as fantasias que possam passar-lhe pelo espírito, sem contar que, se julga a sua parte insuficiente, poderá dispor da minha; e pode acreditar que eu estou disposto a oferecer-lhe, minha senhora, a título de empréstimo, bem entendido, tudo quanto possuo, quer dizer, um milhão e sessenta mil francos.

— Obrigada, senhor — respondeu a baronesa —, obrigada; deve compreender que me entregou muito mais do que é preciso a uma pobre mulher, que não tenciona, a não ser daqui a muito tempo, pelo menos, reaparecer no mundo.

Debray ficou por um momento espantado, mas serenou, e fez um gesto que podia traduzir-se pela forma mais polida de exprimir esta idéia: Como queira!

A Sr.ª Danglars talvez até aquele momento esperasse ainda alguma coisa, mas quando viu o gesto negligente de Debray e o olhar oblíquo de que fora acompanhado quando viu a reverência profunda e o silêncio que se fez a seguir, levantou a cabeça, abriu a porta, e sem ódio, mas também sem hesitação, dirigiu-se para a escada, sem se dignar sequer lançar um último olhar àquele homem que a deixava partir de tal maneira.

— Ótimo! — disse Debray, assim que a baronesa partiu — excelente projeto! a baronesa encerrar-se-á em casa, lerá romances, e jogará o lansquené, visto não poder jogar na Bolsa.

E tornando a pegar o livro, riscou com o maior cuidado as somas que acabava de pagar.

"Resta-me um milhão e sessenta mil francos — disse ele. — Que desgraça ter morrido a menina de Villefort! Essa mulher convinha-me sob todos os aspectos, e eu casava com ela."

E, segundo seu costume, esperou fleumaticamente que a Sr.ª Danglars se tivesse afastado, e vinte minutos depois decidiu-se a sair por sua vez.

Por cima da sala onde Debray acabava de dividir com a Sr.ª Danglars dois milhões e meio, havia outra sala povoada igualmente por personagens de nosso conhecimento, que eram Mercédès e Albert.

Mercédès estava muito mudada desde alguns dias, não porque, mesmo no tempo de sua maior fortuna, houvesse jamais ostentado o orgulhoso fausto que faz com que não reconheçamos a mulher quando nos aparece com os trajes mais simples; nem porque tivesse caído nesse estado de depressão que se é obrigado a revestir com a libré da miséria; não: Mercédès estava mudada porque seus olhos já não brilhavam, porque sua boca não sorria, porque, enfim, um perpétuo embaraço lhe tolhia nos lábios a palavra rápida que noutros tempos denunciava nela um espírito sempre vivo.

Não fora a pobreza que emurchecera o espírito de Mercédès, não fora a falta de coragem que lhe tornava pesada essa pobreza.

Mercédès, descida do centro em que vivia, perdida na nova esfera que para si própria escolhera, como essas pessoas que saem de uma sala esplendidamente iluminada para passarem subitamente para as trevas; Mercédès parecia uma rainha transportada de seu palácio para uma choupana, e que, vendo-se reduzida ao estritamente necessário, se não reconhecia nem na baixela de barro, que ela mesma tinha de trazer para a mesa, nem no grabato que sucedera a seu leito dourado.

De fato, a bela catalã, ou a nobre condessa, já não mostrava seu olhar altivo nem seu encantador sorriso, porque não via a sua volta senão objetos tristes: o quarto era um destes quartos forrados com o papel cinzento que os proprietários sovinos escolhem como sendo o que menos se suja; não tinha tapetes no chão, que era de lajedo; desoladores os móveis, também, que obrigavam a vista a fixar-se sobre a pobreza de um falso luxo; todas essas coisas, enfim, que estragavam, com seus tons berrantes, a harmonia tão necessária a olhos habituados a um conjunto elegante.

A Sr.ª de Morcerf vivia naquela pobre casa desde que abandonara o palácio.

Vendo que Albert a cada instante a olhava de soslaio para julgar-lhe do estado do coração, restringia-se a um monótono sorriso dos lábios, que. na ausência desse fogo tão doce do sorriso dos olhos, produzia o efeito de uma simples reverberação de luz, quer dizer, de uma claridade sem calor.

Por sua parte, Albert sentia-se contrariado com um resto de luxo que o afastava de sua condição atual.

Queria sair sem luvas, e achava as mãos demasiado brancas. Queria percorrer a cidade a pé, e achava as botas muito lustrosas.

No entanto, estas duas criaturas tão nobres e inteligentes, reunidas pelos laços indissolúveis do amor maternal e filial, tinham conseguido compreender-se sem pronunciarem uma palavra, economizando todas as explicações que se devem entre amigos para estabelecer a verdade material de que depende a vida.

Albert, enfim, pôde dizer a sua mãe, sem que ela empalidecesse:

— Minha mãe, não temos mais dinheiro.

Mercédès nunca tinha conhecido verdadeiramente a miséria.

Em sua mocidade ela mesmo falara muitas vezes na pobreza, mas isso não é de modo algum a mesma coisa: indigência e necessidade são dois sinônimos entre os quais há um imenso intervalo.

Nos Catalans, Mercédès tinha necessidade de mil coisas, mas não lhe faltavam muitas outras. Enquanto houvesse redes, havia peixe; enquanto se vendesse peixe, não faltava fio para se conservarem as redes boas.

O inverno aproximava-se.

Mercédès, naquele quarto nu e frio, não tinha um fogão; ela, que noutro tempo possuía um calorífero de mil ramos que lhe aquecia a casa desde as antecâmaras até o toucador.

Não tinha uma pobre florzinha, ela, cujos aposentos eram uma estufa povoada a preço de ouro!

Mas tinha o filho...

A exaltação de um dever, talvez exagerado, havia-os sustentado até então nas esferas superiores.

A exaltação é quase entusiasmo, e o entusiasmo torna-nos insensíveis às coisas da Terra.

Mas o entusiasmo tinha passado, e era preciso descer pouco a pouco do país dos sonhos ao mundo da realidade.

Era mister, enfim, tratar da realidade, depois de exausto todo o ideal.

— Minha mãe — dizia Albert, no momento em que a Sr.ª Danglars descia a escada —, contemos toda a nossa riqueza; necessito de um total para elaborar os nossos planos.

— Total: nada — disse Mercédès, com um doloroso sorriso.

— Total: três mil francos, minha mãe; com estes três mil francos tenciono eu conseguir que levemos uma vida excelente.

— Criança!... — suspirou Mercédès.

— Pobre de mim! — disse o rapaz — tenho consumido muito dinheiro para que lhe não conheça o valor. É uma grande soma, como vê, esses três mil francos, e tenho edificado sobre esse capital um futuro miraculoso de segurança eterna.

— Diz isso, meu amigo — continuou a pobre mãe, ruborizando-se —; mas, em primeiro lugar, diz-me: porventura aceitaremos nós esses três mil francos?

— Mas parece-me que isso já está combinado — replicou Albert num tom firme —; aceitamos, tanto mais que não os temos, porque, como sabe, estão enterrados no jardim da pequena casa de Marselha. Com duzentos francos iremos ambos até Marselha.

— Com duzentos francos?! — replicou Mercédès — sabe o que diz, Albert?...

— Oh! os meus cálculos estão feitos. Irá até Chalons em cupê; bem vê, minha mãe, que a trato como uma rainha. Temos, portanto, trinta e cinco francos.

Albert pegou a pena e escreveu:

Cupê	35	francos
De Chalons a Lyon no barco a vapor	6	»
De Lyon a Avignon também no barco a vapor	16	»
De Avignon a Marselha	7	»
Despesas durante a jornada	50	»
Total	114	»

— Ponhamos cento e vinte — acrescentou Albert sorrindo —; bem vê que sou generoso, não é verdade minha mãe?

— E você, meu pobre filho?

— Eu?! não vê que me reservo oitenta francos? Um rapaz, minha mãe, não necessita de tantas comodidades; além disso, eu sei o que é viajar.

— Na sua carruagem e com o seu criado...

— De toda a maneira, minha mãe.

— Pois bem, seja — disse Mercédès —; e esses duzentos francos, onde vai você buscá-los?

— Esses duzentos francos estão aqui, e mais outros duzentos. Vendi o meu relógio por cem francos e os berloques por trezentos. Que excelente coisa! Uns berloques que valiam três vezes o relógio. Sempre essa história do supérfluo! Eis-nos, pois, ricos, porque em lugar dos cento e catorze francos de que precisava para a sua viagem, tem duzentos e cinqüenta, minha mãe.

— E não devemos nada nesta casa?

— Uns trinta francos, mas esses eu os pago dos meus cento e cinqüenta francos. Está pois combinado; e visto que em rigor não preciso mais do que de oitenta francos para a minha jornada, bem vê, minha querida mãe, que nado em luxo. Mas ainda não é tudo: que me diz a isto?

Albert puxou por uma pequena carteira com fechos de ouro, resto de suas antigas fantasias, ou talvez mesmo uma terna lembrança de algumas dessas mulheres misteriosas e veladas que batiam à porta de serviço, e tirou uma nota de mil francos.

— O que é isso? — perguntou Mercédès.

— Mil francos, minha mãe.

— E de onde vieram esses mil francos?

— Ouça, minha mãe, e não se comova demasiado.

E Albert, levantando-se, foi beijar a mãe nas duas faces, e depois deteve-se contemplando-a.

— Não imagina, minha mãe como a acho formosa! — disse o rapaz com um profundo sentimento de amor filial — na verdade, a mãe é a mulher mais bela e mais nobre que eu jamais vi.

— Querido filho!... — replicou Mercédès, diligenciando debalde deter as lágrimas que lhe marejavam as pálpebras.

— Na verdade, minha mãe, só faltava vê-la infeliz para converter o meu amor em adoração.

— Mas enquanto eu tiver o meu filho — disse Mercédès — nunca me julgarei infeliz.

— Ah! justamente — tornou Albert —; mas eis onde começa a provação, minha mãe: sabe o que combinamos?

— Combinamos alguma coisa? — perguntou Mercédès.

— Sim, ficou combinado que minha mãe habitaria Marselha, e que eu partiria para a África, onde, em lugar do nome que deixei, tornarei respeitado o nome que uso agora.

Mercédès soltou um suspiro.

— Pois bem; assentei ontem praça nos sipaios — continuou o rapaz, baixando os olhos com uma certa vergonha, porque ignorava quanto tinha de sublime seu rebaixamento —; quero dizer, julguei que o meu corpo fosse realmente propriedade minha e que poderia vendê-lo; tomei o lugar de outro. Vendi-me, como disse, e — concluiu, diligenciando sorrir — por maior preço do que julgava valer realmente: vendi-me por dois mil francos.

— Então esses mil francos?... — disse estremecendo a pobre Mercédès.

— São metade da quantia, minha mãe, a outra metade recebê-la-ei daqui a um ano.

Mercédès levantou os olhos para o Céu com uma expressão indefinível, e logo duas lágrimas lhe correram silenciosamente ao longo das faces.

— O preço do seu sangue! — murmurou ela.

— Sim, se eu morrer — disse rindo, Morcerf. — Mas asseguro-lhe, minha boa mãe, que tenciono, pelo contrário, defender rudemente a minha pele; nunca apreciei tanto a vida como agora.

— Oh! meu Deus! meu Deus!... — exclamou Mercédès.

— Além disso, por que receia que eu morra, minha mãe? Lamoricière, esse outro Ney do Midi, foi morto? Changarnier foi morto? Bedeau foi morto? Morrel, que nós conhecemos, foi morto? Pense antes na sua alegria quando me vir voltar com o meu uniforme bordado! Declaro-lhe que hei de ser um soldado soberbo, e que escolhi o regimento pela elegância do uniforme.

Mercédès suspirou, diligenciando sorrir.

Compreendera, aquela santa mãe, que mal faria em deixar sobrecarregar o filho com todo o peso do sacrifício.

— E então, compreende, minha mãe? eis-nos já com mais de quatro mil francos seguros para si; com esses quatro mil francos pode viver muito razoavelmente durante dois anos.

— Parece-lhe? — perguntou Mercédès.

Esta palavra escapou à condessa com uma dor tão real, que seu verdadeiro sentido não passou despercebido a Albert.

Sentiu um aperto de coração, e pegou a mão da mãe que estreitou ternamente entre as suas.

— Sim, há de viver! — disse ele.

— Viverei — replicou Mercédès —, mas você não há de partir, pois não, meu filho?

— Hei de partir, sim, minha mãe — disse Albert, com voz tranqüila e firme —; a mãe ama-me demasiado para que me queira conservar junto de si ocioso e inútil; além disso, a coisa já não tem remédio, ontem mesmo assinei o contrato.

— Procede conforme a sua vontade, meu filho; eu farei o que Deus quiser.

— Não só conforme a minha vontade, minha mãe, mas conforme a razão e a necessidade. Somos duas criaturas desesperadas, não é verdade? O que é hoje a vida para você? nada. O que é a vida para mim? Oh! bem pouco, sem você, minha mãe, creia; porque se não fosse minha mãe, juro-lhe que teria cessado de viver no dia em que duvidei do meu pai e em que lhe reneguei o nome!

— Pobre filho!...

— Enfim, vivo; e se me promete ter esperança ainda, se me deixa o cuidado da sua felicidade futura, duplicará a minha força. Agora vou procurar o governador de Argel; é um coração leal e sobretudo essencialmente soldado; contar-lhe-ei a minha triste história; pedir-lhe-ei que volte de vez em quando os olhos para o lado onde eu estiver, e se me atender, se quiser auxiliar-me, antes de seis meses estarei morto ou serei oficial. Se chegar a oficial, ficará garantido o seu futuro, minha mãe, porque terei o bastante para nós ambos; e, além disso, possuiremos um novo nome, que nos tornará respeitados. Se eu morrer... oh! se eu morrer, nesse caso morra também, se quiser, porque as nossas desgraças encontrarão o termo no próprio excesso.

— Está bem — respondeu Mercédès com seu nobre e eloqüente olhar —, tem razão, meu filho: provemos a certas pessoas que nos olham esperando os nossos atos para nos julgarem, provemos-lhes que pelo menos somos dignos de ser deplorados.

— Mas nada de idéias fúnebres, querida mãe! — exclamou o rapaz —; juro-lhe que somos, ou que, pelo menos, poderemos ser ainda muito felizes. A minha mãe é ao mesmo tempo uma mulher dotada de grande espírito e de resignação; eu tornei-me simples nas minhas exigências e isento de paixões, assim o espero. Uma vez no serviço, julgar-me-ei rico; logo que a vir em casa do Sr. Dantès ficarei completamente descansado. Experimentemos! peço-lhe eu, minha mãe, experimentemos.

— Sim, experimentemos, meu filho, porque você deve viver, deve ser feliz — respondeu Mercédès.

— Assim, minha mãe, a nossa partilha está feita — concluiu o rapaz, afetando a maior indiferença. — Podemos partir hoje mesmo. Vou reservar, como disse, o seu lugar para Chalons.

— E o seu, meu filho?

— Eu devo ficar dois ou três dias ainda; é um começo de separação, precisamos habituar-nos; além disso, careço de algumas recomendações e esclarecimentos sobre a África; reunir-nos-emos em Marselha.

— Pois bem, seja: partamos! — disse Mercédès, envolvendo-se no único xale que tinha levado, e que por acaso era um caxemira preto de grande preço — partamos!

Albert arrecadou à pressa seus papéis, e tocou a campainha para pagar os trinta francos que devia ao dono da casa; depois, oferecendo o braço à mãe, desceu a escada.

Alguém descia diante deles: quem quer que fosse, ouvindo o roçar de um vestido de seda sobre a escada, voltou-se, ao que parecia tomado de assombro.

— Debray! — murmurou Albert.

— O senhor, Morcerf?! — respondeu o secretário do ministro do Interior, parando no degrau em que se achava.

A curiosidade fez com que Debray esquecesse o desejo de guardar o incógnito; além disso, fora conhecido.

Pareceu contrariado por encontrar naquela hospedaria ignorada o rapaz cuja desgraçada aventura tanta bulha acabava de fazer em Paris.

— Morcerf — repetiu Debray.

Depois, divisando na obscuridade uma figura ainda cheia de mocidade e o véu preto da Sr.ª de Morcerf, Debray concluiu com um sorriso:

— Oh, perdão! vou deixá-lo, Albert.

Este compreendeu o pensamento de Debray.

— Minha mãe — disse o excelente moço voltando-se para

Mercédès —, é o Sr. Debray, secretário do ministro do Interior, um antigo amigo meu.

— Um antigo amigo seu?! — balbuciou Debray —; o que quer dizer?

— Eu disse isto, Sr. Debray — replicou Albert —, porque hoje não tenho amigos, nem devo tê-los. Agradeço-lhe infinitamente o ter-se dignado reconhecer-me.

Debray subiu dois degraus, e deu um enérgico aperto de mão a seu interlocutor.

— Creia, meu caro Albert — disse ele com a comoção de que era suscetível —, que tomei uma parte muito profunda na sua dor, e estou à sua disposição em tudo, absolutamente em tudo em que possa servi-lo.

— Obrigado — respondeu sorrindo Albert —; mas no meio dessa dor, conservamo-nos ainda assim suficientemente ricos para não recorrer a ninguém. Vamos deixar Paris; e depois da nossa viagem paga ainda nos hão de restar cinco mil francos.

Debray corou; tinha um milhão na carteira, e por pouco poético que fosse seu espírito, não pôde deixar de refletir que na mesma casa haviam estado ao mesmo tempo duas mulheres, das quais uma, justamente infamada, julgava-se pobre com mais de um milhão envolto nas dobras de sua capa, e a outra, injustamente ferida, mas bastante sublime na desgraça, julgava-se imensamente rica apenas com alguns miseráveis francos.

Este paralelo desnorteou-o, balbuciou algumas palavras de despedida, e desceu com rapidez.

Nesse dia, os empregados do ministério, seus subordinados, tiveram de sofrer-lhe o mau humor; no entanto, nessa tarde tornou-se proprietário de uma excelente casa no *boulevard* da Madeleine, cuja renda se elevava a cinqüenta mil libras.

No dia seguinte, à hora em que Debray assinava a escritura, isto é, pelas cinco horas da tarde, a Sr.ª de Morcerf, depois de ter abraçado ternamente o filho, subia em uma diligência.

Por trás do transparente de uma das janelas da casa Laffitte, estava oculto um homem, que viu Mercédès subir na diligência, partir, e em seguida afastar-se Albert.

Então passou a mão pela fronte, pensativo, e disse:

— Oh! como conseguirei eu restituir àqueles infelizes a felicidade que lhes roubei? Deus me ajudará.

CVII. A cova dos leões

Uma das partes da Force, aquela que encerra os presos mais criminosos e de maior perigo, chama-se o pátio Saint-Bernard.

Os presos, em sua linguagem enérgica, deram-lhe o nome de Cova dos Leões, provavelmente porque os terríveis cativos têm dentes que mordem muitas vezes as grades, e em algumas ocasiões até os próprios guardas.

É uma prisão na prisão.

As paredes têm dobrada espessura das demais.

Todos os dias são as grades examinadas por um chaveiro, e vê-se que os guardas, pela estatura hercúlea e o olhar frio e incisivo, são gente escolhida para reinar em sua gente pelo terror e pela inteligência.

O pátio daquela parte da prisão é rodeado de enormes muros, pelos quais desliza obliquamente o sol, quando se decide a penetrar naquele báratro de deformidades morais e físicas.

É ali que, desde o nascer do sol, erram, pensativos, carrancudos, lívidos como sombras, os desgraçados que a justiça tem sob sua ação.

O muro absorve e retém mais calor, e os prisioneiros costumam acocorar-se encostados a ele. Conservam-se ali, conversando, aos pares, outras vezes isolados, com o olhar pregado na porta que se abre para chamar algum dos habitantes daquela lúgubre morada, ou para lançar naquele abismo alguma nova escória repelida da sociedade.

O pátio Saint-Bernard tem seu locutório especial.

É uma sala dividida em duas partes por duas grades paralelas, e distanciadas por um intervalo de três pés, de maneira que o visitante não pode apertar a mão do visitado, nem entregar-lhe qualquer objeto.

É uma casa úmida, sombria, e absolutamente horrível, sobretudo pensando nas espantosas confidências que têm passado por aquelas grades enferrujando-lhes os varões.

E no entanto, aquele lugar, por mais horroroso que seja, é o paraíso onde vão retemperar-se, numa companhia esperada e de antemão saboreada, aqueles homens cujos dias estão contados.

É tão raro sair-se da Cova dos Leões para outra parte que não seja a Barreira de Saint-Jacques, as galés, ou a prisão celular!

No pátio que acabamos de descrever, e que reluzia de fria umidade, passeava com as mãos nas algibeiras dos casacos, um rapaz que os outros habitantes da prisão contemplavam com acentuada curiosidade.

Passaria por um homem elegante, graças ao corte do traje, se este não estivesse rasgado; no entanto, conhecia-se que não era o tempo nem o uso que o deteriorara; o pano, fino e sedoso nos lugares intactos, retomava facilmente o lustro sob a mão acariciadora do preso, que diligenciava torná-lo novo.

Aplicava os mesmos cuidados em endireitar uma camisa finíssima, consideravelmente mudada de cor desde sua entrada na prisão, passando igualmente pelas botas de polimento a ponta de um lenço bordado com iniciais sobrepujadas por uma coroa heráldica.

Alguns dos presos seguiam com interesse os cuidados empregados por ele na compostura do traje.

— Reparem como o príncipe está se enfeitando — disse um dos criminosos —, como se faz bonito!

— Bonito é ele já de si — respondeu outro —, e se tivesse um pente e brilhantina, eclipsaria todos os janotas de luva branca.

— Aquele traje deve ter sido excelente, e as botas luzem de grande.

É lisonjeiro para nós possuirmos um tal colega, e aqueles bandidos dos gendarmes são na verdade muito vis. Invejosos! esfarraparem um traje como aquele!...

— Parece que é um tipo famoso; fez de tudo... e à grande... Vem de lá de fora tão novo! oh! é soberbo!

E ao sujeito que era o alvo desta odiosa adoração parecia que lhe eram gratos os repetidos elogios, ou antes, o vapor deles, porque não percebia as palavras.

Depois de ter composto o traje, o preso aproximou-se do postigo onde se via um guarda.

— Ó amigo — disse o rapaz —, empreste-me vinte francos, que os receberá brevemente; olhe que comigo nada perde. Lembre-se que tenho parentes que possuem mais milhões que você patacos... Faça lá o jeito, homem, empreste-me vinte francos para ver se eu compro um roupão. Sofro horrivelmente por me ver obrigado a estar sempre de casaco e botas. Que traje, senhor, para um príncipe Cavalcanti!...

O guarda voltou-lhe as costas encolhendo os ombros. E nem sequer se riu, já estava farto de ouvir coisas no gênero.

— Com os diabos! — disse Andreia — o senhor é um homem sem entranhas... Hei de fazer com que lhe tirem o lugar.

Estas palavras fizeram com que o guarda se voltasse, soltando uma gargalhada estridente.

Então os presos aproximaram-se, e formaram roda.

— Estou-lhe a dizer — continuou Andreia —, com essa miserável quantia poderia arranjar um casaco e um quarto, para receber de uma maneira decente a ilustre visita que espero a cada momento.

— Ele tem razão! Ele tem razão! — disseram os presos. — Caramba! bem se vê que é um homem de distinção.

— Ai sim?... então emprestem-lhos vocês — respondeu o guarda —; não devem negar isso a um colega!

— Eu não sou colega desta gente — disse altivamente o rapaz; — não me insulte; o senhor não tem direito a isso.

Os criminosos olharam uns para os outros com surdos murmúrios, e formou-se uma tempestade, mais ainda pela provocação do guarda do que pelas palavras do preso aristocrata.

O guarda, certo de realizar o *quos ego* quando as ondas fossem muito tumultuosas, deixou-as ir subindo para dar uma lição ao pedinchão importuno, e dar-se um pouco de gáudio durante a longa sentinela que tinha de fazer.

Já os ladrões se aproximavam de Andreia, gritando uns:

— O chinelo! o chinelo!

Cruel operação que consiste em moer, não com um chinelo, mas com um sapato taxeado, um companheiro que caía no desagrado daqueles cavalheiros.

Outros propunham a *enguia*, outro gênero de divertimento que consiste num lenço cheio de areia e calhaus, que os carrascos descarregam como um açoite nas costas e na cabeça do paciente.

— Vamos dar uma coça nesse liró! — disseram alguns — apalpemos as costelas do lindo moço!

Mas Andreia voltou-se para eles, piscou um olho, fez bochecha com a língua, e fez ouvir esse estalido dos lábios que equivale a mil sinais de inteligência entre os bandidos: e logo se calaram.

Era um sinal maçônico que lhe ensinara Caderousse.

Reconheceram um dos seus; e os lenços caíram logo, o sapato taxeado voltou imediatamente para o pé do principal carrasco, e a tempestade serenou rapidamente.

Ouviram-se algumas vozes proclamarem que o cavalheiro tinha razão, que podia ser um homem honrado à sua maneira, e que os presos queriam dar o exemplo da liberdade de consciência.

O motim desfez-se.

O guarda ficou de tal forma espantado, que pegou as mãos de Andreia, e pôs-se a examiná-lo, atribuindo a qualquer manifestação mais significativa que a fascinação a súbita mudança dos bandidos da Cova dos Leões.

Andreia deixou-o examinar à vontade; mas não sem protestar.

De repente soou uma voz no postigo.

— Benedetto! — gritou um inspetor.

O guarda largou o preso.

— Chamam-me? — disse Andreia.

— Ao locutório! — continuou a voz.

— Está vendo?... visitam-me. Agora, meu caro senhor, vai saber se se pode tratar um Cavalcanti como um homem ordinário!

E Andreia, atravessando o pátio como uma sombra negra, precipitou-se pela porta entreaberta, deixando estupefatos os companheiros e o guarda.

Chamavam-no efetivamente ao locutório, e o próprio Andreia parecia maravilhado com isso, porque, desde sua entrada na prisão, em vez de usar, como as outras pessoas, do benefício de poder escrever a pedir proteção, guardava o mais estóico silêncio.

— Eu sou evidentemente protegido por alguma pessoa poderosa, disse ele; tudo mo prova: aquela fortuna repentina, a facilidade com que tenho aplanado todas as dificuldades, uma família improvisada; um nome ilustre; o ouro que me chovia às mãos-cheias; e as mais soberbas alianças que prometiam satisfazer minha ambição. Só um desgraçado esquecimento de minha fortuna, uma ausência de meu protetor, me pode ter perdido, mas não absolutamente, não para sempre! A mão que por um instante me abandonou, há de amparar-me de novo no momento em que eu me julgar próximo a despenhar-me no abismo.

Para que abalançar-me a um passo imprudente? Arriscava-me a perder meu protetor! Há dois meios para ele me tirar desta situação: a evasão misteriosa, comprada a peso de ouro, e a corrupção dos juízes para que me absolvam. Esperemos, para agir, que me tenha provado que me abandonou completamente, e então...

Andreia tinha traçado um plano que realmente se poderia ter por hábil.

O miserável denotava astúcia e era intrépido no ataque e rude na defesa.

A miséria da prisão comum, as privações de todos os gêneros, tinha-as ele suportado já.

No entanto, pouco a pouco, acostumando-se à vida cômoda dos últimos tempos, fora esquecendo esses sofrimentos, e estranhava agora a humildade de sua posição. Sofria por ser mal vestido, sujo e esfaimado.

Foi num desses momentos de tédio que a voz do inspetor o chamou à sala das visitas.

Andreia estremeceu de alegria.

Era muito cedo para que fosse a visita do juiz de instrução, e muito tarde para que fosse alguma chamada do diretor da prisão ou do médico; era portanto a visita inesperada.

Por trás da grade, o rapaz viu, com os olhos dilatados por viva curiosidade, a figura sombria e inteligente de Bertuccio, que de sua parte contemplava também com doloroso espanto as grades, as portas aferrolhadas, e a sombra que se agitava por trás dos varões de ferro cruzados.

— Ah! — exclamou Andreia tocado no coração.

— Bom dia, Benedetto — disse Bertuccio com sua voz cava e sonora.

— O senhor?!... — replicou o rapaz, olhando em volta de si com inquietação.

— Não me conhece, desgraçado?! — disse Bertuccio.

— Silêncio! Silêncio, senhor! — exclamou Andreia, que conhecia a finura de ouvido daquelas paredes. — Por quem é, senhor, não fale tão alto.

— Queria conversar comigo, mas a sós, não é verdade? — perguntou Bertuccio.

— Sim! Sim! — replicou Andreia.

— Está bem.

E Bertuccio, levando a mão à algibeira, fez sinal a um guarda que se via por trás do vidro do postigo.

— Leia! — disse ele.

— O que é isso? — perguntou Andreia.

— Ordem para conduzirem-no a um quarto, instalarem-no lá, e deixarem-me comunicar consigo.

— Oh!... — exclamou Andreia, pulando de alegria.

E logo em seguida disse consigo mesmo:

"Aqui temos o protetor desconhecido! Não se esqueceu de mim!... E desejam segredo, pois querem conversar comigo num quarto isolado. Compreendo... Bertuccio foi mandado por meu protetor com toda a certeza."

O guarda conferenciou um momento com um superior, depois abriu as duas portas de grade, e conduziu Andreia a um quarto do primeiro pavimento que dava sobre o pátio.

O quarto era caiado, como é de uso nas prisões. Tinha um aspecto alegre, que parecia sorrir ao preso: um fogão, uma cama, uma cadeira, uma mesa, formavam a suntuosa mobília.

Bertuccio sentou-se na cadeira, e Andreia atirou consigo para cima da cama.

O guarda retirou-se.

— Vamos lá — disse o mordomo a Andreia —, o que tem para dizer-me?

— E o senhor? — replicou Andreia.

— Fale você primeiro...

— Oh! não; o senhor é quem deve ter muito o que me dizer, visto que vem procurar-me.

— Pois seja. Você continuou na carreira do crime: roubou, assassinou.

— Olhe, se foi para me dizer isso que me fez mudar para um quarto particular, não valia a pena incomodar-se. Eu sei tudo isso; mas, em compensação, há outras coisas que não sei. Falemos pois dessas coisas. Quem foi que o mandou cá?

— Oh! oh! Anda muito depressa, Sr. Benedetto!...

— É, não é? e direto ao que interessa. Quem o mandou aqui?

— Ninguém.

— Como sabe que eu estava preso?

— Há muito tempo o reconheci no dândi insolente que com tanta graça manejava um cavalo nos Champs-Élysées.

— Nos Champs-Élysées?!... Ah! ah! Tocamos o ponto... Nos Champs-Élysées!... Ora, vamos falar um pouco do meu pai, quer, estimável Sr. Bertuccio?

— De mim, então?

— O senhor, meu caro, é meu pai adotivo... Mas não foi o senhor, segundo me parece, quem dispôs em meu favor de uma centena de mil francos, que eu devorei em quatro ou cinco meses; não foi o senhor quem me forjou um pai italiano; não foi o senhor quem me abriu as portas da sociedade, convidando-me para um certo jantar, que me parece estar saboreando ainda, em Auteuil, com a mais seleta sociedade de Paris, com um certo procurador régio, cujo conhecimento fiz mal em não ter cultivado, e que neste momento me seria de grande utilidade; não era o senhor, enfim, quem me dotava com um ou dois milhões quando chegou o acidente fatal que tudo pôs a descoberto. Vamos, fale, estimável corso, fale...

— O que quer que eu lhe diga?

— Eu o ajudo. Falava há pouco dos Champs-Élysées, meu digno pai adotivo.

— E então?

— E então? Nos Champs-Élysées mora um sujeito muito rico, riquíssimo...

— Na casa de quem você roubou e assassinou, não é verdade, Benedetto?

— Creio que sim.

— O Sr. Conde Monte Cristo?

— Você o nomeou! Como diz o amigo Racine. E então? Devo lançar-me aos seus braços, apertá-lo contra o coração, gritando: "Meu pai! meu pai!" Como diz mestre Pixérécourt?

— Não caçoe — respondeu gravemente Bertuccio —; e que tal nome não seja aqui pronunciado como ousa.

— Ora essa! — replicou Andreia, um pouco aturdido pela solenidade de entoação de Bertuccio — e por quê?

— Porque o homem que usa desse nome é demasiado favorecido do Céu para que seja pai de um miserável como você.

— Oh! grandes palavras...

— E também grandes efeitos, se não toma cuidado!

—Ameaças!... Não as temo... Eu direi...

— Julga que trata com um pigmeu da sua espécie? — disse Bertuccio num tom tão tranqüilo e com um olhar tão firme que Andreia estremeceu até as entranhas. — Julga que trata com os celerados das galés, ou com os tolos de quem tem escarnecido?... Benedetto, você caiu numa mão terrível; essa mão deseja abrir-se-lhe: aproveite. Não brinque com o raio que por um instante ela pôs de parte, mas de que pode servir-se se por acaso você tentar impedi-la no seu livre movimento.

— Meu pai... quero saber quem é meu pai!... — disse o casmurro —; sofra o que sofrer, quero saber quem é meu pai. Que me pode fazer o escândalo, a mim? Criar-me uma reputação... servir-me de reclamo... como diz o jornalista Beauchamp. Agora, vocês sim; vocês, que se dizem de boa roda, sempre têm alguma coisa a perder com o escândalo, apesar de todos os seus milhões... Quem é meu pai?

— Vim aqui para lho dizer.

— Ah! — exclamou Benedetto, com os olhos cintilantes de verdadeira alegria.

Neste momento abriu-se a porta, e o guarda dirigiu-se a Bertuccio:

— Perdão, senhor — disse ele —, mas o juiz espera o preso para o interrogatório.

— É o encerramento do meu interrogatório... — disse Andreia ao digno mordomo. — Que vá para o diabo o importuno!

— Voltarei amanhã — disse Bertuccio.

— Bom! — replicou Andreia — Senhores gendarmes, estou à sua disposição... Ah! meu caro senhor, deixe ao carcereiro uma dezena de escudos, para que me dêem o que precisar.

— Esteja sossegado, que assim farei — replicou Bertuccio.

Andreia estendeu-lhe a mão; Bertuccio conservou a sua na algibeira, e fez tinir algumas moedas.

— É exatamente o que eu queria dizer — tornou Andreia, trejeitando um sorriso, mas de fato subjugado pela singular tranqüilidade de Bertuccio.

"Ter-me-ei enganado? dizia para consigo subindo na carruagem oblonga e gradeada a que chamam o *cabaz de salada*. — Veremos!" Bem, até amanhã — concluiu ele voltando-se para Bertuccio.

— Até amanhã! — respondeu o mordomo.

CVIII. O juiz

Hão de estar lembrados de que o abade Busoni ficara só com Noirtier na câmara mortuária, e que o velho e o padre se tinham constituído únicos guardas do corpo da donzela.

Talvez que as exortações cristãs do abade, sua doce caridade, sua palavra persuasiva tivesse restituído ao paralítico a coragem que o abandonara, porque desde o momento em que conferenciara com o padre, em vez do desespero que dele se apoderara, Noirtier denunciava grande resignação, e uma impassibilidade que devia causar estranheza a quantos se recordassem do profundo afeto que ele tinha a Valentine.

O Sr. de Villefort não tornara a ver o pai desde o dia do falecimento da donzela.

Toda a criadagem fora renovada.

Fora ajustado um criado para Villefort e outro para o Sr. Noirtier.

A dona da casa, a Sr.ª de Villefort, tinha também duas novas criadas.

Todos, até o porteiro e o cocheiro, eram caras desconhecidas que se tinham levantado, por assim dizer, entre os diferentes anos daquela casa maldita, interceptando as relações, já bastante frias, que existiam entre uns e outros.

Além disso, dali a dois ou três dias iam abrir-se as audiências, e Villefort, encerrado em seu gabinete, prosseguia com febril atividade o processo começado contra o assassino de Caderousse.

Este caso, como todos aqueles em que o conde de Monte Cristo se achava envolvido, fizera grande bulha no mundo parisiense.

As provas não eram convincentes, porque consistiam em algumas palavras escritas por um forçado agonizante, antigo companheiro nas galés daquele a quem acusava, podendo talvez essa acusação ser resultado de ódio particular e do desejo de vingança.

Só a consciência do magistrado tinha opinião assente.

O procurador régio acabara por alcançar a terrível convicção de que Benedetto era criminoso, e devia tirar dessa vitória difícil uma dessas satisfações de amor-próprio, que era a única coisa que lhe fazia vibrar um pouco as gélidas fibras do coração.

O processo foi assim instaurado, graças ao trabalho incessante de Villefort, e com ele deviam abrir as próximas audiências; o magistrado vira-se obrigado a esconder-se para evitar a infinidade de importunos que lhe solicitavam bilhetes para a audiência.

Além disso, havia tão pouco tempo que Valentine baixara à sepultura, era tão recente ainda a dor naquela casa, que ninguém se admirava de ver o pai da falecida tão severamente absorto em seu dever, quer dizer, na única distração que podia encontrar para seu profundo desgosto.

Uma só vez, e foi no dia seguinte àquele em que Benedetto recebera a segunda visita de Bertuccio, e em que este devia dizer-lhe o nome do pai; uma só vez, dizíamos, tinha Villefort visto Noirtier: Foi num momento em que o magistrado, cedendo ao cansaço, descera ao jardim do palácio, e, sombrio, curvado ao peso de um implacável pensamento abatia com a bengalinha as malvas-rosas que se erguiam ao longo das áleas, espectros dessas flores tão brilhantes da estação que acabava de sumir.

Já mais de uma vez, passeando, chegara ao extremo do jardim, isto é, à famosa grade que dava para o quintal abandonado, voltando sempre pela mesma rua, e retomando seu passeio sempre no mesmo passo e com os mesmos modos pensativos e sombrios, quando os seus olhos se fixaram maquinalmente na casa, onde ouvia brincar ruidosamente o filho, que viera do colégio para passar o domingo e a segunda-feira junto da mãe.

Neste momento, viu numa das janelas abertas o Sr. Noirtier, que mandara empurrar para ali a cadeira para gozar os últimos raios de um sol ainda quente, que vinha saudar as flores das trepadeiras, já a emurchecerem, e as folhas avermelhadas da briônia que subiam até as janelas.

O olhar do velho estava fixo num ponto, que Villefort não percebia bem.

Esse olhar denunciava tanto ódio, era tão selvagem, tão ardente de impaciência, que o procurador régio, hábil em interceptar todas as impressões daquele rosto, que tão bem conhecia, afastou-se da rua que percorria para ver sobre quem recaía aquele rancoroso e terrível olhar.

Viu então, sob um maciço de tílias quase desfolhadas, a Sr.ª de

Villefort, que, sentada, com um livro na mão, interrompia de vez em quando a leitura para sorrir ao filho ou para lhe reenviar a bola elástica que ele atirava obstinadamente da sala para o jardim.

Villefort empalideceu: compreendia o que o velho queria.

Noirtier olhava sempre para o mesmo objeto; mas, repentinamente, seu olhar afastou-se da mulher para se fixar no marido, e foi então o próprio Villefort que teve de suportar o ataque daquele olhar fulminante, que, mudando de direção, mudara também de linguagem, sem nada perder de sua expressão ameaçadora.

A Sr.ª de Villefort, estranha a todas aquelas paixões, segurava neste momento a bola com que brincava o filho, fazendo-lhe sinal com um beijo para ir buscá-la, mas Édouard fez-se rogar por muito tempo; as carícias maternais não lhe pareciam provavelmente recompensa bastante para o incômodo que lhe queriam dar; até que se decidiu, saltou para o jardim, e correu para a Sr.ª de Villefort com a testa coberta de suor.

A Sr.ª de Villefort enxugou-lhe a testa, deu-lhe um beijo, e deixou-o ir, com a bola numa das mãos e na outra um punhado de bombons.

Villefort, subjugado por uma invencível atração, do mesmo modo que a ave é forçosamente atraída pela serpente, aproximou-se da casa.

À proporção que se aproximava, o olhar de Noirtier baixava, seguindo-o, e o fogo das pupilas do ancião parecia tomar um tal grau de incandescência, que Villefort sentiu-se abrasado até o fundo do coração.

Efetivamente, lia-se ao mesmo tempo naquele olhar uma sangrenta recriminação e uma ameaça terrível.

Então os olhos de Noirtier elevaram-se ao Céu, como se quisesse recordar ao filho um juramento esquecido.

—Está bem, senhor — replicou Villefort do jardim —, está bem! tenha paciência mais um dia; o que eu disse está dito.

Noirtier pareceu sossegar com estas palavras, e voltou com indiferença os olhos para o outro lado.

Villefort desabotoou violentamente o casaco, que o sufocava, passou a mão pela fronte lívida, e dirigiu-se, tomado de um calafrio, para seu gabinete.

A noite passou fria e tranqüila.

Todos se deitaram e dormiram como de ordinário. Só Villefort, também como de ordinário, não se deitou ao mesmo tempo em que toda a outra gente, e trabalhou até as cinco horas, ocupando-se em rever os últimos interrogatórios feitos na véspera pelos juízes instrutores, em compulsar o depoimento das testemunhas, em pôr toda a clareza nas peças de acusação mais enérgicas e mais bem concebidas que tinha lavrado em sua vida.

Era no dia seguinte, segunda-feira, que deveria ter lugar a primeira audiência.

Esse dia, viu-o Villefort despontar sombrio e sinistro, e sua claridade azulada fez reluzir no papel as linhas por ele anotadas em tinta vermelha.

O magistrado adormecera um instante enquanto a lâmpada crepitava extinguindo-se; despertou àqueles estalidos, e achou-se com os dedos úmidos e avermelhados, como se os tivesse molhado em sangue.

Abriu a janela.

Uma nuvem tempestuosa atravessava ao longe o horizonte.

No campo, para além da grade dos castanheiros, saltitavam as aves, fazendo ouvir o seu gorjeio claro e matinal.

O ar úmido da manhã inundava a cabeça de Villefort, refrescando-lhe o cérebro.

— "Oh! há de ser hoje — disse ele com esforço; hoje, o homem que vai sustentar o gládio da justiça há de ferir sem dó onde encontrar culpados."

E seus olhos procuravam, mau grado seu, a janela de Noirtier, aquela janela onde na véspera vira o velho.

As cortinas estavam corridas; e, no entanto, a imagem do pai apresentava-se-lhe de tal forma, que a via desenhada naquela janela fechada tal qual como se estivesse aberta e visse ali o velho olhando-o ameaçador.

— Sim — murmurou o procurador —, sim, sossegue!

E deu algumas voltas no gabinete com a cabeça curvada sobre o peito; depois deitou-se vestido em cima de um canapé, menos para dormir do que para dar elasticidade aos membros inteiriçados pelo frio e pelo cansaço das longas horas de trabalho. Pouco a pouco todos se levantaram.

Villefort ouviu de seu gabinete os rumores sucessivos que constituem por assim dizer a vida da casa: as portas em movimento, o som da campainha da Sr.ª de Villefort, que chamava a criada, os primeiros gritos do filho, que se levantava alegre, como nos levantamos sempre quando temos aquela idade.

Villefort tocou por sua vez a campainha.

O novo criado de quarto trouxe-lhe os jornais, e ao mesmo tempo uma chávena de chocolate.

— Que me traz aí? — perguntou Villefort.

— Uma chávena de chocolate.

— Não a pedi. Quem teve esse cuidado comigo? — perguntou Villefort.

— A senhora; disse-me que V. Ex.ª terá sem dúvida de falar hoje muito no julgamento do crime de assassinato, e que precisa de forças.

E o criado depôs sobre a mesa que estava perto do canapé, carregada de imensos papéis como todas as outras, a chávena de chocolate, e saiu.

Villefort olhou um instante a chávena com ar sombrio; depois, de repente, pegou-a com um movimento nervoso, e bebeu de um trago o líquido que ela continha.

Dir-se-ia que esperava que aquele líquido fosse mortal, e que chamava a morte para o libertar de um dever que lhe ordenava uma coisa muito mais difícil do que morrer. Em seguida levantou-se, e passeou em seu gabinete com uma espécie de sorriso que meteria medo a quem pudesse vê-lo.

O chocolate era completamente inofensivo, e o Sr. de Villefort nada sofreu.

Chegou a hora do almoço, e o procurador régio não apareceu à mesa.

O criado entrou no gabinete.

— A senhora manda prevenir V. Ex.ª de que acabam de dar onze horas e que a audiência começa ao meio-dia.

— Bem — respondeu Villefort —, e depois?

— A senhora já se preparou, e manda perguntar se acompanhará V. Ex.ª

— Aonde?

— Ao Palácio da Justiça.

— Mas para quê?

— A senhora diz que deseja muito assistir à audiência...

— Ah!... — replicou Villefort — ela deseja isso!...

O criado recuou um passo e disse:

— Se V. Ex.ª deseja sair só, vou prevenir a senhora.

Villefort conservou-se um instante silencioso; tinha as unhas cravadas em suas faces empalidecidas.

— Diga à senhora — respondeu finalmente — que desejo falar-lhe, e que lhe peço que me espere nos seus aposentos.

— Sim, senhor.

— Depois venha fazer-me a barba e vestir-me.

— Perfeitamente.

O criado desapareceu, voltando dali a pouco; barbeou então o amo, e vestiu-o com traje preto de rigorosa severidade.

Quando acabou, disse:

— A senhora mandou dizer que esperava V. Ex.ª logo que acabasse de vestir-se.

— Já vou.

E Villefort, com os autos debaixo do braço e o chapéu na mão, dirigiu-se para os aposentos da mulher.

Chegado à porta, parou um instante, e enxugou com o lenço o suor que lhe corria pela fronte lívida.

Em seguida empurrou a porta.

A Sr.ª de Villefort estava sentada numa otomana, folheando com impaciência jornais e brochuras, que Édouard se entretinha a rasgar antes mesmo que a mãe acabasse a leitura.

Estava já completamente preparada para sair; tinha as luvas calçadas, e via-se-lhe o chapéu sobre uma cadeira.

— Ah, até que enfim! — disse ela, com sua voz natural e tranqüila. — Mas, santo Deus! como está pálido, senhor! Trabalhou toda a noite? Por que não veio almoçar conosco? Então, vou em sua companhia, ou terei de ir só com o Édouard?

A Sr.ª de Villefort tinha, como se vê, multiplicado as perguntas para obter uma resposta; mas a todas essas perguntas que a esposa lhe fez, o Sr. de Villefort conservara-se firme e mudo como uma estátua.

— Édouard — disse o procurador, fixando na criança um olhar imperioso —, saia daqui; vá brincar na sala, que tenho necessidade de falar com sua mãe.

A Sr.ª de Villefort, ao ver aquele tom firme e resoluto, aqueles preliminares estranhos, estremeceu.

Édouard tinha levantado a cabeça e olhado para a mãe; depois, vendo que ela não confirmava a ordem do Sr. de Villefort, tornara a sentar-se, e divertia-se em cortar a cabeça dos bonecos de chumbo.

— Édouard! — gritou o Sr. de Villefort tão duramente, que a criança saltou sobre o tapete — não ouviu!? Saia!

Édouard, que não estava acostumado a tal tratamento, pôs-se em pé e empalideceu.

Seria difícil dizer se era de medo ou de cólera.

O pai aproximou-se-lhe, levantou-o nos braços, e beijou-o na testa.

— Vá — disse ele —, vá, meu filho!

Édouard saiu.

O Sr. de Villefort fechou a porta sobre ele.

— Oh, meu Deus! — disse a esposa, querendo profundar o coração do marido e arriscando um sorriso que gelou a impassibilidade de Villefort — que novidade há?

— Onde esconde a senhora o veneno de que costuma servir-se? — articulou francamente e sem preâmbulos o magistrado, colocado entre sua mulher e a porta.

A Sr.ª de Villefort experimentou o que deve experimentar a avezinha quando vê o milhafre descrevendo-lhe sobre a cabeça os seus círculos mortais.

Um som rouco, estrangulado, que não era nem um grito nem um suspiro, fugiu do peito da Sr.ª de Villefort, que empalideceu até a lividez.

— Senhor — disse ela —, eu... eu não percebo.

E como se tinha levantado num paroxismo de terror, num segundo paroxismo, mais forte sem dúvida que o primeiro, deixou-se cair sobre o sofá.

— Eu perguntei-lhe — continuou Villefort, em voz perfeitamente tranqüila — em que lugar esconde o veneno com que matou meu sogro, o Sr. de Saint-Méran, a minha sogra, Barrois, e a minha pobre filha Valentine.

— Jesus! Senhor — gritou a Sr.ª de Villefort, pondo as mãos —, o que está dizendo?

— Não é à senhora que compete interrogar-me, mas sim responder-me.

— É ao marido ou ao juiz? — balbuciou a Sr.ª de Villefort.

— Ao juiz, senhora! ao juiz!

Era um espetáculo horroroso a palidez daquela mulher, a angústia do olhar, o estremecimento de todo aquele corpo.

— Ah, senhor! — murmurou ela — ah, senhor!...

E foram as únicas palavras que pôde dizer.

— Não me responde, senhora!? — bradou o terrível interrogador.

E depois acrescentou, com um sorriso mais medonho ainda do que a cólera:

— Com que então não nega!...

A Sr.ª de Villefort fez um movimento.

— Nem podia negar — prosseguiu o procurador régio, estendendo a mão para ela como para prendê-la em nome da justiça —; a senhora realizou esses crimes com uma impudência realmente hábil, mas que só podia iludir as pessoas a quem a afeição que lhe tinham trazia cegas a seu respeito. Desde a morte da Sr.ª de Saint-Méran, fiquei sabendo que havia em minha casa um envenenador, porque o Sr. d'Avrigny me tinha prevenido; depois da morte de Barrois, Deus me perdoe! as minhas suspeitas caíram sobre alguém, sobre um anjo! mas depois da morte de Valentine não restavam dúvidas, senhora, não só para mim, mas para mais alguém; assim, o seu crime, conhecido agora de duas pessoas, suspeitado por várias outras, vai tornar-se público; e, como eu lhe dizia há pouco, senhora, não é um marido quem lhe fala, é um juiz!

A Sr.ª de Villefort escondeu o rosto entre as mãos.

— Oh, senhor!... — balbuciou ela — suplico-lhe que não julgue pelas aparências!

— Será porventura covarde? — continuou Villefort, com inflexão de desprezo. — Na verdade, tenho notado que os envenenadores são sempre covardes. Será a senhora também covarde, a senhora? que viu expirar dois velhos e uma criança assassinados por você?..

— Senhor! senhor!...

— Acaso será covarde — continuou Villefort, com uma exaltação crescente — a senhora, que tem contado um a um os minutos de quatro agonias? a senhora, que combinou os seus planos infernais e misturou as suas infames beberagens com uma habilidade e uma precisão milagrosa? a senhora, que também combinou tudo, ter-se-á esquecido de uma coisa só, quer dizer, que poderiam descobrir-lhe os crimes? Oh! é impossível, e guardou sem dúvida algum dos seus venenos mais escolhidos, mais sutis e rápidos do que os outros, para poder fugir ao castigo que merece... Espero pelo menos que tenha feito isso.

A Sr.ª de Villefort contorceu as mãos, e deixou-se cair por terra.

— Bem sei... bem sei — disse o procurador régio — confessa o crime; mas a confissão feita a juízes, a confissão feita no último momento, quando já se não pode negar a culpabilidade, em nada diminui o castigo que tenham de aplicar ao criminoso!

— O castigo?! — exclamou a Sr.ª de Villefort — o castigo, senhor?! já duas vezes pronunciou essa palavra!

— Sem dúvida. E era por ser quatro vezes criminosa que julgava poder fugir a esse castigo? Era por ser a mulher daquele que deve requerer esse castigo, que se julgava ao abrigo da justiça? Não, senhora, não! O cadafalso espera a envenenadora, seja ela quem for, sobretudo se a envenenadora, como lhe disse há pouco, não teve o cuidado de guardar para si algumas gotas do seu mais infalível veneno para quando visse o seu crime descoberto...

A Sr.ª de Villefort soltou um grito selvagem, e invadiu-lhe o rosto já decomposto um terror indizível.

— Oh! não receie o cadafalso, senhora — disse o magistrado. — Eu não quero a sua desonra, porque seria a minha também; não, pelo contrário, se me entendeu bem, deve ter compreendido que não deve morrer no cadafalso.

— Não, não compreendi... o que quer dizer? — balbuciou a desgraçada, completamente aterrada.

— Quero dizer que a mulher do primeiro magistrado da capital não arrastará na sua infâmia um nome sem mácula, tampouco desonrará de um só golpe o marido e o filho.

— Não, oh, não!

— Pois bem, senhora! isso será uma boa ação, que eu lhe agradeço.

— Agradece-me o quê?

— O que acaba de me dizer.

— Mas o que disse eu? Tenho a cabeça perdida... não compreendo nada, meu Deus! meu Deus!

E a envenenadora levantou-se, com os cabelos esparsos e os lábios escumantes.

— A senhora respondeu-me à pergunta que eu lhe fiz quando entrei aqui? Onde está o veneno de que costuma servir-se?

A Sr.ª de Villefort levantou os braços para o Céu, e apertou as mãos uma de encontro à outra.

— Não, não! — bradou ela — o senhor não pode querer isso! não pode querer isso!!

— O que eu não quero, senhora, é que morra num cadafalso, entende? — respondeu Villefort.

— Oh, senhor, perdão!

— Mas o que eu quero é que seja feita justiça. A minha missão na terra é punir os criminosos — concluiu o magistrado com um olhar chamejante —; a outra qualquer mulher neste caso, fosse ela rainha, mandava-a eu para o carrasco; mas para com a senhora usarei de clemência. À senhora dir-lhe-ei: Não é verdade que conservou algumas gotas do seu veneno mais grato, mais pronto e seguro?

— Oh, perdoe-me, senhor! deixe-me viver!

— É covarde! — disse Villefort...

— Lembre-se de que sou sua mulher!

— É uma envenenadora!

— Em nome do Céu!...

— Não!

— Em nome do amor que me teve!...

— Não! não!

— Em nome do nosso filho! Ah, pelo nosso filho, deixe-me viver, senhor!

— Não! não! não! Um dia, se eu lhe concedesse a vida, matá-lo-ia como matou as outras pessoas.

— Eu?! matar o meu filho?! — bradou aquela mãe selvagem correndo para Villefort — eu, matar o meu Édouard?!... ah! ah! ah!

E uma gargalhada medonha, uma gargalhada de demônio, uma verdadeira gargalhada de louca terminou a frase, que se perdeu num estertor sangrento.

A Sr.ª de Villefort tinha caído aos pés do marido.

Villefort inclinou-se para a criminosa.

— Lembre-se disto, senhora — disse ele —, se à minha volta não tiver feito justiça, denunciá-la-ei pela minha própria boca e prendê-la-ei pelas minhas próprias mãos.

A Sr.ª de Villefort escutava palpitante, abatida, prostrada; só viviam nela os olhos, que brilhavam com um fogo terrível.

— Ouviu-me? — continuou Villefort —; eu vou para o tribunal requerer a pena de morte contra um assassino... Se quando eu voltar a encontro viva, irá dormir esta noite à Conciergerie.

A Sr.ª de Villefort soltou um suspiro, distenderam-se-lhe os nervos, e caiu prostrada no tapete.

O procurador régio pareceu sentir um momento de compaixão, contemplou-a com menos severidade, e inclinando-se ao de leve diante dela, disse lentamente:

— Adeus, senhora, adeus!

Este adeus caiu sobre a Sr.ª de Villefort como um cutelo mortal.

Desmaiou.

O procurador régio saiu, dando duas voltas à chave, que retirou da porta.

CIX. A audiência

O processo de Benedetto, como se dizia então no Palácio da Justiça e na sociedade parisiense, produziu enorme sensação na alta roda em que o criminoso fora admitido.

Freqüentador do Café de Paris, do *boulevard* de Gand e do bosque de Bolonha, o falso Cavalcanti, durante sua estada em Paris e nos dois ou três meses que durara seu esplendor, tinha alcançado uma infinidade de relações.

Os jornais tinham narrado as diversas peripécias de sua vida elegante e de seu tempo das galés, resultando dessa narrativa a mais viva curiosidade, sobretudo entre as pessoas que tinham conhecido pessoalmente o príncipe Andreia Cavalcanti, e que estavam decididas, a todo custo, a ir ver no banco dos réus Benedetto, o assassino de seu companheiro das galés.

Para muita gente, Benedetto era, senão uma vítima, pelo menos um inocente, que sofria o triste resultado de um deplorável engano da justiça.

Tinham visto o Sr. Cavalcanti pai em Paris, e esperavam vê-lo aparecer de novo a reclamar seu ilustre herdeiro.

Um bom número de pessoas que nunca tinham ouvido falar da polonesa com que ele surgira na casa de Monte Cristo, sentiram-se impressionadas pelo ar digno, pelo cavalheirismo e pela distinção de maneiras do velho patrício, o qual, diga-se, parecia um perfeito aristocrata sempre que não falava nem fazia contas.

Quanto ao próprio acusado, muita gente lembrava-se de o ter visto tão amável, tão belo, tão pródigo, que preferiam acreditar em qualquer maquinação da parte de um inimigo como os que se encontram às vezes na sociedade, onde as grandes fortunas elevam os meios de fazer o mal e o bem à altura do maravilhoso, e o poder à altura do inaudito.

Toda a gente acorreu portanto à audiência; uns para saborear o espetáculo, e outros para o comentarem.

Desde as sete horas da manhã que se reunira à porta do tribunal imensa multidão, e uma hora antes da abertura da sessão estava a sala cheia de privilegiados.

Era um desses magníficos dias de outono que nos indenizam às vezes da ausência do verão.

As nuvens que o Sr. de Villefort tinha visto de manhã ao nascer do sol, haviam-se dissipado como por magia, deixando ver em toda sua pureza um dos últimos e mais agradáveis dias de setembro.

Beauchamp, um dos reis da imprensa, e que, por conseguinte, tinha seu trono em toda parte, assestava a luneta umas vezes para a direita, outras para a esquerda.

Viu Château-Renaud e Debray, que acabavam de alcançar as boas graças de um agente da polícia, e que o tinham decidido a conservar-se atrás deles, em vez de lhes tomar a dianteira, como era de seu direito.

O digno agente tinha farejado o secretário do ministro e o milionário, e mostrou-se portanto cheio de considerações e respeitos para com seus nobres vizinhos, permitindo mesmo que fossem ter com Beauchamp, prometendo guardar-lhes os lugares.

— Com que então — disse Beauchamp — vamos ver o nosso amigo Andreia Cavalcanti?

— É verdade, vamos ver o nosso nobilíssimo príncipe — respondeu Debray.

— Um homem que teve Dante por genealogista, e que remontava à *Divina Comédia*!

— Nobreza de corda — disse fleumaticamente Château-Renaud.

— Provavelmente é condenado, não lhe parece? — perguntou Debray a Beauchamp.

— Ora! — respondeu o jornalista — parece-me que devia ser eu quem lhe fizesse essa pergunta; o senhor conhece melhor do que nós os ares do tribunal; não esteve com o juiz-presidente na última reunião na casa do seu ministro?

— Estive.

— Que lhe disse ele?

— Uma coisa que vai espantá-lo.

— Sim?... então diga depressa, meu querido amigo, há muito que não ouço coisas assim.

— Pois bem: disse-me que Benedetto, que toda a gente olha como uma fênix de sutileza, como um gigante de astúcia, não passa de um gatuno inferior, néscio, e de todo indigno das experiências que hão de fazer-lhe, depois de morto, nos órgãos frenológicos.

— Sim...? — disse Beauchamp —; contudo, representava muito sofrivelmente o seu papel de príncipe.

— Para o senhor, Beauchamp, que detesta os desgraçados príncipes, talvez; mas não para mim, que farejo por instinto o fidalgo, e que levanto uma família aristocrática, seja ela qual for, como um verdadeiro farejador de brasões.

— Quer dizer, nunca acreditou no principado do rapaz?

— Vejamos: principado, como bens e terras, sim; como título legítimo, não.

— Assim será; mas assevero-lhe que para outra qualquer pessoa que não fosse o senhor, poderia passar... Eu o vi na casa dos ministros.

— Ah, sim! — disse Château-Renaud —; visto isso, seus ministros percebem de príncipes!...

— Há muito que aproveitar nessas palavras, Château-Renaud — respondeu Beauchamp, desatando a rir —; a frase é dura, mas frisante. Peço-lhe licença para fazer uso dela como minha.

— Pois não, meu amigo, dou-lha pelo valor que tem.

— Mas — disse Debray a Beauchamp — se eu falei ao presidente, o senhor deve ter falado ao procurador régio, não?

— O Sr. de Villefort há oito dias não sai de casa, o que é muito natural depois dos estranhos desgostos por que acaba de passar, coroados de mais a mais pela singular morte da filha...

— Morte singular?! O que quer dizer, Beauchamp?

— Ah! faça-se ignorante, sob pretexto de os fatos se passarem entre a nobreza de toga. — replicou Beauchamp assestando a luneta ao canto do olho e obrigando-a a conservar-se ali presa sem o auxílio dos dedos.

— Meu caro senhor — disse Château-Renaud —, permita-me que lhe diga que, em luneta, não é da força de Debray: Debray dá-lhe pontos, Beauchamp.

— Esperem... — disse o jornalista — será engano?...

— O que é?

— É ela.

— Ela, quem?

— Diziam que tinha partido.

— A menina Eugénie? — perguntou Château-Renaud — voltaria para Paris?

— Não, a mãe.

— A Sr.ª Danglars?

— Ora! — disse Château-Renaud — é impossível; dez dias depois da fuga da filha, e três depois da bancarrota e do desaparecimento do marido?...

Debray corou levemente e seguiu a direção do olhar de Beauchamp.

— Mas é uma mulher velada, uma dama desconhecida; alguma princesa estrangeira... talvez a mãe do príncipe Cavalcanti. Mas... o senhor parece que nos ia fazer resoluções importantes, Beauchamp.

— Eu?

— Sim. Falava da morte estranha de Valentine...

— Ah, sim! é verdade. Mas... por que não estará aqui a Sr.ª de Villefort?

— Pobre mulher! — disse Debray — está sem dúvida entretida em destilar água de erva-cidreira para os hospitais, e em compor cosméticos para ela e para as amigas. Bem sabe que a Sr.ª de Villefort dispensa para esse passatempo dois ou três mil escudos por ano. Mas efetivamente, tem razão, por que não estará ela aqui? Vê-la-ia com grande satisfação; não sei explicar por que, mas gosto imenso daquela mulher.

— E eu — disse Château-Renaud — a detesto.

— Por quê?

— Não sei; por que se ama ou se detesta?... Eu detesto-a por antipatia.

— Ou por instinto, também.

— Talvez... Mas voltemos ao que nos dizia, Beauchamp.

— Pois bem — replicou Beauchamp —, não estão curiosos de

saber a razão por que na casa do Sr. de Villefort se morre tão fartamente?

— Fartamente, é bem dito — disse Château-Renaud.

— Meu caro, o termo encontra-se em Saint-Simon.

— Mas o fato encontra-se na casa do Sr. de Villefort: continue, portanto.

— Por mim — disse Debray —, confesso que não perco de vista aquela casa coberta de luto há três meses, e ainda anteontem uma senhora me falou disso a propósito da Valentine.

— Que senhora? — perguntou Château-Renaud.

— A mulher do ministro.

— Ah, perdão! é que eu não freqüento a casa dos ministros, deixo esse cuidado aos príncipes.

— O senhor hoje está magnífico, barão! tenha dó de nós, senão abrasa-nos qual outro Júpiter.

— Eu não digo mais nada — replicou Château-Renaud —; mas, que diabos! não me provoquem.

— Bem, bem: tratemos de alcançar o fim do nosso diálogo, Beauchamp; dizia eu que a esposa do ministro me pedia anteontem esclarecimentos; instrua-me, que eu a instruirei.

— Pois bem, senhores: se se morre tão fartamente (sustento o dito) na casa de Villefort, é porque há ali indubitavelmente um oculto assassino.

Os interlocutores estremeceram, porque mais de uma vez lhes ocorrera a mesma idéia.

— E quem é o assassino?

— O pequenito Édouard.

Soltaram ambos uma gargalhada, que ainda assim não desconcertou o orador.

— Sim, senhores, é o Édouard, criança fenomenal, que já sabe matar como se fosse homem.

— É um gracejo?

— Não é tal; tomei ontem um criado que saiu da casa do Sr. de Villefort: ouçam bem isto.

— Estamos ouvindo.

— E que eu vou pôr a mexer amanhã, porque o raio do homem come como um desalmado para se refazer do jejum de terror a que lá se obrigava. Ora bem: parece que essa adorável criança conseguiu pegar um frasco de uma droga de que faz uso de tempos em tempos contra quem lhe desagrada. Em primeiro lugar foram o avô e a avó Saint-Méran que o fizeram zangar, e ele dispensou-lhes três gotas do seu elixir: três gotas chegam; depois foi o bom do Barrois, velho criado do avô Noirtier, o qual de vez em quando tratava mais severamente o amável travesso que conhecem: o amável travesso mimoseou-o com três outras gotas do seu elixir; depois foi a pobre Valentine, que não o tratava mal, mas de quem ele tinha ciúmes: o rapaz verteu do seu frasco três gotas de elixir, e para ela como para todos os outros tudo acabou.

— Mas que diabo de história é essa? — disse Château-Renaud.

— É uma história do outro mundo, não é? — replicou Beauchamp.

— O que ela é é absurda — tornou Debray.

— Ah! — disse Beauchamp — aí está o amigo procurando já dilações! Que demônio! pergunte ao meu criado; era este, pelo menos, o boato que corria na casa.

— Mas esse elixir, onde está ele? quem o tem? quem possui esse instrumento de morte?

— Ora essa! o pequeno esconde-o.

— E onde o encontrou?

— No laboratório da mãe.

— No laboratório da mãe? Então a mãe tem venenos no laboratório?

— Eu sei lá! O senhor faz-me perguntas como se fosse procurador régio!... Repito apenas o que me dizem, eis tudo; cito-lhe o autor, não posso fazer mais.

— É incrível!

— Mas não, meu caro, não é incrível de todo; o senhor não viu, o ano passado, essa criança da Rua de Richelieu que se divertia matando os irmãos, metendo-lhes um fuso no ouvido enquanto dormiam?... As idades estão muito desenvolvidas, meu caro.

— Meu amigo — disse Château-Renaud —, eu aposto em como o senhor é o primeiro a não acreditar nem numa só palavra de tudo o que acaba de nos dizer. Mas... não vejo o conde de Monte Cristo; por que ele não estará aqui?

— Não quer provavelmente aparecer diante de toda a gente; foi ludibriado por todos aqueles Cavalcantis, que se lhe apresentaram com falsas cartas de crédito, de maneira que tem hoje algumas centenas de milhares de francos de hipoteca sobre o principado.

— A propósito, Sr. Château-Renaud — perguntou Beauchamp —, como está o Morrel?

— Já fui três vezes à casa dele — disse o fidalgo —, e não há quem o veja. No entanto, a irmã não me pareceu inquieta, e disse-me que não o via há dois ou três dias, mas que tinha certeza de que estava bem de saúde.

— Ah! agora me recordo: o Monte Cristo não pode vir à sala — disse Beauchamp.

— Por quê?

— Porque é ator neste drama.

— O quê? também assassinou alguém? — perguntou Debray.

— Não, pelo contrário: a ele é que quiseram roubar e assassinar. Bem sabe que foi ao sair da casa do conde que o pobre Caderousse caiu assassinado pelo amigo Benedetto. Sabe igualmente que foi na casa dele que se encontrou o famoso colete com a carta que foi transtornar a assinatura do contrato. Não vê o colete? ele ali está sanguinolento em cima da mesa, como uma das provas no processo.

— Ah, muito bem!

— Psiu, senhores! chegam os juízes; para os nossos lugares.

Efetivamente, ouviu-se um grande rumor no pretório.

O policial chamou seus dois protegidos para seus lugares; e o oficial de diligências apareceu à entrada da sala, gritando na voz esganiçada que estes empregados tinham já no tempo de Beaumarchais:

— Vai abrir a audiência!

CX. A acusação

Os juízes tomaram assento no meio do mais profundo silêncio.

Os jurados sentaram-se em seus lugares.

O Sr. de Villefort, alvo da atenção, e diremos quase da admiração geral, colocou-se em sua cadeira, grave e solene, passando um olhar tranqüilo pela assembléia.

Todos olhavam com espanto, com uma espécie de terror, para aquele homem estranho às comoções da humanidade, sobre cuja impassibilidade as dores paternais pareciam não ter nenhum poder.

— Gendarmes! — disse o presidente — tragam o réu.

A estas palavras redobrou a atenção do público, e todos os olhos se fixaram na porta por onde Benedetto devia entrar.

Dali a pouco abriu-se a porta e apareceu o acusado.

A impressão foi igual em todos os assistentes, e ninguém se enganou com a expressão de sua fisionomia.

Em seu rosto não havia nenhum sinal da comoção profunda que faz refluir o sangue no coração, descorando ao mesmo tempo a fronte e as faces. As mãos do rapaz, graciosamente colocadas, uma no chapéu, a outra na abertura do colete de acolchoadinho branco, não sentiam o menor estremecimento. O seu olhar era tranqüilo e até brilhante.

Apenas entrou na sala, o acusado percorreu com a vista as fileiras dos jurados e do auditório, demorando-se mais no juiz-presidente e sobretudo no procurador régio.

Junto de Andreia foi colocar-se seu advogado, nomeado *ex oficio*, porque Andreia não tinha querido ocupar-se dessas minúcias, a que parecia não dar a menor importância. O advogado era um rapaz de cabelos louros, com o rosto ruborizado por uma emoção cem vezes mais sensível que a do acusado.

O presidente ordenou a leitura da acusação, redigida, como sabemos, pela pena tão hábil quanto implacável de Villefort.

Durante a leitura, que foi longa, e que para qualquer outra pessoa teria sido enfadonha, a atenção pública não deixou de se fixar sobre Andreia, que sustentou o peso daquele olhar com a alegria de alma de um espartano.

Porventura, nunca Villefort fora tão conciso nem tão eloqüente como naquele dia.

O crime era apresentado com as cores mais vivas.

Os antecedentes do acusado, sua transfiguração, todos os seus atos desde uma idade bastante tenra, tudo era deduzido com o talento que a prática da vida e o conhecimento do coração humano podiam fornecer a um espírito tão elevado como era o do procurador régio.

Aquele preâmbulo foi bastante para perder Benedetto na opinião pública.

Andreia não prestou a menor atenção às cargas sucessivas que caíam sobre ele.

O Sr. de Villefort, que o examinava amiúde, e que, sem dúvida, continuava no réu os estudos psicológicos que tivera muitas vezes ocasião de fazer nos acusados, não pôde nem uma só vez obrigá-lo a baixar os olhos, fosse qual fosse a fixidez e a profundeza de seu penetrante olhar.

Enfim, a leitura terminou.

— Acusado — disse o juiz —, o seu nome e apelido?

Andreia levantou-se.

— Perdoe-me, Sr. Juiz — disse ele numa voz do mais puro timbre —, mas vejo que vai seguir uma ordem de perguntas em que não poderei acompanhá-lo. Tenho a pretensão de ser — do que me justificarei depois — uma exceção aos réus ordinários. Peço pois a V.ª Ex.ª que me permita responder seguindo uma ordem diferente; nem por isso deixarei de responder a tudo.

O juiz, surpreendido, olhou para os jurados, que de seu lado olharam para o procurador régio.

Na assembléia manifestou-se também a maior surpresa. Mas Andreia não pareceu de forma alguma ter-se comovido.

— A sua idade? — disse o juiz —; responderá a esta pergunta?

— A essa pergunta, como a todas as outras, responderei, senhor, mas na sua altura.

— A sua idade? — repetiu o magistrado.

— Tenho vinte e um anos, ou antes, devo tê-los daqui por alguns dias, porque nasci na noite de 27 para 28 de setembro de 1817.

O Sr. de Villefort, que tomava uma nota, levantou a cabeça ao ouvir nomear aquela data.

— Onde nasceu? — continuou o presidente.

— Em Auteuil, próximo de Paris — respondeu Benedetto.

O Sr. de Villefort levantou pela segunda vez a cabeça, olhando para Benedetto como teria olhado para a cabeça de Medusa, e tornou-se lívido.

Quanto a Benedetto, passou graciosamente sobre os lábios a ponta de um lenço bordado.

— A sua profissão? — perguntou o presidente.

— Inicialmente fui falsário — respondeu Andreia, o mais tranqüilamente possível —; em seguida passei a ladrão, e ultimamente fiz-me assassino.

Um murmúrio, ou antes, uma tempestade de indignação e de surpresa rebentou em toda a sala.

Os juízes olharam uns para os outros estupefatos, e os jurados manifestaram o maior desagrado por aquele cinismo, que estavam muito longe de esperar num homem tão elegante.

O Sr. de Villefort apoiou uma mão sobre a testa, que, de princípio pálida, se tornara rubra.

De repente levantou-se, olhando em volta de si como um homem espantado; faltava-lhe o ar.

— Procura alguma coisa, Sr. Procurador Régio? — perguntou Benedetto com um obsequiador sorriso.

O Sr. de Villefort não respondeu, e tornou a sentar-se, ou antes, deixou-se cair na cadeira.

— É agora, acusado, que quer dizer o seu nome? — perguntou o presidente. — A afetação brutal que tomou para enumerar seus diversos crimes, que qualifica de profissão, a espécie de vanglória que lhes liga, levará o tribunal a puni-lo severamente; mas compreendo agora a razão por que se demorou em dizer o seu nome: deseja fazê-lo brilhar sobre os títulos que o precedem.

— É incrível, Sr. Presidente — disse Benedetto no tom mais gracioso e com as maneiras mais polidas —, como V. Ex.ª leu no fundo do meu pensamento; foi efetivamente com esse fim que eu lhe pedi para que invertesse a ordem das perguntas.

O espanto subira ao maior grau.

Não havia nas palavras do acusado nem jactância nem cinismo.

O auditório, comovido, pressentia uma tempestade no fundo daquela nuvem sombria.

— E então — perguntou o presidente —, o seu nome?

— Não posso dizer o meu nome, porque não o sei, mas sei o do meu pai, e posso dizê-lo.

Villefort foi tomado por uma alucinação que o cegou; viam-se-lhe cair das faces gotas de suor, e levou as mãos aos olhos, que esfregou convulsivamente.

— Diga então o nome de seu pai — replicou o presidente.

Nem um sopro, nem a mais leve respiração perturbava o silêncio daquela imensa assembléia; todos esperavam.

— Meu pai é procurador régio — respondeu com toda a tranqüilidade Andreia.

— Procurador régio?! — disse com espanto o presidente, sem notar a transformação que se operava no rosto de Villefort — seu pai é procurador régio?!

— Sim, senhor; e visto querer saber o seu nome, dir-lhe-ei que se chama Villefort.

A explosão, por tanto tempo contida pelo respeito que numa audiência se deve à justiça, rompeu como uma tempestade do fundo de todos os peitos.

O próprio tribunal não se lembrou de reprimir aquele movimento da multidão.

As censuras, as injúrias dirigidas a Benedetto, que se conservava impassível, os gestos enérgicos, os movimentos dos gendarmes, o riso dessa parte esfarrapada que em todas as audiências se torna saliente quando se dá perturbação e escândalo, tudo isto durou cinco minutos, antes que os magistrados e os oficiais do tribunal conseguissem restabelecer o silêncio.

No meio de todo este ruído ouviu-se a voz do presidente, que gritava:

— O réu zombará da justiça, ousará dar aos seus concidadãos o espetáculo de uma corrupção que, numa época que no entanto nada deixa a desejar a esse respeito, não teria outra igual?

Dez pessoas se apressaram a correr para o procurador régio,

prostrado em sua cadeira, oferecendo-lhe consolações, encorajamento, e protestos de zelo e simpatia.

Estava restabelecido na sala o silêncio, excetuando num ponto, onde se agitava e sussurrava um grupo bastante numeroso.

Era uma mulher, segundo diziam, que acabava de desmaiar; tinham-lhe feito respirar um frasco de sais, e voltava a si pouco a pouco.

Andreia, durante todo o tumulto, voltara-se, sorrindo, para a assembléia; depois, apoiando, enfim, uma mão nas costas de carvalho do banco, disse na atitude mais graciosa:

— Senhores, não permitisse Deus que eu insultasse este tribunal, e que provocasse na presença desta honrada assembléia um escândalo inútil. Perguntaram-me a idade, eu a disse; perguntaram-me onde tinha nascido, e respondi; perguntaram-me o meu nome, mas não pude dizê-lo, porque fui abandonado pelos meus pais. Mas posso bem, sem dizer o meu nome, porque o não tenho, dar a conhecer o de meu pai; ora, repito, meu pai chama-se Villefort, e estou pronto a prová-lo.

Havia na voz do rapaz uma certeza, uma convicção, uma energia tais, que reduziram o tumulto ao silêncio.

Os olhares convergiram por um momento sobre o procurador régio, que guardava em sua cadeira a imobilidade de um homem a quem um raio tivesse convertido em cadáver.

— Senhores — continuou Andreia, ordenando o silêncio com o gesto e com a voz —, devo-lhes a prova e a explicação das minhas palavras, e estou pronto a apresentá-las.

— Mas — disse o presidente, irritado — o réu declarou no interrogatório chamar-se Benedetto, ser órfão, e ter a Córsega por pátria.

— Eu disse no interrogatório o que me convinha dizer, porque não queria que obstassem a que eu desse às minhas palavras o aparato que convinha dar-lhes. Agora, repito-lhes que nasci em Auteuil, na noite de 27 para 28 de setembro de 1817, e que sou filho do senhor Procurador Régio Villefort. Se desejam mais esclarecimentos, posso dar-lhos. Nasci no primeiro andar da casa n.º 2, da Rua de la Fontaine, num quarto forrado de damasco vermelho. Meu pai tomou-me nos braços, dizendo a minha mãe que eu estava morto, envolveu-me numa toalha marcada com um H e um N, e levou-me para o jardim, onde me enterrou vivo.

Correu um estremecimento por todos os assistentes quando viram que engrandecia a firmeza e a convicção do réu na proporção da prostração e do espanto do Sr. de Villefort.

— Mas como soube de todas essas minúcias? — perguntou-lhe o presidente.

— Vou dizê-lo, senhor Juiz. No jardim onde meu pai acabava de me enterrar, tinha-se, nessa mesma noite, introduzido um homem que odiava mortalmente o Sr. de Villefort, e que espreitava desde muito o momento de realizar nele uma vingança corsa.

O homem estava oculto num maciço de folhagem; viu meu pai enterrar um objeto, e feriu-o com uma navalhada a meio dessa operação; depois, julgando que o que ele ocultava fosse algum tesouro, abriu a cova e encontrou-me vivo ainda.

Esse homem levou-me ao Hospício dos Enjeitados, onde fiquei inscrito com o n.º 57.

Três meses depois, a irmã dele veio de Rogliano a Paris, reclamou-me como seu filho, e levou-me.

E aí está por que, ainda que nascido em Auteuil, fui educado na Córsega. Houve um instante de silêncio, mas de um silêncio tão profundo, que, a não ser a ansiedade com que pareciam respirar mil peitos, julgar-se-ia a sala deserta.

— Continue — disse o juiz.

— Poderia ter sido feliz na casa daquela boa gente que me adorava — continuou Benedetto —, mas o meu instinto perverso sobressaiu a todas as virtudes com que a minha mãe adotiva diligenciou dotar o meu coração. Engrandeci no mal, e cheguei ao crime. Enfim, num dia em que maldizia a Deus por me ter dado tão péssimos instintos e por me ligar a tão horroroso destino, meu pai adotivo chegou-se a mim, e disse-me:

— "Não blasfeme, desgraçado! porque Deus deu-lhe a vida sem rancores! O crime vem de seu pai, que o votava ao Inferno, se morresse; à miséria, se um milagre o salvasse a existência!"

Desde então cessei de blasfemar a Deus, mas maldisse meu pai. Eis a razão por que fiz ouvir as palavras que acaba de censurar-me, senhor Juiz; eis por que promovi o escândalo que faz estremecer ainda esta assembléia. Se isto é mais um crime, punam-me; mas se conseguir esta convencê-los de que o meu destino, desde o dia do meu nascimento, tem sido fatal, doloroso, amargo e triste, deplorem-me!

— E sua mãe? — perguntou o juiz.

— Minha mãe julgava-me morto: minha mãe não é culpada. Não quis saber o seu nome: não a conheço.

Naquele momento ouviu-se na sala, tendo partido do meio do grupo que, como dissemos, rodeava uma mulher, um grito surdo, que se desvaneceu num soluço.

A mulher caíra com um violento ataque de nervos, e foi levada para fora da sala.

Enquanto a conduziam, abriu-se o espesso véu que lhe ocultava o rosto, e conheceu-se a Sr.ª Danglars.

Apesar de sua perturbação, dos zumbidos que o atordoavam, e da espécie de loucura que lhe desconcertava o cérebro, Villefort conheceu-a, e levantou-se.

— As provas! as provas! — disse o juiz. — Lembre-se o réu de que esse acervo de horrores precisa ser sustentado pelas provas mais irrecusáveis.

— As provas! — disse Benedetto, sorrindo — V. Ex.ª quer as provas?

— São necessárias.

— Pois bem! queira olhar para o Sr. de Villefort, e peça-me depois as provas.

Voltaram-se todos para o procurador régio, que, sob o peso de mil olhares, avançou para o centro do tribunal, cambaleando, com os cabelos em desordem e o rosto avermelhado e quase ferido pela pressão das unhas.

A assembléia soltou um longo murmúrio de espanto.

— Pedem-me as provas, meu pai — disse Benedetto —; quer que lhas apresente?

— Não, não — balbuciou Villefort, numa voz estrangulada —, é escusado.

— Como, é escusado?! — exclamou o presidente — mas... o que quer dizer?

— Quero dizer — replicou o procurador régio — que em vão me debateria no círculo mortal que me esmaga, senhores; conheço que estou na mão do Deus vingador. Nada de provas! não há precisão delas; tudo o que este homem acaba de dizer é verdade!

Um silêncio sombrio e pesado como aquele que precede as catástrofes da Natureza envolvia em seu manto de chumbo todos os assistentes, cujos cabelos se conservavam hirtos.

— O quê?! Sr. de Villefort — exclamou o presidente —, o senhor não é vítima de uma alucinação?! Está no pleno gozo de suas faculdades?! Compreendemos que uma acusação tão extraordinária, tão imprevista, tão terrível lhe tenha perturbado o espírito; vejamos, sossegue.

O procurador régio sacudiu a cabeça. Sentia os dentes baterem uns nos outros, como os de um homem devorado pela febre; e no entanto tinha uma palidez mortal.

— Estou no gozo de todas as minhas faculdades, senhor —

disse ele —; só o corpo sofre, e isso percebe-se. Confesso-me culpado de tudo quanto este homem acaba de acusar-me, e desde este momento conservar-me-ei em minha casa à disposição do Sr. Procurador Régio meu sucessor.

E pronunciando estas palavras numa voz surda e quase sufocada, o Sr. de Villefort dirigiu-se vacilante para a porta, que o oficial de justiça lhe abriu num movimento maquinal.

Toda a assembléia ficou muda e consternada por aquela revelação e por aquela confissão, que era como que um desfecho terrível das diferentes peripécias que havia quinze dias agitavam a alta sociedade parisiense.

— Então?... — disse Beauchamp — quem dirá agora que o drama não está na Natureza?

— Por mim — replicou Château-Renaud —, antes queria acabar como acabou Morcerf; um tiro de pistola é muito preferível a semelhante catástrofe.

— E mata — disse Beauchamp.

— E eu que tive por um instante o pensamento de casar com a filha! — disse Debray. — Fez ela muitíssimo bem em morrer, pobre pequerrucha!

— Está levantada a audiência, senhores — disse o juiz —; será julgada a causa na próxima sessão. O processo há de ser de novo instaurado e remetido a outro magistrado.

Quanto a Andreia, sempre tão tranqüilo quanto mais interessante, abandonou a sala escoltado pelos gendarmes, que involuntariamente lhe testemunhavam consideração e respeito.

— E então, que pensa de tudo isto? — perguntou Lucien Debray ao policial que lhe dera lugar na sala, e metendo-lhe um luís na mão.

— Há circunstâncias atenuantes — respondeu ele.

CXI. Expiação

O Sr. de Villefort tinha visto abrirem-se em sua frente as fileiras da multidão, apesar de tão compactas.

As grandes dores são por tal forma dignas de respeito, que não há exemplo, nem nos tempos mais desgraçados, de que o primeiro movimento das multidões não seja de simpatia e compaixão para com uma grande catástrofe. Têm sido mortos em tumultos indivíduos muito odiados; raramente um infeliz, seja embora criminoso, foi insultado pelos que assistiam a sua condenação à morte.

O Sr. de Villefort atravessou as alas dos espectadores, dos guardas e da gente do tribunal, e afastou-se, reconhecido culpado por sua própria confissão, mas protegido por sua dor.

Uma situação assim, podem os homens concebê-la com seu instinto, mas não comentá-la com seu espírito; o mais poeta, em tal caso, é aquele que solta o grito mais veemente e mais natural. A turba, com razão, toma esse grito por uma confissão inteira, e acha-o mesmo sublime quando ele exprime a verdade.

De resto, seria difícil dar uma idéia do estado de estupor de Villefort ao sair do palácio da Justiça; seria difícil descrever a febre que lhe fazia pulsar cada artéria, retesar cada fibra, e entumecer até quase rebentar cada veia.

O procurador régio arrastou-se pelos corredores, guiado apenas pelo hábito; arrancou dos ombros a toga de magistrado, não porque se lembrasse de a deixar levado pelo que lhe impunham as conveniências, mas porque ela era apenas para ele um fardo pesadíssimo, uma túnica de Nesso fértil em torturas.

Chegou assim, cambaleando, até a porta, de onde descobriu sua carruagem; despertou o cocheiro, e, abrindo ele mesmo a portinhola, deixou-se cair nas almofadas, indicando com o dedo a direção do Bairro de Saint-Honoré.

A carruagem partiu.

Todo o peso de sua fortuna despedaçada acabava de cair-lhe sobre a cabeça; esse peso esmagava-o, a ponto de não lhe permitir calcular as conseqüências; não as tinha medido; sentia-as, sem contudo meditar em seu código, como o frio assassino que comenta um artigo conhecido.

Tinha Deus no fundo do coração.

— Deus! — murmurava ele, sem sequer saber o que dizia — Deus! Deus!

Não via senão Deus em tudo aquilo que acabava de suceder.

A carruagem rodava com rapidez.

Villefort, agitando-se nas almofadas, encontrou um objeto que o afligiu ainda mais.

Era um leque que a Sr.ª de Villefort esquecera na carruagem a última vez que saíra.

Esse leque despertou nele uma recordação; e essa recordação fez um claro no meio das trevas.

Villefort lembrou-se da mulher...

— Oh! — exclamou ele, como se um ferro em brasa lhe atravessasse o coração.

Efetivamente, havia uma hora que só pensava em sua miséria, e eis que, de repente, outra miséria, e mais terrível ainda, se lhe oferecia ao espírito.

Aquela mulher, para quem ele representara o papel de juiz inexorável, e que acabava de condenar à morte, ferida de terror, despedaçada pelos remorsos, abismada na vergonha em que ele, com sua eloqüência, lhe fizera compreender que ficaria envolto seu nome até ali irrepreensível, aquela mulher, fraca e sem defesa contra um poder absoluto e supremo, preparava-se talvez naquele mesmo momento para morrer!

Tinha decorrido uma hora depois que ele inexoravelmente pronunciara contra ela essa condenação.

Sem dúvida que naquele momento repassava ela na memória todos os seus crimes, pedia perdão a Deus, e escrevia uma carta implorando o perdão de seu virtuoso esposo, perdão que comprava com a morte, executada pelas próprias mãos.

Villefort soltou então um segundo grito de dor e de raiva.

— Ah! — exclamou ele, rolando sobre o cetim da carruagem — aquela mulher não se tornou criminosa senão por se ter ligado a mim. O crime sou eu! A infeliz foi contaminada pelo crime da mesma forma que se é vítima do tifo, da cólera, da peste!... e eu puni-a!... Eu ousei... dizer-lhe: "Arrependa-se, e morra!..." Eu!... Oh! não, não! há de viver, há de acompanhar-me... Fugiremos, deixaremos a França, afastar-nos-emos para tão longe quanto no-lo permita a Terra. E falei-lhe eu no cadafalso!... Grande Deus! como ousei eu pronunciar essa palavra?! Também a mim me espera o cadafalso!... Fugiremos... Sim, confessar-lhe-ei tudo, todos os dias hei de dizer-lhe, humilhando-me, que também eu cometi um crime... Oh! a aliança do tigre e da serpente! Oh! digna mulher de um marido como eu!... É preciso que ela viva, é preciso que a minha infâmia ofusque a dela!

Villefort gritou para o cocheiro, numa voz que fez com que o criado desse um salto na almofada:

— Depressa! mais depressa!

Os cavalos, tomados pelo susto, voaram até a casa.

— Sim! sim! — repetia Villefort, à medida que se aproximava de casa — é preciso que aquela mulher viva, que se arrependa e que eduque o meu filho, o meu pobre filho, o único, além do indestrutível velho, que tem sobrevivido à destruição da família! Ela o ama; foi por causa dele que fez tudo. Não devemos desesperar do coração de uma mãe que ama o seu filho; pode arrepender-se, e ninguém saberá que é culpada; os seus crimes, cometidos na minha casa, e que causam já inquietação cá fora, serão esquecidos com o tempo, ou, se alguns inimigos deles se recordarem, ora! adicioná-los-ei à minha lista de crimes. Um, dois, três, de mais, que importa? Minha mulher salvar-se-á levando o ouro, e sobretudo levando o seu filho, para longe do abismo em que se me afigura que o mundo vai sepultar-se comigo. Há de viver, será feliz ainda, porque todo o seu amor se concentra no filho, no nosso filho, e esse nunca mais a deixará. Terei praticado uma boa ação, e isso há de fazer-me bem.

E o procurador régio respirou mais livremente do que o fazia há muito tempo.

A carruagem parou no pátio do palácio.

Villefort saltou do estribo para o degrau da porta, e viu os criados admirados de o verem voltar tão depressa.

Não lhes pôde ler outra coisa nas fisionomias.

Ninguém lhe disse uma palavra; pararam apenas para o deixarem passar, e nada mais.

Atravessou por diante do quarto de Noirtier, e pela porta entreaberta divisou duas sombras; não se inquietou contudo com respeito à pessoa que estava com seu pai.

— Vamos — disse ele, subindo a pequena escada que conduzia ao patamar onde ficavam o aposento de sua mulher e o quarto deserto de Valentine —; vamos, aqui nada está mudado.

E antes de tudo fechou a porta do patamar.

— É preciso que ninguém nos incomode — disse ele —; é preciso que eu possa falar-lhe livremente, acusar-me na sua presença, dizer-lhe tudo... tudo...

E aproximando-se da porta, pôs a mão no botão de cristal; a porta cedeu.

— Não está fechada! oh, ótimo! — murmurou ele.

E entrou na pequena sala onde todas as noites preparavam uma cama para Édouard, porque, ainda que pensionista num colégio, regressava a casa todas as tardes: a mãe não quisera separar-se dele.

E abraçou num relance de olhos toda a sala.

— Ninguém — disse —; está sem dúvida no quarto de dormir.

Correu para essa porta.

O fecho estava corrido.

Estremeceu.

— Héloïse! — gritou ele.

Pareceu-lhe ouvir arrastar um móvel.

— Héloïse! — repetiu o procurador régio.

— Quem está aí? — perguntou a voz daquela que ele chamava.

Pareceu a Villefort que aquela voz era mais fraca que de costume.

— Abra, abra! — gritou Villefort — sou eu!

Mas, apesar desta ordem, não obstante o tom de angústia em que era dada, não abriram.

Villefort forçou a porta com um pontapé.

À entrada da sala que dava para o quarto de vestir, o procurador viu então sua mulher em pé, pálida, com as feições contraídas, e olhando para ele estranhamente.

— Héloïse! Héloïse! — disse ele — o que tem? fale!

A Sr.ª de Villefort estendeu para o marido a mão lívida e enregelada.

— Está feita a sua vontade, senhor — disse ela com um estertor que parecia dilacerar-lhe a garganta —; o que quer mais?

E caiu desamparada sobre o tapete.

Villefort correu para ela, e pegou-lhe uma das mãos; os dedos dessa mão apertavam convulsivamente um frasco de cristal com bocal de ouro.

A Sr.ª de Villefort estava morta.

Villefort, louco de terror, recuou até a porta e dali olhou para o cadáver.

— Meu filho! — gritou ele de repente —; onde está o meu filho? Édouard! Édouard!

E precipitou-se para fora do quarto, gritando:

— Édouard! Édouard!

Este nome era pronunciado com tal acento de angústia, que os criados acudiram.

— Meu filho! onde está o meu filho? Afastem-no de casa! que ele não veja...

— O menino Édouard não está lá em baixo — respondeu o criado de quarto.

— Com certeza está brincando no jardim; vão ver! vão ver! — ordenou ele.

— Não, senhor. A senhora chamou o menino há de haver meia hora; entrou no quarto com ele e não tornou a descer.

Inundou a fronte de Villefort um suor gelado, acudiu-lhe à mente um turbilhão de pensamentos.

— No quarto da senhora?! — murmurou ele — no quarto da senhora?!...

E retrocedeu lentamente, enxugando a testa com uma mão e apoiando-se com a outra às paredes.

Para entrar no quarto era preciso tornar a ver o corpo da desgraçada mulher.

Para chamar Édouard era preciso despertar os ecos daquele

quarto transformado em túmulo; falar equivalia a violar o silêncio de uma sepultura.

Villefort sentiu a língua paralisada.

— Édouard! Édouard! — balbuciou.

A criança não respondeu.

Onde estava pois Édouard, que no dizer dos criados tinha entrado no quarto da mãe e não tornara a sair?

Villefort não avançou um passo.

O cadáver da Sr.ª de Villefort jazia atravessado à porta do quarto de vestir, onde necessariamente se achava Édouard, e tomava a passagem. Parecia velar a entrada, com os seus olhos fixos e abertos, e uma pavorosa ironia nos lábios.

O reposteiro, levantado por trás do cadáver da envenenadora, deixava ver, numa nesga do gabinete, um piano vertical, e parte de um sofá de cetim azul.

Villefort deu três ou quatro passos para a frente, e viu o filho deitado no sofá.

Naturalmente a criança estava dormindo.

O desgraçado sentiu uma alegria indizível; desceu um raio de luz àquele inferno em que se debatia.

Não se tratava mais do que de passar por cima daquele cadáver, penetrar no gabinete, tomar a criança nos braços, e fugir com ela para longe, para muito longe.

Villefort já não era o homem cuja estranha correção fazia o tipo do homem civilizado; era um tigre ferido de morte, que deixa os dentes cravados na última ferida.

Já não receava os preconceitos, mas sim os fantasmas.

Tomou pronta resolução, e saltou sobre o cadáver como se tratasse de franquear uma fogueira devoradora.

Levantou a criança nos braços, apertou-a, sacudiu-a, chamou-a.

O menino não respondeu.

Villefort colou os lábios ao rosto do filho; aquele rosto estava lívido e gelado; apalpou-lhe os membros enregelados; pôs-lhe a mão no coração: não pulsava.

A criança estava morta.

Do peito do pequeno Édouard caiu um papel dobrado em quatro.

Villefort, assombrado, deixou-se cair de joelhos; o menino escapou-se-lhe dos braços inertes, e tombou ao lado da mãe.

Villefort levantou o papel, reconheceu a letra da mulher, e percorreu-o avidamente.

Eis o que ele continha:

"Bem sabe que sou uma boa mãe, porque foi por causa de meu filho que me tornei criminosa!

Uma boa mãe não se retira sem o filho!"

Villefort não podia crer no que lia.

Arrastou-se para o corpo de Édouard, que examinou uma vez ainda com a atenção minuciosa que o leão emprega em contemplar o leãozinho morto.

Saiu-lhe do peito um grito dilacerante.

— Deus! — murmurou ele — sempre Deus!...

Aquelas duas vítimas espantaram-no; sentia assaltá-lo o horror daquela solidão povoada por dois cadáveres.

Há pouco era ainda sustentado pela raiva, essa imensa faculdade dos homens fortes; e pelo desespero, essa virtude suprema da agonia, que levava os Titãs a escalarem o Céu, e Ajax a mostrar o punho aos deuses.

Villefort curvou a cabeça ao peso da dor.

Levantou-se sobre os joelhos, e sacudiu os cabelos, úmidos de suor, eriçados de horror; e ele, que nunca tivera compaixão de ninguém, foi procurar o velho, seu pai, para ter em sua fraqueza alguém a quem pudesse narrar suas desditas, alguém junto de quem pudesse chorar.

Desceu rapidamente a escada que conhecemos, e entrou no aposento de Noirtier.

Quando Villefort entrou, o paralítico parecia escutar atentamente, e com tanto afeto quanto lho permitia sua imobilidade, o venerando abade Busoni, sempre tão impassível e tão frio como de costume.

Villefort, quando encarou o padre, levou a mão à fronte.

Acudiu-lhe ao pensamento o passado; lembrou-se da visita que tinha feito ao abade dois dias depois do jantar de Auteuil, e da visita que lhe fizera o abade no dia da morte de Valentine,

— O senhor aqui?! — disse —; mas o senhor não aparece senão escoltado pela morte!...

Busoni levantou-se.

Vendo a alteração do rosto do magistrado, o brilho sinistro de seus olhos, compreendeu ou julgou compreender que se cumprira a cena do tribunal.

O resto ignorava-o.

— Vim para orar junto do corpo de sua filha — respondeu o abade Busoni.

— E hoje, para que veio?

— Vim para lhe dizer que já me pagou suficientemente sua

dívida, e que de hoje em diante pedirei a Deus que se contente com esse castigo, como eu me contento.

— Oh, meu Deus! — exclamou Villefort, recuando com espanto — esta voz não é do abade Busoni!

— Não.

O abade arrancou a cabeleira tonsurada, sacudiu a cabeça, e seus largos cabelos, deixando de estar comprimidos, caíram-lhe sobre os ombros, emoldurando-lhe o pálido rosto.

— É o rosto do conde de Monte Cristo! — exclamou Villefort, com os olhos espantados.

— Também não, Sr. Procurador Régio. Lembre-se bem, avive antigas recordações.

— Esta voz... esta voz!... onde a ouvi eu pela primeira vez?...

— Ouviu-a pela primeira vez em Marselha, há vinte e três anos, no dia de seu casamento com a menina de Saint-Méran. Procure em seus papéis.

— O senhor não é o abade Busoni? não é o conde de Monte Cristo?! Oh, meu Deus! é esse inimigo oculto, implacável, mortal!... Fiz-lhe mal em Marselha... oh, desgraçado que eu sou!

— Sim, tem razão: é exatamente isso — disse o conde, cruzando os braços no peito —; recorde-se, recorde-se!

— Mas o que eu fiz a você!? — exclamou Villefort, cujo espírito flutuava já nos limites onde se confundem a razão e a demência, nessa confusão de idéias que já não é o sonho nem é ainda o despertar — que fiz a você!? diga! fale!

— O senhor condenou-me a uma morte lenta e afrontosa; o senhor matou meu pai; o senhor privou-me do amor, da liberdade, e da fortuna!

— Quem é o senhor? quem é?... meu Deus!...

— Eu sou o espectro de um desgraçado que o senhor sepultou numa masmorra da Fortaleza de If. E a esse espectro, saído por fim do seu túmulo, pôs Deus a máscara do conde de Monte Cristo, cobrindo-o de diamantes e de ouro para que o senhor não o conhecesse senão hoje.

— Ah!... conheço-o... conheço-o! — disse o procurador régio —; sim, sim! Você é...

— Eu sou Edmond Dantès!

— É Edmond Dantès?! — exclamou o procurador régio, agarrando o conde pelo pulso — então venha cá!

E arrastou-o para a escada, por onde Monte Cristo o seguiu espantado, e pressentindo alguma nova catástrofe.

— Olhe, Edmond Dantès! — disse ele, mostrando ao conde de

Monte Cristo os cadáveres da mulher e do filho — aí tem, vê! Está bem vingado?

Monte Cristo empalideceu diante daquele horroroso espetáculo.

O conde compreendeu então que acabava de ultrapassar o direito de vingança.

Levou a mão à cabeça, e articulou apenas:

— Deus por mim e comigo.

Então, lançou-se com inexprimível angústia sobre o corpo da criança, reabriu-lhe os olhos, tomou-lhe o pulso, e correu com ela para o quarto de Valentine, que fechou a duas voltas de chave.

— Meu filho! — bradou Villefort — ele leva o cadáver do meu filho! Oh! maldito seja! desgraçado!

E quis correr em perseguição a Monte Cristo; mas, como num pesadelo, sentiu os pés presos; os olhos dilataram-se-lhe como se quisessem sair-lhe das órbitas, as unhas cravaram-se-lhe no peito até fazerem sangue, e um dilúvio de fogo inundou-lhe o cérebro.

Conservou-se alguns minutos neste estado, até que por fim se lhe estabeleceu completa desordem na razão.

Então soltou um grito, enorme, depois uma longa gargalhada, e correu para a escada.

Um quarto de hora depois tornou a abrir-se a porta do quarto de Valentine, e apareceu Monte Cristo.

Pálido, com o olhar triste, o peito oprimido, todas as feições daquele rosto, de ordinário impassível, estavam inteiramente transtornadas pela dor.

Sustentava nos braços a criança, para quem todos os socorros tinham sido improfícuos.

O conde pôs um joelho no chão, e depositou-a religiosamente ao lado da mãe, com a cabeça deitada sobre o peito dela. Em seguida, levantando-se, saiu, e encontrando um criado no patamar, perguntou-lhe:

— Onde está o Sr. de Villefort?

O criado, sem lhe responder, estendeu o braço na direção do jardim.

Monte Cristo dirigiu-se imediatamente para o lugar designado, e viu Villefort, rodeado por seus criados, com uma pá na mão, cavando a terra com frenesi.

— Também não é aqui! — dizia o procurador régio — também não é aqui!

E ia cavar mais longe.

Monte Cristo aproximou-se, e disse-lhe em voz baixa e em tom quase humilde:

— Senhor, perdeu um filho, mas...

Villefort interrompeu-o.

Não o ouvira, nem entendera.

— Oh! hei de encontrá-lo! — disse o procurador régio — o senhor teima em que ele não está aqui, mas eu hei de encontrá-lo! Hei de encontrá-lo! oh, se hei de!... ainda que tenha de procurar até o dia do juízo final!

Monte Cristo recuou com terror.

— Oh! — exclamou ele — enlouqueceu!...

E como se receasse que as paredes da casa maldita desabassem sobre ele, correu para a rua, duvidando pela primeira vez de que tivesse o direito de fazer o que fizera.

— Oh! basta! basta! — disse Monte Cristo, falando consigo mesmo — salvemos o último.

E dirigiu-se para casa, onde encontrou Morrel, que errava no palácio dos Champs-Élysées, silencioso como uma sombra que espera o momento fixado por Deus para voltar para a sepultura.

— Apronte-se, Maximiliano — disse o conde com um sorriso —; amanhã deixaremos Paris.

— Não tem mais o que fazer aqui? — perguntou Morrel.

— Não — respondeu Monte Cristo —; e Deus permita que eu não tenha feito mais do que devia!

CXII. A partida

Os acontecimentos que acabavam de suceder preocupavam Paris inteira.

Emmanuel e sua mulher referiam-se a eles com surpresa naturalíssima, em sua sala da Rua de Meslay.

Comentavam aquelas três desgraças tão repentinas quanto inesperadas, de Morcerf, Danglars, e Villefort.

Maximiliano Morrel, que fora visitá-los, ouvia-os, ou antes, assistia à conversação, de todo imerso em sua insensibilidade habitual.

— Na verdade — dizia Julie —, ninguém diria, Emmanuel, que toda essa gente, tão rica, tão feliz ontem, tivesse esquecido em seus cálculos sobre o futuro a parte do espírito maligno, e que este, como as feiticeiras dos contos de Perrault, a quem não convidavam para alguma boda ou batizado, aparecesse de repente para se vingar do fatal esquecimento.

— Quantos desastres! — replicava Emmanuel, pensando em Morcerf e em Danglars.

— Quantos desgostos! — tornava Julie, lembrando-se de Valentine, que, com seu instinto de mulher, não queria nomear em presença do irmão.

— Se foi Deus que os castigou — dizia Emmanuel —, se foi Deus que, em Sua suprema bondade, não lhes encontrou no passado uma atenuante à penalidade, é porque eram malditos.

— Não será porventura temerário em seus julgamentos? — disse Julie. — Quando meu pai, de pistola em punho, se preparava para fazer saltar os miolos, se alguém se lembrasse de observar, como você agora faz, que ele merecia seu castigo, essa pessoa não se enganaria também em seus juízos?...

— É verdade; mas Deus não permitiu que nosso pai sucumbisse, como não consentiu que Abraão sacrificasse o filho. Ao patriarca, como a nós, enviou-nos Deus um anjo, que cortou as asas à morte a meio do caminho.

Acabava apenas de pronunciar estas palavras, quando se ouviu um toque de sineta.

Era o sinal dado pelo porteiro de que chegara uma visita.

A porta da sala abriu-se quase imediatamente, e apareceu o conde de Monte Cristo.

Foi um duplo grito de alegria que soltaram Julie e Emmanuel.

Maximiliano ergueu a cabeça, mas só por um momento.

— Maximiliano — disse o conde, sem parecer notar as diferentes impressões que sua presença produzira —, venho buscá-lo.

— Buscar-me? — perguntou Maximiliano, como se tivesse despertado de um sonho.

— Sim — disse o conde de Monte Cristo: — não se combinou que iria comigo, e não o preveni ontem de que estivesse pronto?

— E estou pronto — replicou Maximiliano Morrel —; tinha vindo despedir-me.

— E para onde vai, Sr. Conde? — perguntou Julie.

— Primeiro a Marselha.

— A Marselha? — repetiram em coro Julie e Emmanuel.

— Sim, e venho buscar seu irmão.

— Ah! Sr. Conde, por quem é, restitua-no-lo completamente curado!

Morrel voltou-se para ocultar um vivo rubor.

— Então os meus amigos também lhe notaram o sofrimento? — perguntou o conde.

— Notamos; e receio que conosco se lhe exacerbe.

— Eu o distrairei — replicou Monte Cristo.

— Estou pronto, Sr. Conde — disse Maximiliano. — Adeus, meus bons amigos! adeus, Emmanuel! adeus, Julie!

— Como?! adeus? — exclamou Julie — parte então assim de seguida sem se preparar para a viagem, sem passaporte?

— Isso são delongas que duplicam o desgosto da separação — disse Monte Cristo —; e estou certo de que Maximiliano acautelou todas essas coisas; eu tinha-lho recomendado.

— Tenho o meu passaporte, e as malas estão prontas — respondeu Morrel com sua tranqüilidade monótona.

— Ótimo! — disse Monte Cristo, sorrindo — conhece-se nisso a exatidão de um bom soldado.

— E o senhor deixa-nos assim tão repentinamente? — perguntou Julie — não nos dá um dia, uma hora?

— A minha carruagem está à porta; preciso estar em Roma daqui a cinco dias.

— Mas o Maximiliano não vai a Roma!... — observou Emmanuel.

— Eu vou aonde o conde me quiser levar — disse Morrel, com um triste sorriso —; pertenço-lhe por um mês ainda...

— Oh, meu Deus! como ele diz aquilo, Sr. Conde!

— O Maximiliano vai comigo — replicou o conde, com sua persuasiva afabilidade —; portanto, tranqüilizem-se a seu respeito.

— Adeus, minha irmã! — replicou Morrel — adeus, Emmanuel!

— Ele me aflige muito com aquele ar de desinteresse — disse Julie. — Oh! Maximiliano, Maximiliano, você anda a esconder-nos qualquer coisa!...

— Sosseguem — disse Monte Cristo —, que hão de vê-lo voltar alegre, risonho e feliz!

Maximiliano voltou a Monte Cristo um olhar quase desdenhoso, quase irritado.

— Vamo-nos! — continuou o conde.

— Antes de partir, Sr. Conde — disse Julie —, permita-me que lhe diga tudo o que no outro dia...

— Minha senhora — replicou o conde, pegando-lhe as mãos —, tudo quanto pudesse dizer-me não valeria o que eu leio nos seus olhos. Como os benfeitores de romance, eu devia ter partido sem tornar a vê-los; mas essa virtude era superior às minhas forças, porque sou um homem fraco e vaidoso, porque o olhar umedecido, feliz e terno dos meus semelhantes me faz bem. Agora vou partir, e levo o meu egoísmo a ponto de lhes dizer: Não se esqueçam de mim, meus amigos, porque provavelmente não tornarão a ver-me.

— Não tornamos a vê-lo?! — exclamou Emmanuel, ao passo que duas lágrimas deslizavam pelas faces de Julie — não tornamos a vê-lo?!... Bem... não é um homem, é um Deus que nos abandona, e esse Deus vai subir para o Céu, depois de ter aparecido sobre a Terra para prodigalizar o bem!

— Não diga isso! — replicou vivamente Monte Cristo — nunca diga isso, meu amigo; os deuses nunca fazem mal; os deuses param onde querem parar; o acaso não pode mais que eles; pelo contrário, são eles que dominam o acaso. Não, eu sou um simples mortal, Emmanuel, e a sua admiração tem tanto de injusta quanto de sacrílegas têm as suas palavras.

E levando aos lábios a mão de Julie, que se lhe lançou nos braços, estendeu a outra mão a Emmanuel.

Depois, arrancando-se daquela casa, doce ninho de felicidade, chamou com um sinal Maximiliano, que o acompanhou insensível e consternado como sempre estava desde a morte de Valentine.

— Faça meu irmão feliz! — disse Julie ao ouvido do conde de Monte Cristo.

O conde apertou-lhe a mão, como lhe tinha apertado onze anos antes na escada que conduzia ao escritório de Morrel.

— Continua a ter confiança em Simbad, o *Marítimo*?

— Oh, sem dúvida!

— Pois bem! nesse caso podem dormir na paz e na confiança do Senhor.

Como dissemos, esperava à porta uma sege de posta, à qual estavam atrelados quatro vigorosos cavalos, que sacudiam as crinas e escarvavam o solo com impaciência.

Ali esperava no fim da escada, com o rosto reluzindo-lhe de suor; parecia ter chegado de uma longa jornada.

— Então — perguntou-lhe o conde em árabe —, esteve na casa do velho?

Ali fez sinal afirmativo.

— E desdobrou a carta diante dos olhos dele, como lhe ordenei?

— Sim — fez ainda respeitosamente o escravo.

— E o que ele lhe disse, ou antes, o que fez?

Ali colocou-se na claridade, de maneira que seu senhor pudesse vê-lo bem; e, imitando com sua inteligência tão dedicada a fisionomia do velho, fechou os olhos como costumava fazer Noirtier quando queria dizer sim.

— Bem, aceita — disse Monte Cristo. — Partamos!

Acabava apenas de pronunciar estas palavras, e já a carruagem rodava, e os cavalos faziam brotar da calçada uma nuvem de faíscas.

Maximiliano acomodou-se a um canto sem pronunciar uma só palavra.

Passou assim meia hora.

A carruagem parou de repente.

O conde acabava de puxar pelo cordão de seda, que correspondia ao dedo de Ali.

O núbio desceu e abriu a portinhola.

A noite cintilava de estrelas.

Tinham chegado ao alto da ladeira de Villejuif, de onde se avista Paris, que, como um mar sombrio, agita seus milhões de lumes, que parecem ondas fosforescentes; ondas, na verdade, mais fragosas, mais apaixonadas, mais furiosas e ávidas do que as do oceano embravecido; ondas que não conhecem o sossego como as do vasto mar; ondas que se debatem sem cessar, escumantes sempre, e sempre devoradoras!...

O conde ficou só, e a um sinal seu a carruagem afastou-se alguns passos.

Então Monte Cristo olhou por muito tempo, com os braços cruzados, para aquela fornalha onde vão fundir-se, retorcer-se e modelar-se todas essas idéias que se elevam do báratro ardente para irem agitar o mundo. Depois de ter fixado seu olhar profundo naquela segunda Babilônia, que faz delirar tanto os poetas religiosos como os materialistas, murmurou, inclinando a cabeça e pondo as mãos como se estivesse a orar:

— Grande cidade! ainda não há seis meses que franqueei as suas portas. Acredito que foi Deus quem me guiou, e que agora me afasta triunfante; o segredo da minha presença nos seus muros só Deus pôde lê-lo no meu coração; só Ele sabe que me retiro sem ódio e sem orgulho, mas não sem pesar; só Ele sabe que não foi nem por mim nem por causas fúteis que fiz uso do poder que me confiou. Ó grande cidade! foi no seu seio palpitante que encontrei o que procurava; mineiro paciente, removi as suas entranhas, arranquei delas o mal; agora está concluída a minha obra, terminada a minha missão; agora não pode proporcionar-me alegrias nem dores. Adeus, Paris! adeus!

O seu olhar errou ainda sobre a vasta planície como o de um gênio noturno. Depois, passando a mão pela fronte, subiu na carruagem, que desapareceu em breve do outro lado da ladeira, envolta num turbilhão de pó e de ruído.

Caminharam duas léguas sem pronunciar palavra. Morrel sonhava, e Monte Cristo via-o sonhar.

— Morrel — perguntou o conde —, está arrependido de me ter acompanhado?

— Não, Sr. Conde; mas deixar Paris...

— Se eu tivesse julgado que em Paris o esperava a felicidade, tê-lo-ia deixado ficar lá.

— É em Paris que Valentine repousa, e deixar Paris equivale a perdê-la uma segunda vez.

— Maximiliano — disse o conde —, os amigos que perdemos não repousam na terra, estão sepultados em nosso coração; e foi Deus que assim o quis para que nunca ficássemos sós. Eu tenho dois amigos que me acompanham sempre assim: um é aquele que me deu a vida, e o outro o que me deu a inteligência. O espírito de ambos vive em mim. Consulto-os na dúvida e se algum bem tenho feito, tem sido por conselho deles. Consulte a voz do seu coração, Morrel, e pergunte-lhe se deve continuar a mostrar-me uma cara tão carrancuda.

— Meu amigo — disse Maximiliano —, a voz do meu coração é bem triste, e só me promete desgraças.

— É próprio dos espíritos fracos ver as coisas através de crepes; é a alma que forma para si mesma esses horizontes tenebrosos; a sua alma é sombria, e por isso é ela quem lhe desenha um céu tempestuoso.

— Talvez seja verdade — respondeu Maximiliano.

E recaiu em sua meditação.

A viagem efetuou-se com a maravilhosa rapidez que era uma das forças do conde.

As cidades passavam como sombras; as árvores, sacudidas pelas primeiras lufadas do outono, pareciam surgir-lhes pela frente como gigantes desgrenhados, e fugiam rapidamente logo que se lhes aproximavam.

Na manhã do dia seguinte chegaram a Chalon, onde os aguardava o barco a vapor do conde.

A carruagem foi transportada para bordo sem perda de um instante; os passageiros tinham já embarcado.

Todo o barco era apropriado para viagem de recreio; dir-se-ia uma piroga indiana; suas duas rodas pareciam duas asas, com as quais batia a água como uma ave marinha.

O próprio Morrel sentia-se inebriado pela rapidez com que avançavam, e por vezes o vento, fazendo flutuar-lhe os cabelos, parecia varrer-lhe as nuvens da fronte.

Quanto ao conde, parecia que à proporção que se afastava de Paris o aureolava uma serenidade quase sobre-humana. Dir-se-ia um exilado que voltava à pátria.

Em breve Marselha, branca, tépida, viva: Marselha, a irmã mais, nova de Tiro e de Cartago, e que lhes sucedeu no império do

Mediterrâneo; Marselha, mais formosa quanto mais envelhece, apareceu a seus olhos.

Aquela torre circular, aquele Forte de Saint-Nicolas, a Câmara de Puget, aquele porto com o cais de tijolos, onde ambos tinham brincado na infância, tudo eram aspectos fecundos de recordações para os dois.

Por isso também, de comum acordo, pararam ambos na Cannebière.

Partia um navio para Argel.

As bagagens, os passageiros amontoados sobre a coberta, a multidão de parentes e de amigos que diziam adeus, que gritavam e choravam, espetáculo sempre comovente, mesmo para aqueles que o presenciam todos os dias, todo aquele movimento não pôde distrair Maximiliano de uma idéia que o assaltara desde o momento em que pusera os pés sobre as largas lajes do cais.

— Olhe — disse ele, tirando o braço do de Monte Cristo — eis o lugar em que parou meu pai quando o *Faraó* entrou no porto; foi aqui que o honrado homem que o senhor salvou da morte e da desonra se me lançou nos braços; sinto ainda a impressão das suas lágrimas sobre o meu rosto; e não éramos os únicos que chorávamos, houve muito quem chorasse ao ver-nos.

Monte Cristo sorriu.

— Eu estava ali — disse ele, indicando a Morrel a esquina de uma rua.

Quando ele dizia estas palavras, ouviu-se um gemido vindo da mesma direção que o conde apontava, e viu-se uma mulher que fazia sinais para um dos passageiros do navio que partia.

A mulher, que se vestia de escuro e modestamente, tinha o rosto oculto por um véu.

Monte Cristo seguiu-a com o olhar, com uma comoção que Morrel teria facilmente notado, se, ao contrário do conde, seus olhos não estivessem pregados no navio.

— Oh, meu Deus! — exclamou Maximiliano — aquele moço que cumprimenta com o chapéu, aquele rapaz fardado, é Albert de Morcerf!

— É, sim — disse Monte Cristo —; já o tinha conhecido.

— Como, se o senhor estava olhando para o lado oposto?

O conde sorriu, como costumava quando não queria responder.

E seus olhos seguiram a mulher velada, que desapareceu no fim da rua.

— Querido amigo — disse ele, voltando-se para Maximiliano —, não tem nada a fazer nesta terra?

— Tenho que chorar sobre a sepultura de meu pai — respondeu surdamente Morrel.

— Está bem; vá, e espere por mim, que eu vou até lá.

— Deixa-me?

— Sim... é que eu também tenho que fazer uma visita piedosa.

Morrel deixou cair a mão na que lhe estendia o conde; depois, com um movimento de cabeça cuja melancolia seria impossível descrever, deixou Monte Cristo e dirigiu-se para o lado da cidade.

O conde deixou afastar Maximiliano, conservando-se no mesmo lugar até que ele desapareceu; depois encaminhou-se para as Àleas de Meilhan, a fim de procurar a pequena casa que no começo desta história se tornou familiar a nossos leitores.

Esta casa elevava-se ainda à sombra da grande rua de tílias que serve de passeio aos marselheses ociosos.

Dois degraus de pedra já gastos conduziam à porta de entrada feita de três tábuas que nunca, apesar dos consertos anuais, pela ação do calor tinham conhecido betume nem pintura, esperando pacientemente que voltasse a umidade para se unirem.

Esta casa, encantadora apesar de sua vetustez, alegre apesar de sua aparência de miséria, era a mesma que fora habitada noutro tempo pelo velho Dantès.

A diferença era que o velho habitava a água-furtada, e o conde cedera a casa toda a Mercédès.

Foi para lá que entrou a mulher de véu que Monte Cristo vira afastar-se; fechava a porta no momento mesmo em que ele aparecia à esquina da rua, de maneira que a viu desaparecer apenas acabou de tornar a vê-la.

Para o conde, os degraus já gastos eram antigos conhecimentos.

Sabia melhor do que ninguém abrir aquela velha porta, em que havia um prego de cabeça larga que levantava a tranqueta interior.

Entrou pois, sem bater, sem prevenir ninguém, como um amigo, como um hóspede.

Ao fim de uma rua empedrada, abria-se, rico de calor, de sol e de claridade, um pequeno jardim, o mesmo onde, no lugar indicado, Mercédès encontrara a soma que a delicadeza do conde atribuíra a um depósito de vinte e quatro anos.

Da entrada da porta da rua viam-se as primeiras árvores do jardim.

Monte Cristo, chegado ali, ouviu um suspiro que se assemelhava a um soluço; esse suspiro guiou-lhe o olhar, e viu então Mercédès, sua Mercédès de outro tempo, a condessa de Morcerf, que fizera viúva, num caramanchão de jasmins da Virginia, de folhagem espessa e formosas flores purpúreas, sentada e chorando.

Tinha erguido o véu, e sozinha, com o rosto oculto pelas mãos, dava largas a seus suspiros e a seus soluços, por muito tempo com dificuldade contidos pela presença do filho.

Monte Cristo avançou alguns passos, fazendo estalar a areia sob seus pés.

Mercédès levantou a cabeça, e soltou um grito de susto ao ver um homem diante de si.

— Minha senhora — disse o conde —, não está no meu poder dar-lhe a felicidade, mas ofereço-lhe consolações; dignar-se-á aceitá-las como de um amigo...

— Sou, na verdade, bem desgraçada — respondeu Mercédès. — Sozinha no mundo... Só tinha o meu filho, e esse deixou-me, quem sabe se para sempre?...

— Seu filho fez bem, minha senhora — replicou o conde —; é um nobre coração. Compreendeu que todo homem deve prestar um tributo à pátria: uns com o seu talento, outros com o seu trabalho; estes com as suas vigílias, aqueles com o seu sangue. Se ficasse na sua companhia, tornar-se-lhe-ia inútil a vida, não poderia acostumar-se nunca às suas dores. Acabaria odioso pela sua impotência. Assim, há de tornar-se forte e grande, lutando contra a adversidade, que conseguirá mudar em fortuna. Deixe-o reconstituir o seu futuro, minha senhora; ouso prometer-lhe que está em mãos seguras.

— Oh! — disse a pobre mulher, sacudindo tristemente a cabeça — essa fortuna de que fala, e que do fundo da alma peço a Deus que lhe conceda, não hei de eu gozá-la, não. Tenho sofrido tanto, que me sinto em verdade muito próxima da sepultura. Fez bem, senhor, em me aproximar do lugar onde fui muito feliz. Devemos morrer onde fomos venturosos.

— Oh! — replicou Monte Cristo — todas as suas palavras, minha senhora, caem sobre o meu coração amargas e abrasadoras, e tanto mais amargas e abrasadoras quanto tem razão em odiar-me; fui eu a causa de todas as suas desditas; por que não me deplora em vez de me acusar? tornar-me-ia bem mais infeliz ainda...

— Odiá-lo, acusá-lo?!... a você, Edmond?!... Odiar, acusar o homem que salvou a vida de meu filho, porque era sua intenção fatal e sangrenta, não matar ao Sr. de Morcerf o filho de que ele era tão cioso? Oh! olhe para mim, e veja se me vê a mais leve aparência de recriminação.

O conde levantou os olhos e fixou-os em Mercédès, que, meio levantada, estendeu as mãos para ele.

— Oh! olhe para mim — continuou ela, com profunda melancolia —; hoje pode suportar-se o fogo dos meus olhos; já não estamos no tempo em que eu vinha sorrir a Edmond Dantès, que me esperava lá em cima, na janela dessa água-furtada que seu pai habitava... Desde esse tempo muitos dias dolorosos decorreram, dias que cavaram como que um abismo entre mim e essa época. Eu, acusá-lo, Edmond?! odiá-lo, meu amigo?!... Não; é a mim que eu acuso, eu é que me odeio! Oh! que miserável eu sou — exclamou ela, elevando as mãos para o Céu. — Fui castigada!... Eu tinha a religião, a inocência, o amor, essas felicidades que fazem os anjos, e, miserável que eu sou, duvidei de Deus!

Monte Cristo deu um passo para Mercédès, e estendeu-lhe silenciosamente a mão.

— Não — disse ela, retirando docemente a mão —, não, meu amigo, não me toque. O senhor poupou-me, e no entanto, de todos os que feriu, eu era a mais culpada. Todos os outros foram levados pelo ódio, pela ambição, pelo egoísmo; eu agi por covardia. Eles eram ambiciosos, eu tinha medo. Não, não me aperte a mão, Edmond; não pense em dirigir-me algumas palavras afetuosas; guarde-as para outra mulher, eu não sou digna delas. Veja... — e descobriu de todo o rosto — os desgostos embranqueceram-me os cabelos; os meus olhos têm chorado tanto que estão rodeados de veias arroxeadas; a minha fronte está enrugada. O senhor, pelo contrário, continua sempre moço, sempre belo, sempre altivo. É porque conservou a fé e a coragem; é porque confiou em Deus, e Deus tem-no ajudado. Eu fui covarde, e Deus abandonou-me; eis tudo.

Mercédès desfez-se em pranto.

O coração da mulher despedaçava-se ao embate daquelas recordações.

Monte Cristo pegou-lhe a mão e beijou-a respeitosamente; mas ela sentiu que àquele beijo faltava ardor, como faltaria ao que o conde tivesse religiosamente deposto na mão de mármore da estátua de uma santa.

— Há — continuou ela — existências predestinadas das quais o primeiro erro quebra todo o futuro. Eu o julgava morto, e antes eu tivesse morrido; de que me serviu ter conservado eternamente o luto no coração? serviu para fazer de uma mulher de trinta e nove anos uma de cinqüenta, e mais nada. De que me serviu ter sido a única pessoa que o conheceu, se apenas consegui salvar o meu filho? Não deveria eu também salvar o homem, por mais culpado que ele fosse, que eu aceitara por marido? E no entanto deixei-o morrer; que digo eu, meu Deus! contribuí até para a sua morte com a minha covarde insensibilidade, com o meu desprezo, não me lembrando, não me querendo lembrar que fora por mim que ele se fizera perjuro e traidor! De que serviu, enfim, ter acompanhado até aqui o meu filho, se o abandonei, se o deixei partir só, entregando-o à devoradora terra da África? Oh! tenho sido sempre covarde, sempre! reneguei o meu amor, e como os renegados, levo a desgraça a todos que me rodeiam!

— Não, Mercédès, não — disse Monte Cristo —; forme de si melhor conceito. Não; é uma nobre e santa mulher, e ter-me-ia desarmado com a sua dor; mas atrás de mim, invisível, desconhecido, irritado, estava Deus, de quem eu era instrumento, e que não quis deter o raio que eu soltara. Oh! invoco a Deus, aos pés do qual me prosto há dez anos, em como eu lhe tinha feito o sacrifício da minha vida, e com o da minha vida, o dos projetos nela encadeados. Mas, digo-o com orgulho, Mercédès, Deus necessitava de mim e eu vivi.

Examine o passado, examine o presente, procure perscrutar o futuro, e veja se não sou realmente o instrumento do Senhor; as mais horrorosas desgraças, os mais cruéis sofrimentos, o abandono de todos aqueles que me amavam, a perseguição dos que nem sequer me conheciam, eis a primeira parte da minha vida. Depois, de repente, após o cativeiro, a solidão, a miséria, o ar, a liberdade, uma fortuna tão grande, tão prestigiosa, tão desmesurada, que, a menos que fosse cego, devia pensar que era Deus que me conservava para os seus grandes desígnios. Desde então, essa fortuna pareceu-me como que um sacerdócio; desde então, nem mais um pensamento para essa vida de que a senhora, pobre mulher, por vezes saboreou a doçura; nem uma hora de sossego, nem uma! sentia-me impelido como a nuvem de fogo que passa no céu para ir queimar as cidades malditas. Como esses aventurosos capitães que embarcam em uma perigosa viagem, que intentam uma arrojada expedição, preparei víveres, carreguei as armas, amontoei todos os meios de ataque e de defesa, habituando o corpo aos exercícios mais violentos, a alma aos choques mais rudes, exercitando o braço a matar, os olhos a ver sofrer, a boca a sorrir aos quadros mais terríveis; de bom, de crédulo, de descuidos o que era, tornei-me vingativo, dissimulado, mau, ou antes, impassível como a surda e cega fatalidade.

Lancei-me então na senda que me estava aberta, franqueei o espaço, alcancei o fim: e desgraçados daqueles que encontrei no meu caminho!

— Basta! — disse Mercédès — basta, Edmond! creia que aquela que foi a única a conhecê-lo, foi também a única pessoa que pôde compreendê-lo. Ora, Edmond, se o senhor tivesse encontrado essa mulher no seu caminho e a despedaçasse, ainda assim eu tê-lo-ia admirado! Assim como existe um abismo entre mim e o passado, igualmente há um abismo entre o senhor e os outros homens; e a minha mais dolorosa tortura é estabelecer a comparação, porque não há nada no mundo que o valha, nada que se lhe assemelhe. Agora, diga-me adeus, Edmond, e separemo-nos.

— Antes de a deixar, Mercédès, diga-me o que deseja — perguntou o conde.

— Só desejo uma coisa, Edmond: é que meu filho seja muito feliz.

— Peça a Deus, que é quem dispõe da existência dos homens, que afaste dele a morte, pois do resto eu me encarrego.

— Obrigada, Edmond.

— Mas, e a senhora?

— Eu não preciso de nada. Eu vivo entre duas sepulturas: uma é a de Edmond Dantès, morto há muito tempo; eu amava-o! Estas palavras não ficam bem nos meus lábios descorados, mas o meu coração recorda-se ainda, e por coisa alguma deste mundo quereria que dele se apartasse essa recordação. A outra é a de um homem que Edmond Dantès matou: aprovo o fato, mas devo orar pelo morto.

— Seu filho há de ser feliz, minha senhora — repetiu o conde de Monte Cristo.

— Então também eu serei tão feliz quanto posso sê-lo.

— Mas... enfim... que tenciona fazer?

Mercédès sorriu com tristeza.

— Se lhe dissesse que ia ficar a viver aqui como a Mercédès de outro tempo, isto é, trabalhando, o senhor não acreditaria; não sei mais do que orar; mas eu não tenho necessidade de trabalhar: o pequeno tesouro enterrado pelo senhor foi encontrado no lugar que indicou; quererão saber quem eu sou, o que faço; ignorarão como vivo, mas, que importa? é negócio entre Deus, o senhor e mim.

— Mercédès — disse o conde —, não a censuro, mas exagerou o sacrifício, abandonando toda a fortuna alcançada pelo Sr. de Morcerf, e da qual metade era devida à sua economia e vigilância.

— Compreendo o que vai me propor, mas não posso aceitar. Meu filho proibir-mo-ia, Edmond.

— Quer dizer, nada poderei fazer em seu favor enquanto não tiver a aprovação do Sr. Albert de Morcerf... Saberei as intenções dele, e submeter-me-ei. Mas, se ele aceitar o que eu quero que aceite, imitá-lo-á sem repugnância?

— Bem sabe, Edmond, que já não sou uma pessoa pensante. Deus tem-me envolvido de tal forma nas suas tempestades, que perdi a vontade própria. Estou entre as suas mãos como um pardal nas garras da águia. Ele não quer que eu morra, visto que estou viva. Se me enviar socorros, é porque quer assim, e eu aceitá-los-ei.

— Tome juízo, minha senhora — disse Monte Cristo — , não é assim que se adora a Deus! Deus quer que a gente compreenda, que discuta o Seu poder; foi para isso que nos deu o livre arbítrio.

— Desgraçado! — exclamou Mercédès — não me fale assim; se eu acreditasse que Deus me tinha concedido o livre arbítrio, que me restaria então para me salvar do desespero?...

Monte Cristo empalideceu ligeiramente e baixou a cabeça, esmagado pela veemência daquela dor.

— Não me quer dizer *até a vista*?... — disse ele, estendendo a mão a Mercédès.

— Pelo contrário, digo-lhe até a vista — respondeu a pobre senhora, apontando o Céu com solenidade —; provo-lhe que ainda me resta esperança.

E depois de ter tocado a mão do conde com a mão trêmula, Mercédès correu para a escada e desapareceu.

Monte Cristo saiu lentamente, tomando o caminho do porto.

Mas Mercédès, conquanto se dirigisse à janela do pequeno quarto do pai de Dantès, não viu se afastar o conde.

Os seus olhos procuravam ao longe o navio que lhe levava o filho para o vasto mar.

É verdade que a voz, como que a seu pesar, lhe murmurava baixinho:

— Edmond! Edmond! Edmond!

CXIII. O passado

O conde saiu com a alma despedaçada daquela casa, onde deixava Mercédès para nunca mais a tornar a ver, segundo todas as probabilidades.

Desde a morte do pequeno Édouard, operara-se grande mudança em Monte Cristo. Chegado ao cúmulo de sua vingança por um caminho lento e tortuoso, vira do outro lado da montanha o abismo da dúvida.

Ainda mais: a conversação que acabava de ter com Mercédès avivara-lhe todas as recordações de seu coração, recordações que tinham elas mesmas de ser combatidas.

Um homem da têmpera de Monte Cristo não podia flutuar por muito tempo nesta melancolia, que pode manter vivos os espíritos vulgares dando-lhes uma originalidade aparente, mas que mata as almas superiores.

O conde de Monte Cristo pensava consigo mesmo que para chegar a censurar-se a si próprio, era preciso que em seus cálculos tivesse existido algum erro.

"Eu encaro mal o passado, dizia de si para si; não posso ter-me enganado. O quê?! seria insensato o fim que me propus? Terei eu errado o caminho ao fim de dez anos?! Bastaria uma só hora para provar ao arquiteto que a obra de todas as suas esperanças era, senão impossível, pelo menos sacrílega?! Não, eu não quero habituar-me a semelhante idéia, que me tornaria louco. O que falta às minhas reflexões de hoje é a apreciação exata do passado, porque revejo esse passado da outra extremidade do horizonte. Com efeito, à proporção que se avança, o passado, igual à paisagem que se atravessa, apaga-se à medida que se afasta. O que me está sucedendo é o mesmo que sucede às pessoas que se feriram em sonhos: vêem e sentem as suas feridas, mas não se recordam de as terem recebido.

Vamos, homem regenerado; vamos, rico extravagante: vamos, dorminhoco acordado; vamos, visionário onipotente; vamos, milionário invencível, retoma por um momento esta funesta perspectiva da vida miserável e esfaimada; repassa pelos caminhos onde a fatalidade o levou, onde a desgraça o conduziu, e o desespero o recebeu; montes de diamantes, de ouro, e de felicidade cintilam hoje no cristal desse espelho onde Monte Cristo contempla Dantès; esconda esses diamantes, enlameia esse ouro, apague esse brilho; rico, torne-se pobre; livre, torne-se prisioneiro: ressuscitado, torne-se cadáver!"

E falando assim, Monte Cristo seguiu a Rua da Caisserie, a mesma por onde, vinte e quatro anos antes, tinha sido conduzido por um guarda silencioso e soturno.

Aquelas casas, de aspecto risonho e animado, estavam nessa noite sombrias, mudas e fechadas.

"E no entanto são as mesmas, murmurou Monte Cristo; a diferença está em que então era noite, e hoje é dia; é o sol que ilumina tudo isto, e que torna isto alegre."

Desceu ao cais pela Rua de São Lourenço, e avançou para a Consigne; estava no ponto do porto onde tinha embarcado.

Passava naquele momento um barco de recreio com seu toldo listrado.

Monte Cristo chamou o patrão, que remou logo para onde ele estava, com a prontidão própria dos barqueiros que farejam um bom ganho.

O tempo estava magnífico; a viagem foi excelente.

No horizonte, o Sol, rubro e rutilante, descia sobre as ondas abrasando-as com seu fulgor; o mar, liso como um espelho, agitava-se de vez em quando pelo salto dos peixes que, perseguidos por algum inimigo oculto, se lançavam fora da água, para procurarem a salvação noutro elemento.

Enfim, ao longe viam-se passar, brancos e graciosos como gaivotas, os barcos dos pescadores que voltavam aos Martigues, ou os navios mercantes que se dirigiam carregados, uns para a Córsega, outros para a Espanha.

Apesar do esplendor do céu, apesar daqueles barcos de contornos graciosos, apesar da luz dourada que inundava a paisagem, o conde, envolto em sua capa, recordava, uma a uma, todas as minúcias da terrível viagem: aquela luz meiga e isolada que bruxuleava nos Catalans; aquela vista da Fortaleza de If, que lhe fez adivinhar onde o conduziam; sua luta com os gendarmes quando quis precipitar-se ao mar, seu desespero quando se sentiu vencido, e a sensação fria da extremidade do cano da carabina apoiada numa de suas fontes como um anel de gelo.

E pouco a pouco, tal como as fontes secas pelo Estio, que, ao acumularem-se as nuvens do outono, umedecem gradualmente e começam a pingar gota a gota, o conde de Monte Cristo sentia, gota a gota, pingar em seu peito o velho fel extravasado que noutro tempo inundara o coração de Edmond Dantès.

Já não via o esplendor do céu, nem os barcos graciosos, nem a rutilante luz; o céu cobriu-se de crepes fúnebres, e a aparição do negro gigante a que chamam a Fortaleza de If fê-lo estremecer, como se visse aparecer de repente o negro fantasma de um inimigo mortal.

Chegaram.

O conde recuou instintivamente até a extremidade do barco.

O patrão tinha dito com sua voz mais afável:

— Abordamos, Senhor.

Monte Cristo recordou-se de que naquele mesmo lugar, sobre aquele mesmo rochedo, fora violentamente arrastado pelos guardas, e de que o haviam obrigado a subir aquela rampa, picando-lhe os rins com a ponta de uma baioneta.

O trajeto parecera noutro tempo muito longo a Dantès; Monte Cristo achava-o bem curto; cada remada fizera saltar com a poeira úmida do mar um milhão de pensamentos e de recordações.

Desde a revolução de julho, já não havia presos na Fortaleza de If. Os presos políticos tinham sido soltos, os outros transferidos.

Agora habitava-a apenas uma guarda destinada a evitar o contrabando; um porteiro esperava os curiosos para lhes mostrar aquele monumento de terror, transformado em monumento de curiosidade.

E no entanto, apesar de ser sabedor de todas essas minúcias, Monte Cristo, quando penetrou na abóbada, quando desceu a escada sombria, quando foi conduzido aos cárceres, que pedira para ver, sentiu um suor gelado e a fronte tornou-se-lhe lívida.

O conde perguntou se havia ainda algum antigo guarda do tempo da Restauração. Tinham sido todos reformados ou transferidos para outros empregos.

O porteiro que o acompanhava só ali estava desde 1830.

Monte Cristo foi conduzido ao cárcere que habitara.

O conde viu a claridade sombria que se infiltrava pela estreita fresta; viu também o lugar onde estivera seu leito, e na parede, o sinal da abertura praticada pelo abade Faria.

Monte Cristo sentiu fraquejarem-lhe as pernas; tomou um banquinho de madeira e sentou-se.

— Contam-se algumas histórias com respeito a esta fortaleza, sem ser a da prisão de Mirabeau? — perguntou o conde —; existe alguma tradição relativa a estes lúgubres cárceres, onde eu hesito em acreditar que jamais tenha sido encerrado um homem vivo?

— Sim, senhor — disse o porteiro —; e com relação a este mesmo cárcere, transmitiu-me uma o guarda Antônio.

Monte Cristo estremeceu.

O guarda Antônio fora o carcereiro dele.

Tinha quase esquecido o nome e o rosto do carcereiro; mas ouvindo pronunciar-lhe o nome, tornou a vê-lo tal qual era, com o rosto emoldurado em farta barba, o casaco pardo, e o molho de chaves, cujo tinir julgava ouvir ainda.

O conde voltou-se e pareceu-lhe vê-lo na sombra do corredor, mais espessa ainda pela luz do archote que ardia nas mãos do porteiro.

— Senhor — disse o porteiro —, quer que lha conte?

— Pois sim, conte — respondeu Monte Cristo.

E o conde levou a mão ao peito para comprimir as violentas pulsações do coração, horrorizado por ir ouvir narrar sua própria história.

— Conte — repetiu.

— Este cárcere — continuou o porteiro — era habitado por um certo preso, homem muito perigoso, ao que parece, e tanto mais para tremer quanto era muito astuto. Outro homem habitava ao mesmo tempo esta fortaleza, mas esse não era mau; era um pobre padre que estava louco.

— Ah! sim... louco — repetiu Monte Cristo —; e qual era a loucura desse preso?

— Oferecia milhões em troca de sua liberdade.

Monte Cristo elevou os olhos para o Céu, mas não viu céu nenhum: havia um véu de pedra entre ele e o firmamento.

Lembrou-se de que houvera um véu não menos espesso entre os olhos daqueles a quem o abade Faria oferecia tesouros e os tesouros que ele lhes oferecia.

— E esses dois presos podiam ver-se? — perguntou o conde.

— Oh! não, senhor, era expressamente proibido; mas iludiram a proibição perfurando uma galeria que ia de um a outro cárcere.

— E qual dos dois fez essa galeria?

— Oh! foi o rapaz decerto — disse o porteiro —, porque o pobre abade era velho e fraco; além disso, tinha o espírito muito vacilante para poder seguir uma idéia.

"Cegos!...", murmurou Monte Cristo.

— De que maneira conseguiu o tal rapaz fazer a galeria é que se não sabe... mas conseguiu-o, e para prova de que tudo isto é verdade é que ainda ali está o sinal; olhe, está vendo?

E aproximou o archote da parede.

— Ah, é verdade! — disse o conde, com voz comovida.

— Resultou que os dois presos se visitavam. Quanto tempo duraram essas visitas? isso é que ninguém sabe. Ora, um dia, o abade caiu doente e morreu... Adivinha o que fez o rapaz?

— Diga.

— Trouxe o defunto para o seu cárcere, deitou-o no próprio leito, com a cara voltada para a parede, voltou para o cárcere deserto, tapou o buraco, e meteu-se dentro da serapilheira do morto... Já viu uma idéia assim?

Monte Cristo fechou os olhos, e sentiu todas as impressões que tinha experimentado quando aquele pano grosseiro, ainda gelado pela frialdade do cadáver, lhe rogara o rosto.

O porteiro continuou:

— Ora, o senhor veja qual era o seu projeto: Julgava ele que se enterravam os mortos na Fortaleza de If; e como tinha quase a certeza de que não faziam despesa com caixão para os presos, contava levantar a terra com os ombros; mas, infelizmente, havia na fortaleza um costume que lhe transtornou os cálculos: não se enterravam os mortos; contentavam-se com amarrar-lhes uma bala aos pés e lançá-los ao mar. E foi o que fizeram. O nosso homem foi atirado da altura do terraço. No dia seguinte encontraram o verdadeiro morto em seu leito, e adivinhou-se tudo, porque os coveiros disseram então o que não tinham ousado dizer até ali, isto é, que no momento em que o corpo fora lançado no vácuo, tinham ouvido um grito terrível, logo sufocado pela água, onde depressa o saco desapareceu.

O conde respirava a custo, o suor inundava-lhe a fronte, a angústia dilacerava-lhe o coração.

"Não, murmurou ele, não! a dúvida que experimentei era apenas o começo do esquecimento; mas agora, aqui, volta-me de novo a sede da vingança."

— E o preso? — perguntou em voz alta — não ouviram mais falar dele?

— Nunca mais. Deve compreender que, de duas uma: ou ele caiu de chapa, e, como se tratava de uma altura de cinqüenta pés, teve morte instantânea...

— O senhor disse que lhe tinham atado uma bala aos pés; portanto, deve ter caído em pé.

— Ou caiu em pé — continuou o porteiro —, e então, o peso da bala decerto o arrastou para o fundo, onde sem dúvida ficou o pobre do homem!

— O senhor deplora-o?

— Palavra que deploro... conquanto, a dizer a verdade, ele estivesse em seu elemento.

— O que quer dizer?

— Quero dizer que corria o boato de que tinha sido no seu tempo oficial da marinha mercante, preso como bonapartista.

"É verdade, murmurou o conde, Deus fê-lo para sobrenadar as ondas e as chamas. Portanto, o pobre marinheiro vive nas recordações de algum narrador; conta-se a sua história à lareira, e os ouvintes estremecem no momento em que ele fende as águas para se submergir nas profundezas do mar."

— Nunca lhe souberam o nome? — perguntou em voz alta o conde.

— E como, se o triste era apenas conhecido pelo número 34?...

"Villefort, Villefort! aí está o que você deve ter dito tantas vezes quando o meu espectro o perseguia nas suas insônias."

— O senhor quer continuar a visita? — perguntou o porteiro.

— Quero, principalmente se quiser mostrar-me o cárcere do pobre abade.

— Ah! do n.º 27? — disse o porteiro.

— Sim, do número 27 — repetiu Monte Cristo.

E ao conde pareceu-lhe ouvir a voz do abade Faria quando ele lhe perguntara o nome, e que lhe respondera gritando aquele número através da parede.

— Então, senhor?...

— Espere, deixe-me lançar um último olhar sobre todas estas paredes.

— Olhe, até calha bem, esqueci-me da chave do outro cárcere.

— Vá buscá-la.

— Deixo-lhe o archote.

— Não, leve-o.

— Então... e o senhor, fica às escuras?...

— Eu vejo de noite.

— Então é como ele...

— Ele, quem?

— O n.º 34. Dizem que o homem estava por tal forma habituado à escuridão, que seria capaz de ver um alfinete no canto mais escuro do cárcere.

"Foram precisos dez anos para chegar a esse resultado", murmurou o conde.

O guia afastou-se, levando o archote.

O conde tinha dito a verdade; apenas ficou alguns minutos na escuridão, começou a distinguir os objetos tão claramente como se estivesse em pleno dia.

Então olhou à sua volta e reconheceu realmente o seu cárcere.

"Sim, disse ele, aqui está a pedra em que eu me sentava! aqui está o sinal que os meus ombros imprimiram na parede! aqui está o sinal do sangue que me correu da cabeça, num dia em que quis quebrá-la contra a parede!... Oh! estes números... recordo-me... fi-los um dia em que calculava a idade de meu pai para saber se o encontraria vivo, e a idade de Mercédès para calcular se a acharia livre... Tive um momento de esperança quando fiz este cálculo... Não contava com a fome, nem com a infidelidade!"

E escapou-lhe da boca um sorriso amargo.

Acabava de ver, como num sonho, o pai conduzido à sepultura... Mercédès caminhando para o altar!

Feriu-lhe a vista uma inscrição noutra parede do cárcere.

Destacava-se, branca ainda, no muro esverdeado.

MEU DEUS — leu Monte Cristo —, CONSERVAI-ME A MEMÓRIA.

"Oh, sim! exclamou ele, eis a minha única prece dos meus últimos tempos. Não pedia a liberdade, mas apenas a memória, porque temia enlouquecer e esquecer-me. Meu Deus! conservastes a memória, e eu não me esqueci. Obrigado, obrigado, meu Deus!"

Neste momento, refletiu-se nas paredes a claridade do archote: era o guia que descia.

— Faça o favor de vir comigo — disse ele ao conde.

E conduziu-o por um corredor subterrâneo que ia dar em outro cárcere.

Ali foi o conde de Monte Cristo assaltado por um mundo de pensamentos. A primeira coisa que lhe feriu a vista foi o meridiano traçado na parede, com o auxílio do qual o abade Faria contava as horas; depois os restos do leito em que o preso morrera, e tudo isto, em lugar das angústias que sofrera em seu cárcere, fez-lhe experimentar um doce e terno sentimento de gratidão, e duas lágrimas rolaram-lhe pelas faces.

— Era aqui — disse o guia — que estava o abade louco; e por ali é que vinha encontrá-lo o rapaz.

E mostrou a Monte Cristo a abertura da galeria, que daquele lado estava ainda descoberta.

— Pela cor da pedra — continuou ele —, houve um entendedor que calculou haver uns dez anos que os presos se comunicavam. Pobres homens! muito devem ter sofrido durante aqueles tristes dez anos!...

Dantès tirou alguns luíses da algibeira e meteu-os na mão daquele homem, que pela segunda vez o lamentava sem o conhecer.

O porteiro recebeu-os, julgando serem algumas pequenas moedas; mas à claridade do archote, conheceu o valor do dinheiro que lhe dava o visitante.

— Senhor — disse ele —, enganou-se.

— Como?

— Foi ouro que me deu...

— Bem sei.

— Como?! sabe?

— Sei, sim.

— O senhor deseja dar-me este ouro?

— Exatamente.

— E posso guardá-lo em consciência?

— Pode.

O porteiro olhou para Monte Cristo com espanto.

— E *honestidade* — disse o conde como Hamlet.

— Senhor — replicou ele, não podendo crer em sua ventura — não percebo a sua generosidade...

— Pois é fácil de perceber, meu amigo — disse o conde —; fui marinheiro, e a sua história deve-me ter impressionado mais do que a qualquer outro.

— Então, senhor, visto ser tão generoso, merece que eu lhe ofereça alguma coisa...

— Que me pode oferecer, meu amigo? conchas ou trabalhos em palha?... obrigado.

— Não, senhor, não; qualquer coisa que tem relação com a história que lhe narrei.

— Sério?! — replicou o conde com interesse — que é então?

— Ouça — disse o porteiro —, eis o que sucedeu: Eu calculei que sempre se encontra alguma coisa num cárcere onde um preso permaneceu dez anos, e pus-me a examinar as paredes.

— Ah!... — exclamou Monte Cristo, recordando-se do duplo esconderijo do abade — de fato...

— À força de procurar — continuou o porteiro —, descobri que a parede estava oca por trás da cabeceira do leito.

— Sim, sim — disse Monte Cristo.

— Arranquei as pedras, e achei...

— Uma escada de corda, algumas ferramentas? — terminou Monte Cristo.

— Como é que sabe isso? — perguntou o porteiro, com espanto.

— Não o sei, adivinho-o; coisas são que se costumam encontrar, nos cárceres dos presos...

— Sim, senhor, é isso exatamente: uma escada de corda e ferramentas.

— E tem-nas ainda? — perguntou o conde.

— Não, senhor; vendi esses diferentes objetos, que eram muito curiosos, a diversos visitantes; mas resta-me ainda outra coisa para lhe oferecer.

— O que é então? — perguntou Monte Cristo, com impaciência.

— É uma espécie de livro escrito em tiras de pano.

— Oh! — exclamou o conde. — E você ainda tem esse livro?

— Não sei se isso é um livro — disse o porteiro —; mas possuo ainda o que acabo de dizer-lhe.

— Vá buscá-lo, meu amigo, vá buscá-lo... E se é o que eu presumo, fica descansado...

— Vou correndo, senhor.

O guia saiu.

Então Monte Cristo ajoelhou-se piedosamente diante dos miseráveis despojos daquele leito, que a morte transformara para ele num altar.

"Ó meu segundo pai! — disse — você, que me deu a liberdade, a ciência e a riqueza, você, que, semelhante às criaturas de uma essência superior à nossa, possuía a ciência do bem e do mal, se no fundo da sepultura resta algo de nós que estremece à voz dos que ficam na Terra; se na transfiguração que sofre o cadáver qualquer coisa de animado vagueia pelos lugares onde muito sofremos ou muito amamos, nobre coração, espírito supremo, alma profunda! por uma palavra, por um sinal, por uma revelação qualquer, eu lhe suplico, em nome desse amor paternal que me concedia e do respeito filial que eu lhe tributava, que me tire este resto de dúvida, que, se não muda em convicção, se tornará um remorso."

O conde baixou a cabeça e juntou as mãos.

— Aqui está, senhor — disse uma voz por trás dele.

Monte Cristo estremeceu e voltou-se.

O porteiro apresentava-lhe as tiras de pano em que o abade Faria tinha derramado todos os tesouros de sua ciência. Esse manuscrito era a grande obra do abade Faria sobre a realeza na Itália.

O conde apoderou-se do manuscrito com presteza, e os seus olhos, fixando-se primeiro na epígrafe, leram:

> "Arrancarás os dentes do dragão, e pisarás aos pés os leões, disse o Senhor."

"Ah! exclamou Monte Cristo, eis a resposta! Obrigado, meu pai, obrigado!"

E tirando da algibeira uma pequena carteira que continha dez notas de mil francos, disse ao porteiro:

— Tome esta carteira.

— O senhor dá-ma?

— Dou, mas com a condição de que não há de abri-la enquanto eu não me tiver retirado.

E guardando junto ao coração a relíquia que acabava de encontrar, e que para ele equivalia ao mais rico tesouro, saiu do subterrâneo, e voltou para o barco.

— Para Marselha — disse.

Ao afastar-se, os olhos conservavam-se-lhe pregados na sombria prisão.

"Desgraçados daqueles que me encerraram naquela fortaleza, desgraçados dos que se esqueceram de que eu me achava ali!"

Passando diante dos Catalans, o conde voltou-se, e envolvendo a cabeça na capa, murmurou o nome de uma mulher.

A vitória era completa; Monte Cristo suplantara duas vezes a dúvida.

O nome que acabava de pronunciar com uma expressão de ternura, quase de amor, era o de Haydée.

Apenas saltou em terra, Monte Cristo encaminhou-se para o cemitério, onde sabia que encontraria Morrel.

Também ele dez anos antes procurara piedosamente uma sepultura naquele cemitério, mas debalde.

Ele, que voltara à França com milhões, não pudera encontrar a sepultura de seu pai, que morrera de fome.

Morrel mandara colocar lá uma cruz, mas essa cruz tinha caído, e os coveiros tinham-na queimado, como todos os coveiros costumam fazer a esses velhos bocados de madeira que se encontram pelos cemitérios.

O digno negociante tinha sido mais feliz: falecendo nos braços de seus filhos, fora, conduzido por eles, repousar junto de sua mulher, que o precedera dois anos na eternidade.

Duas amplas lápides de mármore com seus nomes estavam colocadas ao lado uma da outra num pequeno cercado fechado por uma grade de ferro, e à sombra de quatro ciprestes.

Maximiliano estava encostado a uma dessas árvores, e fixava as duas sepulturas sem as ver.

— Maximiliano — disse-lhe o conde —, não é para aí que deve olhar, é para ali!

E mostrou-lhe o céu.

— Os mortos estão em toda parte — disse Morrel —; não foi o senhor mesmo que mo disse quando me fez abandonar Paris?

— Maximiliano — disse o conde —, durante a viagem pediu-me que o deixasse ficar alguns dias em Marselha... diga-me: ainda é esse o seu desejo?

— Eu não tenho desejos, conde; mas parece-me que esperarei com menos custo em Marselha do que noutra parte qualquer.

— Tanto melhor, Maximiliano, porque o deixarei levando a sua palavra, não é assim?

— Ah! esquecê-la-ei, conde, esquecê-la-ei!

— Não! não vai esquecê-la, porque acima de tudo é homem honrado, Morrel! porque jurou, e porque vai jurar outra vez ainda.

— Ó conde, tenha dó de mim!... Conde, eu sou tão desgraçado!...

— Conheci um homem mais desgraçado do que o senhor, Maximiliano...

— É impossível.

— Ah!... — disse Monte Cristo — é um dos orgulhos da pobre humanidade... cada um se julga mais desgraçado que outro desgraçado que chora e geme a seu lado.

— Quem pode ser mais desgraçado do que o homem que perdeu o único bem que amava e desejava no mundo?...

— Ouça, Morrel — disse Monte Cristo —, e concentre um instante o espírito no que lhe vou dizer. Conheci um homem que, assim como o senhor, reunira numa mulher todas as suas esperanças de felicidade. Esse homem era moço, e tinha um velho pai, que amava, e uma noiva, que adorava; ele ia casar com ela, quando de repente, um desses caprichos da sorte, que faria com que duvidássemos da bondade de Deus, se Deus não Se revelasse mais tarde, mostrando que tudo para Ele é um meio de chegar à Sua unidade infinita; quando de repente, dizia eu, um capricho da sorte lhe roubou a liberdade, a noiva, e o futuro, que ele sonhava, e que julgava seu (porque, cego que era, não podia ler senão no presente), atirando com ele para o fundo de um cárcere.

— Ah! — replicou Morrel — mas de um cárcere sai-se ao fim de oito dias, de um mês, de um ano...

— Ele ficou lá catorze anos, Morrel — disse o conde, pondo a mão no ombro do rapaz.

Maximiliano estremeceu.

— Catorze anos?!

— Catorze anos — repetiu o conde —; e teve muitos momentos de desespero; também ele, como o senhor, Morrel, julgando-se o mais desgraçado dos homens, quis se matar.

— E então? — perguntou Morrel.

— Pois bem: no momento supremo, Deus revelou-se-lhe por um meio humano, porque Deus não faz milagres; talvez no primeiro momento (é preciso tempo aos olhos velados pelas lágrimas para se descerrarem completamente) não compreendesse essa misericórdia infinita do Senhor; mas, enfim, armou-se de paciência, e esperou. Um dia ele saiu milagrosamente da sepultura, transfigurado, rico, poderoso, quase Deus. O seu primeiro grito foi para o pai, mas o pai já não existia, estava morto!

— Também eu não tenho pai.

— Sim, mas seu pai morreu-lhe nos braços, amado, feliz, honrado, rico; e o pai daquele homem morreu pobre, desesperado, duvidando de Deus; e quando dez anos depois da sua morte o filho lhe procurou a sepultura, não a encontrou, e ninguém pôde dizer-lhe: É ali que descansa na paz do Senhor o coração que tanto te amou.

— Oh! — disse Morrel.

— Aquele homem era pois um filho mais desgraçado que o senhor, Morrel, porque nem sequer sabia onde procurar a sepultura de seu pai.

— Mas — disse Morrel — restava-lhe ao menos a mulher que tinha amado...

— Engana-se, Maximiliano; essa mulher...

— Morrera?!... — exclamou Maximiliano.

— Pior do que isso: tinha sido infiel; desposara um dos perseguidores do seu noivo. Já vê, Morrel, que aquele homem era um amante mais infeliz do que o senhor!

— E a esse desventurado — perguntou Maximiliano Morrel —, enviou Deus a consolação?

— Deu-lhe pelo menos o sossego.

— E poderá esse homem ser ainda feliz um dia?

— Ele assim o espera, Maximiliano.

O rapaz curvou a cabeça sobre o peito.

— Tem a minha promessa — disse no fim de um instante de silêncio, estendendo a mão ao conde de Monte Cristo —; mas lembre-se...

— Em 5 de outubro, Maximiliano, espero-o na ilha de Monte Cristo. No dia 4 esperá-lo-á um iate no porto de Bastia; esse iate chama-se Eurus, dirá o seu nome ao mestre, que imediatamente o conduzirá junto a mim. Está dito, não é verdade, meu querido Maximiliano?

— Está dito; farei como quer; mas lembre-se de que no dia 5 de outubro...

— Criança, que não sabe ainda o que seja a promessa de um homem... Já lhe disse vinte vezes que nesse dia, se persistir em querer morrer, ajudá-lo-ei, Morrel. Adeus.

— Deixa-me?

— Deixo, porque tenho o que fazer na Itália; deixo-o só, só a mãos com a desgraça, só com essa águia de possantes asas que o Senhor envia aos Seus escolhidos para os conduzir a Seus pés; a história de Ganimedes não é uma fábula, Maximiliano, é uma alegoria.

— Quando parte?

— Agora mesmo; o barco a vapor espera-me: daqui a uma hora estarei longe. Acompanha-me até o porto, Morrel?

— Estou às suas ordens, conde.

— Abrace-me.

Morrel acompanhou o conde até o cais. Já o fumo saía como um penacho imenso do tubo negro que o elevava para o céu.

Dali a pouco partiu o barco, e uma hora depois, como tinha dito Monte Cristo, aquela mesma coluna de fumo azulado listrava o horizonte oriental, sombreado pelas primeiras névoas da noite.

CXIV. Pepino

No mesmo momento em que o barco do conde desaparecia por trás do cabo Morgion, um homem, que corria pela posta na estrada de Florença a Roma, acabava de atravessar a cidadezinha de Aquapendente.

Vestia um sobretudo, que a viagem danificara, e que deixava ver, brilhante e fresca ainda, a fita da Legião de Honra presa à sobrecasaca. Este homem, pelo acento com que falava ao postilhão e pelo traje, devia ser francês.

Uma prova ainda de que nascera no país da língua universal, era que não sabia outras palavras italianas além dessas palavras da música, que podem, como o *goddam* do Fígaro, substituir todas as sutilezas de uma língua particular.

— *Allegro!* — dizia ele aos postilhões a cada subida.

— *Moderato!* — bradava a cada descida.

E Deus sabe se não há subidas e descidas de Florença a Roma, pela estrada de Aquapendente!

Estas duas palavras, de resto, faziam rir com boa vontade os homens a quem eram dirigidas.

Na presença da Cidade Eterna, quer dizer, chegado à Storta, ponto de onde se avista Roma, o viajante não experimentou esse sentimento de curiosidade entusiasta que faz com que todos os estrangeiros se levantem do fundo de suas carruagens para procurarem o formoso zimbório de S. Pedro, que se divisa bem antes de se distinguir qualquer outra coisa.

Não; tirou apenas da algibeira sua carteira, e da carteira um papel dobrado em quatro, que desdobrou e tornou a dobrar com uma atenção que se assemelhava ao respeito, e contentou-se unicamente em dizer:

— Bem, cá está.

A carruagem franqueou a Porta del Popolo, tomou à esquerda, e parou no Hotel de Espanha.

Mestre Pastrini, o nosso antigo conhecido, recebeu o viajante no limiar da porta, de chapéu na mão. O viajante desceu, encomendou um bom jantar, e informou-se da casa Thomson & French, que lhe foi indicada imediatamente, porque era uma das mais conhecidas de Roma.

A importante casa bancária estava situada na Via dei Banchi, próxima de S. Pedro.

Em Roma, como em toda parte, a chegada de uma carruagem de posta é um acontecimento.

Dez rapazes descendentes de Marius e dos Gracques, de pés descalços, cotovelos rotos, mas com a mão na cintura e o braço pitorescamente recurvado sobre a cabeça, miravam o viajante, a carruagem de posta e os cavalos.

A esses garotos da cidade por excelência tinham-se reunido uns cinqüenta basbaques dos Estados de Sua Santidade, daqueles que entretêm os ócios passeando e cuspindo no Tibre do alto da ponte de Saint-Ange, quando o Tibre tem água.

Ora, como os garotos e os basbaques de Roma, mais felizes que os de Paris, compreendem todas as línguas, e sobretudo a língua francesa, ouviram o viajante pedir um quarto, um jantar, e, por fim, que lhe ensinassem onde ficava a casa Thomson & French.

De modo que, logo que o recém-chegado saiu do hotel com o cicerone da praxe, destacou-se do grupo dos curiosos um homem, e sem ser notado pelo viajante, sem parecer ser visto pelo guia, caminhou a pouca distância do estrangeiro, seguindo-o com tanta destreza como poderia fazê-lo um agente da polícia parisiense.

O francês tinha tanta pressa em chegar à casa Thomson & French, que nem sequer esperou que atrelassem os cavalos à carruagem; deu ordem para que o alcançassem pelo trajeto, ou que esperassem à porta do banqueiro.

Ele chegou lá sem ter sido alcançado pela carruagem.

O visitante entrou, deixando na antecâmara o guia, que em breve entabulou conversa com dois ou três desses industriosos sem indústria, ou antes, de mil indústrias, que se encontram em Roma à porta dos banqueiros, das igrejas, das ruínas, dos museus e dos teatros. Ao mesmo tempo que o francês, entrava também o homem que se destacara do grupo dos curiosos.

O viajante franqueou a primeira sala.

— Os Srs. Thomson & French? — perguntou ele.

Levantou-se uma espécie de lacaio, a um sinal de um caixeiro, guarda solene do primeiro escritório.

— Quem devo anunciar? — perguntou o lacaio, preparando-se para caminhar adiante do estrangeiro.

— O barão Danglars — respondeu o viajante.

— Queira entrar — replicou o lacaio.

Abriu-se uma porta.

O criado e o barão desapareceram por essa porta.

O homem que entrara atrás de Danglars sentou-se num banco de espera.

O caixeiro continuou a escrever durante uns cinco minutos; durante esses cinco minutos, o homem que se sentara no banco de espera guardou o mais profundo silêncio e a mais estrita imobilidade.

Em seguida, a pena do caixeiro deixou de correr sobre o papel.

O empregado levantou a cabeça, olhou atentamente em volta de si, assegurando-se de que estavam sós.

— Ah! ah! — disse ele — está aqui, Pepino?

— Estou — respondeu este, laconicamente.

— Fareja alguma coisa de bom neste gordo que acaba de entrar?

— Não há grande mérito nisso, estamos há muito tempo prevenidos.

— Sabe então o que ele vem aqui fazer, curioso?

— Ora! vem receber; só me resta saber quanto.

— Já se lhe vai dizer imediatamente, amigo.

— Mas veja lá! não faça como outro dia, que me deu esclarecimentos errados.

— A que se refere? Está falando daquele inglês que levou daqui outro dia três mil escudos?

— Não; esse tinha mesmo os três mil escudos, encontramolhos. Refiro-me ao príncipe russo.

— E então?

— Então?! Tinha-me dito trinta mil libras, e encontramos-lhe só vinte e duas!

— Se calhar não viram bem.

— Foi o próprio Luigi Vampa quem fez a busca.

— Nesse caso é porque tinha pagado dívidas...

— Um russo?...

— Ou gasto o dinheiro.

— É possível.

— Acredita. Mas... deixe-me ir ao meu observatório, senão o tal francês completa o negócio sem que eu consiga saber a quantia certa.

Pepino fez um gesto afirmativo, e, tirando um rosário da algibeira, pôs-se a resmungar algumas orações, ao passo que o caixeiro desapareceu pela mesma porta que minutos antes tinha dado entrada ao criado e ao barão.

Ao fim de uns dez minutos, tornou a aparecer o mesmo caixeiro muito alegre.

— E então? — perguntou Pepino a seu amigo.

— Alerta! alerta! meu rapaz — disse o caixeiro, que a soma é redonda.

— Cinco ou seis milhões, não é?

— É... mas você sabia a quantia?

— Sabia. Sobre um recibo de Sua Excelência o Conde de Monte Cristo.

— Você conhece o conde?

— Que o creditou sobre Roma, Veneza e Viena.

— É isso! — exclamou o caixeiro —; como é que se acha tão bem informado?

— Já lhe disse que tínhamos sido prevenidos.

— Então para que se dirigiu a mim?

— Para me certificar de que era realmente o homem com quem nos devemos entender.

— É ele, é... Cinco milhões!... Uma bela soma, hem, Pepino?...

— É.

— Nunca teremos outra assim.

— Pelo menos — respondeu filosoficamente Pepino —, sempre nos caberão algumas migalhas.

— Cale-se, que aí vem o nosso homem!

O caixeiro tornou a pegar a pena, e Pepino no rosário; um escrevia e o outro orava, quando a porta se abriu.

Danglars apareceu radiante, seguido pelo banqueiro, que o acompanhou até a porta.

Atrás de Danglars desceu Pepino.

Segundo o combinado, a carruagem esperava-o à porta.

O cicerone conservava a portinhola aberta: o cicerone é um ente muito obsequioso, que pode sem escrúpulos ser empregado em todos os serviços.

Danglars saltou para a carruagem, ligeiro como um rapaz de vinte anos.

O cicerone fechou imediatamente a portinhola, e subiu para o lado do cocheiro.

Pepino subiu para a traseira.

— Sua Excelência deseja ver S. Pedro? — perguntou o cicerone.

— Para quê? — perguntou o barão.

— Ora essa!... para ver.

— Eu não vim a Roma para ver — disse em voz alta Danglars. E depois acrescentou baixinho, com um sorriso cúpido: — Vim para receber.

E apalpou sua carteira, onde acabava de meter uma letra de câmbio.

— Então Sua Excelência quer dirigir-se...?

— Para o hotel.

— Casa Pastrini — disse o cicerone ao cocheiro.

E a carruagem partiu rápida.

Dez minutos depois, o barão entrava em seu quarto, e Pepino instalava-se num banco da cavalariça, depois de ter dito algumas palavras ao ouvido de um desses descendentes de Mário e dos Gracos de que falamos no começo deste capítulo, descendente esse que tomou o caminho do Capitólio com a máxima rapidez de suas pernas.

Danglars estava satisfeito e tinha sono.

Deitou-se, meteu sua carteira debaixo do travesseiro, e adormeceu.

Pepino tinha tempo de sobra; jogou a *morra* com os *facchini*, perdeu três escudos, e para se consolar bebeu uma garrafa de Orvieto.

No dia seguinte, Danglars acordou tarde, embora se tivesse deitado cedo; mas havia cinco noites que dormia bem mal, quando dormia.

Almoçou copiosamente, e ordenou que aparelhassem a carruagem para o meio-dia.

Mas Danglars não contava com as formalidades da polícia e com a preguiça do dono da posta.

Os cavalos só apareceram às duas horas, e o cicerone não apareceu com o passaporte visado senão às três.

Todos estes preparativos reuniram diante da porta de mestre Pastrini um bom número de basbaques.

Os descendentes dos Gracos e Mário lá estavam, como não podia deixar de ser.

O barão atravessou triunfalmente aqueles grupos, que lhe davam o tratamento de Excelência para se fazer a um *bajocco*.

Como Danglars, homem muito popular, como se sabe, se contentara com fazer-se tratar por barão, e até ali não lhe haviam dispensado o tratamento de Excelência, esse título lisonjeou-o, ele distribuiu algumas pequeninas moedas por toda aquela canalha, pronta pelo dobro a dispensar-lhe o tratamento de Alteza.

— Que caminho tomamos? — perguntou o cocheiro em italiano.

— A estrada de Ancona — respondeu o barão.

Mestre Pastrini traduziu a pergunta e a resposta, e a carruagem partiu ao galope dos cavalos.

Danglars queria efetivamente passar a Veneza e realizar ali uma parte de sua fortuna, e de Veneza dirigir-se a Viena, onde realizaria o resto.

A sua intenção era estabelecer-se nesta última cidade, que lhe tinham garantido ser uma cidade de prazeres.

Apenas caminhou umas três léguas nas campinas de Roma, começou a anoitecer.

Danglars não julgava ter partido tão tarde, ficaria em Roma mais um dia.

Perguntou ao postilhão quanto tempo gastaria para chegar à próxima cidade, e este respondeu:

— *Non capisco.*

Danglars fez um movimento com a cabeça que queria dizer: — Muito bem!

A carruagem continuou seu caminho.

— Na primeira muda, disse Danglars de si para si, pararei.

Danglars experimentava ainda um resto do bem-estar que gozara na véspera e que lhe proporcionara uma excelente noite.

Ia indolentemente estendido numa boa caleche inglesa de duplas molas, e sentia-se arrastado pelo galope de dois magníficos cavalos.

A muda era de sete léguas; ele sabia-o.

Em que se há de entreter o tempo quando se é banqueiro e se fez com feliz êxito uma bancarrota?

Danglars pensou dez minutos na mulher, que ficara em Paris; outros dez minutos na filha, que corria o mundo com a sua amiga d'Armilly; dispensou mais dez minutos ainda aos credores e à maneira como empregaria o dinheiro deles; depois, não tendo mais nada em que pensar, fechou os olhos, e adormeceu.

De vez em quando, no entanto, sacudido por um solavanco mais forte do que os outros, o Sr. Barão Danglars abria por um momento os olhos.

Então se sentia levado sempre com a mesma velocidade através dessa campina de Roma, semeada de aquedutos derrocados, que parecem gigantes de granito petrificados a meio de seu destino.

Mas a noite estava fria, escura, chuvosa, e era muito melhor para um homem meio adormecido conservar-se no fundo de sua carruagem com os olhos fechados, do que meter a cabeça pela portinhola para perguntar onde se achava, a um postilhão que não sabia responder outra coisa senão: *Non capisco.*

Danglars continuou pois a dormir, dizendo consigo mesmo que sempre seria tempo de acordar na ocasião da muda.

A carruagem parou.

Danglars julgou que chegava enfim ao ponto desejado.

Abriu os olhos, olhou através da vidraça, esperando achar-se no meio de alguma aldeia, pelo menos, mas não viu mais do que um casebre isolado, e três ou quatro homens, que iam e vinham como sombras.

Danglars esperou um instante que o postilhão que tinha acabado sua muda, viesse reclamar-lhe o dinheiro da posta; contava aproveitar o ensejo para pedir alguns esclarecimentos a seu novo condutor; mas os cavalos foram tirados do trem, e substituídos por outros sem que ninguém fosse pedir dinheiro ao viajante.

Danglars, admirado, abriu a portinhola; mas um pulso vigoroso empurrou essa portinhola com presteza, e a carruagem rodou.

O barão, estupefato, despertou de todo.

— Eh! — disse ele ao postilhão — eh! *mio caro!*

Era ainda o italiano que Danglars conservava na memória do tempo em que a filha cantava os *duos* com o príncipe Cavalcanti.

Mas o *mio caro* não respondeu.

Danglars contentou-se então somente em baixar o vidro.

— Eh, amigo! aonde vamos nós? — perguntou ele, passando a cabeça pela abertura.

— *Dentro la testa!* — gritou uma voz grave e imperiosa, acompanhada de um gesto de ameaça.

Danglars compreendeu que *dentro la testa* queria dizer: cabeça para dentro! Como se vê, fazia rápidos progressos no italiano.

Obedeceu, não sem inquietação; e como essa inquietação crescia minuto a minuto, ao fim de alguns instantes o seu espírito, em lugar do vácuo que nele reinava quando se meteu a caminho, e que lhe provocara o sono, o seu espírito, dizíamos, encheu-se de uma multidão de pensamentos, qual deles mais próprio para manter alerta a atenção de um viajante, e sobretudo de um viajante na situação de Danglars.

Os seus olhos tomaram nas trevas a grande acuidade que as emoções fortes comunicam no primeiro momento, e que se esgota depois por ter sido muito usada. Antes de se ter medo, vê-se o normal; quando se tem medo, vê-se o dobro; e depois de se ter tido medo, vê-se tudo turvo.

Danglars notou que um homem, envolto num capote, galopava à portinhola da direita.

— Algum gendarme —disse ele. Teriam já os telégrafos franceses dado os meus sinais às autoridades pontifícias?

Resolveu sair desta ansiedade:

— Para onde me levam? — perguntou.

— *Dentro la testa!* — repetiu a mesma voz, com o mesmo acento de ameaça.

Danglars voltou-se para a portinhola da esquerda.

— Decididamente — disse o barão com o suor na fronte, estou preso.

E recostou-se no fundo da carruagem, desta vez não para dormir, mas para pensar.

Um instante depois despontou a Lua.

Do fundo da carruagem, Danglars mergulhou seu olhar no campo: viu então os grandes aquedutos, fantasmas de pedra, que notara ao passar; a diferença era que em vez de os ter à direita, ficavam-lhe agora à esquerda.

Compreendeu que tinham obrigado a carruagem a descrever meia volta, e que tornavam a levá-lo para Roma.

— Ai, pobre de mim! — murmurou, que talvez tivessem obtido a extradição!

A carruagem continuava correndo com incrível velocidade.

Passou uma hora terrível, porque o fugitivo, a cada novo indício, reconhecia que efetivamente o faziam voltar pelo mesmo caminho. Por fim viu uma massa sombria contra a qual parecia ir despedaçar-se a carruagem. Mas esta passou contornando aquela massa, que não era outra coisa senão as muralhas que cercavam Roma.

— Oh! oh! — murmurou Danglars, não entramos na cidade, não é então a justiça que me prende... Oh! meu Deus! outra idéia... Será isso?...

E os cabelos eriçaram-se-lhe.

Recordava-se daquelas interessantes histórias de bandidos romanos, tão pouco críveis em Paris, e que Albert narrara à Sr.ª Danglars e a Eugénie.

— Salteadores, talvez! — murmurou o barão.

De repente, a carruagem rodou sobre qualquer coisa mais dura do que o solo de uma estrada vulgar.

Danglars arriscou um olhar para os dois lados da estrada, e viu monumentos de forma estranha. O seu pensamento, preocupado com a narrativa de Morcerf, que agora se lhe representava em todas as suas minúcias, dizia-lhe que devia achar-se na Via Ápia.

À esquerda da carruagem, numa espécie de vale, via-se uma escavação circular.

Era o Circo de Caracala.

A uma palavra do homem que cavalgava à portinhola da direita, a carruagem parou.

Ao mesmo tempo abriu-se a portinhola da esquerda.

— *Scendi!* — ordenou uma voz.

Danglars desceu logo.

Não falava ainda o italiano, mas entendia-o já.

O barão, mais morto do que vivo, olhou então em volta de si.

Rodeavam-no quatro homens, sem contar o postilhão.

— *Di quá!* — disse um dos quatro homens, descendo uma pequena senda que conduzia da Via Ápia para o meio daqueles desiguais caminhos dos campos de Roma.

Danglars seguiu o guia sem discussão, e não necessitou voltar-se para saber que era seguido por mais três homens.

No entanto, pareceu-lhe que esses três homens iam ficando como sentinelas a distâncias mais ou menos iguais.

Depois de dez minutos de caminho, aproximadamente, durante os quais Danglars não trocou nem uma palavra com o guia, achou-se entre um cabeço e um pequeno bosque de altas ervas: três homens, em pé e mudos, formavam um triângulo, cujo centro era ele.

Quis falar, mas não pôde. O pobre barão tinha a língua pegada ao céu da boca.

— *Avanti!* — disse a mesma voz de acento breve e imperioso.

Desta vez Danglars compreendeu duplicadamente. Compreendeu pela palavra e pelo gesto, porque o homem que caminhava atrás dele o empurrou tão rudemente, que ele foi de encontro ao guia.

Esse guia era o nosso amigo Pepino, que se embrenhou nas altas ervas por uma sinuosidade que só as doninhas e os lagartos poderiam considerar caminho franqueável.

Pepino parou diante de uma rocha sobrepujada por um arbusto espesso.

Esta rocha, entreaberta como uma pálpebra, deu passagem a Pepino, que desapareceu por lá como desaparecem nos alçapões os diabos das mágicas.

A voz e o gesto do que seguia Danglars convidaram o banqueiro a fazer outro tanto.

Não havia que duvidar: o bancarroteiro francês tinha de haver-se com os bandidos romanos.

Danglars portou-se como homem colocado entre dois perigos terríveis, e a quem o medo torna valente.

Apesar de seu ventre ser pouco apropriado para penetrar nas tocas das campinas de Roma, enfiou pela abertura da rocha atrás de Pepino, e, deixando-se deslizar com os olhos fechados, caiu do outro lado, em pé.

Mal tocou a terra, abriu os olhos.

O caminho era largo, mas escuro.

Pepino, importando-se pouco em esconder-se, agora que estava em sua casa, feriu a pederneira e acendeu um archote.

Mais dois homens desceram atrás de Danglars, formando a retaguarda; e empurrando-o quando por acaso parava, assim o fizeram chegar por uma ladeira a uma encruzilhada de sinistra aparência.

Efetivamente, as paredes da gruta, escavadas de esquifes sobrepostos pareciam, no meio das pedras brancas, abrir medonhamente esses olhos negros e profundos que se notam nas caveiras.

— Quem está aí? — gritou uma sentinela, batendo com força na carabina.

— Amigo, amigo! — disse Pepino. — Onde está o capitão?

— Está ali — disse a sentinela, indicando por cima do ombro uma espécie de salão cavado na rocha e cuja luz se refletia no corredor através de umas grandes aberturas em arco.

— Boa presa, capitão! boa presa! — disse Pepino em italiano.

E agarrando Danglars pela gola do casaco, conduziu o para uma abertura semelhante a uma porta, pela qual se entrava na sala que o capitão parecia ter escolhido para seu alojamento.

É ele? — perguntou o chefe, que lia com muita atenção *A Vida de Emmanuel*, segundo Plutarco.

— Ele mesmo, capitão, ele mesmo.

— Muito bem; mostrem-mo.

Após esta ordem bastante impertinente, Pepino aproximou tão rudemente o seu archote do rosto de Danglars, que este recuou vivamente para não ficar com as sobrancelhas queimadas.

Aquele rosto contraído apresentava todos os sintomas do mais profundo terror.

— Esse homem há de estar cansado — disse o capitão —; levem-no para a cama.

— Oh! murmurou Danglars, essa cama é provavelmente algum dos esquifes cavados na parede; o meu sono há de ser a morte que algum dos punhais que vejo cintilar na sombra me vai proporcionar.

E realmente, nas profundezas sombrias da imensa sala viam-se levantar sobre suas camas de ervas ou de peles de lobos, os companheiros daquele homem que Albert de Morcerf encontrara lendo os *Comentários de César*, e que Danglars achara lendo *A Vida de Emmanuel*.

O banqueiro soltou um surdo gemido e seguiu o seu guia.

Não tentou nem pedir nem gritar.

Já não tinha forças, nem vontade, nem sentimento; encaminhava-se para onde o arrastavam.

Tropeçou num degrau, e, compreendendo que tinha diante de si uma escada, baixou-se instintivamente para não quebrar a cabeça, e achou-se dentro de uma cela talhada na rocha.

A cela estava limpa, ainda que nua; seca, embora ficasse debaixo da terra a uma profundidade incomensurável.

Via-se ali uma cama de ervas secas cobertas com peles de cabra, estendida a um canto.

Danglars, descobrindo-a, julgou ver o símbolo radiante de sua salvação.

— Oh! Deus seja louvado! — murmurou ele — é uma verdadeira cama.

Era a segunda vez, no espaço de uma hora, que invocava o nome de Deus; isso não lhe acontecia havia dez anos.

— *Ecco* — disse o guia.

E empurrando Danglars para dentro do quarto, fechou a porta sobre ele. O fecho correu; Danglars estava prisioneiro.

Mas mesmo que não houvesse fecho, seria preciso ser S. Pedro e ter por guia um anjo do Céu para passar pelo centro da guarnição, que havia nas catacumbas de S. Sebastião, acampada em roda de seu chefe, no qual os leitores terão já certamente reconhecido o famoso Luigi Vampa.

Danglars também conhecera o bandido, em cuja existência não pudera crer quando Morcerf se referira a ele na França.

Não só conhecera o bandido, mas igualmente a cela onde Morcerf estivera prisioneiro, e que, segundo todas as probabilidades, era o alojamento destinado aos estrangeiros.

Essas recordações, sobre as quais de resto Danglars se demorava com certo júbilo, davam-lhe tranqüilidade.

Desde o momento em que os salteadores não o tinham assassinado imediatamente, é porque não tencionavam matá-lo.

Prendiam-no para o roubar, e como não tinha consigo senão alguns luíses, pô-lo-iam a resgate.

Recordava-se de que Morcerf tinha sido taxado em qualquer coisa como quatro mil escudos; ora o barão, julgando-se de uma aparência muito mais importante que a de Morcerf, fixou em seu espírito em oito mil escudos o preço de seu resgate.

Oito mil escudos eram quarenta e oito mil libras.

Restava-lhe ainda alguma coisa como cinco milhões e cinqüenta mil francos.

Com essa soma, livra-se a gente de dificuldades em toda parte e em qualquer situação.

Certo de que se tiraria do aperto, atendendo a que não havia exemplo de que taxassem o resgate de um homem em cinco milhões e cinqüenta mil libras, Danglars estendeu-se no leito, onde, depois de se ter voltado duas ou três vezes, adormeceu com a tranqüilidade do herói cuja história Luigi Vampa estudava.

CXV. A lista de Luigi Vampa

A todo o sono que não seja aquele que Danglars temia, sucede sempre o acordar.

Danglars acordou.

Para um parisiense habituado a cortinas de seda e paredes aveludadas, o despertar num quarto de rocha deve ser como um sonho de mau sabor.

Um segundo, porém, bastou para tornar esse sonho a mais robusta certeza.

— Sim, sim! — murmurou ele — estou nas mãos dos bandidos de que nos falou Albert de Morcerf.

O seu primeiro movimento foi respirar, a fim de se assegurar de que não estava ferido: era um meio que ele encontrara no *Dom Quixote*, o único livro, não que tivesse lido, mas de que conservava alguma coisa.

— Não — disse —, não me mataram nem me feriram, mas talvez me roubassem.

E levou vivamente as mãos às algibeiras.

Estavam intactas. Os cem luíses que reservara para fazer a viagem de Roma a Veneza estavam na algibeira das calças, e a carteira, em que guardara a letra de cinco milhões e cinqüenta mil francos, conservava-se igualmente na algibeira do casaco.

— Singulares bandidos! — disse ele consigo mesmo; deixaram-me a minha bolsa e a minha carteira... É como calculei ontem ao deitar-me, querem pôr-me a resgate. Espera... cá tenho também o meu relógio! Vejamos que horas são.

O relógio de Danglars, obra-prima de Bréguet, marcava cinco horas e meia da manhã.

Sem ele, o barão ficaria ignorando completamente a hora, porque a claridade do dia não penetrava no cárcere.

Seria conveniente provocar uma explicação da parte dos bandidos? Esperaria antes com paciência que lha pedissem? A última alternativa era a mais prudente.

Danglars esperou, esperou até o meio-dia.

Durante todo este tempo tinha constantemente vigiado uma sentinela à porta.

A sentinela tinha sido rendida às oito horas da manhã.

Danglars sentiu desejo de ver por quem era guardado.

Tinha notado que uma claridade, não do dia, mas de uma lanterna, passava pelas fendas da porta.

Aproximou-se de uma dessas fendas, exatamente no momento

em que o bandido bebia algumas gotas de aguardente, que, graças ao odre que a continha, espargia um aroma que agradou muito pouco a Danglars.

— Irra! — fez ele, recuando até o fundo da prisão.

Ao meio-dia o homem da aguardente foi substituído por outro da quadrilha. Danglars teve curiosidade de conhecer seu novo guarda.

Aproximou-se outra vez da fenda da porta.

Era um bandido atlético, um golias de olhos grandes, lábios grossos e nariz chato; sua cabeleira ruiva caía-lhe sobre os ombros em madeixas encaracoladas como pequenas cobras.

— Oh! oh! — disse Danglars — aquele parece mais um ogro que uma criatura humana! em todo caso, o animal não me há de devorar.

Como se vê, Danglars sentia-se bem disposto.

No mesmo instante, como para lhe provar que não era um ogro, o guarda sentou-se em frente da porta, e tirou do alforge pão negro, cebolas e queijo, que se pôs a devorar.

— O diabo me leve — disse Danglars, lançando através das fendas da porta um olhar sobre o jantar do bandido — o diabo me leve se eu percebo como se podem comer semelhantes imundícies!...

E foi sentar-se nas peles de cabra, que lhe recordavam o cheiro da aguardente da primeira sentinela.

Mas os segredos da Natureza são incompreensíveis; há muita eloqüência em certos convites materiais que as mais ordinárias substâncias dirigem aos estômagos vazios.

Danglars sentia que o seu nesse momento não tinha o que digerir; viu pois o homem menos feio, o pão menos negro, e o queijo mais fresco.

Enfim, aquelas cebolas cruas, detestável alimentação de selvagem, recordavam-lhe certos molhos e vários pratos que seu cozinheiro executava de uma maneira superior.

Levantou-se, e foi bater à porta.

O bandido ergueu a cabeça.

Danglars compreendeu que tinha sido ouvido, e redobrou a chamada.

— *Che cosa?* — perguntou o bandido.

— Diga-me cá, meu amigo — disse Danglars, batendo com os dedos na porta —, parece-me que é tempo de os senhores pensarem em me alimentar também...

Mas, fosse porque não o compreendesse, ou porque não tivesse ordem para se incomodar com a alimentação de Danglars, o gigante continuou seu jantar sem responder.

Danglars sentiu-se humilhado, e não querendo entender-se mais com tal bruto, foi deitar-se sobre as peles de cabra, e não soltou mais palavra.

Passaram-se quatro horas.

O gigante foi substituído por outro bandido.

Danglars, que sofria horríveis apertos de estômago, levantou-se de mansinho, espreitou pelas fendas da porta, e reconheceu o rosto inteligente de seu guia.

Era com efeito Pepino, que se preparava para tornar a sentinela o mais agradável possível, entalando entre as pernas uma caçarola de barro que continha quentinho e bem cheiroso, grão-de-bico guisado com toucinho.

Junto deste petisco, Pepino pôs um bonito cabaz de uvas de Velletri, uma garrafa de vinho de Orvieto.

Decididamente Pepino era um bom apreciador.

Danglars, ao ver aqueles preparativos gastronômicos, sentiu crescer-lhe água na boca.

— Ah! ah! — disse ele — vejamos se este será mais tratável que o outro.

E bateu delicadamente à porta.

— *Vai já* — respondeu o bandido, que, freqüentando a hospedaria de mestre Pastrini, acabara por aprender o francês até nos idiotismos.

E efetivamente foi abrir.

Danglars reconheceu nele o homem que lhe gritara de modo tão áspero: Cabeça para dentro!

Mas não era ocasião própria para recriminações; portanto, mostrou a cara mais agradável, e disse com um sorriso gracioso:

— Perdão, senhor, mas não tencionarão dar-me também de jantar?

— Como?! — exclamou Pepino — V. Ex.ª terá fome, por acaso?

— Por acaso... tem graça — murmurou Danglars —; há justamente vinte e quatro horas que não como. Mas é verdade, senhor — concluiu, levantando a voz —, tenho fome, e muita fome!

— E V. Ex.ª quer comer?

— Agora mesmo, se for possível.

— Nada mais fácil — disse Pepino. — Aqui se encontra tudo quanto se deseja... pagando, bem entendido, como sucede entre todos os cristãos honrados.

— Mas isso é natural! — exclamou Danglars — ainda que os senhores devessem sustentar as pessoas que prendem.

— Ah! não Excelentíssimo, isso não é costume.

— É uma péssima razão — replicou Danglars, que contava amaciar o guarda com a sua amabilidade —; no entanto, resigno-me. Vejamos: quer dar-me de comer?

— Agora mesmo, Excelentíssimo. O que deseja?

E Pepino pousou sua escudela no chão, de tal maneira que o fumo subia diretamente ao nariz de Danglars.

— Ordene — disse-lhe.

— Então têm cozinha aqui? — perguntou o banqueiro.

— Como?! se temos cozinha?... Das mais completas!

— E cozinheiros?

— Excelentes!

— Bem! então... um frango, peixe, caça... qualquer coisa, contanto que eu coma.

— O que V. Ex.ª quiser. Que tal um frango, hem?

— Sim, um frango.

Pepino gritou, empertigando-se:

— Um frango para Sua Excelência!

A voz de Pepino vibrava ainda sobre as abóbadas, e já aparecia um rapaz, belo, esbelto, trazendo uma bandeja de prata, e nela um frango artisticamente disposto.

— Dir-se-á que estamos no *Café de Paris*? — murmurou o barão Danglars.

— Pronto, Excelentíssimo — disse Pepino, tomando o frango das mãos do outro bandido e pondo-o numa mesa carunchosa, que com o banco e o leito de peles de cabra formava toda a mobília daquele cárcere.

Danglars pediu uma faca e um garfo.

— Aqui estão, Excelentíssimo — disse Pepino, oferecendo-lhe uma pequena faca sem bico e um garfo de buxo.

Danglars pegou com uma das mãos a faca e com a outra o garfo, e pôs-se a jeito de trinchar a ave.

— Desculpe V. Ex.ª — disse Pepino, pondo uma mão no ombro do banqueiro: — aqui se paga antes de comer; podia não ficar satisfeito à saída.

— Ah! ah! — fez Danglars —, não é como em Paris; e vão esfolar-me provavelmente; mas façamos as coisas à grande. Bem, eu sempre ouvi falar da barateza da vida em Itália; aqui um frango deve custar doze soldos. Tome.

E atirou um luís a Pepino.

Pepino apanhou o luís, Danglars aproximou a faca do frango.

— Um momento, Excelentíssimo — disse Pepino —, um momento; deve-me ainda um restito...

— Bem dizia eu que me esfolavam!... murmurou Danglars.

Depois resolveu tirar o seu partido daquela extorsão.

— Vejamos, quanto lhe devo por este pintainho? — perguntou.

— Vossa Excelência deu um luís por conta.

— Um luís por conta de um frango?!

— Sem dúvida, por conta.

— Bem... diga então.

— Já não me deve senão quatro mil novecentos e noventa e nove luíses.

Danglars abriu enormemente os olhos ao ouvir aquela tremenda caçoada.

— Ah! tem muita graça, realmente, tem muita graça!...

E quis começar a cortar o frango; mas Pepino detevo-o com a mão direita, e estendeu-lhe a esquerda.

— Vamos — disse ele.

— O quê?! o amigo não estava brincando? — disse Danglars.

— Nós nunca brincamos, Excelentíssimo — replicou Pepino, sério como um quáquer.

— Como?! cem mil francos por um frango?!...

— Excelentíssimo, não imagina como custa criar um frango nestas malditas grutas!...

— Bem, bem — disse Danglars —, eu acho tudo isso muito engraçado, muito divertido, na verdade; mas como tenho fome, deixe-me comer. Olhe, tome outro luís para você, amigo.

— Deve-me só quatro mil novecentos e noventa e oito luíses — disse Pepino, conservando o sangue-frio —; com paciência havemos de chegar à conta.

— Oh, isso nunca! — disse Danglars, revoltado com aquela perseverança em o escarnecerem — isso nunca! Vá para o diabo! Você não sabe ainda com quem trata.

A um sinal de Pepino, o rapaz estendeu as mãos e retirou rapidamente o frango.

Danglars atirou consigo para sua miserável cama de peles de cabra.

Pepino fechou a porta, e recomeçou a comer o grão-de-bico com toucinho.

Danglars não podia ver o que Pepino fazia, mas a ruidosa mastigação do bandido não deixava o prisioneiro em dúvida acerca do exercício a que ele se entregava.

Era claro que comia, e até que comia ruidosamente e como homem malcriado.

— Alarve! — disse Danglars.

Pepino fingiu que não ouvira, e, sem sequer voltar a cabeça, continuou a comer com todo o vagar.

Parecia a Danglars que o seu estômago estava furado como o tonel das Danaides; não podia crer que conseguiria enchê-lo alguma vez.

Contudo, apesar dos protestos do estômago, esperou ainda meia hora, que lhe pareceu um século.

Levantou-se então, e foi novamente bater à porta.

— Vamos lá, senhor — disse ele —, não me faça definhar mais tempo; diga de uma vez o que pretende de mim.

— Mas, Excelentíssimo, diga-nos antes o senhor o que pretende de nós... Dê-nos o Sr. Barão as suas ordens, que nós as executaremos.

— Então, abra, primeiro.

Pepino abriu.

— Com os diabos! eu quero comer!

— Tem apetite?

— Ora essa! de mais o sabe você.

— Que deseja V. Ex.ª comer?

— Um bocado de pão seco, visto que os frangos têm um preço exorbitante nestas malditas cavernas!

— Pão! está bem — disse Pepino. — Eh! pão! — gritou para longe.

— Pronto, senhor!

E o rapaz trouxe um pão pequeno.

— Aqui está o pão — disse o bandido.

— Quanto? — perguntou Danglars.

— Quatro mil novecentos e noventa e oito luíses; já tenho dois por conta.

— Como?! um pão, cem mil francos?!

— Cem mil francos — confirmou Pepino.

— Mas o senhor também me pediu cem mil francos por um frango!...

— Não servimos *à la carte*, é a preço fixo. Que se coma pouco ou muito, que se peçam dez pratos ou um só, é sempre o mesmo preço.

— Temos nova caçoada!... Meu caro amigo, declaro-lhe que isso é absurdo, é estúpido! Diga-me antes que querem que eu morra de fome, que é mais simples.

— Oh, não! não é isso. Vossa Excelência é que quer suicidar-se. Pague e coma.

— Mas pagar com quê? tríplice animal! — disse o barão Danglars, desesperado. — Julga que a gente tem assim cem mil francos na algibeira?

— O senhor tem cinco milhões e cinqüenta mil francos na sua — disse Pepino: — e isso chega para cinqüenta frangos a cem mil francos, e meio frango por cinqüenta mil.

Danglars estremeceu.

Caiu-lhe a venda dos olhos: era efetivamente uma caçoada, mas que ele agora percebia.

— Vejamos — disse —, se eu der os cem mil francos, ficamos quites, pelo menos, e eu posso comer à minha vontade?

— Decerto — respondeu Pepino.

— E como é que vou dar-lhos? — observou Danglars, respirando mais livremente.

— Nada mais fácil; o senhor tem crédito aberto na casa dos Srs. Thomson & French, em Roma; dê-me uma ordem de quatro mil novecentos e noventa e oito luíses sobre esses senhores, que o nosso banqueiro a descontará.

Danglars quis ao menos ter o mérito da boa vontade; pegou a pena e o papel que lhe apresentou Pepino, escreveu a ordem e assinou-a.

— Aqui tem a sua ordem ao portador — disse ele.

— E o senhor, o seu frango.

Danglars destrinçou a ave suspirando: parecia bem magra para tão avultado preço.

Quanto a Pepino, leu o papel com toda a atenção, meteu-o na algibeira, e foi acabar de comer o grão-de-bico com toucinho.

CXVI. O perdão

No dia seguinte, Danglars tornou a sentir fome: o ar daquela caverna era aperitivo até mais não; o prisioneiro julgou, no entanto, que para aquele dia não precisaria fazer despesa alguma.

Era homem econômico, tinha escondido metade do frango e um bocado de pão no canto da cela.

Mal, porém, acabou de comer, teve sede, com o que não contara.

Lutou contra a sede até o momento em que sentiu a língua colar-se ao céu da boca, de seca que estava.

Não podendo então resistir ao fogo que o devorava, o ex-banqueiro chamou.

A sentinela abriu a porta; era outra cara.

O barão pensou que era melhor entender-se com o antigo conhecimento, e chamou Pepino.

— Aqui estou, senhor — disse o bandido com tal solicitude, que pareceu de bom agouro a Danglars. — Que deseja?

— Que me dêem de beber.

— Vossa Excelência deve saber que o vinho é caríssimo nos arredores de Roma.

— Nesse caso, dê-me água — disse Danglars, esperando aparar o bote.

— Oh, Excelentíssimo! a água é mais cara ainda que o vinho; tem havido uma tal seca!...

— Bem — disse Danglars —, então recomeçamos!

E sorrindo, para afetar bom humor, o desgraçado sentiu o suor umedecer-lhe as fontes.

— Vejamos, meu amigo — disse Danglars, vendo que Pepino ficava impassível —, peço-lhe um copo de vinho; recusar-me-á?

— Saiba Vossa Excelência — respondeu gravemente Pepino — que nós não vendemos a retalho.

— Bem, nesse caso dê-me uma garrafa.

— De qual?

— Do mais barato.

— Têm todos o mesmo preço.

— Que preço é?

— Vinte e cinco mil francos a garrafa.

— Diga antes que me querem despojar de tudo quanto possuo; é mais rápido do que devorarem-me aos pedaços.

— Talvez seja essa a idéia do nosso patrão.

— O seu patrão? Quem é ele?

— Aquele a quem ontem o apresentei.

— E onde está ele?

— Está aqui.

— Faça com que eu lhe fale.

— É fácil.

Um instante depois estava o nosso conhecido Luigi Vampa diante de Danglars.

— Chamou-me? — perguntou ele ao prisioneiro.

— O senhor é que é o chefe dos homens que me trouxeram para cá?

— Sou sim, Excelentíssimo.

— Quanto quer pelo meu resgate? diga.

— Quero só os cinco milhões que tem consigo.

Danglars sentiu um horrível espasmo triturar-lhe o coração.

— É tudo quanto possuo, senhor, é o resto de uma fortuna imensa; se mo tira, nesse caso tire-me também a vida.

— Proibiram-nos que vertêssemos o seu sangue.

— Quem lho proibiu?

— Aquele a quem obedecemos.
— Então obedecem a alguém?
— Obedecemos a um chefe.
— Eu julgava que o chefe era o senhor.
— Eu sou o chefe destes homens: mas há outro que o é meu.
— E esse chefe obedece a alguém?
— Decerto.
— A quem?
— A Deus.
Danglars permaneceu um instante pensativo.
— Não o percebo — disse por fim.
— É possível.
— E foi esse chefe quem ordenou que me tratassem assim?
— Foi.
— Qual é o fim dele?
— Não sei.
— Mas a minha bolsa há de esvaziar-se...
— É provável.
— Vejamos — disse Danglars —, quer um milhão?
— Não.
— Dois milhões?
— Não.

— Três milhões?... quatro?... Vejamos, quatro? Dou-lhos com a condição de me deixarem ir embora.

— Para que me oferece quatro milhões pelo que vale cinco? Isso é usura, senhor banqueiro.

— Fique com tudo, capitão! fique com tudo, já lho disse! e mate-me depois.

— Vá, vá, sossegue, Excelentíssimo; por essa forma agita o sangue, o que fará com que tenha um apetite capaz de comer um milhão por dia; seja mais econômico, aos diabos!

— E quando eu não tiver dinheiro para lhe pagar?! — gritou Danglars, exasperado.

— Há de ter fome.
— Fome?! — disse Danglars, estremecendo.
— É provável — respondeu fleumaticamente Vampa.
— Mas o senhor garantiu-me que não pretendem matar-me.
— E não...
— Mas querem deixar-me morrer de fome?
— Não é a mesma coisa.

— Pois bem, miseráveis! — gritou Danglars — eu transtornarei os seus cálculos; morrer por morrer, antes quero acabar tudo de vez; façam-me sofrer, torturem-me, matem-me, mas não terão a minha assinatura!

— Como quiser, Excelentíssimo — disse Vampa.

E saiu do cárcere.

Danglars atirou consigo, rugindo, para cima das peles de cabra.

Quem eram aqueles homens? Quem era aquele chefe visível? Quem seria o tal chefe invisível? Que projetos teriam a seu respeito? E se toda a gente podia resgatar-se, por que razão o não podia fazer ele?

Oh! decerto que a morte, uma morte pronta e violenta, era um excelente meio de enganar aqueles inimigos encarniçados, que pareciam intentar nele uma vingança incompreensível.

Sim, mas... morrer!...

Pela primeira vez talvez em sua vida, Danglars pensou na morte com desejo e receio ao mesmo tempo; mas era chegado para ele o momento de deter sua vista sobre o espectro implacável que vive dentro de toda criatura, e que a cada pulsar do coração lhe diz: — morrerás!

Danglars assemelhava-se a essas feras excitadas pela caçada, que se exasperam depois e que, à força de se exasperarem, conseguem às vezes salvar-se.

Danglars pensou numa evasão.

Mas as paredes eram formadas pela própria rocha; e a única saída estava vigiada por um homem que não se arredava dali; e por trás desse homem viam-se passar e repassar constantemente sombras armadas de carabinas.

A sua resolução de não assinar durou dois dias, após os quais pediu alimentos e ofereceu um milhão.

Serviram-lhe um magnífico jantar e aceitaram-lhe o milhão.

Desde então a vida do desgraçado prisioneiro foi uma divagação perpétua.

Tinha sofrido tanto que não queria expor-se a sofrer mais, e suportava todas as exigências.

Ao fim de doze dias, uma tarde, depois de ter jantado como nos magníficos tempos de sua fortuna, fez suas contas, e viu que tinha dado tantas ordens ao portador, que já não lhe restavam mais do que cinqüenta mil francos.

Então operou-se nele uma reação estranha; acabava de abandonar cinco milhões, e diligenciava salvar os cinqüenta mil francos que lhe restavam.

Antes queria recomeçar uma vida de privações do que largar esses cinqüenta mil francos.

Danglars, que havia tanto tempo se esquecera de Deus, pensava agora n'Ele como no derradeiro recurso, e dizia consigo que o Onipotente fazia às vezes milagres; que a caverna podia desmoronar-se, que seria possível que os carabineiros pontifícios descobrissem aquele antro maldito e que fossem em seu socorro; e que, nesse caso, lhe restariam ainda cinqüenta mil francos, o que era uma quantia suficiente para um homem não morrer de fome.

Rogou, pois, a Deus que lhe conservasse aqueles cinqüenta mil francos, e enquanto orava chorou.

Passaram-se assim três dias, durante os quais o nome de Deus se lhe conservou, senão no coração, pelo menos nos lábios.

A intervalos, tinha momentos de delírio em que julgava ver, através das janelas, num pobre quarto, um velho agonizante num leito humilde.

Aquele velho também morria de fome.

Ao quarto dia o prisioneiro já não era homem, era um cadáver vivo.

Apanhara as últimas migalhas de suas antigas refeições, e começava a devorar a esteira que cobria o chão.

Rogou então a Pepino, como se roga a um anjo da guarda, que lhe desse algum alimento. Ofereceu-lhe mil francos por um bocado de pão.

Pepino não respondeu.

Ao quinto dia arrastou-se até a entrada da cela.

— Mas o senhor não é cristão?! — disse ele de joelhos — quer assassinar um homem que é seu irmão perante Deus?! Oh! meus amigos de outro tempo! meus amigos de outro tempo! — murmurou.

E deu com o rosto no chão.

Depois levantou-se com uma espécie de desespero.

— O chefe! — gritou ele — o chefe!

— Aqui estou — disse Vampa, aparecendo imediatamente no limiar da masmorra.

— Aceite o último dinheiro que possuo — balbuciou Danglars, apresentando-lhe a carteira —, e deixe-me viver aqui, nesta caverna; não lhe peço a liberdade, só quero que me deixe viver.

— Sofre então muito? — perguntou Vampa.

— Oh! sim, sofro, e cruelmente!

— Pois há quem tenha sofrido muitíssimo mais do que o senhor.

— Não creio.

— Os que morreram de fome.

Danglars lembrou-se do velho que durante suas horas de alucinação vira através das janelas do pobre quarto solitário, gemendo na cama.

Caiu prostrado, soltando um gemido.

— Sim, é verdade, há quem tenha sofrido mais do que eu, mas esses eram mártires.

— E o senhor arrepende-se? — disse uma voz sombria e solene, que fez com que os cabelos de Danglars se pusessem em pé.

O seu olhar enfraquecido diligenciou distinguir os objetos, e viu por trás do bandido um homem envolto numa capa e perdido na sombra de uma pilastra de pedra.

— Mas... do que devo eu me arrepender?

— Do mal que tem feito — disse a mesma voz.

— Oh, sim! sim, arrependo-me! arrependo-me! — exclamou Danglars.

E bateu no peito com a mão emagrecida.

— Então lhe perdoo — disse o homem, afastando a capa e dando um passo para se colocar na claridade.

— O conde de Monte Cristo! — disse Danglars, mais pálido de terror do que estava um momento antes de fome e de miséria.

— Engana-se, eu não sou o conde de Monte Cristo.

— Então quem é?

— Eu sou o homem que o senhor atraiçoou, que o senhor entregou, que o senhor perdeu; sou aquele cuja noiva prostituiu: sou o homem que o senhor calcou para alcançar fortuna; sou aquele cujo pai fez morrer de fome: sou aquele que o condenara também a uma morte igual, e que no entanto lhe perdoa porque ele próprio precisa ser perdoado: sou Edmond Dantès.

Danglars soltou um grito e caiu de rojo.

— Levante-se — disse Monte Cristo —; tem a vida salva. Semelhante fortuna não tiveram os seus dois cúmplices: um está louco, o outro morto! Guarde os cinqüenta mil francos que lhe restam; faço-lhe presente deles; quanto aos cinco milhões roubados aos hospícios, foram já restituídos por mão desconhecida. E agora coma e beba; é meu hóspede hoje. Vampa, quando esse homem tiver recuperado as forças que se retire em paz.

Danglars conservou-se prostrado, ao passo que o conde se afastava.

Quando levantou a cabeça, só viu uma espécie de sombra que desaparecia no corredor, e diante da qual se inclinavam os bandidos.

Como o conde ordenara, Danglars foi servido por Vampa, que lhe mandou dar o melhor vinho e a mais bela fruta da Itália, e que, fazendo-o subir para a sua sege de posta, o abandonou depois na estrada encostado a uma árvore.

Conservou-se ali até ser dia, ignorando onde se achava; quando pôde inteirar-se do lugar, viu que tinha perto um regato, e como sentia sede, encaminhou-se para ele.

Quando se abaixou para beber viu que os cabelos se lhe tinham tornado brancos.

CXVII. O dia 5 de outubro

Seriam seis horas da tarde; caía sobre as águas azuladas do mar um dia de opala, através do qual um formoso sol de outono infiltrava seus raios de ouro.

O calor do dia extinguia-se gradualmente e começava a sentir-se essa brisa ligeira que parece a respiração da Natureza ao despertar da sesta abrasadora do meio-dia, sopro delicioso que refresca as costas do Mediterrâneo, e que leva de praia em praia o perfume das árvores, misturado com as acres emanações do mar.

Sobre esse imenso lago que se estende de Gibraltar aos Dardanelos, e de Tunes a Veneza, deslizava, entre os primeiros vapores da tarde, um ligeiro iate, simples mas elegante de formas.

O seu movimento igualava o do cisne quando abre as asas ao vento e desliza pela água.

Avançava rápido e gracioso ao mesmo tempo, deixando atrás de si um sulco fosforescente.

Pouco a pouco, o Sol, cujos derradeiros raios saudamos, desaparecera no horizonte ocidental; mas, como que para dar razão às esplendorosas visões da mitologia, seus revérberos indiscretos, reaparecendo na crista de cada vaga, pareciam revelar que o deus do fogo acabava de recostar-se no seio de Anfitrite, que debalde diligenciava ocultar o amante nas dobras de seu azulado manto.

O iate avançava rapidamente, conquanto na aparência tivesse apenas o vento bastante para fazer flutuar os anéis esparsos do cabelo de uma donzela.

À proa, ia em pé um homem de elevada estatura, tez de bronze, e olhar atento; via aproximar-se-lhe a terra sob a forma de uma massa cônica e sombria, que saía das ondas como um imenso chapéu catalão.

— Monte Cristo é ali? — perguntou em voz grave e de profunda tristeza o viajante, à disposição do qual parecia ter sido posto momentaneamente o iate.

— Sim, Excelentíssimo — respondeu o mestre —, chegamos.

— Chegamos!... — murmurou o viajante com indefinível expressão de melancolia.

Depois acrescentou em voz baixa:

— Sim, será ali o termo.

E concentrou-se de novo em seu pensamento, que se traduzia por um sorriso mais triste do que poderiam sê-lo as lágrimas.

Alguns minutos depois, viram a terra através de um clarão que se extinguiu rapidamente, e imediatamente lhes chegou aos ouvidos a detonação de uma arma de fogo.

— Excelentíssimo — disse o mestre —, aí está o sinal de terra; quer o senhor mesmo responder?

— Que sinal? — perguntou o viajante.

O mestre estendeu a mão para a ilha, em cujos flancos se elevava, isolada e branca, uma nuvem de fumo, que se desenrolava, alargando-se no espaço.

— Ah! sim — disse ele, como despertando de um sonho —; dê aqui.

O mestre entregou-lhe uma carabina carregada, que o viajante levantou lentamente e disparou.

Dez minutos depois ferravam as velas, e lançavam âncora a quinhentos passos de um pequeno porto.

A canoa do iate estava já no mar com quatro remadores e o piloto.

O viajante desceu, e em lugar de se sentar à popa, guarnecida para ele com um tapete azul, conservou-se em pé com os braços cruzados.

Os remadores esperavam as ordens, com as pás dos remos erguidas como as aves quando secam as asas.

— Vamos! — disse o viajante.

Os oito remos fenderam a água de um só golpe sem levantarem nem um salpico.

Em seguida, o barco, cedendo ao impulso, avançou com rapidez.

Dali a um momento chegaram a uma enseada formada por um chanfro natural; a canoa tocou com a quilha num fundo de areia fina.

— Senhor — disse o piloto —, queira acomodar-se sobre os ombros de dois dos nossos homens, que o levarão para terra.

O viajante respondeu a este convite com um gesto de completa indiferença; passou as pernas para o lado de fora do barco, e deslizou para a água, que lhe subiu até a cintura.

— Ah, Excelentíssimo! — murmurou o piloto —; fez mal, e o nosso amo vai zangar-se conosco.

Mas ele continuou a avançar para a praia, seguindo dois marinheiros, que escolhiam o melhor fundo.

— Ao fim de trinta passos chegaram à praia.

O viajante sacudiu os pés no terreno seco, e procurou ao redor o caminho provável que iam indicar-lhe, porque era completamente noite.

No momento em que voltava a cabeça, sentiu tocarem-lhe o ombro, e ouviu uma voz que o fez estremecer.

— Bem-vindo seja, Maximiliano! — disse essa voz —; foi pontual; obrigado!

— É o senhor, conde? — exclamou o rapaz num movimento que se assemelhava à alegria, e apertando entre as suas as mãos de Monte Cristo.

— Sou eu, sim; bem vê que fui tão exato como o senhor. Mas está encharcado, meu amigo! é preciso transformá-lo, como diria Calipso a Telémaco. Venha, há por aqui uma habitação preparada para o senhor, e onde vai esquecer o frio e as fadigas.

Monte Cristo percebeu que Morrel se voltava, como que esperando.

O moço capitão via com surpresa que nem uma só palavra fora pronunciada por aqueles que o tinham conduzido, que não lhes tinha pagado, e que no entanto os homens se haviam retirado.

Já ouvia mesmo o ruído dos remos batendo nos toletes do barco, que tornara a partir.

— Ah! sim... — disse o conde — procura os meus marinheiros?

— É que não lhes paguei!

— Não se preocupe com isso, Maximiliano — disse rindo Monte Cristo —; tenho um ajuste com a marinha para que o acesso à minha ilha seja franco de todo o direito de transporte e de viagem. Sou um assinante, como se diz nos países civilizados.

Morrel olhou para o conde com espanto.

— Conde — disse ele —, o senhor não é o mesmo aqui que em Paris...

— Por quê?

— O senhor aqui ri.

A fronte de Monte Cristo anuviou-se de repente.

— Tem razão em me recordar a mim mesmo, Maximiliano — disse ele — ; foi para mim uma felicidade tornar a vê-lo, e esquecia-me de que toda a felicidade é passageira.

— Oh! não, não, conde! — exclamou Morrel, agarrando de novo as mãos de seu amigo — pelo contrário: ria, seja feliz, e prove-me com a sua indiferença que a vida só é cruel para os que padecem. Oh! o senhor é caridoso, é bom, é grande, meu amigo, e foi para me animar que afetou essa alegria.

— Engana-se, Morrel — disse Monte Cristo —; é que na verdade sentia-me feliz.

— Então se esqueceu de mim; tanto melhor!

— Como?!

— Sim, porque, bem o sabe, amigo, como dizia o gladiador ao entrar no circo ao sublime imperador, digo-lhe eu agora: "O que vai morrer, saúda-te."

— Então ainda não está resignado? — perguntou Monte Cristo com um olhar estranho.

— Oh! — replicou Morrel com amargura — o senhor acreditou realmente que eu me podia resignar?

— Ouça — disse o conde —; compreende bem as minhas palavras, não é verdade, Maximiliano? O senhor não me toma por um homem vulgar, por uma matraca que produz sons vagos e sem valor. Quando lhe perguntei se estava resignado, falava-lhe como homem para quem o coração humano não tem segredos. Pois bem, Morrel; desçamos juntos ao fundo do seu coração, e sondemo-lo. Sente ainda a impaciência fogosa da dor que faz estremecer o corpo como estremece o leão picado pelo mosquito? Sente ainda a sede devoradora que só se extingue na sepultura? Sente ainda a idealidade da dor que lança o vivente para fora da vida em procura da morte? ou isso é só a prostração da coragem exausta, o enfado que apaga o raio de esperança que desejava brilhar? será a perda da memória, trazendo a inutilidade das lágrimas? Oh! meu querido amigo, se é isso, se já não pode chorar, se julga morto o entorpecido coração, se já não sente força senão em Deus, nem olhos senão para o Céu, então, amigo, ponhamos de parte as palavras, demasiado mesquinhas para o sentido que lhes dá a nossa alma. Maximiliano, está resignado, não se deplore mais.

— Conde — disse Morrel com a sua voz suave e firme ao mesmo tempo —, ouça-me como se ouve um homem que fala com o dedo estendido para a Terra e os olhos levantados para o Céu: eu vim até o senhor para morrer nos braços de um amigo. Há sem dúvida pessoas a quem muito quero. Amo minha irmã Julie, sou amicíssimo de meu cunhado; mas preciso de que se me abram braços fortes e que me sorriam nos últimos momentos; minha irmã desfazer-se-ia em lágrimas e desmaiaria; eu vê-la-ia sofrer, e já sofri demais; Emmanuel arrancar-me-ia a arma das mãos e atroaria a casa com os seus gritos. O senhor, conde, cuja palavra tenho, o senhor, que é mais do que um homem, e a quem chamaria um deus, se não fosse mortal; o senhor há de conduzir-me docemente e com ternura até as portas da morte, não é verdade?

— Amigo — disse o conde —, resta-me ainda uma dúvida; seria por acaso tão frágil que pusesse o orgulho a ostentar a dor?

— Não; veja: eu sou simples — disse Morrel, estendendo a mão ao conde —, e o meu pulso não bate nem mais forte nem mais lentamente que de costume. Não, eu me sinto no fim da estrada; não, não irei mais longe. Falou-me em esperar e em confiar; sabe o que conseguiu, triste sábio que o senhor é? Fez-me esperar um mês, quer dizer, sofrer mais um mês! E eu esperei (o homem é uma pobre e miserável criatura!), esperei o quê? nem sei dizer! esperei o desconhecido, o absurdo, o insensato! Um milagre... mas de que espécie? Só Deus o sabe; Ele, que reuniu à nossa razão essa loucura a que chamamos esperança. Sim, esperei, e confiei, conde; e neste último quarto de hora, que conversamos, e o senhor, sem o saber, já me despedaçou cem vezes o coração; em cada uma de suas palavras tenho tido a prova de que para mim já não há esperança. Oh, conde! como eu repousarei doce e voluptuosamente na morte!...

Morrel pronunciou estas palavras com tão profunda expressão de energia, que fez estremecer o conde.

— Meu amigo — continuou Morrel, vendo que o conde se calava —, o senhor designou-me o dia 5 de outubro como o termo do prazo que me pediu... Meu amigo, estamos a 5 de outubro... Morrel puxou de seu relógio.

— São nove horas; restam-me três horas de vida.

— Que seja — respondeu Monte Cristo. — Venha, Morrel.

Morrel seguia maquinalmente o conde; estava já na gruta, em que não reparara ainda.

Encontrou tapetes debaixo dos pés, viu abrir-se uma porta, envolveram-no suaves perfumes, feriu-lhe os olhos uma luz.

Morrel parou, hesitando em avançar; desconfiava das inebriantes delícias que o cercavam.

Monte Cristo puxou-o brandamente.

— Não acha conveniente — disse ele — que empreguemos as três horas que nos restam como os antigos romanos, que, condenados por Nero, seu imperador e seu herdeiro, se sentavam à mesa coroados de flores, e aspiravam a morte entre o perfume dos heliotrópios e das rosas?

Morrel sorriu.

— Como quiser — disse ele —; a morte é sempre a morte; isto é, o esquecimento, o descanso, a ausência de vida, e, por conseqüência, de dor.

Sentou-se.

Monte Cristo tomou lugar defronte dele.

Estavam na maravilhosa sala de jantar que já descrevemos, e onde estátuas de mármore sustentavam sobre as cabeças açafates sempre cheios de flores e de frutos.

Morrel olhara tudo vagamente, e era provável que nada tivesse visto.

— Conversemos como homens — disse ele, olhando fixamente para o conde.

— Diga — respondeu este.

— Conde — replicou Morrel —, o senhor é o resumo de todos os conhecimentos humanos, e parece ter saído de um mundo mais adiantado e perfeito que o nosso.

— Há alguma verdade em suas palavras, Morrel — disse o conde com o sorriso melancólico que tão belo o tornava —; desci de um planeta que se chama a Dor.

— Acredito e respeito quanto me diz sem intentar profundar o sentido, conde, e a prova é que me disse que vivesse, e eu continuei a viver; disse-me que esperasse, e eu esperei. Ousarei, pois, perguntar-lhe, como se o senhor tivesse já morrido uma vez: "Conde, é muito custoso?"

Monte Cristo olhava para Morrel com indefinível expressão de ternura.

— É, sim — disse ele —; é muitíssimo, se despedaçar brutalmente esse invólucro mortal que pede obstinadamente a vida. Se dilacerar a carne sob os dentes imperceptíveis de um punhal, se atravessar com uma bala ininteligente, fácil em desviar-se do seu curso, o cérebro, que o menor choque atormenta, será certo o sofrimento, e o senhor abandonará odiosamente a vida, julgando-a, entre os desesperos da sua afrontosa agonia, mil vezes preferível a um descanso adquirido por tal preço.

— Sim, compreendo — disse Morrel —; a morte tem, como a vida, os seus segredos de dor e de voluptuosidade; a vantagem está em conhecê-los.

— Justamente, Maximiliano; acaba de proferir a grande verdade. A morte é, conforme o cuidado que tomamos em nos pormos bem ou mal com ela, ou uma amiga que nos embala tão docemente como uma ama, ou uma inimiga que nos arranca violentamente a alma do corpo. Um dia, quando o nosso mundo tiver vivido mais um milhar de anos; quando o homem se tornar senhor de todas as forças destrutivas da Natureza para as aplicar no bem-estar da humanidade; quando ele conhecer, como o senhor disse há pouco, os segredos da morte, tornar-se-á esta tão suave e tão voluptuosa como o sono que gozamos nos braços do ente a quem mais queremos.

— E se o senhor intentasse morrer, conde, saberia abandonar dessa forma a vida?

— Saberia.

Morrel estendeu-lhe a mão.

— Compreendo agora a razão por que assinalou para a nossa entrevista este lugar ermo, esta ilha isolada no meio do oceano, este palácio subterrâneo, sepulcro capaz de fazer inveja a um *faraó*: é por ser meu amigo, não é verdade? É muito meu amigo, e quer dar-me uma dessas mortes de que acaba de me falar, uma morte sem agonia, uma morte que me permita extinguir-me pronunciando o nome de Valentine e apertando ao mesmo tempo a mão do conde.

— Adivinhou; é isso justamente, Morrel — disse o conde com muita simplicidade —, e é assim que eu o entendo.

— Obrigado! a idéia de que amanhã já não sofrerei é grata ao meu pobre coração.

— E não sente pena nem saudade? — perguntou Monte Cristo.

— Não, não sinto — respondeu Morrel.

— Nem sequer de mim? — perguntou Monte Cristo, com profunda comoção.

Morrel calou-se.

Os seus olhos tão puros enterneceram-se de repente; depois se iluminaram com um brilho singular.

Rolou-lhe uma lágrima cavando um sulco de prata sobre a face.

— O quê?! resta-lhe uma saudade na Terra, e quer morrer, Maximiliano?!

— Oh, suplico-lhe! — exclamou Morrel, com voz enfraquecida — nem uma palavra mais, conde, não prolongue o meu suplício! O conde de Monte Cristo julgou que Maximiliano se enternecia, deixando-se convencer.

Esta crença de um instante reavivou em seu espírito a horrível dúvida, já uma vez vencida na Fortaleza de If.

— Procuro — pensou ele — restituir a este homem a felicidade: encaro esta restituição como um peso lançado na balança contrária àquela em que deixei cair o mal. E se eu me engano? se este homem não é suficientemente desgraçado para merecer a felicidade? Ah! que será de mim, que não me é possível esquecer o mal senão com a idéia do bem?...

— Ouça, Morrel — disse em voz alta —, a sua dor é imensa, bem o vejo; mas o senhor crê em Deus, e não há de querer arriscar a salvação da sua alma...

Morrel sorriu tristemente.

— Conde — replicou ele —, bem sabe que não faço poesia a frio; mas, juro-lho: a minha alma já me não pertence.

— Escute, Morrel — continuou o conde —, eu não tenho nenhum parente no mundo, bem o sabe. Acostumei-me a considerá-lo como meu filho. Pois bem: para salvar meu filho, sacrificaria a minha vida, e com melhor razão e mais facilmente, a minha fortuna.

— O que quer dizer?

— Quero dizer, Morrel, que o senhor deseja morrer porque não conhece ainda todas as alegrias e todos os prazeres que proporciona à vida uma grande fortuna. Eu possuo quase cem milhões, Morrel: dou-lhos. Com uma tal riqueza poderá conseguir tudo o que intentar. Se é ambicioso, todas as carreiras lhe serão patentes. Revolva o mundo, mude a face da Terra, entregue-se aos caprichos mais insensatos, seja criminoso se preciso for, mas viva.

— Conde, tenho a sua palavra — respondeu friamente Morrel e acrescentou, puxando do relógio: — São onze horas e meia.

— Morrel; pense nisso, aqui à minha frente, em minha casa?

— Então deixe-me — replicou Morrel, tornando-se sombrio —, ou julgarei que não era meu amigo por mim mas por si!

E levantou-se:

— Está bem — disse Monte Cristo, cujo rosto se esclareceu a estas palavras —; quere-o por força, Morrel, é inflexível. Sim! bem vejo, é profundamente desgraçado, e o senhor mesmo o disse, só um milagre poderia torná-lo feliz; sente-se, Morrel, e espere.

Morrel obedeceu; Monte Cristo levantou-se, e foi procurar num armário cuidadosamente fechado, e do qual ele trazia a chave suspensa numa cadeia de ouro, um pequeno cofre de prata maravilhosamente cinzelado, cujos cantos representavam quatro figuras arqueadas, semelhantes a cariátides, desoladas, figuras de mulheres, símbolos de anjos que aspiram ao Céu.

Pôs o cofre numa mesa.

Em seguida, abrindo-o, tirou dele uma caixa de ouro, cuja tampa se levantava pela pressão de uma mola secreta.

Esta caixa continha uma substância oleosa meio sólida e de cor indefinível, graças ao reflexo do ouro polido, das safiras, dos rubis e das esmeraldas que guarneciam a caixa.

Era como um reflexo de azul, de púrpura e de ouro.

O conde tirou uma porção dessa substância com uma colher de prata, e ofereceu-a a Morrel, fixando nele demorado olhar.

Pôde ver-se então que aquela substância era esverdeada.

— Aqui está o que me pediu — disse o conde de Monte Cristo — e que eu lhe prometi.

— Ainda vivo — replicou o rapaz, tomando a colher da mão do conde —, agradeço-lhe do fundo do coração.

O conde pegou outra colher, e meteu-a na caixa de ouro para tomar igual porção do licor.

— Que vai fazer, amigo? — perguntou Maximiliano Morrel, agarrando-lhe a mão.

— Na verdade, Morrel — respondeu o conde, sorrindo —, Deus me perdoe! mas parece-me que estou tão cansado da vida como o senhor, e já que a ocasião se apresenta...

— Suspenda! — exclamou o rapaz. — Oh! o senhor, que possui a fé e a esperança... oh! não faça o que eu vou fazer! da sua parte isso seria um crime. Adeus, meu nobre e generoso amigo; vou dizer a Valentine tudo quanto o senhor fez por mim.

E lentamente, sem a menor hesitação, a não ser uma pressão da mão esquerda, que estendia para o conde, Morrel engoliu, ou antes, saboreou a misteriosa substância que este lhe havia oferecido.

Calaram-se então ambos.

Ali, silencioso e atento, trouxe o tabaco e os narguilés, serviu o café, e desapareceu.

Pouco a pouco, as lâmpadas amorteceram nas mãos das estátuas de mármore que as sustinham, e o perfume dos braseiros pareceu a Morrel menos penetrante.

Monte Cristo, sentado defronte dele, olhava-o do fundo da sombra, de modo que Morrel apenas via brilharem-lhe os olhos.

Apoderou-se do rapaz uma dor imensa.

Sentiu fugir-lhe da mão o cachimbo.

Os objetos perdiam insensivelmente a forma e a cor.

Os seus olhos, turvos, viam como que abrir-se portas e afastarem-se cortinas nas paredes.

— Meu amigo — disse ele —, sinto-me morrer; obrigado.

E fez um esforço para lhe estender pela última vez a mão, que, faltando-lhe a força, caiu inerte ao lado do corpo.

Pareceu-lhe então que o conde sorria, não com o sorriso estranho que muitas vezes lhe deixara entrever os mistérios daquela alma profunda, mas com a benevolente compaixão que os pais têm para com os filhos que devaneiam.

E ao mesmo tempo aumentava a seus olhos.

A sua figura, quase duplicada, desenhava-se-lhe sobre as tapeçarias vermelhas, e aparecia-lhe em pé, firme como um desses anjos com que se ameaçam os pecadores no dia do juízo final.

Morrel, abatido, subjugado, descaiu para trás na cadeira.

Insinuou-se-lhe em cada uma das veias um torpor de estranha suavidade.

Novas idéias lhe povoaram a mente, como uma nova disposição das cores povoa o caleidoscópio de novos desenhos.

Recostado, enervado, anelante, Morrel já nada sentia da vida senão aquele sonho. Parecia-lhe que entrava a largos vôos no vago delírio que precede o antro desconhecido a que se chama morte.

Diligenciou ainda estender a mão ao conde; mas desta vez nem sequer pôde movê-la.

Quis articular um supremo adeus, mas a língua rolou-lhe surdamente na garganta como uma pedra que tapasse um sepulcro.

Os olhos, carregados de lassidão, fecharam-se-lhe, mau grado seu. No entanto, por trás das pálpebras, agitava-se-lhe uma imagem, que ele reconheceu, não obstante a escuridão em que se julgava envolto.

Era o conde, que acabava de abrir uma porta.

Imediatamente, uma claridade imensa, partindo da sala vizinha, ou antes, de um maravilhoso palácio, inundou a câmara onde Morrel se deixava levar por sua doce agonia.

Viu então no limiar dessa sala e nos limites das duas câmaras, uma mulher de rara formosura.

Pálida e sorrindo docemente, parecia-lhe o anjo de misericórdia conjurando o anjo das vinganças.

— Será já o Céu que se abre para mim? — pensou o moribundo; aquele anjo parece-se com o que perdi.

Monte Cristo indicou à donzela o sofá em que Maximiliano Morrel repousava.

Então ela avançou para o rapaz com as mãos juntas e o sorriso nos lábios.

— Valentine! Valentine! — exclamou Maximiliano Morrel do fundo da alma.

Mas a boca não lhe pôde articular um único som: e como se todas as forças se lhe tivessem concentrado naquela comoção interior, o rapaz soltou um suspiro e fechou de todo os olhos.

Valentine correu para ele.

Os lábios de Morrel fizeram ainda um movimento.

— Ele a chama — disse o conde —; chama-a do fundo do seu sono, aquele a quem confiou o seu destino, e de quem a morte quis separá-la! Mas felizmente eu velava, e venci a morte! Valentine, de hoje em diante não devem mais separar-se na Terra; porque o pobre moço, para a encontrar, não duvidou lançar-se na sepultura. A não ser eu, morreriam ambos; restitui-os um ao outro; possa Deus ter em conta das minhas culpas estas duas existências que salvei!

Valentine pegou a mão de Monte Cristo, e num movimento de irresistível alegria levou-a aos lábios.

— Oh! agradeça-me muito — disse o conde de Monte Cristo —; diga-me outra vez que lhe dei a felicidade, diga! não sabe quanta necessidade tenho dessa certeza.

— Oh! sim, sim! agradeço-lhe de toda a minha alma! — replicou Valentine —; e se duvida da sinceridade da minha gratidão, pergunte a Haydée, interrogue a minha querida irmã, que desde a minha partida da França me tem feito esperar pacientemente, falando-me do senhor, o dia feliz que hoje resplandece no meu horizonte.

— Então é amiga de Haydée? — perguntou o conde, com uma comoção que debalde se esforçou por dissimular.

— Oh, de todo o coração!

— Pois bem; ouça, Valentine — disse o conde —, tenho um favor a pedir-lhe...

— A mim, grande Deus?! serei tão feliz que mereça isso?...

— Sem dúvida; chamou a Haydée sua irmã; pois que o seja realmente, Valentine. Faça em favor dela tudo o que julga dever-me; protejam-na ambos, porque... (a voz do conde quase se lhe extinguiu na garganta) porque de hoje em diante ficará só no mundo...

— Só no mundo?! — repetiu por trás de Monte Cristo uma voz — e por quê?

Monte Cristo voltou-se.

Viu Haydée em pé, pálida e gelada, olhando para ele numa atitude de mortal espanto.

— Porque amanhã, minha filha, será livre — respondeu o conde — e reaverá no mundo o lugar que lhe compete, pois não quero que o meu destino obscureça o seu. Filha de príncipe! dou-lhe as riquezas e o nome de seu pai.

Haydée tornou-se lívida, abriu as mãos diáfanas, como faz a virgem que se encomenda a Deus, e disse numa voz embargada pelas lágrimas:

— Então, meu senhor, quer deixar-me?

— Haydée! Haydée!... é nova, é formosa; esqueça o meu nome, e seja feliz!

— Está bem — disse Haydée —; serão cumpridas as suas ordens, meu senhor; esquecerei o seu nome e serei feliz.

E recuou um passo para se retirar.

— Oh, meu Deus! — exclamou Valentine, amparando no ombro a cabeça adormecida de Morrel — então não vê como ela está pálida, não compreende o quanto ela padece!?

Haydée disse-lhe com uma expressão de delírio:

— Para que quer você que ele me compreenda? Ele é o meu senhor, e eu sou a sua escrava; tem o direito de não querer ver nem compreender nada.

O conde estremeceu com a inflexão daquela voz, que lhe ia despertar até as fibras mais secretas do coração; os seus olhos encontraram os da donzela, e não puderam suportar-lhe o fulgor.

— Oh, meu Deus! exclamou o conde de Monte Cristo — será então verdade o que me deixou supor? Haydée, julgar-se-ia feliz se não se separasse de mim?

— Sou nova — respondeu ela, meigamente —, e estimo a vida, que tão doce me tem tornado; teria pena de morrer.

— Isso quer dizer que se eu a deixasse, Haydée...

— Morreria, sim, meu senhor; morreria!

— Mas... então me ama?

— Oh, Valentine, ele me pergunta se o amo!... diga-lhe você se ama Maximiliano!

O conde sentiu dilatar-se-lhe o coração.

Abriu os braços, e Haydée lançou-se neles soltando um grito.

— Oh, sim, amo-o! — exclamou ela — amo-o como se ama um pai, um irmão, um marido! Amo-o como se ama a vida, como se ama a Deus, porque você é para mim o mais perfeito, o melhor e o mais grandioso dos seres criados!

— Que seja, pois, como quer, meu anjo querido! — disse o conde. — Deus, que me instigou contra os meus inimigos, e que me fez vencedor; Deus, bem o compreendo, não quer o arrependimento no final da minha vitória; eu queria punir-me, e Ele quer perdoar-me. Ama-me, pois, Haydée! Quem sabe? talvez o seu amor me faça esquecer o que é preciso que eu esqueça.

— Mas... o que quer dizer, meu senhor? — perguntou Haydée.

— Digo que uma palavra sua, Haydée, deu-me mais luz do que vinte anos da minha lenta sabedoria; não tenho mais ninguém no mundo senão a você, Haydée; por você prendo-me à vida, por você posso sofrer, por você posso ser feliz.

— Ouve-o, Valentine? — exclamou Haydée — diz que por mim pode sofrer... por mim, que daria a vida por ele!

O conde concentrou-se um instante em seus pensamentos.

— Terei entrevisto a verdade? — disse ele — Oh, meu Deus!

não importa, recompensa ou castigo, aceito esse destino. Venha, Haydée, venha...

E passando o braço ao redor da cintura da donzela, apertou a mão a Valentine, e desapareceu.

Decorreu uma hora, durante a qual Valentine, sem ver, anelante, e com os olhos fixos, se conservou junto a Morrel.

Por fim, sentiu pulsar o coração do rapaz; entreabriu-lhe os lábios um sopro imperceptível, e correu-lhe todo o corpo o ligeiro estremecimento que anuncia a volta da vida.

Morrel, finalmente, abriu os olhos; primeiro fixos e como que insensatos; depois voltou-lhe a vista, exata, real; com a vista, a consciência, e com a consciência, a dor.

— Oh! — exclamou ele, com o acento do desespero — ainda vivo! o conde enganou-me!

E estendendo a mão para a mesa, pegou uma faca.

— Amigo — disse Valentine, com o seu adorável sorriso —, desperte, olhe para mim...

Morrel soltou um grito imenso, e, delirante, cheio de dúvida, como que assombrado por uma visão celeste, caiu de joelhos.

....

No dia seguinte, aos primeiros alvores, Morrel e Valentine passeavam na praia de braço dado. Valentine contara a Morrel a maneira por que Monte Cristo aparecera em seu quarto, de que forma lhe revelara tudo, pondo-a a par do crime, e, enfim, como milagrosamente a salvara da morte, fazendo crer a todos na realidade de seu falecimento.

Tinham encontrado a porta da gruta aberta, e haviam saído; brilhavam ainda no céu as últimas estrelas da noite.

Então Morrel viu na sombra de um grupo de rochedos um homem, que esperava um sinal para poder aproximar-se, e designou-o a Valentine.

— Ah! é Jacopo — disse ela —, o capitão do iate.

E chamou-o com um gesto.

— Quer dizer-me alguma coisa? — perguntou Morrel.

— Vinha entregar-lhe esta carta da parte do Sr. Conde.

— Do conde? — murmuraram os dois ao mesmo tempo.

— Sim, senhor; queira ler.

Morrel abriu a carta e leu:

"Meu querido Maximiliano:

Tem um barco às suas ordens. Jacopo conduzi-los-á a Livourne, onde o Sr. Noirtier espera a sua neta, que quer abençoar antes de ela o acompanhar ao altar.

Tudo o que está nessa gruta, meu amigo, a minha casa dos Champs-Élysées, e o meu pequeno castelo de Tréport, constituem o presente de núpcias que Edmond Dantès oferece ao filho de seu patrão Morrel.

A menina de Villefort dignar-se-á aceitar metade, porque lhe suplico que dê aos pobres de Paris toda a fortuna que lhe vem de seu pai, que perdeu a razão, e de seu irmão, falecido em setembro último, ao mesmo tempo que a madrasta.

Diga ao anjo que vai velar por sua vida, Morrel, que ore algumas vezes por um homem que, semelhante a Satã, se julgou por um instante igual a Deus, e que reconheceu, com toda a humildade de um cristão, que só nas mãos de Deus reside o supremo poder e a infinita sabedoria.

Essas orações hão de adoçar talvez os remorsos que ele leva no fundo do coração.

Quanto ao senhor, Morrel, eis todo o segredo do meu procedimento para consigo: não há felicidade nem desgraça neste mundo, há a comparação de um com outro estado; e nisto se resume tudo.

Só aquele que sofreu o infortúnio extremo compreende o gozo da extrema felicidade.

É preciso ter-se querido morrer, Maximiliano, para se saber exatamente quanto é bom viver.

Vivam, pois, e sejam felizes, queridos filhos do meu coração; e não se esqueçam nunca de que, até o dia em que Deus se dignar desvelar o futuro do homem, toda a sabedoria humana se concentrará nestas duas palavras:

Aguardar e confiar!

Seu amigo,
Edmond Dantès.
Conde de Monte Cristo."

Durante a leitura desta carta, que lhe revelava a loucura do pai e a morte do irmão, loucura e morte que ela ignorava, Valentine empalideceu; escapou-se-lhe do peito um doloroso suspiro, e lágrimas, que não eram menos pungentes por serem silenciosas, rolaram-lhe pelas faces; sua felicidade custava-lhe caro.

Morrel circunvagou a vista com inquietação.

— Mas — disse ele — na verdade o conde é exagerado em sua generosidade. Valentine contentar-se-á com a minha modesta fortuna. Onde está o conde meu amigo? leve-me à sua presença.

Jacopo estendeu a mão para o horizonte.

— O quê?! o que quer dizer? — perguntou Valentine —; onde está o conde? onde está Haydée?

— Olhe — disse Jacopo.

Os olhos de ambos fixaram-se na direção indicada pelo marinheiro, e, na linha de um azul profundo, que separava no horizonte o céu do Mediterrâneo, viram uma vela branca do tamanho de uma gaivota.

— Partiu! — exclamou Morrel — partiu!... Adeus, meu amigo, adeus, meu pai!

— Partiu!... — murmurou Valentine. — Adeus, minha amiga! adeus, minha irmã!

— Quem sabe se os não tornaremos a ver!... — disse Morrel, enxugando uma lágrima.

— Meu amigo — replicou Valentine —, não acabou o conde de nos dizer que a sabedoria humana se encerra toda nestas duas palavras:

Aguardar e confiar!

Sumário

O Conde de Monte Cristo
Volume II

LIX. Um testamento 13
LX. O telégrafo 20
LXI. Modo de livrar um hortelão dos arganazes que lhe comem os pêssegos 29
LXII. Os fantasmas 38
LXIII. O jantar 46
LXIV. O mendigo 56
LXV. Cena conjugal 64
LXVI. Projeto de casamento 74
LXVII. O gabinete do procurador régio 82
LXVIII. Um baile de verão 93
LXIX. Informações 101
LXX. O baile 110
LXXI. Pão e sal 119
LXXII. A Sr.ª de Saint-Méran 123
LXXIII. Promessa 135
LXXIV. O jazigo da família Villefort 163
LXXV. A ata 172
LXXVI. Progressos de Cavalcanti filho 183
LXXVII. Haydée 194
LXXVIII. Escrevem-nos de Janina 214
LXXIX. A limonada 232
LXXX. A acusação 243
LXXXI. O quarto de um padeiro retirado 248
LXXXII. Arrombamento 265

LXXXIIII. A mão de Deus 279
LXXXIV. Beauchamp 285
LXXXV. A viagem 292
LXXXVI. O julgamento 303
LXXXVII. Provocação 317
LXXXVIII. Insulto 323
LXXXIX. A noite 333
XC. Entrevista 340
XCI. Mãe e filho 352
XCII. Suicídio 358
XCIII. Valentine 367
XCIV. Confissão 374
XCV. Pai e filha 386
XCVI. O contrato 395
XCVII. A estrada da Bélgica 405
XCVIII. O hotel do Sino e da Garrafa 411
XCIX. A lei 424
C. Aparição 433
CI. Locusta 441
CII. Valentine 446
CIII. Maximiliano 452
CIV. A firma Danglars 461
CV. O cemitério do Père-Lachaise 471
CVI. A partilha 484
CVII. A cova dos leões 499
CVIII. O juiz 506
CIX. A audiência 515
CX. A acusação 521
CXI. Expiação 528
CXII. A partida 537
CXIII. O passado 549
CXIV. Pepino 562
CXV. A lista de Luigi Vampa 573
CXVI. O perdão 579
CXVII. O dia 5 de outubro 585

Os Objetivos, a Filosofia e a Missão da Editora Martin Claret

O principal Objetivo da MARTIN CLARET é continuar a desenvolver uma grande e poderosa empresa editorial brasileira, para melhor servir a seus leitores.

A Filosofia de trabalho da MARTIN CLARET consiste em criar, inovar, produzir e distribuir, sinergicamente, livros da melhor qualidade editorial e gráfica, para o maior número de leitores e por um preço economicamente acessível.

A Missão da MARTIN CLARET é conscientizar e motivar as pessoas a desenvolver e utilizar o seu pleno potencial espiritual, mental, emocional e social.

A MARTIN CLARET está empenhada em contribuir para a difusão da educação e da cultura, por meio da democratização do livro, usando todos os canais ortodoxos e heterodoxos de comercialização.

A MARTIN CLARET, em sua missão empresarial, acredita na verdadeira função do livro: o livro muda as pessoas.

A MARTIN CLARET, em sua vocação educacional, deseja, por meio do livro, claretizar, otimizar e iluminar a vida das pessoas.

Revolucione-se: leia mais para ser mais!

MARTIN CLARET

Relação dos Volumes Publicados

1. Dom Casmurro
Machado de Assis
2. O Príncipe
Maquiavel
3. Mensagem
Fernando Pessoa
4. O Lobo do Mar
Jack London
5. A Arte da Prudência
Baltasar Gracián
6. Iracema / Cinco Minutos
José de Alencar
7. Inocência
Visconde de Taunay
8. A Mulher de 30 Anos
Honoré de Balzac
9. A Moreninha
Joaquim Manuel de Macedo
10. A Escrava Isaura
Bernardo Guimarães
11. As Viagens - "Il Milione"
Marco Polo
12. O Retrato de Dorian Gray
Oscar Wilde
13. A Volta ao Mundo em 80 Dias
Júlio Verne
14. A Carne
Júlio Ribeiro
15. Amor de Perdição
Camilo Castelo Branco
16. Sonetos
Luís de Camões
17. O Guarani
José de Alencar
18. Memórias Póstumas de Brás Cubas
Machado de Assis
19. Lira dos Vinte Anos
Álvares de Azevedo
20. Apologia de Sócrates / Banquete
Platão
21. A Metamorfose/Um Artista da Fome/Carta a Meu Pai
Franz Kafka
22. Assim Falou Zaratustra
Friedrich Nietzsche
23. Triste Fim de Policarpo Quaresma
Lima Barreto
24. A Ilustre Casa de Ramires
Eça de Queirós
25. Memórias de um Sargento de Milícias
Manuel Antônio de Almeida
26. Robinson Crusoé
Daniel Defoe
27. Espumas Flutuantes
Castro Alves
28. O Ateneu
Raul Pompéia
29. O Noviço / O Juiz de Paz da Roça / Quem Casa Quer Casa
Martins Pena
30. A Relíquia
Eça de Queirós
31. O Jogador
Dostoiévski
32. Histórias Extraordinárias
Edgar Allan Poe
33. Os Lusíadas
Luís de Camões
34. As Aventuras de Tom Sawyer
Mark Twain
35. Bola de Sebo e Outros Contos
Guy de Maupassant
36. A República
Platão
37. Elogio da Loucura
Erasmo de Rotterdam
38. Caninos Brancos
Jack London
39. Hamlet
William Shakespeare
40. A Utopia
Thomas More
41. O Processo
Franz Kafka
42. O Médico e o Monstro
Robert Louis Stevenson
43. Ecce Homo
Friedrich Nietzsche
44. O Manifesto do Partido Comunista
Marx e Engels
45. Discurso do Método / Meditações
René Descartes
46. Do Contrato Social
Jean-Jacques Rousseau
47. A Luta pelo Direito
Rudolf von Ihering
48. Dos Delitos e das Penas
Cesare Beccaria
49. A Ética Protestante e o Espírito do Capitalismo
Max Weber
50. O Anticristo
Friedrich Nietzsche
51. Os Sofrimentos do Jovem Werther
Goethe
52. As Flores do Mal
Charles Baudelaire
53. Ética a Nicômaco
Aristóteles
54. A Arte da Guerra
Sun Tzu
55. Imitação de Cristo
Tomás de Kempis
56. Cândido ou o Otimismo
Voltaire
57. Rei Lear
William Shakespeare
58. Frankenstein
Mary Shelley
59. Quincas Borba
Machado de Assis
60. Fedro
Platão
61. Política
Aristóteles
62. A Viuvinha / Encarnação
José de Alencar
63. As Regras do Método Sociológico
Émile Durkheim
64. O Cão dos Baskervilles
Sir Arthur Conan Doyle
65. Contos Escolhidos
Machado de Assis
66. Da Morte / Metafísica do Amor / Do Sofrimento do Mundo
Arthur Schopenhauer
67. As Minas do Rei Salomão
Henry Rider Haggard
68. Manuscritos Econômico-Filosóficos
Karl Marx
69. Um Estudo em Vermelho
Sir Arthur Conan Doyle
70. Meditações
Marco Aurélio
71. A Vida das Abelhas
Maurice Materlinck
72. O Cortiço
Aluísio Azevedo
73. Senhora
José de Alencar
74. Brás, Bexiga e Barra Funda / Laranja da China
Antônio de Alcântara Machado
75. Eugênia Grandet
Honoré de Balzac
76. Contos Gauchescos
João Simões Lopes Neto
77. Esaú e Jacó
Machado de Assis
78. O Desespero Humano
Sören Kierkegaard
79. Dos Deveres
Cícero
80. Ciência e Política
Max Weber
81. Satíricon
Petrônio
82. Eu e Outras Poesias
Augusto dos Anjos
83. Farsa de Inês Pereira / Auto da Barca do Inferno / Auto da Alma
Gil Vicente
84. A Desobediência Civil e Outros Escritos
Henry David Toreau
85. Para Além do Bem e do Mal
Friedrich Nietzsche
86. A Ilha do Tesouro
R. Louis Stevenson
87. Marília de Dirceu
Tomás A. Gonzaga
88. As Aventuras de Pinóquio
Carlo Collodi
89. Segundo Tratado Sobre o Governo
John Locke
90. Amor de Salvação
Camilo Castelo Branco
91. Broquéis/Faróis/Últimos Sonetos
Cruz e Souza
92. I-Juca-Pirama / Os Timbiras / Outros Poemas
Gonçalves Dias
93. Romeu e Julieta
William Shakespeare
94. A Capital Federal
Arthur Azevedo
95. Diário de um Sedutor
Sören Kierkegaard
96. Carta de Pero Vaz de Caminha a El-Rei Sobre o Achamento do Brasil
97. Casa de Pensão
Aluísio Azevedo
98. Macbeth
William Shakespeare

99. **Édipo Rei/Antígona**
Sófocles

100. **Lucíola**
José de Alencar

101. **As Aventuras de Sherlock Holmes**
Sir Arthur Conan Doyle

102. **Bom-Crioulo**
Adolfo Caminha

103. **Helena**
Machado de Assis

104. **Poemas Satíricos**
Gregório de Matos

105. **Escritos Políticos / A Arte da Guerra**
Maquiavel

106. **Ubirajara**
José de Alencar

107. **Diva**
José de Alencar

108. **Eurico, o Presbítero**
Alexandre Herculano

109. **Os Melhores Contos**
Lima Barreto

110. **A Luneta Mágica**
Joaquim Manuel de Macedo

111. **Fundamentação da Metafísica dos Costumes e Outros Escritos**
Immanuel Kant

112. **O Príncipe e o Mendigo**
Mark Twain

113. **O Domínio de Si Mesmo pela Auto-Sugestão Consciente**
Émile Coué

114. **O Mulato**
Aluísio Azevedo

115. **Sonetos**
Florbela Espanca

116. **Uma Estadia no Inferno / Poemas / Carta do Vidente**
Arthur Rimbaud

117. **Várias Histórias**
Machado de Assis

118. **Fédon**
Platão

119. **Poesias**
Olavo Bilac

120. **A Conduta para a Vida**
Ralph Waldo Emerson

121. **O Livro Vermelho**
Mao Tsé-Tung

122. **Oração aos Moços**
Rui Barbosa

123. **Otelo, o Mouro de Veneza**
William Shakespeare

124. **Ensaios**
Ralph Waldo Emerson

125. **De Profundis / Balada do Cárcere de Reading**
Oscar Wilde

126. **Crítica da Razão Prática**
Immanuel Kant

127. **A Arte de Amar**
Ovídio Naso

128. **O Tartufo ou O Impostor**
Molière

129. **Metamorfoses**
Ovídio Naso

130. **A Gaia Ciência**
Friedrich Nietzsche

131. **O Doente Imaginário**
Molière

132. **Uma Lágrima de Mulher**
Aluísio Azevedo

133. **O Último Adeus de Sherlock Holmes**
Sir Arthur Conan Doyle

134. **Canudos - Diário de uma Expedição**
Euclides da Cunha

135. **A Doutrina de Buda**
Siddharta Gautama

136. **Tao Te Ching**
Lao-Tsé

137. **Da Monarquia / Vida Nova**
Dante Alighieri

138. **A Brasileira de Prazins**
Camilo Castelo Branco

139. **O Velho da Horta/Quem Tem Farelos?/Auto da Índia**
Gil Vicente

140. **O Seminarista**
Bernardo Guimarães

141. **O Alienista / Casa Velha**
Machado de Assis

142. **Sonetos**
Manuel du Bocage

143. **O Mandarim**
Eça de Queirós

144. **Noite na Taverna / Macário**
Álvares de Azevedo

145. **Viagens na Minha Terra**
Almeida Garrett

146. **Sermões Escolhidos**
Padre Antonio Vieira

147. **Os Escravos**
Castro Alves

148. **O Demônio Familiar**
José de Alencar

149. **A Mandrágora / Belfagor, o Arquidiabo**
Maquiavel

150. **O Homem**
Aluísio Azevedo

151. **Arte Poética**
Aristóteles

152. **A Megera Domada**
William Shakespeare

153. **Alceste/Electra/Hipólito**
Eurípedes

154. **O Sermão da Montanha**
Huberto Rohden

155. **O Cabeleira**
Franklin Távora

156. **Rubáiyát**
Omar Khayyám

157. **Luzia-Homem**
Domingos Olímpio

158. **A Cidade e as Serras**
Eça de Queirós

159. **A Retirada da Laguna**
Visconde de Taunay

160. **A Viagem ao Centro da Terra**
Júlio Verne

161. **Caramuru**
Frei Santa Rita Durão

162. **Clara dos Anjos**
Lima Barreto

163. **Memorial de Aires**
Machado de Assis

164. **Bhagavad Gita**
Krishna

165. **O Profeta**
Khalil Gibran

166. **Aforismos**
Hipócrates

167. **Kama Sutra**
Vatsyayana

168. **O Livro da Jângal**
Rudyard Kipling

169. **De Alma para Alma**
Huberto Rohden

170. **Orações**
Cícero

171. **Sabedoria das Parábolas**
Huberto Rohden

172. **Salomé**
Oscar Wilde

173. **Do Cidadão**
Thomas Hobbes

174. **Porque Sofremos**
Huberto Rohden

175. **Einstein: o Enigma do Universo**
Huberto Rohden

176. **A Mensagem Viva do Cristo**
Huberto Rohden

177. **Mahatma Gandhi**
Huberto Rohden

178. **A Cidade do Sol**
Tommaso Campanella

179. **Setas para o Infinito**
Huberto Rohden

180. **A Voz do Silêncio**
Helena Blavatsky

181. **Frei Luís de Sousa**
Almeida Garrett

182. **Fábulas**
Esopo

183. **Cântico de Natal/ Os Carrilhões**
Charles Dickens

184. **Contos**
Eça de Queirós

185. **O Pai Goriot**
Honoré de Balzac

186. **Noites Brancas e Outras Histórias**
Dostoiévski

187. **Minha Formação**
Joaquim Nabuco

188. **Pragmatismo**
William James

189. **Discursos Forenses**
Enrico Ferri

190. **Medéia**
Eurípedes

191. **Discursos de Acusação**
Enrico Ferri

192. **A Ideologia Alemã**
Marx & Engels

193. **Prometeu Acorrentado**
Ésquilo

194. **Iaiá Garcia**
Machado de Assis

195. **Discursos no Instituto dos Advogados Brasileiros / Discurso no Colégio Anchieta**
Rui Barbosa

196. **Édipo em Colono**
Sófocles

197. **A Arte de Curar pelo Espírito**
Joel S. Goldsmith

198. **Jesus, o Filho do Homem**
Khalil Gibran

199. **Discurso sobre a Origem e os Fundamentos da Desigualdade entre os Homens**
Jean-Jacques Rousseau

200. Fábulas
La Fontaine

201. O Sonho de uma Noite de Verão
William Shakespeare

202. Maquiavel, o Poder
José Nivaldo Junior

203. Ressurreição
Machado de Assis

204. O Caminho da Felicidade
Huberto Rohden

205. A Velhice do Padre Eterno
Guerra Junqueiro

206. O Sertanejo
José de Alencar

207. Gitanjali
Rabindranath Tagore

208. Senso Comum
Thomas Paine

209. Canaã
Graça Aranha

210. O Caminho Infinito
Joel S. Goldsmith

211. Pensamentos
Epicuro

212. A Letra Escarlate
Nathaniel Hawthorne

213. Autobiografia
Benjamin Franklin

214. Memórias de Sherlock Holmes
Sir Arthur Conan Doyle

215. O Dever do Advogado / Posse de Direitos Pessoais
Rui Barbosa

216. O Tronco do Ipê
José de Alencar

217. O Amante de Lady Chatterley
D. H. Lawrence

218. Contos Amazônicos
Inglês de Souza

219. A Tempestade
William Shakespeare

220. Ondas
Euclides da Cunha

221. Educação do Homem Integral
Huberto Rohden

222. Novos Rumos para a Educação
Huberto Rohden

223. Mulherzinhas
Louise May Alcott

224. A Mão e a Luva
Machado de Assis

225. A Morte de Ivan Ilicht / Senhores e Servos
Leon Tolstói

226. Álcoois e Outros Poemas
Apollinaire

227. Pais e Filhos
Ivan Turguêniev

228. Alice no País das Maravilhas
Lewis Carroll

229. À Margem da História
Euclides da Cunha

230. Viagem ao Brasil
Hans Staden

231. O Quinto Evangelho
Tomé

232. Lorde Jim
Joseph Conrad

233. Cartas Chilenas
Tomás Antônio Gonzaga

234. Odes Modernas
Anntero de Quental

235. Do Cativeiro Babilônico da Igreja
Martinho Lutero

236. O Coração das Trevas
Joseph Conrad

237. Thais
Anatole France

238. Andrômaca / Fedra
Racine

239. As Catilinárias
Cícero

240. Recordações da Casa dos Mortos
Dostoiévski

241. O Mercador de Veneza
William Shakespeare

242. A Filha do Capitão / A Dama de Espadas
Aleksandr Púchkin

243. Orgulho e Preconceito
Jane Austen

244. A Volta do Parafuso
Henry James

245. O Gaúcho
José de Alencar

246. Tristão e Isolda
Lenda Medieval Celta de Amor

247. Poemas Completos de Alberto Caeiro
Fernando Pessoa

248. Maiakósvski
Vida e Poesia

249. Sonetos
William Shakespeare

250. Poesia de Ricardo Reis
Fernando Pessoa

251. Papéis Avulsos
Machado de Assis

252. Contos Fluminenses
Machado de Assis

253. O Bobo
Alexandre Herculano

254. A Oração da Coroa
Demóstenes

255. O Castelo
Franz Kafka

256. O Trovejar do Silêncio
Joel S. Goldsmith

257. Alice na Casa dos Espelhos
Lewis Carrol

258. Miséria da Filosofia
Karl Marx

259. Júlio César
William Shakespeare

260. Antônio e Cleópatra
William Shakespeare

261. Filosofia da Arte
Huberto Rohden

262. A Alma Encantadora das Ruas
João do Rio

263. A Normalista
Adolfo Caminha

264. Pollyanna
Eleanor H. Porter

265. As Pupilas do Senhor Reitor
Júlio Diniz

266. As Primaveras
Casimiro de Abreu

267. Fundamentos do Direito
Léon Duguit

268. Discursos de Metafísica
G. W. Leibniz

269. Sociologia e Filosofia
Émile Durkheim

270. Cancioneiro
Fernando Pessoa

271. A Dama das Camélias
Alexandre Dumas (filho)

272. O Divórcio / As Bases da Fé / e outros textos
Rui Barbosa

273. Pollyanna Moça
Eleanor H. Porter

274. O 18 Brumário de Luís Bonaparte
Karl Marx

275. Teatro de Machado de Assis
Antologia

276. Cartas Persas
Montesquieu

277. Em Comunhão com Deus
Huberto Rohden

278. Razão e Sensibilidade
Jane Austen

279. Crônicas Selecionadas
Machado de Assis

280. Histórias da Meia-Noite
Machado de Assis

281. Cyrano de Bergerac
Edmond Rostand

282. O Maravilhoso Mágico de Oz
L. Frank Baum

283. Trocando Olhares
Florbela Espanca

284. O Pensamento Filosófico da Antiguidade
Huberto Rohden

285. Filosofia Contemporânea
Huberto Rohden

286. O Espírito da Filosofia Oriental
Huberto Rohden

287. A Pele do Lobo / O Badejo / o Dote
Artur Azevedo

288. Os Bruzundangas
Lima Barreto

289. A Pata da Gazela
José de Alencar

290. O Vale do Terror
Sir Arthur Conan Doyle

291. O Signo dos Quatro
Sir Arthur Conan Doyle

292. As Máscaras do Destino
Florbela Espanca

293. A Confissão de Lúcio
Mário de Sá-Carneiro

294. Falenas
Machado de Assis

295. O Uraguai / A Declamação Trágica
Basílio da Gama

296. Crisálidas
Machado de Assis

297. Americanas
Machado de Assis

298. A Carteira de Meu Tio
Joaquim Manuel de Macedo

299. Catecismo da Filosofia
Huberto Rohden

301. Rumo à Consciência Cósmica
Huberto Rohden

302. Cosmoterapia
Huberto Rohden

303. Bodas de Sangue
Federico García Lorca

304. Discurso da Servidão Voluntária
Étienne de la Boétie

305. Categorias
Aristóteles

306. Manon Lescaut
Abade Prévost

307. Teogonia / Trabalhos e Dias
Hesíodo

308. As Vítimas Algozes
Joaquim Manuel de Macedo

309. Persuasão
Jane Austen

Série Ouro
(Livros com mais de 400 p.)

1. Leviatã
Thomas Hobbes

2. A Cidade Antiga
Fustel de Coulanges

3. Crítica da Razão Pura
Immanuel Kant

4. Confissões
Santo Agostinho

5. Os Sertões
Euclides da Cunha

6. Dicionário Filosófico
Voltaire

7. A Divina Comédia
Dante Alighieri

8. Ética Demonstrada à Maneira dos Geômetras
Baruch de Spinoza

9. Do Espírito das Leis
Montesquieu

10. O Primo Basílio
Eça de Queirós

11. O Crime do Padre Amaro
Eça de Queirós

12. Crime e Castigo
Dostoiévski

13. Fausto
Goethe

14. O Suicídio
Émile Durkheim

15. Odisséia
Homero

16. Paraíso Perdido
John Milton

17. Drácula
Bram Stocker

18. Ilíada
Homero

19. As Aventuras de Huckleberry Finn
Mark Twain

20. Paulo – O 13º Apóstolo
Ernest Renan

21. Eneida
Virgílio

22. Pensamentos
Blaise Pascal

23. A Origem das Espécies
Charles Darwin

24. Vida de Jesus
Ernest Renan

25. Moby Dick
Herman Melville

26. Os Irmãos Karamazovi
Dostoiévski

27. O Morro dos Ventos Uivantes
Emily Brontë

28. Vinte Mil Léguas Submarinas
Júlio Verne

29. Madame Bovary
Gustave Flaubert

30. O Vermelho e o Negro
Stendhal

31. Os Trabalhadores do Mar
Victor Hugo

32. A Vida dos Doze Césares
Suetônio

34. O Idiota
Dostoiévski

35. Paulo de Tarso
Huberto Rohden

36. O Peregrino
John Bunyan

37. As Profecias
Nostradamus

38. Novo Testamento
Huberto Rohden

39. O Corcunda de Notre Dame
Victor Hugo

40. Arte de Furtar
Anônimo do século XVII

41. Germinal
Émile Zola

42. Folhas de Relva
Walt Whitman

43. Ben-Hur — Uma História dos Tempos de Cristo
Lew Wallace

44. Os Maias
Eça de Queirós

45. O Livro da Mitologia
Thomas Bulfinch

46. Os Três Mosqueteiros
Alexandre Dumas

47. Poesia de Álvaro de Campos
Fernando Pessoa

48. Jesus Nazareno
Huberto Rohden

49. Grandes Esperanças
Charles Dickens

50. A Educação Sentimental
Gustave Flaubert

51. O Conde de Monte Cristo (Volume I)
Alexandre Dumas

52. O Conde de Monte Cristo (Volume II)
Alexandre Dumas

53. Os Miseráveis (Volume I)
Victor Hugo

54. Os Miseráveis (Volume II)
Victor Hugo

55. Dom Quixote de La Mancha (Volume I)
Miguel de Cervantes

56. Dom Quixote de La Mancha (Volume II)
Miguel de Cervantes

58. Contos Escolhidos
Artur Azevedo

59. As Aventuras de Robin Hood
Howard Pyle